DÉSOLATION

Stephen King

DÉSOLATION

FRANCE LOISIRS
123, boulevard de Grenelle, Paris

Titre original : *Desperation*,
publié par Viking Penguin, New York

Traduit de l'américain par Dominique Peters

Édition du Club France Loisirs, Paris,
réalisée avec l'autorisation des Éditions Albin Michel

ISBN : 2-7441-0922-3

A Carter Withey.

« Le paysage de sa poésie restait le désert... »

Salman Rushdie,
Les Versets sataniques.

PREMIÈRE PARTIE

Nationale 50 : dans la maison du loup, la maison du scorpion

Chapitre 1

1

« Oh ! Oh, Seigneur ! Arrh !

— Quoi, Mary, qu'est-ce qu'il y a ?

— Tu n'as pas vu ?

— Vu quoi ? »

Elle le regarda et, sous la lumière crue du désert, il vit qu'elle avait pâli malgré les marques de coups de soleil sur ses joues et son front, que même une crème écran total n'avait pas réussi à protéger. Le teint très clair, elle réagissait mal au soleil.

« Sur ce panneau, le panneau de limitation de vitesse.

— Et alors ?

— Il y avait un chat mort dessus, Peter ! Cloué, ou collé, ou je ne sais quoi. »

Il freina et, d'un geste aussi rapide, elle lui saisit l'épaule.

« Il est hors de question de faire demi-tour.

— Mais...

— Mais quoi ? Tu veux prendre une photo ? Pas question. Si je le revois, je gerbe.

— C'était un chat blanc ? »

Il voyait le dos d'un panneau dans son rétroviseur — le panneau de limitation de vitesse dont elle parlait, sans doute — mais rien de plus. Et quand ils étaient passés devant, il regardait dans une autre direction un oiseau qui s'envolait vers les montagnes. Par ici, au Nevada, il est inutile de fixer l'asphalte avec une attention de chaque seconde : on appelle cette portion de la nationale 50 « la route la plus déserte d'Amérique ». De l'avis de Peter Jackson, elle portait bien son nom, mais il était de New York, et il se disait qu'il souffrait sans doute d'un cumul de trouilles. Agoraphobie spécifique au désert, syndrome de la salle de bal... ou quelque chose de ce genre.

« Non, il était tigré, répondit Mary. Qu'est-ce que ça change ?

— Je me disais qu'il y avait peut-être des satanistes dans le désert. Cet endroit est censé grouiller de tordus, d'après Marielle, non ?

— " Intense " est le mot qu'elle a utilisé. Elle a dit, je cite : " Le centre du Nevada est plein de gens intenses. " Gary a dit presque la même chose. Mais comme on n'a vu *personne* depuis qu'on est sortis de Californie...

— Si, à Fallon...

— Les stations-service ne comptent pas. Pourtant, même là, les gens... »

Elle lui adressa un drôle de regard impuissant qu'il ne lui voyait pas souvent ces derniers temps, contrairement aux mois qui avaient suivi sa fausse couche.

« Pourquoi donc sont-ils là, Peter ? Las Vegas ou Reno, je peux comprendre... Même Winnemucca ou Wendover...

— Ceux qui viennent de l'Utah pour jouer ici appellent Wendover " Vendre-au-vert ". C'est Gary qui me l'a dit. »

Elle ne l'entendit même pas.

« Mais le reste de l'État... Les gens qui *vivent* ici, pourquoi sont-ils venus, et pourquoi restent-ils ? Je sais que je suis né dans le Queens et que j'y ai grandi, c'est probablement pour ça que je ne peux pas comprendre, mais...

— Tu es *sûre* que ce n'était pas un chat blanc ? Ou un chat noir ? »

Il jeta un coup d'œil dans le rétroviseur, mais à près de cent dix à l'heure, juste en dessous de la limitation de vitesse, le panneau avait depuis longtemps disparu dans le sable brun, parmi les buissons de mesquite, au pied des montagnes. Il y avait enfin un autre véhicule derrière eux, il voyait le reflet étoilé du soleil sur son pare-brise, à deux ou trois kilomètres.

« Non, tigré, je t'ai dit. Réponds-moi : qui sont les contribuables du centre du Nevada, et qu'est-ce qu'ils y trouvent ?

— C'est vaste, répondit-il avec un haussement d'épaules. et il n'y a *pas* de contribuables ici. Fallon est la plus grande ville sur la nationale 50, et elle est constituée de fermes. Le guide explique qu'on a construit un barrage sur le lac pour pouvoir irriguer. On cultive surtout des pastèques, et je crois qu'il y a une base militaire tout près. Fallon était une étape du Pony Express, tu sais ?

— Je partirais. Je ramasserais mes pastèques et je partirais.

— Une belle paire de pastèques, madame, dit-il en lui effleurant le sein gauche de la main droite.

— Merci. Pas seulement Fallon. Je quitterais tout État où on ne voit pas une maison ni même un arbre à l'horizon et où on cloue des chats aux panneaux de signalisation.

— C'est une question de zone de perception », dit-il prudemment.

Il arrivait qu'il ne sache pas bien quand Mary était sérieuse et quand elle plaisantait, et c'était le cas à cet instant. Il se risqua :

« Dans la mesure où tu as été élevée dans un environnement urbain, des endroits comme le Grand Bassin te sont tout à fait étrangers. A moi aussi, d'ailleurs. Le ciel seul suffit à me donner la chair de poule. Depuis qu'on est partis ce matin, je le sens qui m'oppresse.

— Moi aussi. Il y en a beaucoup trop.

— Tu regrettes qu'on soit passés par là ? »

Il regarda dans le rétroviseur et vit que le véhicule derrière eux s'était rapproché. Ce n'était pas un camion, comme ils en avaient vu quelques-uns depuis Fallon (roulant tous dans l'autre direction, vers l'ouest), mais une voiture. Et elle filait à toute vitesse.

« Non, répondit Mary après réflexion. J'ai été contente de voir Gary et Marielle, et le lac Thé...

— Somptueux, hein ?

— Incroyable, dit-elle en regardant par la fenêtre, même si tout ça n'est pas sans beauté, ce n'est pas ce que je veux dire, et j'imagine que je m'en souviendrai toute ma vie, mais c'est...

— Angoissant, termina-t-il à sa place. Quand on vient de New York, en tout cas.

— Que oui ! La zone de perception urbaine. Même si on avait pris la nationale 80, on aurait traversé le désert.

— Oui, avec les buissons d'amarante qui roulent au vent comme des balles de paille. »

Il regarda à nouveau dans le rétroviseur, les verres des lunettes qu'il portait pour conduire étincelant au soleil. Il s'agissait d'une voiture de police qui roulait au moins à cent quarante, probablement plus. Peter serra à droite jusqu'à ce que ses pneus fassent crisser les graviers et soulèvent un nuage de poussière.

« Peter, qu'est-ce que tu fais ? »

Un autre coup d'œil dans le rétroviseur. Le gros pare-chocs en chrome qui s'approchait était si éblouissant au soleil qu'il dut plisser les yeux, mais il eut la vague impression que la voiture était blanche, ce qui signifiait que ce n'était pas la police de l'État.

« Je me fais tout petit, répondit Peter. Je rampe en tremblant comme une bête. Il y a un flic derrière nous qui semble pressé. Et il est peut-être sur les traces... »

La voiture de police les doubla en trombe, secouant l'Acura de la sœur de Peter comme un coup de fouet. La voiture était bien blanche, sous la couche de poussière, avec un macaron officiel sur le côté, mais elle était loin avant que Peter ait pu lire quoi que ce soit — DES quelque chose. Destruction, peut-être. C'était un nom parfait pour une ville du Nevada perdue dans le désert.

« ... du type qui a cloué le chat sur le panneau, termina Peter.

— Pourquoi va-t-il si vite sans son gyrophare ?

— Et qui y a-t-il à poursuivre dans un endroit pareil ?

— Eh bien, dit-elle avec à nouveau ce drôle de petit regard, il y a nous. »

Il ouvrit la bouche pour répondre, puis la referma. Elle avait raison. Le flic avait dû les voir depuis le moment où lui l'avait vu, sans doute avant, alors pourquoi n'avait-il pas mis en marche son gyrophare, par sécurité ? Bien sûr, Peter s'était garé de lui-même, laissant au flic tout l'espace possible sur la route, mais quand même...

Les feux arrière de la voiture de police apparurent soudain, et Peter freina sans même réfléchir, bien qu'il eût déjà ralenti à quatre-vingt-dix et que l'autre voiture fût assez loin devant pour éviter toute collision. Puis la voiture de police passa sur la voie réservée aux véhicules se dirigeant vers l'ouest.

« Qu'est-ce qu'il fait ? demanda Mary.

— Je ne sais pas exactement. »

Bien sûr que si, il le savait : l'autre ralentissait. La vitesse impressionnante de la voiture était tombée à soixante-dix kilomètres à l'heure. Les sourcils froncés, ne voulant pas — sans savoir pourquoi — rattraper le policier, Peter ralentit davantage encore. Le compteur de la voiture de Deirdre descendit vers les soixante.

« Peter ? s'inquiéta Mary. Peter, je n'aime pas ça.

— Tout va bien. »

Vraiment ? Il ne quittait pas des yeux la voiture de police qui roulait sur la file de gauche. Il essaya de distinguer le conducteur, mais n'y parvint pas : le pare-brise arrière était couvert de poussière.

Les feux arrière, couverts de poussière eux aussi, s'allumèrent brièvement quand la voiture ralentit encore. Elle ne faisait même plus du cinquante à l'heure. Une balle d'amarante déboula sur la route, et les pneus à carcasse radiale l'écrasèrent. Quand elle ressortit à l'arrière, Peter Jackson trouva qu'elle ressemblait à un amas de doigts cassés. Tout à coup, il eut peur, il fut même presque terrorisé, et il se demandait bien pourquoi.

Parce que le Nevada est plein de gens intenses, avait dit Marielle, et Gary avait approuvé, *et c'est ainsi qu'agissent les gens intenses. En un mot, c'est bizarre.*

Bien sûr, c'étaient des conneries, parce que la situation n'était pas vraiment bizarre, pas *très* bizarre en tout cas, bien que...

Les feux arrière de la voiture de police clignotèrent une fois de plus, et Peter freina aussitôt, sans même penser une seconde à ce qu'il faisait, puis regarda l'aiguille et vit qu'il ne roulait même pas à quarante à l'heure.

« Qu'est-ce qu'il veut, Peter ?

— Être à nouveau derrière nous.

— Pourquoi ?

— Je n'en sais rien.

— Pourquoi est-ce qu'il ne serre pas à droite pour nous laisser passer, si c'est ce qu'il veut ?

— Aucune idée.

— Qu'est-ce que tu vas...

— Passer, bien sûr. Après tout, ajouta-t-il sans aucune raison, ce n'est pas *nous* qui avons cloué ce foutu chat au panneau. »

Il appuya sur l'accélérateur et immédiatement commença à rattraper la voiture poussiéreuse qui maintenant ne roulait pas à plus de trente à l'heure.

Mary le saisit par l'épaule de sa chemise de travail bleue et serra assez fort pour qu'il sente la pression de ses ongles coupés court.

« Mary, je ne peux pas faire grand-chose d'autre. »

Cette conversation ne rimait déjà plus à rien car, tandis qu'ils parlaient, l'Acura de Deirdre était arrivée au niveau de la Caprice blanche poussiéreuse puis l'avait dépassée. Peter avait regardé à travers les deux vitres et n'avait pas vu grand-chose — une haute silhouette, la silhouette d'un homme, c'était à peu près tout ce qu'il pouvait en dire, sauf qu'il avait eu l'impression que le conducteur de la voiture de police le regardait aussi. Peter avait eu le temps de voir l'écusson sur la porte : POLICE DE DÉSOLATION avait-il lu en lettres d'or sous le symbole de la ville, un mineur et un cavalier se serrant la main, lui avait-il semblé.

Désolation, se dit-il, *c'est encore mieux que Destruction,* beaucoup *mieux.*

Dès qu'il l'eut dépassée, la voiture blanche revint dans la file en direction de l'est et accéléra pour coller au pare-chocs de l'Acura. Ils conduisirent ainsi trente ou quarante secondes — mais Peter eut le sentiment que cela durait beaucoup plus longtemps. Puis le gyrophare bleu s'alluma et se mit à tourner sur le toit de la Caprice. Peter sentit son estomac se contracter, mais n'éprouva pas de surprise. Pas la moindre.

2

Mary lui tenait toujours l'épaule, et maintenant, comme Peter se rangeait sur le bas-côté, elle la serra à nouveau.

« Que fais-tu, Peter ? Mais qu'est-ce que tu fais ?

— Je m'arrête. Il a son gyrophare et il me fait signe de me garer.

— Je n'aime pas ça ! dit-elle en regardant nerveusement ce qui les entourait, c'est-à-dire le désert, les collines et l'immensité du ciel bleu. Qu'est-ce qu'on a fait ?

— Un excès de vitesse, peut-être. »

Il regardait dans le rétroviseur extérieur. Au-dessus des mots ATTENTION : LES CHOSES PEUVENT ÊTRE PLUS PRÈS QU'IL NE SEMBLE, il vit s'ouvrir la porte poussiéreuse de la voiture blanche du flic. Une jambe kaki sortit. Elle était prodigieusement longue.

L'homme à qui elle appartenait suivit, claqua la porte de sa voiture et vissa son chapeau sur sa tête (Peter se dit qu'il ne pouvait le porter dans la voiture, qu'il n'y avait pas assez de place sous le toit). Mary se retourna pour regarder et sa bouche s'ouvrit.

« Seigneur ! Il est aussi grand qu'un footballeur !

— Au moins. »

En prenant comme point de repère le toit de la voiture, qui mesurait dans les un mètre cinquante, il arriva à la conclusion que le flic qui s'approchait maintenant de l'Acura de Deirdre devait mesurer pas loin de deux mètres. Et peser dans les cent vingt kilos. Disons cent quarante.

Mary lâcha l'épaule de Peter et se recroquevilla contre sa portière, aussi loin qu'elle put du géant qui approchait. Le flic portait à la hanche un automatique proportionné au reste de sa personne, mais il avait les mains vides — ni carnet ni contravention. Peter n'aimait pas ça. Il ne savait pas ce que cela voulait dire, mais il n'aimait pas ça. Durant sa longue carrière d'automobiliste, qui comportait quatre contraventions pour excès de vitesse quand il était adolescent et une pour conduite en état d'ébriété à la sortie d'une soirée de Noël bien arrosée avec ses collègues professeurs trois ans plus tôt, il n'avait jamais vu un flic s'approcher les mains vides, et il n'aimait pas ça du tout. Les battements de son cœur, déjà plus rapides que d'ordinaire, s'accélérèrent encore.

Tu es idiot, tu le sais, non ? se dit-il. *C'est un excès de vitesse, c'est tout, un simple excès de vitesse. Elle reste limitée à quatre-vingt-dix, ici, et bien que ce soit une plaisanterie et que tout le monde sache que c'est une plaisanterie, ce type doit avoir un quota à respecter, et quand il lui faut mettre des contraventions pour excès de vitesse, il s'en prend de préférence à des gens qui ne sont pas du coin. Tu le sais. Alors... quel était donc le titre de ce vieil album de Van Halen ? « Avale et souris » ?*

Le flic s'arrêta devant la fenêtre du conducteur, la boucle de son ceinturon Sam Browne au niveau des yeux de Peter. Il ne se pencha pas, mais leva un poing (qui sembla à Peter aussi gros qu'un jambon en boîte Daisy) et fit un geste de manivelle.

Peter retira ses lunettes rondes sans monture, les glissa dans sa poche de poitrine, et baissa sa vitre. Il entendait distinctement, sur le siège à côté, la respiration rapide de Mary. On aurait dit qu'elle venait de sauter à la corde, ou de faire l'amour.

Le flic plia lentement les genoux, amenant son énorme face impavide dans le champ de vision des Jackson. Une ombre projetée par le bord raide de son chapeau lui barrait le front. Il avait la peau d'un rose désagréable et Peter supposa que ce type, malgré sa taille imposante, ne supportait pas mieux le soleil que Mary. Il avait les yeux d'un gris lumineux, un regard direct, mais qui ne traduisait aucune émotion. Aucune en tout cas que Peter pût déchiffrer. Il sentait... l'after-shave Old Spice, peut-être.

Le flic ne lui jeta qu'un rapide coup d'œil avant d'inspecter l'habitacle de l'Acura, détaillant d'abord Mary (épouse américaine, blanche, joli visage, belle silhouette, pas trop vieille, pas de cicatrices visibles), puis faisant l'inventaire des divers objets sur la banquette arrière — appareils photo, sacs et tout le fourbi habituel quand on fait de la route. Pas trop de fourbi encore ; ils n'avaient quitté l'Oregon que trois jours plus tôt, en comptant la journée et demie passée avec Gary et Marielle Soderson à écouter de vieux disques en parlant du bon vieux temps.

Les yeux du flic s'arrêtèrent sur le cendrier ouvert. Peter devina qu'il cherchait des mégots de marijuana, reniflant pour détecter d'éventuels effluves d'herbe ou de haschisch, et il en fut soulagé. Il n'avait pas fumé le moindre joint depuis près de quinze ans, n'avait jamais touché à la cocaïne et pratiquement renoncé à l'alcool depuis la fameuse soirée de Noël. Il s'était contenté de humer un peu de cannabis de temps à autre dans les concerts de rock. Quant à Mary, elle n'avait jamais rien pris — allant jusqu'à se dire « vierge de toute drogue ». Il ne trouverait dans le cendrier ouvert que quelques papiers de chewing-gums aux fruits et aucune bouteille de vin ni canette de bière à l'arrière.

« Monsieur l'agent, je sais que j'allais un peu vite...

— Vous avez écrasé le champignon, hein ? demanda le flic d'un ton plaisant. Allons bon ! Puis-je voir votre permis de conduire et votre carte grise ?

— Bien sûr, dit Peter en sortant son portefeuille de sa poche arrière. Cette voiture n'est pas la mienne, c'est celle de ma sœur. Nous la lui ramenons à New York. Elle était professeur dans l'Oregon, au Reed College, à Portland. »

Il savait qu'il bavassait, mais il n'était pas certain de pouvoir s'arrêter. C'est drôle, la façon dont les flics vous amènent à bavasser, comme si vous aviez un corps dépecé ou un gosse kidnappé dans le coffre. Il se souvint d'avoir fait la même chose quand le flic l'avait arrêté sur Long Island Expressway après ce foutu réveillon de Noël : il avait parlé, parlé, blabla-blabla-blablabla, alors que le flic ne disait rien et continuait son travail avec méthode, vérifiant d'abord ses papiers, puis le petit tube de plastique bleu de l'alcootest.

« Mary, tu veux bien chercher les papiers de la voiture dans la boîte à gants, s'il te plaît ? Dans une petite enveloppe en plastique, avec l'assurance de Dee. »

Elle ne bougea pas tout de suite. Il vit du coin de l'œil qu'elle restait immobile tandis qu'il ouvrait son portefeuille et y cherchait son permis de conduire. Il aurait dû se trouver juste là, dans un des plastiques transparents devant la poche à billets, aussi sûr que son cœur qui battait, mais il n'y était pas.

« Mary ? » insista-t-il.

Il était un peu impatient, maintenant, et à nouveau effrayé. Et s'il l'avait fait tomber par terre chez Gary, ou peut-être pendant qu'il transférait ses affaires d'un jean à l'autre ? On a toujours l'impression de transporter beaucoup plus de trucs quand on voyage. Bien sûr, ce n'était pas le cas, mais est-ce que ce ne serait pas typique si...

« Tu veux de l'aide, Mary ? Sors ces foutus papiers ! *S'il te plaît !*

— Oh ! Oui, d'accord. »

Elle se pencha comme une vieille machine rouillée ramenée à la vie par une soudaine étincelle et ouvrit la boîte à gants. Elle commença à fouiller, soulevant certaines choses, en sortant d'autres (un paquet entamé de bonbons vitaminés, une cassette de Bonnie Raitt qui avait eu un problème avec le lecteur de Deirdre, une carte de la Californie) pour pouvoir atteindre ce qu'il y avait au fond. Peter remarqua quelques gouttes de sueur sur sa tempe gauche qui avaient mouillé ses cheveux noirs coupés court, alors même que la bouche d'air conditionné soufflait de l'air frais directement sur son visage.

« Je ne..., dit-elle, puis, avec un soulagement évident : Oh, voilà ! »

Au même instant, Peter regarda dans le compartiment où il rangeait ses cartes professionnelles et vit son permis. Il ne se souvenait pas de l'avoir mis là — et pourquoi, grands dieux, l'aurait-il fait ? — mais il était là. Sur la photo, il ne ressemblait pas à un assistant d'anglais de New York University, mais à un ouvrier au chômage (voire à un tueur en série). Pourtant c'était lui, incontestablement lui, et son moral remonta brusquement. Ils avaient les papiers. Seigneur qui êtes aux cieux, tout est en ordre sur cette terre.

De plus, se dit-il en tendant son permis au flic, *on n'est pas en Albanie, tu sais. Ce n'est peut-être pas un coin archi-accueillant, mais en tout cas, ce n'est pas l'Albanie.*

« Peter ? »

Il se tourna et, avec un clin d'œil, prit l'enveloppe qu'elle tenait. Elle tenta de lui sourire, mais n'y réussit guère. Dehors, une rafale de vent projeta du sable contre la voiture. Des petits grains vinrent se coller sur le visage de Peter, qui plissa les paupières pour protéger ses yeux. Il eut une brusque envie d'être à trois mille kilomètres au moins du Nevada, dans n'importe quelle direction.

Il sortit la carte grise que lui avait confiée Deirdre et la tendit au flic, mais celui-ci regardait toujours le permis.

« Je vois que vous êtes donneur d'organes, dit le flic sans lever les yeux. Trouvez-vous cela vraiment raisonnable ?

— Eh bien, je...

— Est-ce que ce sont les papiers du véhicule, monsieur ? demanda le flic en fixant les papiers dans la main de Peter.

— Oui.

— Donnez-les-moi, s'il vous plaît. »

Peter les lui passa par la fenêtre. Le flic, toujours accroupi comme un Indien, sous le soleil, tenait le permis de conduire de Peter dans une main et les papiers de Deirdre dans l'autre. Son regard alla de l'un à l'autre pendant ce qui sembla un temps infini. Peter sentit une légère pression sur sa cuisse et sursauta avant de se rendre compte que c'était la main de Mary. Il la prit et sentit ses doigts envelopper les siens.

« Votre sœur ? demanda enfin le flic en le fixant de ses yeux gris.

— Oui.

— Elle s'appelle Finney, et vous Jackson.

— Deirdre a été mariée un an, entre le lycée et l'université, intervint Mary d'une voix ferme, agréable et dénuée de frayeur — du moins Peter l'aurait-il cru sans l'étreinte crispée de ses doigts. Elle a gardé son nom d'épouse, voilà.

— Un an, hein ? Entre le lycée et l'université ? Mariée. *Tak !* »

Il avait toujours la tête penchée sur les documents. Peter voyait le mouvement de balancier du haut de son chapeau tandis qu'il passait d'un document à l'autre, et son soulagement se dissipait.

« Entre le lycée et l'université ! » répéta le flic, tête baissée, son grand visage caché.

Et dans sa tête, Peter l'entendit à nouveau : *Je vois que vous êtes un donneur d'organes. Trouvez-vous cela vraiment raisonnable ? Tak !*

« Voudriez-vous descendre de votre véhicule, s'il vous plaît, monsieur Jackson ? » demanda le flic en levant les yeux.

Les ongles de Mary s'enfoncèrent dans le dos de la main de Peter, mais la sensation de brûlure ne fut rien à côté de la panique dans son bas-ventre et son estomac. Il eut l'impression de redevenir un enfant, un enfant affolé qui sait seulement qu'il a fait quelque chose de mal.

« Qu'est-ce... », commença-t-il.

Le flic de Désolation se leva. C'était comme de regarder s'élever un monte-charge. Sa tête disparut, puis sa chemise à col ouvert ornée du badge rutilant, puis la lanière diagonale du ceinturon Sam Browne. Les yeux de Peter se fixèrent à nouveau sur la lourde boucle du ceinturon, sur l'arme, sur le pli kaki de la braguette.

Cette fois, ce qui arriva d'au-dessus de la vitre n'était pas une question :

« Sortez de cette voiture, monsieur Jackson ! »

3

Peter tira la poignée et le flic s'écarta pour qu'il puisse ouvrir la porte. La tête du flic était cachée par le toit de l'Acura. Mary serra plus violemment encore la main de Peter, qui la regarda. Même les coups de soleil sur ses joues et son front étaient plus clairs maintenant, tant son teint était devenu terreux. Seuls ses yeux agrandis par la peur semblaient vivants.

Ne sors pas de la voiture, articula-t-elle sans bruit.

Il le faut, répondit-il de la même manière en posant une jambe sur l'asphalte de la nationale 50. Pendant un instant, Mary s'accrocha à lui, leurs doigts entrelacés, puis Peter se libéra et sortit, se dressant sur des jambes qui lui semblèrent curieusement distantes. Le flic le regardait de haut. Plus de deux mètres, se dit Peter. *Impossible autrement.* Défila alors dans son esprit une rapide séquence d'événements, comme un clip en accéléré : l'énorme flic sort son énorme flingue et tire, éclaboussant en une giclée gluante le toit de l'Acura avec la cervelle d'intello de Jackson, puis extirpe Mary de la voiture, lui écrase le visage sur le capot du coffre fermé, se penche sur elle et la viole au bord de la route, sous le soleil brûlant du désert, son chapeau toujours planté sur sa tête, hurlant *Tu veux un don d'organe, ma belle ? Le voilà ! Prends ça !*

« De quoi s'agit-il, monsieur l'agent ? demanda Peter, la bouche et la gorge soudain très sèches. Je crois avoir le droit de le savoir.

— Placez-vous à l'arrière de la voiture, monsieur Jackson. »

Le flic se retourna et s'approcha de l'arrière de l'Acura sans s'inquiéter de vérifier si Peter allait lui obéir. Peter obéit, avançant sur des jambes dont il avait toujours l'impression qu'elles se mouvaient grâce à quelque stimulation sensorielle télécommandée.

Le flic s'arrêta près du coffre. Quand Peter le rejoignit, il tendit un gros doigt accusateur. Le regard de Peter suivit la direction indiquée et il vit qu'il n'y avait pas de plaque d'immatriculation à l'arrière de la voiture de Deirdre, juste un rectangle un peu plus propre à l'endroit où elle s'était trouvée.

« Oh, merde ! » dit-il.

L'irritation et la consternation étaient bien réelles, mais aussi le soulagement. Tout s'expliquait finalement, Dieu merci. Il se tourna vers l'avant de la voiture et ne fut pas surpris de voir sa portière fermée. Mary l'avait tirée. Il était tellement préoccupé par cet... événement... cet épisode... ce... bon, cet incident... qu'il ne l'avait même pas entendue claquer.

« Mary ! Hé, Mary ! »

Elle passa son visage brûlé et épuisé par la fenêtre du conducteur et le regarda.

« C'est notre foutue plaque d'immatriculation qui est tombée ! dit-il presque en riant.

— *Quoi ?*

— Non, elle n'est pas tombée », dit le flic de Désolation.

Il s'accroupit à nouveau avec le même geste calme et lent, et glissa la main sous le pare-chocs. Il tâtonna derrière l'endroit où s'était trouvée la plaque, ses yeux gris perdus à l'horizon. Peter se sentit envahi par un mystérieux sentiment de familiarité : sa femme et lui avaient été arrêtés par l'homme de Marlboro.

« Ah ! » dit le flic.

Il se releva. La main qui avait fourragé sous la voiture était refermée sur quelque chose. Il la tendit vers Peter et l'ouvrit. Sur sa paume — semblant très petit dans tout ce rose — se trouvait un morceau de vis sali par la route. Il ne brillait qu'à un endroit : celui où on l'avait scié. Peter le regarda, puis leva les yeux vers le flic.

« Je ne comprends pas.

— Vous vous êtes arrêtés à Fallon ?

— Non... »

La portière de Mary s'ouvrit en grinçant et claqua derrière elle. Ils entendirent ensuite le frottement de ses chaussures de sport sur le bas-côté sablonneux tandis qu'elle s'approchait d'eux.

« Mais si », dit-elle.

Elle regarda le fragment de métal dans la grosse main (les papiers de la voiture de Deirdre et le permis de conduire de Peter étaient toujours dans l'autre main du flic), puis le visage du géant. Elle ne semblait plus effrayée, maintenant — ou moins effrayée, en tout cas —, et Peter en fut content. Il se traitait déjà de paranoïaque, mais il fallait admettre que cette confrontation particulièrement serrée avec la gent policière avait

(trouvez-vous vraiment que ce soit raisonnable ?)

des aspects curieux.

« L'arrêt à la pompe, Peter, tu ne te souviens pas ? On n'avait pas besoin d'essence, tu as dit qu'on pouvait attendre Ely, mais on a acheté à boire pour ne pas se sentir trop coupables d'aller aux toilettes. »

Elle regarda le flic et tenta de sourire. Elle devait renverser la tête en arrière pour voir son visage. Peter eut l'impression d'une petite fille tentant de soutirer un sourire à son papa après une pénible journée de travail.

« Les toilettes étaient très propres, ajouta-t-elle.

— Vous vous êtes arrêtés au Fill More Fast ou au Berk's Conoco ? »

Elle jeta un regard interrogateur à Peter. Il leva la paume de ses mains vers le ciel.

« Je ne m'en souviens pas. Je me souviens à peine de m'être arrêté. »

Le flic lança le morceau de vis inutile par-dessus son épaule, dans le désert, où il resterait à la même place pour un million d'années, à moins que le regard perçant d'un oiseau ne le repère.

« Mais je suis sûr que vous vous souvenez des gosses qui traînaient dehors. Des adolescents, surtout. Un ou deux trop vieux pour être encore des adolescents. Les plus jeunes sur des skateboards ou des patins à roulettes ? »

Peter hocha la tête. Il se souvint de Mary lui demandant pourquoi ces gens étaient là, pourquoi ils étaient venus, pourquoi ils étaient restés.

« Alors c'était le Fill More Fast. »

Peter regarda la poche de poitrine du flic pour voir si son nom y était, mais ce n'était pas le cas. Pour le moment, il restait « le flic ». Celui qui ressemblait à l'homme de Marlboro dans les publicités.

« Alfie Berk ne veut plus qu'ils traînent autour de sa pompe. Il les a envoyés au diable. C'est une bande de pleutres. »

Mary inclina la tête, et pour un instant Peter vit un sourire flotter aux coins de sa bouche.

« C'est un gang ? demanda Peter qui ne voyait toujours pas où tout cela le menait.

— Ce qui y ressemble le plus dans un endroit aussi petit que Fallon. »

Le flic leva le permis de conduire de Peter devant son visage et le regarda, puis regarda Peter. Il abaissa le document, mais ne le lui rendit pas.

« Des mômes qui ont quitté l'école, pour la plupart. Un de leurs passe-temps favoris consiste à voler les plaques d'immatriculation des gens de passage. C'est une sorte de défi. J'imagine qu'ils ont pris la vôtre pendant que vous achetiez à boire ou que vous étiez aux toilettes.

— Vous le savez et ils continuent à le faire ? s'étonna Mary.

— Je ne suis pas de Fallon. Je n'y vais jamais. Ils n'ont pas ma façon d'agir, là-bas.

— Que pouvons-nous faire, à propos de la plaque ? demanda Peter. C'est très ennuyeux. La voiture est immatriculée dans l'Oregon, mais ma sœur est retournée à New York. Elle détestait Reed.

— Vraiment ? Eh bien ! »

Peter sentit les yeux de Mary se fixer sur lui, probablement pour partager avec lui sa réaction amusée, mais cela ne lui sembla pas une bonne idée. Pas du tout.

« Elle disait que là-bas, c'était comme faire la classe au milieu d'un concert des Grateful Dead. Enfin, en tout cas, elle a pris l'avion pour New York. Ma femme et moi nous sommes dit que ce serait sympa de venir chercher sa voiture et de la lui ramener à New York. Elle a mis quelques affaires dans le coffre... surtout des vêtements... »

Il recommençait à bavasser. Il fallait qu'il se force à s'arrêter.

« Alors, que pouvons-nous faire ? Nous ne traverserons jamais tout le pays sans plaque d'immatriculation ! »

Le flic fit le tour de la voiture d'un pas très mesuré et s'arrêta à l'avant de l'Acura. Il tenait toujours le permis de Peter et les papiers de Deirdre. Son ceinturon Sam Browne couina. Planté devant la voiture, les mains dans le dos, il fronça les sourcils. Peter lui trouva un air de mécène attentif dans une galerie de peinture. Il avait dit « pleutres ». Une bande de pleutres. Peter ne croyait pas avoir jamais entendu ce mot utilisé au cours d'une conversation.

L'homme revint vers eux. Mary se rapprocha de Peter, mais elle semblait libérée de sa peur. Elle regardait le grand flic avec intérêt, c'était tout.

« La plaque avant est bonne, dit-il. Mettez-la à l'arrière. Dans ces conditions, vous n'aurez aucun problème pour regagner New York.

— Oh, dit Peter, d'accord ! Bonne idée.

— Vous avez une pince et un tournevis ? Je crois que mes outils sont restés sur une étagère au garage ! dit le flic avec un sourire qui illumina tout son visage, déforma ses yeux, le transforma en un homme différent. Oh, c'est à vous ! ajouta-t-il en tendant les papiers.

— Je crois qu'il y a une petite trousse à outils dans le coffre, dit Mary d'une voix guillerette qui traduisait aussi le soulagement que ressentait Peter. Je l'ai vue en rangeant ma mallette de maquillage, entre la roue de secours et la carrosserie.

— Je tiens à vous remercier, monsieur l'agent », dit Peter.

Le flic hocha la tête. Il ne regardait pas Peter ; ses yeux gris étaient apparemment fixés sur les montagnes à sa gauche.

« J'ai seulement fait mon boulot », dit-il.

Peter retourna à l'avant de la voiture en se demandant pourquoi Mary et lui avaient eu si peur.

C'est idiot, se dit-il en retirant les clés du tableau de bord. Elles étaient accrochées à un porte-clés orné du visage souriant de Mr Smiley qui reflétait tout à fait l'état d'esprit de Deirdre. Mr Smiley était devenu le symbole de sa sœur... ou plutôt sa mascotte. Elle collait son sourire sur fond jaune derrière presque toutes ses enveloppes, et d'autres Mr Smiley sur fond vert avec les sourcils froncés et la langue tirée si la journée n'avait pas été bonne. *Moi, je n'ai pas vraiment eu peur. Mary non plus.*

Toc, un mensonge. Il avait eu peur, et Mary... Eh bien Mary avait frôlé la panique.

Bon, d'accord, peut-être qu'on a eu un peu la trouille, admit-il en isolant la clé du coffre pendant qu'il retournait à l'arrière de la voiture. *Honte à nous !* Voir Mary debout à côté du grand flic s'apparentait à une sorte d'illusion d'optique : le sommet de sa tête dépassait à peine la ceinture du géant.

Il ouvrit le coffre. A gauche, bien empaquetés et couverts de sacs en plastique épais pour les protéger de la poussière de la route, se trouvaient les vêtements de Deirdre. Au centre, la mallette de maquillage de Mary et leurs deux valises étaient coincées entre les sacs verts et la roue de secours. Le mot « roue » était un peu exagéré. C'était une sorte de gros beignet, juste bon pour gagner la prochaine station-service — avec un peu de chance, se dit Peter.

Il regarda entre le beignet et la carrosserie. Il n'y avait rien.

« Mary, je ne vois...

— Là, montra-t-elle, ce truc gris ? C'est ça. Il est tombé à l'arrière du pneu. »

Il aurait pu glisser la main dans le trou, mais il lui sembla plus facile de soulever le beignet de caoutchouc mal gonflé. Il le posait contre le pare-chocs quand Mary inspira bruyamment et retint sa respiration, comme si on l'avait piquée ou pincée.

« Hé ! intervint le grand flic. Qu'est-ce que c'est que ça ? »

Mary et le flic regardaient dans le coffre, le flic intéressé et un peu surpris, Mary stupéfaite, horrifiée. Ses lèvres tremblaient. Peter suivit leur regard : il y avait quelque chose dans l'emplacement réservé au pneu, que le beignet avait caché. Pendant un instant, il ne comprit pas ce que c'était, ou refusa de comprendre, puis cette sensation de grouillement reprit dans son bas-ventre. Cette fois, il eut aussi l'impression non seulement que son sphincter se relâchait, mais qu'il *chutait,* comme si les muscles qui le retenaient d'ordinaire à sa place avaient cédé. Il se rendit compte qu'il serrait les fesses, mais c'était très loin, dans un autre espace-temps. Il eut la certitude, beaucoup trop brève, que c'était un rêve, *forcément.*

Le grand flic lui jeta un coup d'œil, ses yeux gris pâle toujours curieusement vides, puis plongea la main dans le coffre et prit le sac qui était apparu quand Peter avait sorti le beignet. C'était un gros sac de trois litres plein d'une matière herbeuse d'un vert brunâtre. On aurait dit du tabac brut, mais Peter savait parfaitement ce que c'était. Le rabat avait été scellé avec du ruban adhésif, et dessus on avait collé une pastille jaune avec Mr Smiley — emblème parfait de ceux qui fumaient comme sa sœur, dont la vie aventureuse aurait pu s'intituler *Au cœur de l'Amérique la plus noire avec des bongos et des pinces à joints.* Elle s'était fait engrosser un jour qu'elle était pétée, avait indubitablement décidé d'épouser Bill Finney dans le même état, et Peter savait parfaitement qu'elle avait quitté Reed (très mal notée) parce qu'il y circulait trop de drogue et qu'elle ne pouvait y résister. Elle avait été franche à ce sujet, au moins, et Peter avait même fouillé l'Acura avant de quitter Portland. Il avait regardé sous les sacs, et Mary avait vaguement fourragé dans les vêtements (sans qu'aucun des deux n'admette ce qu'ils cherchaient, alors que tous deux le savaient), mais ils n'avaient pas eu l'idée de chercher sous le beignet. Peter pensait maintenant que c'était plutôt un paquet oublié qu'un paquet dissimulé.

Foutu beignet.

Le flic pressa le sac de son énorme pouce, comme s'il tâtait une tomate. Il sortit de sa poche un couteau suisse dont il ouvrit la plus petite lame.

« Monsieur l'agent, dit Peter d'une voix faible. Je vous assure que je ne sais pas comment...

— Chut ! » ordonna le grand flic en pratiquant une minuscule entaille dans le sac.

Peter sentit la main de Mary s'accrocher à sa manche. Il la saisit, repliant cette fois ses doigts sur les siens. Il voyait le joli visage de porcelaine de Deirdre, ses cheveux blonds retombant sur ses épaules en boucles naturelles, ses yeux toujours un peu perdus.

Sale petite idiote, tu as de la chance que je ne puisse pas te corriger sur-le-champ !

« Monsieur l'agent... », tenta Mary.

Le flic leva une main, paume vers elle, puis approcha la petite fente de son nez et renifla. Ses yeux se fermèrent à demi. Quand il les rouvrit, il éloigna le sac de son visage et tendit l'autre main.

« Donnez-moi vos clés, monsieur, dit-il.

— Monsieur l'agent, je peux tout vous expliquer...

— Donnez-moi vos clés.

— Si vous vouliez bien...

— Êtes-vous sourd ? Donnez-moi vos clés. »

Il avait à peine élevé la voix, mais ce fut suffisant pour que Mary fonde en larmes. Avec l'impression de vivre une expérience extracorporelle, Peter déposa les clés de la voiture de Deirdre dans la main tendue du flic, puis entoura de son bras les épaules tremblantes de sa femme.

« Je crains bien que vous ne deviez me suivre », dit le flic.

Il regarda tout à tour Peter et Mary, puis revint sur Peter, et celui-ci comprit alors ce qui le gênait chez le policier : ses yeux. Ils étaient vifs, comme les minutes précédant le lever du soleil un matin de brouillard, mais ils étaient aussi morts, en quelque sorte.

« Je vous en prie, dit Mary d'une voix mouillée. C'est une erreur. Sa sœur...

— Montez ! dit le flic en montrant sa voiture, sur le toit de laquelle le gyrophare tournait toujours, brillant même dans la lumineuse clarté du désert. Immédiatement, je vous prie, monsieur et madame Jackson. »

4

La banquette arrière était presque inutilisable (pas étonnant, se dit Peter, un homme aussi grand devait reculer son siège au maximum). Il y avait en outre des piles de papiers par terre, derrière le siège du chauffeur (dont le dossier était déformé par le poids du flic), et d'autres encombraient la plage arrière. Peter en prit un, maculé d'un rond de café autour du visage d'un gosse assis devant une porte, le regard étonné et vide, qui s'harmonisait parfaitement avec l'état d'esprit de Peter au même instant. T'EN PRENDS, T'ES PRIS, disait la légende sous la photo.

Il y avait un filet de protection entre l'avant et l'arrière de la voiture et aucune poignée ni rien pour ouvrir les fenêtres à l'arrière. Peter commençait à se prendre pour un personnage de film (celui qui revenait le plus souvent à son esprit était *Midnight Express*), et de tels détails ne faisaient que renforcer cette sensation. A son avis, il en avait déjà trop dit sur trop de choses, et Mary et lui feraient mieux de se taire, du moins jusqu'à ce qu'ils arrivent où le Gentil Flic voulait les emmener. C'était sans doute un bon conseil, mais difficile à suivre, tout de même. Peter avait une urgente envie de dire au Gentil Flic que c'était une terrible méprise, qu'il était assistant d'anglais à l'université, spécialisé dans la fiction américaine contemporaine, qu'il venait de publier un essai intitulé *James Dickey et la nouvelle littérature du Sud* (travail qui avait suscité beaucoup de controverses dans les grands centres universitaires traditionnels), et que, de plus, il n'avait rien fumé depuis des années. Il voulait dire au flic qu'il était peut-être un peu trop instruit pour le fin fond du Nevada, mais qu'il restait un type tout simple.

Il regarda Mary, dont les yeux étaient pleins de larmes, et il eut soudain honte de ce qu'il avait pensé — toujours moi-je, moi-je, moi-je. Sa femme était dans la même galère que lui, il ferait bien de ne pas l'oublier.

« Peter, j'ai tellement peur ! » dit-elle en un murmure qui était presque un gémissement.

Il se pencha et l'embrassa sur la joue. Il trouva la peau fraîche comme de l'argile sous ses lèvres.

« Ce n'est pas grave. On va tout arranger.

— Parole d'honneur ?

— Parole d'honneur. »

Après les avoir installés sur le siège arrière de sa voiture, le flic était retourné vers l'Acura, et cela faisait bien deux minutes maintenant qu'il regardait dans le coffre. Il ne le fouillait pas, il ne touchait à rien, il se contentait de regarder, les mains croisées dans le dos, comme fasciné. Il sursauta comme un homme soudain réveillé d'une sieste, claqua le coffre et glissa les clés dans sa poche avant de revenir à la Caprice. Elle pencha à gauche quand il s'assit, et les ressorts émirent un gémissement fatigué mais presque résigné. Le dossier de son siège se gonfla un peu plus et Peter grimaça en sentant la pression supplémentaire contre ses genoux.

C'est Mary qui aurait dû s'asseoir de ce côté, se dit-il, mais c'était trop tard, maintenant. Trop tard pour bien des choses, en fait.

Le moteur se mit à ronronner, et le flic démarra. Mary se retourna pour regarder l'Acura s'éloigner derrière eux. Quand elle se rassit face à la route, Peter vit que les larmes qui attendaient dans ses yeux avaient coulé sur ses joues.

« S'il vous plaît, écoutez-moi ! » dit-elle en s'adressant à la nuque épaisse avec ses cheveux blonds courts. L'énorme crâne, à nouveau privé du chapeau, frôlait le toit de la Caprice. « *Je vous en prie,* d'accord ? Écoutez-moi et essayez de comprendre. *Ce n'est pas notre voiture.* Il *faut* que vous compreniez au moins ça, et je sais que vous le comprenez, parce que vous avez vu les papiers. C'est celle de ma belle-sœur. C'est une toxico. La moitié de ses cellules cérébrales...

— Mary..., murmura Peter en posant la main sur son bras.

— Non ! dit-elle en se dégageant. Je ne vais pas passer le reste de la journée à répondre à des questions dans je ne sais quel poste de police perdu, voire dans une cellule, parce que ta sœur est égoïste, négligente et... et... paumée ! »

Peter s'appuya au dossier. Ses genoux étaient toujours compressés et douloureux, mais il se dit qu'il y survivrait. Il regarda par la fenêtre sale. Ils se trouvaient à deux ou trois kilomètres de l'Acura, maintenant, et il voyait quelque chose devant eux, sur le bas-côté de la route, en direction de l'ouest : un véhicule. Gros. Un camion, peut-être.

Mary avait détourné les yeux du crâne du flic pour tenter de croiser son regard dans le rétroviseur.

« La moitié des cellules cérébrales de Deirdre sont grillées, et l'autre en vacances permanentes dans la Ville d'Émeraude. Techniquement, on dit qu'elles sont " grillées ", et je suis certaine que vous avez déjà vu pas mal de gens comme elle, monsieur l'agent, même par ici. Ce que vous avez trouvé sous le pneu de rechange est probablement de l'herbe, vous avez sans doute raison, mais ce n'est pas *notre* herbe, vous le voyez bien, n'est-ce pas ? »

Devant, le véhicule, avec son pare-brise teinté tourné vers Fallon, Carson City et le lac Tahoe, n'était pas un camion, mais un camping-car. Pas un mastodonte, mais assez grand tout de même, de couleur crème, avec une bande vert foncé sur le côté. Sur le capot, on avait écrit avec la même peinture vert foncé : QUATRE JOYEUX VOYAGEURS. Le véhicule était poussiéreux et penchait de façon bizarre, illogique.

En s'approchant, Peter remarqua quelque chose de curieux : les trois pneus en vue, celui du conducteur et les deux pneus arrière, semblaient à plat. Il se dit que le pneu avant droit était sans doute à plat aussi. Quatre pneus à plat justifiaient le curieux aspect penché du véhicule, mais comment en arrivait-on à crever quatre pneus d'un coup ? Des clous sur la route ? Du verre ?

Il regarda Mary, mais Mary avait toujours le regard désespérément levé vers le rétroviseur.

« Si nous avions mis nous-mêmes cette drogue sous le pneu, disait-elle, si elle était à nous, alors pourquoi, grands dieux, Peter aurait-il enlevé le pneu pour que vous la découvriez ? Il aurait très bien pu glisser la main derrière et attraper la trousse à outils. Il aurait eu un peu de mal, mais il y avait la place. »

Ils dépassèrent le camping-car. La porte latérale était rabattue mais pas fermée, et les marches étaient descendues, une poupée à leur pied dans la poussière, sa robe soulevée par le vent.

Peter ferma les yeux. Il ne savait pas, d'ailleurs, s'il les avait fermés ou s'ils s'étaient fermés tout seuls. Cela n'avait pas beaucoup d'importance. Tout ce qu'il savait, c'était que le Gentil Flic avait dépassé le camping-car comme s'il ne l'avait pas vu... ou comme s'il le connaissait déjà très bien.

Des paroles d'une vieille chanson traversèrent son esprit : *Il se passe quelque chose ici... Quoi ? Ce n'est pas très précis...*

« Est-ce que vous nous croyez stupides ? demanda Mary alors que le camping-car disparaissait derrière eux, comme avait disparu l'Acura de Deirdre. Ou camés ? Est-ce que vous pensez que nous sommes...

— Taisez-vous », dit le flic.

Il avait parlé doucement, mais on ne pouvait ignorer l'agressivité de sa voix.

Mary était penchée en avant, les doigts dans les trous du filet séparant l'avant et l'arrière de l'habitacle. Ses mains tombèrent sur ses genoux et elle tourna un visage choqué vers Peter. Elle était femme de professeur, elle avait publié des poèmes dans une vingtaine de magazines depuis sa première tentative huit ans plus tôt, elle participait deux fois par semaine à des groupes de discussion, elle avait sérieusement envisagé de se faire percer le nez... Peter se demanda quand on avait bien pu pour la dernière fois lui dire de se taire. Il se demanda si *quiconque* lui avait jamais dit de se taire.

« Quoi ? demanda-t-elle d'un ton qu'elle voulait peut-être agressif, ou même menaçant, et qui ne fut que stupéfait. Que m'avez-vous dit ?

— Je vous arrête, votre mari et vous, sous l'inculpation de possession de marijuana avec intention de la vendre », dit le flic d'une voix sèche, de robot.

En regardant le tableau de bord, Peter découvrit un ours en plastique collé entre la boussole et un écran de radar. C'était un petit ours, de la taille des jouets qu'on gagne dans les foires, et il avait un ressort dans le cou. Il regardait Peter de ses yeux peints, vides.

C'est un cauchemar, se dit-il, sachant bien que non. *C'est forcément un cauchemar. Je sais que ça semble être la réalité, mais ça ne peut l'être.*

« Vous n'êtes pas sérieux ! dit Mary d'une petite voix choquée, la voix de quelqu'un de raisonnable dont les yeux s'emplissaient à nouveau de larmes. Vous ne pouvez pas être sérieux !

— Vous avez le droit de garder le silence, dit le grand flic de sa voix de robot. Si vous choisissez de parler, tout ce que vous direz pourra être retenu contre vous devant un tribunal. Vous avez droit à un avocat. Je vais vous tuer. Si vous n'en avez pas les moyens, nous vous en commettrons un d'office. Comprenez-vous vos droits tels que je vous les ai énoncés ? »

Mary regardait Peter, ses yeux immenses et horrifiés lui demandant en silence s'il avait entendu les quatre mots que le flic, de sa voix de robot parfaitement uniforme, avait insérés au milieu des phrases traditionnelles. Peter hocha la tête. Il avait bien entendu. Il glissa sa main entre ses cuisses, certain d'y trouver de l'humidité, mais il ne s'était pas mouillé. Pas encore, en tout cas. Il entoura de son bras les épaules de Mary et la sentit trembler. Il pensait toujours au camping-car derrière eux, à la porte entrouverte, à la poupée gisant dans la poussière de la route, aux pneus à plat. Et il y avait aussi ce chat mort que Mary avait vu cloué au panneau de limitation de vitesse.

« Comprenez-vous vos droits ? »

Agis normalement, il n'a sans doute pas la moindre idée de ce qu'il a dit, alors comporte-toi comme si de rien n'était.

Mais qu'est-ce qui était normal quand vous vous retrouviez sur le siège arrière d'une voiture de police conduite par un géant fou, un homme qui venait de dire qu'il allait vous tuer ?

« Comprenez-vous vos droits ? » demanda à nouveau la voix de robot.

Peter ouvrit la bouche, mais il n'en sortit qu'un coassement.

Le flic tourna alors la tête. Son visage, rougi par le soleil quand il les avait arrêtés, avait pâli. Ses yeux, très grands, saillaient des orbites comme des billes de verre. Il s'était mordu les lèvres, comme pour étouffer quelque rage monstrueuse, et deux filets de sang s'écoulaient sur son menton.

« *Comprenez-vous vos droits ?* leur hurla le flic alors que la voiture filait à près de cent à l'heure sur une route à deux voies. *Comprenez-vous vos droits, oui ou non ? Oui ou non ? Oui ou non ? Oui ou non ? Répondez-moi, vous, les Juifs géniaux de New York !*

— Oui, cria Peter, nous les comprenons. Mais gardez les yeux sur la route, pour l'amour du ciel, regardez où vous allez ! »

Le flic continua à les fixer à travers le filet, le visage décoloré, le sang coulant de sa lèvre inférieure. La Caprice, qui avait commencé à dériver sur la gauche jusqu'à passer dans l'autre file, se rabattait maintenant à droite.

« Ne vous en faites pas pour *moi,* dit le flic d'une voix douce. Oh, non. J'ai des yeux derrière la tête. En fait, j'ai des yeux presque partout. Vous feriez mieux de vous en souvenir. »

Il se retourna soudain et ralentit. Le siège appuya à nouveau douloureusement sur les genoux de Peter, l'immobilisant. Peter prit les mains de Mary dans les siennes. Elle pressa son visage contre sa poitrine et il sentit les sanglots qu'elle essayait d'étouffer. Ils la traversaient comme le vent. Il regarda le filet par-dessus son épaule. La tête de l'ours oscillait sur son ressort.

« Je vois des trous comme des yeux, dit le flic. Mon esprit en est plein. »

Il ne dit plus rien jusqu'à ce qu'ils soient en ville.

5

Les dix minutes que prit le trajet furent très longues pour Peter Jackson. Le poids du flic contre ses genoux semblait augmenter à chaque tour de la trotteuse de sa montre, et ses jambes ne tardèrent pas à s'ankyloser, ses pieds à s'engourdir, au point qu'il se demanda comment il pourrait encore tenir debout si jamais cette équipée finissait un jour. Il avait mal à la vessie. Il avait mal à la tête. Il se rendait compte que Mary et lui se trouvaient dans de sales draps, mais il était incapable de le comprendre réellement. Chaque fois qu'il approchait d'une véritable compréhension, il se produisait un court-circuit dans sa tête. Ils étaient en route pour rentrer à New York. On les y attendait. Quelqu'un arrosait leurs plantes. Tout ce qui venait de se passer n'était pas réel. Impossible.

Mary attira son attention par une pression de la main et pointa son doigt vers sa fenêtre. Il y avait un panneau indiquant simplement DÉSOLATION avec une flèche à droite.

Le flic ralentit à peine avant de tourner à droite. La voiture pencha et Peter sentit Mary inspirer en catastrophe. Elle allait crier. Il lui posa la main sur la bouche et murmura :

« Il va y arriver, j'en suis certain, on ne va pas se retourner. »

Mais il n'en était pas sûr *du tout* jusqu'à ce qu'il sente l'arrière de la voiture adhérer de nouveau à la route après un dérapage. Un instant plus tard, ils filaient vers le sud sur une petite route noire à une voie.

Environ deux kilomètres plus loin, ils passèrent devant un panneau : L'ÉGLISE ET LES ORGANISATIONS CIVIQUES DE DÉSOLATION VOUS SOUHAITENT LA BIENVENUE ! Les mots « Église » et « organisations civiques » avaient été recouverts de peinture jaune, mais restaient lisibles. Au-dessus, avec la même peinture en bombe, on avait ajouté les mots CHIENS MORTS en lettres capitales irrégulières. La liste des Églises et des organisations civiques suivait, mais Peter n'essaya pas de la lire, fasciné qu'il était par un berger allemand pendu au panneau et dont les pattes arrière oscillaient à quelques centimètres de la terre sombre et humide imbibée de son sang.

Les mains de Mary serraient les siennes comme un étau. Il fut heureux de cette pression. Il se pencha à nouveau vers elle, enfouit son visage dans l'odeur douce de son parfum, dans l'odeur aigre de sa peur, jusqu'à ce que ses lèvres se pressent contre son oreille.

« Ne dis pas un mot, n'émets pas un son, murmura-t-il. Hoche la tête si tu me comprends. »

Elle hocha la tête et Peter se redressa.

Ils passèrent devant une aire de stationnement pour caravanes derrière une clôture en bois. La plupart des caravanes étaient petites et avaient connu des jours meilleurs. Entre certaines d'entre elles, du linge triste claquait au vent brûlant du désert. L'une d'elles arborait une pancarte disant :

JE SUIS UN FILS DE PUTE QUI PORTE UN FLINGUE,
BOIT DE LA GNÔLE, LIT LA BIBLE
ET CASSE DU CLINTON !
LE CHIEN, C'EST RIEN,
FAITES PLUTÔT GAFFE A SON *PROPRIÉTAIRE* !

Sur le toit d'un vieil Airstream, au bord de la route, une grande parabole se dressait vers un satellite. Le véhicule portait aussi une pancarte de métal peinte en blanc dont la rouille coulait comme de vieilles larmes de sang :

CENTRE DE TÉLÉCOMUNNICATIONS
PROPRIÉTÉ DU CAMP DE CARAVANING
DU SERPENT A SONAITES
DÉFANSE D'ENTRER ! RONDES DE POLICE !

Au-delà du camp de caravaning du Serpent à Sonnette, une longue baraque préfabriquée au toit et aux murs en tôle ondulée rouillée portait un écriteau indiquant COMPAGNIE MINIÈRE DE DÉSOLATION. Sur un côté, un parking accueillait une douzaine de voitures et de camionnettes. Un instant plus tard, ils passèrent devant le café de la Rose des Sables.

Puis ils arrivèrent à la « ville ». Désolation, Nevada, consistait en deux rues qui se croisaient à angle droit (un feu, clignotant orange des quatre côtés pour l'instant, était suspendu au milieu) et deux bâtiments commerciaux. On aurait dit que la plupart des façades étaient fausses. Il y avait le casino du club du Hibou et un café, une épicerie, une laverie, un bar avec à la fenêtre une pancarte disant BIENVENUE DANS CETTE TÔLE, une quincaillerie-droguerie, un cinéma — l'Ouest américain —, et quelques autres commerces, dont aucun n'avait l'air bien prospère. On aurait même dit que le cinéma était fermé depuis des siècles. Seul un R tordu pendait encore de sa marquise défoncée et sale.

Dans l'autre direction, d'est en ouest, quelques maisons de bois et d'autres caravanes. Rien ne semblait bouger, hormis la voiture du flic géant entre les buissons roulant sur la route en bonds paresseux.

Moi aussi, je dégagerais la rue, si je voyais arriver ce type, se dit Peter. *Et plutôt deux fois qu'une !*

Au-delà de la ville se dressait un énorme mur incurvé auquel menait une large route de terre pour quatre files de voitures au moins qui montait en deux amples courbes. Le reste de ce rempart incurvé, haut de plus de cent mètres, était zébré de fissures qui lui donnaient l'aspect d'une vieille peau ridée. Au pied du cratère (il se dit que ce devait être un cratère, résultat de quelque opération minière), des camions s'alignaient contre un long bâtiment en tôle ondulée avec un tapis roulant à chaque extrémité. L'immense mur ridé derrière eux les faisait ressembler à des jouets.

Leur hôte reprit la parole pour la première fois depuis qu'il leur avait dit qu'il avait l'esprit plein de trous — si c'était bien ce qu'il avait dit.

« Serpent à Sonnette Numéro Deux, appelé parfois le Puits Chinois, dit-il sur le ton enjoué du guide touristique pas encore blasé. Le vieux Numéro Deux a été ouvert en 1951, et de 1962 jusqu'à la fin des années soixante-dix, c'était la plus grande mine de cuivre à ciel ouvert des États-Unis, peut-être du monde. Et puis elle s'est épuisée. On l'a rouverte il y a deux ans, parce que les nouvelles technologies permettent de rentabiliser même les petits filons. La science, hein ! Bon sang ! »

Mais rien ne bougeait là-haut, rien que Peter pût voir, bien qu'on fût un jour de semaine, il ne distingua qu'un rassemblement de camions près de ce qui semblait être une sorte d'atelier de triage, et un autre camion — à ridelles celui-là — garé en bordure de la route gravillonnée conduisant au sommet. Aux extrémités du long bâtiment métallique, les tapis étaient arrêtés.

Le flic traversa le centre du village, et quand ils passèrent sous le feu clignotant, Mary serra deux fois la main de Peter. Il suivit son regard et vit trois bicyclettes au milieu de la rue qu'ils croisaient. Elles étaient à un pâté de maisons d'eux, et ils les virent, posées sur leur selle, les roues tournant dans les bourrasques comme des ailes de moulin. Mary regarda son époux, les yeux plus écarquillés que jamais. Peter lui serra la main et émit un « chut » discret.

Le flic mit son clignotant à gauche — plutôt drôle, étant donné les circonstances — et pénétra dans un petit parc de stationnement au pavage récent et entouré de trois murs de brique. On avait peint de belles lignes blanches sur l'asphalte bien lisse. Sur le mur du fond, une pancarte disait :

RÉSERVÉ EXCLUSIVEMENT AUX EMPLOYÉS
ET AUX SERVICES MUNICIPAUX
VEUILLEZ RESPECTER CETTE AIRE DE STATIONNEMENT.

Il n'y a qu'au Nevada qu'on peut demander de respecter une aire de stationnement, se dit Peter. *A New York, on aurait sans doute écrit : LES VÉHICULES NON AUTORISÉS SERONT VOLÉS ET LEURS PROPRIÉTAIRES DÉVORÉS.*

Il y avait quatre ou cinq voitures garées là, dont un vieux break Ford, qui portait la mention CHEF DES POMPIERS et une autre voiture de police, en meilleur état que celle du pompier en chef, mais pas aussi neuve que celle que conduisait leur ravisseur. C'est sur l'unique emplacement réservé aux handicapés que le Gentil Flic se gara. Il arrêta le moteur et resta assis un moment, tête baissée, les doigts tapotant le volant, fredonnant tout bas un air que Peter crut identifier comme « Le dernier train pour Clarksville ».

« Ne nous tuez pas, dit soudain Mary d'une voix tremblante et pleine de larmes. Nous ferons ce que vous voudrez, mais je vous en prie, ne nous tuez pas !

— Fermez vos sales gueules de Juifs », répondit le flic.

Il n'avait pas levé la tête et continuait de tapoter le volant du bout de ses gros doigts.

« Nous ne sommes pas juifs ! dit soudain Peter d'une voix qui n'était pas effrayée mais rageuse, ce qui lui sembla curieux parce qu'il n'avait jamais eu aussi peur de sa vie. Nous sommes... eh bien... presbytériens, je crois. Qu'est-ce que c'est que cette histoire de Juifs ? »

Mary regarda son mari, horrifiée, puis à travers le filet pour voir comment le grand fou réagissait. Au début, il ne fit rien, il resta assis tête baissée à pianoter des doigts. Puis il prit son chapeau et sortit de la voiture. Peter se pencha un peu pour voir le flic mettre son chapeau. L'ombre du géant était toujours réduite, mais elle n'était plus concentrée autour de ses pieds. Peter regarda sa montre ; il était presque quatorze heures trente. Moins d'une heure plus tôt, le principal problème qui les occupait, sa femme et lui, était de savoir où ils dormiraient le soir, son seul souci était de manquer de pastilles pour l'estomac.

Le flic se pencha et ouvrit la porte arrière gauche.

« Je vous prie de sortir du véhicule », dit-il.

Ils se glissèrent hors de leur siège, Peter le premier, et regardèrent, dans la chaude lumière, l'homme en uniforme kaki, ceinturon Sam Browne et chapeau de cow-boy.

« On va faire le tour de l'immeuble municipal, dit le flic. Vous prendrez à gauche sur le trottoir pour gagner la façade principale. Et vous m'avez bien l'air de Juifs. Tous les deux. Vous avez ces grands nez qui sont un signe incontestable.

— Monsieur..., commença Mary.

— Non, marchez ! tournez à gauche. N'abusez pas de ma patience. »

Ils marchèrent et leurs pas sur le goudron noir leur semblèrent très sonores. Peter ne cessait de penser au petit ours en plastique sur le tableau de bord de la voiture, à sa tête oscillante et à ses yeux peints. Qui avait bien pu le donner à ce grand flic ? Sa nièce préférée ? Sa fille ? Le Gentil Flic ne portait pas d'alliance, Peter l'avait remarqué tandis qu'il regardait les doigts de l'homme tapoter le volant, mais cela ne signifiait pas qu'il n'avait jamais été marié. L'idée qu'une femme mariée à cet homme puisse un jour demander le divorce n'étonna pas du tout Peter.

Il entendit un grincement monotone au-dessus de lui, et découvrit, un peu plus loin dans la rue, une girouette qui tournait rapidement sur le toit du bar, la Chope. C'était un nain portant un tonneau d'or sous un bras et arborant un sourire ravi sur son visage tournoyant.

« *A gauche,* crétin, dit le flic d'un ton plus résigné qu'impatient. Tu sais où est ta gauche ? On vous apprend donc pas ça, à vous, les presbytériens pédés de New York ? »

Peter tourna à gauche. Mary et lui marchaient toujours côte à côte, main dans la main. Ils arrivèrent devant trois marches de pierre conduisant à une double porte en verre teinté moderne. Le bâtiment dans son ensemble était, lui, beaucoup moins moderne. Une pancarte peinte en blanc accrochée aux briques décolorées proclamait qu'il s'agissait de l'hôtel de ville de Désolation. En dessous, sur les portes, figurait la liste des bureaux et services : *Maire, Affaires scolaires, Pompiers, Police, Affaires sanitaires, Services sociaux, Bureau des mines.* En bas de la porte de droite il était écrit : MONSIEUR LE MAIRE REÇOIT LE VENDREDI A 13 H ET SUR RENDEZ-VOUS.

Le flic s'arrêta au pied des marches et regarda les Jackson d'un air bizarre. Bien qu'il fît une chaleur accablante, plus de trente degrés, sans doute, il ne semblait pas du tout transpirer. Derrière eux, la girouette brisait toujours le silence de son grincement sinistre.

« Vous êtes Peter, dit le flic.

— Oui, Peter Jackson, répondit-il après s'être humecté les lèvres.

— Et vous êtes Mary.

— C'est cela.

— Alors, où est Paul ? demanda le flic en leur jetant un regard amusé tandis que le nain grinçait et tournait sur le toit du bar derrière eux.

— Quoi ? demanda Peter. Je ne comprends pas c...

— Comment pouvez-vous chanter “ Five Hundred Miles ” ou “ Leaving on a Jet Plane ” sans Paul ? »

Il ouvrit la porte de droite et de l'air conditionné s'y engouffra aussitôt. Peter eut le temps de sentir sa fraîcheur bienfaisante avant que Mary pousse un cri. Ses yeux s'étaient adaptés plus vite que ceux de son mari à la pénombre baignant le vestibule, mais il vit très vite ce qui l'avait fait crier. Une petite fille d'environ six ans était étendue au pied de l'escalier, à demi redressée contre les quatre dernières marches, une main relevée au-dessus de la tête, paume ouverte. Ses cheveux blond pâle avaient été attachés en deux couettes. Elle avait les yeux grands ouverts et sa tête formait un angle bizarre avec son torse. Peter comprit immédiatement à qui appartenait la poupée au pied des marches du camping-car. QUATRE JOYEUX VOYAGEURS, lisait-on sur le capot — un qualificatif hors de propos à l'heure actuelle. Il en eut aussi la certitude.

« Bon sang ! dit le flic d'une voix neutre. Je l'avais complètement oubliée ! On ne peut pas toujours penser à tout, hein ? Même si on se donne du mal ! »

Mary cria à nouveau, les doigts recroquevillés devant sa bouche, et tenta de faire demi-tour.

« Oh, que non, ma petite dame ! C'est une très mauvaise idée ! » dit le flic.

Il la prit par l'épaule et la poussa vers la porte qu'il tenait ouverte. Elle tituba à travers le petit vestibule, les bras tendus dans son effort désespéré pour rester en équilibre, pour ne pas tomber sur l'enfant morte avec son jean et son T-shirt *MotoKops 2200.*

Peter regardait sa femme quand le flic le saisit à deux mains. Il retenait maintenant la porte avec ses fesses et son visage était ouvert, amical, et par-dessus tout, il avait l'air *sain* — comme si un bon ange avait gagné, au moins temporairement, la bataille. Peter eut un instant d'espoir et n'identifia pas tout de suite l'objet qui lui pressait l'estomac : le monstrueux automatique du flic. Il pensa à son père qui parfois appuyait ses remontrances de deux doigts chargés d'enfoncer ses conseils dans le crâne de son fils — du genre *Une fille ne tombe pas enceinte si l'un des deux a gardé son pantalon, mon gars.*

Il ne se rendit pas compte que c'était le pistolet, et non l'énorme doigt boudiné du flic, avant que Mary hurle :

« Non ! Oh, non !

— Ne...

— Je me fous que vous soyez juif ou hindou ! dit le flic en serrant Peter contre lui, lui malaxant l'épaule de la main gauche tandis qu'il relevait le chien de son 45 de la droite. A Désolation, on se moque de ce genre de choses. »

Il appuya trois fois. Il tira peut-être encore, mais Peter Jackson n'entendit que trois coups, étouffés par son estomac, mais néanmoins très sonores. Une vague de chaleur envahit sa poitrine et descendit en même temps dans ses jambes, et il entendit quelque chose de mouillé tomber sur ses chaussures. Il entendit Mary, qui criait toujours, mais comme de loin, de très loin.

Maintenant, je vais me réveiller dans mon lit, se dit Peter tandis que ses genoux ployaient et que le monde commençait à s'éloigner, aussi lumineux que le soleil de l'après-midi sur les flancs métallisés d'un wagon de chemin de fer filant dans le lointain. *Maintenant, je vais...*

Ce fut tout. Sa dernière pensée, alors que l'obscurité l'avalait pour toujours, ne fut pas vraiment une pensée mais une image : l'ours sur le tableau de bord, près de la boussole du flic. La tête qui dodelinait. Les yeux peints qui le regardaient fixement. Les yeux se transformèrent en trous, l'obscurité en sortit d'un coup. C'était fini pour lui.

Chapitre 2

1

Ralph Carver était quelque part tout au fond d'un trou noir et ne voulait pas remonter. Il sentait la douleur physique qui le guettait — une cuite, peut-être, et une sacrée cuite, s'il pouvait sentir sa tête douloureuse même dans son sommeil — mais pas seulement ça. Quelque chose d'autre. Quelque chose en relation avec

(Kirsten)

ce matin. Quelque chose en relation avec

(Kirsten)

leurs vacances. Il s'était soûlé, sans doute, et il avait dû se donner en spectacle de façon répugnante. Ellie devait lui en vouloir, mais tout ça ne semblait pas suffisant pour expliquer son état abominable...

Des cris. Quelqu'un criait. Mais au loin.

Ralph tenta de s'enfoncer plus profondément encore dans l'obscurité, mais des mains le saisirent aux épaules et commencèrent à le secouer. Chaque secousse envoyait une douleur monstrueuse dans sa pauvre tête cuitée.

« Ralph ! Ralph, réveille-toi ! Il faut que tu te réveilles ! »

Ellie. Ellie le secouait. Était-il en retard pour le travail ? Comment pouvait-il être en retard pour le travail ? Ils étaient en vacances.

Puis un bruit fulgurant pénétra l'obscurité comme le faisceau d'une lampe puissante — des coups de feu. Quatre, une pause, un cinquième.

Il ouvrit les yeux et s'assit, sans savoir sur l'instant où il était ni ce qui se passait, sachant seulement qu'il avait horriblement mal à la tête, une tête qui lui paraissait aussi grosse que celle des personnages de chez Macy's pour la parade de Thanksgiving, à New York. Un truc poisseux, comme de la confiture ou du sirop d'érable, recouvrait tout un côté de son visage. Ellie le regardait, un œil exorbité et affolé, l'autre presque perdu dans les boursouflures violettes d'une chair tuméfiée.

Des cris. Quelque part. Une femme. En dessous d'eux. Peut-être...

Il tenta de se lever, mais ses genoux se dérobèrent. Il tomba en avant du lit sur lequel il était assis (sauf que ce n'était pas un vrai lit, plutôt un lit de camp), et se retrouva à quatre pattes. Un nouvel éclair de douleur lui traversa la tête, et pendant un instant il crut que son crâne allait s'ouvrir comme une coquille d'œuf. Il regarda ses mains à travers les mèches de cheveux collées. Elles étaient toutes deux maculées de sang, la gauche beaucoup plus rouge que la droite. En les regardant, la mémoire

(Kirsten oh Seigneur Ellie retiens-la)

explosa soudain dans sa tête comme un feu d'artifice empoisonné et il cria, cria à ses mains ensanglantées, cria quand ce qu'il avait essayé d'évacuer de sa conscience tomba dans son esprit comme une pierre dans une mare. Kirsten était tombée dans l'escalier...

Non. Pas tombée. On l'avait *poussée.*

Le fou à lier qui les avait amenés ici avait poussé sa fille de sept ans dans l'escalier. Ellie avait tenté de la retenir, et le fou à lier lui avait assené un coup de poing dans l'œil. Ellie était tombée elle aussi, mais *sur* les marches, alors que Kirsten avait plongé directement *en bas,* les yeux grands ouverts, pleins de stupéfaction. Ralph ne pensait pas qu'elle avait compris ce qui se passait, et s'il pouvait encore se raccrocher à quelque chose, il se raccrocherait à ça : tout était arrivé trop vite pour qu'elle ait vraiment compris. Et elle avait heurté le sol. Elle avait roulé, ses pieds s'élevant en l'air, puis retombant en arrière. Et il y avait eu ce *bruit,* ce bruit horrible comme une branche qui craque sous le poids de la neige, et soudain, tout en elle avait changé, il avait vu le changement avant même qu'elle s'immobilise au pied de l'escalier, comme si ce n'était plus une petite fille qui gisait là, mais un mannequin, un épouvantail bourré de paille.

Ne pense pas ça, ne pense pas ça, je te défends *de penser ça.*

Sauf qu'il le fallait. La façon dont elle avait atterri... La façon dont elle s'était arrêtée au pied de l'escalier avec la tête sur le côté...

Du sang frais tombait sur sa main gauche. Apparemment, quelque chose n'allait pas de ce côté de sa tête. Qu'était-il arrivé ? Le flic l'avait-il frappé aussi, peut-être avec la poignée de cette arme monstrueuse qu'il portait ? Probablement, mais cet épisode était presque totalement effacé. Il arrivait à se souvenir de l'abominable dégringolade de sa fille, de la façon dont elle avait glissé sur les dernières marches, dont elle s'était arrêtée, la tête penchée d'un côté, et c'était tout. Seigneur, n'était-ce pas suffisant ?

« Ralph ? appelait Ellie hors d'haleine en le tirant par la manche. Ralph, lève-toi ! *S'il te plaît,* lève-toi !

— Papa ! Papa ! appela David de plus loin. Est-ce qu'il va bien, maman ? Il recommence à saigner, non ?

— Non... non, il...

— Si, je le vois. A la tête. Papa, tu vas bien ?

— Oui. »

Il posa un pied sur le sol, saisit le bord du lit et se leva péniblement. Le sang voilait son œil gauche. La paupière tombait comme si elle avait été trempée dans du plâtre. Il l'essuya du poignet, et cette nouvelle douleur le fit tressaillir ; son arcade sourcilière gauche lui donnait l'impression d'avoir été passée à l'attendrisseur à viande. Il tenta de se retourner vers l'endroit d'où lui parvenait la voix de son fils et faillit tomber. C'était comme s'il se trouvait sur un bateau. Il avait perdu le sens de l'équilibre, et même quand il réussit à tenir debout, il y avait quelque chose dans sa tête qui semblait toujours tanguer et rouler, tourner, tourner encore. Ellie le retint, le soutint, l'aida à avancer.

« Elle est morte, n'est-ce pas ? » demanda Ralph.

Sa voix rauque sortit d'une gorge tapissée de sang, comme après un épouvantable saignement de nez. Il n'arrivait pas à croire ce qu'il avait entendu dire à cette voix, mais il pensa qu'avec le temps, il y arriverait, et c'était le pire. Avec le temps, il y arriverait.

« Kirsten est morte.

— Je crois, oui, répondit Ellie. Tiens-toi aux barreaux, Ralph, si tu peux. Tu vas me faire tomber. »

Ils se trouvaient dans une cellule. Devant lui, juste un peu trop loin, se dressaient les barreaux, peints en blanc avec une peinture épaisse qui par endroits avait coulé et séché en amas grumeleux. Ralph réussit à faire un pas et s'y agrippa. Il vit un bureau au milieu d'un espace carré, comme un décor de scène pour une pièce minimaliste. Dessus, il y avait des papiers, un fusil à deux canons et une poignée de grosses cartouches vertes. Rangé sous le bureau, le fauteuil à l'ancienne, en bois, avec des roulettes. On avait mis un coussin vert dessus, comme si la personne qui s'y asseyait d'ordinaire avait des hémorroïdes ou quelque autre problème intime. Un plafonnier avait attiré des générations de mouches, qui formaient des ombres grotesques dans le globe.

Il y avait des cellules sur trois côtés de la pièce. Celle du milieu, probablement réservée aux ivrognes, était vaste et vide. Ralph et Ellie Carver se trouvaient dans une autre, plus petite. Une seconde petite cellule à leur droite était vide. En face d'eux, encore deux petites cellules ; dans l'une, leur fils de onze ans, David, et un homme aux cheveux blancs. Ralph ne voyait rien d'autre de l'homme, car il était assis sur la couchette, la tête dans ses mains. Quand la femme se remit à crier, en bas, David se tourna dans cette direction, où une porte ouverte donnait sur l'escalier

(Kirsten, Kirsten qui tombe, le bruit sec de son cou qui se brise)

descendant vers la rue, mais l'homme aux cheveux blancs, lui, ne réagit pas.

Ellen s'approcha de son mari et lui entoura la taille de son bras. Ralph prit le risque de lâcher un barreau pour lui saisir la main.

Des pas lourds montaient l'escalier, avec un bruit de frottement. On leur amenait de la compagnie, quelqu'un qui ne se laissait pas faire.

« *Il faut l'aider !* criait-elle. *Il faut aider Peter ! Il...* »

Elle fut projetée dans la pièce qu'elle traversa avec une curieuse grâce de ballerine, titubant sur la pointe de ses pieds chaussés de blanc, les bras écartés, les cheveux volant, en jean et chemise bleue délavée. Elle se cogna au bureau, ses cuisses s'écrasant sur le bord assez violemment pour que la table recule vers la chaise. Alors, de l'autre côté de la pièce, David se mit à hurler, il bondit derrière les barreaux comme un oiseau en cage, hurla d'une voix sauvage et affolée que Ralph n'avait encore jamais entendue, dont il n'avait jamais soupçonné l'existence.

« Le fusil, madame ! criait David. *Prenez le fusil ! Tuez-le ! Tuez-le, madame, tuez-le ! »*

L'homme aux cheveux blancs finit par lever son vieux visage buriné par le désert. Les cernes profonds sous ses yeux aqueux lui donnaient un air de chien battu.

« Prenez-le, coassa le vieil homme. Pour l'amour de Dieu, madame ! »

La femme en jean et chemise bleue tourna la tête en direction de la voix de l'enfant, puis regarda vers l'escalier d'où venaient les pas lourds.

« Allez-y ! renchérit Ellen. *Il a tué notre fille, il nous tuera tous, allez-y ! »*

La femme en jean et chemise bleue tendit la main vers le fusil.

2

Jusqu'au Nevada, tout s'était bien passé.

Ils étaient quatre joyeux voyageurs de l'Ohio en route pour le lac Tahoe, où Ellen Carver et les enfants nageraient, se promèneraient et visiteraient la région pendant dix jours tandis que Ralph Carver jouerait — lentement, pour le plaisir, et avec une énorme concentration. Ce serait leur quatrième visite dans le Nevada, leur seconde au lac Tahoe, et il continuerait à suivre la règle d'or qu'il avait établie : il arrêterait quand il aurait soit a) perdu mille dollars, soit b) gagné dix mille dollars. Lors de leurs trois voyages précédents, il n'était arrivé à aucune de ces limites. Une fois il était rentré à Columbus avec cinq cents dollars de sa mise intacts, une autre avec deux cents dollars, et l'année précédente ils étaient rentrés avec plus de trois mille dollars dans la poche intérieure gauche de sa veste de safari porte-bonheur. Pendant ce trajet de retour, ils étaient descendus dans les Hilton et autres Sheraton au lieu des campings, et les parents avaient fait l'amour tous les soirs. Ralph considérait que c'était plutôt phénoménal pour des gens approchant la quarantaine.

« Tu dois en avoir assez des casinos, avait-il dit en février alors qu'ils commençaient à organiser leurs vacances. On pourrait essayer la Californie, cette fois ? Le Mexique ?

— Bien sûr, pour qu'on attrape tous la dysenterie, avait répondu Ellen. On regarderait le Pacifique entre les planches de la casa de popo, comme ils doivent dire là-bas !

— Et le Texas ? On emmènerait les gosses voir Alamo.

— Trop chaud, trop historique. Au lac Tahoe, il fait frais, même en juillet, et les gosses adorent. Moi aussi. Et tant que tu ne viens pas me demander *mon* argent quand tu es à sec...

— Tu sais que jamais je ne ferais ça ! » avait-il dit d'un ton choqué, qui n'était pas feint.

Ils étaient tous deux assis à la table de la cuisine, dans leur maison de Wentworth, banlieue résidentielle de Columbus, près de leur frigidaire couvert de marguerites magnétiques, les brochures touristiques étalées devant eux, ignorant l'un comme l'autre que les dés étaient déjà lancés et que leur première perte serait leur fille.

« Tu sais ce que je t'ai dit...

— Oui, qu'une fois qu'on est accro, on ne joue plus. Je sais, je m'en souviens. Tu aimes le lac, j'aime le lac, les gosses aiment le lac. Tahoe est ce qu'il nous faut. »

Ils avaient donc pris les réservations, et aujourd'hui — si on était *encore* aujourd'hui — ils étaient sur la nationale 50, « la route la plus déserte d'Amérique », et ils filaient vers l'ouest, vers les hautes sierras. Kirsten jouait avec Melissa Chérie, sa poupée préférée, Ellen faisait la sieste, et David était assis près de lui. Il regardait par la fenêtre, le menton dans ses mains. Un peu plus tôt, il avait lu la Bible que son nouveau copain le pasteur lui avait donnée (Ralph espérait que ce type n'était pas pédé — il était marié, c'était une bonne chose, mais quand même, on ne savait jamais), puis il avait coché la page et rangé la Bible dans le placard. Ralph avait envisagé de demander au gamin à quoi il pensait, ce que c'était que cette histoire de Bible, mais autant s'adresser à une bûche. David (qui détestait qu'on lui donne le diminutif habituel de Dave) était un enfant étrange, qui ne leur ressemblait ni à l'un ni à l'autre. Ni à sa sœur, d'ailleurs. Ce soudain intérêt pour la religion — son « trip mystique » comme disait Ellen — n'était qu'une de ses nombreuses bizarreries. Cela lui passerait, probablement, et, en attendant, le gamin ne citait jamais la Bible à propos du jeu, des jurons, ou du fait que son père évitait de se raser le dimanche, et c'était toujours ça. Ralph adorait son fils, et cet amour pouvait inclure une multitude de bizarreries. C'était d'ailleurs le propre de l'amour.

Il allait demander à David s'il voulait jouer aux vingt questions — il n'y avait pas grand-chose à voir dehors depuis qu'ils avaient quitté Ely le matin, et il s'ennuyait comme un rat mort — quand il sentit la direction mollir soudain entre ses mains et entendit le ronronnement des pneus sur la route se transformer en claquements répétés.

« Papa ? demanda David d'un air sérieux mais pas inquiet, ce qui était une bonne chose. Est-ce que ça va ?

— Tiens-toi bien, avait-il répondu en commençant à freiner. Ça risque de secouer un peu. »

Maintenant, agrippé aux barreaux et regardant la femme affolée qui représentait sans doute leur dernier espoir de survivre à ce cauchemar, il se disait : *Je ne me rendais vraiment pas compte à quel point on allait être secoués, vraiment pas.*

Cela lui déchirait la tête de crier, mais il cria tout de même, sans se rendre compte qu'il avait presque la même voix que son fils.

« Tirez-lui dessus, madame, tuez-le ! »

3

Ce dont Mary Jackson se souvint, ce qui lui fit prendre le fusil alors qu'elle n'avait jamais tenu d'arme — ni fusil, ni pistolet — de toute sa vie, fut la phrase que le flic avait glissée dans l'énoncé de leurs droits : *Je vais vous tuer.*

Et il pensait ce qu'il disait. Oh, Seigneur, oui !

Elle se retourna, l'arme à la main. Le grand flic blond s'encadrait dans la porte et la regardait de ses yeux gris brillants mais vides.

« Tirez-lui dessus, madame, tuez-le ! » cria un homme.

L'homme était dans une cellule à la droite de Mary, à côté d'une femme dont un des yeux était si tuméfié que l'ecchymose descendait sur la joue, comme si on lui avait injecté de l'encre noire sous la peau. L'homme, le côté gauche de son visage couvert de sang à demi séché, avait l'air encore plus mal en point.

Le flic courut vers elle, ses lourdes bottes martelant le plancher à grand fracas. Mary recula vers la cellule vide au fond de la pièce tout en relevant les deux chiens du fusil. Elle épaula. Elle n'avait pas la moindre intention de le mettre en garde. Il venait de tuer son mari de sang-froid, et elle ferait l'économie des sommations d'usage.

4

Ralph freina en retenant le volant de toute la force de ses épaules, le laissant osciller un peu dans ses mains, mais pas trop. Il sentit le camping-car lui échapper. On lui avait expliqué que, pour contrôler une crevaison à pleine vitesse, il fallait laisser le véhicule déraper — un peu, en tout cas. Mais — mauvaise nouvelle, les gars — il n'avait pas l'impression qu'il s'agissait seulement d'une crevaison.

Il regarda Kirsten dans le rétroviseur. Elle avait cessé de jouer avec Melissa Chérie et la serrait maintenant contre elle. Kirsten savait qu'il se passait quelque chose, mais elle ne comprenait pas quoi.

« Kirsten, assieds-toi ! lui cria-t-il. Mets ta ceinture ! »

Mais c'était déjà terminé. Il avait amené le Wayfarer sur le bas-côté de la route, arrêté le moteur et essuyé la sueur de son front avec le dos de sa main. Finalement, il ne s'en était pas mal sorti. Il n'avait même pas renversé le vase de fleurs du désert posé sur la table à l'arrière. Ellen et Kirsten les avaient cueillies derrière le motel, à Ely, ce matin, pendant que David et lui chargeaient le camping-car et réglaient la note.

« Bien négocié, papa, déclara David d'une voix objective.

— Arrêt pipi ? demanda Ellen en s'asseyant, l'air hagard. Pourquoi sommes-nous penchés comme ça, Ralph ?

— Nous avons eu un... »

Il s'interrompit en voyant dans le rétroviseur extérieur une voiture de police qui arrivait en trombe, son gyrophare en action. Ses freins hurlèrent et elle s'arrêta à une centaine de mètres derrière eux. Le plus grand flic que Ralph ait jamais vu bondit hors de la voiture et tira son arme. Ralph sentit tous ses nerfs en éveil.

Le flic regarda à droite et à gauche, son arme levée à hauteur d'épaule, pointée vers le ciel sans nuages. Puis il décrivit un cercle. Quand il fut à nouveau face au camion, il regarda droit dans le rétroviseur extérieur, pour croiser les yeux de Ralph, semblait-il. Le flic leva les deux mains au-dessus de sa tête et les abaissa violemment, avant de les relever et de les rabaisser, pantomime qui signifiait sans aucun doute possible : *Restez où vous êtes, ne bougez pas !*

« Ellie, verrouille les portes arrière », dit Ralph en appuyant sur son propre bouton.

David, qui le regardait, en fit de même de son côté sans qu'on le lui ait demandé.

« Quoi ? Qu'est-ce qui se passe ? demanda Ellen d'un air hésitant.

— Je n'en sais rien, mais il y a un flic derrière nous qui semble assez excité. »

Derrière, là où j'ai crevé un... des pneus.

Le flic se pencha et ramassa quelque chose sur la route. C'était une lanière qui envoyait des petits éclairs phosphorescents comme les franges d'une robe du soir en lamé. Il la ramena vers sa voiture, son extrémité traînant sur le remblai, l'arme toujours dans son autre main levée. Il semblait vouloir regarder dans toutes les directions à la fois.

Ellen ferma le hayon et la porte latérale et revint vers l'avant.

« Mais qu'est-ce qu'il y a donc ?

— Je te l'ai dit. Je n'en sais rien. Mais ça n'a pas l'air très... encourageant », dit-il en montrant le rétroviseur du doigt.

Ellen se pencha, les mains sur les genoux, et regarda avec Ralph le flic jeter la lanière sur le siège arrière, puis se redresser en tenant l'arme à deux mains. Ralph ne comprit que plus tard combien cette mise en scène muette avait été parfaitement orchestrée.

Kirsten vint rejoindre sa mère et se mit à lui cogner les fesses avec Melissa Chérie.

« Fesses, fesses, fesses, fesses, chantonna-t-elle. Comme on aime les grosses fesses de maman !

— Kirsten, arrête. »

D'ordinaire, il aurait fallu le lui répéter deux ou trois fois pour qu'elle obéisse, mais quelque chose dans la voix de sa mère la fit s'arrêter sur-le-champ. Elle regarda son frère, qui ne quittait pas son rétroviseur des yeux. Elle s'approcha et tenta de monter sur ses genoux. David la repoussa gentiment mais fermement.

« Pas maintenant, la Puce.

— Mais qu'est-ce qu'il y a ?

— Rien de grave », répondit David sans détourner son regard du rétroviseur.

Le flic remonta dans sa voiture et vint la garer près du Wayfarer. Il en ressortit, son arme toujours à la main, mais le long de sa jambe cette fois, pointée vers la route. Il regarda à nouveau à droite et à gauche, puis s'approcha de la vitre de Ralph. Le conducteur d'un Wayfarer est assis beaucoup plus haut que dans une voiture, mais le flic était si grand — dans les deux mètres, au moins — qu'il dut baisser les yeux vers Ralph assis derrière le volant dans son siège de capitaine.

Le flic fit un geste de manivelle de sa main vide et Ralph baissa sa vitre.

« Quel est le problème, monsieur l'agent ?

— Combien êtes-vous ?

— Qu'est-ce qui...

— *Monsieur, je vous ai demandé combien vous étiez.*

— Quatre, répondit Ralph qui n'était plus seulement nerveux mais effrayé. Ma femme, nos deux enfants et moi. Nous avons crevé un...

— Non, monsieur, *tous* vos pneus sont à plat. Vous avez roulé sur un morceau de tapis de route.

— Je ne...

— C'est une lanière hérissée de centaines de petits clous que nous utilisons pour arrêter les fuyards chaque fois que nous le pouvons — ça évite bien des courses-poursuites.

— Mais que faisait une chose pareille sur la route ? demanda Ellen avec indignation.

— Je vais ouvrir la porte arrière de ma voiture, la plus proche de votre camion. Quand vous me verrez le faire, je veux que vous sortiez de votre véhicule et que vous montiez à l'arrière du mien aussi vite que possible. »

Il tendit le cou, et vit Kirsten qui, accrochée à la jambe de sa mère, glissait prudemment un coup d'œil dans sa direction. Il lui sourit.

« Salut, petite ! » dit-il.

Kirsten lui sourit en retour.

Le flic regarda ensuite brièvement David et lui fit un signe de tête, auquel David répondit froidement.

« Qui a fait ça, monsieur ? demanda l'enfant.

— Un méchant. Tu n'as pas besoin d'en savoir plus pour l'instant, mon gars. Un type très méchant. *Tak !*

— Mais..., commença Ralph.

— Monsieur, avec tout le respect que je vous dois, j'ai l'impression d'être un pigeon d'argile dans un stand de tir. Il y a un homme dangereux dans le coin, et il sait tirer. Ce morceau de tapis de route laisse supposer qu'il n'est pas loin. Toute discussion concernant la situation devra attendre que les circonstances se soient améliorées, comprenez-vous ? »

Tak ? s'étonna Ralph. Était-ce le nom de ce « méchant » ?

« Oui, mais...

— Vous passerez en premier, monsieur. Prenez votre petite fille dans les bras. Ensuite le gamin, et votre femme en dernier. Il faudra vous serrer, mais vous tiendrez tous dans la voiture.

— Où allons-nous ? demanda Ralph en détachant sa ceinture pour se lever.

— A Désolation. Une ville minière à une douzaine de kilomètres d'ici. »

Ralph hocha la tête, referma sa fenêtre et prit Kirsten qui le regarda avec des yeux angoissés, prête à pleurer.

« Papa, est-ce que c'est le Grand Croque-Mitaine ? » demanda-t-elle.

Elle était revenue un jour de l'école avec cette histoire de Grand Croque-Mitaine. Ralph ne savait pas lequel des gosses avait décrit ce sombre rôdeur de placards à sa douce petite fille de sept ans, mais s'il avait pu lui mettre la main dessus (il devait s'agir d'un garçon, parce que les histoires de monstres régulièrement véhiculées dans les cours d'école étaient presque toujours le fait des garçons), il l'aurait volontiers étranglé. Il lui avait fallu deux mois pour que Kirsten soit un peu moins terrorisée par le Grand Croque-Mitaine. Et voilà que...

« Non, pas le Grand Croque-Mitaine, assura Ralph. Sans doute juste un postier qui a eu une mauvaise journée.

— Mais, papa, tu es postier, dit-elle tandis qu'il l'emmenait vers la porte latérale du Wayfarer.

— Oui, répondit-il en vérifiant qu'Ellen avait bien mis David devant elle et avançait les mains sur ses épaules. C'est une sorte de plaisanterie, tu comprends ?

— Une bagarre sans les poings ?

— Tout à fait. »

Il regarda par la fenêtre et constata que le flic avait ouvert la porte arrière de sa voiture. Il constata aussi que lorsqu'il ouvrirait la porte du Wayfarer, elle toucherait presque celle de la voiture, constituant un mur protecteur. C'était une bonne chose.

Bien sûr, à moins que le rat du désert que ce flic recherche soit derrière nous. Dieu tout-puissant, pourquoi ne sommes-nous pas allés à Atlantic City ?

« Papa ? »

C'était David, son fils intelligent mais un peu particulier qui allait à l'église depuis l'automne, après ce qui était arrivé à son ami Brian. Pas au catéchisme, ni au groupe de jeunes du jeudi soir, juste à l'église, et le dimanche après-midi au presbytère, pour parler à son nouvel ami le pasteur, qui ne manquerait pas de subir une mort lente et douloureuse s'il partageait avec David autre chose que ses pensées. Selon David, ils ne faisaient que parler, et après l'histoire de Brian, Ralph se disait que son gamin avait *besoin* de parler à quelqu'un. Il aurait seulement préféré que David s'adresse à sa mère ou à lui, au lieu de recourir à quelque saint homme, marié certes, mais...

« Papa ? Est-ce que ça va ?

— Oui. Très bien. »

Il n'en était pas si sûr. Il ne savait pas à quoi ils avaient affaire, mais c'est ce qu'on répond à un gosse, non ? Oui, très bien, tout va bien. Il se dit que s'il était dans un avion avec David et que le moteur lâchait, il entourerait les épaules de l'enfant de son bras et lui dirait que tout allait bien, jusqu'à ce qu'ils s'écrasent.

Il ouvrit la porte, qui heurta celle de la voiture.

« Vite, allez-y, vite », dit le flic en regardant nerveusement le désert qui les entourait.

Ralph descendit les marches, Kirsten au creux de son bras gauche. L'enfant laissa tomber sa poupée.

« Melissa ! s'écria-t-elle. J'ai laissé tomber Melissa Chérie, ramasse-la, papa !

— Non, montez dans la voiture, montez ! ordonna le flic. Je m'occupe de la poupée ! »

Ralph s'exécuta, et posa sa main droite sur la tête de Kirsten pour qu'elle ne se cogne pas. David le suivit, puis Ellen. La banquette arrière était encombrée de papiers, et le siège avant avait pris une forme arrondie à cause du poids du flic. Dès qu'Ellen eut rentré ses deux jambes, le flic claqua la porte et fit le tour de la voiture.

« Melissa ! » Kirsten pleurait et toute la peine du monde était dans sa voix. « Il a oublié Melissa ! »

Ellen chercha la poignée, prête à ramasser Melissa Chérie — aucun psychopathe muni d'un fusil ne pourrait la viser pendant la seconde où elle se pencherait pour récupérer la poupée — puis se tourna vers Ralph, stupéfaite.

« Il n'y a pas de poignée ? »

La porte du conducteur s'ouvrit et le flic s'abattit sur son siège comme une bombe. Le siège recula contre les genoux de Ralph qui fit une grimace, heureux pourtant que les jambes de Kirsten pendent entre les siennes, à cet instant précis, alors qu'elle se débattait et se tournait sur ses genoux, les mains tendues vers sa mère.

— Ma poupée, maman, ma poupée ! Melissa !

— Monsieur l'agent..., commença Ellen.

— Pas le temps, répondit-il. Impossible, *tak !* »

Il fit demi-tour et prit à l'est dans un nuage de poussière. L'arrière de la voiture chassa, puis se stabilisa, et Ralph se dit soudain que tout cela était arrivé si vite... A peine dix minutes plus tôt, ils étaient dans leur camping-car, sur la route, il allait demander à David de jouer aux vingt questions, non parce qu'il en avait vraiment envie, mais parce qu'il s'ennuyait.

Il ne s'ennuyait plus du tout.

« Melissa Chériiiiiiiie ! hurlait Kirsten en pleurant.

— T'en fais pas, la Puce », dit David.

Il lui avait donné ce surnom. Comme pour tant d'autres choses concernant David, ses parents ne savaient ni l'un ni l'autre pourquoi il l'avait choisi, ni où il l'avait trouvé. Ellen l'avait interrogé à ce sujet, un soir.

« Oh, c'est... comme ça, avait-il dit. Juste comme ça. »

Et David avait haussé les épaules avec un de ses gentils sourires un peu de travers.

« Mais Melissa est dans la saleté toute sale, disait Kirsten en regardant son frère avec des yeux noyés de larmes.

— On reviendra la chercher et on la nettoiera, affirma David.

— Promis ?

— Oui. Je t'aiderai même à lui laver les cheveux.

— Avec du vrai shampooing ?

— Oui, dit-il en lui déposant un petit baiser sur la joue.

— Et si le méchant monsieur vient ? Le monsieur méchant comme le Grand Croque-Mitaine ? Et si c'est un kinappeur de poupées ? »

David dissimula un sourire en se couvrant la bouche de la main.

« Mais non. »

Il leva les yeux vers le rétroviseur pour essayer de croiser le regard du flic, comme Mary Jackson tenterait de le faire moins d'une heure plus tard.

« N'est-ce pas ? lui demanda-t-il.

— Non. L'homme qu'on recherche n'est pas un kinappeur de poupées », dit le flic.

Ralph ne put détecter la moindre trace d'ironie dans sa voix de robot.

Il ralentit un peu en dépassant le panneau indiquant DÉSOLATION, puis accéléra en tournant à droite. Ralph s'accrocha, priant pour que ce type sache ce qu'il faisait et ne les entraîne pas dans une série de tonneaux. La voiture sembla se soulever légèrement, puis se raccrocher à la route. Ils roulaient maintenant en direction du sud. A l'horizon, un énorme rempart de terre, au flanc brun sillonné de fissures en zigzag comme des cicatrices noires, se dressait vers le ciel.

« Qui est-ce donc ? demanda Ellen. Qui est ce type ? Et comment s'est-il procuré ce que vous utilisez pour arrêter les fuyards ? Ce truc à pointes ?

— Le tapis de route, maman ! rectifia David en caressant le filet métallique devant lui, le visage tendu, réfléchi, inquiet, sans l'ombre d'un sourire, maintenant.

— Oui, le tapis de route. Comment se l'est-il procuré ?

— Comme il s'est procuré les armes qu'il utilise et la voiture qu'il conduit », répondit l'homme au volant.

Ils dépassaient maintenant les caravanes du camp du Serpent à Sonnette, puis ce fut le bureau de la mine. Devant eux, le quartier commercial. Un feu clignotant lançait ses éclairs jaunes sous un ciel bleu indigo qui paraissait s'étendre sur des centaines de milliers de kilomètres.

« C'est un flic, continua le flic. Et je peux vous dire une chose, à vous, les Carver : quand on a affaire à un flic cinglé, on est dans de sales draps.

— Comment connaissez-vous notre nom ? demanda David. Vous n'avez pas demandé son permis de conduire à mon père, alors d'où le tenez-vous ?

— Je l'ai vu quand ton père a ouvert la porte, dit le flic en jetant un coup d'œil dans le rétroviseur. La petite plaque au-dessus de la table. DIEU BÉNISSE NOTRE MAISON SUR ROUES. LES CARVER. C'est mignon. »

Quelque chose perturbait Ralph, mais pour le moment, il n'y prêtait pas attention. Il se rendait compte que son appréhension n'avait pas disparu, qu'elle s'était transformée en un sentiment de peur, un sentiment si fort et pourtant si diffus qu'il avait un peu l'impression d'avoir mangé quelque chose d'empoisonné. Il s'était dit qu'en levant les mains il serait en sécurité, mais cela ne changeait rien au fait qu'il avait encore plus peur depuis que le flic les avait emmenés loin de leur maison sur roues en panne avec une aisance aussi effrayante. Apparemment, ce n'était pas le genre de peur qui vous fait trembler des mains et transpirer (*c'est une peur sèche,* se dit-il avec une lueur d'humour qui ne lui était pas habituelle), mais elle était bien réelle.

« Un flic... », reprit Ralph.

Il pensait à une cassette vidéo qu'il avait louée un samedi soir, peu de temps auparavant. Le film s'appelait *Le Flic fou,* et on avait ajouté, pour tenter le spectateur potentiel : VOUS AVEZ LE DROIT DE GARDER LE SILENCE, POUR TOUJOURS. C'est drôle comme des petites choses comme ça ne s'oublient pas. Sauf que ça ne lui semblait plus très drôle, pour le moment.

« Un flic, oui », répondit *leur* flic avec une voix qu'on aurait dit souriante.

Oh, vraiment ? se demanda Ralph.

Il sentait qu'Ellen le regardait avec une sorte de curiosité tendue, mais il ne lui sembla pas opportun de la regarder aussi. Il ne savait pas ce qu'ils risquaient de lire dans les yeux l'un de l'autre, et il n'était pas certain de vouloir le découvrir.

Mais le flic avait bien souri, pourtant. Il en était certain.

Et pourquoi aurait-il souri ? En quoi un flic fou rôdant dans la nature, six pneus crevés, une famille de quatre personnes tassées à l'arrière d'une voiture de police surchauffée sans poignées de porte, la poupée préférée de ma fille gisant sur la route à dix kilomètres de là, en quoi tout cela pouvait-il être drôle ?

Il ne savait pas. Mais il y avait bien un sourire dans la voix du flic.

« Vous avez dit un flic de la police routière ? demanda Ralph alors qu'ils passaient sous les feux.

— Regarde, maman ! s'exclama Kirsten qui semblait avoir oublié pour un temps sa Melissa Chérie. Des vélos ! Des vélos dans la rue, la tête en bas ! Là, tu vois ? C'est marrant !

— Oui, chérie, je les vois, dit Ellen, qui ne trouvait pas les bicyclettes à l'envers aussi hilarantes que sa fille.

— De la police routière ? Non, je n'ai pas dit ça, répondit le colosse au volant qui parlait avec un sourire dans la voix. Un flic de la ville.

— Vraiment, dit Ralph. Et combien de flics avez-vous donc dans une si petite ville ?

— Eh bien, il y en *avait* deux autres, répondit le flic d'une voix plus souriante que jamais, mais je les ai tués. »

Il se retourna pour les regarder à travers le filet, et il ne souriait pas du tout, finalement. Sa bouche se tordait en un rictus grimaçant. Il avait de si grosses dents qu'elles ressemblaient plus à des outils qu'à des dents humaines. On les voyait jusqu'au fond de sa bouche. Sous elles et au-dessus d'elles s'étendaient des hectares de gencive rose.

« Maintenant, je suis le seul représentant de la loi à l'ouest du Pecos. »

Ralph le regardait, la bouche ouverte. Le flic lui souriait, le dos à la route et, sans jamais regarder où il allait, il se gara parfaitement devant l'hôtel de ville de Désolation.

« Famille Carver, dit-il d'une voix solennelle à travers son sourire, bienvenue à Désolation. »

5

Une heure plus tard, le flic se ruait sur la femme en jean et chemise bleue, ses bottes de cow-boy faisant craquer le parquet, les bras tendus. Il ne souriait plus et Ralph sentit le triomphe, sauvage, jaillir de sa gorge, comme quelque chose d'horrible monté sur ressort. Le flic arrivait vite, mais la femme en jean avait réussi — probablement plus par chance que par une décision consciente de sa part — à mettre le bureau entre eux. Ralph la vit armer le fusil qu'elle avait pris sur le bureau, il la vit le lever à hauteur d'épaule au moment où son dos heurtait les barreaux de la grande cellule, il la vit poser ses doigts sur la double détente.

Le grand flic fonçait comme un damné, mais ça ne lui réussirait pas.

Tuez-le, madame, se dit Ralph. *Pas pour nous sauver, mais parce qu'il a tué ma fille. Faites-lui éclater sa tête de salaud.*

Juste avant que Mary presse la détente, le flic était tombé à genoux de l'autre côté du bureau, sa tête plongeant comme celle d'un homme qui s'agenouille pour prier. Le double rugissement du fusil fut terrible, dans ce lieu clos. Des flammes jaillirent des canons. Ralph entendit sa femme crier — de triomphe, pensa-t-il. Dans ce cas, c'était prématuré. Le chapeau du flic s'envola de sa tête, mais les décharges passèrent trop haut et percutèrent le mur pour aller ricocher par la porte ouverte dans la cage d'escalier, où les plombs dégringolèrent comme des graviers projetés par le vent contre une vitre. Dans le panneau d'information à droite de la porte, Ralph vit deux trous noirs, et le chapeau du flic n'était plus que lambeaux retenus par un galon de cuir. C'était de la chevrotine, pas de la cendrée. Si elle avait atteint le flic, il aurait été déchiqueté — dommage, songea Ralph, déçu.

Le grand flic poussa le bureau de l'épaule et l'envoya à travers la pièce, vers ce que Ralph avait identifié comme étant la cellule des ivrognes — vers les barreaux auxquels la femme était adossée.

Le fauteuil, coincé dessous, tressauta sur ses roues grinçantes. La femme tenta de baisser le fusil pour s'en protéger, mais elle ne fut pas assez rapide. Le dossier du fauteuil vint frapper sa cuisse et son ventre, l'écrasant contre les barreaux, et elle hurla de douleur et de surprise.

Le grand flic écarta les bras comme Samson se préparant à faire écrouler les colonnes du temple et saisit les côtés du bureau. Bien que les coups de feu aient assourdi Ralph, il entendit craquer les coutures de la chemise brune du fou. Le flic recula le bureau.

« Lâche ça ! hurla-t-il. Lâche ce fusil, Mary ! »

La femme écarta la chaise, leva le fusil et l'arma à nouveau. La douleur et la somme d'efforts fournis la faisaient sangloter. Du coin de l'œil, Ralph vit Ellen presser ses mains sur ses oreilles tandis que la jeune femme brune serrait les doigts autour des détentes. Mais cette fois il n'y eut qu'un double claquement sec quand elle tira. Ralph ressentit une déception aussi amère que de la bile lui serrer la gorge. Il avait compris, au premier regard, que l'arme n'était pas automatique, mais il avait tout de même pensé qu'elle tirerait, il fallait *absolument* qu'elle tire, comme si Dieu lui-même allait la recharger et accomplir le miracle de la Winchester.

Le flic poussa le bureau une seconde fois. S'il n'y avait pas eu le fauteuil, se dit Ralph, Mary aurait pu se protéger en se glissant sous le plateau, entre les caissons. Mais le fauteuil était bien là, qui l'atteignit à nouveau au bassin, la pliant en deux et lui arrachant un cri rauque.

« Lâche-le, Mary, *lâche-le !* » criait le flic.

Mais elle ne voulait pas. Tandis que le flic tirait à nouveau le bureau *(pourquoi est-ce qu'il ne fonce pas sur elle ?* se demanda Ralph. *Est-ce qu'il ne sait pas que ce foutu flingue est vide ?),* les cartouches roulant et tombant au sol, elle retourna l'arme pour la saisir par les canons. Puis elle se pencha en avant et abattit la crosse comme une matraque. Le flic tenta d'esquiver le coup, mais la crosse de noyer le frappa à la clavicule. Il grogna. Ralph ne put dire si c'était un grognement de surprise, de douleur ou simplement d'exaspération, mais il déclencha des cris d'approbation de l'autre côté de la salle, où David s'agrippait toujours aux barreaux de sa cellule, le visage blanc et couvert de sueur, les yeux lançant des flammes. Le vieil homme aux cheveux blancs l'avait rejoint.

Le flic tira une fois de plus le bureau — le coup porté à son épaule ne semblant pas gêner outre mesure ses mouvements — et le lança en avant à nouveau, heurtant la femme avec le fauteuil jusqu'à ce qu'elle s'écrase contre les barreaux. Un autre cri jaillit d'elle.

« Pose-le ! » cria le flic.

Il avait soudain une si drôle de voix que, pendant un instant, Ralph espéra que ce salaud avait bien été blessé. Puis il se rendit compte que le flic riait.

« Pose-le ou je te réduis en bouillie, et je te jure que je le ferai ! »

La femme brune — Mary — leva à nouveau le fusil, mais sans grande conviction cette fois. Sa chemise sortit de sa ceinture, et Ralph vit des marques rouges sur la peau claire de sa taille et de son ventre. Il était sûr que, si on lui retirait sa chemise, la forme du dossier du fauteuil serait imprimée sur elle, jusque sous la poitrine.

Elle brandit le fusil en l'air un moment, la crosse tremblante, puis le jeta par terre. Il glissa jusqu'à la cellule où se trouvaient David et l'homme aux cheveux blancs. David le regarda.

« N'y touche pas, mon gars, dit le vieil homme. Il est vide. Laisse-le où il est. »

Le flic regarda David et l'homme aux cheveux blancs, puis, avec un large sourire, il regarda la femme contre les barreaux de la cellule des ivrognes. Il écarta le bureau d'elle, le contourna et donna un coup de pied dans le fauteuil, qui traversa la pièce sur ses roues grinçantes et s'arrêta brutalement contre la cellule vide jouxtant celle de Ralph et Ellen. Le flic passa un bras autour des épaules de Mary. Il posa sur elle le regard le plus noir que Ralph eût jamais vu.

« Pouvez-vous marcher ? lui demanda le flic. Vous avez quelque chose de cassé ?

— Qu'est-ce que ça peut vous faire ? Tuez-moi, puisque c'est ce que vous voulez, qu'on en finisse.

— Vous tuer ? Vous *tuer* ? demanda-t-il de l'air stupéfait d'un homme qui n'a jamais fait de mal à une mouche. Je ne veux pas te *tuer*, Mary ! »

Il la serra contre lui puis regarda Ralph, Ellen, David et l'homme aux cheveux blancs.

« Sûr que non ! expliqua-t-il. Pas quand les choses commencent juste à devenir intéressantes. »

Chapitre 3

1

L'homme qui avait jadis fait la couverture de *People* et de *Premiere* (quand il avait épousé l'actrice couverte d'émeraudes), la une du *New York Times* (quand il avait reçu le National Book Award pour son roman *Ravissement*), et l'encart central d'*Inside View* (quand on l'avait arrêté pour avoir battu sa troisième femme, celle qui avait précédé l'actrice aux émeraudes) ressentit, comme on dit, un petit besoin.

Il ralentit sa moto au bord de la nationale 50, rétrogradant méthodiquement de son pied gauche, et s'arrêta en bordure de l'asphalte. Heureusement qu'il y avait aussi peu de circulation, parce qu'on ne peut guère envisager de garer sa moto sur le bas-côté d'une route dans le Grand Bassin, même si on a baisé un jour une des plus célèbres actrices d'Amérique (déjà sur la touche depuis un moment, il faut l'admettre) et si on a parlé de vous pour le prix Nobel de littérature. Si on essaie, la moto a toutes les chances de faire la culbute, puis de retomber sur le guidon. Le remblai semblait ferme, mais c'était une solidité apparente — pas si différente de celle qu'affichaient certaines personnes dont il aurait pu citer le nom, y compris la personne qu'il ne pouvait voir que dans un miroir. Essayez donc de relever une Harley-Davidson de quatre cents kilos, une fois qu'elle a fait la culbute, surtout quand vous ne mesurez qu'un mètre soixante-quinze et que vous ne tenez pas la grande forme. Essayez donc !

Je ne crois pas, se dit-il en regardant sa Harley Softail, une moto citadine que les puristes dédaignent, et en écoutant son moteur cliqueter dans le silence. Un silence presque total, que seul troublaient le souffle chaud du vent et le crépitement presque imperceptible du sable sur son blouson en cuir — douze cents dollars chez Barney's, à New York. Un blouson dessiné pour être photographié par un pédé du magazine *Interview* — s'il y en a un. *Je pense qu'on va abandonner ce sujet, vous ne croyez pas ?*

« D'accord », dit-il.

Il retira son casque et le posa sur le siège de la Harley. Puis il passa lentement sa main sur son visage, aussi chaud que le vent et brûlé par le soleil. Il se dit que, de sa vie, il n'avait jamais été aussi fatigué, aussi loin de son élément.

2

Le lion de l'édition s'enfonça d'un pas raide dans le désert, ses longs cheveux blancs caressant les épaules de son blouson de motard, les buissons de mesquite frottant ses hautes jambières de cuir (neuf cents dollars, toujours chez Barney's). Il regarda autour de lui mais ne vit rien venir, d'aucune direction. Un véhicule était garé à quelque distance — un camion, ou peut-être un camping-car — mais à supposer qu'il y ait des gens dedans, il doutait que sans jumelles ils puissent voir le grand homme pisser. Et quand bien même ? C'était une chose que la plupart des gens faisaient...

Il descendit la fermeture à glissière de sa braguette — lui, John Edward Marinville en personne, l'homme que, dans *Harper's*, on avait baptisé « l'écrivain que Norman Mailer a toujours rêvé d'être », l'homme que Shelby Foote avait un jour qualifié de « seul écrivain américain vivant de la stature de John Steinbeck » — et sortit son stylo d'origine pour pisser dans le désert une copie anonyme. Il en avait une envie pressante, mais pendant presque une minute, il ne se passa rien tandis qu'il restait debout avec sa bite sèche à la main.

Puis, enfin, l'urine décrivit un arc et teinta les feuilles sèches et poussiéreuses de mesquite d'un vert sombre et luisant.

« *Merci mon Dieu ! Loué soit le Seigneur !* » hurla-t-il de sa voix forte et ronflante de prédicateur vedette à la télévision. C'était un numéro qui avait toujours un grand succès dans les soirées ; Tom Wolfe avait ri si fort, un jour, que Johnny avait craint pour lui une attaque. *« De l'eau dans le désert, c'est un exploit ! Hello, Julia ! »* Il se disait parfois que c'était cette version de « alléluia », et non son insatiable appétit pour l'alcool, les drogues et les femmes jeunes, qui avait décidé la célèbre actrice à le pousser dans la piscine au cours d'une conférence de presse bien arrosée à l'hôtel Bel-Air... et à emporter ailleurs ses émeraudes.

Cet incident avait marqué non pas le début de son déclin, mais le point où le déclin était devenu impossible à ignorer — ce n'étaient plus seulement des mauvais jours, ni même de mauvaises années, mais une mauvaise *vie.* La photo de lui ressortant de la piscine dans son costume blanc trempé, un grand sourire d'ivrogne sur le visage, avait paru dans la rubrique des « performances douteuses » d'*Esquire ;* ensuite avaient commencé ses apparitions plus ou moins régulières dans le magazine *Spy,* feuille où, croyait-il, toutes les réputations jadis légitimes venaient mourir.

Au moins, cet après-midi, tandis qu'il pissait, face au nord, son ombre s'étendant à sa droite, ses pensées ne lui faisaient-elles pas aussi mal que d'autres fois, ni qu'à New York, où *tout* lui faisait mal, ces temps-ci. Le désert avait l'art de rendre la célébrité de Shakespeare non seulement fragile mais sans objet. Quand on est devenu une sorte d'Elvis Presley littéraire — vieillissant, trop gras, et toujours en représentation alors qu'on aurait depuis longtemps dû regagner ses foyers —, ce n'était pas si désagréable.

Il écarta un peu plus les jambes, se pencha légèrement et lâcha son pénis pour pouvoir se masser les reins. On lui avait dit que ce geste aidait à faire durer le flux un peu plus longtemps, et il le croyait, mais il savait aussi qu'il lui faudrait tout de même s'arrêter à nouveau bien avant d'atteindre Austin, prochaine crotte de mouche bordant la longue route vers la Californie sur la carte du Nevada. Il était clair que sa prostate ne lui rendait plus les services d'antan. Quand il repensait à cette époque (c'est-à-dire souvent), il se représentait un organe gonflé et crénelé ressemblant à un cerveau géant cuit aux radiations dans un film d'horreur qu'il avait vu dans un cinéma en plein air des années cinquante. Il devrait consulter, il le savait, et pas seulement pour ça, mais dans le cadre d'une révision complète. Bien sûr qu'il le fallait, mais dites donc, ce n'était pas comme s'il *pissait du sang,* ou pire, et en plus...

Bien, d'accord. Il avait peur, c'était le « en plus ». Il y avait bien d'autres choses chez lui qui n'allaient pas, outre sa réputation littéraire qui lui échappait comme du sable entre les doigts, ces cinq dernières années, et arrêter les pilules et l'alcool n'avait pas apporté l'amélioration qu'il en espérait. D'une certaine façon, ç'avait même aggravé les choses. Le problème, avec la sobriété, avait découvert Johnny, c'est qu'on se *souvient* de tout ce qui vous fait peur. Il avait peur qu'un docteur trouve davantage qu'une prostate de la taille d'une pastèque quand il enfoncerait son doigt dans les régions basses du lion de l'édition ; il avait peur que le docteur trouve une prostate aussi noire qu'un potiron pourri et aussi cancéreuse que... eh bien, que celle de Frank Zappa. Et même si aucun cancer ne s'y cachait, il pouvait très bien se cacher ailleurs.

Dans les poumons, pourquoi pas ? Il avait fumé deux paquets de Camel chaque jour pendant vingt ans, puis trois paquets de Camel Light pendant dix ans encore, comme si fumer des Light allait tout arranger, nettoyer ses bronches, polir sa trachée, astiquer ses alvéoles poisseuses. Eh bien, foutaises ! Il avait cessé de fumer depuis dix ans maintenant, les Light comme les autres, mais il sifflait toujours comme un vieux cheval de trait au moins jusqu'à midi, et parfois il se réveillait au milieu de la nuit pour tousser.

Ou dans l'estomac ! Oui, l'estomac, pourquoi pas ? Doux, rose, confiant, l'endroit parfait pour qu'un désastre frappe. Il avait été élevé dans une famille de bouffeurs de viande où une cuisson saignante signifiait que la cuisinière avait soufflé sur le steak et où on ne savait pas ce qu'était une viande bien cuite ; il adorait les sauces épicées, le piment ; il ne voyait aucun intérêt aux fruits ni aux salades, à moins qu'on ne soit gravement constipé ; il avait mangé comme ça toute sa foutue vie, et il mangeait *toujours* comme ça, et il allait probablement *continuer* à manger comme ça jusqu'à ce qu'on l'attache sur un lit d'hôpital pour commencer à lui faire ingurgiter ce qu'il faut au moyen de tubes en plastique.

Dans le cerveau ? Possible. *Tout à fait possible.* Une tumeur, ou peut-être (que voilà une idée *particulièrement* réjouissante !) un cas précoce de maladie d'Alzheimer.

Dans le pancréas ? Eh bien, au moins, ce cancer-là vous liquidait très vite. Service express, pas d'attente.

Une crise cardiaque ? Une cirrhose ? Une attaque ?

Comme tout cela lui semblait probable ! Si logique !

Dans nombre d'interviews, il s'était décrit comme un homme scandalisé par la mort, mais c'était dans la lignée des foutaises qu'il avait vendues toute sa vie. Il était *terrifié* par la mort, c'était ça, la vérité, et une vie passée à affûter son imagination lui permettait de la voir venir d'au moins quatre douzaines de directions différentes... Et tard le soir, quand il n'arrivait pas à dormir, il était capable de la voir arriver de quatre douzaines de directions différentes *à la fois.* Refuser de voir un docteur, de se faire examiner, de le laisser regarder sous le capot ne ralentirait pas la progression de ces maladies, ne les empêcherait pas de se nourrir de lui — si, effectivement, elles avaient déjà commencé à se régaler — mais s'il restait loin des médecins et de leurs machines diaboliques, *il n'aurait pas à savoir.* On n'a jamais à s'occuper du monstre sous le lit ou rôdant dans le coin de la chambre si on n'allume pas la lumière, voilà. Et ce qu'aucun docteur au monde ne semble savoir, c'est que pour des hommes comme Johnny Marinville, les soupçons valent mieux qu'une certitude — surtout quand on a, par ses habitudes de vie, déroulé le tapis rouge pour toutes les maladies possibles.

Y compris le sida, se dit-il en continuant à fixer le désert. Il avait essayé de faire attention — et il ne baisait plus aussi souvent qu'avant, de toute façon, c'était la triste vérité. Il savait que ces huit ou dix derniers mois il *avait* fait attention, parce que les pertes de conscience avaient cessé en même temps que l'alcool. Mais avant qu'il devienne sobre, il lui était bien arrivé quatre ou cinq fois de se réveiller près d'une femme inconnue. Chaque fois, il s'était levé et avait immédiatement couru à la salle de bains pour regarder dans les toilettes. Une fois, il y avait vu un préservatif qui flottait, alors c'était sans doute bon. Les autres fois, que dalle. Bien sûr, son « amie » (comme on dit dans les journaux) ou lui avait pu tirer la chasse d'eau pendant la nuit, mais il ne pouvait pas en être certain, n'est-ce pas ? Pas quand on a perdu conscience. Et le sida...

« Cette saloperie entre et *attend* », dit-il.

Un coup de vent particulièrement vicieux lui fit plisser les yeux quand une bouffée de sable s'abattit sur sa joue, son cou et son organe pendant. Ce dernier avait cessé de fonctionner une bonne minute plus tôt. Johnny le secoua et le rentra dans son slip.

« Mes frères, claironna-t-il de sa voix de prédicateur la plus grave, aux lointaines montagnes scintillantes, on nous dit dans l'épître aux Éphésiens, chapitre trois, verset neuf, que même si on saute et danse, les deux dernières gouttes tombent dans le pantalon. C'est écrit et... »

Il se retournait en remontant sa braguette, parlant surtout pour écarter ses idées noires (qui s'étaient rassemblées comme des vautours, maintenant que ce voyage extraordinaire, voire déterminant, touchait à sa fin), quand il se figea.

Il y avait une voiture de police garée derrière sa moto. Son gyrophare bleu tournait paresseusement dans la lumière brûlante du désert.

3

C'était sa première femme qui avait fourni à Johnny Marinville ce qui pouvait être sa dernière chance.

Oh, pas sa dernière chance de publier ses écrits, oh que non ! Il pourrait faire ça tant qu'il resterait capable de a) coucher des mots sur le papier et b) de les envoyer à son agent. Une fois reconnu comme lion littéraire de qualité, vous trouvez toujours *quelqu'un* — trop content, même après qu'elles ont dégénéré en une sorte d'autoparodie, voire en radotage imbécile — pour continuer à publier vos œuvres. Johnny pensait parfois que le pire dans le système éditorial américain était la façon dont on vous laissait vous balancer au vent, vous étrangler peu à peu, pendant que, dans de stupides réunions mondaines, tous se congratulaient parce qu'ils continuaient à soutenir ce pauvre vieux comment-s'appelle-t-il-déjà.

Non, ce que Terry lui avait donné n'était pas sa dernière chance d'être publié, mais peut-être sa dernière chance d'écrire quelque chose qui se tienne, quelque chose qui ferait qu'on le remarquerait à nouveau de façon positive, quelque chose aussi qui pourrait se vendre comme des petits pains... Et il saurait quoi faire de l'argent, aucun doute là-dessus.

Le plus beau dans l'histoire, c'est qu'il ne pensait pas que Terry avait la moindre idée de ce qu'elle avait dit, ce qui signifiait qu'il n'aurait aucune retombée à partager avec elle, si retombées il y avait. Il n'aurait même pas à la citer dans la page des remerciements, s'il ne voulait pas, mais il se dit qu'il le ferait probablement. Devenir sobre avait été une expérience terrifiante à plus d'un titre, aucun doute, mais cela aidait *vraiment* à se souvenir de ses responsabilités.

Il avait épousé Terry à vingt-cinq ans. Elle en avait vingt et un et était en troisième année à Vassar, une université très réputée. Mais elle n'était pas allée jusqu'au diplôme. Ils étaient restés mariés presque vingt ans, et elle lui avait donné trois enfants, tous grands, maintenant. Un d'eux, Bronwyn, lui parlait encore. Les deux autres... Eh bien, si un jour ils se fatiguaient de se manger le nez par dépit, il serait là. Il n'était pas d'un naturel vindicatif.

Terry semblait le savoir. Au bout de cinq ans de communication par l'intermédiaire de leurs avocats, ils avaient prudemment réengagé le dialogue, parfois par lettre, plus souvent au téléphone. Ces communications avaient été timides au début, car ils avaient peur des mines toujours enfouies sous les ruines de leur affection, mais au fil des années, elles étaient devenues plus régulières. Terry considérait son célèbre ex avec une sorte d'intérêt stoïque et amusé qu'il trouvait pénible ; selon lui, ce n'était pas le genre d'attitude que devait adopter l'ex-épouse d'un homme devenu un des écrivains les plus étudiés de sa génération. Mais elle lui parlait aussi avec une gentillesse directe qu'il trouvait apaisante, comme une main fraîche sur un front brûlant.

Ils avaient eu davantage de contacts encore depuis qu'il avait cessé de boire (mais toujours par téléphone ou courrier, tous deux semblant savoir, sans même en discuter, que se rencontrer face à face imposerait une tension trop forte au lien fragile qu'ils avaient renoué), mais d'une certaine façon, ces conversations sobres étaient devenues plus dangereuses encore, non pas teintées d'acrimonie, mais toujours prêtes à y céder. Elle voulait qu'il retourne aux Alcooliques Anonymes ; elle lui avait dit que s'il n'y allait pas, il finirait par boire de nouveau. Et les drogues suivraient, disait-elle, aussi sûr que la nuit arrive après le crépuscule.

Johnny lui avait répondu qu'il n'avait pas l'intention de passer le reste de sa vie dans un sous-sol d'église avec une troupe d'ivrognes qui tous racontaient combien il était merveilleux de dépasser les limites de leur propre moi... avant de remonter dans leurs vieilles voitures et de rentrer chez eux nourrir leur chat dans des maisons le plus souvent vides.

« Aux Alcooliques Anonymes, les gens sont en général trop profondément meurtris pour voir qu'ils ont transformé leur vie en un concept creux, en un idéal brisé, avait-il dit. Crois-moi, j'y suis allé. Ou crois-en John Cheever, si tu veux. Il a écrit des choses très intéressantes à ce sujet.

— John Cheever n'écrit plus grand-chose, avait répliqué Terry, et je crois que tu sais pourquoi. »

Terry pouvait se montrer très agaçante, vraiment.

Mais voici trois mois, elle lui avait donné une grande idée, au cours d'une conversation relative aux projets des enfants, à ses projets à elle, et bien sûr à ses projets à lui. Et ses projets à lui, pendant cette première partie de l'année, l'avaient conduit à souffrir le martyre pour écrire les deux cents premières pages d'un roman historique sur Jay Gould. Il avait fini par le juger pour ce qu'il valait — du Gore Vidal réchauffé — et il l'avait jeté. Il l'avait *cuit,* en fait. Dans une crise de nerfs qu'il avait résolu de garder pour lui, il avait mis les disquettes du roman dans son micro-ondes, et les avait laissées là dix minutes à pleine puissance. Une puanteur incroyable s'était répandue, et une curieuse chose déchiquetée avait volé à travers la cuisine en grésillant. Il avait fallu remplacer le four.

Et puis finalement, il avait tout raconté à Terry. Après ces aveux, il avait attendu, dans le fauteuil de son bureau, le téléphone à l'oreille, les yeux clos, qu'elle lui dise d'oublier les Alcooliques Anonymes et de se servir un verre, et vite.

Mais elle lui avait dit qu'il aurait dû mettre les disquettes dans un four traditionnel. Il savait qu'elle plaisantait — et qu'elle pensait qu'au moins une partie de la plaisanterie venait de lui — mais sa manière d'accepter l'homme qu'il était et son comportement lui fit encore l'effet d'une main fraîche sur un front fiévreux. Elle ne l'approuvait pas, mais ce n'était pas ce qu'il recherchait.

« Il faut dire que tu n'as jamais été un très bon cuisinier, ajouta-t-elle sur un ton objectif qui le fit éclater de rire. Alors que vas-tu faire maintenant, Johnny ? Une idée ?

— Pas la moindre.

— Tu devrais sortir du domaine romanesque, oublier tout projet de ce genre, au moins pour un temps.

— C'est stupide, Terry. Je suis incapable d'écrire autre chose qu'un roman, et tu le sais.

— Non, je ne le sais pas. »

Elle avait affirmé cela d'une voix qui signifiait : « Ne joue pas les crétins », une voix que jamais personne n'utilisait pour lui parler, et son agent moins que quiconque. Plus il ratait, plus il était mauvais, plus Bill Harris devenait obséquieux, semblait-il.

« Pendant les deux premières années de notre mariage, continua Terry, tu as écrit au moins une douzaine d'essais. Et tu les as même publiés. Et pour de l'argent. Dans *Life, Harper's,* le *New Yorker,* je crois. C'est facile pour toi d'oublier : ce n'était pas toi qui faisais les courses et payais les factures. Je les ai *adorés.*

— Oui, ce qu'on appelle les essais du " Cœur de l'Amérique ". Je ne les ai pas oubliés, Terry, je les ai *effacés.* C'était pour payer le loyer quand l'argent de Guggenheim a été épuisé, et rien de plus. Jamais ils n'ont été publiés en volume.

— Parce que tu ne l'as pas voulu. Ils ne cadraient pas avec ton idéal d'immortalité. »

Johnny accueillit cette remarque en silence. Il lui arrivait de détester la mémoire de Terry. Jamais elle n'avait été capable d'écrire quoi que ce soit de valable ; même son mémoire de séminaire, l'année où ils s'étaient rencontrés, était horrible. Depuis, elle n'avait rien publié de plus important qu'une lettre à la rédaction, mais elle était la championne des souvenirs. Il fallait le reconnaître.

« Tu es là, Johnny ?

— Je suis là.

— Je sais toujours quand je te dis quelque chose que tu n'aimes pas, parce que c'est la seule occasion où tu te tais. Ça te rend morose.

— Eh bien, je suis là, répéta-t-il lourdement, sans rien ajouter, dans le vain espoir qu'elle changerait de sujet.

— Tu avais écrit trois ou quatre de ces essais parce que quelqu'un te les avait demandés, je ne me rappelle plus qui... »

Un miracle ! songea-t-il. *Elle ne se rappelle plus qui.*

« ... et je suis certaine que tu en serais resté là si tu n'avais eu à cette époque des demandes d'autres journaux. Cela ne m'a pas du tout surprise. Ces essais étaient *bons.* »

Cette fois, son silence n'indiqua ni désintérêt ni désapprobation. Il revenait à cette époque pour essayer de se souvenir s'ils étaient vraiment bons. Terry n'était pas fiable à cent pour cent, en ce domaine, mais on ne pouvait pas non plus jeter ses conclusions aux orties sans les peser. En tant que romancière, elle était de l'école « J'ai vu un oiseau à l'aube et mon cœur a sauté de joie », mais en tant que critique, elle avait la dent dure et était capable d'intuitions assez effrayantes, presque comme si elle fonctionnait par télépathie. Une des choses qui l'avaient attiré en elle (bien que le fait qu'elle ait été superbe à l'époque ait pas mal joué aussi) était la dichotomie entre ce qu'elle voulait faire — écrire des romans — et ce qu'elle *pouvait* faire : écrire des critiques tranchantes comme le diamant.

Quant aux prétendus essais du « Cœur de l'Amérique », le seul dont il se souvenait clairement après tant d'années était « Mort dans la seconde équipe ». Il s'agissait d'un père et d'un fils travaillant ensemble dans une aciérie de Pittsburgh. Le père avait eu une crise cardiaque et était mort dans les bras de son fils le troisième des quatre jours que Johnny Marinville devait consacrer à son enquête. Son projet initial était de s'intéresser à un aspect plutôt méconnu des hauts-fourneaux, mais il avait immédiatement changé d'objectif, sans réfléchir une seconde. Il en était résulté un article abominablement sentimental — le fait que chaque mot fût vrai n'y changeait rien — mais aussi formidablement *populaire.* L'homme qui l'avait publié dans *Life* lui avait écrit six semaines plus tard afin de lui raconter que son article avait provoqué un si grand nombre de lettres que ça le plaçait au quatrième rang des réactions de lecteurs depuis que le journal existait.

D'autres détails commencèrent à lui revenir — surtout des titres, « Nourrir les flammes », « Passages de trolley » et « Un baiser sur le lac Saranac ». Quels titres ! Mais enfin... arriver *quatrième* au courrier des lecteurs...

Hummm.

Où ces vieux essais pouvaient-ils bien être ? Dans la collection Marinville de Fordham ? Possible. Et pourquoi pas dans le grenier de sa maison du Connecticut ? Il aimerait bien les relire. Peut-être pourrait-on les réactualiser... ou... ou...

Quelque chose commençait à bourgeonner dans un coin de sa tête.

« Tu as toujours ta moto, Johnny ? avait demandé Terry.

— Bien sûr. Dans notre ancien garage à Westport, tu sais.

— Chez Gibby ?

— Oui, chez Gibby. Il a changé de propriétaire, mais c'était celui de Gibby, oui. »

Et le souvenir avait jailli, lumineusement précis : Terry et lui, tout habillés et se caressant comme des fous derrière le garage de Gibby un après-midi en... enfin, il y avait longtemps, disons. Terry portait un short bleu moulant. Il doutait que sa mère ait approuvé cette tenue, Seigneur, non ! Mais quant à lui, il trouvait que ces articles en solde lui donnaient un air de Reine de l'Ouest. Son cul n'était que moyennement attirant, mais ses *jambes*... Bon sang, ses jambes montaient jusqu'à son menton, jusqu'à Arcturus, et au-delà. Comment s'étaient-ils retrouvés, là, parmi les vieux pneus et les pièces de moteur rouillées, au milieu des tournesols, à se tripoter ? Il ne s'en souvenait plus, mais il se souvenait de la courbe de ses seins dans sa main, et comment elle avait saisi les passants de la ceinture de son jean pour l'attirer plus près, pour le sentir contre son ventre. Il laissa tomber une main sur sa cuisse et ne fut pas surpris de ce qu'il y trouva. Eh, les gars, Frampton est vivant !

« ... quelques autres, ou même un livre. »

Il retira sa main de sa braguette et la reposa fermement sur le bras du fauteuil.

« Hein ? Quoi ?

— Est-ce que tu deviens sourd, en plus de sénile ?

— Non, je me souvenais de cette fois avec toi derrière chez Gibby...

— Oh, dans les tournesols, c'est ça ?

— C'est ça. »

Il y avait eu une longue pause durant laquelle elle envisagea peut-être de prolonger cet interlude. Johnny l'espérait presque. Mais elle revint à son sujet.

« Je te disais que tu devrais peut-être traverser le pays sur ta moto avant d'être trop vieux pour passer les vitesses, ou de te remettre à boire et de t'écraser sur les Montagnes Noires.

— Tu es folle ? Je ne suis plus monté sur cet engin depuis trois ans, et je n'ai pas l'intention d'y remettre les fesses, Terry. Je n'y vois plus assez bien...

— Alors, fais-toi faire des verres plus forts...

— ... et mes réflexes sont ralentis. Je ne sais pas si John Cheever est mort de son alcoolisme, mais je suis *certain* que John Gardner s'est tué à moto. Il s'en est pris à un arbre, et il a perdu. C'est arrivé sur une route de l'État de New York que j'ai souvent parcourue aussi. »

Terry n'écoutait pas. Elle était une des rares personnes capables de l'ignorer le plus naturellement du monde en se laissant emporter par ses propres pensées. C'était une des raisons de leur divorce. Il n'aimait pas qu'on l'ignore — surtout une femme.

« Tu pourrais traverser le pays sur ta moto et collecter des matériaux pour une nouvelle série d'essais, dit-elle d'un ton à la fois excité et amusé. Si tu ressortais le meilleur de tes premiers essais en première partie, tu pourrais arriver à un volume respectable. John Edward Marinville, *Cœur de l'Amérique, 1966-1996,* essais, gloussa-t-elle. Qui sait ? Tu pourrais t'attirer à nouveau les faveurs de Shelby Foote, puisque ce sont les siennes que tu recherches le plus. »

Elle attendit sa réponse, et comme il ne disait rien, elle lui demanda s'il était toujours là, d'abord d'un ton léger, puis avec une certaine inquiétude.

« Oui ! répondit-il, soudain heureux d'être assis. Je suis là. Écoute, Terry, il faut que je te quitte. J'ai un rendez-vous.

— Une nouvelle amie ?

— La pédicure », dit-il en pensant à Foote, football... Ce nom ressemblait au chiffre final d'une combinaison de coffre-fort. Clic, et la porte s'ouvre.

« Alors, prends bien soin de toi, dit-elle, et je t'assure, Johnny, pense à retourner voir les Alcooliques Anonymes. Quel mal est-ce que ça peut te faire ?

— Aucun, je suppose. »

Il pensait à Shelby Foote — *John Edward Marinville, le seul écrivain américain vivant de la stature de John Steinbeck.* Terry avait raison : de toutes les louanges qu'il avait reçues, c'était celle-là qu'il préférait.

« C'est ça, aucun... Johnny, est-ce que ça va ? On dirait que tu es ailleurs.

— Ça va très bien. Dis bonjour aux enfants pour moi.

— Je le fais toujours. En général ils font comme s'ils n'avaient rien entendu, mais je le fais toujours. Au revoir. »

Il raccrocha le téléphone sans regarder le combiné, et quand il tomba du bureau, il ne le regarda pas davantage. John Steinbeck avait traversé le pays dans un vieux break, ou quelque chose dans ce genre, avec son chien. Johnny possédait une Harley-Davidson Softail 1 340 cc presque neuve entreposée dans le Connecticut. Pas *Cœur de l'Amérique.* Là, elle se trompait, et pas seulement parce que c'était le nom d'un film avec Jeff Bridges. Pas *Cœur de l'Amérique,* mais...

« *Voyages avec Harley,* murmura-t-il.

C'était un titre ridicule, un titre *risible,* comme une parodie du magazine *Mad*... mais était-ce pire que « Mort dans la seconde équipe » ou « Nourrir les flammes » ? Il ne trouvait pas... Et il avait le sentiment que ce titre marcherait, s'élèverait au-dessus de ses piteuses origines. Il s'était toujours fié à son intuition, et il n'en avait pas eu d'aussi forte depuis des années. Il pourrait traverser le pays sur sa Softail rouge et beige, de l'Atlantique bordant le Connecticut au Pacifique bordant la Californie du Nord. Un recueil d'essais qui forcerait les critiques à réviser leur jugement le concernant, un recueil d'essais qui pourrait même le ramener sur la liste des meilleures ventes, si... *si*...

« Si c'était un livre de cœur », dit-il.

Son propre cœur battait fort dans sa poitrine, mais pour une fois, cela ne lui fit pas peur.

« Un livre de cœur comme *Routes bleues.* Un livre de cœur comme... eh bien, comme Steinbeck. »

Dans son fauteuil de bureau, le téléphone émettant un son insistant à ses pieds, Johnny Marinville n'envisageait pas moins qu'une rédemption. Une sortie.

Il avait ramassé le téléphone et appelé son agent, ses doigts volant sur les touches.

« Bill, avait-il dit, c'est Johnny. Je viens de me souvenir des essais que j'ai écrits quand j'étais gosse et j'ai eu une idée fantastique. Tu vas me prendre pour un fou, mais écoute un peu... »

4

Tandis que Johnny regagnait l'accotement sablonneux de la route en essayant de ne pas soulever trop de poussière, il se dit que le type qui notait le numéro de sa Harley était le plus monumental morceau de flic qu'il ait jamais vu — dans les deux mètres, au moins, et pas loin de cent cinquante kilos.

« Bonjour, monsieur l'agent », dit Johnny.

Il baissa les yeux et vit une petite tache foncée sur la braguette de son Levi's. *Même si tu sautes et danses,* se dit-il.

« Vous n'ignorez pas, monsieur, que garer un véhicule sur une nationale est répréhensible ? fit le flic sans lever les yeux.

— Non, mais je ne pense pas... »

... *que ça puisse poser un problème sur une route aussi déserte que la nationale 50,* avait-il eu l'intention de déclarer d'un ton hautain du style « Comment osez-vous me critiquer » qu'il utilisait avec les subalternes et les employés depuis des années ; mais il vit quelque chose qui le fit changer d'avis. Il y avait du sang sur le poignet de la manche droite de la chemise du flic, beaucoup de sang, des taches bordeaux de sang séché. Il venait probablement de dégager de la route la dépouille d'un gros animal — un daim, ou même un élan renversé par un semi-remorque. Cela expliquait à la fois le sang et la mauvaise humeur. Johnny se dit que la chemise était foutue, qu'une telle quantité de sang ne partirait jamais.

« Pardon ? » demanda le flic.

Il venait de finir d'écrire, mais, les sourcils froncés, les lèvres serrées, il inspectait maintenant la moto. On aurait cru qu'il ne voulait pas regarder le propriétaire de la Harley, comme s'il savait que cela l'embarrasserait encore plus.

« Vous disiez ?

— Rien, monsieur l'agent. »

Il avait dit cela d'un ton neutre, ni humble ni hautain. Il ne voulait pas se mettre à dos ce colosse de flic qui n'était visiblement pas dans un bon jour.

Toujours sans lever les yeux, son bloc-notes dans une main et le regard fixé sévèrement sur le feu arrière de la Harley, le flic reprit :

« Il n'est pas non plus autorisé de se soulager en vue d'une nationale. Le saviez-vous ?

— Non, je suis désolé, dit Johnny qui réprima la violente envie de rire qui bouillonnait dans sa poitrine — ce n'était sans doute pas le moment de rire.

— Eh bien, c'est le cas. Enfin, je vais vous laisser partir cette fois avec une simple mise en garde, mais... »

Il avait levé les yeux sur Johnny et les avait soudain écarquillés, comme un gosse qui voit le cirque défiler dans la rue de son village, les clowns tournoyant au son des trombones. Johnny connaissait ce regard, même s'il ne s'attendait pas à le rencontrer ici, en plein désert du Nevada, sur le visage d'un flic gigantesque dont les lectures ne semblaient pas devoir dépasser les blagues de *Playboy* et le magazine *Armes et munitions.*

Un admirateur, se dit-il. *Je suis là dans ce bled perdu entre Ely et Austin, et j'ai trouvé un foutu admirateur !*

Il avait hâte de raconter ça à Steven Ames quand il le retrouverait à Austin ce soir. Il pourrait même l'appeler sur son téléphone cellulaire plus tard dans l'après-midi... si ce maudit cellulaire consentait à marcher. A la réflexion, il se dit qu'il ne marcherait certainement pas. La batterie était bonne, et il l'avait rechargée toute la nuit, mais il n'avait pas parlé à Steve sur ce maudit engin depuis leur départ de Salt Lake City. En vérité, il n'était pas vraiment un enthousiaste du téléphone cellulaire. Non pas qu'il le crût susceptible de donner le cancer, c'était probablement une rumeur entretenue par la presse, mais...

« Nom de Dieu », murmura le flic.

Il leva vers sa joue sa main droite, au bout de son bras taché de sang. Pendant un moment bizarre, il regarda Johnny comme un footballeur professionnel imitant Jack Benny.

« Pu-tain-de-Dieu !

— Qu'y a-t-il, monsieur l'agent ? » demanda Johnny.

Il avait quelque difficulté à réprimer un sourire. Une chose n'avait pas changé depuis toutes ces années : il adorait qu'on le reconnaisse. Seigneur, oui, il adorait ça.

« Vous êtes... JohnnEdwardMarinville ! »

Il avait dit tout ça d'un bloc, comme s'il n'avait qu'un nom, comme Pelé ou Quantinflas. Le flic se mit à se sourire à lui-même, et Johnny pensa : *Oh, monsieur l'agent, comme vous avez de grandes dents !*

« C'est bien vous, n'est-ce pas ? C'est vous qui avez écrit *Ravissement !* Et, oh merde ! *Le Chant du marteau.* Me voilà face au type qui a écrit *Le Chant du marteau* ! »

Puis il fit une chose que Johnny trouva vraiment charmante : il tendit la main et toucha la manche de son blouson de cuir, comme pour se prouver que l'homme qui le portait était vraiment là.

« Nom de Dieu !

— Oui, je suis bien Johnny Marinville, dit-il de cette voix modeste qu'il réservait à ces uniques occasions. Et je dois vous avouer que jamais je n'ai été reconnu par quelqu'un qui venait de me regarder pisser sur le bord de la route.

— Oh, oubliez ça ! »

Il saisit la main de Johnny. Pendant une fraction de seconde, avant que les doigts du flic se referment sur les siens, Johnny vit que la main de l'homme était aussi maculée de sang à demi séché, les lignes de vie et de cœur ressortant en rouge sombre, couleur foie. Johnny tenta de conserver son charmant sourire tandis qu'ils se serraient la main, mais il sentait les coins de sa bouche s'affaisser. *Je vais en avoir,* se disait-il. *Je vais avoir du sang sur la main, et aucun moyen de me laver avant Austin.*

« Ça alors ! disait le flic. Vous êtes un de mes auteurs préférés. Vous vous rendez compte ! *Le Chant du marteau...* Je sais que les critiques n'ont pas aimé, mais qu'est-ce qu'ils y connaissent ?

— Pas grand-chose. »

Johnny aurait bien voulu que le flic lui lâche la main, mais apparemment il faisait partie de ces gens qui secouent la main de l'autre pour souligner leurs paroles autant que pour le saluer. Il ne la serrait pas, mais Johnny sentait une force latente dans cette poigne : si ce type serrait, son écrivain préféré taperait sa prochaine œuvre de la main gauche, pendant au moins un mois ou deux.

« Pas grand-chose, c'est ça ! *Le Chant du marteau* est le meilleur livre sur le Vietnam que j'aie jamais lu. Il renvoie aux oubliettes Tim O'Brien, Robert Stone...

— Merci, merci beaucoup. »

Le flic finit par desserrer sa poigne et Johnny récupéra sa main. Il fut tenté de la regarder pour voir combien de sang s'y était déposé, mais ce n'était pas le moment. Le flic replaçait son bloc-notes dans sa poche arrière et regardait toujours Johnny avec de grands yeux dont l'intensité devenait un peu gênante, à la longue. On aurait dit qu'il craignait que Johnny disparaisse comme un mirage pour peu qu'il cligne des yeux.

« Que faites-vous par ici, monsieur Marinville ? Je croyais que vous viviez à New York.

— C'est vrai, mais...

— Et ce n'est pas un moyen de transport digne d'un... digne d'un *patrimoine national* ! Est-ce que vous connaissez les statistiques des accidents à moto ? Je peux vous en parler, parce que je suis un loup et nous recevons chaque mois une circulaire du Conseil national de sécurité. Il y a un accident pour quatre cent soixante conducteurs par jour. Ça vous paraît peu, je sais, mais comparez ça aux accidents de voiture : un sur *vingt-sept mille* par jour. Une sacrée différence. Ça vous fait réfléchir, non ?

— En effet, dit Johnny. *Est-ce qu'il a dit qu'il était un loup ou est-ce que je l'ai imaginé ?* Oui, ces statistiques sont assez... assez... » *Assez quoi ? Allez, Marinville, reprends-toi. Si tu peux passer une heure avec une garce agressive du magazine* Madame *sans te servir à boire, tu peux sûrement supporter ce type. Il essaie seulement de montrer combien il s'inquiète pour toi.* « Elles sont assez impressionnantes.

— Alors, que faites-vous par ici ? Et sur un véhicule aussi peu sûr ?

— Je récolte de la matière. »

Johnny ne put s'empêcher de baisser les yeux vers la manche droite raide de sang du flic et eut du mal à les ramener sur son visage brûlé. Johnny doutait que beaucoup des membres de l'équipe de ce type lui cherchent des noises, il était du genre à bouffer des clous et à recracher du fil de fer, mais il n'en demeurait pas moins qu'il n'avait pas la peau adéquate pour ce genre de climat.

« Pour un nouveau roman ? demanda le flic, tout excité.

— Eh bien, dit Johnny en cherchant vainement sur la large poitrine une plaque portant le nom de son interlocuteur, pour un nouveau livre, en tout cas. Puis-je vous poser une question, monsieur l'agent ?

— Bien sûr, mais c'est moi qui devrais vous poser des questions, j'en ai un trillion. Je n'aurais jamais cru... Ici, en pleine brousse, et je rencontre... Bon sang ! »

Johnny sourit. Il faisait plus chaud qu'en enfer et il voulait repartir avant d'avoir Steve au cul. Il détestait regarder dans le rétroviseur et voir le gros camion jaune. Ça cassait l'ambiance. Mais il était difficile de ne pas être ému par l'enthousiasme sincère du flic, surtout quand il concernait un sujet que Johnny, impressionné lui-même, traitait avec respect, et émerveillement.

« Eh bien, puisque à l'évidence vous connaissez mon œuvre, que diriez-vous d'un livre d'essais sur la vie dans l'Amérique d'aujourd'hui ?

— De vous ?

— De moi. Une sorte de carnet de voyage intitulé *Voyages avec Harley* ? »

Il s'attendait à ce que le flic ait l'air interloqué, ou qu'il pouffe comme à une blague, mais il ne fit ni l'un ni l'autre. Il se contenta de baisser à nouveau les yeux vers le feu arrière de la moto, une main caressant son menton, un menton de héros de bande dessinée, carré et fendu au milieu, les sourcils froncés, réfléchissant. Johnny saisit l'occasion de regarder sa main. Il y avait bien du sang dessus, et pas qu'un peu, surtout sur le dos et les ongles. Beurk !

Puis le flic leva les yeux et le stupéfia en disant exactement ce que Johnny lui-même avait pensé pendant ces deux derniers jours de conduite monotone dans le désert :

« Ça *pourrait* marcher, mais la couverture devrait vous montrer sur votre engin, là. Une photo *sérieuse,* pour que les gens sachent que vous n'avez pas voulu vous moquer de John Steinbeck... ni de vous-même, d'ailleurs.

— C'est ça ! s'écria Johnny qui faillit presque donner au flic une tape dans le dos. C'est le grand danger : que les gens prennent ça pour une sorte de... mauvaise blague. La couverture devra faire comprendre le sérieux de l'entreprise... peut-être même assorti d'une certaine tristesse... Que diriez-vous de la moto seule ? Une photo de la moto, peut-être en sépia ? Au milieu d'une route... ou même ici, dans le désert, sur la ligne centrale de la nationale 50... son ombre s'étendant sur le côté... »

L'absurdité de cette discussion, à cet endroit, avec un géant de flic qui allait lui infliger une amende pour avoir pissé dans les buissons, ne lui échappait pas, mais elle n'entamait pas non plus son excitation. Une fois de plus, le flic lui dit exactement ce qu'il voulait entendre.

« Non, Seigneur, non ! Il faut qu'on vous voie.

— En fait, je le crois aussi. Sur la moto... Peut-être sur sa béquille, mes pieds relevés dans une posture décontractée, vous savez... décontractée, mais...

— ... mais *vraie,* dit le flic en fixant Johnny de ses yeux gris impressionnants avant de les reposer sur la moto. Décontractée mais *vraie.* Pas de sourire. *Interdit* de sourire, monsieur Marinville.

— Pas de sourire, approuva Johnny en pensant *Ce type est un génie.*

— Un peu distant, le regard au loin, comme si vous pensiez à tous les kilomètres que vous avez...

— Oui, et aussi à tous les kilomètres qui restent. »

Johnny leva les yeux vers l'horizon pour essayer ce regard — le vieux guerrier contemplant l'ouest, un truc du genre Cormac McCarthy — et remarqua à nouveau le véhicule garé en bordure de la route deux ou trois kilomètres plus loin. Sa vision de loin restait assez bonne, et les rayons du soleil s'étaient suffisamment inclinés pour qu'il soit presque certain qu'il s'agissait d'un camping-car.

« Des kilomètres au sens littéral comme au sens métaphorique, ajouta-t-il.

— Oui, les deux, dit ce flic surprenant. *Voyages avec Harley,* j'aime bien, ça accroche. Et, bien sûr, je lirai *tout* ce que vous écrirez, monsieur Marinville. Romans, essais, poèmes, même votre liste de courses !

— Merci, dit Johnny, sincèrement touché. J'apprécie beaucoup. Vous ne saurez sans doute jamais à quel point. L'année passée a été difficile pour moi. Une année de doute. Je me suis interrogé sur mon identité, sur le but de ma vie.

— Je connais un peu ces choses, moi aussi. Cela vous étonne sans doute, de la part d'un type comme moi, mais c'est vrai. Oh, si vous saviez la journée que j'ai eue... Monsieur Marinville, est-ce que je pourrais vous demander un autographe ?

— Bien sûr, avec plaisir. »

Johnny sortit son propre carnet de sa poche arrière, l'ouvrit et feuilleta les premières pages couvertes de notes, d'itinéraires, de numéros de route, de fragments de carte au crayon (dus à Steve

Ames, qui n'avait pas tardé à se rendre compte que son célèbre client, bien que toujours capable de chevaucher sa machine en quasi-sécurité, se perdait, même dans les plus petites villes). Il trouva enfin une page blanche.

« Quel est votre nom, monsieur l'a... »

Il fut interrompu par un long cri qui lui glaça le sang, non seulement parce qu'il était à l'évidence émis par un animal sauvage, mais parce qu'il était *proche*. Son carnet lui échappa des mains et il se retourna si brusquement qu'il tituba. En bordure sud de la route, à moins de cinquante mètres d'eux, un spécimen de la gent canine sur des pattes maigres et tordues, les flancs décharnés, les regardait. Son pelage gris était plein de boules de bardane, et une de ses pattes avant portait une vilaine blessure sanguinolente. Pourtant, Johnny le remarqua à peine. Ce qui le fascina fut la gueule de l'animal, qui semblait sourire, et ses yeux jaunes à la fois stupides et rusés.

« Seigneur ! murmura-t-il. Qu'est-ce que c'est ? C'est un...

— Un coyote, dit le flic en prononçant *ki-yote*. Par ici, on les appelle parfois loups du désert. »

C'est ce qu'il a dit, songea Johnny. *Il a dit qu'il avait vu un coyote, un loup du désert, et tu as mal compris.* Cette solution le soulagea considérablement alors même qu'une partie de son esprit n'y croyait pas du tout.

Le flic fit un pas vers le coyote, puis un deuxième. Il s'arrêta, fit un troisième pas. Le coyote ne bougea pas, mais se mit à trembler. De l'urine s'écoula entre ses flancs anguleux et un coup de vent transforma l'écoulement en gouttelettes.

Quand le flic fit un quatrième pas vers lui, le coyote leva son museau agressif et hurla de nouveau, longuement, un hululement qui fit remonter les couilles de Johnny tout en lui donnant la chair de poule.

« Eh ! arrêtez-vous, dit-il au flic. C'est flippant ! »

Le flic l'ignora. Il regardait le coyote, qui le fixait intensément de ses yeux jaunes.

« Tak, dit le flic. Ah... lah. Tak. Tak. »

Le coyote continuait à le regarder, comme s'il comprenait ce babillage à sonorités indiennes. Les poils restèrent dressés sur les bras de Johnny. Le vent souffla de nouveau, poussant son carnet de notes sur le bas-côté de la route, où il rencontra un rocher.

Johnny ne le vit pas. Son carnet et l'autographe qu'il avait l'intention de donner au flic étaient pour l'instant très loin de son esprit.

Je vais mettre ça dans le livre, se dit-il. *Tout ce que j'ai vu d'autre ne vaut pas un clou, mais ça, oui. C'est solide comme le roc, solide comme le roc.*

« *Tak* », répéta le flic.

Il claqua ses mains l'une contre l'autre, fort, une seule fois, et le coyote fit demi-tour et s'éloigna, courant sur ses pattes cagneuses à une vitesse que Johnny n'aurait jamais crue possible. Le colosse en uniforme kaki le suivit des yeux jusqu'à ce que la fourrure grise du coyote se soit fondue dans la poussière grisâtre du désert, et cela ne fut pas long.

« Bon sang, qu'ils sont laids ! dit-il. Et ces derniers temps, ils sont plus nombreux que les puces sur une couverture. On ne les voit pas le matin, ni au début de l'après-midi... mais le soir... quand le jour tombe..., dit-il en secouant la tête comme pour dire *C'est parti.*

— Que lui avez-vous dit ? demanda Johnny. C'était *stupéfiant.* Était-ce un dialecte indien ?

— Je ne connais pas le moindre dialecte indien, dit le flic en riant. Je ne connais pas d'*Indien* ! C'était juste du babillage, comme pour les bébés, guili-guili, aga-aga.

— Mais il vous *écoutait* !

— Non, il me *regardait,* dit le flic en adressant à Johnny un regard impérieux comme s'il le mettait au défi de le contredire. Je lui ai volé ses yeux, c'est tout. Je suppose que ces histoires d'animaux apprivoisés, c'est du pipeau, mais quand il s'agit de bêtes malignes comme ces loups du désert... il suffit de voler leurs yeux, et ce que vous dites n'a pas d'importance. De toute façon, ils ne sont en général pas dangereux tant qu'ils n'ont pas la rage. Il faut seulement éviter qu'ils sentent la peur sur vous. Ou le sang. »

Johnny regarda la manche droite du flic et se demanda si c'était le sang qui avait attiré le coyote.

« Et c'est toujours, toujours, une mauvaise idée de vous retrouver face à eux quand ils sont en meute, surtout une meute dotée d'un chef fort. Dans ce cas, ils ne craignent rien. Ils poursuivront un daim ou un élan jusqu'à ce que son cœur éclate. Et parfois, juste pour s'amuser. Ou un homme.

— Vraiment, c'est... fascinant, dit Johnny qui ne pouvait prononcer une deuxième fois le mot *flippant.*

— N'est-ce pas ? dit le grand flic avec un sourire. Coutumes du désert. Écriture dans le néant. Résonance des lieux solitaires. »

Johnny le regarda, la bouche légèrement ouverte. Tout à coup, son ami le policier lui rappela Paul Bowles un jour de mauvais karma.

Il essaie de t'impressionner, c'est tout — du bavardage mondain sans robe du soir. Tu as déjà vu et entendu ça des milliers de fois.

Peut-être, en effet. Mais il s'en serait néanmoins passé dans ce contexte. Quelque part au loin, un autre hurlement s'éleva, faisant trembler l'air comme une brume de chaleur auditive. Ce n'était pas le coyote qui venait de s'échapper, Johnny en était sûr. Ce hurlement venait de plus loin, en réponse au premier, peut-être.

« Oh, hé, pause ! s'exclama le flic. Vous feriez mieux de remiser ça, monsieur Marinville !

— Hein ? »

Pendant un étrange instant, il eut l'impression que le flic parlait de ses pensées, comme s'il pratiquait la télépathie aussi bien que le style elliptique, mais le colosse en uniforme kaki ne le regardait même pas. Il s'était à nouveau tourné vers la moto, et montrait du doigt la sacoche gauche. Johnny vit qu'une manche de son nouvel imperméable — orange fluo pour plus de sécurité par mauvais temps — sortait comme une langue.

Comment se fait-il que je ne l'aie pas vue quand je me suis arrêté pour pisser ? se demanda-t-il. *Comment ai-je bien pu ne pas la voir ?* Et il y avait autre chose. Il s'était arrêté à Ely pour faire le plein, et il avait profité de l'occasion pour ouvrir cette sacoche et en sortir sa carte du Nevada. Il avait vérifié la distance entre Ely et Austin, puis replié la carte qu'il avait remise en place. Il avait ensuite refermé la sacoche. Il en était certain, et pourtant elle était tout ouverte maintenant.

Il avait toujours été un homme intuitif ; c'était l'intuition et non le travail qui avait produit ses meilleures œuvres. La boisson et les drogues avaient émoussé cette intuition mais ne l'avaient pas détruite, et elle revenait — pas complètement, pas encore, mais en partie — depuis qu'il filait droit. En regardant alternativement le flic et la manche de l'imperméable sortant de la sacoche ouverte, Johnny entendit une sonnette d'alarme tinter dans sa tête.

C'est le flic qui l'a ouverte.

C'était une idée absurde, mais son intuition lui disait que c'était tout de même vrai. Le flic avait ouvert la sacoche et tiré la manche orange pendant que Johnny pissait, dos à la route. Et durant presque toute leur conversation, il s'était délibérément placé de façon à ce que Johnny ne voie rien. Ce type n'était pas aussi fasciné par cette rencontre avec son auteur préféré qu'il y paraissait. Peut-être n'était-il pas fasciné du tout. Il y avait une idée là-dessous.

Quelle idée ? Ça t'ennuierait de me le dire ? Quelle idée ?

Johnny n'en savait rien, mais il n'aimait pas ça. Il n'aimait pas non plus cette espèce de baragouin de merde à la Maître Yoda qu'il avait utilisé avec le coyote.

« Alors ? » demanda le flic.

Il souriait, et là encore, c'était quelque chose qu'il n'aimait pas. Ce n'était plus le sourire idiot du genre Je-ne-suis-qu'un-admirateur-amoureux — pour autant que ça l'ait jamais été ; c'était un sourire froid, voire méprisant.

« Alors quoi ?

— Vous allez vous en occuper ou non ? *Tak !*

— *Tak,* demanda Johnny dont le cœur faisait des bonds, qu'est-ce que ça signifie ?

— Je n'ai pas dit *tak,* c'est *vous* qui avez dit *tak* », affirma le flic en croisant les bras, sans se départir de son sourire.

Je veux m'en aller d'ici, se dit Johnny.

Oui, c'était un bon résumé de la situation, et si cela impliquait d'obéir à des ordres, ainsi soit-il. Ce petit interlude, qui au début était drôle et gentil, avait soudain tourné au drôlement inquiétant... comme si un nuage voilait le soleil et qu'une journée agréable devenait sinistre.

Et s'il avait dans l'idée de me faire du mal ? Il est évident qu'il a plus d'une bière dans le ventre.

Eh bien, se répondit-il, *imagine que ce soit le cas ? Que peux-tu y faire ? Te plaindre aux ki-yotes du coin ?*

Son imagination surentraînée lui proposa une image extrêmement déplaisante : le flic creusant un trou dans le désert, tandis qu'à l'ombre de la voiture gisait le corps d'un homme qui avait jadis remporté un prix littéraire national et baisé la plus célèbre actrice d'Amérique. Il repoussa cette image, la nia, alors qu'elle était un peu plus qu'une vision fugitive, non pas tant par peur que par une curieuse arrogance protectrice. Les hommes comme lui ne se faisaient pas assassiner. Il leur arrivait de se suicider, comme Jerzy Kosinski, mais ils ne se faisaient pas assassiner, surtout pas par des admirateurs psychotiques. Ce n'étaient que foutaises pour romans à sensation.

Enfin, il y avait bien eu John Lennon, mais...

Il s'approcha de sa sacoche, respirant l'odeur du flic au passage. Pendant un instant, Johnny fut assailli par le souvenir de son ivrogne de père, qui sentait exactement la même chose que ce flic : Old Spice en surface, sueur sous la lotion après-rasage, et méchanceté pure sous la sueur.

Les deux boucles de la sacoche étaient défaites. Johnny souleva le rabat à franges, toujours conscient de cette odeur de sueur et d'Old Spice. Le flic se tenait contre son épaule. Johnny prit la manche de l'imperméable et s'arrêta en voyant ce qu'il y avait au-dessus de ses cartes. Il en eut un choc, mais en fut, au fond, à peine surpris. Il regarda le flic, qui regardait dans la sacoche.

« Oh, Johnny ! dit-il avec regret. C'est décevant, c'est *très* décevant. »

Il plongea la main dans la sacoche et en sortit un sac de trois litres posé sur la pile de cartes. Johnny n'eut pas à le renifler pour savoir qu'il ne contenait pas du thé. Collé sur le sac, comme une plaisanterie, le sourire de Mr Smiley sur son rond jaune.

« Ce n'est pas à moi, affirma Johnny Marinville d'une voix fatiguée et tremblante comme un message sur un très vieux répondeur. Ce n'est pas à moi, et vous le savez très bien. Parce que c'est vous qui l'avez mis là.

— Oh, oui, on accuse les flics, dit le colosse, comme dans vos livres de gauchistes, hein ? Je t'ai bien eu avec mon numéro d'admirateur, hein ? J'ai senti la came à la seconde où tu t'es approché de moi. Tu embaumes ! *Tak !*

— Écoutez...

— Monte dans la voiture, gaucho ! Hop, dans la voiture, pédé » ! ordonna-t-il et ses yeux gris riaient.

C'est une blague, se dit Johnny. *Je ne sais quelle mauvaise blague.*

Puis, venant du sud-ouest, d'autres hurlements s'élevèrent, nombreux cette fois, et quand les yeux du flic roulèrent dans cette direction et qu'il sourit, Johnny sentit un cri s'élever dans sa gorge qu'il dut réprimer en serrant les lèvres. Le grand flic ne plaisantait pas en regardant en direction des coyotes, c'était le regard d'un homme complètement fou. Et, Seigneur, il était tellement *grand* !

« Mes enfants du désert ! dit-il. Les *can toi* ! Quelle belle musique ils font ! »

Il rit, baissa les yeux vers le sac de drogue dans sa grosse main et secoua la tête en riant plus fort encore. Johnny le regardait : sa certitude que des hommes comme lui n'étaient jamais assassinés avait soudain disparu.

« *Voyages avec Harley*, dit le flic. Te rends-tu compte à quel point c'est un titre stupide ? A quel point c'est un concept stupide ? Et piller ainsi le legs littéraire d'un homme comme *John Steinbeck*... Un écrivain dont tu n'es même pas digne de lécher les chaussures... ça me rend *fou*. »

Et avant que Johnny sache ce qui se passait, un immense éclair de douleur lui traversa la tête. Il eut conscience de tituber en arrière, les mains pressées sur son visage, du sang chaud coulant entre ses doigts, il eut conscience d'écarter les bras, de penser *Je vais bien. Je ne vais pas tomber. Je vais bien ;* et il se retrouva allongé sur la route, hurlant vers le ciel bleu. Sous ses doigts, son nez ne semblait plus droit, on aurait dit qu'il était couché contre sa joue gauche. Il avait la cloison nasale déviée à cause de toute la coke qu'il avait sniffée dans les années quatre-vingt, et il se souvint que son médecin lui avait dit qu'il devrait la faire redresser avant de percuter un poteau ou une porte tournante et qu'elle n'explose. Eh bien, cela n'avait été ni une porte ni un poteau, et elle n'avait pas vraiment explosé, mais elle avait indubitablement subi un changement rapide et radical. Ces pensées se succédèrent dans sa tête d'une façon apparemment parfaitement cohérente, alors même que sa bouche continuait de crier.

« En fait, ça me rend *furieux* ! » dit le flic.

Et il lui décocha un coup de pied en haut de la cuisse gauche. La douleur fut fulgurante ; on eût dit qu'une feuille de métal chauffée à blanc lui parcourait le corps comme un acide et transformait en pierre les muscles de sa jambe. Johnny roula d'avant en arrière sur le sol, tenant sa jambe et non plus son nez, ses joues frottant l'asphalte de la nationale 50, criant, aspirant du sable par la bouche à chaque respiration, toussant dès que reprenaient ses cris.

« En vérité, ça me rend *malade de rage*. »

Et le flic donna un coup de pied dans les fesses de Johnny, assez haut pour que la douleur soit trop violente pour se diffuser ; elle allait certainement passer. Mais elle ne passa pas. Il se contorsionna et rampa sur la ligne blanche de la route, hurlant et saignant du nez, crachant du sable tandis qu'au loin les coyotes hurlaient dans les ombres projetées par les montagnes lointaines.

« Debout ! Sur tes pieds, beau gosse !

— Je ne peux pas », hoqueta Johnny Marinville.

Il remonta ses jambes sur sa poitrine et croisa ses bras sur son ventre, dans la posture défensive qu'il se souvenait vaguement d'avoir prise en 1968 pendant les échauffourées de la convention démocrate à Chicago, et même avant ça, lors d'une conférence à Philadelphie, avant les premiers bus de la Liberté en partance pour le Mississippi. Il avait eu l'intention de monter dans un de ces bus — ce n'était pas seulement une grande cause, mais aussi l'étoffe dont sont faits les grands romans — mais finalement, quelque chose l'en avait détourné. Probablement sa braguette devant le spectacle d'une jupe relevée.

« Debout, bâton de merde. Tu es *chez moi* maintenant, dans la maison du loup et du scorpion, et tu ferais bien de ne pas l'oublier.

— Je ne peux pas, vous m'avez cassé la jambe ! Seigneur, vous m'avez fait tellement *mal*...

— Ta jambe n'est pas cassée et tu ne sais pas ce que c'est que d'avoir mal. Mais tu le sauras si tu ne te lèves pas.

— Je ne peux pas, je ne peux vr... »

Le coup de feu fut assourdissant, l'impact de la balle sur la route retentit comme un monstrueux coup de fouet, et Johnny Marinville fut debout avant même d'avoir la certitude de ne pas être mort, ou au moins blessé. Il se leva, un pied dans la file allant vers l'est, l'autre dans celle allant vers l'ouest, oscillant d'avant en arrière comme un ivrogne. La moitié inférieure de son visage était couverte de sang. Du sable s'y était collé, formant des petites virgules sur ses lèvres, ses joues, son menton.

« Eh, le caïd, t'as pissé dans ton froc ! »

Johnny regarda et vit que c'était vrai. *Même si on saute et danse...* Sa jambe gauche l'élançait comme une dent infectée. Ses fesses étaient encore engourdies, comme un morceau de viande congelée. Il se dit pourtant que, étant donné les circonstances, il devait s'estimer heureux. Si le flic l'avait atteint un peu plus haut, la seconde fois, il aurait pu le paralyser.

« Tu es un piètre spécimen d'écrivain, dit le flic qui tenait toujours un énorme revolver dans une main et le gros sac d'herbe dans l'autre. Tu es un piètre spécimen d'être humain tout court, ajouta-t-il en secouant la tête avec dégoût. Je ne le vois non pas à ce que tu dis, mais à la bouche qui le dit. En fait, si je regardais trop longtemps ta bouche prétentieuse aux lèvres molles, je te tuerais tout de suite. Je ne pourrais pas m'en empêcher. »

Les coyotes hurlaient au loin, *wh-wh-WHOOUUU !* comme le fond sonore d'un vieux film avec John Wayne.

« Vous en avez déjà assez fait, dit Johnny d'une voix pâteuse.

— Pas encore, affirma le flic en souriant. Le nez n'est qu'un début. Ça t'arrange le physique, en fait. Pas beaucoup, mais un peu. »

Il ouvrit la porte arrière de sa voiture et Johnny se demanda combien de temps avait pris cette petite comédie.

Il n'en avait pas la moindre idée, mais aucune voiture ni aucun camion n'était passé. Pas un seul.

« Monte, caïd.

— Où m'emmenez-vous ?

— Et où tu crois que je peux emmener un enculé de gaucho camé comme toi ? Dans ma vieille taule ! Monte dans la voiture ! »

Johnny monta. Ce faisant, il porta la main à la poche de poitrine droite de son blouson en cuir.

Le téléphone cellulaire s'y trouvait bien.

5

Il ne pouvait s'asseoir sur ses fesses, ça faisait trop mal, alors il s'appuya sur sa cuisse droite, la main autour de son nez qui l'élançait douloureusement. On aurait dit que quelque chose lui enfonçait des griffes empoisonnées dans la chair, mais pour l'instant au moins, il parvint à l'ignorer. *Fais que le téléphone cellulaire marche !* pria-t-il en s'adressant à un Dieu dont il s'était gentiment moqué durant presque toute sa vie de créateur, et surtout récemment dans une nouvelle intitulée « Le temps venu du Ciel », publiée dans le magazine *Harper's* et qui avait été assez bien accueillie. *Je T'en supplie, fais que ce foutu téléphone marche, et je t'en supplie, fais que Steve l'entende.* Puis, se rendant compte que c'était mettre la charrue avant les bœufs, il ajouta : *Je te supplie de me donner une occasion d'utiliser ce téléphone, d'accord ?*

Comme en réponse à cette partie de la prière, le grand flic dépassa la porte de sa voiture sans même la regarder et s'approcha — de la moto de Johnny. Il posa le casque de Johnny sur sa propre tête coiffée de son chapeau, puis lança une jambe par-dessus la selle — vu sa taille, il n'eut guère qu'à l'enjamber — et un instant plus tard, le moteur de la Harley vrombissait. Le flic était à cheval sur la selle, la sangle du casque défaite, écrasant la Harley de sa masse beaucoup moins élégante. Il tordit la poignée quatre ou cinq fois, poussant le moteur comme s'il en aimait la sonorité. Puis il souleva la Harley, donna un coup de pied dans la béquille et passa la première. Avec précaution au départ, rappelant un peu à Johnny la façon dont il avait lui-même sorti la moto du garage et s'était fondu dans la circulation pour la première fois depuis trois ans (étrange de penser que ce n'était qu'un mois plus tôt), le flic descendit de la route, la main sur le frein, les pieds au sol, scrutant le sable pour éviter surprises et obstacles. Une fois sur le sable, il accéléra, passa les vitesses en projetant derrière lui des branches mortes.

Passe sur un terrier, enculé sadique, se dit Johnny qui avait essayé de renifler par son nez bouché et douloureux. *Heurte quelque chose de dur. Écrase-toi et brûle !*

« Ne perds pas ton temps avec lui », murmura-t-il en faisant sauter de son pouce le rabat de sa poche de poitrine.

Il sortit le téléphone cellulaire Motorola (les téléphones portables, c'était l'idée de Bill Harris, peut-être la seule bonne idée de son agent en quatre ans) et l'ouvrit. Il regarda l'écran, retenant son souffle, priant maintenant pour qu'apparaissent un S et deux barres. *Allez ! Seigneur, je t'en supplie.* La sueur coulait sur ses joues, du sang sortait toujours de son nez gonflé. *Fais qu'il y ait un S et deux barres. Sinon, je pourrais aussi bien utiliser ce truc comme suppositoire.*

Le téléphone émit un bip, puis apparurent sur l'écran un S, qui signifiait « en service », et une barre.

Juste une.

« Non, je t'en supplie, gémit-il. Je t'en supplie, ne me fais pas ça, encore une, juste une, je t'en prie ! »

De rage, il secoua le téléphone... et vit qu'il avait oublié de tirer l'antenne. Il le fit, et la seconde barre apparut au-dessus de la première. Elle clignota, s'effaça, reparut, clignota encore, mais elle était *là*.

« Oui ! murmura Johnny. *Ouiiii !* »

Il leva brusquement la tête. Ses yeux brouillés par la sueur regardèrent par la vitre à travers ses longs cheveux gris — maintenant collés par le sang —, tels les yeux d'un animal traqué risquant un regard hors du terrier. Le flic avait arrêté la Softail à trois cents mètres dans le désert. Il descendit de la machine et s'écarta, laissant la moto tomber sur le côté. Le moteur s'arrêta. Même dans cette situation, Johnny en fut scandalisé. Cette Harley lui avait fait traverser tout le pays sans le moindre toussotement de son doux moteur, et cela lui fit mal de la voir traitée avec une telle indifférence dédaigneuse.

« Espèce d'ordure, murmura-t-il. Cinglé ! »

Il renifla à nouveau son sang à demi coagulé, cracha une sorte de gelée sur le sol couvert de papiers et s'intéressa à nouveau au téléphone. Parmi les boutons du bas, le second à partir de la droite disait NOM/MENU. Steve avait programmé cette fonction juste avant qu'ils partent. Johnny pressa le bouton et le prénom de son agent apparut sur l'écran : BILL. Il le pressa à nouveau et TERRY apparut. Il le pressa encore une fois, et lut JACK — Jack Appleton, son éditeur chez FS & G. Seigneur, pourquoi avait-il fallu qu'il classe tous ces gens avant Steve Ames ? C'était Steve, le cordon qui le reliait à la vie.

Dans le désert, à trois cents mètres de lui, le flic fou avait retiré le casque et, à coups de pied, recouvrait de sable la Harley 86 de Johnny. A cette distance, on aurait dit un gosse piquant une colère. Tant mieux. S'il avait l'intention de recouvrir l'engin, Johnny aurait tout le temps de passer son appel... dans la mesure où le téléphone voudrait bien coopérer. Le voyant CONNEXION était allumé, ce qui était bon signe, mais la seconde barre de transmission continuait à clignoter de façon hésitante.

« Allez, allez, dit Johnny au téléphone entre ses mains tremblantes maculées de sang. S'il te plaît, chéri, tu veux bien ? *Je t'en prie.* »

Il pressa encore une fois le bouton NOM/MENU et STEVE apparut. Il pressa alors le bouton ENVOI, puis porta le téléphone à son oreille, se penchant un peu plus à droite tout en surveillant la fenêtre. Le flic continuait à recouvrir la Harley de sable.

Le téléphone se mit à sonner dans l'oreille de Johnny, mais il savait qu'il n'avait pas encore gagné la partie, il était juste entré dans le réseau, à un pas de Steve Ames, mais un long pas.

« Allez, allez, allez... »

Une goutte de sueur lui brûla un œil et il l'essuya du revers de la main. Le téléphone cessa de sonner. Il y eut un déclic.

« Bienvenue sur le réseau Western Roaming ! dit une voix guillerette. Votre appel est transmis ! Merci de votre patience et bonne journée !

— Une journée de merde, de *merde* ! Grouillez-vous », murmura Johnny.

Silence dans l'appareil. Dans le désert, le flic s'écarta de la moto et la regarda comme pour vérifier si son camouflage était suffisant. Sur le siège arrière poussiéreux et encombré de papiers, Johnny Marinville se mit à pleurer. Il ne put s'en empêcher. Bizarrement, c'était comme de mouiller à nouveau son pantalon, sauf que ça remontait dans l'autre sens.

« Non, murmura-t-il, non, pas encore, tu n'as pas encore fini, pas avec le vent qui souffle comme ça, tu devrais mieux la recouvrir, s'il te plaît, un peu plus. »

Le flic regardait toujours la moto, son ombre semblant maintenant s'étendre sur plusieurs centaines de mètres dans le désert, et Johnny le regardait par le bas de la vitre, ses cheveux collés dans les yeux, le téléphone pressé contre son oreille droite. Il poussa un long soupir tremblant de soulagement quand le flic s'avança à nouveau pour recommencer à lancer du sable sur le guidon de la Harley.

Dans son oreille, le téléphone se mit à sonner, et cette fois le son était crépitant et lointain. Si le signal passait — la qualité de cette sonnerie semblait indiquer que c'était le cas —, l'autre téléphone Motorola, celui du tableau de bord du camion Ryder, quelque part à cent ou deux cents kilomètres à l'est de la position actuelle de John Edward Marinville, devait sonner.

Dans le désert, le flic continuait à donner des coups de pied et des coups de pied dans le sable, enfouissant le guidon de la moto de Johnny.

Deux sonneries... trois sonneries... quatre...

Il y en aurait une de plus, deux au maximum, avant que la voix de robot revienne (il avait découvert que la technologie cellulaire bruissait de voix de robot) et lui dise que l'abonné du réseau qu'il cherchait à joindre était soit hors de portée, soit loin de son véhicule. Johnny, toujours en larmes, ferma les yeux. Dans l'obscurité tachée de rouge de ses paupières, il vit le camion Ryder garé devant une station-service, juste à la frontière entre l'Utah et le Nevada. Steve était en train d'acheter un paquet de ses foutus cigares et plaisantait avec la caissière, tandis que dehors, sur le tableau de bord du Ryder, le téléphone sonnait dans la cabine vide.

Cinq sonneries...

Puis, lointain, rendu presque inaudible par le grésillement de l'appareil mais lui faisant l'effet d'une voix d'ange descendu du ciel, il entendit l'accent texan de Steve Ames :

« Salut... c'est toi... patron ? »

Un semi-remorque secoua la voiture en filant vers l'est, mais Johnny le remarqua à peine et ne fit aucune tentative pour alerter le chauffeur. Il ne l'aurait probablement pas fait même si son attention n'avait pas été concentrée sur le téléphone et la voix ténue de Steve. Le conducteur roulait à plus de cent à l'heure, alors qu'est-ce qu'il aurait bien pu voir pendant les deux dixièmes de seconde qu'il mettrait à dépasser la voiture, surtout à travers les vitres couvertes de poussière ?

Il inspira et recracha du sang, ignorant la douleur, voulant s'éclaircir la voix à tout prix.

« Steve ! Steve, j'ai des ennuis ! J'ai de gros ennuis ! »

Il y eut un crachotement si fort que Johnny fut certain d'avoir perdu Steve, mais le son s'améliora et il entendit :

« ... à toi ? Répète !

— Steve, c'est Johnny ! *Est-ce que tu m'entends ?*

— ... t'entends, qu'est-ce... »

Autre crachotement qui brouilla les mots suivants, mais Johnny pensa que c'était peut-être « ennuis ». *Je t'entends, qu'est-ce que tu as comme ennuis ?*

Seigneur, fais que ce ne soit pas seulement mon imagination, je t'en supplie, Seigneur !

Le flic cessa ses coups de pied. Il recula pour un dernier coup d'œil sur son travail, puis fit demi-tour et revint vers la route d'un pas lourd, tête baissée, le bord de son chapeau dissimulant son visage, les mains profondément enfoncées dans ses poches. Soudain, saisi d'horreur, Johnny se rendit compte qu'il n'avait aucune idée de ce qu'il pourrait bien dire à Steve. Toute son attention s'était concentrée sur le côté matériel de cet appel.

Et maintenant ?

Il ne savait pas vraiment où il était, seulement que...

« Je suis à l'ouest d'Ely, sur la nationale 50, dit-il alors que la sueur lui brûlait les yeux. Je ne sais pas à quelle distance... Soixante kilomètres au moins, sans doute plus. Il y a un camping-car arrêté sur la route un peu plus loin, c'est tout ce que je sais. Il y a un flic... pas de la police de l'État, un flic local, je crois, mais je ne sais pas de quelle ville... Je n'ai rien vu sur la portière... Je ne sais même pas son nom. »

Il parlait de plus en plus vite à mesure que le flic approchait ; bientôt ses paroles deviendraient incompréhensibles.

Calme-toi, il est encore à plus de cent mètres, tu as tout ton temps. Pour l'amour de Dieu, fais ce qui te vient naturellement... Fais ce pour quoi on te paie, fais ce que tu as fait toute ta vie.

Mais jamais il n'avait dû faire ça pour *sauver* sa vie, voilà ! Gagner de l'argent, fréquenter le gratin, élever la voix à l'occasion pour faire entendre la parole du vieux sage, oui, tout ça, il le faisait, mais jamais au péril de sa vie, sa *vie* au sens propre. Et si le flic levait les yeux de ses pieds et le voyait... Il était presque couché, mais l'antenne du téléphone pointait vers le ciel, bien sûr, on ne pouvait faire autrement...

« Il a pris ma moto, Steve. Il a pris ma moto et l'a emportée dans le désert. Il l'a couverte de sable, mais avec ce vent... Elle est dans le désert à deux ou trois kilomètres du camping-car dont je t'ai parlé, au nord de la route. Il se peut que tu la voies, si le soleil brille encore... Appelle les flics, Steve, dit-il après s'être éclairci la voix. La police *de l'État.* Dis-leur que j'ai été emprisonné par un flic blond et gigantesque — je t'assure, ce type est un vrai *géant.* Tu as tout compris ? »

Rien ne sortit de l'écouteur, hormis le souffle du silence et une salve de crépitements.

« Steve ! Steve, est-ce que tu es là ? »

Non. Il n'y était pas.

Il n'y avait plus qu'une barre de transmission sur l'écran du téléphone, et personne à l'autre bout de la ligne. Il avait perdu le contact, et il se concentrait tellement sur ce qu'il disait qu'il ne s'était pas rendu compte de ce qui arrivait, ni de ce que Steve avait bien pu entendre.

Johnny, es-tu certain de lui avoir parlé ?

C'était la voix de Terry, une voix que parfois il aimait, et d'autres fois détestait. Aujourd'hui, il la détestait. Il la détestait plus que n'importe quelle autre voix jamais entendue de toute sa vie. Il la détestait parce que c'était une voix pleine de sympathie.

Es-tu certain de ne pas avoir imaginé toute la conversation ?

« Non, il était là, il était là, ce fils de pute était là, dit Johnny d'une voix suppliante qu'il détesta aussi. On s'est parlé, ne serait-ce que quelques secondes. »

Le flic n'était plus maintenant qu'à cinquante mètres. Johnny rentra l'antenne avec son poignet gauche, referma le micro et tenta de glisser le téléphone dans sa poche de poitrine. Le rabat était fermé. Le téléphone tomba sur ses genoux puis rebondit sur le sol. Il le chercha frénétiquement, et ne trouva tout d'abord rien d'autre que du papier froissé — des prospectus antidrogues d'un organisme appelé « Dare », pour la plupart — et des emballages de hamburgers qui puaient le rance. Ses doigts se refermèrent sur quelque chose d'étroit — ce n'était pas ce qu'il cherchait, mais le simple coup d'œil qu'il accorda à l'objet avant de le jeter lui glaça le sang : c'était une barrette en plastique de petite fille.

Qu'importe la barrette, tu n'as pas le temps de penser à ce qu'une petite fille pouvait bien faire à l'arrière de cette voiture. Retrouve ton putain de téléphone, il ne doit pas être loin...

Oui, il y était presque. Il entendait le crissement des bottes du flic plus fort maintenant que le sifflement du vent, qui pourtant s'était amplifié au point de secouer la voiture.

Sa main trouva une réserve de tasses à café en polystyrène et, au milieu, son téléphone. Il le prit, le glissa dans sa poche de veste et referma le rabat. Quand il s'assit à nouveau, le flic contournait le devant de la voiture, penché en avant pour pouvoir regarder à travers le pare-brise. Son visage était plus brûlé que jamais, et presque tuméfié par endroits. En fait, il était bel et bien enflé sous la bouche, constata Johnny, et aussi à la tempe droite.

Le flic ouvrit sa porte, se pencha à l'intérieur et regarda à travers le filet, les narines frémissantes. Des narines aussi larges que des pistes de bowling.

« T'as dégueulé à l'arrière de ma voiture, beau gosse ? Parce que si t'as fait ça, la première chose que t'auras, quand on sera en ville, c'est une grosse cuiller.

— Non, dit Johnny malgré le sang frais qui lui coulait dans la gorge et lui voilait la voix. Je n'ai eu que des haut-le-cœur, mais je n'ai pas vomi. »

En fait, les paroles du flic l'avaient soulagé. *La première chose que t'auras quand on sera en ville* indiquait que le flic n'avait pas l'intention de le traîner hors de la voiture, de lui faire sauter la cervelle et de l'enterrer près de sa moto.

Sauf s'il veut m'endormir, me calmer, se faciliter... enfin... ce qu'il veut faire.

« T'as peur ? demanda le flic toujours penché pour regarder par le filet. Dis-moi la vérité, beau gosse, je reconnais les mensonges. *Tak !*

— Bien sûr que j'ai peur !

— Parfait, dit-il en s'asseyant et en retirant son chapeau. Il me va pas, celui-là. Celui qui m'allait est foutu à cause de la salope de chanteuse folk.

— Dommage, dit Johnny, qui n'avait pas la moindre idée de ce dont il parlait.

— Les lèvres qui mentent ont intérêt à rester fermées », dit le flic en jetant le chapeau sur le siège près de lui.

Il atterrit sur un enchevêtrement de lanières qui semblaient hérissées de piques. Le siège se gonfla sous le poids du flic et appuya sur le genou gauche de Johnny, qu'il écrasa.

« Relevez-vous ! hurla Johnny. *Vous m'écrasez la jambe ! Relevez-vous, que je la sorte de là ! Seigneur, vous me tuez ! »*

Le flic ne répondit pas et la pression sur la jambe déjà malmenée de Johnny augmenta. Il la saisit à deux mains et la dégagea du dossier enfoncé avec un cri contenu qui ramena du sang dans sa gorge et lui donna vraiment un haut-le-cœur.

« Salaud ! » hurla Johnny.

Le mot était sorti en un éclaboussement rouge, avec un spasme de toux que Johnny n'avait pu retenir. Le flic ne sembla rien remarquer. Il était assis tête baissée, ses doigts tapotant le volant ; il avait une respiration sifflante et, pendant un moment, Johnny se demanda si l'homme se moquait de lui. Il ne le pensait pas. *J'espère qu'il a de l'asthme,* se dit-il. *J'espère qu'il va s'étouffer.*

« Écoutez, dit-il sans rien montrer de ses sentiments. Il faut que je fasse quelque chose pour bon… pour *mon* nez. Il me fait horriblebent bal. Mêbe seulebent de l'asbirine. Vous avez de l'asbirine ? »

Le flic ne dit rien et continua à tapoter le volant, tête baissée. C'était tout.

Johnny ouvrit la bouche pour dire autre chose puis la referma. Il souffrait terriblement, oui, comme jamais, pire même que lorsqu'il avait évacué ce calcul, en 89, mais il ne voulait toujours pas mourir. Et quelque chose dans la posture du flic, comme s'il était très loin dans sa propre tête, en train de prendre une importante décision, laissait présager que sa mort pouvait être proche.

Alors il se tut et attendit.

Le temps passa. Les ombres des montagnes s'épaissirent et se rapprochèrent, mais les coyotes s'étaient tus. Le flic était assis tête baissée, les doigts tapotant le volant, semblant méditer. Il ne leva même pas les yeux quand un semi-remorque passa en direction de l'est ni quand une voiture les doubla en direction de l'ouest, faisant un écart pour ne pas frôler de trop près la voiture de police au gyrophare allumé.

Puis il prit quelque chose qui était posé à côté de lui sur le siège avant : un vieux fusil de chasse à canons juxtaposés. Il le regarda fixement.

« Je ne crois pas que cette femme était vraiment une chanteuse folk, dit-il, mais elle a tout fait pour me tuer, ça c'est sûr. Avec ça. »

Johnny ne dit rien, il attendit. Son cœur battait lentement mais très fort dans sa poitrine.

« Vous n'avez jamais écrit de roman authentiquement spirituel, lui dit le flic d'une voix lente, dont chaque mot était soigneusement articulé. C'est votre plus grande défaite secrète, et elle est à la source de votre comportement brillant et prétentieux. Vous ne vous intéressez pas à votre nature spirituelle. Vous vous moquez de Dieu qui vous a créé, et ce faisant vous mortifiez votre propre *pneuma* et glorifiez la boue qu'est votre *sarx.* Me comprenez-vous ? »

Johnny ouvrit la bouche, la referma. Parler ou ne pas parler, telle était la question. Le flic résolut ce dilemme pour lui. Sans lever les yeux du volant, sans même un coup d'œil dans le rétroviseur, il posa les deux canons du fusil sur son épaule droite et les pointa vers l'arrière. Johnny s'écarta instinctivement, glissant vers la gauche, tentant de s'éloigner de ces énormes trous noirs.

Bien que le flic n'eût toujours pas levé les yeux, l'arme le traqua avec la précision d'un servomoteur contrôlé par radar.

Il a un miroir sur les genoux, forcément, se dit Johnny. *Mais à quoi cela lui servirait-il ? Il ne pourrait rien voir d'autre que le toit de cette putain de voiture. Qu'est-ce qui se passe donc, ici ?*

« Répondez-moi », dit le flic d'une voix sombre et triste.

Il avait toujours la tête baissée. La main qui ne tenait pas l'arme continuait à tapoter le volant. Une bourrasque de vent secoua la voiture, projetant du sable et de la poussière alcaline sur la fenêtre.

« Répondez-moi *tout de suite.* Je n'attendrai pas. Je n'ai pas à attendre. Il y en a toujours un autre qui passe. Alors... Est-ce que vous comprenez ce que je viens de vous dire ?

— Oui, dit Johnny d'une voix tremblante. *Pneuma* est le vieux mot savant désignant l'esprit. *Sarx* est le corps. Vous avez dit, corrigez-moi si je me trompe... — *mais pas avec le fusil, s'il vous plaît, ne me corrigez pas avec le fusil...* — que j'ai ignoré mon esprit au profit de mon corps. Et il est possible que vous ayez raison. C'est très possible. »

Il glissa à nouveau vers la droite. Les canons du fusil suivirent précisément ses mouvements, bien qu'il eût pu jurer que les ressorts de son siège n'avaient pas fait le moindre bruit et que le flic ne pouvait pas le voir sans moniteur de télévision ou...

« Me lèche pas les bottes, dit le flic avec un soupir. Ton destin n'en sera que pire.

— Je... Je suis désolé... Je n'ai pas voulu...

— *Sarx* n'est pas le corps ; le corps, c'est *soma. Sarx,* c'est la chair du corps. Le corps est fait de chair — comme le mot est devenu chair par la naissance de Jésus-Christ —, mais le corps est plus que la chair qui le compose. La somme est plus grande que ses parties. Est-ce si difficile à comprendre pour un intellectuel de ton acabit ? »

Le fusil, toujours en mouvement, le traquait comme un autogyre.

« Je... Je n'ai jamais...

— Oh, je t'en prie. Même un *naïf* spirituel comme toi doit comprendre que du poulet en sauce n'est pas un poulet. *Pneuma... soma...* et *s-s-s...* »

Sa voix s'était épaissie et il cherchait son souffle, tentant de parler comme une personne qui veut terminer sa phrase avant d'éternuer. Il laissa soudain tomber le fusil de chasse sur le siège et inspira profondément (le vieux siège craqua et recula un peu plus, coinçant à nouveau le genou gauche de Johnny), et lâcha tout. Ce qui sortit de la bouche et du nez du géant n'était pas du mucus mais du sang et une substance rouge filandreuse comme du nylon. Ce truc éclaboussa le pare-brise, le volant, le tableau de bord, dégageant une odeur horrible de viande pourrie.

Johnny se cacha le visage dans les mains et cria. Il lui était impossible de ne pas crier. Il sentit ses yeux battre dans leurs orbites, et l'adrénaline rugir dans son système nerveux, sous l'effet du choc.

« Bon sang, rien de pire qu'un rhume d'été, hein ? » demanda le flic de sa voix sombre et légère à la fois.

Il se racla la gorge et cracha un caillot de la taille d'une pomme sauvage sur le tableau de bord, où il resta collé un instant, avant de dégouliner sur la radio comme une limace innommable, laissant derrière une traînée de sang, pour se retrouver une seconde suspendu sous la radio, et tomber finalement sur le tapis de sol avec un bruit mat.

Johnny ferma les yeux derrière ses mains et gémit.

« *Ça,* c'était *sarx,* dit le flic en lançant le moteur. Vous voudrez sans doute vous en souvenir... j'allais dire “ pour votre prochain livre ”, mais je ne crois pas qu'il y aura un prochain livre. Et vous, monsieur Marinville ? »

Johnny ne répondit pas, gardant les mains sur ses yeux clos. Il songea que peut-être rien de tout cela ne se passait vraiment, qu'il se trouvait dans un asile, quelque part, en proie aux plus horribles hallucinations qui soient. Mais au fond de son cerveau, il savait que ce n'était pas le cas. La *puanteur* que l'homme avait éternuée...

Il est en train de mourir, c'est certain. Il a une infection et une hémorragie interne, il est malade, sa maladie mentale n'est qu'un symptôme de quelque chose d'autre, d'une irradiation, ou peut-être de la rage, ou... ou...

Le flic fit effectuer un demi-tour à la Caprice et prit la direction de l'est. Johnny garda un peu plus longtemps les mains sur son visage, dans l'espoir de se contrôler, puis il les baissa et ouvrit les yeux. Ce qu'il vit par la fenêtre lui fit tomber la mâchoire de surprise.

Des coyotes étaient assis le long de la route à quinze mètres d'intervalle comme une étrange haie d'honneur — silencieux, langues pendantes, les fixant de leurs yeux jaunes. On aurait dit qu'ils souriaient.

Il regarda par l'autre fenêtre, et il y en avait encore d'autres, assis dans la poussière, sous le soleil de cette fin d'après-midi, qui regardaient passer la voiture de police.

Est-ce aussi un symptôme ? se demanda-t-il. *Ce que tu vois, là-dehors, est-ce aussi un symptôme de la maladie de cet homme ? Dans ce cas, comment se fait-il que tu puisses le voir ?*

Il regarda par la vitre de custode de la voiture. Les coyotes partaient dès que le véhicule était passé, caracolant dans le désert.

« Vous allez en apprendre, Lord Jim », dit le flic.

Johnny se tourna vers lui. Il vit les yeux gris qui le regardaient dans le rétroviseur, l'un couvert d'une pellicule de sang.

« Avant que votre temps soit écoulé, je crois que vous comprendrez beaucoup plus de choses qu'à l'heure actuelle. »

Ils approchaient d'un panneau sur le bord de la route, une flèche pointant vers quelque petite ville. Le flic actionna son clignotant, bien qu'il n'y eût personne pour le voir.

« Je vous emmène en classe. L'école ne va pas tarder à commencer. »

Il tourna à droite, et la voiture se souleva sur deux roues avant de retomber d'aplomb. Ils roulaient maintenant vers le sud, vers la masse crevassée de la mine à ciel ouvert et le village de Désolation blotti à ses pieds.

Chapitre 4

1

Steve Ames était en train de transgresser un des Cinq Commandements, le dernier sur la liste, en fait.

Les Cinq Commandements lui avaient été donnés un mois plus tôt, non par Dieu, mais par Bill Harris. Ils se trouvaient dans le bureau de Jack Appleton, l'éditeur de Johnny Marinville depuis dix ans, présent pour la transmission des Commandements, mais qui n'intervint pas dans cette partie de la conversation, sauf tout à la fin. Il s'était contenté de rester assis à son bureau, confortablement carré dans son fauteuil, ses doigts impeccablement manucurés bien écartés sur les revers de son veston. Le grand homme lui-même était parti quinze minutes plus tôt, le front haut, ses longs cheveux gris flottant derrière lui, en disant qu'il avait rendez-vous avec quelqu'un dans une galerie de SoHo.

« Tous ces commandements sont des interdits, et je ne crois pas que vous ayez le moindre mal à vous en souvenir », avait dit Harris.

C'était un petit homme tout rond, et il n'était sans doute pas bien méchant, mais tout ce qu'il proférait sonnait comme un décret de roi déchu.

« Est-ce que vous m'écoutez ?

— Je vous écoute, avait assuré Steve.

— Premièrement, vous ne devez pas boire avec lui. Il est sobre depuis un bon moment — cinq ans, à l'en croire — mais il ne se rend plus aux réunions des Alcooliques Anonymes, et c'est mauvais signe. Il faut savoir aussi que chez Johnny, la sobriété a toujours été relative, même *avec* les AA. Mais il n'aime pas boire seul, alors s'il vous demande de vous joindre à lui pour quelques verres après une dure journée sur sa vieille Harley, vous dites non. S'il se montre autoritaire, s'il vous dit que cela fait partie de votre boulot, vous dites encore non.

— Pas de problème, avait assuré Steve.

— Deuxièmement, vous ne devez pas lui fournir de drogue. Pas le moindre joint. Troisièmement, vous ne devez pas lui fournir de femmes... et il risque fort de vous le demander, surtout si une jolie poulette se pointe à une des réceptions que j'organise pour lui en chemin. Comme pour la gnôle et la drogue, s'il s'en procure seul, c'est une chose, mais ne l'aidez pas. »

Steve avait failli rétorquer à Harris qu'il n'était pas un maquereau, qu'il devait le confondre avec son propre père, mais il se dit que ce serait un peu imprudent, et opta pour le silence.

« Quatrièmement, vous ne le couvrirez pas. S'il commence à boire ou à se droguer — en particulier si vous avez des raisons de penser qu'il a repiqué à la cocaïne — prévenez-moi immédiatement. Compris ? *Immédiatement.*

— Compris », avait répondu Steve.

Il avait compris, mais cela ne signifiait pas nécessairement qu'il obéirait. Il avait décidé qu'il voulait faire cette virée en dépit des problèmes qu'elle présentait — en partie *à cause* des problèmes qu'elle présentait ; la vie sans problèmes n'était guère passionnante — mais cela ne signifiait pas qu'il fût prêt à vendre son âme pour ça, surtout pas à un gros type en costard parlant avec la voix d'un gosse monté en graine qui a passé l'essentiel de sa vie d'adulte à essayer de se venger des humiliations réelles ou imaginaires subies en cour de récréation. John Marinville, lui aussi, était un con, mais Steve ne lui en voulait pas ; Harris, en revanche... Harris, c'était une autre histoire.

Appleton s'était alors penché en avant, apportant son unique contribution à la discussion avant que l'agent de Marinville en arrive au dernier commandement.

« Quelle impression vous a fait Johnny ? demanda-t-il à Steve. Il a cinquante-six ans, vous savez, et il a imposé une longue route à son équipement d'origine, surtout dans les années quatre-vingt. Il s'est retrouvé aux urgences à trois occasions, deux fois dans le Connecticut et une fois ici. Les deux premières fois à cause de la drogue. Je ne vous raconte pas d'histoires — tout cela a été développé en long et en large dans la presse. On a raconté que la dernière fois était peut-être une tentative de suicide, mais *ça,* c'est un bobard. Je vous demanderai de le garder pour vous. »

Steve avait hoché la tête.

« Alors, qu'en pensez-vous ? redemanda Appleton. Peut-il vraiment conduire une moto de près d'une demi-tonne à travers tout le pays, du Connecticut jusqu'en Californie, tout en faisant une vingtaine de conférences en chemin, sans parler des réceptions qui suivront ? Je voudrais savoir ce que vous en pensez, monsieur Ames, parce que moi, franchement, j'ai des doutes. »

Steve avait cru que Harris allait intervenir pour vanter la force légendaire et les couilles d'acier de son client — il connaissait les ronds-de-cuir, il connaissait les agents, et Harris était les deux —, mais Harris resta silencieux, se contentant de le regarder. Peut-être n'était-il pas si stupide, finalement, se dit Steve. Peut-être même se faisait-il du souci pour ce client un peu particulier.

« Vous le connaissez bien mieux que moi, répondit Steve. Je l'ai rencontré pour la première fois il y a deux semaines seulement, et je n'ai *jamais* lu le moindre de ses livres. »

Le visage de Harris montra que cette dernière remarque ne le surprenait pas du tout.

« C'est justement pour ça que je vous pose la question, répondit Appleton. Nous, nous le connaissons depuis longtemps. Moi depuis 1985, quand il fréquentait le gratin, et Bill depuis 1965. Il est le Jerry Garcia du monde littéraire.

— C'est injuste, protesta Harris.

— Des yeux neufs voient plus clair, disait ma grand-mère, expliqua Appleton après un haussement d'épaules. Alors, dites-moi, monsieur Ames, pensez-vous qu'il puisse le faire ? »

Steve avait compris que la question était sérieuse, peut-être même vitale, et il y avait réfléchi pendant presque une minute. Les deux hommes attendirent patiemment.

« Eh bien, dit-il enfin, je ne sais pas s'il peut se contenter du fromage et ne pas boire aux réceptions, mais pour ce qui est de traverser le pays sur sa moto, oui, probablement. Il semble assez costaud. Davantage que Jerry Garcia à la fin, je peux vous l'assurer. J'ai travaillé avec pas mal de rockers deux fois moins vieux que lui qui ne sont pas en aussi bon état. »

Appleton avait pris un air dubitatif.

« Mais surtout, avait continué Steve, c'est l'expression de son visage. Il *veut* le faire. Il veut partir sur la route, secouer les gens et... »

Steve s'était surpris à penser à son film préféré, un film dont il regardait la cassette au moins une fois par an, *Hombre,* avec Paul Newman et Richard Boone. Il avait souri.

« Et il semble qu'il lui reste une bonne épaisseur d'écorce sur lui.

— Ah », s'étonna Appleton.

Steve n'avait pas été surpris de sa réaction. Si Appleton avait jamais été pourvu d'écorce, elle avait probablement été entièrement arrachée avant qu'il termine le lycée, à Exeter ou Choate, un de ces endroits où l'on porte un blazer et une cravate aux couleurs de l'école. Harris s'était raclé la gorge.

« Si ce problème est réglé, venons-en au dernier commandement. »

Appleton avait grogné, et Harris avait fait semblant de ne pas l'entendre, ne quittant pas Steve des yeux.

« Le cinquième et dernier commandement est : interdiction de prendre un auto-stoppeur dans le camion, homme ou femme, ne prendre personne — mais surtout pas une femme. »

Ce qui explique probablement que Steve Ames n'ait pas hésité une seconde quand il avait vu cette fille au bord de la route, juste à la sortie d'Ely — une gamine maigrichonne, le nez baissé et les cheveux teints de deux couleurs différentes. Il s'était arrêté.

2

Elle ouvrit la porte mais ne monta pas tout de suite dans la cabine, levant ses grands yeux bleus vers lui par-delà le siège jonché de cartes.

« Êtes-vous quelqu'un de gentil ? demanda-t-elle.

— Oui, répondit Steve après y avoir réfléchi. Je crois. Je fume deux ou trois cigares par jour, mais jamais je n'ai frappé un chien qui soit plus petit que moi, et j'envoie de l'argent à ma maman toutes les six semaines.

« Vous n'allez pas essayer de me sauter dessus, ni rien ?

— Non », lui assura Steve.

Il aimait la façon dont ses grands yeux bleus innocents restaient fixés sur son visage. On aurait dit une gosse examinant une bande dessinée.

« Je me contrôle assez bien de ce point de vue, ajouta-t-il.

— Vous n'êtes pas un tueur en série complètement dingue, ou je ne sais quoi ?

— Non, mais, par tous les saints ! croyez-vous que je vous le dirais si c'était le cas ?

— Je le verrais probablement dans vos yeux, lui dit la maigrichonne aux cheveux teints de deux couleurs différentes. J'ai un don de voyance, dit-elle avec un petit sourire mais d'un ton grave. Pas très étendu, mais il est bien là, mon vieux. Il est bien là. »

Un camion frigorifique passa en trombe, le chauffeur appuyant sur le klaxon, alors que Steve avait rangé son gros Ryder contre le bas-côté à droite et que la route était vide dans les deux sens. Mais il ne fut pas surpris de cette réaction. Certains types n'arrivent à retirer la main ni du klaxon ni de leur bite. Il faut toujours qu'ils pressent l'un ou l'autre.

« L'interrogatoire a assez duré, jeune dame. Tu veux que je t'emmène ou non ? Il faut que je remette les roues en mouvement. »

A la vérité, il était beaucoup plus près du patron que celui-ci ne l'aurait souhaité. Marinville aimait l'idée de traverser l'Amérique seul, Monsieur le Stylo Voyageur, et Steve se disait que ce serait exactement comme ça qu'il écrirait son livre. Ce serait parfait, gééé-nial, vraiment *cool.* Mais lui, Steven Andrew Ames, de Lubbock, dans le Texas, avait aussi un travail à faire : il s'agissait de s'assurer que Marinville n'écrirait pas son livre sur un oui-ja au lieu de son traitement de texte. Et sa façon de concevoir ce travail était la simplicité même : rester proche et ne pas laisser une situation s'envenimer s'il y avait moyen de l'éviter. Il était à cent kilomètres derrière lui au lieu de deux cents, mais ce que le patron ne savait pas ne pouvait lui nuire.

« Vous ferez l'affaire, je crois, dit la jeune fille en grimpant dans la cabine avant de claquer la portière derrière elle.

— Grand merci, mon chou, je suis touché de ta confiance. »

Il jeta un coup d'œil dans le rétroviseur, ne vit rien de plus que le cul d'Ely et s'engagea à nouveau sur la route.

« Ne m'appelez pas comme ça, dit-elle. C'est sexiste.

— Mon chou, c'est sexiste ? Oh, c'est pas vrai !

— Ne m'appelez pas mon chou et je ne vous traiterai pas de tarte », dit-elle d'une petite voix tranchante.

Il éclata de rire. Cela ne lui plairait sans doute pas, mais il ne pouvait s'en empêcher. Le rire, c'est comme ça, un peu comme un pet : parfois, on peut le retenir, parfois non.

Il lui jeta un coup d'œil et vit qu'elle riait un peu en se débarrassant de son sac à dos, alors il se dit qu'il ne l'avait pas froissée. Elle devait mesurer dans les un mètre soixante-cinq et, maigre comme elle était, elle ne devait pas peser plus de cinquante kilos, sans doute même moins. Elle portait un T-shirt dont elle avait arraché les manches, ce qui offrait une vue terriblement généreuse de sa poitrine pour une gamine qui craignait de rencontrer Ted Bundy dans un Ryder. Non qu'elle ait beaucoup à s'inquiéter pour cette partie de son corps. Steve jugea qu'elle devait encore se fournir au rayon fillettes pour ses soutiens-gorge, si elle daignait en porter. Sur le devant de son T-shirt, un Black coiffé à la rasta souriait au milieu d'un scintillement bleu-vert psychédélique. Comme un halo autour de sa tête s'enroulaient les mots : J'ABANDONNERAI PAS !

« Vous devez aimer Peter Tosh, dit-elle, parce que vous ne regardez pas mes seins.

— J'ai travaillé avec Peter Tosh à une époque, répondit-il.

— Bien sûr !

— Sûr, oui. »

Il regarda dans le rétroviseur et vit qu'Ely avait déjà disparu. C'est bizarre comme les choses apparaissaient et disparaissaient vite par ici. Il se dit que s'il était une jeune auto-stoppeuse, il poserait lui aussi quelques questions avant de grimper dans la voiture ou le camion de quelqu'un. C'était peut-être inutile, mais ça ne pouvait pas faire de mal. Parce qu'une fois dans le désert, n'importe quoi pouvait vous arriver.

« Quand est-ce que tu as travaillé avec Peter Tosh ?

— En 80 ou 81, je ne m'en souviens plus. Au Madison Square

Garden, et puis à Forest Hills. Dylan a joué un bis avec lui à Forest Hills. " Blowing in the Wind ", tu te rends compte ? »

Elle le regardait avec une franche fascination, pour autant qu'il pouvait en juger, sans plus aucune trace d'incrédulité.

« Wouah ! Génial ! T'étais quoi ? Accompagnateur ?

— A l'époque, oui. Après, j'ai été réparateur de guitares. Maintenant, je suis... »

Oui, c'était un bon départ, mais qu'était-il exactement maintenant ? Pas réparateur de guitares, ça c'était sûr. Une sorte de chauffeur à nouveau. Mais aussi psy à temps partiel. Et puis un peu Mary Poppins, mais avec de longs cheveux bruns de hippie qui commençaient à blanchir aux tempes.

« Maintenant, je fais autre chose. Comment tu t'appelles ?

— Cynthia Smith », dit-elle en lui tendant la main.

Il la serra. C'était une main longue, légère comme une plume et aux os incroyablement fins. Il eut presque l'impression de serrer la main d'un oiseau.

« Moi, c'est Steve Ames.

— Du Texas.

— Oui, de Lubbock. J'imagine que tu connais cet accent, hein ?

— Je l'ai déja entendu une ou deux fois, dit-elle avec un sourire enfantin qui illumina son visage. On peut sortir un garçon du Texas, mais... »

Il termina la maxime avec elle et ils se sourirent, déjà amis — comme les gens sont amis, pour un bref moment, quand ils se rencontrent sur une route d'Amérique qui va d'un endroit désert à un autre.

3

Il était clair que Cynthia Smith sniffait, mais Steve était un vétéran en la matière — on ne pouvait avoir passé presque toute sa vie d'adulte dans le milieu de la musique sans succomber à la cocaïne, et cela ne l'ennuyait pas. Elle lui dit qu'elle avait quelque raison de se méfier des mecs : il y en avait un qui lui avait presque arraché l'oreille gauche et un autre qui lui avait cassé le nez peu de temps auparavant.

« Surtout que celui de l'oreille était un type que j'aimais bien. J'ai les oreilles très sensibles. Le nez... je trouve que le nez a du caractère, mais je suis très sensible des oreilles, Dieu sait pourquoi.

— Bon, dit Steve après un coup d'œil à l'oreille qu'il pouvait voir, elle est un peu plate en haut, peut-être bien, et alors ? Si tu es sensible à ce point, tu pourrais les couvrir avec tes cheveux, tu sais, en les laissant pousser.

— Pas question. »

Elle ébouriffa ses cheveux, s'inclinant brièvement vers la droite pour s'apercevoir dans le miroir placé de son côté de la cabine. La moitié de sa chevelure était verte, l'autre moitié orange.

« Mon amie Gert dit que j'ai l'air d'Annie la Petite Orpheline sortant de l'enfer. C'est trop bien pour que je change.

— Alors t'as pas l'intention de les faire défriser, non ? »

Elle sourit, tapa sur le devant de son T-shirt et prit un vague accent jamaïcain :

« Je fais les choses à ma façon — comme Peter, vieux. »

La façon de faire de Cynthia avait été de quitter à dix-sept ans la maison et les querelles presque constantes de ses parents. Elle était restée un temps sur la côte Est (« Je suis partie quand je me suis rendu compte que je n'étais plus qu'un coup facile », dit-elle d'une voix objective), avant de gagner le Middle West, où elle était redevenue « presque nette » et avait rencontré un beau gars à une réunion des AA. Le beau gars prétendait être *complètement* désintoxiqué, mais il mentait. Cynthia s'était quand même installée chez lui, une erreur (« Je ne suis jamais vraiment bien tombée avec les hommes », avait-elle avoué de la même voix objective). Le beau gars était rentré un soir complètement pété à la méthédrine et avait apparemment décidé qu'il lui fallait l'oreille de Cynthia comme marque-page. Elle s'était réfugiée dans un foyer où on l'avait rendue un peu plus que « presque nette », elle y avait même travaillé un temps comme conseillère après que la conseillère en titre eut été assassinée et qu'on eut envisagé de fermer le foyer.

« Le type qui a assassiné Anna est celui qui m'a cassé le nez. Il était grave. Pete — le type qui voulait mon oreille comme marque-page — avait seulement mauvais *caractère*. Norman *était* mauvais. Fou.

— On l'a pris ? »

Cynthia secoua solennellement la tête.

« De toute façon, on ne pouvait pas laisser F&S s'écrouler parce qu'un type était devenu fou quand sa femme l'avait quitté, alors on a tout fait pour le sauver. Et on a réussi.

— F&S ?

— Ça veut dire Filles et Sœurs. J'ai repris confiance en moi, dans ce foyer. »

Elle regardait par la fenêtre le désert qui défilait en passant d'un air songeur son pouce sur l'arête de son nez.

« D'une certaine façon, même le type qui m'a fait ça m'a aidée.

— Norman.

— Oui, Norman Daniels, c'est son nom. Au moins Gert — c'est ma copine, celle qui dit que je ressemble à Annie la Petite Orpheline — Gert et moi, on lui a tenu tête, tu sais ?

— Oui.

— Alors, le mois dernier, je me suis décidée à écrire à mes parents. En leur donnant même mon adresse. Je me disais que quand ils répondraient, si jamais ils le faisaient, ils seraient en colère, à juste titre — surtout mon père. Il était pasteur. Il est à la retraite, maintenant, mais...

— On peut sortir un garçon du feu de l'enfer, mais on ne peut pas sortir le feu de l'enfer d'un garçon, déclara Steve.

— Oui, dit-elle en souriant, c'est un peu ce à quoi je m'attendais, mais la lettre que j'ai reçue était vraiment formidable. Je les ai appelés. On a parlé. Mon père a pleuré, dit-elle avec une sorte d'émerveillement. Il a vraiment *pleuré.* Tu te rends compte ?

— Eh, j'ai fait une tournée de huit mois avec Black Sabbath, je peux croire n'importe quoi. Alors tu rentres chez toi, hein ? Le retour du petit chou à la crème prodigue ? »

Elle lui jeta un regard noir et il lui sourit.

« Désolé.

— Tu parles. Enfin, on approche.

— Et c'est où, chez toi ?

— Bakersfield. Au fait, tu vas jusqu'où ?

— San Francisco. Mais...

— Sans blague ? C'est formidable !

— Mais je ne peux pas te promettre de t'emmener aussi loin.

En fait, je ne peux absolument pas te promettre de t'emmener au-delà d'Austin — Austin au Nevada, pas Austin au Texas.

— Je sais où se trouve Austin. J'ai une carte. »

Elle lui décocha un regard de petite sœur à un grand frère stupide qui lui plut encore davantage que ses grands yeux de Mademoiselle Innocente du début. Elle était mignonne à croquer... et elle aimerait sûrement qu'il le lui dise.

« Je t'emmènerai aussi loin que je pourrai, mais cette balade est un peu bizarre. Je veux dire que toutes les virées de ce genre sont *un peu* bizarres, le monde du spectacle est comme ça de toute façon, et c'est bien de spectacle qu'on parle... je crois, en tout cas... mais... je veux dire... »

Il s'arrêta. Que voulait-il dire *exactement* ? Sa carrière d'« accompagnateur » d'écrivain (un terme peu approprié, inutile d'être écrivain pour s'en apercevoir, mais il ne trouvait rien d'autre) touchait presque à sa fin, et il ne savait toujours qu'en penser, ni que penser de Johnny Marinville. Tout ce qu'il savait, c'était que le grand homme ne lui avait demandé ni drogue ni femmes, et qu'il n'avait jamais ouvert sa porte de chambre d'hôtel l'haleine chargée de whisky. Pour le moment, cela suffisait. Il savait déjà comment il décrirait la situation dans son compte rendu.

« C'est quoi cette virée ? demanda Cynthia. J'ai pas l'impression que ce camion est assez grand pour un groupe. T'es attaché à un chanteur folk, cette fois-ci ? Gordon Lightfoot, quelqu'un comme ça.

— Le type est assez folklorique, en effet, sauf qu'il joue de la bouche au lieu de la guitare ou de l'harmonica. Il... »

C'est à cet instant que le téléphone cellulaire émit son cri strident et curieusement nasal : *Hmiiip ! Hmiiip !* Steve le décrocha du tableau de bord, mais ne l'ouvrit pas tout de suite.

« Ne dis pas un mot, ordonna-t-il à Cynthia alors que le téléphone *hmiiip*-ait dans sa main une troisième fois. Tu me mettrais dans le pétrin. D'accord ? »

Hmiiip ! Hmiiip !

Elle hocha la tête. Steve ouvrit le micro et pressa le bouton ENVOI, pour prendre l'appel. Sa première réaction, quand il porta l'écouteur à son oreille, fut de s'étonner qu'avec une telle quantité de crépitements l'appel ait pu passer.

« Salut, c'est toi, patron ? »

Derrière les crépitements il y eut un grondement régulier — le bruit d'un camion qui passait, se dit Steve — puis la voix de Marinville. Steve entendit de la panique dans cette voix, par-delà les crépitements, et son cœur passa à la vitesse supérieure. Il avait déjà entendu des gens parler comme ça (cela arrivait au moins une fois dans chaque tournée de rock, semblait-il), et il reconnut immédiatement la panique. A l'autre bout du fil, de la merde grippait le ventilateur.

« Steve ! J'ai... nuis... gros... »

Il regarda la route, qui filait droit comme une flèche dans le désert, et sentit la sueur perler à son front. Il pensa au petit agent tout rond du patron, avec ses interdictions et sa voix autoritaire, mais il l'évacua de son esprit. Il n'avait vraiment pas besoin que Bill Harris vienne lui encombrer la tête maintenant.

« Tu as eu un accident ? C'est ça ? Qu'est-ce qui se passe, patron ? Répète !

Crépitements, crac, crépitements.

« ... Johnny... m'entends ?

— Oui, je t'entends ! »

Steve cria dans l'appareil, tout en sachant que c'était totalement inutile, et vit du coin de l'œil que la gamine le regardait, de plus en plus inquiète.

« Qu'est-ce qui t'est arrivé ? »

Pas de réponse pendant si longtemps qu'il fut certain que cette fois il avait perdu Marinville. Il écartait le téléphone de son oreille quand le patron se fit à nouveau entendre, à une distance infinie, comme une voix venant d'une autre galaxie :

« ... ouest... Ely... ante. »

Non, pas ante, se dit Steve, *cinquante. « Je suis à l'ouest d'Ely sur la nationale 50. » Peut-être. Peut-être que c'est ce qu'il a dit. Un accident. Forcément. Il est sorti de la route et il est assis dans le sable avec une jambe cassée, du sang qui lui coule sur le visage, et quand on rentrera à New York, ses copains vont me crucifier, ne serait-ce que parce qu'ils ne peuvent pas le crucifier,* lui...

« ... sais pas à quelle distance... au moins, sans doute plus... camping-car arrêté sur la rou... peu plus loin... »

Crépitements plus forts encore, et puis quelque chose à propos de flics, de police de l'État et de flic local.

« Qu'est-ce..., commença la fille sur le siège du passager.

— *Chut !* Pas maintenant ! »

Dans l'appareil :

« ... ma moto... dans le désert... vent... kilomètres du camping-c... »

Et ce fut tout. Steve hurla le nom de Johnny une demi-douzaine de fois, mais seul le silence lui répondit. La liaison était coupée. Il pressa alors le bouton NOM/MENU pour faire apparaître « J.M. » dans la fenêtre, puis appuya sur ENVOI. Une voix enregistrée lui souhaita la bienvenue sur le réseau Western Roaming, puis il y eut un silence avant qu'un autre enregistrement lui dise que son appel ne pouvait aboutir pour le moment. La voix commença à énumérer toutes les raisons qui s'y opposaient. Steve pressa le bouton FIN et referma le combiné.

« Bordel de merde !

— C'est grave, hein ? demanda Cynthia en ouvrant à nouveau de grands yeux, qu'il ne trouva pas du tout mignons, cette fois. Je le vois à ta tête.

— Peut-être. *Probablement.* C'était mon patron. Il est un peu plus loin, à une centaine de kilomètres, je crois, ou peut-être cent cinquante. Il circule sur une Harley. Il...

— Une grosse moto rouge et beige ? demanda-t-elle soudain excitée. Est-ce qu'il a de longs cheveux gris, un peu comme Jerry Garcia ? Je l'ai vu ce matin, expliqua-t-elle après qu'il eut hoché la tête. Bien plus à l'est. Il faisait le plein à la petite pompe-cafétéria de Pretty Nice. Tu connais cette ville, Pretty Nice ? »

Il hocha à nouveau la tête.

« Il prenait son petit déjeuner et je l'ai vu par la fenêtre. J'ai cru le reconnaître. Il me semble que je l'ai déjà vu à la télé, sur " Oprah " ou " Ricki Lake ", peut-être.

— C'est un écrivain. »

Steve regarda le compteur de vitesse. Le camion roulait à cent dix, et il décida de le pousser juste un peu plus, à cent vingt-cinq. Par les fenêtres, le désert défila un peu plus vite.

« Il traverse le pays pour rassembler la matière d'un livre, expliqua Steve. Il donne quelques conférences en chemin, mais il va surtout d'un endroit à l'autre pour parler aux gens et prendre des notes. Enfin, bon, il vient d'avoir un accident. En tout cas, je *crois* que c'est ce qui lui est arrivé.

— La liaison était mauvaise, hein ?

— Oui.

— Tu veux t'arrêter pour que je descende ? C'est sans problème, si tu préfères. »

Il y réfléchit soigneusement — maintenant que le choc initial s'estompait, son esprit semblait capable de calculer froidement et précisément, comme toujours dans de telles situations. Il décida que non, qu'il ne voulait pas qu'elle le quitte, pas du tout. Il avait un problème, un problème à régler sur-le-champ, mais cela ne signifiait pas qu'il doive oublier l'avenir. Appleton ne ferait sans doute pas d'histoires, même si Johnny Marinville avait planté sa Harley et s'était amoché, il lui était apparu comme le genre de type (malgré le blazer et la cravate de l'école) capable d'accepter l'idée que quelque chose pourrait arriver. Mais Bill Harris était à son avis le genre de type à clouer un bouc émissaire au pilori dès qu'il y avait un problème — et à enfoncer le clou dans le cul du bouc aussi loin qu'il le pouvait.

En tant que bouc potentiel, Steve décida qu'il avait absolument besoin d'un témoin — justement quelqu'un qu'il n'avait jamais vu avant aujourd'hui.

« Non, j'aimerais que tu restes. Mais je dois te prévenir : je ne sais pas ce qu'on va trouver. Il pourrait y avoir du sang.

— Je n'ai pas peur du sang », l'assura-t-elle.

4

Elle ne fit aucun commentaire sur la vitesse à laquelle il roulait, mais quand le camion de location atteignit cent trente-cinq et que la caisse commença à secouer, elle boucla sa ceinture. Steve pressa un peu plus fort sur l'accélérateur, et au-delà de cent quarante, les vibrations diminuèrent. Il avait les deux mains serrées sur le volant. Le vent soufflait fort, et à cette vitesse une grosse rafale pouvait vous faire sortir de la route. Alors, si un pneu s'enfonçait dans le sable, on était *vraiment* mal parti. Risque de retournement. Le patron était encore plus vulnérable aux coups de vent sur sa moto, se dit Steve. Peut-être était-ce ce qui était arrivé.

Il avait expliqué à Cynthia en quoi consistait son boulot : faire les réservations, vérifier le trajet, s'occuper de la sonorisation des lieux où le patron devait parler, et rester discret pour ne pas détonner dans le tableau que peignait le patron — Johnny Marinville, le loup solitaire du monde de la pensée, le héros politiquement correct à la Sam Peckinpah, l'écrivain qui n'avait pas oublié comment vivre à la dure et prendre les choses avec calme.

Steve lui dit aussi que l'arrière du véhicule était vide, à l'exception de quelques bagages et d'une longue rampe de bois qui permettrait à Johnny de monter son engin dans le camion si le temps interdisait qu'il continue à moto. Comme on était en plein été, il avait peu de chances de s'en servir. Mais il y avait une autre raison à l'installation de la rampe et à celle des sangles que Steve avait fixées par terre avant le départ. C'était un équipement dont ni l'un ni l'autre n'avait parlé, mais dont chacun avait connu la présence dès le jour où ils avaient quitté Westport, dans le Connecticut : il pouvait arriver qu'un matin Johnny Marinville se réveille et n'ait pas envie de monter sur sa Harley.

Ou qu'il en soit incapable.

« J'ai entendu parler de lui, dit Cynthia, mais je n'ai jamais lu aucun de ses livres. J'aime surtout Dean Koontz et Danielle Steel. Je lis pour mon plaisir. Belle moto, en tout cas, et ce type a des cheveux géniaux. Des cheveux rock and roll, tu sais ? »

Steve hocha la tête. Il savait. Marinville savait aussi.

« Tu es vraiment inquiet pour lui ou juste pour toi ? »

Il aurait probablement mal pris la question venant de quelqu'un d'autre, mais il ne sentit aucune critique implicite dans le ton de Cynthia, seulement de la curiosité.

« Pour les deux », répondit-il.

Elle hocha la tête.

« On s'est rapprochés de combien ?

— Soixante-dix kilomètres depuis que j'ai perdu le contact avec lui au téléphone.

— Mais tu ne sais pas exactement d'où il appelait.

— Non.

— Tu crois qu'il s'est planté tout seul ou qu'il y a quelqu'un d'autre aussi ? »

Il la regarda, surpris. Que son patron ait causé un accident était *précisément* ce qu'il craignait, mais jamais il ne l'aurait dit à haute voix si elle n'en avait pas évoqué la possibilité la première.

« Il se peut qu'il y ait quelqu'un d'autre. Il a dit quelque chose à propos de la police de l'État et des flics locaux, quelque chose comme " N'appelle pas la police de l'État, appelle les flics du coin ". Mais je n'en suis pas certain.

Elle montra le téléphone du doigt.

« Pas question, dit-il. Je n'appellerai *aucun* flic avant de savoir dans quel pétrin il s'est fourré.

— Je te promets de ne pas te trahir si tu promets de ne plus m'appeler chou à la crème. »

Il eut un petit sourire, bien qu'il ne fût guère d'humeur à ça.

« C'est probablement une bonne idée. Tu *pourrais* probablement dire...

— ... que ton cellulaire refusait de fonctionner. Tout le monde sait combien ces engins sont capricieux.

— T'es sympa, Cynthia.

— T'es pas mal non plus. »

A presque cent cinquante à l'heure, les kilomètres fondaient comme neige au printemps. Quand ils furent à cent kilomètres à l'ouest du point où Steve avait perdu le contact, il ralentit imperceptiblement de minute en minute. Aucune voiture de police dans aucune direction. Steve se dit que c'était bon signe et en fit part à Cynthia, qui secoua la tête d'un air dubitatif.

« Moi je trouve ça plutôt *bizarre.* S'il y a eu un accident où ton patron, ou quelqu'un d'autre, a été blessé, tu ne crois pas qu'on aurait dû voir la police ? ou une ambulance ?

— S'ils venaient de l'ouest...

— Selon ma carte, la prochaine ville dans cette direction est Austin, et c'est *beaucoup* plus loin qu'Ely. Tout véhicule officiel — un truc avec des sirènes, je veux dire — devrait aller d'est en ouest, c'est-à-dire nous dépasser. Tu vois ?

— Je crois, oui.

— Alors, où sont-ils ?

— J'en sais rien.

— Moi non plus.

— Bon. Eh bien alors cherche... eh merde, je ne sais pas, moi ! *N'importe quoi* qui sortirait de l'ordinaire.

— C'est ce que je fais. Ralentis un peu plus. »

Il regarda sa montre et vit qu'il était six heures moins le quart. Les ombres s'étendaient dans le désert, mais il faisait encore clair et chaud. Si Marinville était quelque part, ils le verraient.

Tu parles qu'on le verra, se dit-il. *Il sera assis au bord de la route, la tête éclatée, le pantalon déchiré, en train de prendre des notes sur ce qu'il a ressenti. Dieu merci, il porte son casque, au moins. S'il ne le portait pas...*

« Je vois quelque chose ! Là-bas ! »

La voix de la jeune fille était excitée mais contrôlée. De sa main gauche, elle protégeait ses yeux du soleil descendant vers l'ouest, et l'index de sa main droite désignait un point devant elle.

« Tu vois ? Est-ce que ça pourrait être... oh, merde, non ! C'est bien trop gros pour une moto. On dirait un camping-car.

— Je crois que c'est d'ici qu'il a appelé. Dans le coin, en tout cas.

— Qu'est-ce qui te le fait croire ?

— Il a parlé d'un camping-car un peu plus loin sur la route — ça, je l'ai entendu clairement. Il a dit qu'il était à environ un kilomètre à l'est du camping-car, et c'est à peu près là où nous sommes, alors...

— Oui, pas la peine de le répéter. Je regarde, je regarde. »

Il ralentit jusqu'à cinquante à l'heure et il roulait au pas quand ils passèrent près du camping-car. Cynthia avait baissé sa fenêtre et s'était penchée dehors, son T-shirt remonté révélant le bas de son dos (si mince ! se dit Steve) et sa colonne vertébrale.

« Tu vois quelque chose ?

— Non. J'ai bien vu quelque chose scintiller, mais c'était loin dans le désert, bien plus loin qu'il n'aurait pu aller s'il était sorti de la route par accident ou si le vent l'avait poussé.

— Probablement du mica miroitant au soleil.

— Ouais, c'est possible.

— Ne tombe pas par la fenêtre !

— Pas de danger. »

Elle ferma les yeux pour éviter le sable projeté de plus en plus violemment par le vent.

« Si c'est le camping-car dont il parlait, dit Steve, on a dépassé l'endroit d'où il a appelé.

— Ouais, mais continue. S'il y aurait une maison dans le coin ils l'auraient peut-être vu.

— “ S’il y aurait ! ” grogna Steeve. T’as appris ça dans Dean Koontz ou dans Danielle Steel ? »

Elle rentra la tête pour lui adresser un regard hautain, mais il vit qu’il l’avait blessée.

« Désolé, dit-il, je plaisantais.

— Oh ? Dis-moi un peu, monsieur le grand voyageur du Texas, est-ce que *toi* tu as jamais lu une ligne écrite par ton patron ?

— Eh bien, il m’a donné un exemplaire de *Harper’s* où il y avait une nouvelle de lui, “ Le temps venu du Ciel ”, elle s’appelait. Je l’ai lue, je te le jure, chaque mot.

— Et t’as *compris* chaque mot ?

— Euh, non. Écoute, c’était idiot de ma part. Je m’excuse, sincèrement.

— D’accord. »

Au ton de sa voix, il comprit qu’il serait sous surveillance pendant un moment.

Il ouvrit la bouche pour dire quelque chose qui serait drôle, s’il avait de la chance, quelque chose qui la ferait sourire (elle avait un si joli sourire), et puis il regarda très attentivement le camping-car.

« Oh, eh ! Qu’est-ce que c’est que ça ? demanda-t-il en s’adressant plus à lui-même qu’à sa compagne.

— Quoi ? »

Elle tourna la tête pour regarder à travers le pare-brise tandis que Steve s’arrêtait près du camping-car, de taille moyenne, plus grand que les Lassie, mais plus petit que les Godzillas qu’il voyait depuis le Colorado.

« Le type a dû rouler sur des clous ou je ne sais quoi, dit Steve. On dirait que tous les pneus sont à plat.

— Ouais. Alors pourquoi les nôtres sont intacts ? »

Avant qu’il ait pu répondre que les occupants avaient peut-être l’esprit assez civique pour ramasser les clous, la gamine aux cheveux bicolores était descendue du camion et s’approchait du camping-car en appelant.

Eh bien, elle sait faire une sortie, on peut lui accorder ça, se dit Steve en descendant de son côté. Le vent le gifla si fort qu’il en fut presque déséquilibré. Il était brûlant comme de l’air sortant d’un incinérateur.

« Steve ? »

Elle avait une voix différente. Toute trace de l'effronterie qu'il croyait appartenir à son arsenal de séduction avait disparu.

« Viens voir. J'aime pas ça. »

Elle s'était arrêtée devant la porte latérale du camping-car, qui était ouverte et claquait dans le vent, au-dessus des marches. Mais elle ne regardait ni la porte ni les marches. Au pied des marches, une poupée aux cheveux blonds et à la belle robe bleue était à demi enterrée dans le sable que le vent avait envoyé sous le camping-car. Elle gisait à plat ventre, abandonnée. Steve n'aima pas beaucoup ça non plus. Une poupée sans petite fille dans le coin pour s'en occuper faisait toujours froid dans le dos, et en trouver une sur la route, à demi enterrée par une tempête de sable...

Il ouvrit la porte et regarda à l'intérieur du camping-car. Il y faisait une chaleur épouvantable, quarante, au minimum.

« Y a quelqu'un ? »

Mais il savait bien que non. Si les propriétaires étaient à l'intérieur, le moteur tournerait pour faire fonctionner la climatisation.

« Pas la peine », dit Cynthia.

Elle avait ramassé la poupée et elle enlevait de la main le sable pris dans ses cheveux et les plis de sa robe.

« C'est pas une poupée de Prisunic. Elle vaut pas une fortune, mais c'est une belle poupée. Et quelqu'un en prend grand soin, regarde. »

Elle tira la jupe pour que Steve puisse voir l'endroit où on avait fait une jolie reprise pour réparer une déchirure. La pièce ajoutée était presque exactement de la même couleur.

« Si la gosse à qui elle appartient était dans le coin, elle ne serait pas dans la poussière, je peux te le garantir. Ce que j'aimerais savoir, c'est pourquoi elle ne l'a pas emportée avec elle en partant avec ses parents ? Ou au moins pourquoi elle ne l'a pas laissée à l'intérieur... »

Elle ouvrit la porte, hésita, monta la première des deux marches, hésita à nouveau et se retourna.

« Viens !

— Je ne peux pas. Il faut que je trouve mon patron.

— Dans une minute, d'accord ? Je ne veux pas rentrer là-dedans toute seule. C'est comme l'*Andrea Doria* ou je ne sais quoi.

— Tu veux dire la *Marie Céleste.* L'*Andrea Doria* a coulé.

— D'accord, monsieur-je-sais-tout, comme tu veux. Viens, il n'y en a pas pour longtemps. Et puis...

— Et puis, reprit-il devant son hésitation, ça a peut-être quelque chose à voir avec mon patron. C'est ce que tu penses ?

— C'est pas vraiment tiré par les cheveux. Ils ont disparu aussi, non ? »

Il refusait de l'admettre. C'était une complication qu'il ne méritait pas. Elle le lut en partie sur son visage (elle comprit probablement tout, elle n'était pas bête, c'est sûr) et leva les mains.

« Eh merde, j'y vais toute seule. »

Elle entra, tenant toujours la poupée, et Steve la regarda un moment, pensif, avant de la suivre. Cynthia se retourna et hocha la tête, puis posa la poupée dans un des fauteuils afin d'agiter le haut de son T-shirt pour faire circuler l'air.

« Il fait une de ces chaleurs ! »

Pendant qu'elle passait dans la partie habitation, Steve alla explorer l'avant, tête baissée pour ne pas se cogner. Sur le tableau de bord étaient disposés trois paquets de cartes de base-ball, triées en fonction des équipes — Cleveland Indians, Cincinnati Reds, Pittsburgh Pirates. Il les regarda. Plus de la moitié étaient signées, et beaucoup des cartes signées étaient personnalisées. En bas de celle d'Albert Belle, il lut : « A David — Continue à frapper ! Albert Belle. » Et sur une autre, dans la pile de Pittsburgh : « Regarde la balle avant de prendre ton élan, Dave. Ton ami, Andy Van Slyke. »

« Il y a aussi un garçon, dit Cynthia, à moins que la gamine aime le GI Joe, Judge Dredd et les MotoKops autant que la poupée en robe bleue. Un des placards du fond est plein de bandes dessinées.

— Oui, il y a un garçon », dit Steve en reposant les cartes d'Albert Belle et d'Andy Van Slyke dans leurs paquets respectifs.

Il n'a emporté que celles auxquelles il tenait le plus, se dit-il avec un petit sourire. *Celles qu'il ne supportait pas de laisser à la maison.*

« Il s'appelle David.

— Et comment tu sais ça ? s'étonna Cynthia.

— J'ai tout appris en regardant *Aux frontières du réel.* »

Il prit un reçu d'essence payée avec une carte de crédit dans le tas de paperasses encombrant le casier des cartes du tableau de bord et le lissa. Il portait le nom de Ralph Carver, et une adresse quelque part dans l'Ohio. Le carbone avait maculé le nom de la ville, mais c'était sans doute Wentworth.

« Je suppose que tu ne peux rien dire d'autre sur lui ? Son nom de famille ? D'où il vient ?

— David Carver, dit-il avec un sourire. Son père s'appelle Ralph Carver. Ils viennent de Wentworth, dans l'Ohio. Une jolie ville, près de Columbus. J'y suis allé avec Southside Johnny en 86. »

Elle s'avança et reprit la poupée pour la serrer contre un de ses seins de la taille d'un grain de riz. Dehors, le vent soufflait à nouveau, projetant du sable sur le camping-car. On aurait dit de la pluie.

« T'inventes !

— Non, madame ! dit-il en lui tendant le reçu. C'est là que j'ai trouvé Carver. David, je le tiens des cartes de base-ball du gamin. Il a quelques trucs de valeur, je peux te le dire. »

Elle prit une des cartes et la reposa, puis regarda tout autour d'elle, le visage grave et luisant de sueur. Steve transpirait aussi, et beaucoup. Il sentait la sueur couler sur son corps comme une huile légère et collante.

« Où sont-ils allés ?

— Au village le plus proche, pour trouver de l'aide. Il est possible que quelqu'un les ait pris en voiture. Tu te souviens de ce qu'il y a dans les parages ?

— Non. Il y a une petite ville, je crois, je ne me souviens plus de son nom. Mais dans ce cas, pourquoi n'ont-ils pas fermé le camping-car avant de partir ? Tu te rends compte, toutes leurs affaires sont là ! Tu sais ce qu'il y a près de cette couchette ?

— Non.

— La boîte à bijoux de la dame. Une grenouille en céramique. Tu mets tes bagues et tes boucles d'oreilles dans la bouche de la grenouille.

— C'est d'un goût ! »

Il avait envie de sortir de là, et pas seulement parce qu'il y faisait horriblement chaud ni parce qu'il voulait chercher le patron. Il voulait sortir parce que ce camping-car *était* comme cette foutue *Marie Céleste*. On ne pouvait s'empêcher d'imaginer des vampires cachés dans les placards, des vampires en bermuda et T-shirt proclamant : J'AI SURVÉCU A LA NATIONALE 50, LA ROUTE LA PLUS DÉSERTE D'AMÉRIQUE !

« C'est plutôt marrant, dit Cynthia, mais c'est pas le problème. Il y a deux paires de boucles d'oreilles et une bague dedans. Pas très chères, mais pas de la camelote non plus. La pierre de la bague est une tourmaline, je crois. Alors pourquoi est-ce qu'ils... »

Elle vit quelque chose dans le casier à cartes, quelque chose qui était ressorti quand Steve avait fouillé les paperasses : une pince à billets en forme de S barré deux fois. Cynthia la prit, feuilleta les billets du bout des doigts, puis jeta le paquet dans le casier comme si ça la brûlait.

« Combien ? demanda Steve.

— Une quarantaine, et la pince vaut probablement trois ou quatre fois plus. C'est de l'argent. Je vais te dire : ça sent mauvais. »

Une rafale de vent projeta à nouveau du sable contre le flanc nord du camping-car, un vent suffisamment fort pour le secouer un peu sur ses pneus crevés. Tous deux se regardèrent. Steve pensa au regard bleu et fixe de la poupée. *Que s'est-il passé ici, ma belle ? Qu'est-ce que tu as vu ?*

Il prit le chemin de la porte.

« Il est temps d'appeler les flics ? demanda Cynthia.

— Bientôt. D'abord, je veux revenir un kilomètre et demi en arrière, pour voir si je trouve trace de mon patron.

— Avec ce vent ? Mon pauvre vieux, c'est complètement idiot ! »

Il la regarda un moment sans rien dire, puis descendit les marches. Elle le rattrapa.

« Eh, on est quittes, OK ? Tu t'es moqué de ma syntaxe, et moi de ton... je ne sais pas quoi.

— Intuition.

— Intuition ? Tu crois ? Bon, d'accord. On est quittes ? Dis oui. S'il te plaît ! Ça me donne la chair de poule.

— OK, d'accord ! dit-il en lui souriant, ému par l'anxiété qui se lisait sur son visage. On est quittes.

— Tu veux que je ramène le camion en arrière ? Je peux faire un kilomètre et demi au compteur, pour que tu aies un repère.

— Tu peux lui faire faire demi-tour sans... »

Un semi-remorque de la marque Kleenex passa à cent à l'heure en direction de l'est. Cynthia recula et se protégea les yeux d'un bras maigre comme ceux de Kate Moss. Steve lui entoura les épaules de son bras pendant une ou deux secondes pour l'empêcher de perdre l'équilibre.

« ... sans t'enliser ? » acheva-t-il.

Elle lui adressa un regard las et s'écarta de lui.

« Bien sûr.

— Bon... Disons deux kilomètres, d'accord ? Pour être sûr.

— D'accord. »

Elle regagnait le Ryder quand elle se retourna.

« Je viens juste de me souvenir du nom de la petite ville la plus proche. C'est par là, dit-elle en montrant vers l'est, au sud de la nationale. Un joli nom. Tu vas l'adorer, Steve.

— C'est quoi ?

— Désolation. »

Elle lui sourit et monta dans la cabine du camion.

5

Il longea lentement le bas-côté, à droite des véhicules se dirigeant vers l'ouest et, sans lever les yeux, salua le Ryder de la main quand, Cynthia au volant, il le dépassa lentement.

« Je n'ai pas la moindre idée de ce que tu cherches ! » lui cria-t-elle.

Elle était déjà loin avant qu'il ait pu lui répondre, et c'était aussi bien : il n'en avait pas la moindre idée non plus. Des empreintes ? Idée ridicule avec ce vent. Du sang ? Des morceaux de chrome ou de feux arrière ? C'était le plus probable. Il n'était certain que de deux choses : son instinct ne l'avait pas seulement poussé à faire ça, il l'avait *exigé,* et il ne pouvait effacer de son esprit les yeux bleus fixes de la poupée. La poupée préférée d'une petite fille... seule cette petite fille avait pu laisser Alice Robe-Bleue par terre sur la route. Maman avait laissé ses bijoux, Papa avait laissé son argent, et le fils David avait laissé ses cartes de base-ball signées.

Pourquoi ?

Au loin, Cynthia fit faire demi-tour au camion jaune vif pour qu'il regarde à nouveau vers l'ouest. Elle s'acquitta de cette tâche avec une économie de manœuvres dont Steve ne l'aurait pas crue capable. Elle n'avait reculé qu'une fois. Elle sortit et vint à sa rencontre d'un bon pas, les yeux à peine baissés, et pourtant Steve subit la vexation de la voir trouver ce que son instinct l'avait envoyé chercher.

« Hé ! cria-t-elle s'accroupissant pour ramasser quelque chose qu'elle secoua afin de le débarrasser de son sable.

— Qu'est-ce que c'est ? demanda Steve, qui la rejoignait en courant.

— Un calepin, dit-elle en le lui tendant. Je pense qu'il était bien là. Il y a écrit *J. Marinville* sur la couverture, tu vois ? »

Il prit le petit carnet à spirale dont la couverture était pliée et le feuilleta rapidement. Plans de route, cartes que Steve avait dessinées lui-même et notes prises par son patron de sa large écriture, à propos des réceptions prévues en chemin. Sous le titre *Saint Louis,* Marinville avait écrit : *Patricia Franklin. Rousse, gros seins. Ne pas l'APPELER PAT OU PATTY ! Le nom de l'organisation est LES AMIS DE LA LIBÉRATION DES FEMMES. Bill dit que P. F. milite aussi dans les mouvements pour les droits des animaux. Végétarienne.* Sur la dernière page utilisée, un seul mot calligraphié, dans une version plus flamboyante encore de l'écriture du patron :

C'était tout. Comme s'il avait commencé à écrire un autographe et n'avait jamais terminé.

Il leva les yeux vers Cynthia et vit qu'elle croisait les bras sous sa maigre poitrine et commençait à se frotter les coudes.

« Brrr... C'est impossible d'avoir froid ici, mais j'ai froid quand même. C'est de plus en plus flippant.

— Comment se fait-il que ça ne se soit pas envolé ?

— Pur bol : un rocher l'a arrêté assez longtemps pour que le sable en recouvre une moitié. Comme pour la poupée. Le carnet serait tombé dix centimètres plus à droite ou plus à gauche, il serait sans doute déjà presque arrivé au Mexique.

— Qu'est-ce qui te fait penser qu'il l'a fait tomber ?

— Tu ne le penses pas ? »

Il ouvrit la bouche pour dire qu'il ne pensait absolument rien, du moins pour l'instant, puis il oublia. Il voyait quelque chose scintiller dans le désert, probablement la même chose que Cynthia avait vue du camion tout à l'heure, sauf que maintenant ils ne bougeaient plus, et que le scintillement ne bougeait pas non plus. Et ce ne pouvait être des éclats de mica, il l'aurait juré. Pour la première fois il eut vraiment peur, douloureusement peur. Il courut dans le désert vers la lumière avant même d'en avoir eu l'idée.

« Eh ! Pas si vite ! Attends-moi !

— Non, reste ici ! »

Il piqua un cent mètres, droit sur l'étoile devant lui (sauf que l'étoile avait grandi, prenant une forme qu'il commençait à trouver horriblement familière), puis il fut pris d'un vertige et il arrêta. Il se pencha, les mains serrées sur ses cuisses juste au-dessus des genoux, persuadé que tous les cigares qu'il avait fumés ces dix-huit dernières années revenaient le hanter.

Quand le vertige s'estompa et que le bruit de marteau-pilon de son cœur diminua dans ses oreilles, il entendit une respiration de femme. Il se retourna et vit Cynthia qui approchait au pas de gymnastique, transpirant mais en forme. Ses crêtes de punk s'étaient légèrement aplaties, c'était tout.

« T'es aussi collante... qu'une crotte de nez... au bout du doigt, articula-t-il péniblement quand elle fut près de lui.

— Je crois que jamais un type ne m'a rien dit de plus gentil. Note-le dans ton recueil de haïkus ! Et évite la crise cardiaque. Quel âge tu as, au fait ?

— Je suis trop vieux pour m'intéresser à tes abattis, sauterelle, et je vais bien, dit-il en se redressant laborieusement. Merci de t'en soucier. »

Sur la route, une voiture passa sans ralentir. Ils la regardèrent tous deux. Dans ces contrées, une voiture qui passe est un événement.

« Bon, est-ce que je peux suggérer que nous marchions le reste du chemin ? Quelle que soit cette chose, elle ne va pas partir.

— Je sais ce que c'est », dit-il.

Il ne put s'empêcher de trotter les vingt derniers mètres et s'agenouilla devant l'objet comme un primitif devant une effigie. La Harley du patron avait été enterrée dans la hâte et l'indifférence. Le vent n'avait dégagé qu'une partie du guidon.

L'ombre de la jeune fille l'entoura et il leva les yeux vers elle, voulant dire quelque chose qui lui ferait croire qu'il n'était pas complètement terrorisé par cette découverte, mais aucun mot ne lui vint. Il n'était pas certain qu'elle l'aurait entendu, de toute façon. Elle fixait sur la moto des yeux écarquillés par l'affolement. Elle tomba à genoux près de lui et tendit les mains, comme si elle prenait des mesures, puis creusa un peu à droite du guidon. La première chose qu'elle déterra fut le casque du patron. Elle le vida de tout son sable et le mit de côté. Puis elle creusa délicatement à l'endroit où elle l'avait trouvé. Steve la regardait. Il n'était pas certain que ses jambes le soutiendraient s'il voulait se lever. Il ne cessait de penser à ces histoires qu'on lit dans les journaux, des histoires sur des corps découverts dans des gravières et exhumés de ces tombes peu profondes et toujours populaires.

Dans la tranchée qu'elle avait dégagée, on voyait maintenant le métal rouge et beige ressortir sur le sable gris terne. Apparurent aussi des lettres : HARL.

« C'est ça, dit-elle d'une voix tremblante, en se passant compulsivement la main sur la bouche. C'est bien celle que j'ai vue. »

Steve saisit le guidon et tira. Rien. Il n'en fut pas surpris, parce qu'il n'avait pu tirer que faiblement. Il comprit soudain quelque chose d'intéressant, bien qu'horrible : il n'était plus inquiet uniquement pour le patron, non, son inquiétude s'était étendue. Il avait la sensation, la sensation bizarre, que...

« Steve, mon gentil nouvel ami, dit Cynthia d'une petite voix en le regardant par-delà le réservoir qu'elle avait désensablé, tu vas peut-être penser que c'est complètement idiot, que seuls les imbéciles osent encore dire ça dans les mauvais films, mais j'ai l'impression qu'on nous regarde.

— Je ne pense pas que ce soit idiot. »

Il retira un peu plus de sable de la selle. Pas de sang. Dieu merci ! Ce qui ne voulait pas dire qu'il n'y avait pas de sang ailleurs. Ni de corps enterré dessous.

« Moi aussi j'ai cette impression.

— Est-ce qu'on pourrait partir ? demanda-t-elle d'une voix presque suppliante en essuyant la sueur de son front. S'il te plaît ? »

Il se leva et ils prirent le chemin du retour. Quand elle glissa sa main dans la sienne, il fut content de la prendre.

« Mon Dieu, cette impression est sacrément forte ! Pour toi aussi ?

— Oui. Je crois qu'elle ne reflète rien d'autre que notre peur, mais oui, elle est très forte. Comme... »

Un long hurlement s'éleva au loin. La main de Cynthia serra la sienne si fort que Steve fut heureux qu'elle se ronge les ongles.

« C'est quoi ? bredouilla-t-elle. Oh, mon Dieu, qu'est-ce que c'est ?

— Un coyote. Comme dans les westerns. Ils ne nous feront rien. Lâche un peu, Cynthia, tu vas me tuer. »

Elle desserra un peu la main juste avant de serrer à nouveau quand un second hurlement se fit entendre, s'enroulant paresseusement autour du premier comme la voix d'un barbier chantant avec un client.

« Ils sont loin, dit-il en essayant de dégager sa main de la poigne de Cynthia, qui s'avérait bien plus costaude qu'elle n'en avait l'air. Je t'assure, ils sont probablement dans un autre comté — détends-toi. »

Elle desserra sa main, mais quand elle tourna vers lui son visage luisant de sueur, la peur qu'il y lut avait quelque chose de pathétique.

« D'accord, ils ne sont pas tout près, ils sont probablement dans le comté voisin, en fait ils sont en Californie et utilisent la ligne du téléphone, mais je n'aime pas ce qui mord. J'ai *peur* de ce qui mord. Est-ce qu'on peut retourner au camion ?

— Oui. »

Ils étaient si proches qu'ils se frôlaient en marchant, mais quand un autre hurlement retentit, elle ne lui serra pas la main aussi fort. Celui-là venait de loin, à l'évidence, et il ne fut pas repris immédiatement. Ils atteignirent le camion. Cynthia monta sur le siège du passager en adressant à Steve un coup d'œil rapide et un sourire nerveux. Il fit le tour du capot ; l'impression d'être regardé avait disparu. Il avait encore peur, mais là, c'était à nouveau surtout pour son patron — si John Edward Marinville était mort, les journaux annonceraient la nouvelle dans le monde entier et Steven Ames ne pourrait éviter d'être cité, et pas en bien. Steven Ames serait le protecteur qui n'avait pas su protéger, le filet de sécurité qui n'était pas déployé quand le Grand Chef était tombé du trapèze.

« Cette impression qu'on nous regardait... c'étaient sûrement les coyotes, dit Cynthia. Tu ne crois pas ?

— Peut-être.

— Et maintenant ? »

Il inspira profondément et tendit la main vers le téléphone cellulaire.

« Il est temps d'appeler la police », dit-il en composant le numéro.

Ce qu'il entendit ne le surprit pas : une de ces voix enregistrées qui lui disait que, désolé, mais cet appel ne pouvait aboutir à cette heure. Le patron avait réussi à passer, brièvement, mais c'était un coup de chance. Steve referma le micro d'un claquement furieux et lança le téléphone sur le tableau de bord avant de mettre le moteur en marche. Il fut étonné de voir que le désert avait pris une couleur franchement pourpre. Merde ! Ils avaient passé plus de temps qu'il ne l'aurait cru dans le camping-car vide et près de la moto enterrée du patron.

« Non, hein ? demanda-t-elle, suppliant presque.

— Non. On va aller dans cette ville dont tu as parlé. C'était quoi ?

— Désolation. C'est à l'est.

— Guide-moi, tu veux ? dit-il en démarrant.

— Bien sûr. On trouvera de l'aide, dit-elle en posant la main sur son bras. Même dans une toute petite ville, il doit y avoir au moins *un* flic. »

Il roula jusqu'au camping-car abandonné avant de faire à nouveau demi-tour et vit que la porte claquait toujours dans le vent. Ils n'avaient pensé ni l'un ni l'autre à la fermer. Il arrêta le camion, mit le levier au point mort et ouvrit sa porte. Cynthia lui saisit l'épaule avant qu'il ait pu sortir une jambe.

« Eh ! Où vas-tu ? demanda-t-elle — pas paniquée, mais pas vraiment sereine non plus.

— Du calme. Juste une seconde. »

Il sortit, ferma la porte du camping-car — un Wayfarer, à en croire la plaque sur son flanc — et remonta dans le Ryder.

« Qu'est-ce que t'es ? Un de ces types " toujours prêts " ?

— Pas spécialement. C'est seulement que je n'aimais pas l'idée de cette porte battant dans le vent, dit-il avant de la regarder d'un air pensif. C'était comme le volet d'une maison hantée.

— D'accord. »

Des hurlements résonnèrent au loin, au sud, probablement, ou bien à l'est — avec le vent, c'était difficile à dire, mais cette fois, on aurait dit au moins une demi-douzaine de voix. Cette fois, on aurait dit une meute. Steve claqua la portière.

« Allons-y, dit-il en redémarrant. Faisons demi-tour et essayons de trouver la police. »

Chapitre 5

1

David Carver le vit tandis que la femme en chemise bleue et jean délavé renonçait, pressée contre les barreaux de la cellule des ivrognes, ses avant-bras croisés devant sa poitrine comme si cela pouvait la protéger du flic qui écartait le bureau pour pouvoir arriver jusqu'à elle.

N'y touche pas, mon gars, avait crié le vieil homme qui partageait sa cellule quand la femme avait jeté le fusil et qu'il avait glissé sur le parquet avant de heurter les barreaux de leur cellule. *N'y touche pas. Il est vide. Laisse-le où il est !*

Il avait obéi, mais il avait vu autre chose par terre en regardant l'arme : une des cartouches était tombée du bureau. Elle reposait contre le barreau le plus à gauche de sa cellule. Une grosse cartouche verte, peut-être une parmi la douzaine qui avaient roulé en tous sens quand le flic fou avait commencé à frapper la femme, Mary, avec le bureau et le fauteuil pour qu'elle lâche le fusil.

Le vieil homme avait raison, cela n'avait pas de sens de s'emparer de l'arme, même s'il pouvait aussi récupérer la cartouche, cela n'avait pas de sens. Le flic était grand — aussi grand qu'un basketteur professionnel, aussi large qu'un footballeur — et il était rapide. Il serait sur David, qui n'avait jamais tenu un fusil de sa vie, avant même qu'il ait compris dans quel trou placer la cartouche. Mais s'il la ramassait quand même... peut-être... qui sait ?

« Pouvez-vous marcher ? demandait le flic d'un ton de sollicitude grotesque à la dame qui s'appelait Mary. Vous avez quelque chose de cassé ?

— Qu'est-ce que ça peut vous faire ? »

Elle avait répondu d'une voix tremblante, mais David pensa que c'était la rage qui la faisait trembler, pas la peur.

« Tuez-moi, puisque c'est ce que vous voulez, qu'on en finisse. »

David regarda le vieil homme pour savoir s'il avait aussi remarqué la cartouche. Pour autant qu'il pouvait en juger, ce n'était pas le cas. Il se leva pourtant de son lit de camp et s'approcha des barreaux.

Au lieu de crier contre la femme qui avait fait tout son possible pour lui faire sauter la cervelle, ou même de la frapper, le flic la prit tendrement par l'épaule, comme une copine. D'une certaine façon, David trouva ce petit geste d'affection apparemment sincère encore plus troublant que toute la violence qui s'était exercée jusque-là.

« Je ne veux pas te *tuer*, Mary ! »

Le flic regarda autour de lui, comme pour prendre les trois Carver rescapés et le vieil homme à témoin : comment cette femme pouvait-elle dire pareille folie ? Quand il fixa ses yeux gris sur les yeux bleus de David, le gamin fit un pas involontaire en arrière, saisi d'horreur. Et *vulnérable.* Il ne comprenait pas comment il pouvait se sentir encore plus vulnérable qu'avant, mais c'était le cas.

Les yeux du flic étaient vides, si vides qu'on aurait dit qu'il était inconscient malgré ses yeux ouverts. David pensa alors à son ami Brian, à cette visite inoubliable à l'hôpital en novembre dernier. Mais ce n'était pas pareil, parce que, en même temps que les yeux du flic étaient vides, ils *ne l'étaient pas.* Il y avait quelque chose dedans, oui, *quelque chose,* et David ne savait pas quoi, ni comment cela pouvait être à la fois rien et quelque chose. Tout ce qu'il savait, c'était que jamais il n'avait rien vu de tel.

Le flic reporta son regard sur la femme qui s'appelait Mary avec une expression de stupéfaction exagérée.

« Sûr que non ! dit-il. Pas quand les choses commencent juste à devenir intéressantes. »

Il plongea la main dans sa poche droite et en sortit un trousseau de clés, en choisit une qui avait à peine l'air d'une clé — carrée avec une bande noire insérée au milieu du métal. David trouva que ça ressemblait plutôt à une carte électronique de chambre d'hôtel. Le flic l'introduisit dans la serrure de la grande cellule et l'ouvrit.

« Rentre là-dedans, Mary, tu y seras aussi bien qu'une puce sur un chien, c'est sûr. »

Elle l'ignora, le regard fixé sur les parents de David. Ils étaient debout côte à côte contre les barreaux de la petite cellule juste en face de celle que David partageait avec l'homme aux cheveux blancs.

« Cet homme — ce *maniaque* — a tué mon mari. Il lui a... »

Elle avala sa salive avec une grimace, et le grand flic la regarda gentiment, comme s'il voulait l'encourager d'un sourire : *Vas-y, Mary, sors-le, crache le morceau, tu te sentiras mieux après.*

« Il lui a mis le bras autour des épaules, comme il vient de le faire pour moi, et il lui a tiré quatre balles dans la poitrine.

— Il a tué notre petite fille », lui dit Ellen Carver.

Quelque chose dans sa voix transporta David dans un monde irréel. C'était comme si toutes deux jouaient à qui l'emporterait sur l'autre. Après, la femme qui s'appelait Mary dirait : « Et puis il a tué notre chien », et ensuite sa mère dirait...

« Ça, corrigea le père de David, nous ne le savons pas vraiment. »

Il était horrible à voir, le visage gonflé et sanglant, comme un boxeur qui vient de se faire corriger pendant douze rounds.

« Nous n'en sommes pas *sûrs* », dit-il en regardant le flic avec une effroyable expression d'espoir sur son visage tuméfié.

Le flic l'ignora. C'était Mary qui l'intéressait.

« Assez de bavardage ! dit-il de la voix du plus gentil des grands-pères. Rentre dans ta chambre, Mary jolie. Dans ta cage dorée, ma petite perruche aux yeux bleus.

— Sinon, quoi ? Vous me tuez ?

— Je t'ai déjà dit que non, susurra-t-il de cette même voix de gentil grand-père. Mais n'oublie pas ce fameux destin pire que la mort ! ajouta-t-il d'une voix différente tandis qu'elle le regardait comme un enfant étouffé par un boa constricteur. Je peux te faire mal, Mary. Je peux te faire si mal que tu regretteras que je ne t'aie pas tuée. Tu le crois, non ? »

Elle le regarda encore un instant, puis arracha ses yeux à son emprise — c'est exactement ce que David ressentit à six mètres de là, qu'elle s'arrachait à lui, comme on arrache le papier collant d'un paquet — et elle entra dans la cellule. Son visage frémit, puis se décomposa quand le flic claqua la grille de la cellule derrière elle. Elle se jeta sur un des quatre lits de camp au fond, cacha sa tête dans ses bras et se mit à sangloter. Le flic la regarda un moment, tête baissée. David eut le temps de regarder à nouveau la cartouche et de penser à l'attraper. Puis le flic sursauta et s'ébroua presque, comme s'il s'éveillait d'un somme, et se détourna de la cellule où se trouvait la femme en pleurs pour s'approcher de celle de David.

L'homme aux cheveux blancs recula rapidement, jusqu'à ce que l'arrière de ses genoux touche le bord de son lit de camp, où il tomba assis. Puis il remit les mains sur ses yeux. Avant, David pensait que c'était un geste de désespoir, mais maintenant il lui sembla faire écho à l'horreur que lui-même avait ressentie quand le regard du flic s'était posé sur lui — pas du désespoir mais le besoin instinctif de se cacher quand on ne veut pas regarder à moins d'y être absolument forcé.

« Comment ça va, Tom ? » demanda le flic à l'homme sur le lit.

Celui-ci se recroquevilla comme pour échapper au son de la voix, mais il ne retira pas ses mains de ses yeux. Le flic le considéra un moment, puis posa ses yeux gris sur David. L'enfant se rendit compte qu'il ne pouvait détourner les yeux, c'étaient *ses* yeux qui étaient collés, maintenant. Et il y avait autre chose, non ? L'impression d'être *appelé.*

« Tu t'amuses bien, David ? demanda le grand flic blond dont les yeux semblaient s'agrandir jusqu'à devenir de vastes lacs gris pleins de lumière. Est-ce que tu remplis l'interlude, point par point ?

— Je... », émit-il en une sorte de croassement poussiéreux, avant de s'humecter les lèvres pour essayer à nouveau : « Je ne comprends pas ce que vous dites.

— Vraiment ? J'en doute. Parce que je vois... »

Il leva une main vers le coin de sa bouche, le toucha, puis la laissa retomber. Son visage exprimait un sincère étonnement.

« Je ne sais pas ce que je vois. C'est une question, oh que oui, c'est une question. *Qui* es-tu, gamin ? »

David jeta un bref coup d'œil à sa mère et à son père, mais ne put affronter longtemps ce qu'il lut sur leur visage. Ils pensaient que le flic allait le tuer, comme il avait tué la Puce et l'époux de Mary. Il reporta son regard sur le flic.

« Je suis David Carver, j'habite 248, Poplar Street, à Wentworth, dans l'Ohio.

— Oui, je suis sûr que c'est vrai, mais, petit Dave, qui vous a fait ? Pouvez-vous dire qui vous a fait ? *Tak !* »

Il ne lit pas dans mes pensées, se dit David, *mais je crois qu'il le pourrait. S'il le voulait.*

Un adulte se serait admonesté pour une telle pensée, il se serait dit de ne pas être idiot, de ne pas succomber à une paranoïa née de la peur. *C'est exactement ce qu'il veut que tu croies, qu'il lit dans les pensées des autres,* aurait raisonné l'adulte. Mais David n'était pas un homme, il était un petit garçon de onze ans. Pas *n'importe quel* garçon de onze ans non plus, pas depuis novembre dernier. De grands changements étaient intervenus depuis lors. Il ne pouvait qu'espérer qu'ils l'aideraient à supporter ce qu'il voyait, ce dont il faisait l'expérience en ce moment.

Pendant ce temps, le flic le regardait avec des yeux rétrécis et perçants.

« Je pense que ce sont mon père et ma mère qui m'ont fait, dit David. C'est de cette façon que ça marche, non ?

— Un grand garçon qui sait faire la différence entre un chou et une rose ! Merveilleux ! Et à propos de mon autre question, moussaillon : est-ce que tu t'amuses bien ?

— Vous avez tué ma sœur, alors ne posez pas de questions stupides.

— Ne le provoque pas, David ! supplia une voix si haut perchée, si altérée qu'il reconnut à peine celle de son père.

— Oh, je ne suis pas *stupide* », rétorqua le flic.

Il enfonça plus profondément encore son regard gris dans les yeux de David. On aurait dit que les iris étaient en mouvement, tournoyant comme des roues, et David eut la nausée à force de les regarder, mais il ne pouvait s'en détacher.

« On peut sans doute m'affubler d'un tas de qualificatifs, mais je ne suis pas stupide. Je sais beaucoup de choses, moussaillon. C'est vrai. Plein de choses.

— Laissez-le tranquille ! cria Ellen qui ne pouvait voir son fils que le corps du flic lui cachait. N'avez-vous pas déjà assez éprouvé notre famille ? Si vous le touchez, je vous tuerai ! »

Le flic ne lui accorda pas la moindre attention. Il leva ses deux index et les posa sous ses yeux pour écarter les paupières inférieures, faisant ressortir ses globes oculaires de façon grotesque.

« J'ai des yeux d'aigle, David, et ces yeux voient la vérité de très loin. Tu ferais mieux de me croire. Des yeux d'aigle, oui. »

Le flic continuait à le fixer à travers les barreaux, mais il semblait maintenant que c'était le petit David Carver, onze ans, qui l'avait hypnotisé, *lui*.

« T'es quelqu'un, toi ! dit le flic dans un souffle. T'es vraiment quelqu'un, oui. J'en doute pas. »

Pense ce que tu veux, mais ne pense pas que je pense à la cartouche.

Les yeux du flic s'élargirent un peu, et pendant un moment horrible, David se dit que c'était *exactement* ce à quoi il pensait, qu'il s'était branché sur l'esprit de David comme sur une station de radio. C'est alors qu'un coyote hurla dehors, un long cri, modulé, déchirant de solitude. Le flic regarda dans sa direction et le fil qui le reliait à David — de la télépathie, peut-être, ou juste un mélange de peur et de fascination —, ce fil cassa.

Le flic se baissa pour ramasser le fusil. David retint son souffle, certain qu'il allait voir la cartouche sur le sol à sa droite, mais il ne regarda pas dans cette direction. Il se redressa en déverrouillant le fusil ; celui-ci s'ouvrit en deux, les canons reposant sur son bras comme un animal obéissant.

« Ne t'en va pas, David, dit-il d'une voix de copain qui fait une confidence. Nous avons beaucoup de choses à nous dire. Et c'est une conversation que j'attends avec impatience, crois-moi, mais pour l'instant, je suis trop occupé. »

Il revint au centre de la pièce, tête baissée, ramassant en chemin les cartouches. Il introduisit les deux premières dans les canons et glissa les autres d'un air absent dans ses poches. David n'osa pas attendre plus longtemps. Il se baissa, passa la main entre les deux derniers barreaux à gauche de la cellule et saisit le gros tube vert — qu'il glissa dans la poche de son jean. La femme qui s'appelait Mary ne le vit pas : elle gisait toujours sur son lit de camp, le visage enfoui dans ses bras, secouée de sanglots. Ses parents ne le virent pas : ils étaient tous deux enlacés contre les barreaux de leur cellule et, horrifiés et fascinés à la fois, ne quittaient pas des yeux l'homme en uniforme kaki. David se retourna et vit que le monsieur aux cheveux blancs — Tom — avait toujours les mains sur les yeux, alors peut-être que de ce côté-là aussi, c'était bon. Sauf que les yeux humides de Tom étaient ouverts derrière ses doigts, David le voyait bien, alors peut-être que ce n'était *pas* bon. De toute façon, il était trop tard. Toujours face à l'homme que le flic avait appelé Tom, David leva une main jusqu'à sa bouche en un geste intimant le silence. Le vieux Tom ne fit rien qui montrât qu'il eût compris. Ses yeux, dans leur propre prison, continuaient à regarder fixement entre les barreaux de ses doigts.

Le flic qui avait tué la Puce ramassa la dernière cartouche par terre, jeta un œil sous le bureau, puis se redressa et referma le fusil d'un coup de poignet. David l'avait surveillé de près pendant cette opération pour essayer de deviner s'il comptait ou non les cartouches. Il avait cru que non... jusqu'à cet instant. Le flic se tenait à présent debout, de dos et la tête baissée. Puis il se retourna et revint vers la cellule de David — et l'enfant sentit son estomac se soulever.

Pendant un moment, le flic le regarda sans bouger, comme s'il l'espionnait, et David se dit : *Il essaie de fracturer mon esprit comme un voleur essaie de fracturer une serrure.*

« Est-ce que tu penses à Dieu ? demanda le flic. Pas la peine. Par ici, le pays de Dieu s'arrête à la Source Indienne, et même Satan ne pose pas son pied fourchu au-delà de Tonopah. Il n'y a pas de Dieu à Désolation, mon petit gars. Ici, il n'y a que *can de lach.* »

C'était tout, semblait-il. Le flic sortit de la pièce, le fusil sous le bras. Dans la salle de détention, il y eut un silence d'environ cinq secondes — on entendait seulement les sanglots étouffés de la femme du nom de Mary. David regarda ses parents, et ils le regardèrent. En les voyant debout comme ça, enlacés, David imagina soudain comment ils devaient être quand ils n'étaient que des enfants, bien avant qu'ils se rencontrent à Ohio Wesleyan, et cela l'effraya hors de toute proportion. Il aurait préféré les surprendre nus en train de baiser. Il aurait voulu briser le silence, mais ne savait pas comment faire.

C'est alors que le flic bondit dans la pièce. Il dut baisser la tête pour ne pas se cogner au chambranle. Il souriait de ce sourire fou que David associait à Garfield, quand ce chat de bande dessinée se livrait à ses habituelles blagues de derrière les fagots. Et c'était le cas, semblait-il. Il y avait au mur un vieux téléphone au boîtier beige fendu et crasseux. Le flic le décrocha, le porta à son oreille et cria :

« Service des chambres ! Envoyez-moi une chambre ! »

Il raccrocha et tourna son sourire fou à la Garfield vers ses prisonniers.

« Un vieux truc de Jerry Lewis. Les critiques américains ne comprennent pas Jerry Lewis, mais c'est une *immense* vedette en France. Un *étalon.* »

Il regarda David.

« Pas de Dieu en France non plus, moussaillon. Crois-moi. Juste du Cinzano, des escargots et des femmes qui ne se rasent pas sous les bras. »

Il foudroya les autres de son regard, le sourire disparaissant peu à peu.

« Il faut que vous restiez tous là, dit-il. Je sais que vous avez peur de moi, et peut-être que vous n'avez pas tort, mais vous êtes enfermés pour une raison sérieuse, vous pouvez me croire. Il y a des forces, dehors, que vous ne pouvez même pas imaginer. Et quand la nuit tombera... »

Il se contenta de les regarder et secoua la tête d'un air sombre, comme si la suite était trop horrible pour être dite à haute voix.

Tu mens, espèce de menteur ! pensa David... mais un autre hurlement entra par la fenêtre ouverte de la cage d'escalier, et il n'en fut plus si sûr.

« De toute façon, dit le flic, ce sont de bonnes serrures, et de bonnes cellules. Elles ont été construites par des durs pour des durs, des mineurs, et on ne peut s'en échapper. Si c'est une pensée qui vous est venue, renvoyez-la chez maman. Écoutez-moi, maintenant. C'est ce que vous avez de mieux à faire. Croyez-moi. »

Et il partit, pour de bon cette fois — David entendit ses pieds bottés heurter les marches de l'escalier au point d'ébranler tout le bâtiment.

L'enfant resta un moment où il était, sachant ce qu'il devait faire, maintenant — ce qu'il devait *absolument* faire — mais hésitant à s'exécuter devant ses parents. Pourtant, il n'avait pas le choix, n'est-ce pas ? Et il avait raison au sujet du flic. L'homme n'avait pas vraiment lu dans ses pensées comme à livre ouvert, mais il en avait saisi quelques-unes — il avait compris ce qui concernait Dieu. Mais peut-être était-ce bien. Il valait sans doute mieux que le flic voie Dieu que la cartouche.

Il se retourna et fit deux pas jusqu'au pied de son lit de camp.

Il sentait le poids de la cartouche dans sa poche. C'était comme s'il avait une pépite d'or cachée là.

Non, plus dangereux que l'or. Un morceau de métal radioactif, peut-être.

Il resta un moment sans bouger, le dos à la pièce, puis, très lentement, il tomba à genoux. Il inspira profondément, faisant entrer l'air dans ses poumons jusqu'à ce qu'ils ne puissent plus en absorber, puis le laissa ressortir en une longue expiration silencieuse. Il avait joint les mains sur la couverture de laine rêche et il abaissa doucement son front dessus.

« David, qu'est-ce qui ne va pas ? demanda sa mère. David !

— Il va bien », dit son père.

David sourit faiblement en fermant les yeux.

« Mais enfin, regarde-le ! Il est tombé. Il s'est évanoui ! *David !* »

Leurs voix s'éloignaient maintenant, s'estompaient, mais avant qu'elles s'effacent complètement, il entendit son père dire :

« Non, il ne s'est pas évanoui. Il *prie.* »

Pas de Dieu à Désolation ? Eh bien, je vais vérifier.

Il était loin, il ne s'inquiétait plus de savoir ce que ses parents pourraient penser, ni de savoir si le vieux monsieur aux cheveux blancs l'avait vu récupérer la cartouche et risquait de le dire au monstre, ni de pleurer la gentille petite Puce, qui n'avait jamais fait de mal à personne et n'avait pas mérité de mourir ainsi. En fait, il n'était même plus exactement dans sa propre tête. Il était dans l'obscurité, aveugle mais pas sourd. Dans l'obscurité, il écoutait son Dieu.

2

Comme beaucoup de conversions spirituelles, celle de David Carver n'était spectaculaire que de l'extérieur. A l'intérieur elle était calme, presque banale. Peut-être pas rationnelle — les choses de l'esprit ne peuvent jamais être strictement rationnelles — mais possédant sa propre cohérence, sa propre logique. Pour David, du moins, son authenticité était indiscutable. Il avait trouvé Dieu, voilà tout. Et surtout — à ses yeux c'était le plus important —, Dieu l'avait trouvé, lui.

En novembre de l'année précédente, une voiture avait heurté le meilleur ami de David alors qu'il se rendait à l'école à vélo. Brian Ross avait fait un bond de douze mètres avant de heurter le pignon d'une maison. N'importe quel autre matin, David aurait été avec lui, mais ce jour-là, cloué au lit par un petit virus de rien du tout, il était resté chez lui. Le téléphone avait sonné à huit heures et demie et sa mère était entrée dans le salon dix minutes plus tard, pâle et tremblante.

« David, quelque chose est arrivé à Brian. Je t'en supplie, essaie de ne pas être trop bouleversé ! »

Après cela, il ne se souvenait pas vraiment de leur conversation, sauf des mots *on ne croit pas qu'il survivra.*

C'était lui qui avait voulu aller voir Brian à l'hôpital le lendemain, après avoir téléphoné tout seul ce soir-là pour s'assurer que son ami était toujours en vie.

« Chéri, je comprends ce que tu ressens, mais c'est vraiment une mauvaise idée », avait dit son père.

Qu'il l'ait appelé *chéri,* terme tendre abandonné avec les peluches à la sortie de la petite enfance de David, montrait bien à quel point Ralph Carver était lui-même bouleversé. Il avait regardé Ellen, mais elle ne pouvait que rester devant l'évier à triturer un torchon entre ses mains. Elle ne pouvait l'aider. Ralph ne se sentait pas très utile non plus, mon Dieu ! mais qui aurait jamais pu imaginer une telle conversation ? Seigneur, ce gamin n'avait que onze ans, Ralph n'avait jamais trouvé l'occasion de lui parler des choses de la *vie,* alors quant à la mort... Dieu merci, Kirstie était dans la pièce à côté pour regarder des dessins animés à la télévision.

« Non, avait répondu David. C'est une *bonne* idée. En fait, c'est la *seule* idée. »

Il songea à ajouter quelque chose d'une modestie héroïque comme *Et puis, Brian l'aurait fait pour moi,* mais il y renonça. Il ne pensait pas vraiment que Brian l'aurait fait pour lui. Mais cela ne changeait rien. Parce qu'il avait vaguement compris, même à ce moment-là, avant ce qui se produirait dans les bois de Bear Street, qu'il y allait non pas pour Brian mais pour lui-même.

Sa mère s'était éloignée de quelques pas de son évier protecteur.

« David, tu as le cœur le plus généreux du monde, le cœur le plus *gentil* du monde... mais Brian... a été... enfin... il a été *projeté*...

— Ce que maman essaie de te dire, intervint son père en prenant une de ses mains par-dessus la table, c'est que sa tête a heurté un mur. Son cerveau est très endommagé. Il est dans le coma, et il n'y a guère d'espoir... Comprends-tu ce que cela signifie ?

— Qu'on pense que son cerveau s'est transformé en légume. »

Ralph avait légèrement sursauté, puis il avait hoché la tête.

« Dans l'état où il est, la meilleure chose qui puisse lui arriver serait d'en finir vite. Si tu allais le voir, tu ne verrais pas l'ami que tu connais, celui avec qui tu t'entendais si bien... »

Sa mère était partie dans le salon, avait pris la pauvre Puce stupéfaite dans ses bras et s'était remise à pleurer.

Le père de David avait regardé la porte comme s'il était tenté de la rejoindre, puis il s'était retourné vers David.

« Il vaut mieux que tu gardes le souvenir de Brian tel que tu l'as vu la dernière fois. Tu comprends ?

— Oui, mais je ne peux pas faire ça. Il faut que j'aille le voir. Mais si tu ne veux pas m'emmener, ça ne fait rien. Je prendrai le bus après l'école.

— Eh merde ! mon garçon, bien sûr que je t'y conduirai. Et tu n'auras pas à attendre la fin des cours. Je te demande seulement, pour l'amour de Dieu, de ne rien dire à..., dit-il en montrant le salon du menton.

— A la Puce ? Bien sûr que non ! »

Il ne lui dit pas que la petite fille était déjà venue dans sa chambre pour lui demander ce qui était arrivé à Brian, et s'il avait mal, et comment David croyait que c'était, de mourir, est-ce qu'on allait quelque part, et une foule d'autres questions. Elle avait gardé un visage solennel, tellement attentif. Elle avait été... eh bien, elle avait été absolument sa Puce. Mais c'était souvent mieux de ne pas tout dire aux parents. Ils étaient vieux, et certaines choses leur portaient sur les nerfs.

« Les parents de Brian ne te laisseront pas entrer, avait dit Ellen en revenant dans la cuisine. Je connais Mark et Debbie depuis des années. Ils sont effondrés de douleur, bien sûr. Si ç'avait été toi, je serais devenue *folle* — mais ils auront assez de cœur pour ne pas laisser un petit garçon en regarder... un autre mourir.

— Je les ai appelés après avoir téléphoné à l'hôpital, et je leur ai demandé si je pouvais le voir, dit doucement David. Mme Ross a dit que c'était d'accord. »

Son père lui tenait toujours la main. Ça ne l'ennuyait pas. Il adorait son père et sa mère, et il était désolé que ce soit aussi bouleversant pour eux, mais dans son esprit la question de ce qu'il devait faire ne se posait même pas. C'était comme si quelque puissance extérieure le guidait, même à ce moment-là — à la façon dont une personne plus âgée, plus intelligente, peut guider la main d'un petit enfant pour l'aider à dessiner une chèvre, une poule ou un bonhomme de neige.

« Qu'est-ce qui lui prend ? avait demandé Ellen Carver d'une voix brisée. Mais que diable lui passe-t-il par la tête ? J'aimerais bien le savoir.

— Elle a dit qu'elle était heureuse que je puisse venir lui dire au revoir. Elle a dit qu'on allait débrancher les appareils de survie ce week-end, après que ses grands-parents seraient venus lui dire au revoir, et qu'elle était heureuse que je puisse venir en premier. »

Le lendemain, Ralph avait pris son après-midi et était allé chercher son fils à l'école. David attendait sur le trottoir, avec dans sa poche la fiche bleue de l'administration l'autorisant à sortir en avance. Une fois à l'hôpital, ils étaient montés au cinquième étage, aux soins intensifs, dans l'ascenseur le plus lent du monde. En chemin, David avait essayé de se préparer à ce qu'il allait voir. *Ne sois pas choqué, David,* avait dit Mme Ross au téléphone. *Il n'est pas très beau à voir. Nous avons l'assurance qu'il ne souffre pas — il est dans un coma trop profond pour ça — mais il n'est pas très beau à voir.*

« Tu veux que j'entre avec toi ? » avait demandé son père devant la porte de la chambre de Brian.

David avait secoué la tête. Il était toujours sous l'emprise de ce sentiment puissant qui l'avait plus ou moins englouti depuis que sa mère si pâle lui avait annoncé l'accident, le sentiment qu'une personne plus expérimentée que lui le guidait, quelqu'un qui pourrait être courageux à sa place, si son propre courage lui faisait défaut.

Il était entré dans la pièce. M. et Mme Ross y étaient, assis dans des fauteuils de vinyle rouge, tenant entre leurs mains des livres qu'ils ne lisaient pas. Brian était dans le lit, près de la fenêtre, entouré d'appareils qui bipaient et faisaient onduler des lignes vertes sur des écrans, une couverture de coton remontée jusqu'à la taille. Au-dessus, il avait sur lui une mince chemise d'hôpital ouverte, qui s'étalait de chaque côté de sa poitrine comme des ailes d'ange. On lui avait collé plein de pastilles sur le corps, et encore d'autres sur la tête, sous un gros bandage blanc. Une longue entaille qui partait du bandage traversait la joue gauche de Brian jusqu'au coin de sa bouche, où elle s'incurvait comme un hameçon. La plaie avait été suturée avec du fil noir. Ça rappelait à David un film sur Frankenstein, un des anciens avec Boris Karloff qu'on passait le samedi soir tard. Parfois, quand il dormait chez Brian, tous deux restaient à regarder ces films en mangeant du pop-corn. Ils adoraient les anciens monstres en noir et blanc. Une fois, pendant *La Momie,* Brian s'était tourné vers David et avait dit : « Oh, merde, la momie nous court après, il faut marcher plus vite. » Idiot, mais à une heure moins le quart du matin, *n'importe quoi* peut paraître drôle à des gamins de onze ans, et tous deux avaient ri à en avoir mal au ventre.

Les yeux de Brian le regardaient depuis le lit d'hôpital, ils regardaient à travers lui. Ils étaient ouverts et aussi vides qu'une salle de classe en août.

Avec le sentiment très fort qu'il ne bougeait pas mais qu'on le faisait bouger, David était entré dans le cercle magique des machines. Il avait observé les pastilles à ventouses sur la poitrine et les tempes de Brian. Il avait observé les fils sortant de ces pastilles. Il avait observé l'aspect curieux du bandage, déformé sur le côté gauche de la tête de Brian, comme si la forme du crâne, en dessous, avait subi une modification radicale. David supposait que ce devait être le cas. On ne heurtait pas le pignon d'une maison de brique, sans que quelque chose cède. Il y avait un tuyau dans le bras droit de Brian, et un autre sortant de sa poitrine. Les tuyaux allaient vers des sacs pleins de liquide suspendus à des crochets. Il avait aussi un bidule en plastique qui sortait de son nez et son poignet était entouré de ruban adhésif.

Ce sont ces machines qui le maintiennent en vie, se dit David. *Quand on les arrêtera, quand ils retireront les aiguilles...*

A cette idée, une bouffée d'incrédulité le submergea, l'enserrant dans un carcan de douleur. Brian et lui s'aspergeaient d'eau à la fontaine devant leur classe à l'école chaque fois qu'ils pensaient pouvoir le faire impunément. Ils partaient à bicyclette dans les mystérieux bois de Bear Street, où ils jouaient à la guerre. Ils échangeaient livres, bandes dessinées et cartes de base-ball, et parfois restaient simplement assis sur les marches du porche à l'arrière de la maison de David pour s'amuser avec le Gameboy de Brian ou pour lire en buvant la citronnade préparée par la mère de David. A chaque occasion, ils se tapaient dans les mains et se traitaient de « méchant garçon ». (Parfois, quand ils étaient vraiment seuls, ils se traitaient d'enfoiré ou de trou du cul.) En deuxième année d'école primaire, ils s'étaient piqué le doigt avec une épingle et avaient mêlé leurs sangs en se jurant une fidélité de frères. En août de cette année-là, ils avaient fabriqué, avec l'aide de Harry Ross, un Parthénon en capsules de bouteilles inspiré d'un livre d'images. Il était si beau que Harry le garda dans l'entrée de sa maison pour le montrer à tout le monde. Au début de l'année, ils avaient monté sur patins le Parthénon en capsules de bouteilles pour lui faire parcourir le pâté de maisons qui le séparait de chez les Carver.

C'est sur le Parthénon que s'était arrêté l'esprit de David alors qu'il se tenait près du lit de son ami comateux. Ils l'avaient construit — lui, Brian et le père de Brian — dans le garage des Ross, tandis que le magnétophone rejouait indéfiniment « Rattle and Hum » sur l'étagère derrière eux. Un truc idiot parce que ce n'étaient que des bouchons de bouteilles, un truc chouette parce qu'il ressemblait au modèle, on reconnaissait tout de suite le temple ; et un truc chouette aussi parce qu'ils l'avaient fait de leurs propres mains. Et bientôt, les mains de Brian seraient frottées par un embaumeur qui utiliserait une brosse spéciale et ferait tout particulièrement attention aux ongles. Personne ne voudrait regarder un cadavre avec des ongles sales, se dit David. Et une fois les mains de Brian bien propres, une fois qu'il serait dans le cercueil que ses parents allaient choisir pour lui, l'embaumeur lui croiserait les doigts comme les lacets d'une paire de chaussures de sport. Et c'est ainsi que ses mains resteraient dans la tombe. Bien croisées, comme ils étaient censés les croiser sur leur bureau quand ils avaient sept ans. Plus jamais ces mains ne construiraient des monuments en capsules de bouteilles. Plus jamais leurs doigts ne l'aspergeraient d'eau. Elles allaient descendre dans l'obscurité.

Ce n'était pas de la terreur que cette pensée avait déclenchée dans son esprit et son cœur, mais du désespoir, comme si l'image des doigts de Brian croisés dans son cercueil prouvait que rien ne valait rien, que faire quelque chose dans ce monde n'avait jamais arrêté la mort, que même les enfants n'étaient pas exemptés des films d'horreur qui passaient après les feuilletons à l'eau de rose auxquels les parents voulaient croire, et voulaient vous faire croire.

M. et Mme Ross ne lui parlèrent ni l'un ni l'autre pendant qu'il se tenait près du lit, méditant ces choses avec le vocabulaire réduit des enfants. Et leur silence plut à David ; il les aimait bien, surtout M. Ross, qui était très intéressant avec son côté un peu excentrique. Mais ce n'était pas eux qu'il était venu voir. Ce n'était pas eux dont les tubes et les fils reliés à ces machines allaient être enlevés après que les grands-parents seraient venus pour un dernier au revoir.

Il était venu voir Brian.

David avait pris la main de son ami. Elle lui avait semblé d'une fraîcheur et d'une souplesse stupéfiantes dans la sienne, mais toujours vivante. On sentait la vie qui ronronnait dans cette main comme un moteur. Il la serra doucement et murmura :

« Comment ça va, méchant garçon ? »

Aucune réponse, sauf le bruit de la machine qui faisait respirer Brian maintenant que son cerveau avait pété presque tous ses plombs. Cette machine était à la tête du lit, et c'était la plus grosse. Un tube en plastique transparent en sortait d'un côté. Dans ce tube se trouvait quelque chose qui ressemblait à un accordéon blanc. Cette machine faisait très peu de bruit — *toutes* ces machines faisaient très peu de bruit — mais le truc en accordéon était dérangeant quand même. Il produisait un bruit lent et ample chaque fois qu'il remontait. Un bruit d'essoufflement. C'était comme si une partie de Brian n'était *pas* enfoncée assez profondément dans le coma pour ne pas ressentir la douleur, mais que cette partie avait été sortie de son corps et enchâssée dans un tube en plastique, où on la faisait maintenant souffrir encore plus, où elle était compressée à mort par le truc blanc en accordéon.

Et puis il y avait les yeux.

David sentit ses propres yeux attirés vers eux chaque fois qu'il s'en détachait. Personne n'avait dit que les yeux de Brian seraient ouverts ; jusqu'à ce jour, David ne savait pas qu'on *pouvait* avoir les yeux ouverts quand on était inconscient. Debbie Ross lui avait dit de ne pas être choqué, que Brian n'était pas très beau à voir, mais elle ne lui avait pas parlé de ce regard d'élan empaillé. C'était peut-être aussi bien. Peut-être ne pouvait-on jamais être préparé aux choses les plus horribles, quel que soit l'âge.

Un des yeux de Brian était injecté de sang, avec une énorme pupille noire qui mangeait presque tout l'iris brun dont il ne restait qu'un mince anneau. L'autre œil était clair et la pupille semblait normale, mais rien d'autre n'était normal, parce qu'il n'y avait pas trace de son ami dans ces yeux. *Pas trace.* Le gamin qui l'avait tant fait rire en disant : *Oh, merde, la momie nous court après, il faut marcher plus vite,* n'était pas là du tout... à moins qu'il ne fût dans le tube en plastique, à la merci de l'accordéon blanc.

David détournait le regard — vers la plaie en forme d'hameçon, le bandage, l'oreille cireuse qui apparaissait sous le bandage — puis son regard revenait aux yeux ouverts et fixes, avec leurs pupilles mal assorties. C'était le *rien* qui l'attirait, l'*absence,* ce qui avait *quitté* ces yeux. C'était pire que triste. C'était... c'était...

Mal, murmura une voix tout au fond de sa tête. Elle était différente de toutes les voix qu'il avait jamais entendues dans ses pensées auparavant, c'était un parfait étranger, et quand Debbie Ross lui posa la main sur l'épaule, il dut serrer les lèvres pour ne pas crier.

« L'homme qui a fait ça était ivre, dit-elle d'une voix rauque et pleine de larmes. Il dit qu'il ne se souvient de rien, que c'est le noir total, et tu sais le pire, David ? Je le crois.

— Deb... », commença M. Ross.

Mais la maman de Brian, de nouvelles larmes coulant sur ses joues, n'y prêta pas attention.

« Comment Dieu peut-il permettre qu'un homme *ne se souvienne pas* d'avoir heurté mon fils avec sa voiture ? »

Elle parlait fort, à présent. Ralph Carver avait passé la tête dans l'embrasure de la porte, pétrifié, et une infirmière qui poussait un chariot dans le couloir s'était arrêtée net. Elle avait regardé dans la chambre 508 avec de grands yeux bleus qui disaient « Oh, mon Dieu ! ».

« Comment Dieu a-t-il pu être aussi généreux avec quelqu'un qui mérite de se réveiller en hurlant *chaque nuit pour le reste de sa vie* après avoir vu en rêve le sang sortant de la pauvre tête blessée de mon fils ? »

M. Ross lui entoura les épaules de son bras. A la porte, Ralph

Carver recula sa tête comme une tortue rentrant dans sa carapace. David le vit et il aurait pu détester son père pour avoir fait ça. Il ne se souvenait pas si cela avait été le cas ou non. Ce dont il se souvenait, c'était d'avoir regardé le visage calme et pâle de Brian surmonté de son bandage difforme — l'oreille cireuse, l'horrible entaille avec ses lèvres rouges resserrées par des fils noirs, et les yeux. Il se souvenait surtout des yeux. La mère de Brian était là, pleurant et criant, et ces yeux ne changeaient absolument pas.

Mais il est là-dedans, songea soudain David, et cette pensée, comme presque tout ce qui lui était arrivé depuis que sa mère lui avait annoncé l'accident de Brian, ne lui sembla pas venir de lui, mais le *traverser*... comme si son esprit et son corps étaient devenus une sorte de tuyau.

Il est là-dedans, je le sais. Il est toujours là-dedans, comme piégé par un glissement de terrain... ou dans un effondrement de galerie souterraine...

Debbie Ross ne se contrôlait plus du tout. Elle hurlait presque, tremblant dans les bras de son mari dont elle tentait de se libérer. Il la ramena vers les fauteuils rouges, mais il fut incapable de la faire asseoir. L'infirmière entra et la prit par la taille.

« Asseyez-vous, madame Ross. Vous vous sentirez mieux.

— Quel genre de Dieu permet à un homme d'oublier qu'il a tué un petit garçon ? criait la maman de Brian. Un Dieu qui permet à cet homme de boire à nouveau et de recommencer, voilà ! Un Dieu qui aime les ivrognes et déteste les petits garçons ! »

Brian qui regardait de ses yeux absents. Brian qui entendait le sermon de sa mère d'une oreille de cire. Qui ne remarquait rien. Qui n'était pas là. Mais...

Oui, murmura quelque chose. *Oui, il* est. *Il* est. *Quelque part.*

« Mademoiselle, pouvez-vous faire une piqûre à ma femme, s'il vous plaît ? » demandait M. Ross.

Il avait un mal fou à l'empêcher de traverser à nouveau la pièce pour prendre dans ses bras David, son fils, les deux peut-être. Quelque chose en elle s'était libéré. Et c'était quelque chose qui avait beaucoup à dire.

« Je vais chercher le Dr Burgoyne, il est dans le service », dit l'infirmière en ressortant très vite.

Le père de Brian adressa à David un sourire forcé. La sueur coulait sur ses joues et attendait sur son front en une nébuleuse de petites gouttes. Il avait les yeux rouges, et David se dit qu'il avait déjà perdu du poids. Il ne pensait pas qu'une telle chose fût possible, mais c'était l'impression qu'il avait. M. Ross serrait maintenant la taille de sa femme d'un bras tandis que de son autre main il lui tenait l'épaule.

« Il faut que tu partes, maintenant, David, dit M. Ross qui tentait de contrôler sa respiration. Nous ne sommes pas... nous ne sommes pas en très bon état. »

Mais je ne lui ai pas dit au revoir, voulut dire David avant de se rendre compte que ce n'était pas la sueur qui coulait sur les joues de M. Ross, mais des larmes. Cela le mit en mouvement. Ce n'est qu'à la porte, quand il se retourna et vit M. et Mme Ross fondus en une seule personne qui représentait tous les parents, qu'il se rendit compte qu'il n'allait pas tarder à pleurer, lui aussi.

« Est-ce que je peux revenir, monsieur Ross ? demanda-t-il d'une voix brisée et inégale qu'il reconnut à peine. Demain, est-ce que je peux ? »

Mme Ross avait cessé de lutter, et les mains de M. Ross restaient jointes juste sous la poitrine de sa femme, qui avait baissé la tête de telle façon que ses cheveux cachaient son visage. Le tableau qu'ils formaient rappela à David les matches de la Fédération mondiale de lutte que Brian et lui regardaient parfois, parce qu'il arrivait qu'un des lutteurs en tienne un autre de cette façon. *Oh, merde, la momie nous court après !* pensa David sans aucune raison.

« Je ne crois pas, David, répondit M. Ross en secouant la tête.

— Mais...

— Non, je ne crois pas. Tu comprends, les médecins disent qu'il n'y a aucune chance pour que Brian... p-p-pour qu'il... »

Son visage commença à se transformer comme jamais David n'avait vu le faire un visage d'adulte — il semblait se déchirer de l'intérieur. Ce n'est que plus tard, dans les bois de Bear Street, qu'il comprit... presque. Il avait été témoin de ce qui arrivait à quelqu'un qui n'a pas pleuré depuis longtemps — depuis des années, sans doute — et qui finalement ne peut plus se retenir. C'était aussi de cette façon que les digues cédaient.

« Oh, mon fils ! cria M. Ross. *Oh, mon petit garçon ! »*

Il lâcha sa femme et s'adossa au mur entre les deux fauteuils de vinyle rouge. Il y resta appuyé un moment, puis plia les genoux. Il glissa le long du mur jusqu'à ce qu'il se retrouve assis, les mains tendues vers le lit, les joues trempées, une goutte pendant de son nez, les cheveux relevés à l'arrière du crâne, la chemise sortie de la ceinture, le pantalon découvrant le tibia au-dessus des chaussettes. Il resta assis comme ça et pleura en gémissant. Sa femme s'agenouilla près de lui et le prit dans ses bras comme elle put, et c'est alors que le médecin entra, suivi de l'infirmière, et que David sortit discrètement, en larmes mais réussissant à contrôler ses sanglots. Ils étaient dans un hôpital, et certains malades essayaient tout de même de se rétablir.

Son père était aussi pâle que sa mère quand elle lui avait dit, pour Brian, et quand il prit la main de David, sa paume était beaucoup plus froide que celle de son ami.

« Je suis désolé que tu aies dû voir ça », dit son père alors qu'ils attendaient l'ascenseur le plus lent du monde.

David pensa que c'était tout ce qu'il avait trouvé à dire. Sur la route du retour, Ralph Carver avait tenté de parler deux fois, mais y avait renoncé. Il avait allumé la radio et trouvé une chaîne où on passait de vieilles chansons, puis il l'avait baissée pour demander à David s'il voulait un ice cream soda, ou autre chose. David avait secoué la tête, et son père avait remonté le volume de la musique, plus fort qu'avant.

Quand ils étaient arrivés à la maison, David avait dit à son père qu'il avait envie de faire quelques paniers dans la cour. Son père avait dit d'accord, avant d'entrer précipitamment.

David s'arrêta à la fissure dans le revêtement de l'allée qui lui servait de repère pour lancer le ballon de basket et il entendit ses parents dans la cuisine, leur voix s'échappant par la fenêtre ouverte au-dessus de l'évier. Sa mère voulait savoir comment ça s'était passé, comment il avait pris les choses.

« Il y a eu une scène », dit son père, comme si le coma de Brian et sa mort prochaine s'inséraient dans quelque pièce de théâtre.

David se déconnecta de son environnement. Cette impression d'altérité était revenue, le sentiment d'être petit, un élément au lieu d'un tout, l'affaire de quelqu'un d'autre. Il avait alors ressenti très fortement le besoin de se rendre dans les bois de Bear Street, jusqu'à la petite clairière. Un sentier — étroit, mais praticable à bicyclette à condition de se mettre en file indienne — montait à cette clairière. C'était là, dans le Poste de guet vietcong, que les garçons avaient essayé une des cigarettes de Debbie Ross l'année précédente et avaient trouvé cela horrible, là qu'ils avaient feuilleté leur premier exemplaire de *Penthouse* (Brian l'avait trouvé sur le dessus d'une corbeille à papiers à l'arrêt du bus 24, au pied de la colline), là qu'ils avaient tenu leurs plus longues conversations et rêvé leurs plus beaux rêves... surtout qu'ils allaient devenir les rois du collège de West Wentworth quand ils seraient en dernière année. C'était là, dans la clairière qu'on atteignait par la piste Hô Chi Minh, que les garçons avaient le plus profité de leur amitié, et c'était là que David sentait soudain qu'il devait se rendre.

Il avait fait rebondir le ballon avec lequel Brian et lui avaient joué un milliard de parties, il avait une dernière fois plié les genoux et tiré, droit dans le filet. Quand le ballon lui était revenu, il l'avait jeté sur la pelouse. Ses parents étaient toujours dans la cuisine, leurs voix filtrant par la fenêtre ouverte, mais David ne songea même pas à passer la tête pour leur dire où il allait. Ils auraient pu le lui interdire.

Il ne lui vint pas non plus à l'idée de prendre son vélo. Il partit à pied, tête baissée, la fiche bleue d'excuse de l'école sortant toujours de sa poche de chemise, alors qu'il aurait pu s'en débarrasser, puisque les cours étaient finis à cette heure-ci. De gros bus jaunes ramenaient les enfants chez eux. Des nuées de gamins bruyants passaient en courant, agitant leurs cahiers et leurs mallettes de déjeuner. David ne les vit même pas. Il avait l'esprit ailleurs. Plus tard, le pasteur Martin lui parlerait de la « petite voix silencieuse » de Dieu, et David se sentirait en terrain familier, mais sur le moment, il n'avait pas reconnu une voix, ni une pensée, ni même une intuition. L'idée à laquelle son esprit revenait sans cesse était comment, quand on a soif, tout le corps réclame de l'eau, et comment on serait finalement capable de se mettre à plat ventre pour boire dans une flaque en pleine rue, si on n'avait rien d'autre sous la main.

Il arriva à Bear Street, puis bifurqua sur la piste Hô Chi Minh. Il ralentit alors le pas, la tête toujours baissée, si bien qu'il avait l'air d'un savant réfléchissant à quelque problème ardu. La piste Hô Chi Minh n'avait pas été leur propriété exclusive, à Brian et à lui ; des tas d'enfants l'empruntaient en rentrant de l'école, mais aucun ne semblait y être cet après-midi-là, un peu comme si on l'avait dégagée exprès pour lui. A mi-chemin de la clairière, il remarqua un papier de barre chocolatée des Trois Mousquetaires et le ramassa. C'était la seule marque que Brian aimait — il disait les Trois Musqués — et David ne douta pas que c'était Brian qui l'avait abandonné là un jour ou deux avant l'accident. Non pas que Brian ait été habituellement un pollueur, non, dans des circonstances ordinaires, il glissait les papiers dans sa poche. Mais...

Mais peut-être que quelque chose l'avait poussé à le jeter. Quelque chose qui savait que je viendrais après que cette voiture l'aurait heurté et propulsé contre ce mur de brique où il s'est fracassé le crâne, quelque chose qui savait que j'allais le retrouver et me souvenir de lui.

Il se dit que c'était pure folie, absolument cingliaque, mais peut-être que la chose la plus cinglée de toutes était qu'il ne pensait pas vraiment que c'était cingliaque. Ça en aurait tout l'air si on le disait à haute voix, mais dans sa tête, ça semblait parfaitement logique.

Sans réfléchir à ce qu'il faisait, David glissa le papier rouge et argent dans sa bouche et savoura les traces de chocolat qui y étaient restées accrochées. Il le fit les yeux fermés, et sentit de nouvelles larmes sourdre sous ses paupières. Quand il n'y eut plus de chocolat, plus rien d'autre que le goût du papier mouillé, il le recracha et continua son chemin.

En bordure est de la clairière, un chêne étendait deux grosses branches en forme de V à environ sept mètres de hauteur. Les garçons n'avaient pas vraiment osé construire une cabane sur cette fourche accueillante — quelqu'un aurait pu la voir et les contraindre à la détruire — mais ils avaient apporté des planches, des marteaux et des clous un jour d'été, il y avait un an, et ils avaient monté une plate-forme, qui y était toujours. David et Brian savaient que d'autres gamins l'utilisaient parfois (ils avaient trouvé des mégots et des canettes de bière sur les vieilles planches, et même une fois une petite culotte), mais jamais avant le coucher du soleil, semblait-il, et ils trouvaient plutôt flatteuse l'idée que des grands utilisent ce qu'ils avaient construit. Les premières prises qu'il fallait saisir pour grimper étaient assez hautes pour décourager les plus petits.

David monta, les joues mouillées, les yeux gonflés, le goût du chocolat et du papier mouillé dans la bouche, les hoquets de l'accordéon blanc toujours dans les oreilles. Il sentait qu'il trouverait un autre signe de Brian sur la plate-forme, comme le papier des Trois Musqués sur le chemin, mais il n'y avait rien. Juste le panneau cloué au tronc, celui qui disait POSTE DE GUET VIETCONG, qu'ils avaient placé quelques semaines après avoir terminé la plate-forme. L'idée de ce nom (comme celui qu'ils avaient donné au sentier) venait d'un vieux film avec Arnold Schwarzenegger dont David avait oublié le titre. Il s'attendait toujours, en montant, à découvrir que les grands avaient retiré le panneau, ou bombé dessus quelque chose du genre FAIS-MOI UNE PIPE, mais personne ne l'avait jamais fait. Il se disait qu'ils devaient bien l'aimer, eux aussi.

La brise traversait les arbres, rafraîchissant ses joues brûlantes. N'importe quel autre jour, Brian aurait partagé cette brise avec lui. Ils auraient agité les jambes dans le vide en parlant, en riant. David se remit à pleurer.

Pourquoi suis-je ici ?

Pas de réponse.

Pourquoi suis-je venu ? Est-ce que quelque chose m'a fait venir ?

Pas de réponse.

Il y a quelqu'un ? Je vous en prie, répondez !

Pas de réponse pendant longtemps... et puis une réponse *vint,* et David ne pensa pas qu'il se parlait seulement à lui-même dans sa propre tête, qu'il se racontait des histoires pour se rassurer. Comme lorsqu'il s'était tenu près de Brian, la pensée qui lui vint n'était pas la sienne.

Oui, avait dit cette voix. *Je suis là.*

Qui êtes-vous ?

Qui je suis, dit la voix avant de se taire comme si cela expliquait tout.

David croisa les jambes et s'assit en tailleur au milieu de la plate-forme. Il ferma les yeux. Il recouvrit ses genoux de ses paumes et ouvrit son esprit autant qu'il put. Il n'avait aucune idée de ce qu'il pourrait faire d'autre. Il attendit de cette façon pendant un temps indéterminé, entendant les voix lointaines des enfants qui rentraient chez eux, conscient de formes rouges et noires à l'intérieur de ses paupières quand la brise agitait les branches au-dessus de lui et que des rayons de soleil passaient sur son visage.

Dis-moi ce que tu veux, demanda-t-il à la voix.

Pas de réponse. La voix ne semblait pas vouloir quoi que ce soit.

Alors, dis-moi quoi faire.

Pas de réponse.

Loin, très loin, il entendit le sifflet retentir à la caserne des pompiers sur Columbus. Il était cinq heures. Il était assis, là-haut sur sa plate-forme, les yeux clos, depuis au moins une heure, plutôt deux probablement. Sa mère et son père avaient dû remarquer qu'il n'était plus dans la cour, ils avaient dû voir le ballon dans l'herbe. Ils devaient être inquiets. Il les aimait et ne voulait pas les inquiéter — à un certain niveau il comprenait que la mort imminente de Brian les frappait aussi durement que lui — mais il ne pouvait pas encore rentrer. Parce qu'il n'avait pas encore *fini.*

Tu veux que je prie ? demanda-t-il à la voix. *Je vais essayer, si tu veux, mais je ne sais pas comment — on ne va pas à l'église, et...*

La voix l'interrompit, ni fâchée, ni amusée, ni impatiente, ni *rien* — impossible de la qualifier.

Tu pries déjà, dit-elle. *Oh, merde, la momie nous court après ! Il faut marcher plus vite.*

Je ne sais pas ce que cela veut dire.

Mais si.

Non, je ne sais pas !

« Oui, je sais, gémit-il presque. Oui, je sais, ça veut dire : demande ce qu'aucun d'eux n'a osé demander, prie pour ce qu'aucun d'eux n'ose évoquer dans ses prières, c'est ça ? »

Aucune réponse de la voix.

David ouvrit les yeux et l'après-midi le bombarda de la lumière du couchant, la lueur rouge et or d'octobre. Ses jambes étaient engourdies, et il avait l'impression de s'éveiller d'un sommeil profond. La beauté sans affectation du crépuscule le stupéfia, et pendant un moment, il eut conscience de faire partie d'un tout — d'être une cellule sur la peau vivante du monde. Il leva les mains de ses genoux, les retourna et les leva.

« Qu'il aille mieux, dit-il. Dieu, fais qu'il guérisse. Si tu le fais, je ferai quelque chose pour toi. J'écouterai ce que tu veux et ensuite je le ferai. Je le promets. »

Il ne ferma pas les yeux mais écouta attentivement, attendant de voir si la voix avait autre chose à dire. Au début, il sembla que non. Il baissa les mains et tenta de se lever, grimaça sous l'assaut de milliers d'aiguilles lui piquetant les jambes et les talons. Il rit même un peu. Il se retint à une branche, et à cet instant, la voix lui reparla. David écouta, la tête inclinée, se tenant toujours à la branche, sentant toujours des fourmillements dans ses membres. Puis il hocha la tête. Ils avaient planté trois clous dans le tronc de l'arbre pour tenir leur pancarte disant POSTE DE GUET VIETCONG. Depuis, le bois s'était rétracté, et les têtes des clous rouillés ressortaient un peu. David prit dans sa poche le papier bleu de l'école et l'accrocha à un des clous. Cela fait, il remua les jambes jusqu'à ce que ses picotements diminuent et descendit de l'arbre.

Il rentra chez lui. Il n'était pas encore dans l'allée menant à la maison que ses parents bondissaient déjà hors de la cuisine. Ellen Carver s'arrêta sur le seuil, les mains en visière, alors que Ralph courait presque dans l'allée à sa rencontre. Il le prit par les épaules.

« Où étais-tu ? Où diable étais-tu, David ?

— Je suis allé me promener. Dans les bois de Bear Street. Je pensais à Brian.

— Mais tu nous as fait une peur bleue ! » dit sa mère.

Kirsten la rejoignit sur le seuil. Elle mangeait un bol de compote et tenait sous le bras sa poupée préférée, Melissa Chérie.

« Même Kirstie était inquiète, n'est-ce pas, chérie ?

— Non, répondit la Puce en continuant de manger.

— Est-ce que tu vas bien ? demanda son père.

— Oui.

— Tu es sûr ?

— Oui. »

Il entra dans la maison, tirant une des nattes de sa sœur au passage. Kirstie fronça le nez, puis lui sourit.

« Le dîner t'attend. Va te laver les mains », dit sa mère.

Le téléphone se mit à sonner. Elle alla décrocher, puis tendit le combiné à David qui se dirigeait vers la salle de bains pour se nettoyer les mains ; elles étaient joliment sales — pleines de terre, de sève et de mousse. Il se retourna et vit sa mère qui tenait le téléphone d'une main tandis que, de l'autre, elle triturait son tablier. Elle voulut parler, mais d'abord, aucun son ne sortit de ses lèvres qui remuaient. Elle avala sa salive et essaya de nouveau.

« C'est Debbie Ross qui veut te parler. Elle pleure. Je pense que ça doit être terminé. Pour l'amour de Dieu, sois gentil avec elle. »

David traversa la pièce et prit le combiné. Ce sentiment d'altérité l'avait à nouveau envahi. Il était certain que sa mère avait au moins en partie raison. *Quelque chose* était terminé.

« Allô ? dit-il. Madame Ross ? »

Elle pleurait si fort qu'au début elle ne put parler. Elle essaya, mais rien d'articulé ne sortit de ses sanglots. Il entendit près d'elle

M. Ross qui disait : « Laisse-moi le faire », et Mme Ross répondit : « Non, ça va. » Il y eut comme le son d'un klaxon dans l'oreille de David — un peu comme le cri d'une oie affamée — puis elle dit :

« Brian est réveillé.

— Vraiment ? » dit David.

Ce qu'elle venait de dire le rendait plus heureux qu'il ne l'avait jamais été de sa vie... et pourtant, il n'était pas du tout surpris.

Est-ce qu'il est mort ? articula silencieusement Ellen près de lui tout en continuant à triturer son tablier.

« Non », répondit David, la main sur le micro pour que seuls sa mère et son père l'entendent.

C'était sans problème, il avait le temps, Debbie Ross sanglotait à nouveau. Il se dit qu'elle sangloterait chaque fois qu'elle devrait annoncer la nouvelle, du moins pendant un temps. Elle ne parviendrait pas à s'en empêcher, parce que dans son cœur elle avait renoncé à lui.

Est-ce qu'il est mort ? articula de nouveau Ellen.

« *Non !* lui dit David un peu irrité, comme si elle était sourde. Pas mort, vivant. Elle dit qu'il s'est réveillé. »

Son père et sa mère restèrent la bouche ouverte comme des poissons dans un aquarium. La Puce passa, son bol toujours à la main, le visage baissé vers celui de sa poupée dans le creux de son bras.

« Je t'avais dit que ça arriverait, dit-elle à Melissa Chérie d'une voix impérieuse du style on-ne-discute-plus. Est-ce que je ne te l'avais pas dit ?

— Réveillé, articula enfin la mère de David d'une voix altérée. *Vivant.*

— David, es-tu toujours là ? demanda Mme Ross.

— Oui, dit-il. Je suis là.

— Environ vingt minutes après ton départ, les lignes sur l'écran de l'électro-encéphalogramme ont commencé à onduler. C'est moi qui l'ai vu la première — Mark était à la cafétéria pour nous chercher à boire — et j'ai appelé les infirmières. Elles ne m'ont pas crue ! dit-elle en riant à travers ses larmes. Bien sûr, qui aurait pu le croire ? Quand j'ai finalement obtenu que quelqu'un vienne voir, on a appelé le service de maintenance, plutôt qu'un médecin, ça te montre à quel point ils étaient certains que ça ne pouvait pas arriver ! Ils ont *remplacé le moniteur !* As-tu jamais rien entendu de plus incroyable ?

— Oui, c'est fou. »

Ses parents lui parlaient tous les deux silencieusement, maintenant, son père utilisant également ses mains pour se faire comprendre. David lui trouva l'air d'un fou dans un asile qui se prend pour un candidat à un jeu télévisé. Il eut envie de rire. Mais il ne voulait pas tant qu'il était au téléphone, Mme Ross ne comprendrait pas. Alors il se retourna face au mur.

« Ce n'est que lorsque nous avons vu les mêmes grandes ondulations sur le nouveau moniteur — plus fortes encore ! — qu'une des infirmières a appelé le Dr Waslewski. C'est le neurologue. Avant qu'il arrive, Brian a ouvert les yeux et nous a regardés. Il m'a demandé si j'avais nourri le poisson rouge. J'ai dit que oui, que le poisson rouge allait bien. Je n'ai pas pleuré, ni rien. J'étais trop stupéfaite pour pleurer. Et puis le Dr Waslewski est arrivé. Brian avait à nouveau l'air d'être dans le coma, et je l'ai vu adresser à l'infirmière un coup d'œil qui voulait dire “ Pourquoi m'avez-vous dérangé ? ”, tu sais ?

— Bien sûr.

— Mais quand le docteur a frappé dans ses mains près de son oreille, Brian a rouvert les yeux tout de suite. Tu aurais dû voir la tête du vieux Polonais, David ! dit-elle en éclatant d'un rire grinçant de folle. Et puis... et puis Brian a chuchoté qu'il avait soif, et il a demandé s-s'il pouvait avoir d-d-de l'eau. »

Elle s'effondra totalement, sanglotant si fort dans son oreille que David eut presque mal. Puis le son s'estompa.

« David ? demanda le père de Brian d'une voix pas très assurée non plus mais sans pleurer, ce qui le soulagea. Tu es toujours là ?

— Bien sûr.

— Brian ne se souvient pas de l'accident, il ne se souvient de *rien* de ce qui s'est passé depuis la veille au soir quand il a fait ses devoirs, mais il se souvient de son nom, de son adresse, de *nos* noms. Il sait qui est le Président, et il peut faire des opérations mathématiques simples. Le Dr Waslewski dit qu'il avait déjà entendu parler de cas semblables, mais que jamais il n'en avait vu un seul. Il a qualifié ça de “ miracle clinique ”. Je ne sais pas si cela veut vraiment dire quelque chose, ou si c'est une phrase qu'il a toujours rêvé de prononcer, mais je m'en moque. Je voulais seulement te remercier, David. Et Debbie aussi. Du fond de nos cœurs.

— Moi ? demanda David, qui tentait de résister à une main bien décidée à le faire se retourner. De quoi voulez-vous me remercier ?

— De nous avoir ramené Brian. Tu lui as parlé et les lignes ont commencé à onduler juste après ton départ. Il t'a entendu, David. Il t'a entendu, et il est revenu.

— Ce n'était pas moi. »

David se retourna. Ses parents étaient tous les deux penchés sur lui, leur visage fou d'espoir, de stupéfaction, de confusion. Sa mère pleurait. Que de larmes en une seule journée ! Seule la Puce, qui d'ordinaire pleurnichait au moins six heures sur vingt-quatre, semblait en possession de ses moyens.

« Je sais ce que je sais, dit M. Ross. Je sais ce que j'ai vu, David. »

Il devait parler à ses parents avant qu'ils ne mettent le feu à sa chemise par pyrokinésie... mais avant, il fallait qu'il demande une chose.

« A quelle heure est-ce qu'il s'est réveillé et vous a parlé du poisson rouge ? Combien de temps après que les impulsions de son cerveau ont été visibles sur l'écran ?

— Eh bien, ils ont changé le moniteur... elle te l'a dit... et puis... je ne sais pas... Si, je sais. Je me souviens d'avoir entendu le sifflet de la caserne des pompiers sur Columbus juste avant que ça arrive. Il devait être un peu plus de cinq heures. »

David hocha la tête. Il n'était pas surpris. C'est à cette heure que la voix dans sa tête lui avait dit *Tu pries déjà.*

« Est-ce que je peux venir le voir demain ?

— David, s'était exclamé M. Ross en riant, tu peux venir le voir à minuit, si tu veux. Pourquoi pas ? Le Dr Waslewski dit qu'il faut qu'on continue à le stimuler, de toute façon, en lui posant des questions stupides. Je sais de quoi il a peur — que Brian retombe dans le coma — mais je ne crois pas que cela va arriver, et toi ?

— Non, dit David. Au revoir, monsieur Ross. »

Il avait raccroché et ses parents lui avaient sauté dessus. Ils voulaient savoir. *Comment c'est arrivé ? Que s'est-il passé ? Quel rapport avec* toi *?*

David ressentit alors le besoin — un besoin d'une puissance

incroyable — de baisser les yeux modestement et de dire : *Eh bien, il s'est réveillé, c'est tout ce que je sais. Sauf... eh bien...* Il marquerait une pause montrant sa réticence, et ajouterait : *M. et Mme Ross pensent qu'il a peut-être entendu ma voix et qu'il y a répondu, mais vous savez combien ils étaient bouleversés.* Il n'en faudrait pas plus pour faire naître une légende. Une partie de lui le savait. Et le voulait. Le voulait vraiment.

Ce n'est pas la curieuse voix intérieure-extérieure qui l'arrêta mais une pensée bien à lui, une pensée plus intuitive que mentale. *Si tu récoltes les lauriers, ça s'arrête là.*

Qu'est-ce qui s'arrête ?

Tout ce qui compte, répondit la voix de l'intuition. *Tout ce qui compte.*

« David, allez ! insistait son père en lui secouant l'épaule. Nous *mourons* d'impatience.

— Brian est réveillé, dit-il en choisissant soigneusement ses mots. Il peut parler, il se souvient de certaines choses. Le spécialiste du cerveau dit que c'est un miracle. M. et Mme Ross pensent que j'ai quelque chose à voir avec ça, qu'il m'a entendu lui parler et qu'il est revenu, mais ce n'est pas le cas. Je lui tenais la main et il n'était pas là. Jamais de ma vie je n'avais vu une personne aussi peu là. Je ne sais pas ce qui est arrivé, et je m'en moque. Il est réveillé, et c'est tout ce qui compte pour moi.

— Et c'est tout ce dont tu as *besoin* de te soucier, mon chéri, dit sa mère en le serrant dans ses bras.

— J'ai faim, dit-il. Qu'est-ce qu'on mange ? »

3

Maintenant, il était suspendu dans le noir, aveugle mais pas sourd, écoutant la voix que le pasteur Gene Martin appelait la petite voix silencieuse de Dieu. Le pasteur Martin avait écouté attentivement l'histoire de David, pas une seule fois mais à de nombreuses reprises ces dix derniers mois, et il semblait particulièrement heureux de la façon dont David racontait ses impressions pendant la conversation qu'il avait eue avec ses parents après avoir parlé avec M. Ross.

« Tu avais parfaitement raison, dit le pasteur Martin. Ce n'était *pas* une autre voix que tu as entendue à la fin, surtout pas la voix de Dieu... sauf dans le sens où Dieu nous parle toujours à travers notre conscience. On croit généralement, David, que la conscience n'est qu'une sorte de censeur, un lieu où sont engrangées les sanctions sociales, mais en fait c'est en soi une sorte d'étranger, qui nous guide souvent vers les bonnes solutions, même dans des situations qui dépassent de loin notre compréhension. Tu me suis ?

— Je crois.

— Tu ne savais pas *pourquoi* il était mal de recueillir les lauriers de la guérison de ton ami, mais tu n'en avais pas besoin. Satan t'a tenté comme il a tenté Moïse, mais toi, tu as fait ce que Moïse n'a pas fait, ou n'a pas pu faire : d'abord tu as compris, et puis tu as résisté.

— Et Moïse ? Qu'est-ce qu'il a fait ? »

Le pasteur Martin lui avait alors raconté comment, quand les Israélites qu'il avait guidés hors d'Égypte eurent soif, Moïse frappa un rocher avec le bâton d'Aaron et en fit jaillir l'eau. Et quand les Israélites lui demandèrent à qui ils devaient adresser leurs remerciements, il répondit que c'était à lui. Le pasteur avait pris une gorgée de thé dans une tasse qui portait l'inscription HEUREUX, JOYEUX ET LIBRE, sauf que le contenu de la tasse ne sentait pas vraiment le thé. De l'avis de David, ça sentait plutôt comme le whisky que son père prenait parfois en regardant les dernières nouvelles du soir.

« Un tout petit faux pas dans une longue vie besogneuse au service du Seigneur, avait dit le pasteur Martin d'un ton enjoué, mais Dieu lui interdit l'entrée de la Terre promise à cause de ça. C'est Aaron qui a conduit son peuple par-delà le fleuve — toute cette vilaine troupe d'ingrats. Moïse s'est probablement trouvé très isolé. »

Cette conversation avait eu lieu un après-midi de juin. A cette époque, tous deux se connaissaient assez bien pour être à l'aise ensemble. David avait pris l'habitude d'aller à l'église le matin, puis de se rendre au presbytère du pasteur méthodiste le dimanche après-midi et de parler avec lui pendant une heure dans son bureau. David attendait ces rencontres avec impatience, et Gene Martin aussi. Il était extrêmement intéressé par cet enfant, qui par moments semblait un petit garçon ordinaire et tout à coup montrait une maturité exceptionnelle. Et ce n'était pas tout : il pensait que David Carver avait été touché par Dieu, et que la main de Dieu était toujours sur lui.

Il était fasciné par l'histoire de Brian Ross, et par la façon dont ce qui était arrivé à Brian avait poussé David, parfait illettré religieux de cette fin du xxe siècle, à chercher des réponses... à chercher Dieu. Il avait dit à sa femme que David était le seul converti honnête qu'il eût jamais vu, et que ce qui était arrivé à l'ami de David était le seul miracle moderne dont il eût entendu parler et auquel il pût croire. Brian s'était remis parfaitement, à part une légère claudication, et les médecins avaient même dit qu'elle pourrait disparaître d'ici quelques mois.

« Merveilleux, avait répondu Stella Martin. Ce sera un grand réconfort pour le bébé et moi si notre jeune ami raconte de drôles de choses sur son instruction religieuse et si tu finis au tribunal, accusé d'attentat à la pudeur sur la personne d'un mineur. Il faut que tu sois très prudent, Gene — et tu es fou de boire en sa présence.

— Je ne bois pas en sa présence, répondit le pasteur, soudain très attiré par un spectacle quelconque de l'autre côté de la fenêtre pour ne pas avoir à regarder sa femme. Comme pour tout le monde, le Seigneur est mon berger. »

Il continua à voir David le dimanche après-midi. Il n'avait pas encore trente ans et découvrait le plaisir d'écrire sur une feuille parfaitement blanche. Il ne cessa pas de verser du Seagram dans son thé, une tradition dominicale à laquelle il ne voulait pas renoncer, mais il laissa la porte du bureau ouverte chaque fois que David et lui s'y trouvaient ensemble. La télévision était toujours allumée pendant leurs conversations, sans le son et sur des chaînes retransmettant les compétitions sportives — du football la première fois, puis du basket-ball, et du base-ball.

C'est au cours d'un de ces matches de base-ball sans le son entre les Indians et les Angels que David réfléchit à l'histoire de Moïse et de l'eau jaillissant du rocher. Au bout d'un moment il quitta l'écran de télévision des yeux et dit :

« Dieu n'est pas très indulgent, n'est-ce pas ?

— Si, en fait il l'*est.* Il le faut bien, parce qu'il est tellement exigeant.

— Mais il est cruel, aussi — non ?

— Oui, Dieu est cruel. J'ai du maïs, David, tu veux qu'on fasse du pop-corn ? »

Maintenant, il était suspendu dans le noir, écoutant le Dieu cruel du pasteur Martin, celui qui avait refusé à Moïse l'entrée dans la Terre de Goshen parce qu'une fois Moïse avait pris l'œuvre de Dieu à son propre compte, celui qui l'avait utilisé d'une certaine façon pour sauver Brian Ross, celui qui avait ensuite tué sa gentille petite sœur et placé le reste de la famille entre les mains d'un géant fou qui avait les yeux vides d'un homme dans le coma.

Il y avait d'autres voix, dans ce lieu sombre où il allait quand il priait ; il les entendait fréquemment quand il y était — lointaines en général, comme les voix parasites qu'on entend en arrière-fond au téléphone, mais parfois plus claires. Aujourd'hui, l'une d'elles était parfaitement claire :

Si tu veux prier, prie-moi. Pourquoi prierais-tu un Dieu qui tue les petites sœurs ? Jamais plus tu ne riras en la trouvant tellement drôle, jamais plus tu ne la chatouilleras jusqu'à ce qu'elle piaille, jamais plus tu ne lui tireras les nattes. Elle est morte et tes parents et toi êtes en prison. Quand il reviendra, le flic fou, il vous tuera probablement tous les trois. Et les autres aussi. C'est ce que ton Dieu a fait et, honnêtement, que peux-tu attendre d'un Dieu qui tue les petites sœurs ? Il est aussi fou que le flic, si tu y réfléchis bien. Et pourtant tu t'agenouilles devant lui. Allons, David, saisis ta chance, reprends pied. Prie-moi. Moi, au moins, je ne suis pas fou.

Il n'était pas ébranlé par la voix — pas vraiment, en tout cas. Il l'avait déjà entendue. La première fois, elle était comme enveloppée dans sa puissante envie de donner à ses parents l'impression qu'il avait ramené Brian des profondeurs de son coma. Il l'entendait plus clairement, plus *personnellement* pendant ses prières quotidiennes, et cela l'avait troublé, mais quand il en avait parlé au pasteur Martin, quand il lui avait raconté comment cette voix intervenait constamment, comme si elle se trouvait sur un autre poste téléphonique, le pasteur Martin s'était contenté de rire.

« Comme Dieu, Satan nous parle plus clairement lors de nos prières et pendant que nous méditons. C'est à ces moments que nous sommes le plus ouverts, le plus réceptifs, le mieux en contact avec notre *pneuma.*

— *Pneuma* ? Qu'est-ce que c'est ?

— L'esprit. Ce qui en toi tend à accomplir le potentiel que Dieu t'a donné et à atteindre l'éternité. Ce que Dieu et Satan se disputent. »

Il lui avait enseigné quelques mantras à utiliser en de telles circonstances, et David en fit usage. *Vois en moi, sois en moi,* pensa-t-il encore et encore. Il attendait que la voix de l'autre faiblisse, mais il avait aussi besoin de surmonter la douleur. Elle ne cessait de revenir comme une crampe. Penser à ce qui était arrivé à la Puce lui faisait si *profondément* mal. Et, oui, il en *voulait* à Dieu d'avoir laissé le flic fou la pousser dans l'escalier. Il lui en voulait — non, il le *haïssait.* Assis sur son rocher stérile tandis qu'Aaron conduisait les autres par-delà le fleuve dans le pays du lait et du miel, Moïse avait-il haï Dieu ? Ou bien, comme l'avait laissé entendre le pasteur Martin, était-il seulement content de les voir s'éloigner, de ne plus avoir ses nuits éclairées par les si gênants piliers de feu ?

Vois en moi, Seigneur. Sois en moi, Seigneur. Vois en moi, sois en moi.

La voix de Satan (si c'était bien la sienne — David ne pouvait l'affirmer) s'estompa, et pendant un moment, il n'y eut plus que l'obscurité.

Dis-moi quoi faire, Seigneur. Dis-moi ce que tu veux. Et si c'est ta volonté que nous mourions ici, aide-moi à ne pas perdre du temps avec la colère, ou la peur, ou les interrogations.

Au loin un coyote hurla. Puis plus rien.

Il attendit, essayant de rester ouvert. Toujours rien. Il finit par abandonner et prononça les mots que le pasteur Martin lui avait appris pour terminer la prière, les murmurant dans ses mains jointes :

« Seigneur, apprends-moi à m'aider moi-même et aide-moi à me rappeler que tant que je ne m'aiderai pas moi-même, je ne saurai être utile aux autres. Aide-moi à ne pas oublier que tu es mon créateur. Je suis ce que tu m'as fait — parfois le pouce de ta main, parfois la langue dans ta bouche. Fais de moi un vaisseau qui soit entièrement à ton service. Merci. Amen. »

Il ouvrit les yeux. Comme toujours, il regarda d'abord l'obscurité au centre de ses mains jointes, et comme toujours, la première chose que cela lui rappela fut un œil — un trou comme un œil. Mais l'œil de qui ? De Dieu ? Du diable ? Seulement le sien ?

Il se leva, se retourna lentement et regarda ses parents. Ils le regardaient aussi : Ellen stupéfaite, Ralph grave.

« Enfin, Dieu soit loué... Est-ce que tu priais vraiment ? lui demanda-t-elle comme il se taisait. Tu es resté à genoux presque une demi-heure, et j'ai pensé que tu avais dû t'endormir. Est-ce que tu *priais* ?

— Oui.

— Tu fais ça tout le temps, ou est-ce une occasion spéciale ?

— Je le fais trois fois par jour. Le matin, le soir et une fois entre les deux. Entre les deux, c'est pour remercier pour les bonnes choses qui m'arrivent et demander de l'aide pour ce que je ne comprends pas... Il y a toujours plein de choses que je ne comprends pas, ajouta David avec un petit rire nerveux.

— Ça t'est venu récemment, ou le fais-tu depuis que tu as commencé à te rendre dans cette église ? »

Elle le regardait toujours avec une perplexité qui mettait David mal à l'aise. A cause de son œil au beurre noir — le flic lui avait fait un sacré coquard ! — mais pas seulement, pas essentiellement à cause de ça. Elle le regardait comme si elle ne l'avait encore jamais vu.

« Il le fait depuis l'accident de Brian », dit Ralph.

Il leva une main et toucha l'enflure au-dessus de son œil gauche, grimaça et laissa retomber sa main. Il regardait David à travers les barreaux, aussi gêné que son fils.

« Je suis monté te dire bonsoir une fois — quelques jours après le retour de Brian chez lui — et je t'ai vu à genoux au pied de ton lit. Au début, j'ai cru que peut-être... enfin, je ne sais pas, que tu faisais autre chose... et puis j'ai entendu en partie ce que tu disais, et j'ai compris. »

David sourit et se sentit rougir. C'était plutôt absurde, dans ces circonstances, mais enfin...

« Je parle dans ma tête, maintenant. Je ne bouge même plus les lèvres. Des copains m'ont entendu marmonner tout seul un jour en étude, et ils ont pensé que je devenais gâteux.

— Peut-être qu'*il* te comprend, mais pas moi, dit Ellen.

— Je parle à Dieu. »

C'était embarrassant, mais peut-être que s'il le disait franchement tout d'un coup, il n'aurait pas à le répéter.

« C'est ça, la prière, c'est parler à Dieu. Au début on a l'impression de se parler à soi-même, mais après, ça change.

— Est-ce une chose que tu sais par toi-même, David ? Ou bien est-ce une chose que t'a dite ton nouveau copain du dimanche ?

— Quelque chose que je sais par moi-même.

— Et est-ce que Dieu te répond ?

— Il arrive que je croie l'entendre, dit David en plongeant la main dans sa poche pour toucher la cartouche du bout des doigts. Et une fois, je sais que c'était lui. Je lui ai demandé de guérir Brian. Quand papa m'a emmené à l'hôpital, après je suis allé dans les bois de Bear Street, et je suis monté sur la plate-forme que Brian et moi avons construite dans un arbre, et j'ai demandé à Dieu de le guérir. J'ai dit que s'il le faisait, je lui donnerais une reconnaissance de dette. Tu sais ce que c'est ?

— Oui, David, je sais ce qu'est une reconnaissance de dette ! Et il a demandé le remboursement, ton Dieu ?

— Pas encore. Mais quand je me suis levé pour redescendre de l'arbre, Dieu m'a dit de laisser mon autorisation de sortie à un clou qui sortait de l'écorce, là-haut. C'était comme s'il voulait que je la rapporte, mais à lui au lieu de Mme Hardy, au secrétariat. Et autre chose. Il voulait que j'en apprenne autant que je pourrais sur lui — ce qu'il est, ce qu'il veut, ce qu'il fait, et ce qu'il ne veut pas faire. Je n'ai pas entendu ça avec des mots, mais j'ai entendu le nom de l'homme auprès duquel je devais aller : le pasteur Martin. C'est pour ça que je suis allé à l'église méthodiste. Je ne crois pas que la marque de fabrique compte beaucoup pour Dieu. Il m'a juste dit d'aller à l'église pour mon cœur et mon âme, et d'aller voir le pasteur Martin pour mon esprit. Au début, je ne savais même pas qui était le pasteur Martin.

— Mais si ! protesta Ellen Carver de la voix douce et apaisante de quelqu'un qui vient de comprendre que son interlocuteur souffre de troubles mentaux. Gene Martin est venu chez nous deux ou trois ans d'affilée pour collecter des fonds pour l'aide humanitaire en Afrique.

— C'est vrai ? Je ne l'ai pas vu. J'étais peut-être à l'école.

— Mais non, affirma sa mère. Il venait aux environs de Noël, alors tu ne pouvais être à l'école. Maintenant écoute-moi, David.

Très attentivement. Quand l'accident de Brian est arrivé, il est possible... Eh bien, je ne sais pas... que tu aies eu besoin d'une aide extérieure. Alors ton subconscient t'a fourni le seul nom qu'il connaissait. Le Dieu que tu as entendu dans tes moments de peine n'était que ton subconscient à la recherche de réponses. Je n'approuvais déjà pas sa lecture obsessionnelle de la Bible, dit-elle en se tournant vers Ralph, mais *ça*... Pourquoi ne m'as-tu pas parlé de cette histoire de prière ?

— Parce que ça m'a semblé trop intime, dit-il avec un haussement d'épaules et sans croiser son regard. Et cela ne faisait de mal à personne.

— Oh, non, la prière, c'est formidable ! Sans elle, jamais l'écartèlement ni les bûchers n'auraient été inventés. »

Elle parlait d'une voix que David avait déjà entendue, une voix nerveuse, autoritaire, que sa mère adoptait quand elle luttait pour ne pas s'effondrer. C'était la même que lorsque Brian était à l'hôpital. Elle avait parlé comme ça pendant plus d'une semaine, même après que Brian se fut rétabli.

Le père de David se détourna d'elle, les mains dans les poches, le regard fixé par terre. Cela sembla la rendre plus furieuse que jamais. Elle se retourna vers David, la bouche tremblante, les yeux luisants de larmes.

« Et quel genre de marché a-t-il fait avec toi, ce Dieu merveilleux ? Est-ce que ça ressemble à un échange de cartes de base-ball avec un de tes copains ? Est-ce qu'il t'a dit " Hé, je t'échange Brian Ross 1984 contre Kirstie Carver 1988 " ? C'était ça ? Ou plutôt...

— Madame, c'est votre enfant et je ne veux pas m'interposer entre vous, mais pourquoi ne laissez-vous pas tomber ? Je crois que vous avez perdu votre petite fille ; j'ai perdu mon mari. Nous avons tous eu une mauvaise journée. »

C'était la femme qui avait tiré sur le flic. Elle était assise au bout de son lit de camp. Ses cheveux noirs lui collaient aux joues comme des ailes désarticulées, mais elles ne cachaient pas son visage ; elle avait l'air en état de choc, brisée et fatiguée. Surtout fatiguée. David ne se souvenait pas avoir jamais vu des yeux aussi las.

Il crut un moment que sa mère allait retourner sa rage contre la femme aux cheveux noirs. Cela ne l'aurait pas surpris ; il arrivait qu'elle explose comme une véritable bombe avec de parfaits étrangers. Il se souvenait d'une fois, il avait environ six ans, où elle avait pratiquement pulvérisé un candidat aux élections qui faisait campagne devant le supermarché de leur quartier. Le type avait commis l'erreur tactique d'essayer de lui donner une brochure alors qu'elle avait les bras chargés de courses et qu'elle était en retard à un rendez-vous. Elle s'était retournée vers lui comme un fauve, lui avait demandé pour qui il se prenait, quelles étaient ses convictions, quelle était sa position concernant le déficit commercial, s'il avait jamais fumé du hasch et s'il soutenait les droits des femmes. Sur ce dernier point, le type s'était montré enthousiaste : oui, il soutenait les droits des femmes, avait-il fièrement répondu à Ellen Carver. « Bien, formidable, parce que je revendique le droit de vous dire de DÉGAGER IMMÉDIATEMENT ET DE DISPARAÎTRE DE MON CHEMIN ! » s'était-elle écriée. Et le pauvre type s'était enfui à toutes jambes. David l'avait compris. Mais quelque chose dans le visage de la femme aux cheveux noirs (*Mary, elle s'appelle Mary,* se dit David) fit changer sa mère d'avis — pour autant qu'elle ait eu l'intention de la pulvériser.

Elle reporta son regard sur son fils.

« Alors... Un mot du grand D sur la façon dont nous sommes censés sortir d'ici ? Tu es resté assez longtemps à genoux, tu dois avoir reçu un message, quel qu'il soit !

— Arrête de le torturer ! rugit Ralph. Arrête ! Est-ce que tu crois être la seule à souffrir ? »

Elle lui adressa un regard dangereusement méprisant, puis reporta ses yeux sur David.

« Alors ?

— Non, pas de message.

— Quelqu'un arrive », intervint Mary.

Il y avait une fenêtre derrière son lit de camp. Elle monta sur le lit et essaya de voir dehors.

« Merde ! Des barreaux et une vitre cathédrale avec du fil de fer dedans ! Mais je l'entends. »

David l'entendit aussi. Un moteur approchait. Le son enfla soudain, tonitruant, accompagné d'un crissement de pneus. Il se tourna vers le vieil homme. Celui-ci haussa les épaules et leva les mains, paumes vers le ciel.

David entendit ce qui pouvait être un cri de douleur, puis un autre. Humain, cette fois. Il aurait préféré croire que c'était le rugissement du vent dans une gouttière, mais non, c'était un cri humain.

« Nom de..., dit Ralph. Quelqu'un qui hurle à la mort ! C'est le flic, vous croyez ?

— Seigneur, je l'espère ! s'écria farouchement Mary, toujours debout sur son lit, s'efforçant de percer le mystère de la fenêtre inutile. J'espère que quelqu'un est en train d'arracher les poumons de la poitrine de ce fils de salaud ! »

Elle les regarda à tour de rôle. Ses yeux étaient toujours las, mais maintenant ils brillaient aussi d'excitation.

« C'est peut-être de l'aide. Y avez-vous pensé ? Ce pourrait être de l'aide ! »

Le moteur — pas très proche, mais pas très éloigné non plus — rugit à nouveau. Les pneus crissèrent, crissèrent comme dans les films et à la télévision, mais presque jamais dans la vie. Puis il y eut un bruit d'écrasement. Du bois, du métal, les deux peut-être. Un bref coup de klaxon, comme si quelqu'un avait touché l'avertisseur par inadvertance. Un hurlement de coyote s'éleva, modulé, cristallin. Puis un autre, et un autre encore. Les coyotes semblaient se moquer de l'idée de la femme aux cheveux noirs. Maintenant le moteur approchait, ronronnant calmement, presque comme à l'arrêt.

L'homme aux cheveux blancs était assis au pied de son lit de camp, les mains serrées l'une contre l'autre entre ses cuisses. Sans lever les yeux de ses mains, il dit d'une voix aussi craquelée et poussiéreuse que les lacs salés asséchés, au nord et à l'ouest d'ici :

« Pas la peine d'espérer. C'est que lui. Je reconnais le bruit de son moteur.

— Je refuse de le croire, déclara Ellen Carver.

— Refusez tant que vous voulez. Ça change rien. Je faisais partie de la commission qu'a voté l'achat d'une nouvelle voiture pour la ville. Juste avant que se termine mon mandat et que j'arrête la politique, c'était. Je suis allé à Carson City en novembre, avec Collie et Dick, et on l'a achetée à une vente aux enchères. Cette voiture-là. J'ai mis la tête sous le capot avant qu'on surenchérisse, et je l'ai ramenée ici. J'ai fait du cent comme du cent quatre-vingts à l'heure avec. Je la reconnais, allez, c'est bien elle. »

Et tandis que David se retournait pour regarder le vieil homme, la petite voix tranquille — celle qu'il avait entendue pour la première fois dans la chambre d'hôpital de Brian — lui parla. Comme d'habitude, son arrivée fut une surprise, et les deux mots qu'elle prononça ne furent pas immédiatement intelligibles.

Le savon.

Il entendit ces mots aussi clairement qu'il avait entendu *Tu pries déjà* quand il était assis au Poste de guet vietcong avec les yeux fermés.

Le savon.

Il regarda dans le coin de la cellule qu'il partageait avec le vieux monsieur aux cheveux blancs, au fond à gauche. Il y avait des toilettes à la turque, et à côté un vieux lavabo en porcelaine taché de rouille. Près du robinet se trouvait un pain vert de ce qui ne pouvait être que du savon Irish Spring.

Dehors, le son du moteur de la voiture de police de Désolation enfla en approchant. Un peu plus tard, les coyotes hurlèrent. David pensait de plus en plus que ces hurlements ressemblaient au rire de fous après que le personnel aurait déserté l'asile.

4

La famille Carver avait été trop bouleversée et trop concentrée sur son ravisseur pour remarquer le chien mort suspendu au panneau de bienvenue à l'entrée de la ville, mais John Marinville était un observateur professionnel. En vérité, il eût été difficile maintenant de ne pas voir le chien. Depuis le passage des Carver, les busards l'avaient trouvé. Ils s'étaient rassemblés sous la carcasse, les oiseaux les plus laids que Johnny ait jamais vus, l'un tirant la queue du vieux berger allemand, l'autre déchiquetant une de ses pattes qui pendait. Le corps oscillait au bout de la corde qui lui enserrait le cou. Johnny émit un râle de dégoût.

« Des busards, dit le flic. Bon sang, c'est pas rien ! »

Sa voix s'était considérablement épaissie. Il avait éternué deux fois de plus en chemin, et la seconde fois il y avait des dents dans le sang qui avait giclé de sa bouche. Johnny ne savait pas ce qui lui arrivait, et il s'en moquait. Il voulait seulement que ça aille vite.

« Je vais vous dire quelque chose, au sujet des busards, continua le flic. *Ils s'éveillent au sommeil des autres et c'est au ralenti qu'ils veillent. Ils apprennent en allant où ils doivent aller.* Vous n'êtes pas d'accord, *mon capitaine* ? »

Un flic fou qui citait des poèmes, c'était d'un sartrien !

« Si vous le dites. »

Il n'avait plus l'intention de s'opposer au flic, s'il pouvait l'éviter. Ce type semblait se détruire de lui-même, et Johnny voulait être là quand le processus aboutirait à son terme.

Ils dépassèrent le chien mort et les choses sinistres et pelées qui s'en repaissaient.

Et les coyotes, Johnny ? Que voulaient-ils ?

Mais il refusait de s'abandonner à la pensée des coyotes qui se tenaient alignés des deux côtés de la route à intervalles réguliers comme une haie d'honneur, et puis qui partaient tels des Anges bleus dès que la voiture était passée, retournant dans le désert comme s'ils avaient la tête en feu et que leur cul la rattrapait.

« Ils pètent, vous savez, dit le flic de sa voix imbibée de sang. Les busards pètent.

— Non, je ne le savais pas.

— Oui, monsieur. Les seuls oiseaux qui le font. Je vous le dis pour que vous puissiez le mettre dans votre livre. Chapitre 16 de *Voyages avec Harley.* »

Johnny se dit que jamais le titre provisoire de ce livre ne lui avait paru aussi radicalement stupide. La voiture dépassa les bâtiments de la compagnie minière. Il y avait quelques voitures et quelques camions sur le parking, mais Johnny leur trouva un air bizarre. Le travail était terminé, à cette heure, et depuis longtemps. Pourquoi ces voitures n'étaient-elles pas devant chez elles ?

« Oui, tout à fait, dit le flic en levant une main comme pour encadrer une image. Je le vois, maintenant. Chapitre 16 : " Les busards péteurs de Désolation ". On dirait le titre d'un roman d'Edgar Rice Burroughs, tu trouves pas ? Burroughs était un bien meilleur écrivain que toi, et tu sais pourquoi ? Parce qu'il n'avait pas de prétentions. Il connaissait ses priorités : raconter son histoire, faire son travail, donner aux gens quelque chose qui les divertisse sans qu'ils se sentent trop stupides et se garder des journaux à scandale.

— Où m'emmenez-vous ? demanda Johnny en prenant un ton aussi neutre que possible.

— En prison, répondit le grand flic de sa voix encombrée. Où tout ce que vous pourrez braire sera utilisé contre vous en une sorte de croassement. »

Ils passaient maintenant devant un emplacement pour caravanes. Johnny vit un panneau devant une caravane rouillée au toit déformé et lut :

JE SUIS UN FILS DE PUTE QUI PORTE UN FLINGUE,
BOIT DE LA GNÔLE, LIT LA BIBLE
ET CASSE DU CLINTON !
LE CHIEN, C'EST RIEN,
FAITES PLUTÔT GAFFE A SON *PROPRIÉTAIRE* !

Bienvenue dans l'enfer de la musique country, se dit Johnny.

Il se pencha en avant, et grimaça quand se réveilla dans son dos la douleur que le coup du flic lui avait infligée.

« Vous avez besoin d'aide, dit-il en donnant à sa voix un ton gentil et surtout pas accusateur. Vous vous en rendez bien compte, non ?

— C'est *toi* qui as besoin d'aide. D'aide spirituelle, physique et littéraire. *Tak !* Mais personne ne te viendra en aide, Johnny. T'as bouffé ton dernier déjeuner littéraire et baisé ta dernière putain d'intello. Tu es seul dans le désert, et tu vas vivre les plus longs quarante jours et quarante nuits de toute ta vie inutile. »

Ces mots résonnèrent dans sa tête comme le tintement d'une cloche fêlée. Johnny ferma un moment les yeux, puis les rouvrit. Ils étaient en ville, maintenant ; ils passaient devant l'institut de beauté Gail d'un côté et la quincaillerie-droguerie de l'autre. Il n'y avait personne sur les trottoirs — absolument personne. Jamais il n'avait vu de petite ville de l'Ouest très affairée, mais à ce point, c'était un record. Personne du *tout* ? Par la vitre du bureau de la station d'essence Conoco il aperçut un type dans un fauteuil, les pieds sur son bureau, mais c'était tout. Sauf... devant eux...

Deux animaux traversèrent en trottant ce qui semblait être le seul carrefour de la ville, passant en diagonale sous les feux. Johnny tenta de se persuader que c'étaient des chiens, mais ce n'étaient pas des chiens. C'étaient des coyotes.

Ce n'est pas que dans la tête du flic, Johnny, ne te fais pas d'illusion. Il se passe quelque chose de pas normal, ici. Quelque chose de pas normal du tout.

Alors qu'ils arrivaient au croisement, le flic écrasa la pédale de frein. Johnny, qui ne s'y attendait pas, fut projeté en avant dans le filet le séparant du siège du flic. Il se cogna le nez et hurla de nouveau, surpris par l'intensité de la douleur.

Le flic ne lui prêta pas la moindre attention.

« Billy Rancourt ! s'écria-t-il avec ravissement. Bon sang, c'est Billy Rancourt ! Je me demandais où il se cachait ! Il devait être ivre dans la cave du Tambour Crevé, je te parie ! Je te le donne en mille ! Billy les Grosses Boules, si je m'attendais à ça !

— Bon Dieu ! cria Johnny qui venait de constater que son appendice s'était remis à saigner et dont la voix sonnait à nouveau comme une corne de brume. Oh, Seigneur, ça fait *bal* !

— Tais-toi, bébé. Ce que tu peux être douillet ! »

Il recula un peu pour tourner vers l'ouest dans la rue transversale, abaissa sa fenêtre et sortit la tête, dévoilant sa nuque qui avait pris la couleur de vieilles briques noircies par le temps, toute tachée, parcourue de craquelures dont certaines luisaient de sang.

« *Billy !* Oh, Billy Rancourt ! *Hé,* vieux con ! »

L'extrémité ouest de Désolation avait des allures de zone résidentielle — poussiéreuse et sans âme, mais peut-être un ou deux degrés au-dessus d'un camp de caravaning. A travers ses yeux pleins de larmes, Johnny vit un homme en jean et chapeau de cow-boy au milieu de la rue. Il regardait deux bicyclettes qui attendaient là, debout sur leurs selles, leurs roues tournant dans le vent. Il y en avait trois, mais la plus petite — une rose bonbon pour petite fille — était tombée dans le vent qui fraîchissait. Les roues des deux autres tournaient à toute vitesse. Le type leva les yeux, vit la voiture, fit un signe hésitant de la main et s'approcha.

Le flic rentra sa grosse tête carrée. Il se retourna pour regarder Johnny, qui comprit sur-le-champ que le type ne pouvait avoir bien regardé ce représentant particulier de la loi. S'il l'avait fait, il aurait pris ses jambes à son cou. La bouche du flic avait l'aspect rétréci et pincé de lèvres qui n'ont plus de dents pour les retenir, et du sang coulait aux commissures en filets rouges. Un de ses yeux était une poche de sang parcourue par une lueur grise qui parfois arrivait à surnager. Du sang frais couvrait la moitié supérieure de sa chemise kaki.

« C'est Billy Rancourt, confia-t-il d'un air joyeux. Il me coupe les cheveux. Je le cherchais, *justement.* Il boit un peu », ajouta-t-il sur un ton de confidence.

Puis il se rassit face à la route, passa une vitesse, et appuya violemment sur l'accélérateur. Le moteur mugit, les pneus crissèrent, Johnny fut projeté contre le dossier et hurla de surprise. La voiture bondit en avant.

Johnny s'accrocha au filet et se rassit convenablement. Il vit l'homme en jean et chapeau de cow-boy — Billy Rancourt les Grosses Boules — qui restait planté au milieu de la route, à trois mètres des bicyclettes, figé, les regardant arriver. Il sembla enfler à travers le pare-brise de la voiture qui fonçait sur lui, comme par un effet spécial au cinéma.

« *Non !* cria Johnny en frappant le filet de la main gauche, derrière la tête du flic. *Non, arrêtez ! Ne faites pas ça ! ATTENTION !* »

A la dernière minute, Billy Rancourt comprit et tenta de fuir. Il partit sur sa droite, vers une maison délabrée derrière une clôture de bois, mais c'était trop tard. Il hurla et il y eut un choc quand la voiture le frappa suffisamment fort pour que la carrosserie tremble. Du sang éclaboussa la clôture et la voiture rebondit deux fois quand les roues passèrent sur l'homme tombé par terre. Puis la voiture renversa la clôture. Le grand flic écrasa le frein, s'arrêtant dans la cour de terre battue de la masure. Johnny fut à nouveau projeté en avant contre le filet, mais cette fois, il eut le temps de lever un bras et de baisser la tête pour protéger son nez.

« Billy, pauvre con ! s'esclaffa le flic. *Tak an lah !* »

Billy Rancourt hurla. Johnny se retourna sur son siège et le vit qui rampait tant bien que mal vers le côté nord de la rue. Mais il ne pouvait pas aller très vite : il traînait une jambe cassée. On voyait l'empreinte des pneus sur le dos de sa chemise et sur son jean. Son chapeau de cow-boy gisait sur le trottoir, tourné à l'envers comme les bicyclettes. Billy Rancourt le heurta du genou, le renversant sur le côté, et du sang coula sur le bord comme de l'eau. Le sang sortait à flots de son crâne fendu, de son visage écrabouillé. Il était gravement blessé, mais bien qu'il ait été percuté de plein fouet, puis qu'on lui ait roulé dessus, il ne semblait pourtant pas près de mourir. Cela ne surprit pas vraiment Johnny. La plupart du temps, il en faut beaucoup pour tuer un homme — il l'avait vu à maintes reprises au Vietnam. Des types en vie avec la moitié de la tête emportée, des types en vie avec leurs boyaux se déversant sur leurs genoux et attirant les mouches, des types en vie avec leur carotide se vidant entre leurs doigts sales. Les gens ont en général du mal à mourir. C'est ce qu'il y a de plus horrible.

« YouHOUUU ! » hurla le flic.

Il passa la marche arrière. Les pneus crissèrent et descendirent le trottoir en écrasant le chapeau de cow-boy de Billy Rancourt. Le coffre de la voiture heurta une des bicyclettes (un sacré choc, qui fissura la lunette arrière), qui disparut un moment avant de retomber à l'avant sur le capot. Johnny eut le temps de voir que Billy Rancourt ne rampait plus, qu'il les regardait par-dessus son épaule et que son visage couvert de sang exprimait une inimaginable résignation. *Il n'avait pas trente ans,* se dit Johnny, *et il n'est plus.* La voiture en marche arrière passa sur le corps et s'arrêta, comme ça, contre le trottoir d'en face. Le flic actionna le klaxon du coude, le faisant retentir une fraction de seconde tandis qu'il se retournait vers l'avant. Devant la voiture, Billy Rancourt gisait à plat ventre dans une énorme flaque de sang. Un de ses pieds se tordit, puis s'immobilisa.

« Wouah ! Quel carnage ! dit le flic.

— Oui, vous l'avez tué », dit Johnny.

Soudain, il se moquait de ménager ce type, de lui survivre. Il se moquait du livre, de sa Harley et de l'endroit où pouvait se trouver Steve Ames. Peut-être plus tard — s'il y *avait* un plus tard — se préoccuperait-il de ces choses, mais pas maintenant. Maintenant, alors qu'il était sous le choc, une version ancienne de sa personne était sortie de quelque recoin à l'intérieur de lui-même, une version primitive de Johnny Marinville qui se moquait comme d'une guigne du Pulitzer ou des autres grands prix littéraires, qui n'avait plus la moindre envie de baiser une actrice, avec ou sans émeraudes.

« Vous l'avez écrasé comme un lapin. Brave garçon ! » dit-il.

Le flic se retourna et le regarda longuement de son œil valide avant de se remettre face au pare-brise.

« " Je te montre la voie de la sagesse, dit-il. Je te conduis dans les sentiers de la droiture. Si tu marches, ton pas ne sera point gêné, et si tu cours, tu ne chancelleras point. " C'est tiré du Livre des Adverbes. Mais je crois que le vieux Billy a chancelé. Oui, je crois. Il a toujours eu des pieds de plomb. Je crois que c'était son principal problème. »

Johnny ouvrit la bouche. Ce fut une des très rares fois de toute sa vie où rien n'en sortit. C'était peut-être aussi bien.

« " Retiens la leçon, ne t'en dessaisis pas ; garde-la, car elle est ta vie. " C'est un petit conseil dont vous pourriez tirer profit, monsieur Marinville. Excusez-moi une minute. »

Il sortit et s'approcha de l'homme mort ; ses bottes brillèrent un instant avant que le vent les recouvre de sable. Il y avait une grosse tache de sang sur le fond de son pantalon d'uniforme, et quand il se baissa pour soulever feu Billy Rancourt, Johnny vit encore du sang qui s'écoulait à travers la couture ouverte sous le bras du flic. Comme s'il transpirait littéralement du sang.

C'est peut-être le cas. C'est probablement *le cas. Je crois qu'il est sur le point d'entrer en état de choc et de se saigner à blanc, comme parfois les hémophiles. S'il n'était pas si incroyablement grand, il serait probablement déjà mort. Tu sais ce qu'il te reste à faire, n'est-ce pas ?*

Oui, bien sûr qu'il le savait. Il avait mauvais caractère, un caractère *détestable,* et il semblait que malgré tout ce que ce meurtrier maniaque avait pu lui faire, cela n'avait pas changé. Il ne lui restait qu'à contrôler ce mauvais caractère. Plus de plaisanteries, comme il venait d'en faire à l'instant en appelant le flic « brave garçon ». Cela lui avait valu un regard qu'il n'avait pas aimé du tout. Un regard *dangereux.*

Le flic avait transporté le corps de Billy Rancourt de l'autre côté de la route, passant entre les deux bicyclettes tombées par terre et près de celle dont les roues tournantes étincelaient dans la lumière du soir. Il écrasa du pied la clôture défoncée, monta les marches du perron de la maison et rééquilibra son fardeau pour ouvrir la porte, qui céda sans problème. Johnny n'en fut pas surpris. Les gens, dans ce coin, ne devaient pas prendre la peine de verrouiller leur porte.

Il va falloir qu'il tue les gens à l'intérieur, se dit-il. *C'est pratiquement automatique.*

Mais le flic se contenta de se pencher, de se délester de son fardeau et de revenir sur le porche. Il referma la porte et s'y essuya les mains, laissant des traînées de sang sur le linteau. Il était si grand qu'il avait à peine eu besoin de lever les bras pour l'atteindre. Ce geste provoqua un frisson dans le dos de Johnny — c'était comme un passage du Livre de l'Exode, instructions à l'Ange de la Mort de passer... sauf que cet homme *était* l'Ange de la Mort.

Le flic regagna la voiture, y monta et revint calmement vers le croisement.

« Pourquoi l'avez-vous mis dans cette maison ? demanda Johnny.

— Et qu'est-ce que vous auriez *voulu* que je fasse ? demanda le flic d'une voix plus épaisse que jamais — comme s'il se gargarisait à chaque mot. Que je le laisse aux busards ? J'ai honte de vous, *mon capitaine.* Vous avez vécu si longtemps avec des gens soi-disant civilisés que vous commencez à penser comme eux.

— Le chien...

— Un homme n'est pas un chien », dit le flic d'une voix pincée et professorale.

Il tourna à droite au croisement, puis presque immédiatement à gauche, pour s'engager sur un parking juste à côté de l'hôtel de ville. Il arrêta le moteur, sortit et ouvrit la porte arrière droite, ce qui épargna au moins à Johnny la douleur et l'effort de faire glisser son corps meurtri derrière le siège affaissé du conducteur.

« Un poulet n'est pas un repas et un homme n'est pas un chien, Johnny. Pas même un homme comme toi. Allez, sors de là ! Allez, hop ! »

Johnny sortit. Il fut saisi par le silence. Les bruits qu'il pouvait entendre — le vent, le crépitement de la poussière alcaline contre le pignon de brique de l'immeuble des services municipaux, un grincement monotone pas très loin de là — ne faisaient qu'approfondir ce silence, le transformer en une véritable chape. Il se déplia, grimaçant de douleur à cause de son dos et de sa jambe, mais il lui fallait réchauffer le reste de ses muscles gravement ankylosés. Puis il se força à lever les yeux vers ce qui restait du visage du flic. La taille de l'homme était intimidante, dérangeante. Ce n'était pas seulement parce que, avec son mètre quatre-vingt-cinq, Johnny était plus habitué à baisser les yeux vers les gens qu'à les lever, c'était à cause de la *quantité* de centimètres qui les séparait, pas trois ou quatre, mais au moins quinze. Et puis il y avait la largeur de cet homme. « Pourquoi ne m'avez-vous pas tué comme ce type, ce Billy ? Ou bien est-ce que cela n'a aucun sens de poser cette question ? Êtes-vous au-delà des pourquoi ?

— Oh, merde, nous sommes tous au-delà des pourquoi, tu le sais bien, *toi,* dit le flic en découvrant ses dents sanglantes dans un sourire dont Johnny se serait volontiers passé. Tout ce qui compte... écoute attentivement... c'est que *je pourrais te laisser partir.* Tu aimerais ça ? Tu dois bien avoir encore deux livres aussi stupides qu'inutiles dans la tête, peut-être même une demi-douzaine. Tu pourrais en écrire quelques-uns avant que résonne le clap de fin tonitruant et que le coroner qui t'attend au bout de la route t'emmène Et je suis certain qu'avec assez de temps, tu pourrais laisser cet intermède derrière toi et te convaincre une fois de plus que ce que tu fais justifie en quelque sorte ton existence. Est-ce que ça te plairait, Johnny ? Est-ce que tu aimerais que je te rende ta liberté ? »

Erin go bragh, songea Johnny sans aucune raison, et pendant un instant cauchemardesque, il crut qu'il allait rire. Mais cela passa vite et il hocha la tête.

« Oui, j'aimerais beaucoup.

— Libre ! Comme l'oiseau hors de sa cage. »

Le flic écarta les bras pour faire une démonstration d'envol, et Johnny vit que les taches sanglantes sous ses bras s'étaient étendues. Sa chemise d'uniforme était maintenant écarlate le long de la couture déchirée et presque jusqu'à la ceinture.

« Oui. »

Non qu'il crût que son nouveau compagnon de jeu eût la moindre intention de le libérer, oh non ! Mais ledit compagnon de jeu n'allait pas tarder à n'être plus qu'un morceau de boudin enveloppé dans son uniforme, et s'il pouvait, lui, rester entier et en bon état jusqu'à ce que cela arrive...

« D'accord. Voilà le marché, caïd : tu me fais une pipe. Tu le fais et je te laisse partir. Y a pas de lézard. »

Il ouvrit la fermeture à glissière de sa braguette et descendit l'élastique de son slip. Sortit alors quelque chose qui ressemblait à un serpent blanc mort. Johnny observa sans surprise le filet de sang qui s'en écoulait. Le flic saignait par tous les autres orifices, alors ?

« Pour en revenir à la littérature, dit le flic en souriant, cette fellation particulière rappellera plus Anne Rice qu'Armistead Maupin. Je suggère que tu suives le conseil de la reine Victoria : ferme les yeux et pense à une tarte aux fraises. »

Johnny Marinville regarda la bite du maniaque, puis le visage souriant du maniaque, puis à nouveau sa bite. Il ne savait pas à quoi s'attendait le flic — des cris, un haut-le-cœur, des larmes, des suppliques mélodramatiques — mais il savait très clairement qu'il ne ressentait pas ce que le flic voulait qu'il ressente, ce que le flic pensait probablement qu'il *ressentait.*

Tu ne sembles pas comprendre que j'ai vu des choses bien pires encore qu'une bite pissant le sang, et pas seulement au Vietnam.

La colère l'envahissait à nouveau, menaçant de le submerger. Oh, merde, bien sûr, c'était ça. La colère avait toujours été sa drogue préférée, pas le whisky, ni la coke, ni les filles. La bonne vieille rage. Elle n'avait rien à voir avec ce que le flic avait sorti de son pantalon, et ça, ce type ne le comprendrait pas. Ce n'était pas un problème sexuel. Sa fureur tenait au fait que Johnny Marinville n'avait jamais supporté qu'on lui brandisse *quoi que ce soit* sous le nez.

« Je vais me mettre à genoux devant vous, si vous voulez », dit-il.

Il avait parlé d'une voix douce, mais quelque chose dans le visage du flic changea — changea vraiment, pour la première fois. Il sembla soudain sans expression, sauf l'œil intact qui se rétrécit, soupçonneux.

« Pourquoi me regardes-tu de cette façon ? Qu'est-ce qui peut bien te donner le *droit* de me regarder comme ça ? *Tak !*

— Qu'importe la façon dont je te regarde. Écoute-moi, fils de pute : trois secondes après que j'aurai mis ton rat de braguette dans ma bouche, il se retrouvera sur le pavé. T'as compris ? *Tak !* »

Sur la pointe des pieds, il *cracha* ce dernier mot au visage du flic, qui un instant sembla plus que surpris : en état de choc. Puis son expression se crispa en une crampe de rage, et il poussa Johnny si fort que pendant une seconde il eut l'impression de voler. Il heurta le bâtiment, vit des étoiles en se cognant la tête contre la brique, rebondit, et s'étala de tout son long. Toutes ses anciennes blessures le torturaient, et il y en avait de nouvelles, mais l'expression qu'il avait vue sur le visage du grand flic en valait la peine. Il leva les yeux pour voir s'il était toujours là, cherchant à le sonder, un peu comme une abeille butinant une fleur, mais son cœur s'arrêta de battre dans sa poitrine.

Le visage du flic s'était transformé : la peau ressemblait à une couche de fond de teint, ou de peinture. Irréel. Même l'œil injecté de sang semblait irréel. C'était comme s'il y avait, sous celui que Johnny pouvait voir, un autre visage, repoussant la chair qui le recouvrait, prêt à sortir.

L'œil valide du flic se fixa un moment sur lui, puis sa tête se redressa. Il pointa vers le ciel les quatre doigts de sa main gauche.

« *Tak ah lah,* dit-il de sa voix gutturale et gargouillante. *Timoh, can de lach ! On ! On !* »

Il y eut des claquements successifs, comme des vêtements séchant dans le vent, et une ombre tomba sur le visage de Johnny. Il entendit un cri rauque, pas vraiment un croassement, puis quelque chose muni d'ailes rugueuses s'abattit sur lui en émettant à nouveau ce cri inhumain, des serres s'agrippèrent à ses épaules en se prenant dans les plis de sa chemise, un bec explora son cuir chevelu.

C'est l'odeur qui apprit à Johnny ce que c'était — une odeur de viande avariée. Les énormes ailes battirent de chaque côté de son visage tandis que la chose se stabilisait, imposant sa puanteur à la bouche et au nez de Johnny, *pénétrant* en lui jusqu'à l'étouffer. Il vit le berger allemand au bout de sa corde, oscillant tandis que les choses pelées et chauves tiraient sa queue et une de ses pattes avec leur bec. Maintenant, un des charognards était juché sur *lui* — un qui apparemment n'avait jamais entendu dire que les busards étaient peureux et n'attaquaient que les morts — et son bec traçait des sillons dans ses cheveux, l'égratignait jusqu'au sang.

« *Faites-le partir !* » criait-il, complètement paralysé.

Il tenta de saisir les grandes ailes battantes, mais n'attrapa qu'une poignée de plumes. Il n'osait pas ouvrir les yeux, de crainte que le busard ne change d'objectif et ne s'y attaque.

« *Seigneur ! Je vous en supplie, faites-le partir !*

— Dans ce cas, est-ce que tu me regarderas comme il faut ? Plus d'insolence ? Plus d'irrespect ?

— *Non ! Non, plus jamais !* »

Il aurait promis n'importe quoi. Ce qui avait bondi du fin fond de lui et injurié le flic était parti, désormais, l'oiseau l'avait extirpé comme un ver d'un fruit.

« C'est promis ? »

Et l'oiseau qui battait des ailes, criait et lui tirait les cheveux, qui sentait la viande avariée et les entrailles exposées, l'oiseau sur lui le mangeait, le mangeait *vivant.*

« *Oui ! Oui ! Je vous le promets !*

— Va te faire foutre, dit calmement le flic. Va te faire foutre, *os pas,* avec tes promesses. Débrouille-toi tout seul. Ou crève. »

Les paupières serrées, à genoux, tête baissée, Johnny chercha l'oiseau à tâtons, l'attrapa par les ailes à l'endroit où elles se raccordaient au corps et détacha la bête de sa tête. L'oiseau s'agitait frénétiquement en l'air au-dessus de lui, chiant des flots blancs que le vent entraînait comme des rubans, criant de sa voix rauque (sauf que maintenant c'était aussi un cri de douleur), la tête se tordant d'un côté puis de l'autre. Secoué de sanglots, en proie à un insurmontable dégoût, Johnny lui arracha une aile et lança le busard contre le mur. L'oiseau le regarda de ses yeux noirs comme le goudron, ouvrant puis refermant son bec ensanglanté avec un claquement liquide.

C'est mon sang, salaud, pensa Johnny. Il jeta l'aile qu'il avait arrachée et se leva. Le busard tenta de le fuir en agitant son unique aile comme une rame, ce qui souleva du sol poussière et plumes. Il allait atteindre la voiture de police de Désolation quand Johnny abattit sur lui une de ses bottes de moto, lui brisant le dos. Les pattes osseuses de l'oiseau s'étalèrent de chaque côté, comme s'il essayait de faire le grand écart. Johnny se couvrit les yeux de ses mains, persuadé un instant que son esprit allait se briser comme le dos de l'oiseau.

« Pas mal, dit le flic, tu l'as eu, et bien eu ! Maintenant retourne-toi.

— Non, dit Johnny sans enlever ses mains de ses yeux ni cesser de trembler.

— Retourne-toi ! »

C'était un ordre à ne pas ignorer. Il se retourna et vit le flic qui pointait à nouveau quatre doigts vers le ciel. Johnny leva les yeux et vit d'autres busards — deux douzaines au moins — assis en file sur le mur nord du parking, et qui les regardaient du haut de leur perchoir.

« Tu veux que je les appelle ? demanda le flic d'une voix hypocritement gentille. Je le peux, tu sais. Les oiseaux sont un de mes passe-temps préférés. Ils te boufferont vivant, si c'est ce que tu veux.

— N-N-Non. Non, je ne veux pas. »

Il regarda le flic et vit avec soulagement que sa braguette était refermée. Une tache de sang s'élargissait pourtant sur le devant de son pantalon.

« Quel est le mot magique, Johnny ? »

Pendant un moment — un moment *horrible* — il n'eut aucune idée de ce que le flic voulait qu'il dise, puis cela lui revint :

« *S'il vous plaît.*

— Es-tu décidé à te montrer raisonnable ?

— Ou-Oui.

— Je n'en suis pas certain, dit le flic comme s'il se parlait à lui-même. Je me demande... »

Johnny le regardait, sans rien dire, sans colère. Il était vidé de tout, ne restait qu'un profond engourdissement.

« Ce garçon, dit le flic en levant les yeux vers le premier étage de l'immeuble municipal signalé par quelques fenêtres opacifiées et munies de barreaux. Ce garçon trouble mon esprit. Je me demande si je ne devrais pas te parler de lui. Peut-être pourrais-tu me conseiller. »

Le flic croisa les bras, leva les mains et commença à frapper ses clavicules de ses doigts, comme plus tôt il avait tapoté le volant. Sans quitter Johnny des yeux.

« Ou bien ferais-je mieux de simplement te tuer, Johnny ? Ce serait sans doute la meilleure chose. Quand tu seras mort, peut-être t'octroieront-ils ce prix Nobel que tu désires tant. Qu'en penses-tu ? »

Le flic leva la tête vers les busards perchés sur le mur et se mit à rire. Ils lui répondirent de leur cri rauque et perçant, et Johnny fut incapable de réprimer l'idée qui lui vint alors. C'était horrible, parce que c'était très convaincant.

Ils se moquent de lui. Parce que ce n'est pas sa plaisanterie, c'est leur *plaisanterie.*

Un coup de vent balaya le parking, faisant tituber Johnny et déplaçant comme un plumeau l'aile arrachée au busard. La lumière du jour faiblissait — trop vite. Il regarda vers l'ouest et vit que la poussière soulevée avait voilé les montagnes et pourrait bien, sous peu, les effacer complètement. Le soleil brillait toujours au-dessus de cette espèce de brume, mais cela ne durerait pas. C'était une tempête qui se dirigeait vers eux.

5

Les cinq personnes enfermées dans les cellules — les Carver, Mary Jackson et le vieux monsieur aux cheveux blancs — écoutèrent l'homme crier et les bruits qui accompagnaient ses cris : impressionnants cris d'oiseaux et battements d'ailes. Finalement, ils cessèrent. David espérait que personne d'autre n'était mort, en bas, mais en y réfléchissant, c'était peu probable.

« Comment avez-vous dit qu'il s'appelait ? demanda Mary.

— Collie Entragian, répondit le vieil homme que les cris semblaient avoir épuisé. C'est le diminutif de Collier. Il est arrivé d'une ville minière du Wyoming il y a, oh, une quinzaine d'années. A peine sorti de l'adolescence, il était. Il voulait faire policier, mais il y est pas arrivé, alors il a travaillé pour la compagnie Diablo, au puits. Il était là quand Diablo s'est préparé à plier bagage. Il était de l'équipe de fermeture, si je me souviens bien.

— Il nous a dit, à Peter et moi, que la mine était ouverte. »

Le vieil homme secoua la tête d'épuisement ou d'exaspération, au choix.

« La vieille chinoise est pas épuisée, mais ils ont tort. C'est vrai qu'ils sont revenus s'agiter dans le coin, mais ils en sortiront pas une once — ils vont juste perdre l'argent des investisseurs et puis la refermer. Personne en sera plus content que Jim Reed. Il en a marre des bagarres d'ivrognes. On sera tous contents quand ils quitteront à nouveau la vieille chinoise. Elle est hantée, c'est ce que pensent les ignorants par ici... et je suis l'un d'eux.

— Qui est Jim Reed ? demanda Ralph.

— Le chef de la police urbaine. Ce qu'on appellerait un commissaire de police dans une grande ville, mais on n'est plus que deux cents à Désolation, de nos jours. Jim avait deux adjoints à plein temps : Dave Pearson et Collie. Personne pensait que Collie resterait dans le coin quand Diablo a plié bagage, mais il est resté. Il était pas marié, il avait une pension d'invalidité. Il a traîné dans le coin un moment, il faisait des petits boulots, et puis Jim a commencé à lui donner du travail. Il se débrouillait bien, alors le conseil municipal a accepté la recommandation de Jim, et ils l'ont engagé à plein temps en 91.

— Trois types, ça semble beaucoup pour une si petite ville, objecta Ralph.

— Pas faux. Mais on a de l'argent de Washington, l'aide aux zones rurales sinistrées, et puis on a décroché un contrat avec le comté de Sedalia pour faire respecter l'ordre dans la région : excès de vitesse, conduite en état d'ivresse, tout ça. »

Des coyotes hurlèrent au-dehors, et le vent qui fraîchissait amplifia leur cri.

« Pourquoi est-ce qu'il a une pension d'invalidité ? demanda Mary. Un problème d'ordre mental ?

— Non. Le camion qu'il conduisait s'est retourné à la mine — la chinoise. Juste avant que les gens de Diablo y renoncent, c'était. Il s'est éclaté le genou. Il s'est bien remis, mais il boitait, on pouvait pas le nier.

— Alors ce n'est pas lui », affirma Mary.

Le vieil homme la regarda, ses sourcils broussailleux levés.

« L'homme qui a tué mon mari ne boite pas.

— Non, reconnut le vieil homme avec une sorte de sérénité. Non, il boite pas. Mais c'est bien Collie. Je l'ai vu presque tous les jours depuis quinze ans, je lui ai payé des coups au Tambour Crevé et il m'en a payé quelques-uns à son tour à la Chope. C'était un de ceux qui sont venus à la clinique quand il y a eu ce casse. Il a pris des photos et il a relevé les empreintes. Ils cherchaient peut-être de la drogue, mais j'en sais rien. On les a jamais pris.

— Êtes-vous médecin, monsieur ? demanda David.

— Vétérinaire. Tom Billingsley, je m'appelle. »

Il tendit une grande main usée pour serrer la petite main gênée de David.

En bas, une porte s'ouvrit brutalement.

« Nous y voilà, Grand John ! dit le flic dont la voix joviale gagna le haut de l'escalier. Ta chambre t'attend ! Ta chambre ? Bon sang, un véritable appartement professionnel ! Monte ! On a oublié le traitement de texte, mais on t'a laissé des murs formidables et quelques pensées profondes comme SUCE MA BITE et J'AI BAISÉ TA SŒUR pour que l'inspiration te manque pas. »

Tom Billingsley regarda en direction de la porte qui donnait sur l'escalier, puis reporta les yeux sur David. Il parla assez fort pour que les autres entendent mais c'était bien David qu'il regardait, c'était à lui qu'il semblait vouloir s'adresser.

« Je vais te dire quelque chose d'autre : il est plus grand.

— Qu'est-ce que vous voulez dire ? demanda David qui pourtant avait l'impression de savoir.

— Ce que j'ai dit. Collie a jamais été un avorton — il faisait son mètre quatre-vingt-dix passé, je dirais, et pesait dans les cent vingt kilos. Mais maintenant... »

Il jeta un nouveau coup d'œil vers la porte, vers le son qui approchait, vers le bruit de pas. Deux paires de pieds. Puis il reporta ses yeux sur David.

« Je dirais qu'il a pris dix centimètres de plus, pas toi ? Et bien trente kilos.

— C'est de la folie ! s'écria Ellen. C'est complètement idiot !

— Oui, madame, admit le vétérinaire aux cheveux blancs. Mais c'est vrai. »

La porte s'ouvrit toute grande et un homme au visage ensanglanté et dont les longs cheveux gris étaient aussi maculés de sang fut projeté dans la pièce. Il ne la traversa pas avec la grâce de ballerine de Mary Jackson, mais trébucha jusqu'au milieu avant de tomber à genoux, les mains en avant pour éviter de heurter le bureau. L'homme qui le suivait était celui qui les avait tous amenés ici, et pourtant ce n'était pas lui : c'était une sorte de gorgone sanglante, une créature qui semblait se désintégrer devant leurs yeux.

Il les regarda à tour de rôle, caché derrière le rempart en décomposition de son visage, la bouche ouverte en un large sourire sans dents.

« Regardez-nous un peu ! dit-il d'une voix épaisse et sentimentale. Regardez-nous ! Seigneur ! Quelle belle grande famille heureuse. »

DEUXIÈME PARTIE

Désolation :
de ces silences quelque chose
peut s'élever

Chapitre 1

1

« Steve ?
— Quoi ?
— Est-ce que tu vois ce que je vois ? »

Elle pointait le doigt par la vitre, en direction de l'ouest.

« Qu'est-ce que tu crois que c'est ?
— Du sable, dit-elle, du sable et du vent.
— Oui. C'est ce que je dirais aussi.
— Arrête-toi une minute, tu veux bien ?
— ... Juste une minute », accorda-t-il après lui avoir jeté un regard interrogateur.

Steve Ames arrêta le Ryder sur le côté de la route qui conduisait, au sud de la nationale 50, à la ville appelée Désolation. Ils l'avaient trouvée sans aucun problème. Il était maintenant derrière le volant et regardait Cynthia Smith, qui l'avait émoustillé malgré son malaise en l'appelant son gentil nouvel ami. Elle ne regardait pas son gentil nouvel ami, pour l'instant ; elle regardait son T-shirt à l'effigie de Peter Tosh et tirait dessus nerveusement.

« Je suis une fille plutôt réaliste, dit-elle. Un peu médium, mais je garde quand même la tête froide. Tu me crois ?
— Oui.
— Et j'ai l'esprit pratique. Est-ce que tu le crois aussi ?
— Bien sûr.
— C'est pour ça que je me suis moquée de ton intuition, ou

je ne sais quoi. Mais tu pensais qu'on trouverait quelque chose sur cette route, et c'était vrai.

— Oui.

— Alors, c'était une bonne intuition.

— Où veux-tu en venir ? Mon patron...

— Oui. Ton patron, ton patron, ton patron. Je sais que tu penses à lui, et que c'est même pratiquement *tout* ce à quoi tu penses, et ça m'inquiète. Parce que j'ai un mauvais pressentiment à ce propos, Steve. Une mauvaise *intuition.* »

Il la regarda. Lentement, avec réticence, elle leva la tête et le regarda aussi. Ce qu'il vit dans ses yeux lui fit mal : c'était l'éclat terne de la peur.

« Qu'est-ce qu'il y a ? De quoi as-tu peur ?

— J'en sais rien.

— Écoute, Cynthia... On va trouver un flic — ou au moins une cabine téléphonique — et signaler la disparition de Johnny. Et aussi d'une certaine famille Carver.

— Quand même...

— Ne t'inquiète pas. Je serai prudent. Je te le promets.

— Tu veux bien essayer encore le numéro de la police sur ton téléphone cellulaire ? » lui demanda-t-elle d'une petite voix flûtée qui ne ressemblait guère à sa voix habituelle.

Il s'exécuta, pour lui faire plaisir, sans rien espérer, et il ne fut pas déçu : rien. Pas même une voix de robot, cette fois. Il ne savait pas trop, mais il pensait que la tempête de sable (ou la tempête de poussière — il ignorait quel nom on donnait à ce phénomène par ici) qui approchait pouvait bien être à l'origine de ce mauvais fonctionnement.

« Désolé, ça ne marche pas, dit-il. Tu veux essayer ? Tu auras peut-être plus de chance. Le doigté féminin, tu sais. »

Elle secoua la tête.

« Mais est-ce que *toi* tu sens quelque chose ? »

Il soupira. Oui, il sentait quelque chose. Cela lui rappelait ce qu'il ressentait parfois au début de sa puberté, au Texas. L'été de ses treize ans avait été le plus long, le plus doux, le plus étrange de sa vie. Vers la fin août, les orages du soir balayaient souvent la région — des convulsions brèves mais sauvages que les vieux cow-boys appellent des « cuites ». Cette année-là (l'année où, à la radio, une chanson sur deux semblait être des Bee Gees), les minutes précédant ces orages — le ciel noir, l'air immobile, le tonnerre qui claquait, les éclairs qui s'abattaient sur la prairie comme des fourchettes sur une viande dure — l'avaient excité comme jamais plus depuis. Il avait l'impression que ses yeux étaient des ampoules électriques dans des douilles chromées, son estomac roulait, son pénis se gorgeait de sang et se dressait, dur comme une poignée de casserole. Un sentiment d'extase terrifiée l'envahissait, l'impression que le monde allait lui révéler un grand secret, qu'il allait jouer une carte spéciale. En fin de compte, bien sûr, il n'y avait jamais eu de révélation (tout au plus celle des mystères de la masturbation, un an plus tard), juste de la pluie. Il ressentait la même chose maintenant, sauf qu'il n'y avait pas d'érection, pas de chair de poule, pas d'extase, et pas de terreur, pas vraiment. Depuis que Cynthia avait retrouvé le casque de moto du patron, il sentait une sorte de menace latente, l'impression que les choses avaient mal tourné et qu'elles ne tarderaient pas à empirer. Jusqu'à ce que Cynthia lui parle, il avait réussi à ignorer ce sentiment. Comme un gosse, il avait probablement juste réagi au changement de pression de l'air avant l'orage, ou à l'électricité dans l'air, ou à quelque autre phénomène naturel. On ne pouvait douter de l'approche de l'orage. Alors c'était probablement la même chose, du « déjà-vu » comme on dit, une appréhension parfaitement compréhensible. Pourtant...

« Oui, d'accord, je sens bien quelque chose. Mais qu'est-ce qu'on y peut ? Tu veux qu'on fasse demi-tour ?

— Non, on ne peut pas faire ça. Sois seulement prudent, d'accord ? »

Une rafale de vent secoua le Ryder. Un nuage de sable ambré traversa la route, la transformant sur le coup en une sorte de mirage.

« D'accord, mais tu dois m'aider. »

Il remit le camion en marche. Le soleil couchant avait atteint le sable, à l'ouest, et son arc inférieur avait viré au rouge sang.

« Oh, oui, dit-elle avec une grimace quand une nouvelle rafale agressa le camion. Tu peux compter sur moi. »

2

Le flic sanglant enferma le nouveau venu dans la cellule contiguë à celle de David Carver et Tom Billingsley. Cela fait, il tourna lentement les talons et décrivit un cercle entier, son visage sanguinolent et à demi pelé affichant un air solennel et contemplatif. Puis il fouilla dans sa poche et en ressortit son trousseau, dont il choisit la même clé qu'avant — carrée, avec la bande magnétique noire dessus, remarqua David, qui conclut que ce devait être un passe-partout.

« Un petit cochon pendu au plafond ; il prend un touriste par son p'tit menton. »

Il s'approcha de la cellule des parents de David, qui reculèrent, enlacés à nouveau.

« Laissez-les tranquilles ! » cria David, inquiet.

Billingsley lui prit le bras, mais David se libéra.

« Vous m'entendez ? *Laissez-les tranquilles !*

— Rêve toujours, chiard », dit Collie Entragian.

Il introduisit la clé dans la serrure de la cellule et il y eut un petit déclic quand le penne se rétracta. Il ouvrit la porte. « Bonne nouvelle, Ellie chérie — ta garde à vue est terminée. Sors de là. »

Ellen secoua la tête. L'ombre s'épaississait maintenant dans la prison et son visage ressortait, pâle comme du papier. Ralph l'entoura de son autre bras et la repoussa plus loin encore vers le fond.

« N'en avez-vous pas encore fait assez à notre famille ? demanda-t-il.

— En un mot : non, dit Entragian. » Il tira son pistolet de la taille d'un canon, le pointa sur Ralph et l'arma. « Tu sors d'ici immédiatement, ma petite dame, sinon je loge une balle entre les deux yeux de cet étalon sans couilles. Tu préfères que sa cervelle soit dans son crâne ou en train de sécher sur le mur ? Pour moi, c'est indifférent. »

Seigneur, fais qu'il abandonne, pria David. *Je t'en prie, fais qu'il abandonne. Si tu as pu ramener Brian d'où il était, tu peux bien faire ça. Tu peux le faire renoncer. Seigneur Dieu, je t'en supplie, ne le laisse pas emmener ma mère !*

Ellen repoussait les mains de Ralph et tentait de s'écarter de lui.

« Ellie, non !

— Il le faut. Ne le vois-tu pas ? »

Ralph laissa ses mains retomber. Entragian abaissa le chien de son automatique, qu'il remit dans son étui. Il tendit une main vers Ellen, comme s'il l'invitait à danser au bal. Et elle s'approcha de lui. Quand elle ouvrit la bouche, sa voix était très basse. David savait qu'elle disait quelque chose qu'elle ne voulait pas qu'il entende, mais il avait de bonnes oreilles.

« Si vous voulez... ça, emmenez-moi quelque part où mon fils ne puisse le voir.

— Ne t'en fais pas, répondit Entragian de la même voix de conspirateur. Je ne veux pas... ça. Surtout pas de... toi. Viens. »

Il referma la porte de la cellule d'un claquement sec et la secoua pour s'assurer qu'elle était bien verrouillée avant d'entraîner la mère de David vers le fond de la pièce.

« *Maman !* cria David en saisissant ses barreaux pour les secouer, réussissant seulement à faire trembler la porte. *Maman, non ! Laissez-la tranquille, salaud !* LAISSEZ MA MÈRE TRANQUILLE !

— Ne t'en fais pas, David, je reviendrai, ne t'en fais pas pour moi. »

Elle avait dit cela d'une voix douce et presque sans inflexion qui lui fit très peur. C'était comme si elle était déjà partie. Ou comme si le flic l'avait hypnotisée juste en lui touchant le bras.

« *Non ! Papa, arrête-le ! Arrête-le !* »

Dans son cœur grandissait une certitude : si l'énorme flic sanglant emmenait sa mère hors de cette pièce, jamais plus ils ne la reverraient.

« David... »

Ralph fit deux pas trébuchants en arrière et s'effondra sur le lit de camp, les mains sur le visage. Il se mit à pleurer.

« J'en prendrai bien soin, David, ne t'en fais pas », dit Entragian.

Il s'était arrêté à la porte, tenant toujours Ellen Carver par le bras. Il souriait de sa bouche aux rares dents rouges de sang.

« Je suis un type sensible, le genre *Route de Madison* sans appareils photo.

— Si vous lui faites du mal, vous le regretterez », dit David.

Le sourire du flic disparut, laissant la place à une colère quelque peu outragée.

« Je lui ferai peut-être du mal... mais j'en doute. Sincèrement. Tu es du genre à prier, hein, David ? »

David le regarda sans broncher.

« Oui, je le sais. Tu as la tête à ça. Bon sang de bon Dieu, tu as les yeux... et une bouche à marmonner. Un pou de bénitier en T-shirt de base-ball ! Putain ! »

Il rapprocha sa tête de celle d'Ellen et regarda sournoisement à travers ses cheveux.

« Prie tant que tu veux, David, mais ne t'attends pas à des résultats. Ton Dieu n'est pas là, pas plus qu'il n'était avec Jésus quand Jésus mourait sur la croix avec des mouches dans les yeux. *Tak !* »

Ellen le vit monter l'escalier. Elle cria et essaya de reculer, mais Entragian la retint sur place. Le coyote se glissa dans la pièce. Il ne regarda même pas la femme qui criait, le bras pincé dans la poigne du flic, et gagna calmement le centre de la pièce, où il s'arrêta. Il tourna alors la tête et posa ses yeux jaunes d'animal empaillé sur Entragian.

« *Ah lah* », dit le flic.

Il lâcha le bras d'Ellen juste le temps de frapper de sa main droite le dos de sa main gauche, un geste rapide qui rappela à David une pierre plate ricochant sur la surface d'un lac.

« *Him en tow.* »

Le coyote s'assit.

« Il est rapide, dit Entragian qui s'adressait apparemment à tous mais regardait David. Je ne plaisante pas, il est vraiment rapide. Plus rapide que la plupart des chiens. Sortez une main ou un pied de votre cellule et il l'aura arraché avant que vous compreniez que vous ne l'avez plus. Je vous le garantis.

— Laissez ma mère tranquille.

— Gamin, dit Entragian d'un ton de regret, je vais enfoncer un pieu dans le con de ta mère et je la ferai tourner jusqu'à ce qu'elle prenne feu, si je veux, et ce n'est pas toi qui m'arrêtera. Après, je reviendrai te chercher, *toi.* »

Il sortit en tirant la mère de David derrière lui.

3

Le silence de la pièce n'était brisé que par les sanglots de Ralph Carver et par le halètement du coyote qui regardait David de ses yeux désagréablement intelligents. Des petites gouttes de salive tombaient du bout de sa langue comme d'un tuyau qui fuit.

« Courage, mon garçon, dit l'homme aux cheveux gris tombant sur les épaules et qui avait l'air d'être davantage habitué à recevoir des encouragements qu'à en prodiguer. Tu l'as vu : il souffre d'hémorragie interne, il perd ses dents, un de ses yeux sort carrément de son orbite. Il ne peut pas en avoir pour bien longtemps.

— Ça ne lui prendra pas longtemps pour tuer ma mère, s'il le décide, répondit David. Il a déjà tué ma petite sœur. Il l'a poussée dans l'escalier et lui a cassé... cassé le c-c-cou. »

Ses yeux s'emplirent de larmes, qu'il ravala. Ce n'était pas le moment.

« Oui, mais... », commença l'homme aux cheveux gris.

David se surprit à se souvenir d'un échange avec le flic quand ils étaient en route vers sa ville — quand ils pensaient encore que le flic était sain d'esprit, normal, qu'il voulait seulement les aider. Il lui avait demandé comment il connaissait leur nom, et le flic avait répondu qu'il l'avait lu sur la plaque au-dessus de la table. C'était une bonne réponse, parce qu'il y avait bien une plaque portant leur nom au-dessus de la table... mais Entragian n'aurait jamais pu la voir de là où il se tenait, au pied des marches menant à leur van. *J'ai des yeux d'aigle, David,* avait-il dit, *des yeux qui voient la vérité de loin.*

Ralph Carver s'approcha lentement de la grille de sa cellule, traînant presque les pieds. Il avait les yeux injectés de sang, les paupières gonflées, le visage ravagé. Pendant un instant, David se sentit presque aveuglé par la rage, saisi du désir de crier : *Tout est de ta faute ! C'est de ta faute si la Puce est morte ! De ta faute s'il a emmené maman pour la tuer ou la violer ! Toi et ton casino ! Toi et tes stupides idées de vacances ! C'est toi qu'il aurait dû emmener, papa, oui,* toi ! *Arrête, David,* pensa-t-il avec la voix de Gene Martin. *C'est exactement ce qu'il veut que tu penses*

Il ? Le flic, Entragian ? était-ce bien à lui que la voix faisait référence ? Et que voulait-il qu'il pense ? De toute façon, qu'est-ce que ça pouvait lui faire, ce qu'il pensait ?

« Regardez ce coyote, dit Ralph. Comment a-t-il pu l'appeler ici comme ça ? Et pourquoi reste-t-il ? »

Le coyote se tourna vers la voix de Ralph, puis regarda Mary avant de ramener les yeux sur David. Il haletait toujours. La salive tombait sur le plancher, où se formait une petite flaque.

« Il les a dressés, dit l'homme aux cheveux gris. Comme les oiseaux. Il a des busards apprivoisés dehors. J'en ai tué un. Je l'ai écrasé... Une espèce de saloperie toute décharnée.

— Non, dit Mary.

— Non, renchérit Billingsley. Je suis sûr que ces coyotes peuvent être apprivoisés, mais ce n'est pas le cas.

— Bien sûr que si ! rétorqua l'homme aux cheveux gris.

— Ce flic, dit David, M. Billingsley dit qu'il est plus grand qu'avant. De dix centimètres au moins.

— C'est insensé ! dit l'homme aux cheveux gris en sortant d'une poche de son blouson de motard un rouleau de bonbons à la menthe.

— Quel est votre nom, monsieur ? demanda Ralph.

— Marinville. Johnny Marinville. Je suis...

— Vous êtes aveugle si vous ne voyez pas qu'il se passe ici quelque chose de terrifiant et qui sort tout à fait de l'ordinaire.

— Je n'ai pas dit que ce n'était pas terrifiant, et je n'ai certainement pas dit que c'était ordinaire. »

L'homme aux cheveux gris continua à parler, mais la voix extérieure se fit entendre à nouveau, et David n'écouta pas la suite de leur conversation.

Le savon, David, le savon.

Il le regarda — un pain vert Irish Spring près du robinet — et pensa à Entragian disant *Je reviendrai te chercher, toi.*

Le savon.

Soudain, il comprit... ou crut avoir compris, *espéra* avoir compris.

Pourvu que j'aie raison, j'ai intérêt, sinon...

Il portait un T-shirt des Cleveland Indians. Il le retira et le laissa tomber près de la porte de sa cellule. En levant les yeux, il vit que le coyote le regardait. Ses oreilles déchiquetées étaient dressées à nouveau, et David crut entendre un grondement monter au fond de sa gorge.

« David ? demanda son père. Qu'est-ce que tu fais ? »

Sans répondre, il s'assit au pied du lit de camp, retira ses chaussures et les jeta vers son T-shirt. Maintenant, cela ne faisait plus aucun doute : le coyote grognait bien, comme s'il devinait ce qu'il envisageait de faire, comme s'il s'apprêtait à l'en empêcher.

Ne sois pas idiot, bien sûr qu'il a l'intention de t'arrêter si tu essaies, pourquoi le flic l'aurait-il laissé ici, sinon ? Il ne te reste plus qu'à avoir confiance. Tu as besoin de confiance et de foi.

« J'ai foi en Dieu qui me protégera », murmura-t-il. Il se leva, défit sa ceinture, puis marqua une pause, le doigt sur le premier bouton de son jean.

« Madame ? Madame Jackson ? Je me demandais, dit David en se sentant rougir sous le regard de Mary, je me demandais si ça vous ennuierait de vous retourner. Il faut que je retire mon pantalon, et je crois qu'il vaut mieux que je retire aussi mon slip.

— Mais au nom de Dieu, qu'est-ce qui te passe par la tête ? demanda son père dont la voix trahissait la panique. Quoi que ce soit, je te l'interdis ! Catégoriquement ! »

David ne répondit pas et regarda Mary. Il la regarda aussi fixement que le coyote le regardait, lui. Elle lui rendit son regard un moment, puis, sans un mot, se retourna. L'homme au blouson de motard s'assit sur son lit de camp, croquant sa pastille en le regardant. David était pudique, comme presque tous les gamins de onze ans, et ce regard le gênait... mais comme il s'en était déjà fait la remarque, ce n'était pas le moment de se conduire comme un idiot. Il regarda une nouvelle fois le savon Irish Spring, puis descendit pantalon et slip.

4

« Joli ! dit Cynthia. C'est vraiment chouette.

— Quoi ? » demanda Steve.

Il était penché sur le volant pour mieux voir la route, maintenant de plus en plus envahie de sable et de broussailles. Conduire devenait dangereux.

« Le panneau. Tu as vu ? »

Il regarda. Le panneau, qui disait à l'origine : L'ÉGLISE ET LES ORGANISATIONS CIVIQUES DE DÉSOLATION VOUS SOUHAITENT LA BIENVENUE ! avait été modifié à la peinture en bombe. On y lisait maintenant : LES CHIENS MORTS DE DÉSOLATION VOUS SOUHAITENT LA BIENVENUE ! Une corde attachée à une extrémité se balançait dans le vent, mais le vieux berger allemand n'y était plus. Les busards en avaient prélevé leur part, puis les coyotes étaient venus. Affamés et pas gênés du tout de manger un cousin germain, ils avaient coupé la corde et emporté plus loin la carcasse du chien, ne s'interrompant en route que pour se battre entre eux. Le peu qu'il en restait — essentiellement des os et des griffes — gisait sur la colline toute proche. Le vent aurait tôt fait de le recouvrir de sable.

« Eh bien, dit Steve, les gens du coin m'ont l'air d'avoir le sens de l'humour.

— Certainement. Arrête-toi ici. »

Elle montrait un baraquement au toit rouillé qui portait un panneau indiquant COMPAGNIE MINIÈRE DE DÉSOLATION. A côté, il y avait une aire de stationnement, avec quelques voitures et des camions.

Il s'arrêta mais n'entra pas dans le parking, pas encore. Le vent soufflait sans interruption, maintenant. A l'ouest, le soleil n'était plus qu'un disque rouge orangé suspendu au-dessus des monts Desatoya, aussi plat et coloré qu'une photo de la planète Jupiter. Tout près, Steve entendit un *tink-tink-tink-tink* rapide et régulier, peut-être le bruit d'un filin heurtant une hampe de drapeau.

« Qu'est-ce que tu veux faire ? lui demanda-t-il.

— On pourrait appeler la police d'ici. Il y a du monde : tu vois les lumières ? »

Il regarda la cabane et aperçut cinq ou six rectangles dorés à l'arrière du bâtiment. Dans la pénombre ensablée, on aurait dit les fenêtres éclairées d'un wagon de chemin de fer. Il regarda Cynthia et haussa les épaules.

« Pourquoi d'ici, alors qu'on peut aller jusqu'au poste de police ? Le centre de ce bled ne doit plus être loin. »

Elle se passa une main sur le front comme si elle était fatiguée au point d'avoir mal à la tête.

« Tu as dit que tu serais prudent, et je t'ai promis de t'*aider* à être prudent. C'est ce que j'essaie de faire. Je préférerais voir comment les choses se présentent avant que quelqu'un en uniforme me fasse asseoir sur une chaise et me mitraille de questions. Et ne me demande pas pourquoi : je ne le sais pas vraiment. Si on appelle les flics et qu'ils ont l'air sympas, d'accord. S'ils sont sympas, on sera sympas. Mais... où donc sont-ils ? Passe encore pour ton patron, il a disparu sans presque laisser de traces, mais un van garé au bord de la route avec tous ses pneus à plat, la porte ouverte, des choses de valeur à l'intérieur ! Enfin, soyons raisonnables ! Que font les flics ?

— Tout le problème est là, non ?

— Oui. »

Bien sûr, elle le savait, les flics auraient pu être quelque part ailleurs, occupés par un accident de la route, ou un incendie dans une grange, ou un braquage d'épicerie, voire un meurtre — et *tous* les flics, même, parce qu'il ne pouvait pas y en avoir des masses dans un trou pareil. Mais quand même... Ça lui semblait plus que bizarre. Il y avait quelque chose qui clochait.

« D'accord, dit doucement Steve en pénétrant dans le parking. Il risque pourtant de n'y avoir personne dans ce qui sert de poste de police à Désolation. Il se fait tard. Je suis étonné qu'il y ait encore quelqu'un ici, pour te dire la vérité. Il doit y avoir du fric sur la table, hein ? »

Il se gara près d'une camionnette, ouvrit sa portière, et le vent la lui arracha des mains. Elle alla cogner le flanc de la camionnette. Steve grimaça, s'attendant à voir une sorte de Rambo, son chapeau à la main, foncer sur lui en hurlant. Aucun propriétaire grincheux ne se montra. Un buisson d'amarante passa à toute vitesse, pressé apparemment d'arriver à Salt Lake City, mais ce fut tout. La poussière tourbillonnait en quantité. Steve avait un bandana rouge dans une poche. Il le sortit et se le noua autour du cou pour le remonter sur sa bouche.

« Attends, attends ! » dit-il en prenant le bras de Cynthia pour qu'elle n'ouvre pas encore sa porte.

Il se pencha vers la boîte à gants. Il dut fouiller un peu, mais parvint à en extraire un autre bandana, bleu celui-là, qu'il tendit à Cynthia.

« Mets d'abord ça. »

Elle le prit et l'examina gravement avant de tourner vers lui ses grands yeux de petite fille.

« Pas de poux ? »

Il pouffa de rire derrière son bandana rouge.

« Il a pris l'air, madame, comme on dirait à Lubbock. Mets-le. »

Elle le noua et le remonta sur son nez.

« Butch Cassidy et Sundance Kid, dit-elle.

— Oui, Bonnie et Clyde.

— Omar et Sharif, glousa-t-elle.

— Fais attention en sortant. Le vent est vraiment fort. »

Il mit le pied dehors et le vent le gifla. Il tituba jusqu'à l'avant du camion. Des graviers vinrent lui heurter le front. Cynthia s'accrochait à la poignée de sa portière, la tête baissée, le portrait de Peter Tosh claquant comme une voile sur son torse maigrichon. Il faisait encore un peu jour et le ciel restait bleu, mais le paysage baignait dans une étrange pénombre. C'était une lumière d'orage comme Steve n'en avait jamais vu.

« Viens ! lui cria-t-il en lui entourant la taille de son bras. Sortons de là ! »

Ils coururent presque sur l'asphalte craquelé jusqu'au baraquement. Il y avait une porte à une extrémité, près d'un panneau de métal annonçant COMPAGNIE MINIÈRE DE DÉSOLATION, comme sur la façade, mais Steve remarqua que celui-là avait été peint sur autre chose, un autre nom qui ressortait comme un fantôme rouge sous la peinture blanche. C'était DIABLO avec le « I » transformé en fourche.

Cynthia frappa à la porte d'un doigt à l'ongle rongé. Une pancarte avait été accrochée derrière la vitre à l'aide d'une ventouse transparente, et Steve se dit qu'il y avait quelque chose de typiquement western et tout à fait irritant dans le message griffonné :

SI ON EST OUVERT, ON EST OUVERT
SI ON EST FERMÉ, JE REVIENS.

« Il a oublié *vieux*,

— Quoi ?

— Il aurait dû mettre " Je reviens, *vieux* ". Ç'aurait été parfait. »

A sa montre, il était sept heures vingt. Ce qui signifiait que c'était fermé, bien sûr. Mais dans ce cas, que faisaient ces voitures et ces camions sur le parking ?

Il tourna la poignée, et la porte s'ouvrit. De la musique country noyée dans les parasites d'une mauvaise retransmission les accueillit. *Je l'ai construite peu à peu,* chantait Johnny Cash, *et ça m'a pas coûté un sou.*

Ils entrèrent. La porte se referma, entraînée par son blunt. Dehors, le vent crépitait sur les parois métalliques. Ils étaient à la réception. A droite, quatre fauteuils en vinyle déchiré semblaient attendre de grands gaillards en jean sale et bottes de travail. Devant les fauteuils, une longue table basse était jonchée de journaux qu'on ne trouvait pas dans les salles d'attente des médecins : *Armes et munitions, Routes et camions, Rapport MacLean sur les mines, La Lettre de la métallurgie, Les Routes d'Arizona.* Il y avait aussi un très vieux numéro de *Penthouse* avec Tonya Harding en couverture.

Devant eux, le comptoir en zinc gris de la réception était si cabossé qu'on aurait aussi bien pu l'avoir acheminé à coups de pied depuis la nationale 50. Il croulait sous les papiers, les consignes de la compagnie reliées en volumes disposés en une pile périlleuse que surmontait un cendrier plein, et trois corbeilles métalliques contenant des échantillons de roches. Une machine à écrire mécanique trônait à une extrémité du bureau. Pas d'ordinateur, pour autant que Steve pût en juger, et un fauteuil derrière, à roulettes, mais sans personne assis dedans. La climatisation était en marche, au point qu'il faisait presque trop frais dans la pièce.

Steve fit le tour du bureau et vit sur le fauteuil un coussin, qu'il prit pour le montrer à Cynthia ; on avait brodé dessus, en vieilles lettres style western : GARE TES FESSES.

« Oh, quel goût, dit-elle. Il y a toujours quelqu'un aux urgences, fais le numéro. »

Sur le bureau, entre une plaque humoristique (NE M'INDUIS PAS EN TENTATION, CAR J'Y ARRIVERAI TOUT SEUL) et une plaque au nom de l'employé (BRAD JOSEPHSON), Steve vit une photo guindée, prise en studio, d'une grosse Noire assez jolie flanquée de deux gamins adorables. *Un* réceptionniste, donc, et pas particulièrement méticuleux. La radio, un poste Motorola hors d'âge, beuglait sur une étagère, à côté du téléphone. *C'est en gros à ce moment que ma femme est partie,* tentait d'expliquer Johnny Cash à travers les crépitements. *Et j'ai tout de suite vu qu'elle avait des doutes. Mais elle a ouvert la porte et elle a dit : « Chéri, emmène-moi... »*

Steve éteignit le poste. Une rafale plus violente que les autres s'abattit sur la baraque, la faisant grincer comme un sous-marin sous pression. Cynthia, qui n'avait pas retiré le bandana de son nez, regardait autour d'elle d'un air inquiet. La radio était éteinte, mais — très loin — Steve entendait encore Johnny Cash raconter comment il avait sorti sa voiture en fraude de l'usine General Motors dans sa gamelle, une pièce à la fois. La même station, sur un autre poste, à l'arrière, sans doute, là où c'était allumé.

Cynthia montra le téléphone. Steve décrocha, écouta et reposa le combiné.

« Pas de tonalité. La ligne a dû être coupée par le vent.

— Est-ce que les lignes ne sont pas souterraines de nos jours ? »

Steve remarqua quelque chose d'intéressant : ils parlaient tous deux à voix basse, à peine plus fort qu'un chuchotement.

« Je crois qu'ils n'en sont pas encore là à Désolation. »

Il y avait une porte derrière le bureau. Il tendit la main vers la poignée, mais elle lui saisit le bras.

« Quoi ?

— J'en sais rien, dit-elle en le lâchant pour retirer son bandana et rire nerveusement. J'en sais rien, c'est seulement un peu... farfelu.

— Il doit bien y avoir quelqu'un derrière. La porte n'est pas fermée, les lumières sont allumées, il y a des voitures garées.

— Tu as peur aussi, non ? »

Il réfléchit et hocha la tête. Oui. C'était comme avant les orages — les cuites — quand il était gosse, mais sans l'étrange exaltation d'autrefois.

« Il faut quand même qu'on y aille...

— Oui, je sais, allons-y, dit-elle en avalant sa salive bruyamment. Hé, dis-moi que dans quelques secondes on en rira et on se sentira stupides. Tu peux faire ça, Lubbock ?

— Dans quelques secondes on en rira et on se sentira stupides.

— Merci.

— Pas de problème. »

Il ouvrit la porte. Elle donnait sur un étroit couloir d'une dizaine de mètres, avec des tubes fluorescents au plafond et un vieux tapis par terre. Il y avait deux portes d'un côté, toutes deux ouvertes, et trois de l'autre, dont deux ouvertes et une fermée. Au bout du couloir, de puissantes lampes jaunes éclairaient ce que Steve identifia comme une sorte d'atelier, ou de laboratoire. Les fenêtres éclairées qu'ils avaient vues de l'extérieur étaient celles de cette pièce, et c'était aussi de là que venait la musique. Johnny Cash avait cédé la place aux Tractors, qui proclamaient que leur copine aimait faire ça en soufflant comme une locomotive. Encore une fanfaronnade typique de la région, se dit Steve.

C'est foireux, tu le sais, non ?

Il le savait. Il y avait une radio. Il y avait le vent chargé de grains de poussière qui s'acharnait contre les parois de métal du baraquement. Mais où étaient les *voix* ? Les voix d'hommes en train de parler, de blaguer, de rire ? Les voix des hommes correspondant à la douzaine de véhicules garés dehors ? Il s'engagea lentement dans le couloir, se disant qu'il devrait crier quelque chose comme *« Hé ! Y a quelqu'un ? »* mais n'osant pas le faire. L'endroit semblait vide, et en même temps *pas* vide, mais comment pouvait-il être les deux à la fois ?

Cynthia attrapa le dos de sa chemise si brusquement qu'il faillit crier.

« Quoi ? demanda-t-il, exaspéré, le cœur battant, se rendant compte que maintenant il chuchotait vraiment.

— Tu entends ? On dirait... je sais pas... un gosse qui souffle dans son soda avec une paille. »

Au début, il n'entendit que les Tractors — *Elle a dit qu'elle s'appelait Urgence et a demandé à voir mon flingue. Elle a dit qu'on pouvait la joindre au Samu* — et puis il entendit le bruit liquide et rapide, mécanique, pas humain, un son vaguement familier.

« Oui, je l'entends.

— Steve, je veux sortir de là.

— Retourne au camion.

— Non.

— Cynthia, pour l'amour de Dieu... »

Il la regarda, vit ses grands yeux, sa bouche boudeuse et abandonna. Non, elle ne voulait pas retourner au Ryder toute seule, et il la comprenait. Elle avait dit qu'elle était une gamine décidée, et c'était peut-être vrai, mais à l'instant, elle était une gamine morte de peur. Il la prit par ses épaules étroites et l'attira contre lui pour lui planter un gros baiser sur le front, entre les deux yeux.

« T'en fais pas, gamine, dit-il en une imitation plutôt réussie du Grand Frère Idéal, je te protégerai. »

Elle sourit malgré elle.

« Viens, reste près de moi. Et s'il faut qu'on coure, cours *vite,* sinon je te piétinerai.

— T'en fais pas pour ça, j'aurai franchi la porte avant même que tu aies passé une vitesse. »

La première porte à droite donnait sur un bureau. Vide. Au mur, un panneau de liège était couvert de photos Polaroïd d'une mine à ciel ouvert — le grand mur de terre qu'ils avaient vu se dresser derrière la ville, se dit Steve. La première porte à gauche donnait aussi sur un bureau. Vide aussi. Le gargouillis était plus fort, maintenant, et Steve comprit de quoi il s'agissait avant même de regarder par la porte suivante, à droite. Il se sentit un peu soulagé.

« C'est un aquarium, voilà tout. »

Il se trouvait dans un bureau beaucoup plus joli que les deux premiers, avec un vrai tapis par terre. L'aquarium était posé sur une table à gauche du bureau, sous une photo de deux types en bottes, chapeau et costume d'homme d'affaires comme on en porte dans l'Ouest. Ils se serraient la main sous un drapeau — celui dont le filin claquait à l'arrière, sans doute. L'aquarium était très peuplé : chétodons, poissons rouges et un couple de beautés noires. il y avait aussi un étrange objet dans le sable, au fond, un de ces trucs que les gens mettent dans leurs aquariums pour les décorer, se dit-il, sauf que ce n'était en l'occurrence ni une épave, ni un coffre de pirate, ni le château de Neptune. C'était quelque chose d'autre, quelque chose qui avait l'air d...

« Eh, Steve, murmura Cynthia d'une petite voix sans force. C'est une main.

— Quoi ? »

Il ne comprenait pas, sincèrement. Plus tard, il se dirait qu'il aurait dû savoir ce que c'était, au fond de l'aquarium, car il n'y avait pas de doute possible.

« Une *main,* gémit-elle. Une foutue *main.* »

Quand un des poissons rouges se glissa entre le majeur et l'annulaire (qui portait une fine alliance en or), il vit qu'elle avait raison.

Il y avait des ongles dessus. Il y avait une fine ligne blanche cicatricielle sur le pouce. C'était une main.

Il avança, ignorant Cynthia qui le retenait par l'épaule, et se pencha pour mieux voir. L'espoir que la main fût fausse, en dépit de l'alliance et de la cicatrice si réaliste, s'évanouit. Sortant du poignet, des lambeaux de chair et de tendons ondulaient comme des algues dans le courant d'eau produit par le régulateur de l'aquarium. Et on voyait les os.

Il se redressa. Cynthia était près du bureau, mieux rangé que l'autre, un ordinateur portable posé en son centre, fermé. À côté, il y avait un téléphone et près du téléphone un répondeur dont le signal rouge des messages clignotait. Cynthia décrocha, écouta et reposa le combiné. Steve fut surpris par la pâleur de son visage. *Avec aussi peu de sang dans la tête, elle devrait être évanouie par terre,* se dit-il. Mais au lieu de s'évanouir elle tendit un doigt vers le répondeur pour appuyer sur la touche MESSAGES.

« Ne fais pas ça ! » murmura-t-il impérativement sans savoir pourquoi.

Il était trop tard de toute façon. Il y eut un bip. Un cliquettement. Puis une voix étrange, ni masculine ni féminine — elle terrifia Steve —, se mit à parler : « *Pneuma,* dit-elle d'un ton recueilli. *Soma. Sarx. Pneuma. Soma. Sarx. Pneuma. Soma. Sarx.* » Elle continua à énoncer lentement ces mots — de plus en plus fort, lui sembla-t-il. Était-ce possible ? Il regardait la machine, fasciné, les mots s'enfonçant dans son cerveau

(soma sarx pneuma)

comme des petites semences à tapis bien pointues. Il aurait pu rester là, le regard fixe, pendant Dieu sait combien de temps, si Cynthia n'avait tendu le bras pour presser brutalement le bouton stop. Le répondeur tressauta sur le bureau.

« Désolée, ça fait trop peur », dit-elle d'un ton d'excuse mais aussi de défi.

Ils quittèrent le bureau. Plus loin dans le couloir, ils arrivèrent dans l'atelier, ou le labo, ils ne savaient pas trop. Les Tractors chantaient toujours, intarissables sur cette fille insatiable.

Combien de temps peut bien durer cette putain de chanson ? se demanda Steve. *Ça fait déjà un quart d'heure qu'on la subit.*

« Est-ce qu'on peut partir, maintenant ? demanda Cynthia. *S'il te plaît ?* »

Il montra les lampes jaunes.

« Oh, Seigneur, tu es fou. »

Mais quand il continua dans cette direction, elle le suivit.

5

« Où m'emmenez-vous ? demanda pour la troisième fois Ellen Carver, penchée en avant, les doigts accrochés au filet de la voiture de patrouille. Pourquoi ne me le dites-vous pas, s'il vous plaît ? »

Au début, elle avait été rassurée qu'il ne la viole pas, qu'il ne la tue pas, elle avait été soulagée, en arrivant au bas de l'escalier fatal, que le corps de la pauvre petite Kirstie n'y soit plus. Mais il y avait une énorme tache de sang juste devant la porte, pas encore complètement sèche et seulement en partie recouverte du sable qui, soufflé par le vent, s'y était englué. Elle se dit que ce devait être le sang de l'époux de Mary. Elle tenta de ne pas marcher dedans, mais le flic, Entragian, la tenait fermement par le bras et elle ne put éviter de la traverser. Ses chaussures laissèrent trois vilaines empreintes rouges sur le trottoir avant qu'ils tournent dans le parking. Tout ça était affreux. *Horrible.* Mais elle était toujours en vie.

Oui, mais son soulagement fit bientôt place à une peur croissante. Pour commencer, ce qui arrivait à cet homme abominable, quoi que ce fût, s'accélérait. Elle entendait de petits claquements liquides quand la peau cédait à divers endroits, et le ruissellement du sang qui coulait et gouttait. Le dos de la chemise d'uniforme, jadis kaki, était maintenant d'un rouge boueux.

Et puis elle n'aimait pas la direction qu'il avait prise — au sud. Il n'y avait rien, dans cette direction, que la masse impressionnante de la mine à ciel ouvert.

La voiture progressait lentement dans la rue principale, dans ce qu'elle croyait du moins être la rue principale — qu'est-ce que cela pouvait bien être d'autre ?), dépassant les derniers commerces : un bar, appelé le Tambour Crevé, et l'atelier de réparation Harvey. La dernière boutique était une sinistre cahute portant l'écriteau BODEGA sur la porte et une pancarte que le vent avait déplacée, mais sur laquelle Ellen lut néanmoins CUISINE MEXICAINE.

Le soleil n'était plus qu'une boule de feu poussiéreuse qui s'enfonçait dans les collines, et le paysage baignait dans une sorte de crépuscule lumineux qui lui parut apocalyptique. La question n'était pas tant de savoir où elle se trouvait, comprit-elle, mais *qui* elle était. Elle ne pouvait croire qu'elle était l'Ellen Carver qui avait été élue déléguée de parents et siégerait sans doute au conseil d'administration de l'école à la rentrée, l'Ellen Carver qui allait parfois déjeuner avec des amies à la Chine Impériale où, après un ou deux mai-tais, elles gloussaient un peu trop en parlant de vêtements, d'enfants et de mariages — ceux qui tenaient bon et les autres. Était-elle cette Ellen Carver qui choisissait ses plus beaux atours dans le catalogue du Boston Proper, se parfumait avec *Red* quand elle se sentait amoureuse, portait parfois un T-shirt qui disait : REINE DE L'UNIVERS ? Cette Ellen Carver qui avait élevé deux adorables enfants et gardé son mari alors que toutes ses amies perdaient le leur ? Celle qui ne se palpait les seins qu'environ toutes les six semaines, qui aimait se pelotonner dans le salon les dimanches après-midi avec une tasse de thé brûlant, quelques chocolats et des romans portant des titres comme *Misère au paradis* ? Eh bien, oui, probablement. Elle était ces Ellen et un millier d'autres, Ellen en soie et Ellen en jean, Ellen assise aux toilettes avec une recette de gâteau à la main. Elle était, se dit-elle, toutes ses composantes à la fois, et plus que ce que ses composantes, additionnées, pouvaient former... mais cela pouvait-il signifier qu'elle était aussi l'Ellen Carver dont la fille adorée avait été assassinée et qui était maintenant recroquevillée à l'arrière d'une voiture de police qui commençait à puer la viande avariée, la femme qu'on conduisait par-delà la pancarte disant CUISINE MEXICAINE, une femme qui ne reverrait plus jamais sa maison, ses amis, son mari ? Était-elle cette Ellen Carver emmenée dans l'obscurité sale et venteuse où personne ne consultait le catalogue du Boston Proper, ni ne buvait de mai-tai orné d'une petite ombrelle de papier coloré, et où seule la mort l'attendait ?

« Oh, Seigneur ! Je vous en supplie, ne me tuez pas, dit-elle d'une voix inarticulée et tremblante qu'elle ne reconnut pas. Je vous en prie, monsieur, ne me tuez pas, je ne veux pas mourir. Je ferai tout ce que vous voudrez, mais ne me tuez pas. Je vous en supplie. »

Il ne répondit pas. La voiture fut secouée quand ils quittèrent la route goudronnée. Le flic actionna le bouton qui allumait les phares, mais ils ne servaient pas à grand-chose : elle ne vit que deux cônes lumineux éclairant un monde de poussière en mouvement. De temps à autre, un buisson d'amarante déboulait devant eux, en direction de l'est. Du gravier crissait sous les pneus et venait frapper le dessous de la voiture.

Ils longèrent un long baraquement aux parois métalliques — une usine ou une sorte d'atelier, se dit-elle —, puis la route se mit à monter.

« Je vous en prie, murmura-t-elle, s'il vous plaît, dites-moi juste ce que vous voulez.

— Uck », dit-il avec une grimace.

Et il introduisit ses doigts dans sa bouche comme un homme qui aurait un cheveu sur la langue. Mais au lieu d'un cheveu, il retira sa langue. Il la regarda un moment, posée mollement sur son poing comme un morceau de foie, puis la rentra.

Ils dépassèrent deux camionnettes, une benne à ordures et une remorque à ridelles, garées sur la chaussée dans le premier tournant de la route en direction du sommet.

« Si vous devez me tuer, faites vite, dit-elle de sa voix tremblante. Je vous supplie de ne pas me faire mal. Faites au moins ça, promettez-moi de ne pas me faire mal. »

Mais le personnage sanguinolent affalé derrière le volant ne lui promit rien. Il continua sa route à travers le sable qui volait, conduisant la voiture jusqu'à la crête. Une fois au sommet, sans hésiter, il redescendit sur l'autre flanc, laissant le vent au-dessus d'eux. Ellen se retourna, avide d'apercevoir une dernière lumière, mais elle n'en eut pas le temps. Derrière elle, la côte avait déjà dissimulé ce qui restait du soleil. La voiture descendait dans un vaste lac d'obscurité, un abîme qui rendait les phares dérisoires.

En bas, la nuit était déjà tombée.

Chapitre 2

1

Tu t'es converti, avait dit un jour le pasteur Martin à David. C'était presque au début. C'était aussi l'époque où David commençait à se rendre compte qu'aux environs de seize heures, la plupart des dimanches après-midi, le pasteur Gene Martin n'était plus vraiment sobre. Mais il avait néanmoins fallu quelques mois avant que David comprenne à quel point son nouveau maître buvait. *En fait, ta conversion est la seule conversion véritablement authentique que j'aie jamais vue, peut-être la seule dont je serai jamais témoin. Les temps sont durs pour le Dieu de nos pères, David. Beaucoup de gens répètent des dogmes comme des perroquets, peu les appliquent dans leur vie.*

David n'était pas certain que le mot de conversion rendît exactement compte de ce qui lui était arrivé, mais cela ne l'avait pas préoccupé très longtemps. *Quelque chose* s'était produit, et il était déjà bien assez difficile de faire face à la situation. Ce *changement* l'avait conduit au pasteur Martin, et le pasteur Martin — ivre ou non — lui avait dit les choses qu'il avait besoin de savoir, l'avait engagé dans les tâches qu'il devait accomplir. Lors d'un de ces premiers dimanches après-midi (à la télévision, ce jour-là, se déroulait un match de basket sans le son), quand David lui avait demandé ce qu'il devait faire, le pasteur Martin lui avait répondu sans hésiter : « Le travail d'un nouveau chrétien est de rencontrer Dieu, de connaître Dieu, d'avoir foi en Dieu, d'aimer Dieu. Ce n'est pas comme au supermarché, où tu arrives avec ta liste de courses et où tu peux jeter des articles dans ton chariot dans l'ordre que tu veux. C'est une progression, comme en mathématiques où l'on va du calcul élémentaire jusqu'aux problèmes les plus complexes. Tu as rencontré Dieu, et de façon assez spectaculaire. Maintenant, il faut que tu apprennes à le connaître.

— Eh bien, je vous parle, avait dit David.

— Oui, et tu parles à Dieu. Tu le fais, n'est-ce pas ? Tu n'as pas renoncé à la prière ?

— Non. Mais il ne répond pas souvent. »

Le père Martin avait ri et bu une gorgée de sa tasse.

« Dieu est un piètre interlocuteur, je te le concède, mais il nous a laissé un manuel d'utilisation. Je te suggère de le consulter.

— Hein ?

— La Bible », avait dit le pasteur Martin en le regardant par-dessus le bord de sa tasse avec des yeux injectés de sang.

Alors il avait lu la Bible ; commençant début mars, il avait terminé l'Apocalypse (« Que la grâce de notre Seigneur Jésus-Christ soit avec vous, amen ») juste une semaine avant qu'ils quittent l'Ohio. Il s'en était acquitté comme de ses devoirs, vingt pages chaque soir, prenant des notes, mémorisant ce qui lui semblait important, ne sautant que les passages que le pasteur Martin l'avait autorisé à sauter (surtout les généalogies). Et maintenant, ce dont il se souvenait le plus clairement, frissonnant devant le lavabo de sa cellule tandis qu'il s'aspergeait d'eau froide, c'était l'histoire de Daniel dans la fosse aux lions. Le roi Darius n'avait pas vraiment voulu y jeter Daniel, mais ses conseillers l'avaient piégé. David avait été stupéfait des liens entre la Bible et la politique.

« ARRÊTE ! » cria son père.

David sursauta au cri qui le sortait de ses pensées et se retourna. Dans l'obscurité croissante, le visage de Ralph Carver était allongé par la terreur, ses yeux rouges de douleur. Dans son agitation, il avait l'air d'un gamin de onze ans qui pique une colère.

« Arrête IMMÉDIATEMENT, tu m'entends ? »

David se retourna vers le lavabo sans répondre et éclaboussa d'eau son visage et ses cheveux. Il se souvint des dernières paroles du roi Darius juste avant qu'on emmène Daniel : « Puisse ton Dieu, que tu sers avec persévérance, te délivrer ! » Il se souvint aussi de quelque chose d'autre, quelque chose que Daniel avait dit sur la raison pour laquelle Dieu avait fermé la gueule des lions...

« David ! DAVID ! »

Mais il ne voulut pas le regarder à nouveau. Il ne pouvait pas. Il détestait voir son père pleurer, et jamais il ne l'avait vu ni entendu pleurer comme ça. C'était horrible, comme si on lui avait arraché les veines du cœur.

« *David, réponds-moi !*

— Fermez-la, vieux, dit Marinville.

— Fermez-la vous-même ! dit Mary.

— Mais il énerve le coyote !

— David, demanda Mary sans répondre au vieil écrivain, qu'est-ce que tu fais ? »

David ne répondit pas. Ce n'était pas le genre de chose qu'on pouvait expliquer de façon rationnelle, même quand on avait le temps, parce que la foi n'est pas rationnelle. Le pasteur Martin le lui avait souvent dit, le lui enfonçant dans le crâne comme une règle de grammaire fondamentale, les « si » n'aiment pas les « rai » : les hommes et les femmes sains d'esprit ne croient pas en Dieu. C'était tout. C'était comme ça. *Je ne peux pas le dire en chaire, parce que mes paroissiens partiraient en courant, mais c'est la vérité. Dieu n'a rien à voir avec la raison ; Dieu concerne la foi et la croyance.* Dieu dit : *« Allez, retire le filet de sécurité. Cela fait, retire aussi la corde qui t'assure. »*

Il reprit de l'eau dans ses mains et s'en aspergea le visage, les cheveux. La tête. La tête : c'était là que tout se jouerait, il le savait. C'était ce qu'il y avait de plus gros en lui, et il ne pensait pas que le crâne puisse beaucoup se contracter.

David saisit le morceau de savon et entreprit de s'en enduire. Il ne s'occupa pas de ses jambes, elles ne poseraient pas de problème, mais il le fit mousser autant qu'il put sur tout le torse. Son père criait toujours, mais maintenant il n'avait plus le temps d'écouter. Il fallait qu'il fasse vite... et pas seulement parce qu'il risquait de perdre courage s'il s'arrêtait pour réfléchir et penser au coyote assis là. S'il laissait le savon sécher, il ne pourrait jouer son rôle de lubrifiant ; au contraire, il collerait et le retiendrait.

Il passa rapidement le savon sur son cou et insista sur son visage et ses cheveux. Les yeux réduits à deux fentes, le savon toujours serré dans une main, il s'approcha de la porte de sa cellule. Un barreau horizontal croisait les barreaux verticaux à environ un mètre du sol. L'espace entre les barreaux était de dix centimètres au moins, peut-être douze. Les cellules de cette prison avaient été construites pour des hommes — des mineurs baraqués pour la plupart —, pas des gamins maigrichons de onze ans, et il ne pensait pas avoir trop de mal à passer.

Du moins jusqu'à la tête.

Vite, dépêche-toi, ne réfléchis pas, aie foi en Dieu.

Il s'agenouilla, frissonnant et couvert de savon vert des fesses aux cheveux, et frotta le morceau de savon de haut en bas, d'abord sur le premier barreau peint en blanc, puis sur celui d'en face.

Près du bureau, le coyote se leva. Son grognement se fit menaçant. Il fixait intensément David Carver de ses yeux jaunes. Son museau se retroussa en un sourire carnassier très désagréable.

« *David, non ! Ne fais pas ça ! Tu es fou !*

— Il a raison, mon gars », dit Marinville.

Il s'était approché de la grille et tenait les barreaux à pleines mains. Mary Jackson aussi. C'était embarrassant, mais probablement assez naturel, étant donné la façon dont son père se conduisait. Et il fallait faire avec. Il fallait qu'il parte, qu'il parte tout de suite. Il n'avait pas pu obtenir d'eau chaude du robinet, et il se dit que le froid sécherait encore plus vite le savon sur sa peau.

Il revint à l'histoire de Daniel et ses lions en posant un genou à terre, prêt à l'action. Pas très surprenant, étant donné les circonstances. Quand le roi Darius arriva et constata que Daniel était indemne, « mon Dieu a envoyé son ange et fermé la gueule des lions, lui dit Daniel, parce que j'ai été trouvé innocent devant lui ». David n'était pas sûr des termes exacts, mais il se souvenait du mot « innocent ». Il l'avait fasciné, il avait résonné tout au fond de lui. Maintenant il le disait à la voix qu'il entendait parfois — celle qu'il identifiait parfois comme étant la voix de l'autre : *Trouve-moi innocent, mon Dieu. Trouve-moi innocent et ferme la gueule de ce sac à puces. Je t'en prie, au nom de Jésus, amen.*

Il se présenta de profil et transféra tout son poids sur un bras, comme Jack Palance faisant des pompes à la remise des oscars. De cette façon, il put faire passer ses deux pieds à la fois entre les barreaux. Il se contorsionna pour faire sortir ses chevilles, ses genoux, ses cuisses... et c'est là qu'il sentit pour la première fois la fraîcheur savonneuse des barreaux peints contre sa peau.

« *Non !* hurla Mary. *Non, ne t'approche pas de lui, espèce de brute immonde !* NE T'APPROCHE PAS DE LUI ! »

Il y eut un *clic,* suivi du bruit que fait une bille en roulant. David tourna la tête, le temps de voir Mary, les mains hors des barreaux de sa cellule. Elle tenait quelque chose dans la main gauche. Il la vit y prendre une autre pièce de monnaie et la lancer vers le coyote. Cette fois, il y prêta à peine attention, quoiqu'elle eût atterri sur son flanc. L'animal, tête baissée, grondant, choisit plutôt de s'approcher des jambes nues de David.

2

Seigneur Dieu, se dit Johnny. *Ce sacré gosse doit avoir perdu la tête !*

Il tira alors d'un geste la ceinture de son blouson de motard, étendit le bras aussi loin qu'il put hors des barreaux et abattit la boucle sur le flanc décharné du coyote à l'instant où il allait s'emparer du pied droit de l'enfant.

Le coyote gémit de douleur autant que de surprise. Il se retourna et s'attaqua à la ceinture. Johnny la lui abandonna — elle était trop mince, trop susceptible de céder entre les mâchoires du coyote avant que le gosse ait pu sortir... si le gosse parvenait réellement à sortir, ce dont Johnny doutait. Il laissa filer la ceinture et enleva son lourd blouson de cuir sans lâcher le regard jaune du coyote, lui imposant de ne pas détourner ces yeux qui lui rappelaient ceux du flic.

L'enfant passa ses fesses entre les barreaux en retenant son souffle, et Johnny eut le temps de se demander quel en serait l'effet sur ses bijoux de famille. Le coyote voulut se tourner vers le bruit de l'enfant qui inspirait à nouveau, et Johnny lui lança le blouson de cuir qu'il tenait par le col. Si l'animal n'avait pas avancé de deux pas pour attraper la ceinture, le blouson ne l'aurait pas atteint... mais le coyote avait avancé et le blouson l'atteignit. Quand il lui frôla l'épaule, il se retourna et saisit le cuir si férocement que Johnny faillit le lâcher. Il tint bon et la traction lui envoya la tête contre les barreaux. Ce fut comme un coup de poing et une fusée rouge lumineuse décolla derrière ses yeux, mais il eut le temps de se féliciter que son nez ait atterri *entre* deux barreaux et pas *sur* un barreau.

« Non, je ne te lâcherai pas, grogna-t-il en enroulant le col de cuir autour de ses mains pour mieux tirer. Viens, viens donc... sale bouffeur de charognes... viens ici... me dire bonjour. »

Le coyote grognait férocement, la gueule bourrée de cuir — douze cents dollars chez Barney's, à New York. Johnny n'avait jamais pensé à ce genre d'utilisation quand il avait essayé le blouson dans le magasin.

Il banda ses muscles — ses bras n'étaient pas aussi puissants que trente ans plus tôt, mais ils n'étaient pas flasques non plus — et il attira le coyote vers lui. Ses griffes glissaient sur le plancher. Il avait une patte contre le bureau et secouait le blouson de droite et de gauche pour l'arracher des mains de Johnny. Le tube de pastilles tomba par terre et s'ouvrit, les cartes s'envolèrent, suivies des clés de rechange, de la pharmacie de poche (aspirine, codéine, sucrettes, tube de Préparation H), des lunettes et du foutu téléphone cellulaire. Il laissa le coyote reculer d'un pas ou deux afin d'entretenir son intérêt pour ce jeu, de le ferrer comme un poisson, puis le tira de nouveau en avant. La bête se cogna la tête à l'angle du bureau, cette fois, et ce bruit réchauffa le cœur de Johnny.

« *Arriba !* Ça t'a fait du bien, chéri ?

— Dépêche-toi, cria Mary. Dépêche-toi, David ! »

Johnny jeta un coup d'œil vers la cellule du gamin. Ce qu'il vit lui fit si peur que ses forces l'abandonnèrent. Quand le coyote tira une nouvelle fois sur le blouson, il faillit le lui arracher des mains.

« *Dépêche-TOI !* » cria à nouveau la femme.

Mais Johnny vit que l'enfant ne *pouvait pas* se dépêcher. Savonné, nu comme une crevette décortiquée, il était resté coincé par le menton, toute la longueur de son corps dehors et la tête dans la cellule. Johnny eut une impression terrifiante quand il vit la torsion du cou et l'étirement de la mâchoire.

Le gamin était pendu.

3

Tout s'était passé à peu près bien jusqu'à ce qu'il arrive à la tête, mais là il se retrouva vite coincé, la joue sur le plancher, le plat de la mâchoire contre un barreau et l'arrière du crâne contre l'autre. Un sentiment de panique dû à la claustrophobie — l'odeur du bois par terre, le contact des barreaux de métal, le souvenir d'un tableau représentant un puritain dans un carcan — obscurcit sa vue comme un rideau noir. Il entendait son père qui hurlait, la femme qui criait, le coyote qui grondait, mais tous ces sons étaient lointains. Sa tête était coincée, et il allait lui falloir reculer, sauf qu'il n'était pas sûr de *pouvoir* le faire, parce que ses bras étaient sortis, mais que l'un était coincé sous lui, et...

Seigneur, aide-moi ! se dit-il. Cela ne ressemblait pas à une prière. Il avait peut-être trop peur pour prier, et trop peu de temps. *Par pitié, aide-moi, ne me laisse pas comme ça, je t'en supplie, aide-moi.*

Tourne la tête, dit la voix qu'il entendait parfois. Comme toujours elle avait le ton presque détaché de celui qui énonce des vérités évidentes ; comme toujours, David la reconnut à la façon dont elle semblait passer *à travers* lui plutôt qu'émaner de lui.

Une image s'imposa alors à lui : des mains posées de chaque côté d'un livre, pressant les pages les unes contre les autres en dépit de la rigidité de la reliure. Sa tête pouvait-elle faire ça ? David se dit (ou peut-être espéra seulement) qu'elle le pouvait. Mais il fallait qu'il soit dans la bonne position.

Tourne la tête, répéta la voix.

Quelque part derrière lui, il y eut un bruit de déchirure, puis la voix de Marinville, comme amusée, mais effrayée et scandalisée à la fois :

« Est-ce que tu sais combien a coûté ce blouson ? »

David se tortilla pour reposer sur le dos, et non plus sur le flanc, et éprouva un immense soulagement quand il sentit qu'il échappait à la pression du barreau contre sa mâchoire. Il leva les bras et plaça ses paumes contre les barreaux.

Est-ce que c'est bien ?

Pas de réponse. C'était très souvent qu'il n'y avait pas de réponse. Pourquoi ?

Parce que Dieu est cruel, répondit le pasteur Martin dans sa tête. *Dieu est cruel. J'ai du maïs, David, tu veux qu'on aille faire du pop-corn ? Peut-être qu'on pourra trouver un de ces vieux films d'horreur qui passent à la télé, un film d'Universal, peut-être même* La Momie.

Il poussa avec les mains. Au début, il ne se passa rien, puis lentement, très lentement, sa tête savonnée commença à glisser entre les barreaux. Il y eut un terrible moment quand il s'arrêta, les oreilles écrasées et la pression lui faisant battre les tempes, une pulsation qui était peut-être la pire douleur physique qu'il eût jamais connue. A cet instant, il fut certain qu'il allait rester coincé là et mourir dans les pires souffrances, comme un hérétique emprisonné dans quelque engin de torture de l'Inquisition. Il poussa de toute la force de ses paumes, les yeux fixés sur le plafond sale avec une concentration extrême, et émit un petit gémissement de soulagement quand il sentit que sa tête glissait à nouveau. Lorsqu'il ne resta plus que la partie la plus étroite de son crâne, il put se libérer. Il se retrouva sans plus de mal dans la pièce, au-delà des barreaux. Une de ses oreilles saignait, mais il était dehors, il avait réussi. Nu, couvert de traînées vertes et mousseuses laissées par le savon Irish Spring, il s'assit. Une douleur monstrueuse lui traversa la tête d'arrière en avant, et pendant un instant il sentit ses yeux sortir littéralement de leurs orbites, comme ceux d'un personnage de dessin animé qui vient de repérer une blonde appétissante.

Le coyote était le moindre de ses problèmes, du moins pour l'instant. Dieu lui avait fermé la gueule avec un blouson de moto. Des objets sortis des poches jonchaient le sol, et le blouson lui-même était déchiré. Un lambeau de cuir noir couvert de salive pendait d'un côté du museau du coyote comme un cigare mâchouillé.

« Sors, David ! cria son père d'une voix rauque de larmes et d'angoisse. Sors tant que tu le peux encore ! »

L'homme aux cheveux gris, Marinville, jeta un rapide coup d'œil à David.

« Il a raison, gamin. Fous le camp... Allez, caïd, dit-il au coyote furieux, tu peux faire mieux que ça ! Bon sang, j'aimerais bien être là quand tu chieras des fermetures à glissière à la pleine lune ! »

Il tira violemment sur le blouson. Le coyote glissa sur le parquet, tête baissée, cou distendu, pattes avant raides, secouant sa tête étroite pour arracher le blouson des mains de Marinville.

David pivota sur ses genoux et attrapa ses vêtements à travers les barreaux. Il tâta son pantalon pour vérifier la présence de la cartouche dans la poche. Elle était toujours là. Il se leva et, pendant quelques secondes, le monde tourna comme un manège. Il dut attraper un barreau de son ancienne cellule pour ne pas tomber. Billingsley posa une main sur la sienne. Il la trouva d'une chaleur surprenante.

« Vas-y, mon gars, dit-il. Il ne te reste plus beaucoup de temps. »

David se détourna et tituba vers la porte. Sa tête l'élançait toujours et il n'avait guère d'équilibre. Il lui sembla que la porte était sur un fauteuil à bascule. Il trébucha, évita de tomber et ouvrit le battant. Il se retourna vers son père.

« Je reviendrai.

— Pas question, répliqua son père. Trouve un téléphone et appelle les flics, David. Les flics *de l'État.* Et sois prudent. Ne... »

Un violent bruit de déchirure retentit soudain quand le très onéreux blouson de Johnny se sépara finalement en deux. Le coyote, qui ne s'attendait pas à une victoire si soudaine, fut projeté en arrière, roula sur le flanc et vit l'enfant nu à la porte. Il se remit sur ses pattes et vola vers lui avec une sorte de rugissement. Mary hurla.

« *File, gamin, SORS D'ICI !* » cria Johnny.

David fit un pas en arrière et claqua la porte derrière lui. Une fraction de seconde plus tard, le coyote percuta la porte avec un bruit mat. Un hurlement — terrible parce qu'il était si proche — s'éleva de la prison. C'était comme si l'animal savait qu'il avait été roulé, se dit David, comme s'il savait aussi qu'à son retour l'homme qui l'avait appelé ici ne serait pas content.

Il y eut un autre choc quand le coyote se jeta à nouveau sur la porte, un silence, puis un troisième choc. L'animal hurla à nouveau. La poitrine et les bras savonneux de David se couvrirent de chair de poule. Devant lui descendait l'escalier où sa sœur était morte. Si le flic fou ne l'avait pas déplacée, elle serait toujours en bas, l'attendant dans l'ombre, les yeux ouverts et accusateurs, lui demandant pourquoi il n'avait pas arrêté le Grand Croque-

Mitaine, à quoi servait un grand frère s'il ne pouvait arrêter un croque-mitaine ?

Je ne peux pas descendre. Je ne peux pas. C'est impossible.

Mais... il le fallait.

Dehors, le vent soufflait assez fort pour faire craquer le bâtiment de brique comme un bateau dans la tempête. David entendait aussi le sable qui crépitait sur la façade et la porte comme une neige fine. Le coyote hurla de nouveau, séparé de lui par deux centimètres de bois... et le sachant.

David ferma les yeux et pressa ses doigts entrelacés devant sa bouche.

« Seigneur, c'est encore David Carver. Je suis dans la panade, Seigneur, une de ces panades !... Je t'en prie, protège-moi et aide-moi à faire ce que j'ai à faire. Je t'en prie, Jésus, amen. »

Il ouvrit les yeux, inspira profondément et saisit la rampe. Puis, nu, sa main libre tenant ses vêtements contre sa poitrine, David Carver descendit dans l'obscurité.

4

Steve tenta de parler mais n'y parvint pas. Il essaya à nouveau, sans plus de succès, même si cette fois un petit bruit sec sortit de sa gorge. *On dirait une souris qui pète derrière une plinthe,* se dit-il.

Cynthia lui serrait la main si fort que c'en était douloureux, mais cela semblait sans importance. Il ne savait pas combien de temps ils seraient restés plantés à la porte de la salle au bout du baraquement si, dehors, le vent n'avait pas soulevé quelque chose qui avait dévalé la rue à grand bruit. Cynthia reprit son souffle comme quelqu'un qu'on a frappé et posa sur son visage la main qui ne tenait pas Steve. Elle se tourna pour le regarder de sorte qu'il ne put voir qu'un seul grand œil horrifié, dont s'écoulaient des larmes.

« Pourquoi ? murmura-t-elle. Pourquoi ? »

Il secoua la tête. Il ne savait pas pourquoi, il n'en avait pas la moindre idée. Il n'était certain que de deux choses : les gens qui avaient fait ça étaient partis, sinon Cynthia et lui seraient déjà morts, et lui, Steven Ames, de Lubbock, dans le Texas, ne voulait pas être là quand ils décideraient de revenir.

Le vaste espace à l'extrémité du baraquement semblait être à la fois un atelier, un laboratoire et une zone de stockage. Il était éclairé par des lampes puissantes au plafond, surmontées de réflecteurs en métal, un peu comme celles qui pendaient au-dessus des tables de billard dans les clubs. Elles diffusaient des rayons jaune citron intenses. Deux équipes pouvaient manifestement travailler là en même temps, l'une essayant le minerai à gauche pendant que l'autre le triait et le répertoriait sur la droite. Il y avait des paniers à linge en plastique rangés le long du mur de la zone de tri, remplis d'échantillons de roches presque toujours noires, d'autres avec des échantillons plus petits, presque des cailloux, dont les éclats de quartz scintillaient.

Du côté des essais (si c'était bien ce qu'on y faisait), des Macintosh s'alignaient sur une longue table jonchée d'outils et de manuels. Les ordinateurs étaient tous sur économiseur d'écran. Plusieurs affichaient des sortes d'hélices multicolores au-dessus des mots CHROMATOGRAPHIE DES GAZ PRÊTE. Un autre, sûrement pas sous licence Disney, montrait Dingo qui baissait son pantalon toutes les sept secondes, révélant un gros sexe sur lequel était écrit HYUCK HYUCK HYUCK. Tout au fond, devant une porte de garage fermée portant les mots BIENVENUE DANS LE REPAIRE D'HERNANDO peints en bleu, stationnait un tracteur muni d'une remorque à ridelles pleine de roches elle aussi. Au mur, à gauche, une pancarte disait PORT DU CASQUE OBLIGATOIRE. ORDRE DE L'INSPECTION DU TRAVAIL. PAS D'EXCUSES. Sous la pancarte s'alignaient des patères, mais aucun casque n'y pendait. Les casques étaient dispersés par terre, sous les pieds des gens qui *eux* étaient pendus aux patères, comme des carcasses dans le réfrigérateur d'un boucher.

« Steve... Steve, est-ce que ce sont... des mannequins ? Comme dans les vitrines ? C'est... une plaisanterie ?

— Non, dit-il d'une voix aussi poussiéreuse que l'air au-dehors, mais qui lui prouva qu'il pouvait dire un mot. Tu sais bien que non. Lâche, Cynthia, tu me casses la main.

— Ne me force pas à te lâcher », demanda-t-elle d'une voix tremblante.

Elle avait toujours son autre main sur son visage et elle regardait d'un œil les corps qui se balançaient au fond de la pièce. A la radio, David Lee Murphy avait remplacé les Tractors, puis David Lee Murphy avait cédé la place à une réclame pour chez Whalen — « le magasin d'Austin où l'on trouve tout ! » assurait le présentateur.

« Je ne te demande pas de me lâcher, juste de desserrer un peu. Un... deux... trois..., commença-t-il à compter en levant un doigt.

— Je crois que j'ai un peu mouillé ma culotte...

— Pas étonnant. Quatre... cinq... six...

— Il faut qu'on sorte de là, Steve. Comparé à ça, le type qui m'a cassé le nez pourrait être le Père No...

— Tais-toi et laisse-moi compter ! »

Elle se tut, la bouche tremblante, la poitrine haletante tandis qu'elle essayait de contenir ses sanglots. Steve regrettait d'avoir crié — cette fille en avait vu, même avant aujourd'hui — mais il n'arrivait pas à rassembler ses pensées. Bon sang, il n'était même pas sûr de penser du tout.

« Treize.

— Quatorze, corrigea Cynthia d'une petite voix humble. Tu vois ? Dans le coin ? Il y en a un qui est tombé. Il y en a un qui est tombé du c-c-c... »

Elle voulait dire *crochet,* mais son bégaiement se transforma en un pauvre petit cri et elle se mit à pleurer. Steve la prit dans ses bras et la serra, sentant son visage chaud et mouillé trembler contre sa poitrine. Très *bas* contre sa poitrine. Elle était vraiment petite.

Au-delà des mèches de ses cheveux aux couleurs extravagantes, il voyait l'autre côté de la salle, et elle avait raison : il y avait un corps recroquevillé dans le coin. Quatorze morts en tout, dont au moins trois femmes. Peut-être plus. Avec leur tête penchée en avant et leur menton sur la poitrine, c'était difficile à dire. Neuf portaient un tablier de laboratoire — non, dix, en comptant celui dans le coin — et deux un jean et une chemise sans cravate. Deux autres portaient costume, cravate et chaussures cirées. Il lui sembla que l'un de ces deux-là n'avait pas de main gauche, et Steve n'eut pas à s'interroger longtemps sur le sort de cette main, oh oui ! il savait où elle était. La plupart avaient été tués d'une balle, une balle en plein front, parce que Steve voyait d'énormes trous de sortie à l'arrière de la plupart des têtes baissées. Trois, au moins, avaient été ouverts comme des poissons. Ils étaient suspendus, leur blouse blanche tachée de rouge sombre, et des flaques de sang en dessous de leurs intestins qui pendaient.

« Et maintenant, voici Mary Chapin Carpenter qui va nous dire pourquoi elle se sent heureuse aujourd'hui, annonça, à la radio, le présentateur dont la voix se détacha d'une rafale de crépitements. Peut-être s'est-elle rendue chez Whalen, à Austin. Demandons-le-lui. »

Mary Chapin Carpenter entreprit de raconter sa bonne journée aux hommes et aux femmes morts dans le laboratoire de la compagnie minière de Désolation, elle expliqua qu'elle avait gagné à la loterie, et Steve lâcha Cynthia. Il fit un pas dans le laboratoire et renifla l'air. Pas de relent de poudre, à son avis, mais cela ne voulait peut-être pas dire grand-chose — la ventilation devait renouveler l'air assez vite — mais le sang était sec sur les cadavres qui avaient été éviscérés, ce qui signifiait probablement que les auteurs du massacre étaient partis depuis longtemps.

« Sortons ! murmura Cynthia en le tirant par le bras.

— D'accord. Je veux juste... »

Il s'écarta d'elle. Quelque chose avait attiré son regard. C'était au bout de la table des ordinateurs, à droite de l'écran avec Dingo. Pas une pierre. Pas une *simple* pierre, en tout cas. Une sorte d'objet en pierre. Il s'approcha pour le regarder.

La jeune fille le suivit et lui prit à nouveau le bras.

« Mais qu'est-ce que tu as ? C'est pas une visite guidée ! Et si... »

C'est alors qu'elle vit ce qu'il regardait — qu'elle le vit *vraiment.* Elle lâcha Steve, tendit un doigt hésitant et toucha l'objet. Elle hoqueta et retira son doigt. Au même instant, ses fesses sautèrent en avant, comme si elle avait reçu une décharge électrique, et son bassin vint cogner le rebord de la table.

« Nom de Dieu ! murmura-t-elle, je crois que je viens...

— Tu viens de quoi ?

— Rien ! dit-elle en rougissant. Il devrait y avoir une photo de ce truc pour illustrer le mot “ hideux ” dans le dictionnaire. »

C'était une sculpture qui était censée représenter un loup ou un coyote, et bien qu'elle fût rudimentaire, elle possédait assez de force pour leur faire oublier à tous deux, du moins pendant quelques secondes, qu'ils se trouvaient à vingt mètres de la scène d'un meurtre collectif. La tête de l'animal était tournée d'étrange façon (dans une posture curieusement *affamée*), les yeux semblaient exorbités de rage et la gueule béante, disproportionnée par rapport au corps — presque une gueule d'alligator —, exhibait toutes ses dents. La statue, si c'était une statue, avait été cassée juste sous le poitrail et il ne restait que des moignons à la place des pattes avant. La pierre était tachée et érodée par l'âge, luisante par endroits, comme les pierres rassemblées dans un des paniers. A côté, retenue par une boîte de punaises, on avait posé une fiche : *Jim, qu'est-ce qui se passe ? Tu as une idée ?* Signé : *Barbie.*

« Regarde sa *langue,* dit Cynthia d'une voix étrangement lointaine.

— Et alors ?

— C'est un serpent. »

Oui, c'était un serpent. Un serpent à sonnette, peut-être. Une bête munie de crochets, en tout cas.

Cynthia releva brusquement la tête, les yeux dilatés d'effroi. Elle saisit Steve par sa manche de chemise et le tira.

« Mais qu'est-ce qu'on fait là ? On n'est pas au cours de dessin, nom de Dieu ! Il faut qu'on sorte d'ici ! »

Oui, en effet, se dit Steve. *Encore faudrait-il savoir pour aller où...*

Ils s'en inquiéteraient dans le camion. Pas ici. Il avait dans l'idée qu'il lui serait impossible de réfléchir efficacement ici.

« Eh, qu'est-il arrivé à la radio ?

— Hein ? demanda-t-il avant de se rendre compte qu'il n'y avait plus de musique. Je n'en sais rien. »

Une étrange expression figée sur le visage, Cynthia tendit à nouveau le doigt vers la statue cassée. Elle la toucha cette fois entre les oreilles, la respiration haletante. La lumière clignota — Steve la *vit* clignoter — et la radio repartit. *Hé ! Dwight, hé ! Lyle, les garçons, c'est inutile de vous battre,* chantait Mary Chapin Carpenter à travers les parasites, *bon sang, que je suis contente ce soir !*

« Mais pourquoi tu as fait ça ? » demanda Steve.

Cynthia le regarda, les yeux curieusement embrumés. Elle haussa les épaules, se lécha les lèvres.

« J'en sais rien. »

Soudain, elle leva les mains et se pressa les tempes, très fort. Quand elle les rabaissa, elle avait à nouveau le regard clair, mais effrayé.

« Mais qu'est-ce... ? » dit-elle plus à elle-même qu'à Steve.

Il tendit la main pour toucher lui aussi la statue, mais elle lui saisit le poignet avant.

« Non. Ne fais pas ça. C'est mauvais. »

Il la repoussa et posa le doigt sur le dos du loup (tout d'un coup il fut certain que c'en était un : pas un coyote, non, un loup). La radio s'éteignit. Au même instant il y eut un bruit de verre cassé derrière eux. Cynthia poussa un petit cri.

Steve avait déjà retiré le doigt de la pierre ; il l'aurait retiré même si rien ne s'était passé, parce qu'elle avait raison. C'était mauvais. Mais pendant un moment, il s'était passé quelque chose, comme si un ou plusieurs circuits vitaux dans sa tête avaient été coupés. Sauf que... est-ce qu'il n'avait pas pensé à la fille ? Est-ce qu'il n'avait pas *fait* quelque chose à la fille, avec la fille ? Le genre de chose que tous deux voudraient essayer mais dont ils ne parleraient jamais à leurs amis ? Une sorte d'expérience ?

Tandis qu'il réfléchissait, qu'il tentait de se souvenir de quelle expérience il avait bien pu s'agir, il tendait à nouveau le doigt vers la pierre. Il n'avait pas pris consciemment la décision de le faire, mais maintenant qu'il y était, cela lui semblait une bonne idée. *Que ce bon vieux doigt aille où il veut,* se dit-il, fasciné. *Qu'il touche ce qu'il...*

Elle lui saisit la main et la lui tordit pour l'éloigner de la pierre à l'instant même où le doigt allait atteindre le dos du loup.

« Eh, vieux, comprends-moi bien : *Je veux sortir d'ici ! Tout de suite !* »

Il prit une profonde inspiration et laissa l'air ressortir. Il recommença. Sa tête lui parut à nouveau un territoire familier, mais il eut soudain plus peur que jamais. De quoi exactement, il ne le savait pas. Il n'était pas certain de *vouloir* savoir.

« D'accord, partons. »

Lui tenant la main, il la ramena dans le couloir. Il regarda pardessus son épaule une fois, vers la sculpture grise cassée. Tête tordue de prédateur. Yeux exorbités. Museau trop long. Langue de serpent. Et quelque chose d'autre, au-delà. Les hélices et Dingo avaient disparu. Les écrans étaient noirs, comme si une surtension les avait éteints.

De l'eau s'écoulait par la porte ouverte du bureau où était l'aquarium. Une mollienisie étouffait dans un dernier sursaut sur le tapis du couloir. *Bon,* se dit Steve, *maintenant, on sait ce qui s'est brisé, on n'a plus besoin de se poser de questions.*

« Ne regarde pas quand on passera devant, dit-il. Contente-toi...

— Tu n'as pas entendu quelque chose, à l'instant ? demanda-t-elle. Des boum ! ou des bang ! ou quelque chose de ce genre ? »

Il tendit l'oreille et n'entendit que le vent... puis il crut percevoir une sorte de frottement furtif derrière lui.

Il se retourna d'un bloc. Rien. Bien sûr qu'il n'y avait rien ! A quoi s'attendait-il donc ? A ce qu'un des cadavres se décroche et les suive ? Idiot. Même dans ces circonstances particulièrement angoissantes, c'était complètement dingue. Mais il y avait autre chose, quelque chose qu'il ne pouvait écarter de son esprit, idiot ou non : cette statue. C'était comme une présence physique dans sa tête, un pouce brutal pressant la matière même de son cerveau. Il aurait préféré ne pas la regarder. Il aurait surtout préféré ne pas la toucher.

« Steve ? Tu n'as vraiment rien entendu ? Ça pourrait être des coups de feu. Tiens ! Encore un ! »

Le vent hurlait sur les flancs du baraquement, et quelque chose encore tomba dehors, qui les fit crier et se serrer l'un contre l'autre comme des gosses dans le noir. Ce qui était tombé passa juste devant eux.

« Je n'entends que le vent. Il est probable que tu as seulement entendu une porte qui claquait quelque part.

— Il y a eu trois coups, affirma-t-elle. Ce n'étaient peut-être pas des coups de feu, plutôt des bruits de choc, mais...

— Ça peut être quelque chose qui s'est envolé. Viens, mon chou, allons nous faire décoiffer.

— Ne m'appelle pas mon chou et je ne te traiterai pas de tarte », dit-elle d'une petite voix.

Elle ne regarda pas dans le bureau d'où sortait l'eau de l'aquarium. Steve, si. Il n'y avait plus qu'un rectangle de sable mouillé entouré de morceaux de verre. La main reposait sur le tapis trempé près du bureau. Elle était tombée sur le dos. Un guppy mort gisait sur la paume. Les doigts semblaient presque l'accueillir — bienvenue, étranger, prenez une chaise et posez votre bagage, *mi casa es su casa.*

Non, merci, se dit Steve.

Il avait déjà entrouvert la porte donnant sur l'extérieur quand elle lui fut arrachée des mains. Le sable tournoyait. Les montagnes à l'ouest étaient complètement dissimulées par des membranes d'or de plus en plus sombre — du sable et de la poussière qui s'envolaient dans les dix dernières minutes du jour — mais il vit distinctement les premières étoiles scintiller dans le ciel. Le vent soufflait maintenant en tempête. Un vieux baril rouillé portant les mots ZOOM CHEMTRONICS — NE PAS JETER SANS RETRAITEMENT peints au pochoir roula à travers le parking, longea le Ryder, traversa la route, puis s'enfonça dans le désert. Le *tink-tink-tink* du filin contre le mât était maintenant fiévreux, et à leur gauche, quelque chose cogna deux fois, très fort ; le bruit ressemblait à des coups de feu tirés avec un silencieux. Cynthia sursauta. Steve se tourna vers le bruit et vit une grosse poubelle verte. Pendant qu'il regardait, le vent souleva un peu le couvercle, puis le laissa retomber. Il y eut un autre bruit de choc.

« Voilà tes coups de feu, dit-il en élevant la voix pour qu'elle porte malgré le vent.

— Je ne sais pas... ce n'était pas *exactement* le même bruit. »

Une série de hurlements de coyotes s'éleva dans la nuit, certains à l'ouest, d'autres au nord. Il ne sut pourquoi, mais cela rappela à Steve de vieilles actualités sur la Beatlemania, ces filles qui hurlaient à en devenir folles à la vue des quatre garçons de Liverpool. Cynthia et lui se regardèrent.

« Viens ! Au camion ! Tout de suite ! »

Ils se précipitèrent, enlacés, le vent dans le dos. Quand ils furent montés dedans, Cynthia verrouilla sa porte, abaissant le bouton de son poing avec détermination. Steve en fit de même, puis mit le contact. Le ronronnement régulier du moteur et la lueur du tableau de bord quand il alluma les phares le réconfortèrent. Il se tourna vers Cynthia.

« Bon, alors, où aller raconter ça ? Austin est hors de question. C'est trop loin à l'ouest, et c'est de là que vient la tempête. On se retrouverait sur le bas-côté de la route à espérer que ce foutu moteur reparte une fois la tempête passée. Reste Ely, à deux heures de route — plus, si la tempête nous rattrape — ou le centre de Désolation, qui n'est sans doute pas à beaucoup plus d'un kilomètre.

— Ely, affirma-t-elle. Les gens qui ont fait ça sont peut-être ici, et je doute qu'un ou deux flics du cru, ou même la police de la route, puissent faire le poids face à ceux qui ont fait ce qu'on a vu là-dedans.

— Ceux qui ont fait ça peuvent aussi être sur la nationale 50. Souviens-toi du camping-car et de la moto du patron.

— Mais on a vu des voitures passer, dit-elle avant de sursauter à nouveau quand quelque chose tomba tout près avec un gros bruit métallique. Bon sang, Steve, est-ce qu'on ne pourrait pas foutre le camp d'ici, *s'il te plaît* ? »

Il le souhaitait autant qu'elle, mais il secoua la tête.

« Pas avant qu'on ait résolu ce problème. C'est important. Quatorze personnes mortes, sans compter le patron et les gens du camping-car.

— La famille Carver.

— Ça va faire du grabuge quand ça se saura. Ce sera une affaire nationale. Si on retourne à Ely et qu'il s'avère qu'il y avait des flics à l'écoute de leur radio à moins d'un kilomètre, et si les gens qui ont fait ça s'échappent parce qu'on a mis trop longtemps à donner l'alerte... eh bien... on va contester le bien-fondé de notre décision. Et il ne faudra pas s'attendre à des gentillesses. »

Le tableau de bord donnait à Cynthia un teint verdâtre de malade.

« Tu veux dire qu'on risque de penser qu'on a quelque chose à voir avec ça ?

— Je n'en sais rien, mais je vais te dire une chose : tu n'es pas la duchesse de Windsor et je ne suis pas le duc d'Earl. On est deux vagabonds, rien de plus. Qu'est-ce que tu as comme pièce d'identité ? Un permis de conduire ?

— J'ai jamais eu le temps de le passer. J'ai bougé trop souvent.

— Une carte de Sécurité sociale ?

— Eh bien... la *carte,* je l'ai perdue. Je crois que je l'ai oubliée quand j'ai quitté ce type qui m'a bousillé l'oreille. Mais je me souviens de mon numéro.

— Qu'est-ce que tu as comme papiers ?

— J'ai ma carte de fidélité de Tower Records, répondit-elle d'un ton furieux. Encore deux cases à remplir et j'aurai un disque gratuit. Je veux *Vitalogy,* ça te va ?

— Oui. »

Il rit. Elle le regarda un moment, les joues vertes, des ombres ondulant sur son front, les yeux sombres, et il eut le sentiment qu'elle allait se jeter sur lui pour voir quelle quantité de peau elle pourrait lui arracher. Mais elle se mit à rire aussi, d'un petit rire nerveux qu'elle ne pouvait contrôler.

« Viens là une seconde, dit-il en lui ouvrant les bras.

— Commence pas avec moi, je te préviens ! »

Mais elle glissa sur son siège et se lova contre lui sans hésitation. Il sentit ses épaules trembler. Elle allait avoir froid avec ce petit haut sans manches, s'il fallait qu'ils ressortent du camion. La température tombait d'un coup, dans ces régions, dès que le soleil se couchait.

« Tu veux vraiment aller en ville, Lubbock ?

— Ce que je voudrais, c'est être à Disneyland en train de manger une glace, mais je crois que nous devrions aller jeter un coup d'œil. Si tout est normal... Si on a la *sensation* que tout est normal... d'accord, on tentera de faire notre déclaration ici. Mais si on voit quoi que ce soit qui nous semble bizarre, on file sur Ely à toute vitesse.

— Je te ferai respecter ta promesse, lui dit-elle avec un regard solennel.

— Tu peux. »

Il passa une vitesse et s'engagea lentement sur la route. A l'ouest, la lueur qui filtrait à travers le sable était maintenant couleur d'ambre... Au-dessus de leurs têtes, d'autres étoiles s'allumaient, mais elles tremblotaient dans l'air de plus en plus chargé de sable.

« Steve, tu n'aurais pas un pistolet, par hasard ? »

Il secoua la tête, songea à retourner au baraquement pour en chercher un, puis évacua cette idée de sa tête. Il ne retournerait pas là-bas, c'était tout. Il n'y retournerait pas.

« Pas de pistolet, mais j'ai un *très grand* couteau suisse, celui qui a toutes les cloches et les sifflets. Même une loupe.

— Ça me rassure beaucoup. »

Il songea à l'interroger à propos de la statue, à lui demander si elle avait eu de drôles d'idées — des idées *expérimentales* — mais n'en fit rien. Comme l'idée de retourner dans le baraquement, c'était trop effrayant. Un bras autour des épaules de Cynthia, il accéléra en direction de la ville. Le sable filait dans la lumière de ses phares, se tordant en longues ombres qui lui rappelaient les corps pendus à leurs patères.

5

Le corps de sa sœur n'était plus au pied de l'escalier, et c'était toujours ça. David regarda un moment à travers la porte vitrée. Le jour baissait, et bien que le ciel fût encore clair — indigo sombre — la lumière disparaissait au niveau du sol, étouffée par la poussière. De l'autre côté de la rue, une pancarte indiquant CAFÉTÉRIA ET BOUTIQUE VIDÉO DE DÉSOLATION se balançait dans le vent. Assis dessous, deux coyotes le regardaient avec attention. Entre eux, son plumage miteux soulevé par le vent comme les plumes du chapeau d'une vieille grenouille de bénitier venant jouer au Bingo un samedi soir, un grand oiseau chauve le regardait aussi. David reconnut un busard, assis entre deux coyotes !

« C'est impossible », murmura-t-il.

Sans doute, mais il le voyait quand même. Il s'habilla rapidement tout en surveillant la porte. Sur le panneau de verre, on avait écrit SERVICES MUNICIPAUX DE DÉSOLATION, 9-16 H. Il noua ses lacets, prêt à faire demi-tour au galop s'il flairait quelque danger... s'il sentait même le moindre mouvement.

Mais où courir ? Où me réfugier ?

La pièce à sa gauche était plongée dans l'obscurité et le silence. Il suivit le mur à tâtons, s'attendant à ce que quelque chose ou quelqu'un vienne l'attraper, mais il ne se passa rien. Il trouva l'interrupteur, qu'il manœuvra. Quand ses yeux se furent habitués à la lumière des vieux globes au plafond, il avança d'un pas. Droit devant lui, un long comptoir était surmonté de guichets aux fenêtres munies de barreaux, comme ceux des caissiers dans les vieilles banques. Il lut successivement : IMPÔTS, PERMIS DE CHASSE, MINES ET ESSAIS. Sur le dernier, plus petit, RÉGLEMENTATION FÉDÉRALE D'UTILISATION DES TERRES. A la bombe de peinture rouge, sur le mur derrière les fauteuils des guichetiers, on avait écrit : DE CES SILENCES QUELQUE CHOSE PEUT S'ÉLEVER.

C'est bien ce qui est arrivé, se dit David en tournant la tête pour regarder l'autre côté de la pièce. *Quelque chose de pas très...*

Il ne termina pas sa réflexion. Ses yeux s'écarquillèrent, ses mains montèrent à sa bouche pour étouffer un cri. Pendant un moment, le monde vacilla, devint gris, et il crut qu'il allait s'évanouir. Pour l'éviter, il retira les mains de sa bouche et se pressa les tempes, ravivant sa douleur. Puis il les laissa retomber, la bouche tremblante, regardant ce qu'il y avait au mur à droite de la porte avec des yeux tétanisés. Il y avait des patères. A la plus proche de la fenêtre était accroché un Stetson cerclé d'un ruban en peau de serpent. Deux femmes pendaient aux deux suivantes, l'une tuée d'un coup de feu, l'autre étranglée. Celle-ci avait de longs cheveux roux et la bouche ouverte, en un dernier cri figé et silencieux. A sa gauche était accroché un homme en kaki, tête baissée, son étui de pistolet vide. Pearson, peut-être, l'autre représentant de la loi. Près de lui, il y avait un homme en jean et chemise bleue tachée de sang. La dernière de la file était la Puce. Elle avait été accrochée par le dos de son T-shirt MotoKops. On y voyait Cassie Styles devant son van, bras croisés et sourire aux lèvres. Cassie avait toujours été la MotoKop préférée de la Puce. Sa tête pendait au bout de son cou brisé et ses chaussures tiraient ses pieds vers le bas.

Ses mains. Il ne pouvait détacher les yeux de ses mains. Petites et roses, les doigts un peu écartés.

Je ne peux pas la toucher, je ne peux pas l'approcher !

Mais il le pouvait. Il le *fallait* s'il ne voulait pas la laisser là avec les autres victimes d'Entragian. Et puis, à quoi d'autre pouvait servir un grand frère, surtout un frère pas tout à fait assez grand pour empêcher le Croque-Mitaine de commettre des actes indescriptibles ?

Le savon vert qui séchait formait des copeaux irritants sur sa peau. Il joignit à nouveau les mains et les leva devant son visage. Il ferma les yeux. Sa voix, quand elle résonna, tremblait tant qu'il la reconnut à peine.

« Seigneur, je sais que ma sœur est auprès de toi, et que ça c'est seulement ce qu'elle a laissé derrière elle. Je t'en prie, aide-moi à faire ce qu'il faut pour elle ! Je t'aime, la Puce, dit-il en rouvrant les yeux pour la regarder à nouveau. Je suis désolé d'avoir crié contre toi parfois, ou de t'avoir tiré les cheveux trop fort. »

C'en était trop. Il s'agenouilla par terre et entoura sa tête baissée de ses bras, incapable de respirer, sur le point de s'évanouir. Ses larmes traçaient des sillons sur la pâte verte qui couvrait son visage. Ce qui lui faisait le plus mal, c'était de savoir que la porte qui s'était refermée derrière eux ne se rouvrirait jamais, du moins pas dans ce monde-ci. Il ne verrait jamais la Puce partir pour un rendez-vous galant, ni marquer un panier deux secondes avant la fin du match. Plus jamais elle ne lui demanderait de lui tenir les pieds quand elle ferait le poirier, ni si la lumière restait allumée quand la porte du réfrigérateur était fermée. Il comprenait maintenant pourquoi, dans la Bible, les gens déchiraient leurs vêtements.

Quand il parvint à nouveau à se contrôler, il traîna une des chaises vers le mur où Kirstie était pendue. Il regarda ses mains, ses paumes roses, et son esprit vacilla à nouveau. Il parvint à se reprendre — et découvrir qu'il en était capable, si besoin était, fut une bonne surprise. La douleur revint, plus insistante encore, quand il fut monté sur la chaise et put observer la pâleur de cire du visage et les lèvres pourpres. Prudemment, il laissa s'exprimer un peu de sa douleur. Il sentait qu'il valait mieux le faire. C'était la première fois qu'il voyait une personne morte, et c'était la Puce. Il ne voulait pas être effrayé par elle, ni dégoûté par elle. Alors il valait mieux la plaindre, et c'est ce qu'il fit.

Dépêche-toi, David.

Il lui fut impossible de décider si c'était sa voix ou celle de l'autre, mais cette fois, cela n'avait pas d'importance. La voix avait raison. La Puce était morte, mais son père et les autres, en haut, ne l'étaient pas. Et il y avait sa mère. C'était le pire, d'une certaine façon, pire même que ce qui était arrivé à la Puce, parce qu'il ignorait son sort. Le flic fou avait emmené sa mère quelque part, et il était capable de lui faire n'importe quoi. *N'importe quoi.*

Je ne vais pas y penser. Je ne veux pas y penser.

Il pensa plutôt à toutes les heures que la Puce avait passées devant la télévision, Melissa Chérie sur les genoux, à regarder *Barney.* Le dinosaure violet avait cédé la place d'honneur dans son cœur aux MotoKops (surtout Cassie Styles et le beau colonel Henry) depuis environ un an, mais David trouvait néanmoins que Barney répondait à son besoin du moment. Il ne se souvenait que d'une des chansons du dinosaure, celle qui se chantait sur l'air du « Bois Joli » et il la chanta en entourant la petite fille morte de ses bras pour la décrocher.

« Je t'aime... tu m'aimes... »

La tête blonde tomba sur son épaule. Elle était lourde — comment avait-elle pu la soutenir bien droite toute la journée, petite comme elle était ?

« Nous sommes une famille heureuse... »

Il pivota d'un quart de tour, descendit maladroitement de la chaise, tituba mais ne tomba pas. Il emporta la Puce jusqu'à la fenêtre, lissant son T-shirt dans son dos. Il s'était déchiré, mais juste un peu. Il l'allongea par terre, une main sous son cou pour éviter de lui cogner la tête sur le plancher. C'était comme ça que maman lui avait dit de la prendre quand la Puce était un bébé et qu'il avait voulu la tenir dans ses bras. Est-ce qu'il lui avait chanté quelque chose ce jour-là ? Il ne s'en souvenait pas. Mais c'était probable.

« Je te serre dans mes bras, je te donne un gros baiser... »

De vilains rideaux verts encadraient les fenêtres étroites et hautes de trois mètres, du sol au plafond. David en décrocha un.

« Dis-moi que tu m'aimes, toi aussi ! »

Il étendit le rideau près du corps de sa sœur en répétant la petite chanson idiote. Il aurait bien aimé pouvoir lui donner Melissa Chérie pour lui tenir compagnie, mais la poupée était restée près du camping-car. Il souleva la Puce et la posa sur le rideau dont il replia le bas sur elle. Elle fut recouverte jusqu'au cou, et elle lui parut beaucoup mieux ainsi. Beaucoup mieux. Comme si elle dormait dans son lit, à la maison.

« Je te serre dans mes bras, je te donne un gros baiser, chanta-t-il à nouveau. Dis-moi que tu m'aimes, toi aussi ! »

Il se pencha pour l'embrasser sur le front.

« Je t'aime vraiment », dit-il.

Et il rabattit le haut du rideau sur son visage.

Il resta près d'elle un moment, les mains serrées entre ses cuisses, tout occupé de nouveau à contrôler ses émotions. Quand il se sentit moins branlant, il se mit debout. Le vent hurlait, le jour était presque tombé, et le bruit de la poussière contre les vitres ressemblait à des milliers d'ongles tapant sur une table. Il entendait aussi le grincement monotone — *riik-riik-riik* — de quelque chose qui tournait dans le vent, et il sursauta quand quelque chose d'autre dans l'obscurité croissante tomba à grand bruit.

Il s'écarta de la fenêtre et s'approcha du comptoir, hésitant. Il n'y avait plus de corps, mais des papiers jonchaient le sol derrière le guichet des impôts, certains tachés de sang séché. Le haut siège du préposé avait été renversé.

Derrière les guichets se trouvait un coffre-fort ouvert (David y vit des piles de papiers, mais pas d'argent, et rien ne semblait avoir été dérangé). A droite plusieurs bureaux côte à côte. A gauche, deux portes fermées, toutes deux arborant des plaques dorées. Celle où était écrit CHEF DES POMPIERS ne l'intéressa pas, mais l'autre, celle du chef de la police urbaine, si. Son nom était Jim Reed.

« Chef de la police urbaine, c'est un titre pour un policier de grande ville », murmura David.

Il s'approcha de la porte. Elle n'était pas fermée. Il caressa à nouveau le mur de la main et trouva l'interrupteur. La première chose qu'il vit quand les lumières s'allumèrent fut une énorme tête de renne sur le mur à gauche du bureau. La seconde fut l'homme derrière le bureau. Il était renversé dans son fauteuil. S'il n'y avait eu les stylos fichés dans ses yeux et, sortant de sa bouche, la plaque qui, normalement, indiquait son nom sur le bureau, on aurait pu le croire endormi tant il semblait détendu. On lui avait croisé les mains sur son gros ventre. Il portait une chemise kaki et un ceinturon à bandoulière, comme Entragian.

Dehors, nouveau bruit de chute, et les coyotes hurlèrent à l'unisson comme un quatuor venu droit de l'enfer. David sursauta et regarda derrière lui pour s'assurer qu'Entragian ne le surveillait pas. Il n'y avait personne. David regarda à nouveau le chef de la police urbaine. Il savait ce qu'il avait à faire ; s'il avait pu toucher la Puce, il pourrait probablement toucher cet étranger.

D'abord, toutefois, il décrocha le téléphone. Il s'attendait à ce qu'il n'y ait pas de tonalité, et c'était le cas. Il pressa pourtant plusieurs fois le bouton en disant : « Allô ? Allô ? »

Service des chambres, envoyez-moi une chambre, songea-t-il. Il reposa le combiné avec un frisson, puis fit le tour du bureau et s'arrêta près du mort avec les stylos dans les yeux. La plaque portant le nom du flic — JAMES REED, CHEF DE LA POLICE URBAINE — était toujours sur le bureau, donc celle qu'il avait dans la bouche en était une autre. Sur la partie dépassant des dents, il put lire EST MOI. David sentit une odeur familière — pas de lotion après-rasage ni d'eau de Cologne... Il regarda les mains croisées du mort, et vit de profondes gerçures. Il comprit. C'était l'odeur d'une crème pour les mains, celle qu'utilisait sa mère, sans doute. Jim Reed s'en était enduit les mains peu avant d'être tué.

David tenta de regarder sur les genoux de Reed et n'y parvint pas. L'homme était trop gros et trop près du bureau. Il y avait un petit trou noir au centre du dossier du fauteuil, ça il le voyait très bien. Reed avait été tué par une balle. Les stylos avaient été enfoncés (David l'espérait) après qu'il fut mort.

Allez, dépêche-toi.

Il commença à tirer le fauteuil en arrière, puis s'écarta avec un cri de surprise quand le siège, déséquilibré par le mouvement, projeta la masse inerte de Jim Reed par terre. Le cadavre fit un bruit sourd en heurtant le plancher. La plaque sortit de sa bouche comme un missile quittant sa rampe et tomba à l'envers, mais David lut sans problème ce qui était écrit dessus : LE CHEF, C'EST MOI.

Le cœur battant plus fort que jamais, il s'agenouilla près du corps. Le pantalon d'uniforme de Reed était déboutonné, la braguette ouverte, exposant des dessous indubitablement non réglementaires (un caleçon large, en soie, couleur pêche), mais David le remarqua à peine. Il regardait autre chose, et il soupira de soulagement quand il le vit. Sur une des grosses cuisses reposait le revolver de service de Reed. Sur l'autre, une chaîne accrochée à un passant de ceinture retenait un trousseau de clés. Mordant sa lèvre, presque certain que le flic mort allait tendre la main

(oh, merde, la momie nous court après)

et l'attraper, David libéra le trousseau de clés de la ceinture. Au début, le mousqueton refusa de s'ouvrir, mais il finit par céder. Il fouilla dans les clés, priant pour trouver ce dont il avait besoin... et il trouva : une clé carrée qui ressemblait à peine à une clé, avec une bande magnétique noire sur toute la longueur — la clé des cellules de l'étage.

Il l'espérait.

David glissa le trousseau dans sa poche, regarda le pantalon ouvert de Reed avec curiosité cette fois, puis dégagea l'arme de son étui. Il la prit à deux mains, sentant son poids et la violence qu'elle recelait. C'était un revolver, pas un automatique avec les balles cachées dans la poignée. Pour pouvoir regarder dans le barillet, David tourna le canon vers lui en évitant soigneusement de placer un doigt près de la détente. Il y avait des balles dans chaque chambre visible, l'arme était donc probablement en état de marche. La première chambre était peut-être vide — dans les films, les flics y veillaient en général pour éviter de se tirer dessus par accident — mais il se dit que cela n'aurait pas d'importance s'il pressait la détente deux fois de suite très vite.

Il fit pivoter l'arme et l'inspecta par l'arrière, à la recherche d'un cran de sécurité. Il n'en vit pas. Tout tremblant, il pressa légèrement sur la détente. Quand il vit le chien commencer à se redresser, il relâcha vite la pression. Il ne voulait pas tirer ici. Il ne savait pas à quel point les coyotes étaient intelligents, mais s'ils savaient quelque chose, ça concernait probablement les armes.

Il retourna dans le grand bureau. Le vent hurlait, projetant du sable contre la fenêtre. Les vitres étaient violacées maintenant, comme des ecchymoses. Bientôt elles seraient noires. Il regarda le vilain rideau vert et la forme en dessous. *Je t'aime, la Puce,* pensa-t-il, puis il retourna dans le hall. Il y resta un moment à inspirer profondément, les yeux clos, l'arme contre une jambe, canon vers le sol.

« Seigneur, dit-il, jamais je n'ai tiré de ma vie. S'il te plaît, aide-moi à me servir de ce revolver. Pour l'amour de Dieu. Amen. »

Cela fait, David s'engagea dans l'escalier.

Chapitre 3

1

Mary Jackson était assise sur son lit de camp, les yeux baissés, les mains jointes, pleine de pensées empoisonnées concernant sa belle-sœur : Deirdre Finney, avec son joli visage pâle, son doux sourire figé, ses boucles préraphaélites. Deirdre qui ne mangeait pas de viande (« C'est cruel, vous savez ? ») mais fumait des joints, oh oui ! Deirdre était fidèle à ce foutu Panama Red depuis des années. Deirdre et ses autocollants Mr Smiley. Deirdre qui avait fait tuer son frère et enfermer sa belle-sœur dans la cellule d'un bled perdu, dans le couloir de la mort, en fait, et tout ça parce qu'elle avait la cervelle trop grillée pour se souvenir qu'elle avait laissé de l'herbe sous sa roue de secours.

Tu es injuste, répliqua dans sa tête une autre voix plus rationnelle. *C'est la plaque d'immatriculation, pas l'herbe. Entragian nous a arrêtés à cause de la plaque. C'était comme l'Ange de la Mort qui aurait repéré une porte sans la bonne marque dessus. S'il n'y avait pas eu le sachet, il aurait trouvé autre chose. Une fois qu'on avait attiré son regard, on était cuits, c'est tout. Et tu le sais.*

Mais elle ne *voulait* pas le savoir. Voir les choses de cette façon, comme une sorte d'étrange désastre naturel, était trop horrible. Il valait mieux en accuser l'idiote de sœur de Peter, imaginer comment punir Deirdre — un châtiment qui ne soit pas mortel mais le plus douloureux possible. Les coups de trique, comme on en donnait aux contrevenants à Singapour, lui plaisaient assez, mais elle se voyait aussi enfoncer la pointe d'un talon aiguille dans les petites fesses plates *tellement mode* de sa belle-sœur. N'importe quoi pour enlever de ses yeux ce regard « chambre-à-louer » le temps de lui crier « *TU AS CAUSÉ LA MORT DE TON FRÈRE, PAUVRE CONNE, EST-CE QUE TU M'ENTENDS* ? » et de lire sur son visage que, oui, elle comprenait.

« La violence engendre la violence, dit-elle à ses mains d'une voix doctorale. Je le sais, tout le monde le sait, mais y penser est si agréable, parfois. »

Parler toute seule, dans ces circonstances, lui paraissait tout à fait normal. Mais Ralph Carver s'inquiéta :

« Quoi ? »

Il semblait ailleurs. En fait — terrifiante idée — il donnait presque la même impression de court-circuit ambulant que Deirdre.

« Rien. C'est rien. »

Elle se leva. En deux pas, elle était devant la grille. Elle saisit les barreaux et regarda de l'autre côté. Le coyote était assis devant les restes du blouson de cuir de Johnny Marinville, les yeux fixés sur l'écrivain, comme hypnotisé.

« Vous croyez qu'il a pu s'enfuir ? demanda Ralph. Vous croyez que mon petit garçon s'est enfui, madame ?

— Pas Madame, Mary. Je n'en sais rien. Je veux le croire, en tout cas, je peux vous le jurer. Je crois en fait qu'il y a de grandes chances qu'il y soit parvenu. »

A condition qu'il ne soit pas tombé sur le flic, ajouta-t-elle en pensée.

« Oui, je le crois aussi. Je ne savais pas qu'il prenait ces prières tellement au sérieux, dit Ralph d'un ton d'excuse que Mary trouva curieux, dans ces circonstances. Je croyais qu'il s'agissait... je ne sais pas... d'une lubie passagère. Mais ça avait l'air de tout autre chose, non ?

— En effet.

— Pourquoi tu me regardes comme ça, Bosco ? demanda Marinville au coyote. Tu as eu mon blouson, qu'est-ce que tu veux d'autre ? Comme si je ne le savais pas ! Croyez-moi, dit-il à Mary, si un de nous pouvait sortir d'ici, je crois que ce chien galeux ferait demi-tour et...

— Chut ! ordonna Billingsley. Quelqu'un monte l'escalier. »

Le coyote l'entendit aussi. Il quitta Marinville des yeux et se retourna en grognant. Les pas approchèrent, arrivèrent au palier et s'arrêtèrent. Mary ne put jeter qu'un bref coup d'œil à Ralph Carver : le mélange d'espoir et de terreur qu'on lisait sur son visage était trop horrible. Elle avait perdu son mari, et elle souffrait plus qu'elle ne l'aurait jamais cru possible. Alors que ressentait-on quand toute votre famille vous était arrachée en un après-midi ?

Le vent fraîchit, hurlant entre les murs. Le coyote jeta un regard nerveux vers la porte, puis avança lentement de trois pas, en remuant ses oreilles déchiquetées.

« David ? appela désespérément Ralph. David, si c'est toi, n'entre pas ! Cette bête attend juste devant la porte.

— A quelle distance ? »

C'était lui, son fils. C'était vraiment lui. Stupéfiant. Et le calme de sa voix était plus stupéfiant encore. Mary songea qu'elle devrait peut-être réévaluer le pouvoir de la prière. Ralph était éberlué, comme s'il ne comprenait pas la question. Mais l'écrivain comprit.

« A environ un mètre cinquante, et juste en face. Sois prudent.

— J'ai un revolver. Je crois que vous feriez bien de tous vous glisser sous vos lits. Mary, mettez-vous aussi près que possible de la cellule de papa. Vous êtes *sûr* qu'il est juste en face de la porte, monsieur Marinville ?

— Oui. Grandeur nature et deux fois plus laid, mon ami Bosco. Est-ce que tu t'es déjà servi d'un revolver, David ?

— Non.

— Oh, Moïse ! gémit Marinville.

— David, non ! cria Ralph soudain affolé, comme s'il venait juste de comprendre ce qui se passait. Cours chercher de l'aide ! Si tu ouvres, ce salaud te bondira dessus !

— Non. J'ai bien réfléchi, papa, et je préfère affronter le coyote plutôt que le flic. Et puis j'ai une clé. Je crois qu'elle ouvrira les cellules. Elle ressemble à celle que le flic a utilisée.

— Je suis convaincu, déclara Marinville comme si tout était réglé. Tout le monde sous les lits ! Compte jusqu'à cinq, David, et fonce.

— Vous allez le faire tuer ! hurla Ralph, hors de lui. Vous allez faire tuer mon fils pour sauver votre peau !

— Je comprends votre angoisse, monsieur Carver, dit Mary, mais je crois que si nous ne sortons pas de là, nous mourrons tous.

— Compte jusqu'à cinq, David ! » répéta Marinville.

Il se mit à genoux et se glissa sous son lit. Mary regarda la porte et se rendit compte que sa cellule, la plus grande, celle des ivrognes, se trouvait juste dans la ligne de tir de l'enfant. Elle comprit pourquoi David lui avait dit de se coller contre la cellule de son père. Il n'avait peut-être que onze ans, mais il réfléchissait mieux qu'elle.

« Un, dit l'enfant de l'autre côté de la porte. Deux. »

Mary entendit de la peur dans sa voix, et elle trouva cela normal. Tout à fait normal.

« Écoute, mon gars ! dit Billingsley. Mets-toi à genoux, tiens le flingue à deux mains et prépare-toi à tirer vers le *haut,* mon gars. Il va pas t'attendre par terre, il va te sauter dessus, tu comprends !

— Oui. Oui, d'accord. Tu es sous ton lit, papa ? »

Ralph n'y était pas. Il était toujours debout devant les barreaux de sa cellule. Son visage gonflé contre les barreaux blancs. La peur figeant ses traits.

« Ne le fais pas, David ! Je *t'interdis* de le faire !

— Par terre, imbécile ! » ordonna Marinville.

A plat ventre sous son lit, il regardait Ralph avec des yeux furieux. Mary ressentait la même chose, mais elle trouvait la technique de Marinville abjecte. Elle se serait attendue à mieux de la part d'un écrivain. D'un autre écrivain, en tout cas — celui-là, elle l'avait catalogué. Le type qui avait écrit *Ravissement,* le livre le plus sale du siècle, sans doute, croupissait dans une cellule près de la sienne. Surréaliste, mais vrai. Et bien que son nez ait l'air de ne jamais devoir se remettre du traitement que le flic lui avait infligé, Marinville conservait l'attitude d'un type qui s'attend à obtenir ce qu'il demande. Et sur un plateau d'argent.

« Est-ce que mon père est planqué ? »

L'enfant semblait incertain, maintenant, et plus effrayé encore. Mary détesta le père pour ce qu'il faisait subir à ce gamin. A quoi ça servait de jouer sur ses nerfs déjà tendus comme les cordes d'une guitare ?

« Non ! beugla Ralph. Et je ne vais *pas* me planquer ! File d'ici ! Trouve un téléphone ! Appelle la police !

— J'ai essayé d'appeler avec le téléphone de M. Reed, répondit David. Il n'y a pas de tonalité.

— Alors essaie un autre appareil ! Bon Dieu, essaie jusqu'à ce que tu en trouves un qui...

— Ne soyez pas stupide et filez sous votre lit, lui dit Mary d'une voix sourde. Quel souvenir voulez-vous qu'il garde de cette journée ? Qu'il a vu tuer sa sœur et qu'il a tué son père d'un faux mouvement, tout ça avant l'heure du dîner ? *Aidez-le !* Votre fils fait tout ce qu'il peut. A votre tour. »

Il la regarda, ses joues blafardes contrastant avec le sang coagulé sur son visage.

« Il est tout ce qui me reste, murmura-t-il. Est-ce que vous comprenez ça ?

— Bien sûr que je comprends. Maintenant, glissez-vous sous votre lit, monsieur Carver. »

Ralph recula, hésita, puis tomba à genoux et se faufila sous son lit. Ses yeux, la seule partie encore jeune de son visage, luisaient dans l'ombre comme des saphirs.

« David ? appela Marinville. Tout est en place.

— Mon père aussi ? demanda la voix dubitative de l'enfant.

— Je suis sous le lit, répondit Ralph. David, fais attention. Si... s'il te saute dessus, ne lâche pas ton arme et essaie de lui tirer dans le ventre... David ! s'inquiéta-t-il soudain d'une voix blanche. Est-ce que le revolver est chargé ? Tu en es sûr ?

— Oui, j'en suis sûr... Il est toujours devant la porte ?

— Oui ! » répondit Mary.

Le coyote s'était même rapproché d'un pas. Il baissait la tête, grognant sans discontinuer comme le moteur d'un hors-bord. Chaque fois que David parlait de l'autre côté de la porte, ses oreilles se tournaient vers lui.

« Bon, je suis à genoux », dit l'enfant.

Mary percevait toute la tension qu'il y avait dans sa voix ; il eût sans doute suffi d'un rien pour que ses nerfs lâchent, se dit-elle.

« Je vais recommencer à compter. Faites attention : il faut que vous soyez le plus loin possible quand j'arriverai à cinq. Je... je ne veux blesser personne par erreur.

— Souviens-toi de tirer vers le haut, dit le vétérinaire. Pas beaucoup, juste un peu. D'accord ?

— Parce qu'il va bondir. Oui. Je m'en souviens. Un... deux... »

Dehors, le vent tomba un peu. Dans le silence, Mary entendit deux choses très clairement : le grognement du coyote, et ses propres battements de cœur dans ses oreilles. Sa vie était entre les mains d'un gamin de onze ans armé d'un revolver. Si David tirait et ratait son coup, ou restait paralysé et ne tirait pas du tout, le coyote avait toutes les chances de le tuer. Et alors, quand le flic psychopathe reviendrait, ils mourraient tous.

« .. Trois..., dit l'enfant d'une voix si peu assurée qu'elle ressemblait curieusement à celle de son père. Quatre... *cinq.* »

Il tourna la poignée.

2

Pour Johnny Marinville, ce fut comme s'il était ramené au Vietnam, où des événements mortels se produisaient à une vitesse qui vous surprenait toujours. Il n'avait pas nourri beaucoup d'espoir pour l'enfant, le gamin avait toutes les chances d'arroser la pièce de balles sans toucher à un poil de Bosco, mais il était leur seule chance. Comme Mary, il avait conclu que s'ils n'étaient pas hors d'ici au retour du flic, ils étaient cuits. Et l'enfant le surprit.

Pour commencer, il n'ouvrit pas la porte à la volée, en la faisant rebondir contre le mur, il la poussa simplement. Il était à genoux, à nouveau habillé, mais les joues encore vertes de savon Irish Spring et les yeux écarquillés. La porte n'avait pas fini de s'ouvrir qu'il avait posé sa main droite sur sa main gauche pour mieux tenir le revolver. Johnny reconnut un 45, une bien grosse arme pour un gamin. Il le tenait devant sa poitrine, le canon légèrement levé. Il arborait un visage solennel, appliqué, même.

Le coyote, qui ne s'attendait peut-être pas à ce que la porte s'ouvre en dépit de la voix qu'on entendait derrière, recula d'un demi-pas, puis tendit ses muscles et bondit vers l'enfant avec un grognement. Johnny se dit que c'était ce petit pas en arrière qui avait scellé son destin : il avait donné au petit garçon le temps nécessaire pour prendre position. Il tira deux fois, laissant l'arme se redresser avant de viser à nouveau et de presser la détente une seconde fois. Le bruit, dans cet espace clos, fut assourdissant. Le coyote, qui avait sauté en l'air après le premier coup de feu et avant le second, tomba sur David et le renversa par terre.

Son père cria et sortit précipitamment de sous son lit. L'enfant semblait lutter contre l'animal sur le palier, mais Johnny ne pouvait croire que le coyote ait encore la capacité de se battre : il avait *entendu* les balles toucher leur cible, et le parquet, comme le bureau, était repeint du sang de l'animal.

« *David ! David ! Tire-lui dans le ventre !* » criait son père en faisant des petits sauts angoissés.

Au lieu de tirer, l'enfant se libéra du coyote comme d'un manteau de fourrure dans lequel il se serait empêtré. Il recula sur les fesses, le regard stupéfait. Le devant de son T-shirt était couvert de sang et de poils. Quand le mur arrêta son dos, il y prit appui pour se relever. Il regarda le revolver, comme ébahi qu'il soit toujours au bout de son bras.

« Je vais bien, papa, calme-toi, je l'ai eu, il ne m'a même pas égratigné. »

Il se passa la main sur la poitrine puis sur le bras tenant l'arme comme pour se le confirmer à lui-même. Il regarda le coyote. Il était encore en vie, haletant, le souffle rauque et rapide, la tête pendant vers la première marche de l'escalier. Au milieu de sa poitrine s'ouvrait un grand trou sanglant.

David s'accroupit près de lui et posa le canon du 45 contre la tête pendante. Il se détourna. Johnny vit les paupières serrées de David, et il eut un élan d'amour vers cet enfant. Il n'avait jamais pris beaucoup de plaisir à la présence de ses propres rejetons — ils avaient l'art de vous créer des soucis pendant les vingt premières années, puis s'acharnaient à vous détrôner pendant les vingt suivantes — mais un enfant comme celui-là ne serait peut-être pas de mauvaise compagnie. Il avait un jeu, comme disent les basketteurs.

Je m'agenouillerais même près de lui le soir, se dit Johnny. *Merde, n'importe qui le ferait. Regarde un peu les résultats !*

Arborant toujours cette expression tendue — l'air d'un enfant qui sait qu'il doit manger son foie de veau avant d'aller jouer dehors — David pressa la détente une troisième fois. Le bruit fut aussi fort, mais pas tout à fait aussi perçant. Le corps du coyote tressauta. Une gerbe de gouttelettes rouges aussi fines que de la dentelle jaillit au-dessous de la rampe. Le halètement rauque cessa. L'enfant ouvrit les yeux et regarda ce qu'il avait fait.

« Merci, mon Dieu, dit-il d'une petite voix sans timbre. Mais ça a été horrible, vraiment horrible.

— Tu as fait du bon boulot, mon gars », dit Billingsley.

David se leva et revint lentement vers le bureau. Il regarda son père. Celui-ci lui tendit les bras. David s'approcha de Ralph, qui se remettait à pleurer, et le laissa le serrer maladroitement contre lui malgré les barreaux qui les séparaient.

« J'avais peur pour toi, David, c'est pour ça que je t'ai dit de partir. Tu le sais, hein ?

— Oui, papa. »

David se mit à pleurer lui aussi, et Johnny se rendit compte que ces larmes n'avaient rien à voir avec la bête, non, pas ces larmes-là.

« La Puce... était ac-c-crochée, en bas. Et d'autres g-g-gens aussi. Je l'ai décrochée. Je n'ai pas pu décrocher les autres, c'étaient des g-g-grandes personnes, mais j'ai décroché la Puce. Je lui ai ch-ch-chanté une... »

Il essaya d'en dire plus, mais les mots furent noyés dans des sanglots hystériques et épuisés. Il pressait son visage entre les barreaux tandis que son père lui caressait le dos en lui disant de se calmer, que c'était bien, qu'il était certain qu'il avait fait tout ce qu'il pouvait pour Kirsten, et qu'il avait bien agi.

Johnny leur laissa une minute entière à sa montre — le gosse méritait bien ça, ne serait-ce que pour avoir ouvert cette foutue porte alors qu'il savait qu'un chien sauvage l'attendait de l'autre côté — puis il appela l'enfant. David ne bougea pas, si bien qu'il l'appela une seconde fois, plus fort. L'enfant se retourna alors. Les larmes coulaient à flots de ses yeux rougis.

« Écoute, mon petit gars, je sais que tu en as beaucoup vu, dit Johnny, et si on sort de là vivants, je serai le premier à te faire un mot de recommandation pour une Étoile d'Argent. Mais pour l'instant, il faut qu'on parte. Il est possible qu'Entragian soit sur le chemin du retour. S'il n'est pas loin, il a probablement entendu les coups de feu. Si tu as une clé, il est temps de l'essayer. »

David tira le gros trousseau de sa poche et choisit celle qui ressemblait à la clé utilisée par Entragian. Il la glissa dans la serrure de la cellule de son père. Il ne se passa rien. Mary poussa un cri de frustration et frappa un barreau de sa cellule du plat de la main.

« De l'autre côté, dit Johnny. Retourne-la. »

David retourna la clé et la glissa à nouveau dans la fente. Cette fois il y eut un déclic sonore et la porte de la cellule s'ouvrit.

« Oui ! s'écria Mary. Oh, oui ! »

Ralph sortit et serra son fils dans ses bras, sans barreaux entre eux, cette fois. Et quand David l'embrassa sur sa joue gauche gonflée, Ralph Carver poussa un cri de douleur puis éclata de rire. Johnny trouva que c'était un des sons les plus extraordinaires qu'il eût jamais entendus, un son que jamais on ne pourrait expliquer dans un livre : son intensité, comme celle de l'expression sur le visage de Ralph Carver quand il regarda son fils, serait toujours indicible.

3

Ralph prit la clé des mains de son fils et ouvrit les autres cellules. Ils sortirent tous et se rassemblèrent devant le bureau — Mary de New York, Ralph et David de l'Ohio, Johnny du Connecticut, le vieux Tom Billingsley du Nevada. Ils se regardèrent avec des yeux de rescapés d'une catastrophe ferroviaire.

« Sortons d'ici », dit Johnny.

Il constata que l'enfant avait donné l'arme à son père.

« Savez-vous vous en servir, monsieur Carver ? Y verrez-vous assez pour tirer ?

— Oui à vos deux questions, dit Ralph. Allons-y. »

Il conduisit le groupe hors de la pièce, tenant David par la main. Mary les suivit, puis Billingsley. Johnny fermait la marche. En enjambant le coyote, il vit que la dernière balle avait presque pulvérisé la tête de l'animal et se demanda si le père de l'enfant aurait pu le faire. Il se demanda si lui-même aurait pu le faire.

Au pied de l'escalier, David leur dit de s'arrêter. Les portes de verre donnaient sur la nuit, maintenant. Le vent hurlait à la mort.

« Vous n'allez pas le croire, mais c'est vrai », dit l'enfant.

Et il leur décrivit ce qu'il avait vu de l'autre côté de la rue.

« Et le busard dormira avec le coyote, dit Johnny en tentant de voir à travers les vitres. C'est dans la Bible. Jamaïcains, chapitre 3.

— Je ne trouve pas ça drôle, dit Ralph.

— En fait, moi non plus », admit Johnny.

Il distinguait la forme de bâtiments au-dehors, et des buissons d'amarante qui tourbillonnaient en l'air, mais c'était tout. Est-ce que cela avait la moindre importance ? Même s'il y avait, devant la mairie du bled, une meute de loups-garous en train de fumer du crack et d'attendre les fugitifs, ils ne pouvaient rester là. Entragian allait revenir. Les types comme lui revenaient *toujours.*

Les types comme lui n'existent pas, lui murmura son esprit. *Jamais dans l'histoire du monde il n'y a eu des types comme lui, et tu le sais.*

Peut-être le savait-il, mais cela ne changeait rien au principe. Il fallait qu'ils sortent.

« Moi, je te crois, dit Mary à David. Venez, ajouta-t-elle en regardant Johnny. Allons dans le bureau du chef de la police, ou je ne sais quel titre il avait.

— Pourquoi ?

— Pour y trouver des torches électriques et des armes. Vous voulez venir, monsieur Billingsley ? »

Il secoua la tête.

« Je peux avoir les clés ? »

Ralph les lui tendit et elle les glissa dans une de ses poches de jean.

« Gardez les yeux ouverts », dit-elle.

David approuva d'un mouvement de tête. Mary tendit la main, prit celle de Johnny — ses doigts étaient glacés — et l'entraîna dans la salle des guichets.

Il vit l'inscription à la peinture sur le mur et demanda :

« " De ces silences quelque chose peut s'élever. " Que croyez-vous que cela signifie ?

— J'en sais rien. Je m'en fiche. Je veux seulement trouver un endroit éclairé avec des gens, des téléphones, et où on pourra... »

En parlant elle pivotait vers la droite, ses yeux passant sans s'arrêter sur les plis d'un rideau vert sous la haute fenêtre (la forme qu'il dissimulait était trop vague pour qu'elle la reconnaisse). Elle vit alors les corps accrochés au mur. Elle arrêta de respirer et se plia en deux, comme si quelqu'un lui avait donné un coup dans le ventre, puis elle voulut prendre la fuite. Johnny la rattrapa, mais pendant un instant, il crut bien qu'elle allait lui échapper — ce corps menu dissimulait une grande force.

« Non ! »

Il la secoua, en partie sous l'effet de l'exaspération — exaspération dont il avait honte mais qu'il ne pouvait complètement évacuer.

« Non, il faut que vous m'aidiez ! *Vous n'avez qu'à ne pas les regarder !*

— Mais l'un d'eux est Peter !

— Et il est mort. J'en suis désolé, mais c'est comme ça. Nous, nous ne sommes pas morts. Pas encore, en tout cas. Ne le regardez pas et venez. »

Il l'entraîna rapidement vers la porte indiquant CHEF DE LA POLICE URBAINE, en essayant de réfléchir à la façon dont ils devraient procéder. Mais un autre aspect dégoûtant de cette expérience s'imposa à lui : Mary Jackson l'excitait. Elle tremblait dans le cercle de son bras, il sentait la douceur de sa poitrine juste au-dessus de sa main, et il la voulait. La présence du mari accroché comme un vulgaire manteau juste derrière eux ne l'empêchait pas d'avoir une érection assez respectable, surtout pour un homme souffrant de la prostate. *Terry avait raison depuis le début. Je suis un connard.*

« Venez, dit-il en la serrant d'une façon qu'il espérait fraternelle. Si ce gosse a réussi à faire ce qu'il a fait, on peut y arriver aussi. Je sais que vous le pouvez. Reprenez-vous, Mary.

— J'essaie, dit-elle en inspirant profondément.

— C'est b... Oh, merde ! C'est pas tout ! Je vous dirais bien de ne pas regarder, mais je crois que nous sommes au-delà de ces politesses. »

Mary regarda le corps étendu à terre du chef de la police urbaine et émit un drôle de bruit venu du fond de sa gorge.

« Le gamin... David... Seigneur Dieu... comment a-t-il pu ?

— Je n'en sais rien. C'est un sacré gosse. Il a dû faire tomber le shérif Jim de sa chaise en lui prenant ses clés. Vous voulez bien aller à côté, dans le bureau du chef des pompiers ? Ça irait plus vite si on s'y mettait tous les deux.

— Oui.

— Préparez-vous : si Bill le pompier était là quand Entragian a pété les plombs, il est probablement tout aussi mort que les autres.

— Ça ira. Prenez ça. »

Elle lui tendit les clés, puis gagna la porte indiquant CHEF DES POMPIERS. Johnny la vit tenter de regarder son mari puis détourner les yeux. Il hocha la tête et essaya de lui envoyer un encouragement mental — c'est bien, bonne idée. Elle tourna la poignée de la porte puis la poussa du bout des doigts comme si elle risquait d'être piégée. Elle regarda à l'intérieur, et laissa échapper l'air qu'elle retenait dans ses poumons. Elle leva les pouces à l'intention de Johnny.

« Trois choses, Mary : torches électriques, armes et toutes les clés de voiture que vous trouverez. D'accord ?

— D'accord. »

Il entra dans le bureau du flic, en regardant rapidement le trousseau de clés qu'avait pris David. Il y avait les clés d'une voiture General Motors, probablement celle dans laquelle Entragian l'avait amené, songea Johnny. Si elle était sur le parking, cela les aiderait, mais il n'y croyait pas. Il avait entendu un moteur démarrer peu après que le fou eut emmené Mme Carver.

Les tiroirs du bureau étaient fermés, mais la clé dans la serrure du grand tiroir central les ouvrait tous. Il trouva une torche électrique dans l'un d'eux, et une boîte fermée marquée COLT dans un autre. Il essaya différentes petites clés mais aucune ne l'ouvrit.

Est-ce que je l'emporte quand même ? Peut-être. Si on ne trouve aucune autre arme ailleurs.

Il traversa la pièce et s'arrêta pour regarder par la fenêtre. Il ne put distinguer que du sable qui volait. Il n'y avait probablement rien d'autre à voir. Seigneur, pourquoi n'avait-il pas pris l'autoroute ?

Il se mit à glousser nerveusement en regardant la porte fermée derrière le bureau de Reed. *Tu as l'air d'un fou. Au diable* Voyages avec Harley. *Si tu en sors vivant, tu devrais songer à intituler le livre* Voyages avec Dingo.

Il étouffa le rire qui montait plus fort en appliquant une main sur sa bouche. Il ouvrit la porte et cessa de rire sur-le-champ. Une femme morte était assise sur les bottes et les chaussures, en partie dissimulée par les manteaux et les uniformes de rechange. Elle était redressée contre le mur au fond du placard et vêtue, comme toute bonne secrétaire de mairie, d'un pantalon (pas un jean) et d'un chemisier de soie avec des roses brodées sur le sein gauche. Il lui sembla que la femme le regardait avec des yeux agrandis par la stupéfaction, mais ce n'était qu'une illusion.

Parce que tu t'attends à voir des yeux, et pas seulement de grands trous rouges à leur emplacement.

Il dut refréner une envie impérieuse de refermer le placard et poussa les vêtements sur la tringle pour accéder au mur du fond. Une bonne idée. Il y avait là un râtelier avec une demi-douzaine d'armes à feu. Un casier était vide, le troisième en partant de la droite, probablement celui du fusil qu'Entragian avait pointé sur lui.

« Tu parles d'un filon ! » s'exclama-t-il.

Il entra dans le placard, un pied de chaque côté du corps de la femme assise ; mais cette position le mit profondément mal à l'aise ; un jour il avait plané grâce à une femme qui était assise contre le mur d'une chambre, presque exactement dans la même position. C'était lors d'une réunion mondaine à Easthampon. Spielberg y était. Et Joyce Carol Oates aussi.

Il recula, posa un pied sur l'épaule du cadavre et poussa. La femme glissa lentement, toute raide, vers la droite, ses énormes orbites rouges semblant le fixer avec surprise, comme si elle se demandait comment un homme aussi cultivé que lui — le lauréat d'un prix littéraire national ! — pouvait pousser du pied une dame dans un placard. Ses cheveux noirs suivirent plus lentement, retenus par le mur.

« Désolé, madame, mais c'est mieux pour nous deux de cette façon, croyez-moi. »

Un câble fixé au mur par un cadenas et passé dans les pontets retenait les armes. Johnny espéra qu'il aurait plus de chance pour trouver la clé de ce cadenas qu'il n'en avait eu pour celle de la boîte du Colt.

La troisième clé qu'il essaya ouvrit le cadenas. Il enleva d'un geste le câble des pontets, si brutalement qu'une des armes tomba par terre, un Remington 30-06. Il le rattrapa et se retourna. Mary était là. Johnny émit un gloussement étranglé qui aurait été un cri s'il n'avait pas eu si peur. Son cœur s'arrêta de battre et pendant un long moment il fut convaincu qu'il ne ressortirait jamais : il serait mort de peur avant même de tomber à la renverse sur le cadavre en chemisier de soie. Puis, Dieu merci, il se ressaisit. Il se frappa la poitrine du poing, juste au-dessus du sein gauche (les pectoraux avaient été fermes mais ne l'étaient plus), juste pour montrer à la pompe, à l'intérieur, qui était le patron.

« Ne refaites jamais ça ! ordonna-t-il à Mary en essayant de ne pas respirer trop bruyamment. Qu'est-ce qui vous a pris ?

— J'ai cru que vous m'aviez entendue », dit-elle d'une voix peu compatissante.

Elle portait un sac de golf sur l'épaule. Un sac de golf écossais ! Elle regarda le corps dans le placard.

« Il y a aussi un cadavre dans le placard du chef des pompiers. Un homme.

— Quel était son problème, vous avez une idée ?

— Vous n'arrêtez jamais ?

— Allez vous faire foutre, Mary ! J'essaie de ne pas crever ici, et tous les verres que j'ai pu boire dans ma vie noient mon cœur. Bon sang, ce que vous m'avez fait peur !

— Je suis désolée, mais il faut qu'on se dépêche. Il risque de revenir n'importe quand.

— Une idée qui n'a jamais traversé ce qui me sert de cerveau. Tenez, prenez ça. Et faites attention. »

Il lui tendit le 30-06 en pensant à une vieille chanson de Tom Waits. *Les plombs à corneille noire d'un 30-06,* chantait Waits de sa voix enrouée de vampire, *vous hachent comme du petit bois.*

« Pourquoi attention ? Il est chargé ?

— Je ne me souviens même plus comment on le voit. J'ai fait un tour au Vietnam, mais c'était en tant que journaliste. Et c'était il y a longtemps, en tout cas. Depuis, je n'ai plus vu tirer que sur un écran de cinéma. On y réfléchira plus tard, d'accord ? »

Elle le glissa maladroitement dans le sac de golf.

« J'ai trouvé deux torches. Elles marchent toutes les deux. L'une est très puissante.

— Bien, dit-il en lui tendant celle qu'il avait trouvée.

— Le sac était accroché derrière la porte. Le chef des pompiers... si c'était lui... enfin... un des clubs était planté dans son crâne. Très profond. Il était comme... embroché. »

Johnny prit encore un fusil à canon rayé, un fusil de chasse et une carabine. Si le coffre en noyer par terre sous le râtelier contenait les munitions, comme il le pensait, ce serait parfait. Il y aurait un fusil ou une carabine pour chacun des adultes. Le gosse pourrait reprendre le 45 du shérif Jim. Ou n'importe quelle arme, après tout, celle qu'il voudrait. Jusque-là, du moins, seul David Carver avait démontré qu'il pouvait en utiliser une en cas de besoin.

« Je suis désolé que vous ayez dû voir ça », dit-il en aidant Mary à mettre les armes dans le sac de golf.

Elle secoua la tête avec impatience, comme si ça n'avait rien à voir avec le problème.

« Vous imaginez la force qu'il faut pour faire une chose pareille ? Pour enfoncer le manche d'un club de golf dans le crâne de quelqu'un, dans son cou et jusqu'à sa poitrine ? Pour pousser jusqu'à ce qu'il ne reste plus que la tête qui sort comme un... un petit chapeau, ou... ?

— Je n'en sais rien. Une très grande force, je pense. Mais Entragian est fort comme un orignal. »

Un orignal, en effet, mais maintenant qu'elle le voyait sous ce jour, cela semblait encore plus étrange.

« C'est le *degré* de violence qui me fait le plus peur, dit-elle. La férocité. La femme dans le placard... Elle n'a plus d'yeux, n'est-ce pas ?

— Non.

— La petite fille des Carver... Ce qu'il a fait à Peter... Lui tirer comme ça dans le ventre, cinq fois... Les gens là-bas qui sont accrochés comme des cerfs après la chasse... Vous comprenez ce que je veux dire ?

— Bien sûr. »

Et tu n'as même pas idée du reste, Mary. Ce n'est pas seulement un tueur en série, c'est la version Bram Stoker du Dr Doolittle.

Elle regarda nerveusement autour d'elle quand une rafale de vent particulièrement forte s'abattit sur l'immeuble.

« Peu importe où nous irons, pourvu que nous sortions d'ici. Venez, pour l'amour de Dieu !

— D'accord, juste trente secondes, vous voulez bien, Mary ? »

Il s'agenouilla près des jambes de la femme dans l'odeur du sang et du parfum et fouilla de nouveau dans le trousseau de clés ; il les avait presque toutes essayées quand la serrure du coffre s'ouvrit enfin. C'était bien une réserve de munitions. Il prit huit ou dix boîtes de cartouches, celles dont il espérait qu'elles conviendraient aux armes qu'il avait trouvées, et les jeta dans le sac de golf.

« Je ne pourrai jamais porter tout ça ! dit Mary.

— Ne vous en faites pas. Je m'en charge. »

Sauf qu'il en fut incapable. Plein de honte, il se rendit compte qu'il ne pouvait même pas soulever le sac de golf du sol, et encore moins passer la sangle sur son épaule. *Si cette garce ne m'avait pas fait aussi peur...* Il ne put s'empêcher de rire de lui-même. Mais oui !

« Qu'est-ce qui vous fait sourire ? demanda Mary d'un ton agressif.

— Rien, dit-il en reprenant un visage grave. Tenez, prenez la sangle et aidez-moi à le tirer. »

Ensemble, ils traînèrent le sac à travers la pièce ; Mary garda les yeux baissés sur le bouquet d'acier des canons émergeant du sac jusqu'à ce qu'ils aient fait le tour du comptoir et gagné la porte. Johnny ne jeta qu'un coup d'œil aux corps pendus et se dit : *La tempête, les coyotes assis le long de la route comme une haie d'honneur, celui qui nous surveillait à la prison, les busards, les morts.* Quel réconfort si seulement on pouvait croire à un cauchemar. Mais ce n'en était pas un. Il lui suffisait de sentir l'odeur aigre de sa propre sueur par les canaux bouchés et douloureux de son nez pour en être certain. Il lui arrivait quelque chose d'incroyable, quelque chose qui était au-delà de tout ce qu'il aurait jamais *accepté* de croire, et ce n'était pas un rêve.

« C'est bien. Ne regardez pas ! dit-il, essoufflé.

— Je ne regarde pas, n'ayez crainte », répondit-elle.

Johnny fut content d'entendre qu'elle *aussi* haletait un peu.

Dans le hall, le vent résonnait plus fort que jamais. Ralph se tenait face aux portes, les bras refermés sur les épaules de son fils, et regardait dehors. Le vieil homme était derrière eux. Ils se tournèrent vers Johnny et Mary.

« On a entendu un moteur, déclara David.

— On a *cru* entendre un moteur, corrigea Ralph.

— Est-ce que c'était la voiture de police ? » demanda Mary.

Elle sortit un des fusils du sac de golf, et quand le canon s'orienta vers Billingsley, il le détourna du plat de la main avec une grimace.

« Je ne suis même pas certain que c'était un moteur, dit Ralph. Le vent...

— Ce n'était pas le vent, dit David.

— Vous avez vu des phares ? demanda Johnny.

— Non, répondit David en secouant la tête. Mais le vent de sable est si *dense.* »

Les yeux de Johnny passèrent de l'arme que tenait Mary (canon pointé vers le sol, ce qui semblait un pas dans la bonne direction) aux autres qui sortaient du sac de golf, puis à Ralph. Ralph haussa les épaules et regarda le vieil homme.

Billingsley croisa son regard et soupira.

« D'accord, videz le sac, voyons un peu ce que vous avez trouvé.
— Est-ce que ça ne peut pas attendre ? demanda Mary. Si ce dingue revient...
— Mon fils dit qu'il a vu beaucoup de coyotes dehors, dit Ralph Carver. On ne peut pas courir le risque qu'ils nous bouffent, madame.
— Pour la dernière fois, c'est *Mary,* pas madame, dit-elle avec mauvaise humeur. D'accord. Très bien. Mais dépêchez-vous. »

Johnny et Ralph tinrent le sac droit tandis que Billingsley en extrayait les armes, qu'il tendait à David.

« Aligne-les par terre », dit-il.

L'enfant le fit, les posant les unes à côté des autres au pied de l'escalier. La lumière du bureau les éclairait. Ralph finit par renverser le sac, et Johnny et Mary récupérèrent les lampes torches et les cartouches qu'il contenait. Le vieil homme tendit les munitions à David boîte par boîte, lui disant près de quelle arme les poser. Ils terminèrent par trois boîtes empilées près du 30-06, aucune ne correspondant à la dernière de la file :

« Vous n'avez rien pris pour la Mossberg, dit Billingsley. C'est pourtant une bien belle carabine, mais il faut du calibre 22. Vous ne voulez pas retourner voir si vous trouvez du 22 ?
— Non », dit Mary.

Johnny la regarda d'un air irrité — il n'aimait pas les femmes qui répondaient à sa place, et puis il laissa tomber. Elle avait raison.

« On n'a pas le temps, dit-il. On va l'emporter de toute façon. Il y aura bien quelqu'un en ville qui aura du 22. Prenez-le, Mary.
— Non merci, dit-elle froidement en choisissant le fusil de chasse que le vétérinaire avait identifié comme étant un Rossi calibre 12. Si on doit l'utiliser comme matraque et non comme arme à feu, il vaut mieux que ce soit un homme qui s'en serve, ne trouvez-vous pas ? »

Ainsi donc, elle l'avait piégé. Et en beauté. *Salope,* se dit Johnny, et il aurait aussi bien pu le dire à haute voix, malgré la présence du mari suspendu à une patère, si David Carver n'avait crié à cet instant :

« Un camion ! »

Il ouvrit une des portes vitrées donnant sur l'extérieur. Ils entendaient le vent depuis un certain temps, et ils sentaient l'immeuble de brique dans lequel ils se trouvaient trembler sous ses assauts, mais aucun d'entre eux ne s'attendait vraiment à la férocité du souffle qui arracha la porte des mains de David, si violemment qu'elle heurta le mur et se brisa. Les papiers punaisés au tableau dans l'entrée se soulevèrent ; certains se détachèrent et tourbillonnèrent dans l'escalier comme de grandes chauves-souris blanches. Du sable s'engouffra et se colla au visage de Johnny, qui leva une main pour se protéger les yeux et se cogna le nez. Il hurla de douleur.

« *David !* » cria Ralph.

Il s'élança pour rattraper son fils par son T-shirt, mais il était trop tard. L'enfant avait filé dans l'obscurité mugissante, sans penser aux risques qu'il courait. Et soudain, Johnny comprit ce qui avait fait bondir David : des phares. Des phares qui en tournant avaient balayé la rue de droite à gauche comme s'ils étaient montés sur un cardan. Le sable voltigeait dans les rayons mouvants.

« *Hé !* cria David en agitant les bras. *Hé, vous ! Dans le camion !* »

Les phares s'éloignaient. Johnny ramassa une des torches électriques et courut après les Carver. Le vent l'assaillit, le fit tituber, et il s'accrocha au chambranle de la porte pour ne pas tomber. David avait couru jusqu'au milieu de la route. Il le vit faire un mouvement d'épaule pour éviter une forme noire qui se précipitait sur lui et que Johnny prit pour un busard. Il alluma sa torche et constata qu'il ne s'agissait que d'un buisson d'amarante.

Il dirigea sa torche vers les feux arrière du camion qui s'éloignait et décrivit un arc de cercle, les yeux presque fermés pour éviter le sable. La lumière semblait bien fragile dans l'obscurité épaissie par le sable.

« *HÉ !* » criait David.

Son père était derrière lui, revolver à la main. Il tentait de regarder dans toutes les directions à la fois, comme un garde du corps qui sent un danger menacer le Président.

« *HÉ ! REVENEZ !* »

Les feux arrière disparaissaient vers le nord, en direction de la nationale 50. Le clignotant dansait dans le vent, et Johnny ne put qu'apercevoir le camion qui s'éloignait et la lueur bégayante. Il y avait un panneau à l'arrière, avec une inscription qu'il n'avait pu lire, à cause du sable dans l'air.

« Retournez à l'intérieur ! cria-t-il. Il est parti. »

L'enfant resta sur place un moment encore, les yeux fixés sur l'endroit où les feux rouges avaient disparu. Il avait les épaules voûtées. Son père lui prit la main.

« Viens, David. On n'a pas besoin de ce camion. On est dans une ville. On trouvera quelqu'un pour nous aider et... »

Il ne termina pas sa phrase. Il venait de voir ce que Johnny avait déjà remarqué : la ville était plongée dans l'obscurité. Cela ne pouvait signifier qu'une chose : les gens se cachaient, ils savaient ce qui se passait et ils se planquaient en attendant l'arrivée de la cavalerie. C'était assez logique, mais ce n'est pas ainsi que Johnny le ressentit.

Au fond de son cœur, cette ville était pour lui un cimetière.

David et son père revinrent vers le perron, l'enfant baissant la tête, effondré, l'homme regardant toujours autour de lui d'un air inquiet. Mary les attendait à la porte et Johnny la trouva extraordinairement belle, avec ses cheveux qui volaient autour de sa tête.

Le camion, Johnny. Il y avait quelque chose dans ce camion... Tu n'as pas trouvé ? dit la voix de Terry.

Des hurlements s'élevèrent dans l'obscurité venteuse. Ils paraissaient moqueurs, comme des rires, et semblaient venir de partout à la fois. Johnny les entendit à peine. Oui, il y avait quelque chose à propos de ce camion qui... à coup sûr... Sa taille, l'inscription... son allure, même dans l'obscurité et le sable. Quelque chose...

« Oh, merde ! » s'écria-t-il.

Et il porta les mains à sa poitrine, non pour calmer son cœur, cette fois, mais pour y chercher une poche qui n'y était plus. Il revit alors le coyote secouant le si beau blouson de motard, arrachant la doublure, éparpillant le contenu des poches aux quatre coins de la pièce, y compris...

« Quoi ? demanda Mary qui s'inquiétait de l'expression de son visage. Qu'est-ce qu'il y a ?

— Vous feriez mieux de tous rentrer ici jusqu'à ce que j'aie chargé ces flingues, leur dit Billingsley, à moins que vous vouliez vous faire tuer. »

C'est tout juste si Johnny entendit l'un ou l'autre. Les lettres à l'arrière du camion qui s'éloignait dans l'obscurité venteuse pouvaient bien être celles du Ryder. C'était logique, non ? Steve Ames le cherchait. Il avait fait une incursion dans Désolation, n'avait rien trouvé, et il quittait maintenant la ville pour aller voir ailleurs.

Johnny bondit à l'intérieur, passa devant Billingsley, stupéfait, à genoux en train de charger les armes, et monta quatre à quatre vers leur ancienne prison, priant le Dieu de David Carver que son téléphone cellulaire soit encore intact.

4

Si tout est normal, si on a la sensation que tout est normal, avait dit Steve Ames, *on tentera de faire notre déclaration ici. Mais si on voit quoi que ce soit qui nous semble bizarre, on file sur Ely à toute vitesse.*

Et tandis que le Ryder attendait sous le feu clignotant qui marquait l'unique croisement de Désolation, Cynthia saisit la manche de Steve.

« C'est le moment de partir pour Ely, dit-elle en montrant par la fenêtre la rue partant vers l'ouest. Les bicyclettes, un peu plus loin, tu les vois ? Ma vieille grand-mère disait toujours que des bicyclettes en pleine rue sont un très mauvais présage, comme casser un miroir ou oublier un chapeau sur un lit. Un très mauvais présage.

— Ta grand-mère disait ça, hein ?

— En fait, je n'ai jamais eu de grand-mère, de grand-mère que j'aie connue en tout cas, mais réfléchis un peu : qu'est-ce qu'elles font là ? Pourquoi est-ce que personne ne les a mises à l'abri de la tempête ? Tu ne vois pas à quel point tout ça est *bizarre* ? »

Il regarda les bicyclettes, que le vent avait couchées par terre, puis plus loin à l'ouest.

« Oui, mais les gens sont chez eux. Il y a des lumières. »

Oui, elle vit bien des lumières dans certaines maisons, mais elle en trouva la répartition *aléatoire,* en quelque sorte, et...

« Il y avait des lumières dans le baraquement de la mine, dit-elle. Et puis regarde bien : la plupart des maisons sont éteintes. Et pourquoi ça, crois-tu ? demanda-t-elle avec un petit ton sarcastique qu'elle n'aimait pas mais ne pouvait réprimer. Tu crois peut-être que la plupart des péquenauds du coin ont loué un bus pour aller voir les Cons de Désolation jouer la finale contre les Enfoirés d'Austin ? La grande bataille du désert ? Un événement qu'ils attendaient dep... Eh ! Qu'est-ce que tu fais ? »

La réponse était évidente : Il prenait vers l'ouest. Un buisson d'amarante roula droit sur le camion comme s'il sortait de l'écran dans un film en trois dimensions. Cynthia poussa un cri et leva un bras devant sa tête. Le buisson heurta le pare-brise, rebondit, égratigna le toit du camion et continua sa route.

« C'est idiot, dit-elle. Et dangereux. »

Il lui jeta un rapide coup d'œil, sourit et hocha la tête. Elle aurait dû lui en vouloir de sourire à un moment pareil, mais ce ne fut pas le cas. Il était difficile d'en vouloir à un homme dont le visage pouvait s'illuminer ainsi, et elle savait que c'était justement là son problème. Comme Gert Kinshaw, du foyer, aimait à le dire, ceux qui ne tirent pas les leçons du passé sont condamnés à le revivre. Elle ne pensait pas que Steve Ames soit le genre d'homme à utiliser ses poings contre une femme, mais ce n'était pas la seule manière pour un homme de blesser une femme. Ils les blessaient aussi en leur souriant si joliment qu'ils les amenaient à les suivre jusque dans la gueule du loup. Et en général avec une casserole à la main.

« Si tu sais que c'est dangereux, pourquoi est-ce que tu le fais, Lubbock ?

— Parce qu'il faut qu'on trouve un téléphone qui marche, parce que je ne fais pas confiance à mes intuitions, parce qu'il fait presque nuit et que j'ai la plus belle trouille de toute ma vie. Je ne veux pas me laisser déborder. Écoute, laisse-moi seulement vérifier dans une ou deux maisons. Tu peux rester dans le camion.

— Tu parles que je... eh ! Regarde, là ! »

Elle montrait une clôture de bois qui avait été renversée et gisait sur la pelouse d'une petite maison à colombages. Dans la lueur des phares, il était impossible de discerner la couleur de la maison, mais elle n'eut aucun mal à voir des traces de pneus sur la clôture renversée — on ne pouvait les rater.

« Un ivrogne au volant, dit Steve. J'ai déjà vu deux bars, sans même en chercher. »

Une idée idiote, songea Cynthia, mais elle aimait de plus en plus son accent du Texas. Encore un mauvais présage.

« Allons, Steve, redescends sur terre ! »

Des hurlements de coyotes s'élevèrent dans la nuit, comme en réponse au vent. Elle se rapprocha de lui.

« Seigneur, je déteste ça. Qu'est-ce qu'ils ont ?

— Je n'en sais rien. »

Il se traînait à moins de quinze à l'heure pour pouvoir s'arrêter avant de rouler sur quoi que ce soit que les phares révéleraient au dernier moment. Pas bête. Mais ce qu'elle aurait trouvé plus intelligent encore, ç'aurait été un rapide demi-tour et une pointe de vitesse pour quitter ce bled.

« Steve, tu ne peux pas savoir comme j'ai hâte d'arriver dans une ville avec des néons, des enseignes de banques et des revendeurs de voitures d'occasion ouverts toute la nuit.

— Je te comprends. »

Non, tu ne me comprends pas. Quand les gens disent « je te comprends », ce n'est presque jamais le cas.

« Laisse-moi juste voir dans cette maison, celle-la seulement, et ensuite on se tire », dit-il en se rangeant dans l'allée d'une maison de style campagnard sur le côté gauche de la rue.

Ils avaient fait peut-être quatre cents mètres depuis le croisement et Cynthia distinguait encore les feux clignotants à travers le sable qui tourbillonnait.

Les lumières étaient allumées dans la maison que Steve avait choisie ; certaines, brillantes, correspondaient probablement à un salon, d'autres, plus tamisées, plus jaunes, filtraient à travers les trois vitres oblongues de la porte d'entrée.

Il releva son bandana sur sa bouche et son nez puis ouvrit la porte du camion en la tenant fermement pour que le vent ne la lui arrache pas des mains.

« Reste là !

— Compte là-dessus ! »

Elle ouvrit sa propre porte et le vent la lui arracha des mains, mais elle était dehors avant qu'il ait rien pu dire d'autre.

Une rafale chaude la poussa en arrière, la déséquilibrant. Elle se retint à la carrosserie. Le sable lui piquait les lèvres et les joues, et elle grimaça jusqu'à ce qu'elle ait réussi à remonter son bandana. Et le pire, c'était que cette tempête venait tout juste de se lever, semblait-il.

Elle chercha des yeux des coyotes — leurs cris semblaient si proches ! — mais n'en vit aucun. Pour l'instant, en tout cas. Steve montait déjà les marches du porche — mâle protecteur... tu parles ! Elle le suivit, grimaçant à chaque fois que le vent la giflait et la faisait osciller sur ses talons.

On se conduit comme des personnages de mauvais films d'horreur, se dit-elle avec dépit. *On reste alors qu'on sait qu'on devrait partir, on va voir là où on n'a rien à faire.*

C'était vrai, mais n'est-ce pas de cette façon que les gens se conduisent, en général ? N'était-ce pas la raison pour laquelle, quand Richie Judkins était rentré d'une humeur vraiment massacrante et obsédé par son oreille, la petite demoiselle Cynthia était toujours là ? N'était-ce pas la raison pour laquelle toutes ces horreurs arrivaient dans le monde ? Les gens restaient alors qu'ils savaient parfaitement qu'ils auraient dû fuir, ils continuaient alors qu'ils auraient dû couper les ponts et se sauver. N'était-ce pas, en dernière analyse, la raison pour laquelle tant de gens aimaient les mauvais films d'horreur ? Parce qu'ils reconnaissaient l'enfant terrorisé qui refusait de quitter la maison hantée même après que le meurtrier s'en était pris à lui ?

Steve était sur le porche, dans la tempête et les tourbillons de sable. Tête baissée, bandana claquant au vent... il sonnait à la porte. *Il sonnait à la porte,* comme s'il allait demander à la maîtresse de maison s'il pouvait entrer et expliquer les avantages des compagnies privées de téléphone comparées au réseau national. C'en était trop. Cynthia le poussa si brutalement qu'il faillit se retrouver sous le porche assis dans les buissons, et saisit la poignée. La porte s'ouvrit. Elle ne pouvait voir la moitié inférieure du visage de Steve à cause du bandana, mais la stupéfaction qu'elle lut dans ses yeux quand elle pénétra dans la maison lui suffit amplement.

« Eh ! cria-t-elle. Il y a quelqu'un ? Tapis à vendre, très beaux et pas chers, les gars ! »

Aucune réponse, mais un bruit étrange venait d'une porte ouverte sur la droite. Une sorte de sifflement. Elle se tourna vers Steve.

« Tu vois, il n'y a personne ? Partons. »

Mais il s'engagea dans le couloir, en direction du bruit.

« Non ! chutocha-t-elle d'un air féroce en le retenant par le bras. *Non et non. Ça suffit maintenant !* »

Il se dégagea sans même la regarder — ces hommes, ces foutus bonshommes, ces connards de chevaliers si héroïques ! — et continua sa route.

« Bonjour ? » dit-il pour que, si quelqu'un voulait le tuer, il sache exactement où il se trouvait. Cynthia avait la ferme intention de ressortir et de remonter dans le camion. Elle attendrait trois minutes montre en main et, s'il n'était pas ressorti, elle démarrerait et partirait, il pouvait en être sûr.

Mais elle le suivit dans le couloir.

« Y a quelqu'un ? »

Il s'arrêta juste avant la porte ouverte — peut-être lui restait-il une once de bon sens — et risqua un coup d'œil rapide à l'intérieur de la pièce.

« Y a... »

Il s'interrompit. Le drôle de sifflement était de plus en plus fort, un sorte de sifflement *saccadé,* presque comme...

Elle regarda par-delà le bras de Steve. Elle ne voulait pas regarder, mais elle ne put s'en empêcher. Steve était tout blanc au-dessus du bandana, et ce n'était pas bon signe.

Non, pas un sifflement, pas vraiment. Un bruit de crécelle...

C'était la salle à manger. La famille était sur le point d'entamer le repas du soir — mais pas le repas de *ce* soir, elle le vit sur-le-champ. Il y avait des mouches qui zonzonnaient au-dessus du rôti, dont certaines tranches nourrissaient déjà des colonies d'asticots. Autour du maïs à la crème solidifié dans son plat, la sauce formait une masse gélatineuse.

Trois personnes étaient à table : une femme, un homme et un bébé dans une chaise haute. La femme portait encore le long tablier dans lequel elle avait fait la cuisine, et le bébé un bavoir où était écrit JE SUIS UN GRAND GARÇON, MAINTENANT. Il était un peu de côté, derrière sa tablette sur laquelle attendaient plusieurs tranches d'orange. Il contemplait Cynthia avec un sourire figé dans un visage violacé. Ses yeux sortaient de ses orbites boursouflées comme de grosses billes du loto. Ses parents étaient tout aussi boursouflés. Elle vit toute une série de trous sur le visage de l'homme, petits, presque comme les piqûres d'une seringue hypodermique, dont deux sur le côté du nez.

Sur la table, plusieurs grands serpents à sonnette glissaient entre les plats en remuant le bout de leur queue. Tandis qu'elle regardait, le haut du tablier de la femme se gonfla et, pendant un instant,

Cynthia la crut encore en vie, en dépit de son visage violacé et de ses yeux fixes. Elle crut qu'elle respirait. Puis la tête triangulaire d'un serpent sortit de son encolure à volants, et de minuscules yeux noirs la regardèrent.

Le serpent ouvrit la bouche et siffla. Sa langue s'agita.

Il y en avait d'autres. Des serpents par terre sous la table s'enroulant autour des chaussures de l'homme mort. Des serpents plus loin, dans la cuisine — elle en voyait un, énorme, des écailles en forme de losange sur le dos, qui se déplaçait sur le plan de travail en Formica, sous le four à micro-ondes. Plusieurs, par terre, se dirigeaient vers eux, et vite. *Cours !* se cria-t-elle, et elle découvrit qu'elle ne pouvait pas bouger — comme si ses chaussures étaient collées au sol. Les serpents étaient ce qu'elle détestait le plus au monde ; elle en avait une telle aversion qu'elle aurait été incapable de la décrire avec des mots ou même de la comprendre. Et cette maison en était pleine, il pouvait y en avoir encore d'autres derrière eux, entre eux et la porte...

Steve la poussa en arrière. Quand il comprit qu'elle était pétrifiée de terreur, il la souleva dans ses bras et partit en courant vers la nuit, par-delà le seuil, comme un jeune marié, mais en sens inverse.

5

« Steve, Steve, est-ce que tu as vu... »

La portière du côté de la jeune fille était toujours ouverte et il la jeta à l'intérieur du camion avant de contourner l'avant en courant pour monter de son côté. Il regarda à travers le pare-brise le rectangle lumineux de la porte d'entrée, puis il regarda Cynthia : les yeux étaient exorbités au-dessus du bandana.

« Bien sûr que j'ai vu ! Tous les serpents de la planète étaient là, et ils venaient tous vers nous.

— Je n'ai pas pu courir... Les serpents me font si peur... Je suis désolée.

— C'est de ma faute. C'est moi qui nous ai entraînés là-dedans. »

Il passa la marche arrière et recula par à-coups jusqu'à la rue, pivotant pour que l'avant du camion pointe vers l'est, vers les bicyclettes par terre, la clôture écrasée et le feu dansant au croisement.

« On retourne sur la nationale 50 si vite que tu vas en avoir le tournis. Ils étaient là, hein ? demanda-t-il en la regardant avec une perplexité horrifiée. Je veux dire... je n'ai pas eu une hallucination ? Ils étaient bien là.

— Oui. Maintenant, pars, Steve, *file.* »

Il accéléra, mais pas au point de les mettre en danger, et elle admira la façon dont il se contrôlait, surtout qu'à l'évidence lui aussi était en état de choc. Au feu, il tourna à gauche et prit au nord, par la route qu'ils avaient empruntée pour venir.

« Essaie d'allumer la radio, dit-il tandis que la hideuse petite ville s'éloignait peu à peu derrière eux. Trouve de la musique, mais pas du country larmoyant. J'ai eu ma dose.

— D'accord. »

Elle se pencha vers le tableau de bord en jetant un coup d'œil dans son rétroviseur. Pendant un instant, elle crut voir un éclat de lumière dessinant un arc de cercle. Ç'aurait pu être une lampe torche, mais ç'aurait pu aussi être un curieux reflet du feu de signalisation, ou simplement le fruit de son imagination. Elle songea un instant à le dire à Steve, mais décida qu'il valait mieux s'abstenir. Elle ne pensait pas qu'il voudrait faire demi-tour pour vérifier, parce qu'elle le savait presque aussi effrayé qu'elle, maintenant. Mais il était préférable de ne pas sous-estimer la propension des hommes à jouer les John Wayne.

Mais s'il y a des gens là-bas...

Elle secoua la tête avec détermination. Non. Elle n'allait pas se laisser prendre. Peut-être y avait-il des gens vivants là-bas, des médecins, des avocats et des chefs indiens, mais il y avait aussi quelque chose de terrible derrière eux. Ils ne pouvaient rien faire de mieux pour les survivants éventuels de Désolation qu'aller chercher de l'aide.

Et puis, je n'ai pas vraiment vu quoi que ce soit. Je suis presque certaine de n'avoir rien vu.

Elle alluma la radio et un véritable tir de barrage lui répondit sur toute la gamme d'ondes quand elle tourna le bouton. Elle éteignit.

« Il faudra t'en passer, Steve. Même la chaîne merdique du coin est...

— Nom de Dieu ! s'écria-t-il d'une voix suraiguë tout à fait inhabituelle. Qu'est-ce que c'est que ce putain de...

— Je ne vois pas... »

Et puis elle vit. Quelque chose devant eux, une forme gigantesque qui se dressait dans les tourbillons de sable, avec d'énormes yeux jaunes. Elle posa les mains sur sa bouche, mais pas assez vite pour étouffer son cri. Steve écrasa le frein des deux pieds. Cynthia, qui n'avait pas mis sa ceinture, fut projetée contre le tableau de bord. Elle eut juste le réflexe de lever les bras pour s'éviter une bosse à la tête.

« Dieu du ciel ! dit Steve d'une voix un peu plus normale. Comment diable cette *chose* a-t-elle pu arriver sur la route ?

— Qu'est-ce que c'est ? »

Elle le savait avant même que la question sorte de sa bouche. Pas une monstruosité style *Jurassic Park* (sa première idée, pauvre gamine), et pas non plus une gigantesque machine de chantier. Ça n'avait d'ailleurs pas non plus d'énormes yeux jaunes. Ce qu'elle avait pris pour des yeux n'était que le reflet de leurs propres phares dans une vitre. C'était une caravane. Sur la route. *Bloquant* la route.

Cynthia regarda sur sa gauche et vit que la clôture entre la route et le camp de caravaning avait été renversée. Trois des caravanes — les plus grosses — n'étaient plus là, comme en témoignaient les socles de ciment vides sur lesquels elles avaient été posées. Ces caravanes étaient maintenant en travers de la route, la plus grande devant, les deux autres derrière comme un mur secondaire élevé au cas où la première ligne de défense serait enfoncée. Une de celles-ci était le vieil Airstream rouillé sur lequel se dressait naguère l'antenne satellite du camp de caravaning du Serpent à Sonnette. La parabole gisait maintenant en bordure du parc comme un gros enjoliveur. Elle avait été retenue au passage par un fil à linge, et pantalons et chemises l'entouraient comme des drapeaux fous.

« Fais le tour !

— Je ne peux pas. Le fossé en bordure de route est trop profond de ce côté. Du côté du parc aussi, mais...

— Tu peux le faire, dit-elle en dissimulant le tremblement dans sa voix. Et tu me dois bien ça. Je suis allée avec toi dans cette maison...

— D'accord, d'accord. »

Il tendit la main vers le levier de vitesse, et il allait probablement passer en première quand sa main se figea. Il inclina la tête. Elle entendit une seconde plus tard et sa première pensée affolée fut

(ils sont là oh Seigneur ils sont entrés dans le camion)

pour les serpents. Mais ce n'était pas pareil. C'était un son dur et vrombissant, presque comme un morceau de papier pris dans un ventilateur, ou...

Quelque chose tomba devant eux dans l'air agité, quelque chose qui ressemblait à une grosse pierre noire, qui heurta le pare-brise suffisamment fort pour y faire une tache opaque au point d'impact et envoyer de longues craquelures argentées dans toutes les directions. Du sang — il paraissait noir avec cet éclairage — macula la vitre comme de l'encre. Il y eut un vilain *crac-crunch* quand le kamikaze s'écrasa, et pendant un moment elle vit un de ses impitoyables yeux mourants qui la regardait. Elle cria de nouveau, cette fois sans tenter d'étouffer le bruit dans ses mains.

Il y eut un autre choc, celui-là au-dessus de leurs têtes. Elle leva les yeux et vit le toit un peu enfoncé.

« Steve, sors-nous de là ! »

Il mit les essuie-glaces en marche, et un des balais entraîna le busard écrasé vers les bouches d'aération. Il resta coincé là, une drôle de tumeur avec un bec. L'autre essuie-glace étala du sang et des plumes en forme d'éventail sur la vitre. Du sable vint immédiatement se coller à cette purée dégoûtante. Steve pressa le bouton du gicleur et le pare-brise s'éclaircit un peu vers le haut, mais la partie inférieure demeura en l'état, la carcasse de l'oiseau mort empêchant les balais de faire leur office.

« Steve. »

Elle entendit le nom sortir de sa bouche mais ne put le sentir : ses lèvres étaient engourdies. Et son ventre lui parut tout à fait vide. Pas de foie, pas d'intestins, juste un espace creux rempli par un vent d'orage.

« Sous la caravane. Ça sort de sous la caravane. Tu les vois ? »

Elle montra du doigt et il vit. Le sable glissait en travers du macadam en lignes orientées est-ouest qui ressemblaient à des doigts crochus. Plus tard, si le vent continuait avec cette puissance, ces petites dunes prendraient la taille d'un bras, mais pour l'instant, ce n'étaient que des doigts. Sortant de sous la caravane, en rangs comme l'avant-garde d'une armée en marche, ils virent un bataillon de scorpions. Elle n'aurait su dire combien il y en avait — comment l'aurait-elle pu, alors qu'elle avait peine à croire qu'elle les voyait ? Moins de cent probablement, mais des dizaines quand même. Des dizaines.

Il y avait des serpents parmi eux et derrière eux qui ondulaient, décrivant des S, glissant par-dessus les rides du sable avec l'aisance de mocassins traversant une mare.

Ils ne peuvent pas entrer, calme-toi, ils ne peuvent pas entrer !

Non, et peut-être ne le voulaient-ils pas. Peut-être n'était-ce pas leur *but.* Leur but était peut-être...

Retentit alors un autre de ces bruits de fouet, sur le flanc du camion cette fois, de son côté, et elle s'inclina vers Steve, elle se recroquevilla contre Steve, son bras droit levé pour se protéger le visage. Le busard heurta la vitre du passager comme une bombe qu'on aurait remplie de sang au lieu de substance explosive. Une des ailes du busard claqua faiblement sur le pare-brise et l'essuie-glace en arracha un morceau.

« *C'est bon !* lui cria-t-il en riant presque et en lui entourant les épaules de son bras. *C'est bon, ils ne peuvent pas entrer !*

— *Si, ils peuvent !* lui cria-t-elle. Les oiseaux peuvent, si on reste ici ! Si on leur en donne le temps ! Et les serpents... les scorpions...

— Quoi ? Qu'est-ce que tu dis ?

— *Est-ce qu'ils pourraient faire des trous dans les pneus ?* »

Elle revoyait le camping-car, sur la nationale, tous ses pneus crevés... le camping-car et l'homme au visage violacé dans la maison, au visage grêlé, des séries de trous allant par paires, des trous si petits qu'ils ressemblaient presque à du poivre moulu.

« Ils pourraient, non ? S'ils étaient assez nombreux et qu'ils piquaient et mordaient tous ensemble, ils *pourraient.*

— Non, dit-il avec un petit jappement qui se voulait un rire. Des petits scorpions de dix centimètres de long et des aiguillons pas plus gros qu'une écharde ? Tu veux rire ? »

Mais le vent tomba un peu et sous eux — déjà sous eux — ils entendirent des bruits de grattement. C'est alors que Cynthia comprit quelque chose qu'elle aurait voulu ignorer : il ne croyait pas ce qu'il disait. Il l'aurait bien voulu, mais il n'y croyait pas.

Chapitre 4

1

Le téléphone cellulaire était à l'autre bout de la pièce, devant un classeur orné d'un autocollant RUSH LIMBAUGH PRÉSIDENT. L'engin ne *semblait* pas cassé, mais...

Johnny tira l'antenne et ouvrit le micro. Le téléphone émit un bip et un S apparut, bien, mais il n'y avait pas les barres de transmission, mauvais. *Très* mauvais. Il fallait pourtant qu'il essaie. Il s'acharna sur la touche NOM/MENU jusqu'à ce qu'apparaisse STEVE, puis pressa le bouton ENVOI.

« Monsieur Marinville, appela Mary depuis la porte. Nous devons partir. Le flic...

— Je sais, je sais, une seconde. »

Rien. Ni sonnerie, ni voix de robot, ni rien. Juste un très lointain ronronnement, un peu comme lorsqu'on met l'oreille contre une conque.

« Merde ! dit-il en refermant le micro. Mais *c'était* Steve, je le sais. Si seulement on était sortis trente secondes plus tôt... trente petites *secondes...*

— Johnny, *s'il vous plaît.*

— J'arrive. »

Il la suivit en bas. Mary tenait le Rossi à la main, et quand ils furent tous dehors, Johnny vit que David Carver avait repris le revolver, qui pendait le long de sa jambe. Ralph tenait maintenant un des fusils. Il le tenait au creux du bras, comme s'il était Daniel Boone. *Oh, Johnny,* dit une voix moqueuse dans sa tête — celle de Terry, la salope grand teint qui avait goûté la première à sa flèche d'amour. *Ne me dis pas que tu es jaloux de Monsieur Banlieusard de l'Ohio !*

Peut-être, et alors ? Juste un peu. Surtout parce que le fusil de Monsieur Banlieusard de l'Ohio était chargé, contrairement à la Mossberg que Johnny venait de ramasser.

« C'est un Ruger 44, disait le vieil homme à Ralph. Quatre balles. Je ne l'ai pas armé, souvenez-vous-en, si vous devez tirer.

— Je m'en souviendrai.

— Et faites attention au recul. »

Billingsley prit la dernière arme, le 30-06. Un instant, Johnny pensa que le vieux con allait lui proposer un échange, mais il n'en fit rien.

« Très bien, dit-il. Je crois qu'on est prêts. Ne tirez sur personne, à moins qu'on nous attaque. Et ne ratez pas votre coup. On n'a pas beaucoup de munitions. Vous comprenez, Carver ?

— Oui.

— Petit ?

— Oui.

— Madame ?

— Oui, dit Mary qui semblait se résigner au *madame,* du moins jusqu'à ce qu'elle retourne à la civilisation.

— Et je ne lancerai pas ma massue avant qu'ils soient tout près, je le promets », dit Johnny.

Il avait voulu plaisanter, pour détendre l'atmosphère, mais il ne reçut de Billingsley qu'un regard de froid mépris — qu'il ne pensait pas mériter.

« Je vous pose un problème, monsieur Billingsley ? demanda-t-il.

— J'aime pas beaucoup votre allure. On n'a pas beaucoup de respect, dans nos régions, pour les hommes d'âge mûr qui portent les cheveux longs. Quant à savoir si vous me posez un *problème,* je ne peux pas encore vous le dire.

— Pour autant que je puisse en juger, dans vos régions on tire sur les gens à vue et on les pend comme des trophées de chasse, alors vous m'excuserez si je ne prends pas votre opinion trop à cœur.

— Écoutez un peu...

— Et si mes cheveux vous restent en travers de la gorge parce que vous n'avez pas eu votre bouteille de tord-boyaux quotidienne, ne vous en prenez pas à moi. »

Il eut honte quand il vit l'éclair dans les yeux du vieil homme, et en même temps, il en éprouva une satisfaction amère : il connaissait son monde. Il y avait beaucoup de cons suffisants aux Alcooliques Anonymes, mais ils avaient raison sur un point : on reconnaissait ses pairs, même quand on ne pouvait pas sentir l'alcool dans leur haleine ou le voir suinter des pores de leur peau. On pouvait presque les *entendre* dans sa tête, comme un sonar.

« Arrêtez ! lui dit Mary. Si vous voulez faire le con, attendez les vacances ! »

Johnny la regarda, blessé par le ton de sa voix, prêt à dire une puérilité du genre : *C'est lui qui a commencé !*

« Où allons-nous ? demanda David en promenant sa torche sur la façade d'une cafétéria et d'une boutique de vidéo. Là ? Les coyotes et le busard que j'avais vus sont partis.

— Pas très loin, je crois, dit Ralph. Et si on filait pour de bon ? Est-ce que vous avez trouvé des clés de voitures ? »

Johnny fouilla dans une poche et en ressortit le trousseau que David avait pris au flic mort.

« Juste un jeu ici. Je pense qu'elles correspondent à la voiture que conduisait Entragian.

— Qu'il conduit, rectifia David. Il l'a prise. C'est dans cette voiture qu'il a emmené ma maman. »

Il avait dit cela avec un visage impassible. Son père posa une main sur sa nuque.

« Il serait peut-être plus sage de ne pas conduire, de toute façon, dit Ralph. Une voiture, ça se remarque quand elle est seule dans les rues.

— On peut aller n'importe où, au moins pour commencer, dit Mary.

— N'importe où, oui, mais aussi loin que possible de la base de ce flic, dit Johnny. C'est du moins l'avis du con de service. »

Mary lui décocha un regard furieux que Johnny soutint, sans détourner les yeux. Au bout d'un moment, elle rougit et détourna les siens.

« On ferait bien de se cacher, au moins un moment, dit Ralph.

— Où ? demanda Mary.

— Vous avez une idée, monsieur Billingsley ? demanda David.

— Dans l'Ouest américain. Je crois que ce serait pas mal pour commencer.

— Qu'est-ce que c'est ? demanda Johnny. Un bar ?

— Un cinéma, dit Mary. Je l'ai vu quand il nous a amenés en ville. Il avait l'air fermé.

— Il l'est. On l'aurait détruit il y a dix ans si on avait eu autre chose à mettre à la place. Il est fermé, mais je sais comment y entrer. Venez. Et n'oubliez pas ce que je vous ai dit à propos des munitions. Ne tirez qu'en cas de nécessité.

— Et restons groupés, ajouta Ralph. Conduisez-nous, monsieur Billingsley. »

Une fois de plus, Johnny ferma la marche tandis qu'ils partaient vers le nord dans Main Street, les épaules voûtées pour lutter contre le vent d'ouest. Johnny regarda Billingsley, celui qui connaissait le moyen d'entrer dans le vieux cinéma de Désolation. Billingsley, qui finalement, une fois qu'on le lançait, avait toutes sortes d'opinions sur toutes sortes de problèmes. *T'es un alcoolique de la première heure, hein, mon ami ? Tu entends toutes les cloches et tous les sifflets.*

Si c'était le cas, le gaillard ne fonctionnait pas mal pour un type qui n'avait rien bu depuis un moment. Johnny aurait aimé atténuer la douleur que lui faisait subir son nez, et il se disait qu'un petit verre dans le buffet pourrait être un investissement pour l'avenir. Ils passaient justement sous le porche délabré du club du Hibou de Désolation.

« Attendez une seconde, je fais un tour là-dedans.

— Est-ce que vous êtes *fou* ? demanda Mary. Il faut qu'on quitte la rue !

— Pour l'instant, il n'y a personne d'autre que nous dans cette rue, vous n'avez pas remarqué ? Écoutez, dit-il sur un ton qu'il voulait plus raisonnable, je veux seulement de l'aspirine. Mon nez me fait un mal de chien. Trente secondes, une minute maximum. »

Il essaya d'ouvrir la porte avant qu'elle puisse répondre. Elle était fermée. Il frappa la vitre de la crosse de sa carabine, s'attendant au hurlement d'une sirène d'alarme, mais il n'y eut que celui du vent et le tintement du verre tombant sur le carrelage à l'intérieur. Johnny enleva les quelques bouts de verres encore accrochés autour de la fenêtre et passa la main à l'intérieur pour ouvrir le verrou.

« Regardez », murmura Ralph en montrant l'autre côté de la rue.

Quatre coyotes s'étaient assis devant un petit immeuble de brique portant les mots VOIRIE sur une fenêtre et EAU sur une autre. Ils ne bougeaient pas, mais leurs yeux étaient fixés sur le petit groupe d'humains de l'autre côté de la rue. Un cinquième arriva du sud en trottant et vint les rejoindre.

Mary leva son Rossi et le pointa vers les coyotes. David Carver le poussa vers le bas, le visage lointain.

« Non, ça va, ils veulent juste regarder », dit-il.

Johnny trouva le verrou, le tourna et ouvrit la porte. L'interrupteur à gauche alluma une rangée de vieilles lampes fluorescentes ressemblant à des bacs à glaçons renversés. Elles éclairèrent une petite zone de restauration (déserte), quelques machines à sous (éteintes) et deux tables de black jack. Au plafond était suspendu un perroquet. Johnny crut tout d'abord qu'il était empaillé, mais quand il s'approcha, il vit les yeux exorbités et la flaque de sang et de déjections sur le bois d'une table en dessous. C'était un vrai perroquet. Quelqu'un l'avait pendu.

Entragian ne devait pas aimer sa façon de dire « Jacquot veut un biscuit », se dit Johnny en réprimant une envie de rire.

Le club du Hibou sentait le vieux hamburger et la bière. Au fond de la pièce, une petite boutique offrit à Johnny ce qu'il cherchait : une grosse boîte d'aspirine. Puis il passa derrière le bar.

« Dépêchez-vous ! lui cria Mary. Est-ce que vous ne pouvez pas vous dépêcher ?

— J'arrive. »

Un homme avec un pantalon noir et une chemise qui avait été blanche gisait sur le lino, levant vers Johnny des yeux aussi vitreux que ceux du perroquet pendu. Le barman, à en croire ses vêtements. On lui avait coupé la gorge. Johnny prit une bouteille de whisky Jim Beam sur l'étagère.

Il la leva vers la lumière une seconde pour vérifier qu'elle était assez pleine, puis se dépêcha de ressortir. Une pensée — pas gentille — tenta de faire surface, mais il la repoussa. Il eut du mal. Il voulait lubrifier le vieux soigneur de chevaux, c'était tout, le détendre. Au fond, c'était un acte de charité chrétienne.

Tu es plus qu'un amour, dit Terry dans sa tête. *Tu es un saint, tu le sais ? Saint Jean le Lubrificateur.* Et, bien sûr, elle le gratifia de son rire cynique.

Ta gueule, salope, se dit-il... mais comme toujours, Terry rechignait à partir.

2

Calme-toi, Steven, c'est le seul moyen de sortir de là. Si tu t'affoles, il y a toutes les chances pour que vous mouriez tous les deux dans ce foutu camion de location.

Il passa la marche arrière et, se dirigeant grâce au rétroviseur extérieur (il n'osait pas ouvrir la porte et se pencher au-dehors, parce qu'il aurait été trop facile pour un busard en piqué de lui casser le cou), il commença à reculer. Le vent avait à nouveau fraîchi, mais cela ne l'empêcha pas d'entendre le bruit quand les pneus passèrent sur les scorpions. Comme quand on mâche des céréales croustillantes.

Attention de ne pas sortir de la route, pour l'amour de Dieu !

« Ils ne nous suivent pas », dit Cynthia avec un évident soulagement dans la voix.

Il jeta un coup d'œil, vit qu'elle avait raison et s'arrêta. Il avait reculé d'une vingtaine de mètres, assez loin pour que la roulotte de tête en travers de la route ne soit plus qu'une vague forme dans le sable volant. Il voyait des taches brunes et gluantes sur le sable d'un blanc grisâtre qui recouvrait la route. De là où il était, on aurait dit des bouses de vache. Et les autres s'éloignaient. Dans un moment, il aurait du mal à croire à la réalité de ce qu'il avait vu.

Oh, ils étaient bien là. Si tu commences à en douter, vieux frère, tu n'as qu'à regarder l'oiseau mort qui bloque encore la ventilation en bas du pare-brise.

« Qu'est-ce qu'on fait, maintenant ? demanda Cynthia.

— J'en sais rien. »

Il regarda par sa vitre et vit le café de la Rose des Sables. La moitié de son au vent rose avait été emportée par la bourrasque. Il regarda par la vitre de Cynthia et vit un espace libre avec trois planches clouées en travers de l'entrée. DÉFENSE D'ENTRER, avait peint sur la planche du milieu, en capitales blanches dégoulinantes, un habitant du lieu qui ne connaissait pas le sens du mot hospitalité.

« Quelque chose veut nous retenir dans cette ville, dit Cynthia. Tu le sais, non ? »

Il fit reculer le Ryder dans le parking de la Rose des Sables en essayant de réfléchir à un plan. Au lieu de cela, une série d'images et de mots sans rapport entre eux lui vint à l'esprit. La poupée gisant au pied des marches du camping-car. Les Tractors disant qu'elle s'appelait Urgence et qu'on pouvait la joindre au Samu. Johnny Cash expliquant comment il avait eu sa voiture, pièce après pièce. Des corps pendus à des patères, un poisson rouge nageant entre les doigts d'une main au fond de l'aquarium, le bavoir du bébé, le serpent sur la paillasse dans la cuisine, sous le micro-ondes.

Il se rendit compte qu'il frôlait la panique, qu'il était peut-être sur le point de faire quelque chose de vraiment stupide, et il chercha ce qui pourrait l'écarter du précipice, ramener sa pensée sur les rails. Ce qui lui vint alors à l'esprit, inexplicablement, ce fut une image qu'il n'avait pas sollicitée. L'image — plus claire encore qu'aucune des précédentes — de la sculpture en pierre qu'ils avaient trouvée près des ordinateurs dans le baraquement — le coyote à la drôle de tête inclinée et aux yeux perçants, le coyote dont la langue était un serpent.

Il devrait y avoir une photo de ce truc pour illustrer le mot « hideux » dans le dictionnaire, avait dit Cynthia, et elle avait raison, oh oui, pas de doute, mais Steven fut soudain assailli par l'idée qu'une chose aussi laide devait posséder un pouvoir.

Tu veux rire ? La radio s'est allumée et éteinte quand tu l'as touchée, les lampes ont vacillé, l'aquarium a explosé. Bien sûr qu'elle possède un pouvoir.

« Qu'est-ce que c'était, cette statue qu'on a trouvée là-bas ? demanda-t-il. Qu'est-ce qu'elle signifiait ?

— J'en sais rien. Tout ce que je sais... c'est que, quand je l'ai touchée...

— Quoi ? Quand tu l'as touchée, quoi ?

— Il m'a semblé que je me souvenais de toutes les pires choses qui me sont jamais arrivées dans ma vie. Sylvia Marcucci me crachant dessus en quatrième, dans la cour de récréation — elle prétendait que je lui avais pris son petit ami, et je ne savais même pas de quoi elle parlait. La fois où mon père s'est soûlé au second mariage de ma tante Wanda, et m'a tripoté les fesses pendant qu'on dansait, prétendant que c'était par accident. Comme si son érection était aussi un accident, dit-elle en levant la main vers sa tempe. Les fois où on m'a crié après, où je me suis fait jeter. Richie Judkins m'arrachant presque l'oreille. J'ai pensé à tout ça.

— Oui, mais à quoi est-ce que tu as *vraiment* pensé ? »

Elle sembla un instant sur le point de lui dire de ne pas faire le malin, mais se ravisa.

« Au sexe, dit-elle avec un soupir saccadé. Pas seulement baiser. Tout. Plus c'était sale, mieux c'était. »

Oui, pensa Steve. *Plus c'était sale, mieux c'était. Des choses qu'on peut avoir envie d'essayer mais dont on ne parlerait jamais. Des expériences.*

« A quoi tu penses ? »

Sa voix était curieusement aiguë, mais aussi acerbe, comme une odeur âcre. Steve la regarda et se demanda soudain si elle avait une chatte étroite. Une pensée folle à un moment pareil, mais c'est ce qui lui vint à l'esprit.

« Steve, dit-elle d'un ton plus mordant encore. A quoi tu penses ?

— A rien, dit-il de la voix épaisse d'un homme qui lutte contre l'endormissement. Rien. T'en fais pas.

— Est-ce que ça commence par un c et se termine par un e ? »

En fait, ma chère, « con » se termine par un n, *mais tu brûles.*

Qu'est-ce qui n'allait pas chez lui ? Nom de Dieu... C'était comme si cette drôle de pierre avait allumé une autre radio, dans sa tête, cette fois, et diffusait une voix qui était presque la sienne.

« De quoi tu parles ? demanda-t-il à Cynthia.

— Coyote, coyote », dit-elle en détachant les syllabes comme un enfant.

Non, elle ne l'accusait de rien, mais il se dit que l'avoir supposé brièvement était une erreur assez naturelle. Elle était soudain tout excitée.

« Ce truc dans le labo ! Si on l'avait, il nous sortirait d'ici ! Je *sais* qu'il pourrait, Steve ! Et ne perds pas de temps — *notre* temps — à me dire que je suis folle ! »

Étant donné ce qu'ils avaient vu et ce qui leur était arrivé ces quatre-vingt-dix dernières minutes, il n'avait aucune intention de le faire. Si elle était folle, ils l'étaient tous les deux. Mais...

« Tu m'as dit de ne pas le toucher. »

Il avait encore du mal à parler, c'était comme si de la boue ralentissait les rouages de sa pensée.

« Tu m'as dit que c'était... »

Que c'était *quoi ?* Qu'est-ce qu'elle avait dit ?

Bon. C'est ça. « Touche-le, Steve. C'est bon. »

Non. Mauvais.

« Tu as dit que c'était mauvais. »

Elle lui sourit. Dans la lueur verte du tableau de bord, son sourire parut cruel.

« Tu veux quelque chose de mauvais ? Sens un peu ça ! »

Elle lui prit la main et l'inséra entre ses jambes. Elle leva deux fois les fesses. Steve referma la main sur la sienne — assez fort pour lui faire mal, peut-être — mais elle garda le sourire. Son sourire s'élargit, même.

Mais qu'est-ce qu'on fait ? Et pourquoi, nom de Dieu, pourquoi maintenant ?

Il entendit la voix, mais elle était presque perdue — comme une voix criant au feu dans une salle de bal pleine de gens en train de brailler plus fort qu'une musique tonitruante.

La fente entre ses jambes était plus proche, plus urgente. Il la sentait à travers son jean, et elle brûlait. Brûlait.

Elle a dit que son nom était Urgence et elle a demandé à voir mon pistolet. Tu vas le voir, t'en fais pas, chérie, un 38 sur une carcasse de 45, ça tire des balles mortelles comme des boulets de canon.

Il fit un effort surhumain pour se reprendre, s'accrocher à n'importe quoi qui fermerait l'enceinte de confinement avant que le réacteur ne fonde. Il s'accrocha à une image — l'expression curieuse et méfiante du visage de Cynthia quand elle l'avait regardé par la porte ouverte du camion, hésitant à monter, ses grands yeux bleus le jaugeant d'abord, pour savoir s'il était le genre de type à la mordre où à lui extorquer quelque chose. Une oreille, par exemple. *Est-ce que vous êtes un type gentil ?* avait-elle demandé. Et il avait répondu *Oui, je crois.* Et puis le type gentil qu'il était l'avait emmenée dans cette ville de mort, et il lui glissait la main entre les cuisses, et il pensait qu'il aimerait la baiser, et lui faire mal, aussi, une sorte d'expérience, pourrait-on dire, à la fois plaisir et douleur, le sucré et le salé. Bien sûr. Parce que c'était comme ça qu'on faisait au pays des loups, c'était comme ça qu'on faisait dans la maison des scorpions, c'était ce qu'on prenait pour de l'amour à Désolation.

Êtes-vous quelqu'un de gentil ? Vous n'êtes pas un tueur en série complètement dingue, ou je ne sais quoi ? Êtes-vous gentil, êtes-vous gentil, êtes-vous quelqu'un de gentil ?

Il retira sa main en frissonnant. Il se tourna vers la fenêtre et regarda dans l'obscurité venteuse le sable voltiger comme de la neige. Il avait conscience de la sueur sur sa poitrine, sur ses bras, sous ses aisselles, et bien qu'il se sentît un peu mieux, il savait qu'il était toujours malade, qu'il oscillait entre la crise de nerfs et le délire. Maintenant qu'il avait pensé au loup de pierre, il n'arrivait pas à l'effacer de son esprit, semblait-il ; il voyait sans cesse sa tête tournée et ses yeux perçants. Il était ancré dans sa tête comme une habitude contrariée.

« Qu'est-ce qui ne va pas ? gémit-elle. Oh, Seigneur, Steve, je ne voulais pas... Qu'est-ce qui nous arrive ?

— Je n'en sais rien. Mais je vais te dire une chose que je sais : on a eu un avant-goût de ce qui se passe dans cette ville, et je n'aime pas ça. Je n'arrive pas à enlever ce putain de truc en pierre de ma tête. »

Il finit par trouver le courage de la regarder. Elle était tout contre sa portière, comme une adolescente effrayée le soir d'un premier rendez-vous qui va un peu trop loin, et bien qu'elle parût assez calme, elle avait les joues en feu et elle séchait des larmes de sa main.

« Moi non plus, dit-elle. Je me souviens d'un jour où un petit morceau de verre m'est rentré dans l'œil. J'ai exactement la même sensation. Je n'arrête pas de penser que je voudrais prendre cette pierre et la frotter contre mon... tu sais. Sauf que ce n'est pas vraiment comme une pensée. Ce n'est même pas du tout comme une pensée.

— Je sais. »

Il aurait tout donné pour qu'elle ne l'ait pas dit. Parce que, maintenant, l'idée était dans son esprit à lui aussi. Il se voyait frottant cette foutue chose hideuse — hideuse mais puissante — contre son pénis en érection. Et de là il se vit avec elle en train de baiser par terre sous la rangée de patères, sous les corps pendus, la pierre grise entre eux, entre leurs dents.

Steve écarta ces images... mais il ne savait pas combien de temps il parviendrait à les maintenir loin de lui. Il la regarda de nouveau et réussit à sourire.

« Ne m'appelle pas chou à la crème, dit-il, et je ne te traiterai pas de tarte. »

Elle poussa un long soupir tremblant, au bord du rire.

« Oui, quelque chose dans le genre, en tout cas. Je crois que ça pourra aller un peu mieux. »

Il hocha la tête avec précaution. Oui. Il avait toujours une érection historique, et il aurait bien eu besoin qu'on l'en soulage, mais ses pensées semblaient un peu plus les siennes. S'il pouvait arriver à les détourner de ce morceau de pierre un petit moment encore, il se disait que ça irait. Mais pendant quelques secondes, ç'avait été mauvais, fichtrement mauvais. Pendant ces quelques secondes, il avait compris ce que devaient ressentir des types comme Ted Bundy. Il aurait pu la tuer. Il l'*aurait* tuée, s'il n'avait pas rompu le contact physique avec elle au dernier moment. Ou bien il supposait qu'*elle* aurait pu le tuer. C'était comme si le sexe et le meurtre avaient en quelque sorte échangé leurs rôles dans cette horrible petite ville. Sauf que même le sexe n'était pas le sexe, pas vraiment. Il se souvint comment, quand elle avait touché le loup, les lumières avaient vacillé et la radio s'était rallumée.

« Ni le sexe, dit-il, ni le meurtre. Le *pouvoir*.

— Hein ?

— Rien. Je vais nous ramener au-delà du centre de la ville, vers la mine.

— Le grand mur au sud ?

— Oui. C'est une mine à ciel ouvert. Il doit y avoir au moins une route de service qui la relie directement à la nationale 50. On va la trouver et la prendre. En fait, je suis content que celle-ci soit bloquée. Je ne veux pas repasser près de ce baraquement, ni de ce... »

Elle lui avait saisi le bras. Steve suivit son regard et vit quelque chose entrer dans le faisceau des phares du camion. La poussière était si épaisse qu'au début l'animal ressembla à un fantôme, une sorte d'esprit invoqué par un sorcier indien cent ans plus tôt. C'était un loup gris, de la taille d'un berger allemand, mais en plus élancé. Ses yeux étaient écarlates à la lumière des phares. Le suivant comme des laquais dans quelque conte de fées maléfique, deux rangées de scorpions avançaient, leurs aiguillons repliés sur le dos. Flanquant les scorpions, des coyotes, deux de chaque côté, semblaient sourire nerveusement.

Il y eut une rafale de vent. Le camion oscilla sur ses amortisseurs. A leur gauche l'auvent claquait comme une voile déchirée.

« Le loup tient quelque chose dans sa gueule, dit Cynthia d'une voix rauque.

— Tu es folle. »

Mais, alors que l'animal approchait, il vit qu'elle n'était *pas* folle. Le loup s'arrêta à six ou sept mètres du camion, aussi mité et réel que sur une photo à haute résolution de la Criminelle. Il baissa la tête et laissa tomber la chose qu'il tenait dans la bouche. Il la regarda attentivement un moment, puis recula de trois pas et s'assit, haletant.

C'était le fragment de statue, gisant à présent à l'entrée du parking du café, tapi dans le sable, babines relevées, tête tordue, yeux perçants. Fureur, rage, sexe, puissance — il semblait diffuser tout cela vers le camion en un cône dense, une sorte de champ magnétique.

Et Steve se revit en train de baiser Cynthia, enfoui en elle comme une épée dans de la boue brûlante, tous deux face à face, les lèvres retroussées en un rictus identique tandis qu'ils serraient le féroce coyote de pierre entre eux comme un mors.

« Est-ce que je vais le chercher ? demanda Cynthia d'une voix presque endormie.

— Tu rigoles ? »

C'était sa voix, son accent du Texas, mais pas ses mots, pas maintenant. Ces mots venaient de la radio dans sa tête, la radio que la statue de pierre avait allumée.

Ses yeux qui le regardaient dans la poussière.

« Alors, quoi ? »

Il la regarda et sourit. Son visage était horrible. Il était merveilleux aussi.

« On va aller le chercher ensemble, bien sûr. Ça te va ? »

Son esprit *était* l'orage, maintenant, plein de vents hurlants d'un côté à l'autre, de haut en bas, poussant les images de ce qu'il allait lui faire, de ce qu'elle allait lui faire, et de ce qu'ils feraient à tous ceux qui se mettraient en travers de leur chemin.

Elle lui sourit en retour — ses joues creuses, son rictus cynique, on aurait dit une tête de mort. La lumière verdâtre du tableau de bord colorait son front et ses lèvres, emplissait ses orbites. Elle sortit sa langue de ce sourire et l'agita comme la langue-serpent de la statue. Il tira sa propre langue et l'agita à son intention. Puis il saisit la poignée de la portière. Ils feraient la course jusqu'à la pierre, et ils feraient l'amour parmi les scorpions en la tenant entre eux dans leur bouche. Après, tout ce qui pourrait arriver n'aurait plus d'importance.

Parce que, au véritable sens du mot, ils seraient partis.

3

Johnny revint sur le trottoir et donna la bouteille de Jim Beam à Billingsley, qui la regarda avec les yeux incrédules d'un homme à qui on vient de dire qu'il a gagné au loto.

« Tenez, Tom, buvez un coup — un seul, attention ! — et passez au voisin. Rien pour moi, j'ai fait le serment. »

Il regarda de l'autre côté de la rue, s'attendant à voir davantage de coyotes, mais il n'y en avait toujours que cinq. *Je prendrai le cinquième,* se dit Johnny en regardant le vétérinaire déboucher la bouteille de whisky. *Tu serais d'accord avec ça, Tom, hein ? Bien sûr que tu serais d'accord.*

« Qu'est-ce qui vous prend ? demanda Mary. Mais qu'est-ce que vous avez donc dans votre foutue tête ?

— Rien. Juste un nez cassé, mais je pense que ce n'est pas ce que vous voulez dire ? »

Billingsley releva la bouteille d'un coup de poignet bref et précis qui semblait aussi rodé que la technique d'une infirmière maniant une seringue. Il toussa. Des larmes lui vinrent aux yeux. Il remit le goulot contre ses lèvres, et Johnny lui arracha la bouteille des mains.

« Non, pas question, vieux. »

Il tendit la bouteille à Ralph, qui la prit, la regarda, avala une petite gorgée, puis la proposa à Mary.

« Non.

— Allez-y ! dit Ralph d'une voix calme, presque humble. Il vaut mieux. »

Elle adressa à Johnny un regard haineux et étonné à la fois, puis avala une gorgée. Elle toussa et éloigna la bouteille pour la regarder comme si c'était du poison. Ralph la reprit, subtilisa le bouchon dans la main gauche de Billingsley et la referma. Pendant ce temps, Johnny ouvrit la boîte d'aspirine et préleva une demi-douzaine de comprimés, qu'il fit sauter un moment dans sa main, puis jeta dans sa bouche.

« Allez, docteur, dit-il à Billingsley. Conduisez-nous. »

Pendant qu'ils descendaient la rue, Johnny leur raconta pourquoi il avait risqué de se casser le cou afin de récupérer son téléphone cellulaire. Les coyotes se levèrent et les suivirent. Johnny ne s'en inquiétait pas vraiment, mais qu'étaient-ils censés faire de ces bêtes ? Essayer de leur tirer dessus ? Plutôt bruyant. Au moins il n'y avait pas trace du flic. Et s'ils le voyaient surgir avant d'arriver au cinéma, ils pourraient toujours se dissimuler dans une des autres maisons, ou dans n'importe quel recoin assombri par l'orage.

Il avala en grimaçant, car l'aspirine à demi liquéfiée lui brûlait la gorge, et voulut ranger la boîte dans sa poche de poitrine. Elle se heurta au téléphone. Il le sortit, glissa les comprimés à la place et, alors qu'il essayait de mettre le téléphone dans une de ses poches de pantalon, il se dit qu'il ne risquait rien d'essayer à nouveau. Il tira l'antenne et ouvrit le micro. Toujours pas de barres de transmission. Merde.

« Vous croyez vraiment que c'était votre ami ? demanda David.

— Je le crois, oui.

— Est-ce que je peux essayer ? » demanda l'enfant en tendant la main.

Il y avait quelque chose dans sa voix. Son père l'entendit aussi. Johnny le sut à la façon dont l'homme le regardait.

« David, mon garçon, est-ce que ça...

— *S'il vous plaît,* est-ce que je peux essayer ?

— Bien sûr, si tu veux. »

Il lui tendit le téléphone inutile, et David le prit. Johnny vit alors trois barres apparaître près du S. Pas une ni deux, mais *trois.*

« Nom de Dieu ! »

Johnny reprit le téléphone. David, qui étudiait les fonctions du clavier, n'avait vu la main se tendre que trop tard pour l'arrêter. A peine le téléphone cellulaire était-il revenu dans les mains de

Johnny que les barres de transmission disparaissaient, laissant le S tout seul.

Elles ne sont jamais apparues, tu le sais, n'est-ce pas ? Tu as été victime d'une hallucination. Tu...

« Rendez-le-moi ! » cria David.

Johnny fut stupéfait : cette colère, dans sa voix. Le téléphone lui fut repris, mais pas assez vite pour qu'il ne voie les barres de transmission reparaître, or luisant dans la nuit.

« C'est tellement idiot ! dit Mary en se retournant vers eux puis, de l'autre côté de la rue, vers les coyotes qui s'étaient arrêtés en même temps que leur groupe. Mais si c'est votre façon de faire, on pourrait aussi bien sortir une table et se soûler au milieu de cette putain de rue ! »

Personne ne l'écouta. Billingsley avait toujours le regard fixé sur la bouteille de Jim Beam. Johnny et Ralph regardaient l'enfant qui pianotait sur le clavier à la vitesse d'un vétéran des jeux vidéo, passant très vite le nom de l'agent, de l'éditeur et de l'ex-épouse de Johnny pour arriver enfin à STEVE.

« David, qu'est-ce qu'il y a ? demanda Ralph.

— Est-ce que c'est lui, monsieur Marinville ? demanda l'enfant qui n'écoutait pas son père. C'est le type dans le camion, ce Steve ?

— Oui. »

David pressa le bouton ENVOI.

4

Steve connaissait l'expression « sauvé par le gong », mais dans ce cas, ça frôlait le ridicule.

A la seconde où ses doigts trouvaient la poignée — et où il entendait Cynthia saisir la sienne à l'autre bout du siège — le téléphone cellulaire émit son cri nasal : *Hmiip ! Hmiip !*

Steve se figea, regarda le téléphone, regarda Cynthia, dont la porte était déjà entrouverte. Elle le regardait, et son sourire s'effaçait peu à peu.

Hmiip ! Hmiip !

« Alors ? demanda-t-elle. Tu ne vas pas répondre ? »

Il y avait dans sa voix un accent presque *conjugal* qui le fit rire.

Dehors, le loup pointa son nez vers le ciel pour hurler comme s'il avait entendu le rire de Steve et le désapprouvait. Les coyotes semblèrent considérer ce hurlement comme un signal. Ils se levèrent et disparurent comme ils étaient venus, s'enfonçant tête basse dans le nuage de sable. Les scorpions étaient déjà partis. S'ils avaient jamais été là. Peut-être n'y en avait-il jamais eu. Il avait l'impression que sa tête était une maison hantée pleine d'hallucinations et de faux souvenirs pareils à des fantômes.

Hmiip ! Hmiip !

Il décrocha le combiné du tableau de bord, pressa le bouton ENVOI et le colla contre son oreille. Ce faisant, il regardait le loup, et le loup le regardait aussi.

« Patron ? Patron, c'est toi ? »

Bien sûr que c'était lui, qui d'autre aurait pu l'appeler ? Sauf que ce n'était pas lui. C'était un gosse.

« Est-ce que vous vous appelez Steve ?

— Oui. D'où tu tiens le téléphone du patron ? Où...

— C'est sans importance. Est-ce que vous avez des ennuis ? Vous en avez, non ?

— Je ne... »

Steve referma la bouche. Dehors, le vent hurlait autour de la cabine du Ryder. Il tenait le petit téléphone sur le côté de sa tête et regardait le loup par-delà un morceau du busard. Les images crues de sexe mêlé de violence qui avaient occupé son esprit s'éloignaient, mais le souvenir du pouvoir qu'elles avaient exercé sur lui restait aussi vivace que certains cauchemars.

« Oui, répondit-il. Je crois qu'on peut le dire.

— Est-ce que vous êtes dans le camion qu'on a vu ?

— Si vous avez vu un camion, c'était probablement le nôtre, oui. Est-ce que mon patron est avec toi ?

— M. Marinville est ici. Il va bien. Et vous, vous allez bien ?

— Je n'en sais trop rien. Il y a un loup, et il a apporté ce truc... C'est comme une statue, mais... »

Il sentit la main de Cynthia qui passait tout en bas de son champ de vision. Elle klaxonna. Steve sursauta. A l'entrée du parking, le loup sursauta aussi. Steve vit ses babines se retrousser pour grogner, ses oreilles s'aplatir contre son crâne.

Il n'aime pas le klaxon, se dit-il. Puis il lui vint une autre pensée, une de ces pensées simples qui vous donnent envie de vous frapper le front du plat de la main, comme pour punir votre cerveau paresseux. *S'il ne veut pas sortir de mon chemin, je peux lui passer dessus, non ?*

Oui, oui, il le pouvait. Après tout, c'était lui qui était dans le camion.

« Qu'est-ce que c'était ? demanda l'enfant d'un ton impérieux. Pourquoi avez-vous fait ça ? rectifia-t-il.

— On a de la compagnie. On essaie de s'en débarrasser. »

Cynthia klaxonna de nouveau. Le loup se leva. Il avait toujours les oreilles couchées. Il semblait vexé, mais un peu troublé aussi. Quand Cynthia klaxonna pour la troisième fois, Steve posa la main sur la sienne pour l'aider. Le loup les regarda encore un moment, la tête inclinée, ses yeux jaunes verdâtres luisant méchamment dans la lumière des phares. Puis il se pencha, saisit la statue entre ses dents et disparut comme il était venu.

Steve regarda Cynthia, et elle le regarda. Elle avait encore l'air effrayée, mais elle souriait un peu quand même.

« Steve ? demanda la petite voix lointaine. Steve, est-ce que vous êtes toujours là ?

— Oui.

— Vous avez toujours de la compagnie ?

— Non. Partie. Pour l'instant du moins. Le problème, c'est de savoir ce qu'on fait maintenant. Des suggestions ?

— J'en ai peut-être, dit l'enfant d'une voix dans laquelle Steve crut aussi déceler un sourire.

— Comment est-ce que tu t'appelles ? » demanda Steve.

5

Derrière eux, dans la direction du bâtiment municipal, quelque chose céda au vent et tomba avec un énorme fracas. Mary se retourna brusquement pour regarder dans cette direction, mais elle ne vit rien. Elle fut reconnaissante pour la gorgée de whisky que Carver l'avait incitée à prendre. Sans cela, ce bruit — qu'elle identifia comme étant une vitre tombant dans la rue — l'aurait terrorisée.

L'enfant parlait toujours au téléphone. Les trois hommes l'entouraient et Mary voyait à quel point Marinville avait envie de lui reprendre l'appareil ; elle voyait aussi qu'il n'osait pas. *Ça ne te fera pas de mal de ne pouvoir obtenir ce que tu veux, Johnny, ça te fera même un bien fou.*

« J'en ai peut-être », disait David avec un petit sourire.

Il écouta, donna son prénom puis se tourna de façon à se trouver face au club du Hibou. Il baissa la tête, et quand il se remit à parler, Mary entendit à peine ses paroles. Une sorte d'émerveillement incrédule s'empara d'elle comme un étourdissement.

Il ne veut pas que les coyotes entendent ce qu'il dit depuis l'autre côté de la rue. Je sais que ça a l'air idiot, mais c'est ce qu'il fait. Et vous savez quoi ? Il y a plus fou encore : je crois qu'il a raison.

« Il y a un vieux cinéma, dit David à voix basse. L'Ouest américain, dit-il en regardant Billingsley pour qu'il confirme.

— Dis-lui de passer par-derrière », suggéra Billingsley après avoir approuvé de la tête.

Mary se dit alors que si elle était folle, du moins elle n'était pas la seule : Billingsley aussi avait parlé à voix basse, et il avait jeté un rapide coup d'œil par-dessus son épaule pour s'assurer que les coyotes ne se rapprochaient pas pour essayer d'entendre. Quand il fut certain qu'ils étaient toujours sur le trottoir devant l'immeuble de la voirie et du service des eaux, il se pencha à nouveau vers David.

« Dis-lui qu'il y a une ruelle. »

C'est ce que fit le petit garçon. Quand il eut terminé, Marinville eut apparemment une idée. Il allait prendre le téléphone quand il se retint.

« Dis-lui de garer le camion loin du cinéma. »

Le grand romancier américain parlait aussi à voix basse, et il avait une main devant la bouche, comme s'il croyait l'un de ces coyotes capable de lire sur ses lèvres.

« S'il le gare devant et qu'Entragian revient... »

David hocha la tête et transmit le message. Il écouta Steve lui dire quelque chose, hocha la tête et sourit à nouveau. Les yeux de Mary se reportèrent sur les coyotes. Tandis qu'elle les regardait, elle se rendit compte d'une chose excessivement perverse : s'ils réussissaient à se cacher et à échapper à Entragian assez longtemps pour se regrouper et sortir de la ville, une part d'elle-même le regretterait. Parce que, une fois que ce serait terminé, il lui faudrait affronter la réalité de la mort de Peter. Il faudrait qu'elle pleure son mari et l'anéantissement de la vie qu'ils avaient construite. Et ce n'était sans doute pas le pire. Il faudrait aussi qu'elle *pense* à tout ça, qu'elle essaie d'en trouver le sens, et elle n'était pas certaine d'y parvenir. Elle n'était pas sûre qu'*aucun* d'entre eux serait capable de le faire. Sauf peut-être David.

« Venez aussi vite que vous pourrez », dit-il.

Il y eut un léger signal quand il pressa le bouton FIN. Il rentra l'antenne et rendit le téléphone à Marinville, qui ressortit immédiatement l'antenne, scruta l'écran, hocha la tête et referma le téléphone.

« Comment as-tu fait ça, David ? Magie ?

— Dieu, dit l'enfant en le regardant comme s'il était fou.

— Dieu, imbécile », dit Mary avec un sourire qui ne lui était pas familier du tout.

Ce n'était pas le moment d'agacer Marinville, mais elle ne pouvait y résister.

« Peut-être aurais-tu seulement dû dire à l'ami de M. Marinville de venir nous prendre, dit Ralph. Ç'aurait probablement été le plus simple, David.

— Ce n'est *pas* simple. Steve vous le dira quand ils seront là.

— *Seront ?* demanda Marinville.

— Et puis il y a maman, dit David à son père sans s'occuper de l'écrivain. On ne partira pas sans elle.

— Et qu'est-ce qu'on fait d'*eux* ? » demanda Mary en montrant les coyotes, en face.

Elle aurait juré que non seulement ils avaient vu son geste mais ils l'avaient compris.

Marinville descendit sur la chaussée, ses longs cheveux gris soulevés par le vent lui donnant l'aspect d'un prophète de l'Ancien Testament. Les coyotes se levèrent et le vent apporta le son de leurs grognements jusqu'au petit groupe. Marinville ne pouvait pas ne pas les entendre, mais il fit néanmoins un ou deux pas de plus. Il ferma presque les yeux un instant, non pas pour éviter le sable mais pour essayer de se souvenir de quelque chose. Puis il claqua une fois dans ses mains.

« *Tak !* »

Un des coyotes leva le nez et hurla. Son cri fit frissonner Mary.

« *Tak, ah lah ! Tak !* »

Les coyotes semblèrent se rapprocher un peu les uns des autres, mais ce fut tout.

Marinville claqua une fois encore dans ses mains.

« *Tak !... Ah lah... Tak !...* Et merde ! Je n'ai jamais été doué pour les langues étrangères, de toute façon. »

Il resta un moment à les regarder d'un air dégoûté et indécis. Le fait qu'ils puissent l'attaquer — lui et sa Mossberg vide — semblait l'idée la plus éloignée de son esprit.

David descendit sur la chaussée. Son père le rattrapa par l'encolure.

« C'est bon, papa. »

Ralph le lâcha, mais le suivit jusqu'à Marinville. Et alors l'enfant dit une phrase dont Mary pensa qu'elle se souviendrait même si son esprit réussissait à effacer tout le reste de sa mémoire — c'était le genre de phrase qui revenait dans les rêves, sinon ailleurs.

« Ne leur parlez pas la langue des morts, monsieur Marinville. »

David avança d'un pas encore. Il était maintenant seul au milieu de la rue, avec Ralph et Marinville debout derrière lui. Mary et Billingsley étaient restés sur le trottoir. Le vent hurlait de plus belle. Mary sentait le sable lui piquer le front et les joues, mais pour l'instant, cela lui semblait très loin, sans importance.

David joignit ses mains devant sa bouche, dans un geste enfantin de prière. Puis il les ouvrit, paumes levées vers les coyotes.

« Que le Seigneur vous bénisse et vous garde. Que la face du Seigneur vous illumine, et vous élève, et vous donne la paix. Maintenant, partez. Allez vous promener. »

Ce fut comme si un essaim d'abeilles s'était posé sur eux. Ils pivotèrent, masse maladroite et désordonnée de museaux, d'oreilles, de dents et de queues, se frappant les flancs sans épargner ceux des autres. Puis ils partirent en courant, jappant et hurlant comme après une douloureuse bataille. Elle les entendit, par-delà le cri du vent, pendant longtemps.

David se retourna, regarda leurs visages éberlués — dont l'expression était trop évidente pour qu'il pût l'ignorer, même dans l'obscurité — et sourit faiblement. Il haussa les épaules, comme pour dire : *Et alors, qu'est-ce que vous allez faire ?* Mary remarqua que son visage était toujours verdi par le savon. Comme un maquillage de carnaval raté.

« Venez, dit David. Allons-y.

— Et un petit enfant les conduira ! claironna Marinville. Alors, en route, mon garçon, conduis-nous. »

Ils se rassemblèrent sur la chaussée et s'éloignèrent tous les cinq vers le nord, dans Main Street, en direction de l'Ouest américain.

Chapitre 5

1

« Je crois que c'est là, dit Cynthia en pointant le doigt vers sa fenêtre. Tu vois ? »

Steve se pencha sur le volant et regarda à travers le pare-brise maculé de sang (bien que ce fût surtout le sable qui posât un véritable problème en se collant au sang). Il hocha la tête. Oui, il voyait bien la marquise à l'ancienne, retenue par des chaînes rouillées à la façade d'un vieil immeuble de brique. Il ne restait qu'une lettre sur la marquise, un R tordu.

Il tourna à gauche, sur l'aire de la station d'essence Conoco. La pancarte disant MEILLEURS PRIX DE TOUTE LA VILLE SUR LES CIGARETTES était tombée. Le sable s'était accumulé comme une congère contre le socle en béton de l'unique pompe.

« Où est-ce que tu vas ? Je croyais que le gosse t'avait dit de venir au cinéma !

— Il a aussi dit de ne pas garer le camion trop près. Et il a raison. Ça ne... Eh ! Il y a un type, là-dedans ! »

Steve freina brutalement. Il y avait en effet un type dans le bureau de la station d'essence, renversé contre le dossier de son fauteuil, les pieds sur son bureau. On aurait pu le croire endormi, sauf que sa posture — surtout la curieuse façon dont sa tête reposait sur son cou...

« Mort, déclara Cynthia en posant la main sur l'épaule de Steve qui ouvrait déjà la porte. Pas la peine. Je le vois d'ici.

— Il nous faut quand même un endroit où cacher le camion.

S'il y a de la place dans le garage, j'ouvrirai la porte et tu le rentreras. »

Inutile de lui demander si elle saurait le faire : il n'avait pas oublié la maestria avec laquelle elle avait conduit sur la nationale 50.

« D'accord, mais fais vite.

— Sois sans crainte... Cynthia, dit-il en hésitant à sortir, tu vas vraiment bien ? »

Elle sourit. Ce fut à l'évidence un effort, mais elle lui adressa un véritable sourire.

« Pour l'instant. Et toi ?

— La pêche. »

Il sortit et claqua la porte derrière lui. Il courut sur le goudron jusqu'au bureau de la station-service, stupéfait de la quantité de sable déjà accumulée, comme si le vent d'ouest avait l'intention d'enterrer la ville. A en juger par ce qu'il avait vu jusque-là, cela ne lui semblait pas une si mauvaise idée.

Un buisson d'amarante était resté coincé dans la porte ; ses brindilles squelettiques frémissaient dans le vent avec un bruit d'insecte. Steve l'écarta à coups de botte et il s'éloigna dans la nuit. Cynthia était déjà au volant. Il lui adressa un petit salut de la main. Elle avait les poings serrés devant elle, le visage grave et tendu, mais elle leva les pouces. *Mission de contrôle, on est OK.* Steve sourit, hocha la tête et entra. Seigneur, ce qu'elle pouvait être drôle !

Le type dans le fauteuil du bureau n'avait plus besoin que d'une tombe. Sous l'ombre de sa visière, son visage était violet, la peau tendue et luisante marquée d'au moins deux douzaines de taches noires. Pas des morsures de serpent, ni même de scorpions, elles étaient trop petites.

Il y avait un magazine érotique sur le bureau. Steve lut à l'envers le titre — *Amantes lesbiennes.* Une chose sortit de sous le plateau du bureau et, suivie de deux congénères, passa sur les femmes nues de la couverture. Toutes trois arrivèrent à l'autre bout du bureau et s'arrêtèrent en ligne, comme des soldats à la parade.

Trois autres sortirent de sous le bureau et coururent vers lui sur le linoléum sale. Steve fit un pas en arrière, se reprit puis abattit sa lourde botte. Il en eut deux sur les trois. L'autre fit un crochet et fila sur la droite vers ce qui devait être les toilettes. Quand Steve regarda à nouveau le bureau, il y vit huit copines alignées sur le bord, comme des Indiens de cinéma sur la crête d'une montagne.

C'étaient des recluses, connues aussi sous le nom d'araignées violons en raison du dessin qui, sur leur dos, rappelle vaguement la forme de cet instrument. Steve en avait vu beaucoup au Texas ; il s'était même fait piquer une fois, étant enfant, quand il jouait parmi les tas de bûches de sa tante Betty. C'était là-bas, à Arnette, que ça c'était passé, et ça lui avait fait un mal de chien. Comme une piqûre de fourmi rouge, mais *brûlante.* Maintenant il comprenait pourquoi le cadavre dégageait une telle odeur de pourriture malgré la sécheresse du climat. Tante Betty avait insisté pour désinfecter la plaie immédiatement à l'alcool, parce que, si l'on ne s'occupait pas d'une piqûre d'araignée violon, la chair autour commençait à pourrir. C'était dû à une substance dans leur salive. Et si un assez grand nombre d'entre elles vous attaquaient en même temps...

Deux autres recluses apparurent, ces deux-là rampaient hors du creux sombre entre les pages du registre ouvert de la station-service. Elles rejoignirent leurs potes. Dix, maintenant. Qui le regardaient. Il le savait. Une autre sortit des cheveux du pompiste, descendit le long de son front, de son nez, sur ses lèvres gonflées et traversa sa joue.

Maintenant, elle était probablement en route vers le colloque qui se tenait sur le bord du bureau, mais Steve ne prit pas le temps de s'en assurer. Il se dirigea vers le garage, en remontant son col. Selon son expérience, ce foutu garage en serait plein. Elles aimaient les lieux sombres.

Alors, fais vite, d'accord ?

Il y avait un interrupteur à gauche de la porte. Une demi-douzaine de tubes fluorescents sales zonzonnèrent au plafond du garage. Il y avait deux emplacements. L'un était occupé par une camionnette montée sur des pneus démesurés et transformée en véhicule tout-terrain — peinture pailletée bleue, VAGABOND DU DÉSERT écrit en rouge sur la portière du conducteur. L'autre place serait pour le Ryder, s'il arrivait à pousser une pile de pneus et la machine à rechaper.

Il fit un signe à Cynthia, sans savoir si elle pouvait ou non le voir, et s'approcha des pneus. Il se penchait pour prendre le premier quand un rat sortit du trou sombre au centre de la pile et planta ses dents dans sa chemise. Steve cria de surprise et de dégoût, et abattit son poing droit sur sa poitrine, fracassant le dos de l'animal. Le rat se tordit et pédala des pattes en poussant des cris aigus. Il essayait encore de mordre.

« Merde ! Oh, merde, saloperie ! Lâche, petite ordure ! »

Pas si petite, pourtant, presque de la taille d'un chat adulte. Steve se pencha en avant et sa chemise s'écarta de son corps (il l'avait fait sans réfléchir, et il n'était pas conscient non plus d'être en train de crier et de jurer), puis il saisit le rat par sa queue glabre et tira. Il y eut un bruit de déchirure quand sa chemise craqua, et le rat se plia en deux en dépit de sa colonne vertébrale brisée pour tenter de lui mordre la main.

Steve, comme un Tom Sawyer fou, le lança au loin par la queue. Le ratstéroïde fendit l'air et s'écrasa contre le mur derrière le VAGABOND DU DÉSERT. Il s'immobilisa, ses pattes griffues rassemblées sur le ventre. Steve le regarda pour s'assurer qu'il n'allait pas se relever et l'attaquer à nouveau. Il tremblait de la tête aux pieds, et claquait des dents comme s'il était frigorifié — *Brr-rrr-rruhhh.*

Il y avait une longue table jonchée d'outils à droite de la porte. Il saisit un démonte-pneu et en frappa le tas de pneus, qui roulèrent comme des cerceaux. Deux autres rats, plus petits, s'échappèrent, mais ils ne s'intéressèrent pas à lui et filèrent en couinant vers les zones plus sombres du garage.

Il ne pouvait supporter une seconde de plus la chaleur du sang de rat contre sa peau. Il déboutonna sa chemise en tirant d'un coup sec et la retira. Il y était parvenu d'une seule main — pas question de lâcher le démonte-pneu. *Tu ne prendras mon démonte-pneu que de mes doigts refroidis par la mort,* songea-t-il, et il rit. Il tremblait toujours. Il examina attentivement sa poitrine, minutieusement, cherchant la moindre égratignure. Il n'y en avait pas.

« Quel bol ! murmura-t-il en poussant la machine à rechaper contre le mur. J'ai une de ces veines ! Putain de rat-dans-la-boîte ! »

Il courut vers la porte et pressa le bouton qui l'ouvrait. Tout en regardant partout pour repérer rats, araignées et autres charmantes surprises, il s'écarta afin de laisser à Cynthia la place d'entrer. Près de l'établi était suspendue à un clou une combinaison grise de mécanicien, et tandis que Cynthia faisait pénétrer le Ryder dans le garage, moteur rugissant et phares allumés, Steve entreprit de frapper la combinaison de son démonte-pneu, des chevilles au col, comme on bat un tapis, attentif à ce qui pourrait sortir des jambes ou des manches.

Cynthia arrêta le moteur et descendit du camion.

« Qu'est-ce que tu fais ? Pourquoi est-ce que tu as retiré ta chemise ? Tu vas attraper la mort ! La température a déjà...

— Des rats. »

Il avait atteint le haut de la combinaison sans qu'aucune vie n'en sorte, et maintenant il redescendait. Il valait mieux prendre ses précautions. Il avait toujours dans les oreilles le bruit qu'avait fait la colonne vertébrale du rat quand il l'avait brisée, il avait toujours la sensation de la queue du rat dans son poing. Chaude. Elle était *brûlante.*

« Des rats ? dit Cynthia en regardant autour d'elle.

— Et des araignées. Ce sont les araignées qui ont eu le type dans... »

Il était soudain seul. Cynthia, sortie du garage, courait sur le goudron, dans le vent, dans le sable, les bras enserrant ses maigres épaules.

« Des araignées, ouugh ! Je déteste les araignées ! C'est pire que les serpents ! lui dit-elle méchamment comme si la présence des araignées était de sa faute. Sors de là ! »

Il décida que la combinaison ne présentait aucun risque et la décrocha. Alors qu'il allait se débarrasser du démonte-pneu, il changea d'avis. La combinaison sur le bras qui tenait le démonte-pneu, il vit soudain un T-shirt (propre et plié ! mais comment s'étonner encore de quoi que ce soit ?) qu'il prit et secoua d'un mouvement sec du poignet. Puis il pressa le bouton de fermeture de la porte et rejoignit Cynthia. Elle avait raison, il commençait à faire froid. La poussière alcaline se collait à ses épaules nues et à son ventre. Il se contorsionna pour enfiler le T-shirt et la combinaison — qui était un peu large, mais mieux valait un sac qu'un truc trop moulant.

« Je suis désolée, dit Cynthia avec une grimace tandis qu'elle se protégeait le visage d'une nouvelle rafale qui projetait du sable sur elle. C'est que... les araignées... C'est à un point... Je ne peux pas... Quel genre ?

— Tu n'aimerais pas le savoir, dit-il en remontant la fermeture à glissière de la combinaison. Est-ce que tu as laissé quelque chose dans le camion ? demanda-t-il en lui entourant les épaules d'un bras.

— Mon sac à dos, mais je crois que je pourrai me passer de changer de sous-vêtements ce soir. Et le téléphone ? »

Il tapota la poche avant gauche de son jean à travers la combinaison.

« Je ne pars jamais sans », dit-il.

Quelque chose le chatouilla sur la nuque et il frappa comme un fou, pensant aux araignées alignées au bord du bureau, soldats de quelque cause inconnue au pays de nulle part.

« Qu'est-ce qui ne va pas ?

— Je suis juste un peu nerveux. Viens. Allons au cinéma.

— Oh, dit-elle d'une petite voix idiote qui le fit craquer. Un rendez-vous ? Oui, merci. »

2

Tandis que Tom Billingsley conduisait Mary, les Carver et le plus grand romancier américain vivant (du moins selon son propre avis) dans la ruelle encaissée entre l'Ouest américain et la « Graineterie et aliments pour bétail » de Désolation, le vent hurlait au-dessus d'eux comme de l'air s'engouffrant dans le goulot d'une bouteille.

« N'allumez pas les torches, dit Ralph.

— Juste, approuva Billingsley. Et attention. Il y a des poubelles et des tas de vieilleries. Et du bois. »

Ils contournèrent un tas de boîtes de conserve et la pile de bois. Mary sursauta quand Marinville lui prit le bras, parce qu'elle ne comprit pas tout de suite que ce n'était que lui. Quand elle vit les longs cheveux de la vedette, elle tenta de se dégager.

« Épargnez-moi vos gestes chevaleresques. Je me débrouille très bien.

— Pas moi. Je n'y vois goutte, la nuit. Je pourrais aussi bien être aveugle », dit-il en la retenant.

Sa voix avait changé. Elle n'était pas devenue vraiment humble (Mary avait dans l'idée que John Marinville ne pouvait pas plus être humble que certains tirer un do d'une flûte), mais au moins *humaine.* Elle le laissa tenir son bras.

« Vous voyez des coyotes ? » lui demanda Ralph à voix basse.

Mary résista à l'envie de faire un commentaire acerbe — il avait enfin renoncé au « madame ».

« Non. Mais je vois à peine mes propres mains.

— Ils sont partis, dit David d'une voix parfaitement assurée. Pour l'instant, du moins.

— Comment le sais-tu ? demanda Marinville.

— Comme ça », dit David en haussant les épaules.

Et Mary se dit qu'ils pouvaient le croire sur parole, au degré de folie où ils en étaient arrivés.

Billingsley leur fit tourner le coin du bâtiment. Une clôture de bois branlante courait le long de l'arrière du cinéma, laissant un espace d'un peu plus d'un mètre. Le vieil homme s'y engagea, les mains tendues devant lui. Les autres suivirent en file indienne. Il n'y avait pas de place pour marcher de front. Mary commençait à croire que Billingsley les avait amenés ici pour quelque folle chasse au canard, quand il s'arrêta.

« Nous y voilà. »

Il se pencha et Mary le vit ramasser quelque chose, une caisse, semblait-il, qu'il posa sur une autre. Puis il grimpa sur cette plate-forme improvisée en grimaçant. Il se trouvait à la hauteur d'une fenêtre à vitres cathédrale sales sur laquelle il appliqua ses mains ouvertes comme des étoiles de mer. Il poussa et le panneau glissa vers le haut.

« C'est les toilettes des dames, dit-il. Attention, il faut sauter. »

Il se retourna et passa par la fenêtre comme un grand garçon ridé pénétrant dans le club du Gang de la Colline. David le suivit, puis son père. Johnny Marinville faillit tomber de la caisse en se retournant. Il était effectivement presque aveugle dans le noir. Mary en prit note et se jura de ne jamais monter dans une voiture qu'il conduirait. Et la moto ? Avait-il vraiment traversé presque tout le pays à *moto* ? Dans ce cas, Dieu devait l'aimer beaucoup plus qu'elle ne l'aimerait jamais.

Elle le saisit par sa ceinture pour le retenir.

« Merci », dit-il.

Cette fois, il avait vraiment une voix humble. Il se contorsionna pour passer par la fenêtre, soufflant et grognant, ses longs cheveux retombant sur son visage.

Mary jeta un rapide regard circulaire et, pendant un instant, elle entendit des voix de fantômes dans le vent.

Tu n'as pas vu ?

Vu quoi ?

Sur ce panneau. Le panneau de limitation de vitesse.

Et alors ?

Il y avait un chat mort dessus.

Debout sur la caisse, elle se dit : *Les gens qui ont prononcé ces paroles sont vraiment des fantômes, parce qu'ils sont morts. Moi autant que lui — la Mary Jackson qui a entrepris ce voyage n'est plus. La personne qui se tient derrière ce vieux cinéma est quelqu'un d'autre.*

Elle passa son arme et sa lampe torche par la fenêtre aux mains qui se tendaient pour les prendre, puis se retourna et se faufila sans peine dans les toilettes.

Ralph la rattrapa par les hanches et la déposa sur le sol. David explorait les lieux avec sa torche, une main au-dessus de l'ampoule. L'endroit dégageait une odeur qui lui fit froncer le nez — humidité, pourriture, alcool. Une caisse de bouteilles vides attendait dans un coin. Dans une des cabines on avait entreposé deux grands récipients en plastique remplis de canettes de bière. Ils se trouvaient au-dessus d'un trou où, jadis, probablement, il y avait eu une cuvette. *A l'époque de la mort de James Dean, à en croire l'aspect des lieux,* se dit-elle. Elle se rendit compte qu'elle ferait volontiers étape aux toilettes et qu'en dépit de l'odeur qui régnait ici, elle avait faim. Pourquoi pas. Elle se sentit coupable d'avoir faim alors que Peter ne mangerait jamais plus, mais elle se dit que ce genre de scrupule lui passerait. C'était le pire, à bien y réfléchir. Oui, c'était le pire.

« Bordel de Dieu, dit Marinville en sortant sa propre torche de sa chemise pour éclairer la pile de canettes de bière vides. Vos amis et vous devez organiser de sacrées fiestas !

— On nettoie les lieux chaque mois, dit Billingsley sur la défensive. Pas comme les gosses qui faisaient n'importe quoi à l'étage jusqu'à ce que l'escalier de secours s'écroule l'hiver dernier. On ne pisse pas dans les coins et on ne consomme pas non plus de drogue. »

Marinville contempla la caisse de bouteilles vides.

« Si, en plus de tout ce J. W. Dant, vous consommiez de la drogue, vous exploseriez sûrement !

— Et où est-ce que vous pissez, si cela ne vous ennuie pas que je vous pose la question ? demanda Mary. Parce que j'aimerais assez...

— Il y a des toilettes portables de l'autre côté du couloir, chez les hommes. Comme celles qu'on met dans les chambres de malades. On les tient propres aussi. »

Il posa sur Marinville un regard mi-agressif, mi-craintif. Mary se dit que Marinville se préparait sans doute à cartonner, et que, visiblement, Billingsley le voyait venir.

« Excusez-moi, dit-elle, est-ce que je peux vous emprunter votre torche, Johnny ? »

Elle tendit une main qu'il regarda d'un air méfiant, puis il la lui donna. Elle le remercia et se dirigea vers la porte.

« Wouah ! C'est drôlement chouette ! » dit doucement David.

Elle attendit. Le gamin avait arrêté le faisceau de sa lampe sur une des rares portions du mur où le carrelage était presque encore intact. A cet endroit, quelqu'un avait dessiné aux feutres de couleur un superbe poisson bariolé. C'était un de ces animaux à large queue, plus ou moins mythologiques, comme ceux que l'on voyait parfois voguer sur les océans des très vieilles cartes marines. Il n'y avait pourtant rien d'effrayant ni de monstrueux dans celui qui nageait sur le mur au-dessus du distributeur de Kleenex cassé : avec ses yeux bleus à la Betty Boop, ses ouïes rouges et sa nageoire dorsale jaune, le poisson avait quelque chose de charmant ; ici, dans cette obscurité puante et fétide, c'était presque une vision miraculeuse. Un carreau seulement était tombé, et avec lui la partie inférieure de sa queue.

« Monsieur Billingsley, est-ce que c'est vous...

— Oui, mon garçon, oui, répondit le vieil homme d'une voix à la fois fière et gênée. C'est moi qui l'ai dessiné. J'étais probablement ivre, ce jour-là », ajouta-t-il en regardant Marinville.

Mary, à la porte, s'attendit à une réponse cinglante de Marinville. Il la surprit.

« J'ai commis moi aussi quelques poissons ivres, avec des mots plutôt que des crayons de couleur, mais j'imagine que le principe est le même. Pas mal, Billingsley. Mais pourquoi là ?

— Parce que j'aime cet endroit, dit-il avec une grande dignité.

Surtout depuis que les gosses n'y viennent plus. Non pas qu'ils nous dérangeaient beaucoup. Ils aimaient surtout le balcon. Je suppose que ça va vous sembler idiot, mais ça m'est égal : c'est ici que je viens retrouver mes copains depuis que je ne suis plus au conseil municipal. J'attends avec impatience les soirées que je passe avec eux. C'est rien qu'un vieux cinéma, il y a des rats partout et les sièges sont moisis, et après ? Ça nous regarde, hein ? Ça regarde que nous. Sauf que maintenant je suppose qu'ils sont tous morts — Dick Onslo, Tom Kincaid, Cash Lancaster. Mes vieux potes. »

Il émit un cri dur, comme le croassement d'un corbeau, et Mary sursauta.

« Monsieur Billingsley, demanda David, est-ce que vous pensez qu'il a tué *tout le monde* dans cette ville ?

— C'est dingue ! » déclara Marinville.

Ralph lui tira le bras comme si c'était un cordon au bout d'une lampe.

« Plus doucement ! »

Billingsley regardait toujours David en se frottant sous les yeux de ses longs doigts déformés.

« Je crois qu'il en est capable, dit-il avant de tourner un instant les yeux vers Marinville. Je crois qu'il a au moins essayé.

— De combien de gens parlons-nous ? demanda Ralph.

— A Désolation ? Cent quatre-vingt-dix, deux cents peut-être. Avec les nouveaux venus à la mine, cinquante ou soixante de plus. Mais c'est difficile de dire combien il y en a ici et combien au puits.

— Au puits ? demanda Mary.

— Le Puits Chinois. Celui qu'ils ont rouvert. Pour le cuivre.

— Ne me dites pas qu'un homme, même fort comme un orignal, a pu faire le tour de la ville et tuer *deux cents personnes,* dit Marinville, parce que, excusez-moi, mais je ne le crois pas. Je veux dire que je crois autant qu'un autre à l'esprit d'entreprise américain, mais à ce point, c'est de la folie.

— Bon, il en a peut-être raté quelques-unes au premier passage, dit Mary. N'avez-vous pas dit qu'il avait renversé un type en vous amenant en voiture ? Qu'il l'avait renversé et lui avait roulé dessus ?

— Je croyais, dit Marinville en fronçant les sourcils, que vous deviez aller vous soulager.

— Je suis très résistante. Il a fait ça, n'est-ce pas ? Il a écrasé quelqu'un dans la rue. Vous l'avez dit.

— D'accord, oui. Rancourt, il l'a appelé. Billy Rancourt.

— Oh, Seigneur ! dit Billingsley en fermant les yeux.

— Vous le connaissiez ? demanda Ralph.

— Monsieur, dans une bourgade de cette taille, tout le monde connaît tout le monde. Billy travaillait au magasin d'alimentation, et il coupait les cheveux quand il avait le temps.

— D'accord, je sais. Entragian a écrasé ce Rancourt dans la rue — il l'a écrasé comme un chien, dit Marinville d'une voix altérée. Je suis prêt à accepter l'idée qu'il a tué *beaucoup* de gens. Je sais de quoi il est capable.

— Vraiment ? » demanda doucement David.

Ils se tournèrent tous vers lui. David regardait au loin, il regardait le poisson multicolore qui flottait sur le mur.

« Pour un type seul, tuer des centaines de gens..., dit Marinville avant de s'interrompre, comme s'il avait perdu le fil de ses idées. Même s'il l'a fait la nuit... Je veux dire, les gars...

— Peut-être qu'il n'était pas seul, dit Mary. Peut-être que les busards et les coyotes l'ont aidé. »

Marinville essaya de repousser cette idée. Même dans la pénombre, elle vit qu'il essayait. Il renonça. Avec un soupir, il se frotta une tempe, comme s'il avait mal.

« D'accord, peut-être qu'il l'a fait. L'oiseau le plus laid de l'univers a essayé de me scalper quand il lui en a donné l'ordre. Ça, je *sais* que c'est arrivé. Mais quand même...

— C'est comme l'histoire de l'Ange de la Mort dans l'Exode, dit David. Les Israélites devaient mettre du sang sur leurs portes pour montrer qu'ils étaient les bons, vous savez ? Sauf que là, c'est *lui*, l'Ange de la Mort. Alors, pourquoi est-ce qu'il nous a épargnés, nous ? Il aurait pu tous nous tuer aussi facilement qu'il a tué la Puce ou votre mari, Mary. Pourquoi est-ce qu'il ne vous a pas tué, monsieur Billingsley ? S'il a tué tous les autres en ville, pourquoi pas *vous* ?

— J'en sais rien, répondit Billingsley avec un haussement d'épaules. J'étais couché chez moi, ivre. Il est venu dans sa nouvelle voiture — celle que je l'avais aidé à choisir, bon sang ! — et il m'a embarqué. Il m'a frappé dans le dos et il m'a traîné en tôle. Je lui ai demandé pourquoi, ce que j'avais fait, mais il n'a rien voulu dire. Je l'ai supplié. J'ai pleuré. Je ne savais pas qu'il était fou, pas encore, comment j'aurais pu le savoir ? Il était silencieux, mais il n'a rien fait qui puisse me montrer qu'il était *fou.* C'est plus tard que cette idée m'est venue, mais au début j'ai seulement cru que j'avais fait une connerie dont je ne me souvenais pas à cause de ma cuite. Que j'avais pris le volant, peut-être, et que j'avais eu un accident. Ça... ça m'est déjà arrivé une fois.

— Quand est-ce qu'il est venu vous chercher ? » demanda Mary.

Billingsley réfléchit.

« Avant-hier. Juste avant le coucher du soleil. J'étais au lit, j'avais mal à la tête, et j'étais sur le point d'aller chercher de quoi faire passer ma cuite — de l'aspirine et un petit coup de remontant. Il est arrivé et il m'a sorti du lit. J'étais en caleçon. Il m'a laissé m'habiller. Il m'a même aidé. Mais il m'a pas laissé boire un seul verre, et pourtant je tremblais comme une feuille, et il m'a pas dit pourquoi il m'embarquait. »

Il s'interrompit et recommença à se frotter sous les yeux. Mary aurait voulu qu'il arrête, ça la rendait nerveuse.

« Plus tard, après qu'il m'a eu jeté en cellule, il m'a apporté à dîner, un vrai dîner chaud. Il s'est assis au bureau un petit moment et il a dit quelques trucs. C'est à ce moment que j'ai commencé à me dire qu'il devait être fou, parce que rien de ce qu'il disait n'avait de sens.

— “ Je vois des trous comme des yeux ”, dit Mary.

— Oui, des trucs comme ça, approuva Billingsley. “ Ma tête est pleine d'oiseaux noirs ”, ça aussi je m'en souviens. Et plein d'autres machins que j'ai oubliés.

— A part le fait que vous viviez ici, vous êtes comme nous, dit David. Et vous ne savez pas plus que nous pourquoi il vous a laissé en vie.

— Exact.

— Et vous, monsieur Marinville, qu'est-ce qui vous est arrivé ? »

Marinville leur raconta comment le flic s'était garé derrière sa moto pendant qu'il pissait en contemplant le paysage au bord de la route, et comment il avait semblé gentil au début.

« On a parlé de mes livres. Je l'ai pris pour un admirateur. J'étais sur le point de lui donner un putain d'autographe, excuse mon langage, David.

— Bien sûr. Est-ce que des voitures sont passées pendant que vous parliez ? Je suis certain que oui.

— Quelques-unes, je crois, et deux semi-remorques. Je n'y ai pas prêté attention.

— Mais il ne s'en est pas pris à eux.

— Non.

— Juste à vous. »

Marinville regarda l'enfant d'un air pensif.

« *Il vous a choisi,* insista David.

— Eh bien... peut-être. Je ne peux pas en être sûr. Tout semblait aller jusqu'à ce qu'il trouve la drogue.

— Wouah, wouah ! Pouce ! dit Mary en levant les mains. Cette drogue que vous aviez...

— Ce n'était pas la *mienne,* dit-il en se tournant vers elle, ne montez pas sur vos grands chevaux ! Est-ce que vous croyez que j'aurais entrepris de traverser le pays sur une Harley avec une demi-livre d'herbe dans mes affaires ? Je suis peut-être un peu allumé, mais pas à ce point ! »

Mary se mit à rire. Cela augmentait son envie de pisser, mais elle ne pouvait s'en empêcher. C'était trop — vraiment trop.

« Est-ce qu'il n'y avait pas un macaron dessus ? » demanda-t-elle en riant plus fort que jamais. Elle n'avait pas vraiment besoin qu'il réponde à cette question, mais elle voulait quand même l'entendre. « Un autocollant Mr Smiley ?

— Comment le savez-vous ? »

Marinville n'en revenait pas. Il ressemblait beaucoup à Arlo Guthrie, tout d'un coup au moins à la lumière des torches, et les gloussements de Mary se transformèrent en fou rire. Si elle n'allait pas tout de suite aux toilettes, elle allait mouiller son pantalon.

« P-parce qu'il venait de *notre* c-c-coffre ! dit-elle en se tenant le ventre. Il appartenait à ma belle-s-s-sœur. Elle est complètement timbrée. Entragian est peut-être f-f-fou, mais au moins il se recycle... Excusez-moi, je suis sur le point d'exploser. »

Elle traversa le couloir. Ce qu'elle vit en ouvrant la porte des toilettes des hommes la fit rire encore plus fort. Au centre de la pièce se dressaient, comme un trône d'opérette, des toilettes portables avec leur sac de toile suspendu sous le siège, dans un cadre métallique. Le mur d'en face s'ornait aussi d'un dessin aux feutres, de la même main que le poisson. Cette fois c'était un cheval au galop. De la fumée orange lui sortait des naseaux et ses yeux étincelaient d'un féroce éclat rose. Il semblait galoper vers une prairie à l'est du soleil et à l'ouest des lavabos. Aucun des carreaux n'était tombé, mais la plupart ondulaient sur le mur gondolé, imprimant à l'étalon une déformation onirique.

Dehors, le vent hurlait. En déboutonnant son pantalon pour s'asseoir sur la froide lunette des toilettes, Mary pensa soudain à la façon dont Peter, parfois, portait la main à sa bouche quand il riait — son pouce touchant une de ses commissures, son index l'autre, comme si le rire le rendait vulnérable — et soudain, sans transition, elle fondit en larmes. Comme tout cela était stupide ! Être veuve à trente-cinq ans, se retrouver au milieu d'une ville pleine de cadavres, assise dans les toilettes pour hommes d'un cinéma abandonné, sur un pot de chambre portable, pissant et pleurant en même temps, pissant et gémissant, dirons-nous, les yeux rivés sur un animal, au mur, tellement déformé qu'il semblait courir sous l'eau ! Comme il était stupide d'avoir peur à ce point et de sentir son chagrin effacé par une farouche détermination à survivre à tout prix... comme si Peter n'avait jamais rien signifié pour elle, comme s'il n'avait été qu'une note en bas de page.

Comme il était stupide d'avoir si faim... et pourtant elle avait faim.

« Pourquoi cela est-il arrivé ? Pourquoi cela m'arrive-t-il à moi ? » murmura-t-elle, enfouissant son visage dans ses mains.

3

Si Steve ou Cynthia avaient eu un pistolet, ils l'auraient probablement abattue.

Ils passaient devant la Chope (l'enseigne au néon disait VOUS ÊTES LES BIENVENUS), quand la porte d'à côté — celle de la laverie automatique — s'ouvrit et qu'une femme en jaillit. Steve, ne distinguant qu'une forme sombre, empoigna son démonte-pneu à deux mains et le brandit au-dessus de son épaule pour la frapper.

« Non ! dit Cynthia en le saisissant au poignet. Ne fais pas ça ! »

La femme — Cynthia ne distinguait encore qu'une masse de

cheveux noirs et de peau blanche — saisit Steve aux épaules et colla presque son visage contre le sien. Cynthia se dit qu'elle n'avait sans doute même pas vu le démonte-pneu. *Elle va lui demander s'il a trouvé Jééésuuus. Ce n'est jamais Jésus quand ils vous prennent comme ça, c'est toujours Jééésuuus.*

Mais bien sûr, il ne s'agissait pas du tout de cela.

« Il faut qu'on parte, dit-elle dans un murmure rauque. Tout de suite. »

Elle jeta un coup d'œil par-dessus son épaule, puis regarda brièvement Cynthia, semblant l'oublier complètement pour se concentrer à nouveau sur Steve. Cynthia avait déjà été confrontée à ce genre de comportement et n'en fut pas offensée. Dans une situation critique, certaines femmes ne prêtaient attention qu'aux hommes. C'était parfois dû à la façon dont elles avaient été élevées. Le plus souvent, cela semblait imprimé dans leurs jolis petits circuits de poupée Barbie.

Cynthia la voyait mieux, maintenant, en dépit de l'obscurité et du sable qui volait. Une femme plus âgée qu'elle (trente ans, au moins), l'air intelligent, plutôt sexy. Ses longues jambes sortaient d'une robe courte qui lui donnait l'air un peu godiche, comme si elle n'avait pas l'habitude d'être en robe. Elle n'avait pourtant rien de gauche, à en juger par la façon dont elle bougeait quand Steve bougeait, on aurait dit qu'ils dansaient.

« Vous avez une voiture ? demanda-t-elle.

— Ça sert à rien, répondit Steve. La route est bloquée à la sortie de la ville.

— Bloquée ? Mais comment ?

— Des caravanes.

— Où ?

— Près de la compagnie minière, dit Cynthia, mais ce n'est pas le seul problème. Il y a beaucoup de morts...

— C'est à moi que vous le dites ! s'exclama-t-elle avec un rire strident. Collie est devenu fou. Je l'ai vu tuer une demi-douzaine de personnes de mes propres yeux. Il les a poursuivies en voiture et leur a tiré dessus comme si c'était du bétail et la rue un abattoir. »

Elle s'agrippait toujours à Steve, le secouant en parlant, comme si elle le grondait, mais elle regardait partout à la fois, l'œil aux aguets.

« Il ne faut pas qu'on reste dans la rue. S'il nous attrape... Entrez ici. C'est un lieu sûr. J'y suis depuis hier après-midi. Il est venu une fois. Je me suis cachée sous le bureau. J'ai cru qu'il me repérerait à mon parfum et qu'il m'attraperait... qu'il ferait le tour du bureau et me trouverait... mais non. Peut-être qu'il avait le nez bouché ! »

Elle partit d'un rire hystérique, puis se gifla pour se forcer à s'arrêter. C'était drôle mais assez perturbant aussi — le genre de choses que font parfois les personnages des vieux dessins animés.

Cynthia secoua la tête.

« Non, pas à la laverie, au cinéma. Il y a d'autres gens là-bas.

— J'ai vu son ombre », dit la femme.

Elle n'avait pas lâché Steve et le buvait du regard comme si elle s'apprêtait à lui faire des confidences, comme si elle pensait qu'il était Humphrey Bogart et elle Ingrid Bergman et que la caméra était en train de les filmer.

« J'ai vu son ombre sur le bureau je m'attendais à... mais il ne m'a pas trouvée. Je crois qu'on sera en sécurité dans le bureau pour réfléchir à ce qu'on peut faire... »

Cynthia tendit la main et prit le menton de la femme pour l'obliger à tourner le visage vers elle.

« Qu'est-ce que vous faites ? lui demanda la femme d'une voix furieuse. Qu'est-ce qui vous prend ?

— J'essaie d'attirer votre attention. »

Cynthia lâcha le visage de la femme, qui se retourna immédiatement vers Steve, d'un geste aussi automatique qu'une fleur suivant le soleil.

« J'étais sous le bureau..., reprit-elle, et... et... il faut qu'on... écoutez, il faut qu'on... »

Cynthia saisit à nouveau la femme par le menton et lui tourna la tête dans sa direction.

« Cocotte, écoute-moi un peu : *Le cinéma. Il y a d'autres gens au cinéma.* »

La femme la regarda, fronçant les sourcils comme si elle essayait de trouver un sens à ses paroles. Puis elle regarda, par-delà l'épaule de Cynthia, la marquise retenue par des chaînes de l'Ouest américain.

« Le vieux cinéma ?

— Oui.

— Vous êtes sûre ? J'ai essayé d'entrer hier soir, à la nuit tombée, mais la porte était fermée.

— On doit passer par l'arrière, dit Steve. J'ai un ami dedans, et c'est lui qui m'a indiqué le chemin.

— Et comment il a fait ça ? » demanda d'un air soupçonneux la femme aux cheveux noirs.

Mais quand Steve commença à marcher dans cette direction, elle se laissa entraîner. Cynthia se plaça de l'autre côté de la femme.

« Comment il a fait ça ?

— Par téléphone cellulaire, dit Steve.

— Ils marchent pas trop bien par ici, en général, avec tous ces minerais. »

Ils passèrent sous la marquise du cinéma (un buisson d'amarante coincé entre la caisse et la porte de gauche crépitait comme des maracas) et s'arrêtèrent à l'angle.

« Voilà la ruelle », dit Cynthia.

Elle s'y engagea, mais la femme resta plantée là où elle était, sourcils froncés, posant alternativement les yeux sur Steve et Cynthia.

« Quels amis ? Quels autres gens ? Comment sont-ils arrivés là ? Comment ça se fait que cet enfoiré de Collie ne les a pas tués ?

— On en reparlera plus tard », dit Steve en lui serrant le bras.

Elle résista, et quand elle reprit la parole, sa voix était méconnaissable.

« Vous me conduisez à lui, n'est-ce pas ?

— Madame, on ne sait même pas de qui vous parlez, dit Cynthia. Pour l'amour du ciel, *venez* !

— J'entends un moteur, dit Steve en inclinant la tête. Ça vient du sud, je crois. En tout cas ça se rapproche.

— C'est lui, chuchota la femme en arrondissant les yeux. *Lui.* »

Elle regarda par-dessus son épaule comme si elle regrettait la protection du bureau dans la laverie, puis prit la décision de filer dans la ruelle. Elle arriva si vite à la clôture, à l'arrière du cinéma, que Cynthia et Steve durent courir pour la rattraper.

4

« Vous êtes bien sûrs... »

Une lampe torche s'alluma une fois, plus loin sur l'arrière du bâtiment. Ils avancèrent en file indienne, Steve entre les deux femmes, celle de la laverie devant lui. Il prit sa main (très froide) dans sa main droite et tendit la gauche vers celle de Cynthia (un peu plus tiède). La femme aux cheveux noirs les entraîna lentement sur le chemin. La lampe envoya un autre appel, dirigeant cette fois le faisceau lumineux vers le bas pour éclairer deux caisses empilées.

« Monte et entre par là, murmura une voix que Steve fut enchanté d'entendre.

— Patron ?

— Lui-même, dit Marinville d'une voix souriante. J'adore ta tenue de camouflage — c'est tellement *viril.* Entre, Steve !

— On est trois.

— Plus on est de fous, plus on rit. »

La femme aux cheveux noirs releva sa jupe serrée pour monter sur les caisses et Steve vit que le patron profitait du spectacle. Apparemment, même l'Apocalypse ne pouvait changer certaines choses.

Steve aida ensuite Cynthia à monter puis la suivit. Il se retourna, glissa une jambe à l'intérieur et, avant d'entrer complètement, donna un coup de pied à la caisse du dessus pour qu'elle tombe plus loin. Il ne savait pas si cela suffirait à berner le type dont la femme aux cheveux noirs avait si peur si jamais il venait rôder dans le coin, mais c'était mieux que rien.

Il sauta dans la pièce, un repaire de poivrots comme il n'en avait jamais vu, puis serra son patron contre son cœur. Marinville rit, à la fois de surprise et de plaisir.

« Pas la langue, Steve, j'insiste. »

Steve ne lui lâchait pas les épaules, tout sourire.

« Je t'ai cru mort. J'ai retrouvé ta moto enterrée dans le sable.

— Tu l'as trouvée ? s'étonna Marinville avec ravissement. Nom de Dieu !

— Que t'est-il arrivé ? »

Marinville remonta la torche sous son menton, transformant

son visage tuméfié et décoloré en une vision d'horreur. Le nez n'était plus qu'un amas de chairs écrasées. Son sourire, bien qu'enjoué, n'arrangeait pas les choses.

« Tu crois que, si je faisais une conférence pour le Pen Club dans cet état, tous ces cons finiraient par m'écouter ?

— Putain, on vous a salement amoché, dit Cynthia d'un ton admiratif.

— C'est Entragian, répondit gravement Marinville. Vous l'avez rencontré ?

— Non, dit Steve, et à en juger par ce qu'on en sait jusque-là, on n'en a pas très envie. »

La porte s'ouvrit, grinçant sur ses gonds, et un enfant entra — cheveux courts, teint blanc, T-shirt des Cleveland Indians. Il tenait à la main une lampe torche, qu'il promena rapidement d'un visage à l'autre. Tout se mit en place dans l'esprit de Steve aussi précisément que les pièces d'un puzzle, sans doute grâce au T-shirt du gamin.

« Vous êtes Steve ? demanda l'enfant.

— Oui, c'est moi. Steve Ames. Voici Cynthia Smith. Et toi, tu es mon jeune correspondant. »

L'enfant sourit faiblement.

« Tu as bien choisi ton moment, David. Tu ne sauras probablement jamais à quel point ! Je suis content de te rencontrer. David Carver, n'est-ce pas ? »

Il s'avança et serra la main libre de l'enfant, heureux de l'étonnement qu'il lisait sur son visage. Dieu seul savait à quel point ce gosse l'avait surpris en lui parlant au téléphone.

« Comment connaissez-vous mon nom ? »

Cynthia prit la main de David quand Steve la lâcha. Elle la serra fermement.

« On a retrouvé ton Humvee, ou ton Winnebago, ou je ne sais quoi. Steve a regardé tes cartes de base-ball.

— Honnêtement, demanda Steve, est-ce que tu crois que Cleveland gagnera un jour le championnat ?

— Je m'en moque, pourvu que je puisse encore les voir jouer une fois », dit David avec une ébauche de sourire.

Cynthia se tourna vers la femme de la laverie, celle qu'ils auraient pu abattre s'ils avaient eu des flingues.

« Et voici...

— Audrey Wyler, dit la femme aux cheveux noirs. Je suis géologue consultant pour la compagnie minière Diablo. Du moins, c'est ce que j'étais. »

Elle parcourut les toilettes pour dames avec des yeux ronds, passant en revue les caisses d'alcool, les poubelles pleines de canettes de bière, le poisson fabuleux nageant sur un mur carrelé crasseux.

« Pour le moment, je ne sais pas ce que je suis. J'ai l'impression d'être un pâté de viande oublié trois jours hors du réfrigérateur. »

Tout en parlant, elle se tourna peu à peu vers Marinville, un peu comme elle s'était tournée vers Steve devant la laverie, et lui resservit le même discours.

« Il faut qu'on parte d'ici. Votre copain dit que la route qui sort de la ville est bloquée, mais j'en connais une autre qui part de la plate-forme de chargement, au bout de la zone de fret, et rejoint la nationale 50. Elle est dans un sale état, mais il y a plein de véhicules tout-terrain au garage, une demi-douzaine au moins...

— Je suis certain que tout ce que vous savez nous sera très utile, mais je crois que nous devons différer notre départ pour un temps », dit Marinville.

Il avait utilisé une voix apaisante et professionnelle que Steve reconnut tout de suite. C'était celle dont le patron usait avec les femmes (c'étaient toujours des femmes, généralement la cinquantaine avancée, voire la soixantaine) qui organisaient ses conférences — celles qu'il appelait ses rampes de lancement culturelles.

« Il vaut mieux que nous parlions d'abord un peu de tout ça. Venez dans la salle. Je crois que vous serez impressionnés par notre installation.

— Vous êtes stupide ou quoi ? On n'a rien à discuter, on a juste à *partir d'ici* ! Vous ne semblez pas comprendre ce qui s'est passé, dit-elle en les regardant à tour de rôle. Ce type, Collie Entragian... »

Marinville leva sa torche et éclaira son visage un moment, pour qu'elle puisse bien le regarder.

« Je l'ai rencontré, comme vous pouvez voir, et je comprends parfaitement bien. Venez dans la salle de cinéma, madame Wyler, et nous allons en parler. Je conçois que cette idée vous soit insupportable, mais il le faut. Les menuisiers ont une loi : mesurer deux fois pour ne couper qu'une fois. C'est une règle qui s'applique dans bien des cas. D'accord ? »

Elle le regarda d'un air exaspéré, mais quand il gagna la porte que David avait déjà franchie, elle le suivit, de même que Steve et Cynthia. Dehors, le vent hurlait autour du cinéma, le faisant geindre jusque dans ses fondations.

5

La forme sombre d'une voiture, une voiture avec une barre lumineuse sur le toit, traversait lentement l'obscurité hurlante, s'éloignant du rempart sinistre qui signalait le Puits Chinois pour gagner le sud de la ville de Désolation. Elle avait éteint ses phares : la chose au volant voyait très bien dans le noir, même dans ce noir plein de grains de sable voltigeant partout.

La voiture passa devant la Bodega, à l'extrémité sud de la ville. La pancarte indiquant CUISINE MEXICAINE était maintenant presque entièrement recouverte de sable. Tout ce que révélait encore la faible ampoule du porche était INE MEXI. La voiture arriva lentement dans la rue de l'hôtel de ville et alla se garer sur le parking. Au volant, la grande silhouette tassée portant un ceinturon Sam Browne avec un badge sur la bandoulière chantait un vieil air d'une voix morne et sourde.

« Et on ira danser, ma belle, et tu verras... comme la musique est magique et comme la musique est en moi... »

La créature à la place du chauffeur arrêta le moteur de la Caprice et resta assise, tête baissée, les doigts tapotant le volant. Un busard agita la poussière dans l'air, rajusta sa trajectoire de vol quand une rafale le déséquilibra et vint se poser sur le capot de la voiture. Un second le suivit, puis un troisième. Le dernier arrivé cria contre ses collègues et arrosa le capot d'une giclée de guano. Ils s'alignèrent, pour regarder à travers le pare-brise sale.

« Les Juifs, dit la créature, doivent mourir. Les mormons aussi. *Tak.* »

La porte s'ouvrit. Un pied sortit, puis un autre. La silhouette au ceinturon Sam Browne se leva et claqua la porte. Elle serrait son nouveau chapeau sous le bras, pour l'instant. Dans son autre main, elle tenait le fusil que cette femme, Mary, avait pris sur le bureau. Elle fit le tour du bâtiment jusqu'à la porte d'entrée. Là, flanquant les marches du perron, attendaient deux coyotes. Ils gémirent d'un air apeuré et se recroquevillèrent à l'approche de la silhouette, qui passa sans réagir à leur mystérieux sourire de chien.

Elle tendit la main vers la porte, mais se figea. La porte était fracassée. Le vent l'avait poussée, mais...

« Mais qu'est-ce... ? » murmura la créature.

Elle entra et monta l'escalier en quelques enjambées, enfonçant son chapeau sur sa tête (il fallut appuyer fort, parce qu'il n'entrait pas très bien). Puis elle prit son arme à deux mains.

Un coyote gisait mort sur le palier. La porte qui menait à la zone de détention était ouverte. La chose qui tenait le fusil de chasse dans ses mains entra, sachant déjà ce qu'elle trouverait, mais cette certitude n'atténua pas le rugissement de rage qui monta de sa poitrine. Dehors, au pied du perron, les coyotes gémirent, s'aplatirent, laissèrent échapper un filet d'urine. Sur la voiture, les busards entendirent eux aussi le cri de la chose à l'étage et agitèrent nerveusement leurs ailes, décollant presque avant de retomber, tournant la tête les uns vers les autres avec des mouvements saccadés, comme s'ils voulaient se donner des coups de bec.

Dans la zone de détention, toutes les cellules qui avaient été occupées étaient maintenant ouvertes et vides.

« Ce gamin ! murmura la chose à la porte, ses mains blanches serrées sur son arme. Ce sale petit drogué ! »

Elle resta un moment sans bouger puis entra lentement dans la pièce. Dans son visage impassible, ses yeux balayèrent l'espace. Le chapeau remontait peu à peu, repoussé par ses cheveux. Elle avait beaucoup plus de cheveux que le propriétaire précédent du chapeau. La femme que Collie Entragian avait emmenée de la salle de détention et à qui il avait fait descendre l'escalier mesurait un mètre soixante-dix et pesait soixante kilos. La chose ressemblait à une très grande sœur de cette femme : un mètre quatre-vingt-dix, épaules larges, dans les cent kilos. Elle portait un bleu de travail qu'elle avait pris dans le magasin d'accessoires avant de revenir du puits que la compagnie minière appelait Serpent à Sonnette Numéro Deux et que les gens du coin appelaient le Puits Chinois depuis plus de cent ans. La combinaison de travail était un peu serrée à la poitrine et aux fesses, mais c'était toujours mieux que les anciens vêtements de ce corps — aussi inutiles maintenant pour lui que l'étaient pour Ellen Carver ses anciens soucis et désirs. Quant à Entragian, la chose portait son ceinturon, son badge et son chapeau, et aussi son automatique à la hanche.

Bien sûr qu'elle le portait. Ellen Carver était la seule autorité à l'ouest du Pecos, désormais. C'était son boulot, et Dieu vienne en aide à quiconque tenterait de l'empêcher de faire du bon boulot.

Son ancien fils, par exemple.

De la poche de poitrine de sa combinaison, elle sortit une petite sculpture. Une araignée taillée dans une pierre grise. Elle s'inclinait, comme ivre, sur la paume gauche d'Ellen (une de ses pattes, de ce côté, avait été cassée), mais cela n'enlevait rien à sa laideur ni à son aspect maléfique. Des yeux de pierre, rouges du fer qui avait été cuit par un volcan des millénaires auparavant, saillaient, globuleux, au-dessus des mandibules, des mandibules ouvertes sur une langue qui n'était pas une langue, mais la petite tête au sourire sarcastique d'un coyote. Sur le dos de l'araignée on distinguait vaguement la forme de ce qui aurait pu être l'instrument d'un violoneux.

« *Tak !* » dit la créature debout près du bureau. Elle avait un visage mou et épais, cruelle parodie du visage de la femme qui, dix heures plus tôt, lisait à sa fille un livre illustré en partageant avec elle une tasse de chocolat. Pourtant les yeux dans ce visage étaient vivants, conscients et venimeux ; ils accusaient une ressemblance hideuse avec les yeux de l'objet qui reposait sur sa paume. Elle le prit dans son autre main et l'éleva au-dessus de sa tête, à la lumière du globe de verre suspendu au plafond.

« *Tak ah wan ! Tak ah lah ! Mi him, en tow ! En tow !* »

Des araignées jaillirent de l'obscurité de la cage d'escalier, des fissures du parquet, des coins sombres des cellules vides. Elles se rassemblèrent en cercle autour de la créature qui, lentement, posa l'araignée de pierre sur le bureau.

« *Tak ! Mi him, en tow* », dit-elle doucement.

Un frisson parcourut le cercle attentif des araignées. Il y en avait peut-être une cinquantaine, la plupart pas plus grosses qu'un grain de raisin. Puis le cercle se brisa et elles s'écoulèrent vers la porte en deux files. La chose qui avait été Ellen Carver avant que Collie Entragian l'emmène au Puits Chinois les regarda partir et replaça la sculpture dans sa poche.

« Les Juifs doivent mourir, dit-elle à la pièce vide. Les mormons doivent mourir. Les fans des Grateful Dead doivent mourir... Les petits garçons qui prient doivent aussi mourir. »

Elle leva les mains d'Ellen Carver et, l'air pensif, commença à tapoter la clavicule d'Ellen Carver du bout des doigts — les doigts d'Ellen Carver.

TROISIÈME PARTIE

L'Ouest américain : ombres légendaires

Chapitre 1

1

« Bordel de merde ! dit Steve. C'est stupéfiant.

— Putain, c'est zarbi », ajouta Cynthia.

Elle regarda autour d'elle pour voir si elle n'avait pas vexé le vieil homme. Billingsley n'était pas en vue.

« Jeune dame, dit Johnny, *zarbi* s'applique au saut à l'élastique, seule invention que l'on doive jusque-là à votre génération. Ceci n'est pas zarbi. C'est plutôt chouette, en fait.

— Zarbi », répéta Cynthia, mais elle souriait.

Johnny situait la construction de l'Ouest américain dans les dix années qui avaient suivi la Seconde Guerre mondiale, quand les cinémas n'étaient plus les Xanadu frappés de gigantisme en vogue dans les années vingt et trente, mais pas encore les complexes de salles multiples qui les avaient transformés en boîtes à chaussures équipées de son Dolby. Billingsley avait allumé les spots au-dessus de l'écran, et d'autres dans ce qu'on aurait jadis appelé la fosse d'orchestre, si bien que Johnny pouvait contempler l'endroit sans difficulté. La salle était vaste mais neutre. Il y avait des appliques vaguement Arts déco, mais aucune autre note décorative. La plupart des sièges étaient encore en place, et leur velours rouge, passé et élimé, sentait fort la moisissure. Sur l'énorme rectangle blanc de l'écran, Rock Hudson avait jadis séduit Doris Day et Charlton Heston défié Stephen Boyd lors d'une course de chars. Il faisait au moins quatorze mètres de long sur sept de haut et, de là où Johnny se tenait, il semblait de la taille d'un écran de cinéma en plein air.

Il y avait une sorte de scène devant l'écran — comme un souvenir d'architecture traditionnelle, se dit Johnny, car la représentation de spectacles de music-hall n'avait déjà plus cours à l'époque où cet établissement avait été construit. Avait-elle jamais servi ? Sans doute. Pour des discours politiques. Ou des remises de diplômes. Peut-être pour la finale du concours d'orthographe du Comté de la Bouse de Vache. Quelle qu'ait été sa fonction dans le passé, ceux qui avaient assisté à ces cérémonies provinciales n'auraient jamais pu prédire la dernière utilisation de cette scène.

Il regarda autour de lui, un peu inquiet de l'absence de Billingsley, et il vit le vieil homme qui arrivait par le petit couloir reliant les toilettes à l'arrière de la scène où ils étaient tous rassemblés. *Le vieux bougre a planqué une bouteille, et il est allé en boire une gorgée, c'est tout,* se dit Johnny, mais il ne décela aucune odeur d'alcool quand le vieil homme passa près de lui ; or c'était une odeur qu'il repérait à tous les coups, maintenant qu'il avait lui-même cessé de boire.

Ils le suivirent tous sur le devant de la scène, tous ceux que Johnny commençait à appeler (avec même une certaine affection) l'Association des Survivants de Collie Entragian, leurs pieds résonnant sur le parquet, leurs ombres longues et pâles se détachant sous les lampes de la fosse d'orchestre. Billingsley les avait allumées depuis le tableau général, à gauche de l'entrée de la scène. Au-dessus des sièges de velours rouge, les ampoules s'étaient toutes éteintes, et l'obscurité s'élevait à des hauteurs insondables. Plus haut encore, le vent du désert hurlait. C'était un son qui glaçait le sang de Johnny... mais il ne pouvait nier qu'il y avait aussi quelque chose d'attirant dans ce bruit... même s'il n'aurait su dire d'où venait cet attrait.

Oh, ne te mens pas. Tu le sais. Billingsley et ses amis le savaient aussi, et c'est pour ça qu'ils venaient ici. Dieu t'a fait pour entendre ce bruit, et une salle comme celle-ci est un amplificateur naturel idéal. Tu peux l'entendre encore mieux si tu es assis devant l'écran avec tes vieux copains, projetant des ombres légendaires et buvant au passé. Ce bruit dit qu'on peut abandonner, qu'abandonner est en fait le seul choix sensé. Ce bruit parle de l'attrait du vide et des plaisirs du néant.

Au milieu de la scène poussiéreuse, devant l'écran sans rideau, se trouvait un salon : fauteuils, canapés, lampadaires, table basse et même télévision. On avait disposé les meubles sur un grand morceau de moquette. On eût dit une exposition de meubles dans un grand magasin, mais Johnny revenait toujours à l'idée que si Eugène Ionesco avait écrit un épisode de *La Quatrième Dimension,* le plateau aurait sans doute ressemblé à celui-là. Un bar en chêne trônait au milieu du décor. Johnny le caressa de la main tandis que Billingsley allait d'un lampadaire à l'autre pour les allumer. Les câbles électriques longeaient le bas de l'écran en passant à travers de petites entailles que l'on avait renforcées avec du ruban adhésif pour qu'elles ne s'agrandissent pas.

Billingsley montra le bar du menton.

« Il vient du vieux Circle Ranch. Il faisait partie de la vente aux enchères de Clayton Loving. Buzz Hansen et moi on s'est associés et on l'a eu pour dix-sept dollars. Incroyable, non ?

— Franchement, oui », dit Johnny.

Il tentait d'imaginer ce qu'une pièce pareille pourrait valoir dans une des élégantes boutiques de SoHo. Il ouvrit les doubles portes. Le bar était bien garni — et rien que de bonnes choses. Pas du premier choix, mais des bonnes choses. Il referma les portes. Ces bouteilles-là le tentaient, contrairement à celle de Jim Beam, quand il l'avait subtilisée au bar du Hibou.

Ralph Carver s'assit dans un fauteuil et regarda les sièges vides avec les yeux hébétés et pleins d'espoir d'un homme qui se dit qu'il a peut-être fait un cauchemar, après tout. David s'approcha du poste de télévision.

« Vous captez quelque chose, là... des... Oh, je vois. »

Il avait repéré un magnétoscope dessous. Il s'accroupit pour regarder les cassettes empilées à côté.

« Mon garçon... », commença Billingsley.

Il renonça. David passa rapidement en revue les quelques boîtes — *Affamés de sexe, École mixte, Débutantes perverses, Miel de bite (Troisième partie)* — et les remit en place.

« Vous regardez ça ? »

Billingsley haussa les épaules. Il semblait aussi fatigué que gêné.

« On est trop vieux pour le rodéo, mon gars. Un jour, tu comprendras peut-être.

— Oh, c'est vos affaires. Je voulais juste savoir.

— Steve, regarde un peu », dit Cynthia.

Elle recula, leva les bras au-dessus de sa tête, les croisa aux poignets et les agita. Une énorme forme noire vola paresseusement sur l'écran sali par plusieurs décennies de poussière accumulée.

« Un corbeau. Pas mal, hein ? »

Il sourit, s'approcha d'elle et leva les mains devant lui, un doigt détaché vers le bas.

« Un éléphant ! dit Cynthia en riant. Génial ! »

David rit avec elle. C'était un rire joyeux et spontané. Son père tourna la tête vers eux et sourit.

« Pas mal pour un gosse de Lubbock ! dit Cynthia.

— Fais gaffe si tu ne veux pas que je recommence à t'appeler chou à la crème. »

Elle tira la langue, yeux fermés, pouces dans les oreilles. Elle rappela tellement Terry à Johnny qu'il éclata de rire. Le bruit qu'il fit le surprit, l'effraya presque. Il se dit qu'à un moment, entre Entragian et le coucher du soleil, il avait dû décider qu'il ne rirait plus jamais... pas aux choses drôles, en tout cas.

Mary Jackson, qui avait fait le tour du salon installé sur la scène en observant tout de près, leva les yeux vers l'éléphant de Steve.

« Je peux faire New York, annonça-t-elle.

— Mon cul ! dit Cynthia, qui pourtant semblait intriguée.

— Faites voir ! » dit David.

Il regardait l'écran avec autant d'impatience que s'il attendait la vedette du dernier film d'Ace Ventura.

« D'accord, dit Mary en levant les mains, doigts dressés. Voyons un peu... laissez-moi une seconde... Ça date des colonies de vacances de ma jeunesse...

— Putain ! Mais qu'est-ce que vous fabriquez ? »

La voix stridente fit sursauter Johnny, et il ne fut pas le seul. Mary laissa échapper un petit cri. L'ébauche de New York, sur le vieil écran de cinéma, se troubla et disparut.

Audrey Wyler se tenait à mi-chemin entre l'entrée de la scène et le groupe, le visage décoloré, les yeux élargis et fiévreux. Son ombre s'étendait sur l'écran derrière elle, à son insu, comme une immense cape de Batman.

« Vous êtes tous aussi cinglés que lui ! Il est là, dehors, il nous cherche, *à cette minute.* Avez-vous oublié la voiture que vous avez entendue, Steve ? C'était lui ! Il revenait ! Et vous restez là... *toutes lumières allumées...* à jouer comme des gamins !

— On ne peut pas voir les lumières du dehors, même si on les allumait toutes », dit Billingsley.

Il posait sur Audrey un regard à la fois pensif et intense... comme si, se dit Johnny, il croyait l'avoir déjà vue auparavant. Peut-être dans *Débutantes perverses.*

« N'oubliez pas qu'il s'agit d'un cinéma. Il est isolé pour le bruit comme pour la lumière. C'est ce qu'on aimait, d'ailleurs, moi et ma bande.

— Mais il va chercher. Et s'il cherche assez longtemps et assez bien, il nous trouvera. Il n'y a pas tellement d'endroits où se cacher, à Désolation.

— Qu'il vienne, dit Ralph Carver d'une voix caverneuse en brandissant son Ruger 44. Il a tué ma petite fille et il a emmené ma femme. J'ai vu aussi bien que vous ce dont il est capable, madame. Alors, qu'il vienne. J'ai du courrier pour lui. »

Audrey le considéra un moment. Il lui opposa le regard incertain de ses yeux morts. Elle regarda Mary — aucun intérêt. Elle revint alors à Billingsley.

« Il pourrait entrer par surprise. Un endroit comme celui-ci doit avoir une bonne douzaine d'entrées.

— Oui, et elles sont toutes fermées, sauf la fenêtre des toilettes pour dames. Je viens d'y retourner à l'instant et j'ai installé une rangée de canettes de bière sur le rebord intérieur de la fenêtre. S'il l'ouvre, il renversera les bouteilles, qui se fracasseront par terre. On ne pourra pas ne pas l'entendre, madame, et quand il arrivera ici, on le truffera de tant de pruneaux qu'il en doublera de volume. »

Il la lorgnait tout en énonçant ces grandioses prédictions, ses yeux passant de son visage — qui n'était pas mal — à ses jambes — qui étaient, de l'humble avis de John Edward Marinville, sacrément spectaculaires.

Elle continuait à le regarder comme si c'était le roi des crétins

« Avez-vous jamais entendu parler de ces petits objets qu'on appelle des clés, mon vieux ? Les flics ont les clés de *tous* les établissements publics dans ces petites villes.

— Les clés de tous les établissements *ouverts,* en effet, répondit calmement Billingsley. Mais l'Ouest américain est fermé depuis bien longtemps. Ses portes ne sont pas seulement fermées à clé, elles sont condamnées par des planches. Avant, les gosses entraient par l'escalier de secours, sur la façade, mais ça s'est terminé fin mars, quand il s'est effondré. Non, je peux vous dire qu'on est plus en sécurité ici que n'importe où ailleurs dans cette ville.

— Sûrement plus en sécurité que dans la rue, dit Johnny.

— Et alors ? demanda Audrey en se plantant face à lui, les mains sur les hanches. Qu'est-ce que vous avez l'intention de faire ? Rester ici à faire des ombres chinoises sur ce putain d'écran ?

— Calmez-vous, dit Steve.

— Du calme, du calme ! *Je veux sortir d'ici !*

— Nous le voulons tous, mais ce n'est pas le bon moment, dit Johnny en se tournant vers les autres. Quelqu'un n'est pas d'accord ?

— Ce serait de la folie de sortir en pleine nuit, dit Mary. Le vent souffle à près de cent à l'heure, et avec tout ce sable qui vole, il pourrait nous cueillir l'un après l'autre.

— Et qu'est-ce qu'il y aura de changé demain, d'après vous, quand le vent sera tombé et que le soleil se sera levé ? demanda Audrey à Johnny et non à Mary.

— Je crois que l'ami Entragian pourrait bien être mort d'ici là, s'il ne l'est pas déjà. »

Ralph approuva de la tête. David, assis près de la télévision, les mains entre ses genoux, regardait Johnny avec une grande concentration.

« Pourquoi ? demanda Audrey. Comment ?

— Vous ne l'avez pas vu ? lui demanda Mary.

— Bien sûr que je l'ai vu. Pas aujourd'hui. Aujourd'hui je l'ai seulement entendu passer en voiture... à pied... je l'ai entendu *parler* tout seul. Mais je ne l'ai pas vraiment *vu* depuis hier.

— Y a-t-il quelque chose de radioactif dans le coin, madame ? demanda Ralph à Audrey. Est-ce qu'il n'y aurait pas quelque chose comme un site de déchets nucléaires, ou un dépôt d'anciennes armes, des têtes de missiles, ou je ne sais quoi ? Parce que le flic avait l'air de se désintégrer.

— Je ne crois pas que son état puisse être dû à des radiations, dit Mary. J'ai vu des photos, et...

— Eh là ! dit Johnny en levant les mains. J'aimerais faire une suggestion. Je crois que nous devrions nous asseoir et discuter de tout ça. D'accord ? Ça nous fera passer le temps, faute de mieux, et qui sait, ça nous apportera peut-être une solution... »

Il adressa à Audrey son sourire le plus conquérant et fut ravi de voir qu'elle se détendait un peu. Son charme légendaire ne l'avait peut-être pas totalement abandonné, finalement.

« Ce sera toujours plus constructif que de faire des ombres chinoises sur l'écran. »

Il se tourna vers eux tous et les regarda : Audrey au bord du tapis dans sa drôle de robe sexy, David par terre près de la télé, Steve et Cynthia assis maintenant sur les accoudoirs d'un gros fauteuil qui avait bien l'air de venir lui aussi du Circle Ranch, Mary devant l'écran avec cet air de maîtresse d'école que lui donnaient ses bras croisés, Tom Billingsley qui inspectait l'étagère supérieure du bar, les mains fermement jointes dans son dos, Ralph dans son fauteuil en bordure de la zone éclairée, son œil gauche enflé presque complètement fermé. L'Association des Survivants de Collie Entragian, tous ici présents.

Quelle équipe ! Manhattan Transfer *dans le désert !* songea-t-il.

« Nous avons une autre bonne raison de discuter », dit-il.

Il contempla leurs ombres sur l'écran sans rideau. Pendant un moment, ils lui firent penser à des ombres d'oiseaux géants. Il se rappela Entragian lui disant que les busards pétaient, qu'ils étaient les seuls oiseaux qui pétaient. Entragian disant : *Oh, merde, on est tous au-delà du pourquoi, vous le savez bien.* Johnny songea que c'était sans doute la chose la plus effrayante qu'on lui ait jamais dite de toute sa vie. Parce que ça sonnait vrai.

Johnny hocha lentement la tête, comme pour marquer son accord avec quelque voix intérieure et reprit :

« J'ai déjà vu pas mal de choses extraordinaires, mais je n'ai jamais vécu une expérience que je pourrais qualifier de surnaturelle. Jusqu'à — peut-être — aujourd'hui. Et ce qui me fait le plus peur, c'est que cette expérience continue, probablement. Enfin, je n'en sais rien ; tout ce que je peux affirmer, c'est qu'il m'est impossible d'expliquer les choses qui me sont arrivées ces dernières heures.

— De quoi parlez-vous donc ? demanda Audrey, qui semblait au bord des larmes. Est-ce que les événements ne sont pas assez horribles sans que vous les transformiez en une sorte de... récit autour d'un feu de camp ?

— Si, dit Johnny d'une voix sourde et pleine de compassion qu'il reconnut à peine, mais ça ne change pas le fond des choses.

— J'écoute et je parle mieux quand je ne meurs pas de faim, déclara Mary. Il n'y aurait pas quelque chose à manger, ici ? »

Tom Billingsley passa d'un pied sur l'autre, l'air embarrassé.

« Eh bien, non, pas grand-chose, madame. On venait surtout ici le soir pour boire un coup et parler du bon vieux temps.

— C'est ce que je craignais, soupira-t-elle.

— Mais Marty Ives a apporté un petit paquet de je ne sais quoi, il y a deux ou trois jours, dit-il en montrant vaguement une porte, à droite de la scène. Probablement des sardines. Marty adore les sardines et les crackers.

— Beurk », dit Mary, dont l'œil s'alluma quand même.

Johnny se dit que dans deux ou trois heures, même des anchois lui paraîtraient appétissants.

« Je vais aller jeter un coup d'œil. Il a peut-être apporté quelque chose d'autre, dit Billingsley sans beaucoup d'espoir.

— Je peux y aller, si vous voulez », proposa David en se levant.

Billingsley haussa les épaules. Il regardait à nouveau Audrey et semblait avoir perdu tout intérêt pour les sardines de Marty Ives.

« Il y a un interrupteur à gauche en sortant de la scène. Droit devant toi, tu verras des étagères. Tout ce que les gens apportaient à manger était rangé là. Il y a peut-être même des bonbons.

— Il devait vous arriver de boire un peu trop, mais au moins vous n'oubliiez pas d'entretenir vos carcasses, dit Johnny. Ça me plaît. »

Le vétérinaire lui jeta un coup d'œil, haussa les épaules et revint aux jambes d'Audrey Wyler. Elle ne semblait pas avoir remarqué son intérêt, ni s'en soucier.

David fit quelques pas, puis revint prendre son 45. Il regarda son père, mais Ralph avait les yeux perdus dans la salle, sur les sièges de velours rouge qui s'enfonçaient dans l'obscurité. Le gamin saisit l'arme, la glissa soigneusement dans la poche de son jean de telle sorte que seule la poignée dépassait, puis il s'éloigna. En passant devant Billingsley, il demanda :

« Est-ce qu'il y a de l'eau quelque part ?

— On est dans le désert, mon gars. Quand un bâtiment est désaffecté, on coupe l'eau.

— Zut. J'ai encore plein de savon sur moi. Ça gratte. »

Il les quitta, traversa la scène, puis se pencha dans l'embrasure de la porte. Quelques secondes plus tard, la lumière se fit. Johnny se détendit un peu — ne se rendant compte qu'à cet instant qu'une partie de son esprit s'attendait à ce que quelque chose s'attaque à l'enfant — et il vit que Billingsley le regardait.

« Ce que ce gosse a fait là-bas — la façon dont il est sorti de la cellule —, c'est impossible, dit Billingsley.

— Alors nous sommes encore là-bas, enfermés », dit Johnny.

Il se félicita pour sa réponse. N'empêche que ce que venait de dire le vieux vétérinaire lui avait déjà traversé l'esprit. Une expression lui était même venue pour décrire le phénomène : *miracles discrets.* Il l'aurait notée sur son carnet, s'il n'avait pas laissé le carnet en question sur la nationale 50.

« Vous le pensez vraiment ?

— Non, lui répondit Billingsley, on est ici, et on l'a vu faire ce qu'il a fait. Il s'est enduit de savon et il s'est glissé entre les barreaux comme un pépin de pastèque. Ça semble logique, non ? Mais je vous le dis, mon vieux, même Robert Houdin n'y serait pas parvenu. A cause de la tête. Sa tête aurait dû rester coincée, mais ça n'a pas été le cas. »

Il les regarda, l'un après l'autre, terminant par Ralph. Ralph regardait Billingsley, maintenant, pas les sièges, mais Johnny n'était pas certain qu'il ait compris ce que le vieil homme disait. Peut-être cela valait-il mieux.

« Où voulez-vous en venir ? demanda Mary.

— Je ne peux expliquer pourquoi, répondit Billingsley, mais je crois qu'on ferait bien de se rassembler autour du jeune Maître Carver. Les... Les anciens disent que n'importe quel feu de camp est le bienvenu au milieu d'une nuit froide. »

2

La chose ramassa le coyote mort et l'examina.

« *Soma* meurt ; *pneuma* part ; seul *sarx* reste ! dit-elle d'une voix qui était en elle-même un paradoxe, à la fois sonore et sans timbre. C'est ainsi depuis toujours ; ce sera toujours ainsi ; la vie s'épuise, et on meurt. »

Elle emporta dans le hall l'animal dont les pattes et la tête fracassée pendaient, le corps se balançant comme une étole de fourrure sanglante. La créature qui tenait le coyote s'arrêta un moment en deçà de la porte du bâtiment municipal et regarda dehors dans les ténèbres, écoutant le vent.

« *So cah set !* » s'exclama-t-elle.

Puis elle se retourna et emporta l'animal dans le bureau. Elle regarda les patères à droite de la porte, et vit immédiatement que la gamine — la Puce, disait son frère — avait été décrochée et enveloppée dans un rideau.

Son visage décoloré se tordit de colère à la vue de la forme recouverte de l'enfant.

« Il l'a décrochée ! dit-elle au coyote mort dans ses bras. Ce sale gamin l'a décrochée ! Espèce de crétin ! »

Oui. Stupide. Grossier. *Fou.* D'une certaine façon, ce dernier qualificatif était le meilleur, n'est-ce pas ? Le plus exact. Ce petit fou qui, à coups de prières, s'évertuait à arranger les choses, comme si une chose pareille pouvait être *arrangée,* comme si la mort était une obscénité qu'on pouvait effacer du mur de la vie avec un peu d'huile de coude. Comme si le livre fermé pouvait être rouvert et relu, avec une fin différente.

Et pourtant sa colère était mêlée de peur, parce que l'enfant ne renonçait manifestement pas, et les autres non plus. Ils n'auraient pas dû oser échapper à

(Entragian elle ça eux)

même si les portes de leurs cellules avaient été grandes ouvertes. Et pourtant ils l'avaient fait. A cause de ce gamin, de ce sale petit cul-bénit prétentieux et orgueilleux, qui avait eu l'insolence d'allonger sa petite salope de sœur et d'essayer de lui donner un semblant de sépulture décente...

Une sorte de douce chaleur imprégna ses doigts et ses paumes. La créature baissa les yeux et vit qu'elle avait plongé les mains d'Ellen dans le ventre du coyote, jusqu'aux poignets.

La créature avait eu l'intention de suspendre le coyote à une des patères — c'était ce qu'on avait fait avec certains des autres —, mais il lui vint une autre idée. Elle emporta le coyote jusqu'au paquet vert par terre, s'agenouilla et souleva le rideau. Elle regarda, en silence, la bouche tordue par un sourire, la petite fille qui avait grandi dans ce corps.

Il avait osé la couvrir !

Elle retira du coyote les mains d'Ellen, maintenant gantées de sang tiède et déposa l'animal sur Kirsten. Elle ouvrit les mâchoires du coyote et les plaça autour du cou de l'enfant. Il y avait quelque chose d'à la fois effroyable et fantastique dans ce *tableau de la mort,* c'était comme une gravure d'un conte de fées tragique.

« *Tak* », murmura la créature, et elle sourit.

La lèvre inférieure d'Ellen Carver se fendit. Du sang coula sur son menton sans qu'elle s'en aperçoive. Ce sale gamin présomptueux ne verrait probablement jamais cette dernière retouche, mais quel plaisir d'imaginer sa réaction s'il la voyait ! S'il voyait à quoi avaient abouti ses efforts, combien il était facile de faire fi du respect, à quel point le néant régnait en maître dans le monde artificiel concocté par les hommes.

La chose remonta le rideau jusqu'au cou du coyote. Maintenant, l'enfant et la bête ressemblaient presque à des amants. Comme elle aurait voulu que l'enfant soit là ! Et son père aussi, mais surtout le gamin. Parce que c'était le gamin qui avait besoin qu'on le dresse.

C'était le gamin qui était dangereux.

Il y eut des frottements derrière la créature, un bruit trop bas pour qu'on l'entende... mais elle l'entendit quand même. Elle pivota sur les genoux d'Ellen et vit que les araignées revenaient. Elles entraient par la porte du bureau. Elles tournèrent à gauche, puis envahirent le mur, couvrant les affiches qui annonçaient les prochains événements en ville et demandaient des volontaires pour la grande fête des Pionniers, à l'automne. Sur celle concernant la réunion informelle où les responsables de la compagnie minière de Désolation discuteraient de la reprise de l'extraction du cuivre au lieu dit le Puits Chinois, les araignées se reformèrent en cercle.

La grande femme en combinaison de travail et ceinturon Sam Browne se leva et s'approcha d'elles. Le cercle trembla sur le mur comme pour exprimer la peur, l'extase, ou les deux. La femme rassembla ses mains sanglantes puis les ouvrit face au mur.

« *Ah lah ?* »

Le cercle se défit. Les araignées se précipitèrent pour former une nouvelle figure, évoluant avec la précision d'un régiment à la parade. Elles formèrent un C, se dispersèrent, se rassemblèrent en un I. Suivirent un N, un E, puis un M...

La femme leur fit signe d'arrêter tandis qu'elles repartaient pour former un A.

« En tow. Ras. »

Les araignées renoncèrent au A et reformèrent un cercle vaguement tremblant.

« Ten ah ? » demanda la créature au bout d'un moment.

Les araignées formèrent une nouvelle figure. C'était un cercle, la forme de l'*ini*. La femme qui possédait les empreintes digitales d'Ellen Carver le regarda longuement, frappant des doigts d'Ellen les clavicules d'Ellen, puis agita la main d'Ellen en direction du mur. La forme se brisa. Les araignées descendirent par terre.

La créature sortit dans le hall, sans regarder les araignées qui la suivaient. Elles seraient là si elle en avait besoin, et c'était tout ce qui comptait.

Elle regarda un moment la nuit par les portes vitrées. Elle ne pouvait voir le vieux cinéma, mais il était là. Elle savait où se trouvait l'Ouest américain, à moins de cinq cents mètres au nord, juste après l'unique croisement de la ville. Grâce aux recluses, elle savait maintenant aussi où *ils* étaient.

Où *il* était. Ce petit merdeux de cul-bénit.

3

Johnny Marinville raconta à nouveau son histoire — intégralement, cette fois. Contrairement à son habitude, il tenta de faire court — nombreux auraient été les critiques incrédules, dans tout le pays, pour applaudir la performance. Il leur dit comment, alors qu'il s'était arrêté pour pisser, Entragian en avait profité pour glisser l'herbe dans un de ses sacs. Il leur parla des coyotes — ceux à qui Entragian avait semblé parler, et les autres, postés le long de la route à intervalles réguliers comme une étrange haie d'honneur — et de la façon dont le flic l'avait frappé. Il raconta le meurtre de Billy Rancourt, et ensuite, sans modification perceptible dans sa voix, la façon dont les busards l'avaient attaqué — sur l'ordre de Collie Entragian, apparemment.

Audrey Wyler arborait une expression d'incrédulité non dissimulée, mais Johnny vit que Steve et la maigrichonne qu'il avait ramassée quelque part sur la route échangeaient des regards indiquant — malheureusement — qu'ils comprenaient. Johnny ne regarda pas les autres pour savoir comment ils réagissaient, mais baissa les yeux vers ses mains, se concentrant comme lorsqu'il progressait péniblement dans l'écriture d'un paragraphe particulièrement ardu.

« Il voulait que je lui fasse une pipe. Je pense qu'il voulait surtout que je panique, que je le supplie de m'épargner, mais je n'ai pas trouvé l'idée aussi choquante qu'il l'avait sans doute espéré. C'est une demande sexuelle assez classique dans des situations où l'autorité excède ses propres limites, mais ce n'est pas ce dont ça a l'air. En surface, le viol est une affaire de domination et d'agression. Mais en dessous, ce n'est que de la colère nourrie par la peur.

— Merci, docteur Ruth, dit Audrey. Et maindeunant nous ssallons barler de l'imbuissanceu.

— J'ai écrit un roman sur le viol homosexuel, dit Johnny en la regardant sans rancœur. *Tiburon.* Ça n'a pas été un très grand succès auprès de la critique, mais j'ai parlé à beaucoup de gens, et je pense avoir assez bien creusé le sujet. En ce qui nous concerne, l'important, c'est qu'il m'a rendu furieux au lieu de me faire peur. Du coup, j'ai décidé que je n'avais pas grand-chose à perdre. Je lui ai dit que j'allais bien prendre sa bite, OK, mais une fois qu'elle serait dans ma bouche je la lui arracherais avec mes dents. Alors... »

Il réfléchit plus intensément qu'il ne l'avait fait depuis au moins dix ans, hocha la tête...

« Alors je lui ai lancé un de ses mots absurdes. Du moins, il me semblait absurde, à moi ; une sorte de langage fabriqué. Avec des sonorités gutturales...

— C'était *tak* ? demanda Mary.

— Oui. Et ça n'a semblé absurde ni aux coyotes ni à Entragian. Quand je l'ai prononcé, il s'est comme ramassé sur lui-même... et c'est à ce moment-là qu'il a appelé le busard pour qu'il m'attaque en piqué.

— Je ne peux pas croire à votre histoire, dit Audrey. Je veux bien croire que vous soyez un célèbre écrivain, et vous avez l'air d'un type qui n'est pas du genre à avoir des doutes, mais je ne vous crois pas.

— C'est pourtant ce qui est arrivé. Vous n'avez rien observé de tel ? Un comportement animal étrange, agressif ?

— J'étais cachée dans la *laverie automatique* ! Enfin ! Mais est-ce que nous parlons la même langue ?

— Je...

— Écoutez, vous parlez d'un comportement *animal* étrange et agressif ? demanda Audrey en se penchant pour planter ses yeux brillants dans ceux de Marinville. Alors parlons de *Collie.* Collie tel qu'il est maintenant. Il a tué tous ceux qu'il a vus, tous ceux qui ont croisé son chemin. Cela ne vous suffit pas ? Est-ce que nous devons encore introduire des busards dressés dans le tableau ?

— Et les araignées ? » demanda Steve.

La maigrichonne et lui étaient maintenant dans le fauteuil au lieu d'être perchés sur les accoudoirs. Steve entourait les épaules de Cynthia de son bras.

« Quoi, les araignées ?

— Est-ce que vous avez vu des araignées qui... enfin... qui agissaient ensemble ?

— Comme des oiseaux en formation ? demanda-t-elle en le gratifiant d'un regard qui disait ATTENTION, FOU À L'ŒUVRE.

— Pas vraiment. Elles étaient en... meute. Comme des loups. Ou des coyotes. »

Elle secoua la tête.

« Et les serpents ?

— Je n'en ai vu aucun non plus. Ni de coyotes en ville. Pas même un chien faisant de la bicyclette avec un chapeau de clown. Désolée. »

David revint sur la scène avec un sac en papier brun du genre de ceux qu'on donne dans les magasins pour les petits achats. Il tenait aussi sous le bras une boîte de crackers Ritz.

« J'ai trouvé des trucs, dit-il.

— Hum, dit Steve en voyant la boîte et le sac. Ça devrait suffire à régler le problème de la faim en Amérique. Qu'est-ce que tu as là, David ? Une sardine et deux crackers par personne ?

— En fait, il y a beaucoup de choses. Plus que vous ne croyez. Heu..., hésita-t-il en les regardant d'un air un peu anxieux. Ça ennuierait quelqu'un si je disais une petite prière avant de distribuer tout ça ?

— Les grâces ? demanda Cynthia.

— Oui, les grâces.

— C'est d'accord pour moi, dit Johnny. Je crois qu'on aura besoin de toute la grâce possible.

— Amen », dit Steve.

David posa le sac et la boîte de crackers entre ses baskets, puis il ferma les yeux et joignit les mains devant son visage. Johnny fut frappé par l'absence de toute prétention dans l'attitude de l'enfant. Il y avait une simplicité dans ses gestes qui confinait à la beauté.

« Seigneur, je te prie de bénir cette nourriture que nous sommes sur le point de manger...

— Oui, le peu qu'il y a, dit Cynthia qui regretta immédiatement d'avoir parlé.

— Bénis notre groupe, continua David sans se formaliser — pour autant même qu'il eût entendu. Prends soin de nous et délivre-nous du mal. S'il te plaît, prends soin de ma maman aussi, si c'est ta volonté... Ce n'est probablement pas ta volonté, continua-t-il plus doucement, mais je t'en *prie,* si c'est ta volonté... Pour l'amour du ciel, amen. »

Il rouvrit les yeux. Johnny était ému. La petite prière de ce gosse l'avait touché là où Entragian n'avait pas réussi à l'atteindre.

Normal. Parce qu'il y croit. A son humble façon, ce gosse ravale le pape, avec ses beaux vêtements et son chapeau digne de Las Vegas, au rang de chrétien d'opérette.

David se pencha et ramassa ce qu'il avait trouvé. Il semblait aussi joyeux qu'une dame patronnesse présidant un repas de fête.

« Tenez, Mary, dit-il en lui tendant une boîte de sardines Blue Fjord. La clé est sous le fond.

— Merci, David.

— Remerciez l'ami de M. Billingsley, dit-il avec un sourire. Ce sont ses provisions, pas les miennes. Faites passer les crackers.

— Prenez ce qu'il vous faut et laissez le reste, dit Johnny. C'est ce qu'on dit chez les Amis du Cercle, hein, Tom ? »

Le vétérinaire lui accorda un regard vitreux et ne répondit pas.

David donna une boîte de sardines à Steve et une autre à Cynthia.

« Oh, non, mon chou, ça va, dit Cynthia, je peux partager avec Steve.

— Pas la peine. Il y en a plein, je vous assure. »

Il distribua une boîte à Audrey, une boîte à Tom et une boîte à

Johnny. Johnny la retourna deux fois entre ses mains, comme pour s'assurer qu'elle était bien réelle, avant de déchirer le papier transparent. Il détacha la clé du fond et inséra dans la fente la languette de métal qui dépassait d'un coin de la boîte. Il réussit à l'ouvrir. Dès qu'il huma l'odeur des petits poissons à l'huile, il ressentit une véritable fringale. Si on lui avait dit qu'il réagirait ainsi à une vulgaire boîte de sardines... !

On lui tapa l'épaule. C'était Mary qui lui tendait la boîte de crackers, l'air presque béat. De l'huile coulait du coin de sa bouche jusqu'à son menton en une petite rigole luisante.

« Allez-y, dit-elle. Ils sont vraiment délicieux !

— Ouais, dit Cynthia avec bonne humeur. Tout est meilleur sur un cracker ! Je l'ai toujours dit. »

Johnny accepta la boîte, regarda à l'intérieur et vit qu'il ne restait qu'un cylindre de papier sulfurisé à demi plein. Il prit trois crackers ronds orange foncé. Son estomac vide protesta devant une telle politesse, et il ne résista pas à la tentation d'en reprendre trois avant de passer la boîte à Billingsley. Leurs yeux se croisèrent un instant, et il entendit le vieil homme dire que personne, pas même Robert Houdin, n'aurait pu faire ce qu'avait fait David, à cause de la tête. Et puis il y avait le téléphone — les trois barres de transmission lumineuses dès que l'enfant tenait l'appareil en main, qui disparaissaient dès qu'on le lui reprenait.

« La question est réglée une fois pour toutes, annonça Cynthia malgré sa bouche pleine. La nourriture, c'est *beaucoup* mieux que le sexe. »

Sa voix rayonnait autant que le visage de Mary. Johnny regarda David. Il s'était assis sur le bras du fauteuil de son père et il mangeait. La boîte de sardines de Ralph n'avait pas quitté ses genoux, toujours fermée, et l'homme continuait à contempler les rangées de sièges vides. David prit une sardine dans sa propre boîte et la déposa soigneusement sur un cracker, qu'il donna à son père. Celui-ci se mit à mastiquer mécaniquement comme si son seul but était de se retrouver à nouveau la bouche vide. Devant l'expression d'amour attentif de l'enfant, Johnny se sentit gêné, comme s'il violait l'intimité de David. Il détourna les yeux et vit par terre la boîte de crackers. Tout le monde était occupé à manger et personne ne fit particulièrement attention à Johnny quand il prit la boîte et regarda dedans.

Elle avait fait le tour du groupe et chacun avait pris une demi-douzaine de crackers au moins (Billingsley sûrement plus — le vieux bouc s'en bourrait les joues), mais le cylindre de papier sulfurisé était toujours là, et Johnny aurait juré qu'il était toujours à moitié plein, que le nombre de crackers qu'il contenait n'avait pas diminué.

4

Ralph raconta aussi clairement qu'il put l'odyssée de la famille Carver, entre deux bouchées de sardines. Il tentait de s'éclaircir l'esprit, de se ressaisir — pour David plus que pour lui — mais c'était difficile. Il ne pouvait chasser de ses yeux la vision de Kirstie gisant immobile au pied de l'escalier, la vision d'Entragian entraînant Ellie hors de sa cellule en la tenant par le bras. *Ne t'en fais pas, David, je reviendrai,* avait-elle dit, mais pour Ralph, qui pensait, en quatorze ans de mariage, avoir entendu toutes les nuances de la voix d'Ellie, c'était comme si elle était *déjà partie.* Pourtant, il devait à David d'être là parmi eux. D'essayer de revenir à lui, de ne pas se laisser entraîner par son esprit en état de choc, surmené... et coupable — oh oui, coupable, ô combien.

Mais c'était difficile.

Quand il eut terminé, Audrey dit :

« D'accord, du moins il n'y a pas eu de révolte du monde animal. Mais je suis désolée pour votre épouse et votre petite fille, monsieur Carver. Et pour toi aussi, David.

— Merci, dit Ralph.

— Ma maman est peut-être encore en bonne santé », ajouta David.

Ralph caressa les cheveux de son fils et lui dit que oui, qu'il avait raison.

Ce fut ensuite au tour de Mary, qui raconta l'histoire du sac sous le pneu de secours, comment Entragian avait inséré la phrase « Je vais vous tuer » dans l'énoncé de leurs droits, et comment il avait abattu son mari sur les marches, sans aucune sommation ni aucune raison apparente.

« Toujours pas d'animaux sauvages », dit Audrey.

Cela semblait maintenant son principal souci. Elle pencha sa boîte de sardines vide, et la leva jusqu'à sa bouche pour récolter, sans la moindre gêne, jusqu'à la dernière goutte d'huile.

« Soit vous n'avez pas entendu parler du coyote qu'il a amené dans la zone de détention pour nous surveiller, soit vous ne *voulez* pas l'entendre », dit Mary.

Audrey écarta cette remarque d'un geste de la main. Elle était assise, maintenant, offrant à Billingsley dix centimètres de jambes en plus à contempler. Ralph regardait aussi, mais sans rien éprouver de particulier à cette vue. Il se disait qu'il y avait plus de jus dans une vieille batterie de voiture que dans son circuit émotionnel, pour le moment.

« On *peut* les domestiquer, vous savez, dit-elle. On leur donne des boulettes de viande et on les dresse comme des chiens, en fait.

— Avez-vous déjà vu Entragian déambuler avec un coyote en laisse ? demanda poliment Marinville.

— Non, dit-elle en crispant les mâchoires. Je le connaissais comme ça, comme n'importe qui d'autre dans le village, mais c'était tout. Je passais presque tout mon temps au puits, au labo ou à cheval. Je ne suis pas très attirée par la vie de village.

— Et toi, Steve ? Qu'est-ce que tu as à raconter ? »

Ralph vit le routard à l'accent du Texas échanger un coup d'œil avec son amie — si elle était son amie — puis reporter son regard sur l'écrivain.

« Eh bien, le problème, c'est que si tu dis à ton agent que j'ai pris une auto-stoppeuse, je perdrai ma prime.

— Je crois que tu peux considérer Bill comme le cadet de tes soucis, pour le moment. Vas-y, raconte. »

Ils racontèrent tous les deux ensemble, alternant les bribes de récits, parfaitement conscients que les choses qu'ils avaient vues dépassaient de loin ce qu'un être normal est capable de croire. Ils exprimèrent tous deux leur frustration de ne pouvoir décrire à quel point la statue de pierre était horrible, à quel point elle les avait impressionnés, et ni l'un ni l'autre ne se risqua à raconter ce qui était arrivé quand le loup (ils furent d'accord pour dire que c'était un loup, et non un coyote) avait apporté la statue et l'avait déposée devant eux. Ralph crut deviner quelque épisode sexuel, sans comprendre toutefois ce qui pouvait s'être passé de si épouvantable.

« Toujours saint Thomas ? Toujours sceptique ? » demanda Marinville à Audrey quand Steve et Cynthia eurent terminé.

Il le lui demanda gentiment, pour qu'elle ne se sente pas menacée. *Bien sûr qu'il ne veut pas qu'elle se sente menacée,* se dit Ralph. *On n'est que sept, il veut qu'on forme une équipe. Et il ne s'y prend pas trop mal.*

« Je ne sais pas où j'en suis, dit-elle d'une voix absente. Je ne veux pas croire ces histoires — rien que d'y *penser,* j'en tremble de trouille — mais je n'arrive pas à imaginer pour quelle raison vous mentiriez... A moins que de voir ces gens pendus dans le Repaire d'Hernando... je ne sais pas... ça vous ait fait si peur que...

— Qu'on se soit mis à avoir des visions ? demanda Steve.

— Oui. Les serpents que vous avez vus dans la maison — c'est à peu près sensé. Ils sentent venir une tempête parfois trois jours à l'avance, et ils cherchent un endroit protégé. Quant au reste... je ne sais pas. Je suis une scientifique, et j'ai du mal à comprendre comment...

— Allons, madame, vous êtes comme une gosse qui prétend que sa bouche est cousue pour ne pas avoir à manger ses brocolis ! dit Cynthia. Tout ce que nous avons vu colle avec ce que M. Marinville a vu avant nous, et Mary avant lui, et les Carver encore avant. Jusqu'au détail de la clôture renversée par Entragian quand il a écrasé le coiffeur, ce type, vous savez ? Alors lâchez-nous avec vos foutaises du genre " je suis une scientifique ". On est *tous* au même diapason, vous seule sonnez faux.

— Mais je n'ai rien vu de tout ça ! gémit presque Audrey.

— Qu'avez-vous vu ? demanda Ralph. Dites-le-nous. »

Audrey croisa les jambes et tira sur l'ourlet de sa robe.

« J'étais partie camper. J'avais quatre jours de congé, alors j'avais harnaché Sally et j'étais partie au nord, dans les monts du Cuivre. C'est mon site préféré au Nevada. »

Ralph la sentit sur la défensive, comme si elle avait eu des problèmes lors d'une sortie précédente.

Billingsley, lui, semblait juste se réveiller d'un rêve... où les longues jambes d'Audrey se seraient enroulées autour de ses vieilles fesses décharnées, peut-être.

« Sally, dit-il. Comment va Sally ? »

Audrey le regarda un moment sans comprendre, puis sourit comme une petite fille.

« Elle va bien.

— Son entorse est guérie ?

— Oui, merci. Le liniment a fait son effet.

— Content de l'entendre.

— De quoi parlez-vous ? demanda Marinville.

— J'ai soigné son cheval il y a un an, c'est tout. »

Ralph n'était pas certain qu'il laisserait Billingsley s'occuper de *son* cheval, s'il en avait un. Il n'était pas sûr qu'il le laisserait soigner même un chat errant. Mais le véto était peut-être différent un an plus tôt. Quand on boit, on peut changer en un an... Et les changements sont rarement positifs.

« Reprendre l'exploitation du Serpent à Sonnette a été très pénible, dit-elle. Dernièrement, on est passé des arroseurs aux asperseurs. Quelques aigles étaient morts...

— *Quelques* aigles ? demanda Billingsley. Allons ! Je ne suis pas un écolo, mais vous pouvez être plus précise que ça.

— D'accord, une quarantaine en tout. Rien de dramatique pour l'espèce. On ne manque pas d'aigles, au Nevada. Comme vous le savez, docteur. Les Verts le savent aussi, mais ils parlent quand même de chaque aigle mort comme d'un bébé qu'on aurait fait bouillir. En fait — et c'est la *seule* chose réelle — ils veulent nous empêcher d'extraire le cuivre. Seigneur ! Ils m'énervent à un point ! Ils se ramènent dans leurs pimpantes petites voitures étrangères, vingt-cinq kilos de cuivre américain dans chacune, et nous disent que nous sommes des monstres qui saccagent la terre. Ils...

— Madame ? dit doucement Steve. Excusez-moi, mais aucun de nous n'appartient à Greenpeace.

— Bien sûr que non. Ce que j'essaie de dire, c'est que nous étions *tous* désolés pour les aigles — pour les faucons et les corbeaux aussi, d'ailleurs — en dépit de ce que disent les écolos. »

Elle les regarda à tour de rôle, comme pour évaluer l'opinion qu'ils avaient de son honnêteté et continua.

« Pour extraire le cuivre du sol, on a besoin d'acide sulfurique. Le moyen le plus simple pour l'épandre est d'utiliser des arroseurs — on dirait de grands dispositifs d'arrosage pour pelouses. Mais les arroseurs peuvent entraîner la formation de flaques. Les oiseaux les voient, ils viennent y boire et se baigner — et ils meurent. Ce n'est pas beau à voir...

— Non, approuva Billingsley en la regardant de ses yeux vitreux. Quand ils extrayaient de l'or du Puits Chinois et du puits de Desatoya — dans les années cinquante — c'était du cyanure qu'il y avait dans les flaques. Ça valait pas mieux. Mais à l'époque il y avait pas d'écolos. Ça devait être le bon temps pour la compagnie, hein, mademoiselle Wyler ? »

Il se leva et gagna le bar pour se servir un doigt de whisky qu'il avala comme un médicament.

« Est-ce que je pourrais avoir la même chose ? demanda Ralph.

— Oui, monsieur, je crois bien », dit Billingsley.

Il tendit un verre à Ralph et en sortit d'autres. Il proposa alors des sodas tièdes, mais les autres optèrent pour de l'eau de source qu'il tira d'un gros réservoir en plastique.

« On a enlevé les arroseurs et on les a remplacés par des têtes de distribution avec asperseur, dit Audrey. C'est un système de goutte-à-goutte plus cher que les arroseurs — beaucoup plus cher — mais les oiseaux ne se laissent pas leurrer par les produits mortels.

— Non », confirma Billingsley.

Il but un autre verre, plus lentement, regardant à nouveau les jambes d'Audrey par-dessus ses lunettes.

5

Un problème ?

Sans doute pas encore... mais il *pourrait* y en avoir, si des mesures n'étaient pas prises.

La chose qui ressemblait à Ellen Carver s'assit derrière le bureau de la salle de détention maintenant vide, tête levée, yeux luisants. Dehors, le vent fraîchissait puis retombait, fraîchissait puis retombait. Plus près se fit entendre le tapotement de pattes montant l'escalier. Il s'arrêta à la porte. Un rugissement rauque retentit. La porte s'ouvrit brutalement, poussée par le museau d'un couguar. Il était gros pour une femelle — dans les un mètre quatre-vingts du nez à l'arrière-train, avec une grosse queue mobile qui ajoutait encore un mètre.

Tandis que le couguar avançait, ramassé sur lui-même, les oreilles couchées sur son crâne osseux, la chose creusa un peu plus dans sa tête afin de connaître les sentiments du couguar. L'animal avait peur ; il triait les odeurs du lieu et ne trouvait de réconfort dans aucune. C'était une tanière humaine. Mais ce n'était qu'un élément de son problème.

Le couguar sentait les ennuis. Odeur de poudre, pour commencer. Pour le couguar, l'odeur de l'arme à feu qui avait tiré restait puissante et âcre. Puis venait l'odeur de la peur, comme un mélange de sueur et d'herbe brûlée. Il sentait aussi le sang, sang de coyote et sang d'humain mêlés. Et il y avait cette chose dans le fauteuil, qui l'attirait, qui le regardait glisser vers elle, alors qu'il ne voulait pas avancer mais était incapable de s'arrêter. On aurait dit un humain, mais ça ne sentait pas pareil. Ça ne sentait rien que le couguar eût déjà senti. Il se recroquevilla à ses pattes et émit un miaulement pitoyable.

La chose en combinaison de travail se leva du fauteuil, tomba sur les genoux d'Ellen Carver, souleva le museau du couguar et regarda dans les yeux verts de la bête. Elle se mit à parler rapidement dans cette autre langue, la langue de l'informe, disant au couguar où il devait aller, comment attendre, que faire quand le moment serait venu. Ils étaient armés et tueraient certainement l'animal, mais il ferait d'abord ce qu'il avait à faire.

Pendant ce discours, le nez d'Ellen se mit à saigner. Elle le sentit et l'essuya. Des plaies commençaient à se former sur les joues et le cou d'Ellen. Une putain de fermentation, rien de plus ! Pour commencer, du moins. Pourquoi certaines femmes étaient-elles incapables de prendre soin d'elles ?

« Bien, dit la chose au couguar. Va, maintenant. Attends le moment propice. J'écouterai avec toi. »

Le couguar émit à nouveau son petit miaulement plaintif, lécha de sa langue rêche la main de la chose qui avait pris possession du corps d'Ellen Carver puis fit demi-tour et sortit de la pièce.

La chose se réinstalla dans le fauteuil et se détendit. Elle ferma les yeux d'Ellen, écouta l'incessant crépitement du sable contre les fenêtres et laissa une partie de son esprit partir avec l'animal.

Chapitre 2

1

« Vous avez un moment devant vous, vous sellez votre jument et vous partez camper, résuma Steve. Et ensuite ?

— J'ai passé quatre jours dans les monts du Cuivre. J'ai pêché, j'ai pris des photos — la photographie est mon passe-temps favori. De merveilleuses journées. Et puis, il y a trois jours, je suis revenue. Je suis allée directement chez moi, au nord de la ville.

— Qu'est-ce qui vous a fait revenir ? demanda Steve. La météo ne prévoyait pas du mauvais temps ?

— Non. J'avais mon petit poste de radio, et on n'annonçait rien d'autre que du beau temps chaud.

— C'est aussi ce que j'ai entendu, dit Steve. Cette tempête est un mystère total.

— J'avais une réunion prévue avec Allen Symes, le contrôleur de la compagnie, pour faire le point sur le remplacement des arroseurs par des asperseurs. Il arrivait en avion de l'Arizona. Je devais le retrouver au Repaire d'Hernando à neuf heures... avant-hier matin. Enfin, c'est pour ça que je porte cette foutue robe, à cause de la réunion et parce que Frank Geller m'a dit que Symes n'aime — n'aimait — pas les femmes en jean. Je sais que tout allait bien à mon retour d'excursion, parce que Frank m'a appelée, le soir, vers sept heures, et m'a dit de porter une robe pour la réunion.

— Qui est Frank Geller ? demanda Steve.

— L'ingénieur en chef de la mine, répondit Billingsley. Il est responsable de la remise en activité du Puits Chinois. Il l'était, en tout cas, ajouta-t-il en adressant à Audrey un regard interrogateur.

— Oui. Il est mort.

— Il y a trois jours, réfléchit Marinville à haute voix. Il y a trois jours, du moins à votre avis, tout allait bien à Désolation.

— C'est ça. Mais quand j'ai revu Frank, il était pendu à un crochet et on lui avait coupé une main.

— On l'a vu, dit Cynthia en frissonnant. On a aussi vu sa main. Au fond d'un aquarium.

— Avant tout ça, pendant la nuit, je me suis réveillée au moins deux fois. La première, j'ai cru que c'était le tonnerre, mais la seconde, on aurait dit des coups de feu. J'ai cru que j'avais rêvé et je suis retournée dormir, mais ça doit être à peu près le moment où... il a commencé. Et puis je suis allée au bureau de la mine... »

Au début, dit-elle, elle n'avait rien senti de bizarre — il n'y avait rien d'étonnant au fait que Brad Josephson ne soit pas à son bureau. Il n'y était jamais, s'il pouvait l'éviter. Alors elle était passée au fond du Repaire d'Hernando, et là elle avait vu ce que Steve et Cynthia verraient peu après : des corps suspendus à des crochets. Apparemment, tous ceux qui étaient venus ce matin-là. L'un d'eux, en cravate à cordelière et bottines qui auraient ravi un chanteur de country, devait être Allen Symes. Il était venu de Phoenix pour mourir à Désolation.

« Si ce que vous dites est juste, continua-t-elle à l'intention de Steve, Entragian a dû avoir d'autres gens de la mine plus tard. Je ne les ai pas comptés — j'avais trop peur pour ne serait-ce que *penser* à compter — mais il n'y en avait pas plus de sept. J'étais paralysée. Il est même possible que j'aie perdu connaissance un moment, je ne peux pas l'affirmer. Et puis j'ai entendu des coups de feu. Sans aucun doute possible, cette fois. Et quelqu'un a crié. Il y a eu d'autres coups de feu et les cris ont cessé. »

Elle était retournée à sa voiture, sans courir — elle dit qu'elle avait trop peur de céder à la panique si elle se mettait à courir —, et elle était allée en ville. Elle avait l'intention de faire une déclaration auprès de Jim Reed, si elle le trouvait. Ou bien, si Jim n'était pas au bureau, comme c'était souvent le cas, de parler à ses adjoints, Entragian ou Pearson.

« Je n'ai pas couru jusqu'à la voiture, et je n'ai pas roulé vite, mais j'étais tout de même en état de choc. Je me rappelle avoir cherché des cigarettes dans la boîte à gants, alors que je ne fume plus depuis cinq ans. Et puis j'ai vu deux personnes qui couraient au croisement. Vous savez, sous le feu de signalisation ? »

Ils hochèrent la tête.

« La nouvelle voiture de patrouille fonçait derrière elles. C'était Entragian qui conduisait, mais je ne le savais pas encore. Il y a eu trois ou quatre coups de feu, et les personnes pourchassées sont tombées sur le trottoir, l'une devant l'épicerie, l'autre juste après. Il y avait du sang. Beaucoup de sang. Je n'ai pas ralenti, j'ai passé le croisement en direction de l'ouest, et très vite j'ai entendu d'autres coups de feu. Je suis presque sûre aussi de l'avoir entendu crier " Youhou ! ". Je voulais aider les blessés, si je pouvais. J'ai continué un peu plus loin, je me suis garée et je suis sortie de ma voiture. C'est sans doute ce qui m'a sauvé la vie, parce que Entragian tirait sur tout ce qui bougeait. N'importe qui. N'importe quoi. Tout. Il y avait des voitures et des camions arrêtés dans la rue comme des jouets. Tous avaient fini leur course en zigzaguant. Il y en avait bien une douzaine. Un camion El Camino s'était renversé devant la quincaillerie. Je crois que c'était celui de Tommy Ortega. Il considérait presque ce camion comme sa maîtresse.

— Je n'ai *rien* vu de tout ça, dit Johnny. La rue était dégagée quand il m'a amené.

— Oh, ce fils de pute cache bien son jeu, il faut le reconnaître. Il ne voulait pas que des gens arrivent en ville et se demandent ce qui s'était passé. Il n'a guère fait plus que balayer la poussière sous le tapis, mais ça fera illusion un moment. Surtout avec cette foutue tempête.

— Qui n'avait pas été annoncée, dit Steve d'un air songeur.

— Très juste, qui n'avait pas été annoncée.

— Et après ? demanda David.

— J'ai couru jusqu'aux personnes qu'il avait abattues. L'une d'elles était Evelyn Shoenstack, la coiffeuse qui travaille aux Ciseaux et Bouclettes et aussi à la bibliothèque, à temps partiel. Elle était morte, sa cervelle étalée sur le trottoir. »

Mary grimaça. Audrey le vit et se tourna vers elle.

« C'est une chose qu'il ne faut pas oublier : s'il vous voit et décide de vous tuer, c'est fini. »

Elle les regarda tous, comme pour s'assurer qu'ils ne pensaient pas qu'elle plaisantait. Ou qu'elle exagérait.

« C'est un tueur. Il veut *tuer.*

— On ne l'oubliera pas, dit Steve.

— L'autre était un livreur. Il portait l'uniforme de Tastee Kake. Entragian l'avait touché à la tête, lui aussi, mais il était encore en vie. »

Elle parlait avec un calme qui n'était pas étranger à Johnny. Il l'avait connu au Vietnam, après une demi-douzaine de combats. Il l'avait connu en tant que non-combattant, bien sûr, carnet de notes dans une main, stylo dans l'autre, magnétophone Uher à l'épaule orné du symbole de la paix. Il regardait, écoutait, prenait des notes et se sentait étranger. Il se sentait *jaloux.* Les pensées amères qui avaient traversé alors son esprit — eunuque dans le harem, pianiste dans le bordel — lui semblèrent insensées.

« Quand j'ai eu douze ans, mon père m'a offert une 22, dit Audrey Wyler. La première chose que j'ai faite a été de sortir de notre maison à Sedalia et de tirer sur un geai. Quand je me suis approchée, il était encore vivant, lui aussi. Il tremblait de tout son corps, les yeux fixes ; son bec s'ouvrait et se refermait très lentement. Jamais de ma vie je n'ai autant souhaité revenir en arrière. Je me suis agenouillée près de lui et j'ai attendu que ce soit terminé. Je lui devais bien ça. Il a continué à trembler, et puis il a fini par mourir. Le livreur de chez Tastee Kake tremblait de la même façon. Il regardait la rue, derrière moi, alors qu'elle était vide, et son front se couvrait de gouttelettes de sueur. Sa tête était informe, et il y avait une matière blanche sur son épaule. Je me suis bêtement dit d'abord que c'étaient des billes de polystyrène — vous savez, comme on en met dans les paquets pour poster quelque chose de fragile ? — et j'ai vu que c'étaient des éclats d'os. De son... de son crâne.

— Je ne veux pas en entendre davantage, dit brusquement Ralph.

— Je vous comprends, dit Johnny, mais je crois que nous devons savoir. Pourquoi le gamin et vous n'iriez pas visiter le reste du cinéma ? Pour voir si vous trouvez quelque chose d'intéressant ? »

Ralph hocha la tête, se leva et s'approcha de David.

« Non, dit David. Il faut qu'on reste. »

Ralph le regarda d'un air hésitant.

« Je suis désolé, mais il le faut. »

Ralph resta debout un moment, puis se rassit.

Pendant cet échange, Johnny observa Audrey. Elle regardait l'enfant avec une expression de crainte admirative, comme si jamais elle n'avait vu de créature semblable. Puis il pensa aux crackers sortant de ce sac comme des foulards d'un chapeau, et se demanda si *aucun* d'entre eux avait jamais connu de créature comme David Carver. Il pensa aux barres de transmission de son téléphone et à Billingsley disant que même Robert Houdin n'aurait pu le faire. A cause de la tête. Ils se concentraient sur les busards, les araignées et les coyotes, les rats qui sortaient de piles de pneus et les maisons remplies de serpents à sonnette. Ils se concentraient surtout sur Entragian, qui parlait des langues inconnues et tirait comme Buffalo Bill. Mais David ? Qu'était-il exactement ?

« Continuez, Audrey, dit Cynthia en montrant David du menton. Sauf que, peut-être, vous pourriez... vous savez... rétrograder de XXX à “ tous publics ”. »

Audrey la regarda un moment sans paraître comprendre. Puis elle rassembla ses esprit et continua.

2

« J'étais à genoux devant le livreur, essayant de réfléchir à ce que je pouvais faire — rester avec lui ou courir appeler à l'aide — quand il y a eu d'autres cris et d'autres coups de feu dans Cotton Street. Un bruit de verre brisé aussi. Et du bois fracassé avant le tintement assourdissant d'un objet en métal. La voiture a repris sa course. Il me semble que je n'ai rien entendu d'autre pendant deux jours que cette voiture en train de rugir. Il en est sorti et j'ai entendu qu'il venait dans ma direction. Je n'ai eu qu'une seconde pour réfléchir, mais je ne crois pas que j'aurais fait autre chose si j'avais eu plus de temps. Je me suis enfuie. Je voulais retourner à ma voiture et partir, mais j'ai compris que c'était trop tard. Trop tard même pour faire le tour du pâté de maisons et disparaître avant son arrivée. Alors je suis entrée dans l'épicerie. Chez Worrell. Wendy Worrell gisait morte près de la caisse. Son père — le propriétaire et boucher — était assis dans le petit bureau, une balle dans la tête. Il était torse nu. Il devait être en train de se changer pour mettre son tablier quand c'est arrivé.

— Hugh commence à travailler tôt, dit Billingsley. Bien plus tôt que le reste de sa famille.

— Oh, mais Entragian n'arrête pas de revenir pour *vérifier,* dit Audrey d'une voix à la fois légère et hystérique. C'est ce qui le rend si dangereux. *Il revient sans arrêt pour vérifier.* Il est fou et n'a aucune pitié, mais il est aussi très méthodique.

— C'est vraiment un malade, dit Johnny. Quand il m'a amené, il se vidait de son sang. Il y a déjà six heures. Si ça a continué à ce rythme-là... » Il haussa les épaules.

« Ne vous laissez pas avoir », dit-elle dans un murmure.

Johnny comprit ce qu'elle suggérait. S'il savait, d'après ce qu'il avait vu de ses propres yeux, que c'était impossible, il savait aussi que le dire serait perdre sa salive.

« Poursuivez, dit Steve. Après ?

— J'ai essayé d'utiliser le téléphone du bureau de M. Worrell. Il n'y avait pas de tonalité. Je suis restée presque une demi-heure dans l'arrière-boutique. La voiture est passée deux fois pendant ce temps, une fois dans Main Street, une autre derrière, probablement dans Mesquite Street ou Cotton Street à nouveau. Il n'y a plus eu de coups de feu. Je suis montée à l'étage, où vivent les Worrell, pensant que peut-être le téléphone fonctionnait encore à l'appartement. Mais non. Mme Worrell et le gamin, Mert, je crois, étaient morts aussi. Elle se trouvait dans la cuisine, la gorge tranchée. Le petit était toujours au lit. Il y avait du sang partout. Je suis restée un moment à la porte de sa chambre à regarder les posters de musiciens de rock et de joueurs de basket, et j'ai à nouveau entendu la voiture passer, vite, en accélérant. Je suis descendue par-derrière, mais une fois en bas, je n'ai pas osé ouvrir la porte. Je l'imaginais tapi sous le porche en train de m'attendre. Je venais de l'entendre passer, mais j'imaginais quand même qu'il me guettait. J'ai décidé qu'il valait mieux que j'attende la nuit. Alors, je pourrais reprendre la voiture. Peut-être. Je ne pouvais pas en être sûre. Parce qu'il était si *imprévisible.* Il ne circulait pas *toujours* dans Main Street, et je ne pouvais pas *toujours* l'entendre. Quand je me disais qu'il était peut-être parti, qu'il avait gagné les collines, il revenait, comme un lapin jaillissant du chapeau d'un magicien. Mais je ne pouvais pas rester dans le magasin. Le bruit des mouches me rendait folle, pour commencer, et il y faisait trop chaud. En général, la chaleur ne me gêne pas — il vaut mieux, quand on vit au centre du Nevada ! — mais je ne cessais de penser que je les *sentais.* Alors j'ai attendu de l'entendre tirer quelque part près du garage — Dumont Street, aussi loin à l'est que vous pouvez aller sans sortir du village — et je suis partie. Sortir du magasin et me retrouver sur le trottoir a été une des choses les plus difficiles que j'aie faites de ma vie. Comme un soldat qui s'élance à découvert. Au début, je n'arrivais pas du tout à bouger. Je restais figée où j'étais. Je me souviens que je me disais que je *devais* marcher, que je ne devais pas courir parce que ça entraînerait un sentiment de panique, que je devais marcher. Sauf que je ne pouvais pas. *Je ne pouvais pas.* J'étais comme paralysée. Et puis je l'ai entendu revenir. C'était étrange. Comme s'il m'avait sentie. Comme s'il avait senti la présence de *quelqu'un,* en tout cas, qui évoluait en ville quand il avait le dos tourné. Comme s'il jouait à un nouveau jeu d'enfants, où on doit tuer les perdants au lieu de les renvoyer dans le camp des prisonniers. Le moteur... il est si sonore quand il accélère. Si puissant. *Si fort.* Même quand je ne l'entends pas, j'*imagine* que je l'entends. Vous savez ? C'est comme un chat qui se met en c... comme un chat sauvage en chaleur. J'entends ça qui vient vers moi, et je n'arrive toujours pas à bouger. Je ne pouvais que rester plantée là et l'écouter se rapprocher. J'ai pensé au livreur de chez Tastee Kake, je l'ai revu trembler comme le geai que j'avais abattu quand j'étais enfant, et c'est ce qui m'a mise en route. Je suis entrée dans la laverie et je me suis jetée par terre à l'instant même où il passait. J'ai entendu d'autres cris au nord, mais je ne sais pas de quoi il s'agissait, parce que je ne pouvais pas regarder. Je ne pouvais pas me lever. J'ai dû rester là, sur ce carrelage, pendant presque vingt minutes, vous imaginez ! Je peux dire que j'avais dépassé le stade de la peur, mais je ne peux pas vous expliquer ce qui se passe dans la tête quand on est dans cet état. J'étais par terre avec pour tout spectacle des moutons de poussière et des mégots de cigarettes, et je pensais que, même au ras du sol, on savait qu'on était dans une laverie, à cause de l'odeur et parce que tous les mégots portaient des traces de rouge à lèvres. J'étais là et je n'aurais pas pu bouger, même si je l'avais entendu arriver. Je serais restée par terre jusqu'à ce qu'il pose le canon de son arme contre ma tempe et...

— Non, dit Mary en grimaçant. Ne le dites pas !

— *Mais je ne peux pas arrêter d'y penser !* »

Son cri pénétra dans les oreilles de Johnny Marinville, plus profondément qu'aucun mot qu'elle avait prononcé. Elle fit un effort visible pour se contrôler et continua.

« Ce qui m'a fait bouger, c'est le bruit d'autres gens dehors. Je me suis mise à genoux et j'ai rampé jusqu'à la porte. J'ai vu quatre personnes de l'autre côté de la rue, devant le bar du Hibou. Deux Mexicains — le fils Escolla qui travaille sur le broyeur, à la mine, et sa petite amie. Je ne connais pas son nom, mais elle a une mèche blonde dans ses cheveux — naturelle, j'en suis presque sûre — et elle est très jolie. Elle *était* très jolie. Il y avait une autre femme, assez forte, que je n'avais jamais vue auparavant. L'homme qui l'accompagnait est un de vos partenaires de billard à la Chope, Tom. Flip quelque chose.

— Flip Moran ? Vous avez vu le Flipper ?

— Oui. Ils avançaient de l'autre côté de la rue, essayant d'ouvrir des voitures, cherchant des clés. J'ai pensé à ma voiture, je me suis dit que nous pourrions tous y monter, et j'ai commencé à me lever. Ils traversaient la ruelle entre l'ancien restaurant italien et le Tambour Crevé quand Entragian a surgi dans sa voiture. Comme s'il les attendait. Et il les attendait probablement. Il les a tous heurtés de plein fouet, mais je crois que votre ami Flip a été le seul tué sur le coup. Les autres ont juste oscillé comme des quilles que la boule n'a pas réussi à renverser. Ils se sont soutenus les uns les autres pour ne pas tomber et ils se sont mis à courir. Le jeune Escolla tenait son amie par la taille. Elle pleurait en serrant son bras contre sa poitrine. Il était cassé. C'était visible. On aurait dit qu'il avait une articulation de plus au-dessus du coude. La femme plus âgée avait le visage en sang. Quand elle a entendu Entragian arriver derrière eux — avec son gros moteur si puissant — elle s'est retournée et elle a levé les mains comme si elle était un agent de la circulation. Il conduisait de la main droite, le buste sorti par la fenêtre, comme un conducteur de locomotive. Il a tiré deux fois sur elle avant de lui passer dessus avec la voiture. C'est la première fois que je l'ai bien vu, la première fois que j'ai su avec certitude à qui j'avais affaire. »

Elle les regarda l'un après l'autre, comme pour mesurer l'effet de ses paroles sur chacun d'eux.

« Il souriait. Il souriait et il riait comme un gosse qui arrive à Disneyworld. Il était heureux, vous savez ? Heureux. »

3

Audrey était restée accroupie contre la porte de la laverie, regardant Entragian pourchasser en voiture le jeune Escolla et son amie dans Main Street, vers le nord. Il les avait rattrapés et les avait écrasés comme la vieille femme — c'était facile de les avoir tous les deux d'un coup, dit-elle, parce que le garçon essayait d'aider la jeune fille et que tous deux couraient ensemble. Quand ils ont été par terre, Entragian s'est arrêté, il a reculé pour repasser lentement sur eux (il n'y avait pas de vent, dit Audrey, et elle avait entendu très clairement le bruit de leurs os qui se brisaient), il est sorti de la voiture, il s'est agenouillé près d'eux, il a logé une balle dans la nuque de la fille, puis il a retiré au garçon son chapeau, qui n'était pas tombé, et il lui a aussi tiré une balle dans la tête.

« Et puis il lui a remis son chapeau, dit Audrey. Si je survis, c'est une image que je n'oublierai jamais — la façon dont il a retiré le chapeau du gamin pour le tuer et dont ensuite il le lui a remis. C'était comme s'il voulait leur dire qu'il comprenait combien c'était dur pour eux, et leur témoigner le maximum d'égards. »

Entragian s'était levé, avait marché en rond en rechargeant son arme, semblant regarder partout à la fois. Audrey dit qu'il arborait un grand sourire idiot. Johnny savait de quoi elle parlait. Il l'avait vu. Curieusement, il lui sembla même qu'il avait vu *tout* ce qu'elle racontait — en rêve, dans une autre vie.

C'est seulement ce vieux kosmic blues *du Vietnam qui revient,* se dit-il. La façon dont elle avait décrit le flic lui rappelait certains soldats complètement imbibés avec lesquels il s'était trouvé parfois, et les histoires qu'on racontait à voix basse tard le soir — des récits de types qui avaient vu des types, leurs propres copains, faire des choses terribles, inavouables, avec cette même expression de joie immaculée sur le visage. *C'est le Vietnam, c'est tout, qui te revient comme sous l'effet de la drogue. Il ne te manque plus, maintenant, pour refermer la bouche, qu'un poste à transistors jouant « People are Strange » ou « Pictures of Matchstick Men ».*

Mais était-ce bien tout ? Au fond de lui, il avait des doutes. Tout au fond de lui, il sentait qu'il se passait autre chose ici, quelque chose qui n'avait que peu ou rien à voir avec les souvenirs dérisoires d'un romancier qui s'était nourri de la guerre comme un busard d'une charogne… et avait écrit dans la foulée exactement le genre de mauvais livre qu'un tel comportement entraîne à coup sûr.

D'accord. Bon, alors, si ce n'est pas toi, qu'est-ce que c'est ?

Il n'en savait rien. Et il n'était pas certain de vouloir le savoir.

« Qu'est-ce que vous avez fait, alors ? demanda Steve.

— Je suis allée dans l'arrière-boutique de la laverie en rampant, et quand je suis arrivée, je me suis recroquevillée sous le bureau, à la place de la chaise, et je me suis endormie. J'étais épuisée. D'avoir vu tout ça… tous ces morts… ça m'avait épuisée… J'ai dormi d'un sommeil léger. J'entendais toujours ce qui se passait, des coups de feu, des explosions, des bris de verre, des cris. Je ne peux pas dire quelle part de tout ça était vraie et quelle part n'existait que dans ma tête. Quand je me suis réveillée, c'était la fin de l'après-midi et j'étais toute courbatue. Au début j'ai cru que j'avais rêvé, que j'étais encore en train de camper. Et puis j'ai ouvert les yeux et j'ai vu où j'étais, recroquevillée sous le bureau où je sentais la lessive et l'eau de Javel, et je me suis rendu compte que j'avais une terrible envie de pisser. Mes deux jambes étaient engourdies. Je me suis contorsionnée pour sortir de sous le bureau en m'ordonnant de ne pas m'affoler si j'étais un peu coincée, et c'est à ce moment que j'ai entendu quelqu'un entrer dans la boutique, et que je me suis remise sous le bureau. C'était lui. Je l'ai su rien qu'à sa façon de marcher. Il faisait le bruit d'un homme botté. Il a crié : “ Il y a quelqu'un ? ” et il est passé dans la travée entre les machines à laver et les sèche-linge, comme s'il suivait ma trace. D'une certaine façon, c'était ce qu'il faisait, à cause de mon parfum. J'en mets rarement, mais comme je portais une robe, ce jour-là, j'en avais mis, dans l'idée que les choses se passeraient peut-être mieux ainsi avec M. Symes. Vous savez ce qu'on dit, les armes des femmes… »

Elle haussa les épaules, un peu gênée, sans doute. Cynthia la regarda sans comprendre, mais Mary approuva de la tête.

« Il a dit : “ Ça sent… *Opium.* N'est-ce pas, mademoiselle ? C'est

Opium que vous portez ? " Je n'ai rien répondu, je suis restée sous le bureau, les bras autour de la tête. Il a continué : " Pourquoi ne sortez-vous pas ? Si vous sortez, je ferai ça vite. Si je dois vous chercher, je prendrai mon temps. " Et je *voulais* sortir, vous vous rendez compte à quel point il me tenait ? A quel point il m'effrayait ? Je pensais qu'il savait que j'étais là, et qu'il allait suivre ma trace, me repérer à l'odeur comme un chien de chasse. Je voulais sortir de sous le bureau et aller vers lui pour qu'il me tue vite. Je voulais aller vers lui comme les gens de Jonestown ont dû vouloir faire la queue pour qu'on leur donne le poison. Sauf que je ne pouvais pas. J'étais à nouveau paralysée, et je ne pouvais rien faire d'autre que rester là et me dire que j'allais mourir avec cette envie de pisser. J'ai vu la chaise du bureau — je l'avais écartée pour pouvoir me mettre à sa place sous le bureau — et je me suis dit : " Quand il verra où se trouve la chaise, il saura où je suis. " C'est à ce moment qu'il est entré dans le bureau, pendant que je pensais ça. Il a demandé : " Il y a quelqu'un ? Sortez. Je ne vous ferai pas de mal. Je veux juste vous interroger sur ce qui se passe. Nous avons un gros problème. " »

Audrey se mit à trembler, et Johnny supposa qu'elle avait tremblé ainsi pendant qu'elle attendait sous le bureau qu'Entragian arrive jusqu'à elle, la trouve et la tue. Sauf qu'elle souriait, aussi, d'un sourire qu'on avait du mal à regarder.

« Vous vous rendez compte à quel point il est fou, dit-elle en serrant ses mains sur ses genoux. Il vous dit que si vous sortez il vous récompensera en vous tuant rapidement, et une minute plus tard il dit qu'il veut juste vous poser quelques questions. Fou. Mais j'ai cru les deux en même temps. Alors qui est fou ? Hein ? Qui est le plus fou des deux ?... Il a fait trois pas dans la pièce. Je crois que c'était trois. Assez pour que son ombre se projette sur le bureau et le dépasse, pour qu'elle s'étende du côté où je me trouvais. Je me souviens d'avoir pensé que si son ombre avait des yeux, ils pourraient me voir. Il est resté là longtemps. Je l'entendais respirer. Puis il a dit " Enculée ! " et il est parti. Environ une minute plus tard, j'ai entendu la porte sur la rue s'ouvrir et se refermer. Au début j'ai cru à une ruse. Je le voyais aussi clairement que je vous vois ouvrant la porte et la refermant tout en restant à l'intérieur, à côté du distributeur de doses de lessive, restant là, l'arme au poing, attendant que je bouge. Et vous savez quoi ? J'ai continué à le penser même après qu'il a fait démarrer la voiture et que j'ai entendu le moteur rugir à nouveau dans les rues, tandis qu'il cherchait d'autres gens à assassiner. Je crois que je serais encore sous ce bureau si je ne m'étais pas dit que si je n'allais pas aux toilettes j'allais mouiller ma culotte, et ça je ne voulais pas. Pas question. S'il pouvait sentir mon parfum, il sentirait l'urine fraîche plus vite encore. Alors je suis sortie de sous le bureau et je suis allée aux toilettes en claudiquant comme une vieille, parce que mes jambes étaient engourdies, mais j'y suis allée. »

Elle parla encore une dizaine de minutes, mais Johnny considéra que c'était là que l'histoire d'Audrey Wyler se terminait, pour l'essentiel — à l'instant où elle boitait jusqu'aux toilettes pour aller pisser. Sa voiture était toute proche, elle avait les clés dans sa poche, mais elle aurait tout aussi bien pu être sur la lune. Elle avait fait plusieurs fois l'aller-retour entre l'arrière-boutique et la laverie (Johnny ne douta pas un seul instant du courage qu'il avait fallu pour se déplacer même sur cette petite distance), mais elle n'était pas allée plus loin. Ses nerfs n'étaient pas seulement traumatisés, ils étaient hors d'usage. Quand les coups de feu et le rugissement continuel de ce moteur qui la rendaient folle cessaient un instant, elle songeait à tenter sa chance dehors, dit-elle, mais elle imaginait Entragian la rattrapant, la faisant sortir de la route, l'extirpant de la voiture et l'abattant d'une balle dans la tête. Elle leur dit aussi qu'elle avait été convaincue que de l'aide allait arriver. *Forcément.* Désolation était à l'écart de la route nationale, oui, bien sûr, mais pas *très* loin non plus, et, la mine étant sur le point de rouvrir, il y avait beaucoup d'allées et venues.

Il y aurait certainement des gens qui viendraient, s'était-elle dit. Elle avait vu plusieurs camions postaux de Federal Express vers cinq heures en revenant de camper, et pour l'électricité un autre de Wickoff County Light and Power, la veille, vers midi. Tous deux passaient dans Main Street. Elle avait entendu de la musique sortant du camion d'installation électrique. Elle n'avait pas entendu la voiture d'Entragian à ce moment-là, mais cinq minutes plus tard, il y avait eu encore des coups de feu, et un homme avait crié « Oh, non ! Oh, non ! » d'une voix aiguë de fille.

Avait suivi une autre nuit interminable où elle ne voulait pas rester, où elle n'osait pas tenter une sortie ; elle avait grignoté ce qu'elle avait trouvé dans le distributeur au bout de la rangée des sèche-linge, bu de l'eau dans le lavabo des toilettes. Et puis une nouvelle journée, tandis qu'Entragian continuait à tourner dans la ville comme un vautour.

Elle ne s'était pas rendu compte, dit-elle, qu'il amenait des gens en ville pour les coffrer. Ce jour-là, elle s'était uniquement concentrée sur des plans d'évasion, dont aucun ne lui avait semblé assez bon. D'une certaine façon, la laverie était devenue son foyer, un endroit où elle se sentait *en sécurité.* Entragian était venu une fois, il était reparti et il n'avait pas réapparu. Il était possible qu'il ne revienne *jamais...*

« Je m'accrochais à l'idée qu'il n'avait pas pu avoir *tout le monde,* qu'il devait y en avoir d'autres comme moi, qui avaient compris à temps ce qui se passait et avaient pu se cacher. Certains en réchapperaient. Ils appelleraient la police de l'État. Je n'arrêtais pas de me dire qu'il était plus sage, du moins pour le moment, d'attendre. Puis est arrivé l'orage, et j'ai décidé d'en profiter. Je voulais revenir au bureau de la mine. Il y a un véhicule tout-terrain dans le garage du Repaire...

— On l'a vu, dit Steve. Il tire une remorque pleine d'échantillons de roches.

— J'avais prévu de décrocher la remorque et de prendre au nord-ouest jusqu'à la nationale 50. Je savais qu'il y avait une boussole dans l'entrepôt des fournitures, et que ça me permettrait de garder le cap même sans visibilité. Bien sûr, je risquais de tomber dans une crevasse ou un fossé, mais ça me semblait un risque mineur après tout ce que j'avais vu. Il fallait que je sorte. Deux nuits dans une laverie automatique... essayez un peu ! Je me préparais à partir quand vous êtes arrivés.

— J'ai failli vous casser le crâne, dit Steve. Désolé. »

Elle sourit faiblement, puis les regarda tous une fois de plus.

« Le reste, vous le savez », dit-elle.

Pas d'accord, se dit Johnny Marinville. Son nez recommençait à le faire souffrir. Il avait tellement envie de boire un verre ! Comme ç'aurait été de la folie — pour lui, en tout cas —, il sortit le tube d'aspirine de sa poche et avala deux comprimés avec de l'eau minérale. *Je ne crois pas que nous sachions quoi que ce soit. Pas encore.*

4

« Qu'est-ce que nous savons ? dit Mary Jackson. Comment sortir de ce bordel ? Est-ce qu'on essaie, ou est-ce qu'on attend des secours ? »

Pendant un long moment, personne ne répondit. Puis Steve se réinstalla dans le fauteuil qu'il partageait avec Cynthia et dit :

« On ne *peut pas* attendre. Pas longtemps, en tout cas.

— Pourquoi dis-tu ça ? demanda Johnny d'une voix curieusement douce, comme s'il connaissait déjà la réponse à sa question.

— Parce que *quelqu'un* aurait dû s'échapper, atteindre un téléphone hors du village et débrancher la machine à tuer. Personne ne l'a fait. Même avant que la tempête se lève, personne ne l'a fait. Il se passe ici quelque chose de très puissant, et je crois que compter sur une aide extérieure nous serait fatal. Nous ne devons compter que sur nous, et il faut que nous sortions d'ici le plus vite possible. C'est mon avis.

— Je ne partirai pas avant d'avoir découvert ce qui est arrivé à maman, dit David.

— Tu ne peux pas dire ça, mon garçon, dit Johnny.

— Si, je le peux. Et je le ferai.

— Non, dit Billingsley d'une voix qui incita David à lever la tête. Pas quand d'autres vies sont en jeu. Pas alors que tu es... spécial... comme tu es. On a besoin de toi, mon garçon.

— C'est pas juste, murmura David.

— Non, admit Billingsley avec un visage de pierre. C'est pas juste.

— Ça n'aidera pas ta mère si toi et nous tous mourons en essayant de la trouver, David. En revanche, si on arrive à sortir d'ici, on pourra revenir avec de l'aide.

— C'est vrai, dit Ralph d'une voix caverneuse, presque malade.

— Non, c'est pas vrai, dit David. C'est de la merde, c'est tout.

— David ! »

L'enfant les regarda, tournant vers chacun d'eux son visage que la colère rendait farouche, que la peur déformait.

« Pas un d'entre vous ne s'inquiète pour ma mère, pas un seul. Pas même toi, papa.

— Ce n'est pas vrai, dit Ralph. Et c'est très cruel de ta part...

— Oui, mais c'est quand même la vérité. Je sais que tu l'aimes, mais tu es prêt à la laisser, parce que tu la crois morte. »

Il fixait son père, et quand Ralph baissa les yeux sur ses mains, des larmes s'écoulant de ses yeux gonflés, David se tourna vers le vétérinaire.

« Et je vais vous dire une bonne chose, monsieur Billingsley. Le fait que je prie ne signifie pas que je sois un magicien. Prier, ce n'est pas de la prestidigitation. En matière de magie, je ne connais que deux tours de cartes — que je rate, en général.

— David..., tenta Steve.

— Si on part et qu'on revient, il sera trop tard pour la sauver ! Je le sais. Je le *sais* ! »

Ses mots résonnèrent dans la salle de cinéma comme une tirade d'acteur, puis moururent. Dehors, le vent indifférent soufflait toujours.

« David, il est probablement déjà trop tard », dit Johnny d'une voix assez ferme mais sans pouvoir vraiment regarder l'enfant.

Ralph poussa un soupir. Son fils s'approcha et s'assit contre lui en lui prenant la main. Le visage de Ralph était altéré par la fatigue et la confusion. Il avait l'air tellement vieux ! Steve se tourna vers Audrey.

« Vous avez dit que vous connaissiez une autre route.

— Oui. Le grand terrassement qu'on voit en arrivant est la face nord du puits qu'on a rouvert. Une route monte jusqu'au sommet, puis redescend à l'intérieur. Il y en a une autre qui repart de là vers la nationale 50, à l'ouest. Elle longe la rivière Désolation, qui est à sec, maintenant. Vous voyez ce que je veux dire, Tom ? »

Il hocha la tête.

« Cette route — la route de la rivière Désolation — part du garage. Il y a plein de véhicules tout-terrain et de véhicules à chenilles à cet endroit. Le plus gros ne peut transporter que quatre personnes en toute sécurité, mais on pourrait y attacher une remorque vide pour les trois autres. »

Steve, qui avait derrière lui dix années de chargements et de déchargements, de décisions rapides et de fuites en catastrophe (rendues souvent nécessaires par la combinaison de sales cons de rockers et d'hôtels quatre étoiles), avait attentivement écouté ses explications.

« D'accord. Voilà ce que je suggère. On attend le matin. On se repose. On dort même un peu. Il est possible que la tempête se soit calmée d'ici là...

— Le vent est déjà un peu tombé, dit Mary. C'est peut-être un vœu pieux, mais j'y crois.

— Même s'il souffle encore, on pourrait arriver au garage, n'est-ce pas, Audrey ?

— J'en suis sûre.

— C'est à quelle distance ?

— Trois kilomètres du bureau de la mine, ce qui fait probablement deux d'ici.

— Bon. En plein jour, on verra Entragian. Si on essaie de partir de nuit, dans la tempête, on ne pourra pas compter là-dessus.

— Et on ne pourrait pas voir non plus... les animaux, dit Cynthia.

— Je parle d'un trajet rapide et arme au poing, dit Steve. Si la tempête se termine, on pourra gagner le garage dans mon camion — trois devant dans la cabine, quatre à l'arrière. Si le temps est toujours aussi mauvais — en fait, je l'espère — je crois que nous devrions y aller à pied. On attirerait moins l'attention de cette façon. Il ignorera peut-être même qu'on est partis.

— Je crains que le jeune Escolla et son amie n'aient fait le même calcul quand Collie les a écrasés, dit Billingsley.

— Ils filaient au nord dans Main Street, dit Johnny. Exactement ce qu'Entragian attendait. Nous, on prendra au *sud,* vers la mine — au moins au départ —, et on quittera le coin par une voie secondaire.

— Oui, dit Steve. Et alors, bang, on sera partis. »

Steve s'approcha de David. L'enfant avait quitté son père et s'était assis au bord de la scène, contemplant d'un air absent la vieille salle. Il s'accroupit près de lui.

« Mais on reviendra. Tu m'entends, David ? On reviendra pour ta maman, et pour tous ceux qu'il a laissés en vie. C'est une promesse que je te fais.

— Je ne sais pas quoi faire, dit David sans quitter les vieux sièges des yeux. Je sais que j'ai besoin de demander à Dieu de m'aider à faire le tri dans ma tête, mais pour l'instant, je suis si furieux contre lui que je ne peux pas. Chaque fois que j'essaie de mettre de l'ordre dans mes idées, tout se bloque. Il a laissé le flic emmener ma mère ! Pourquoi ? Seigneur, *pourquoi* ? »

Tu sais que tu as accompli un miracle il y a peu de temps ? songea Steve. Il ne le dit pas. Cela risquait seulement d'aggraver la confusion et la douleur de David. Au bout d'un moment, Steve se leva et regarda l'enfant, les mains dans les poches, les yeux inquiets.

5

Le couguar s'engagea lentement dans la ruelle, tête basse, oreilles aplaties. Plus facilement qu'un humain, il évita les ordures et la pile de bois : il voyait bien mieux dans l'obscurité. Il marqua pourtant un arrêt au bout de la ruelle. Un grondement sourd jaillit de sa gorge. Il n'aimait pas ça. L'un d'eux était fort — très fort. Il sentait la force de celui-là même à travers le mur de brique du bâtiment. C'était comme une pulsation lumineuse. Il n'était pourtant pas question de désobéir. L'étranger, celui de la terre, était dans la tête du couguar, sa volonté ancrée dans son esprit comme un hameçon. Celui-là parlait la langue de l'informe, celle de l'époque où tous les animaux, sauf les hommes et l'étranger, n'étaient qu'un.

Mais il n'aimait pas sentir cette force, ce rayonnement.

Il grogna à nouveau ; le son râpeux enflait et retombait, venant plus de ses naseaux que de sa gueule fermée. Il passa la tête au coin du bâtiment, cligna des yeux pour les protéger du vent qui agitait sa fourrure et emplissait son nez d'odeurs d'herbe, de ronces, d'alcool et de vieilles briques. Même de loin, il sentait l'amertume émanant du puits au sud de la ville, cette odeur qui imprégnait l'air depuis qu'ils avaient fait sauter une demi-douzaine de charges et rouvert le mauvais lieu, le lieu que les animaux connaissaient et que les hommes avaient essayé d'oublier.

Le vent retomba et le couguar avança lentement sur le sentier entre la clôture de bois et l'arrière du cinéma. Il s'arrêta pour renifler les caisses, s'attardant davantage sur celle qui avait été renversée que sur celle qui était encore contre le mur. Le couguar sentit ses mains, une odeur différente, plus aiguë que celle des autres. Une odeur de peau, une odeur *déshabillée* en quelque sorte, imprégnée de sueur et d'huiles, l'odeur d'un très jeune mâle.

Il sentit aussi les armes. Dans d'autres circonstances, cette odeur l'aurait fait fuir, mais il n'avait pas le choix. Le couguar renifla le mur, puis regarda la fenêtre. Elle n'était pas verrouillée. Il la voyait qui bougeait dans le vent. Pas beaucoup, parce qu'elle était en retrait, mais assez pour qu'il soit certain qu'elle était ouverte. Il pouvait entrer. Ce serait facile. Il pousserait la fenêtre et elle céderait, comme parfois les choses des hommes.

Non, dit la voix informe. *Tu ne peux pas.*

Une image lui traversa brièvement l'esprit : des choses brillantes. Des boissons d'hommes se fracassaient parfois en fragments brillants sur les rochers quand les hommes en avaient terminé avec elles. Il comprit (à la manière dont un novice peut vaguement comprendre un problème complexe de géométrie s'il est bien expliqué) qu'il renverserait par terre un certain nombre de ces boissons d'hommes s'il tentait de sauter par la fenêtre. Il ne savait pas comment cela se ferait, mais la voix dans sa tête lui dit que ce serait le cas, et que les autres les entendraient se briser.

Le couguar passa comme une ombre sous la fenêtre ouverte, s'arrêta pour renifler la porte de secours, qui avait été solidement condamnée, et arriva à une seconde fenêtre. Celle-ci était à la même hauteur que l'autre avec ses boissons d'hommes à l'intérieur, et faite du même verre blanc, mais elle n'était pas ouverte.

C'est pourtant celle-là que tu vas utiliser, murmura la voix dans la tête du couguar. *Quand je te dirai qu'il est temps, c'est par celle-là que tu passeras.*

Oui. Il risquait de se couper au verre de la fenêtre, comme cela lui était déjà arrivé le jour où il avait marché sur des morceaux de boissons d'hommes dans les collines, mais quand la voix dans sa tête lui dirait que le moment était venu, il sauterait par cette fenêtre. Une fois à l'intérieur, il continuerait à faire ce que lui ordonnerait la voix. Ce n'était pas ainsi que les choses étaient censées se passer... mais pour le moment, elles se passaient ainsi.

Le couguar s'allongea sous la fenêtre fermée des toilettes des hommes, enroula sa queue autour de ses flancs et attendit la voix de la chose venue du puits. La voix de l'étranger. La voix de Tak. Quand elle lui parviendrait, il bougerait. En attendant, il allait rester allongé là à écouter la voix du vent et à sentir l'amertume qu'il apportait, comme de mauvaises nouvelles d'un autre monde.

Chapitre 3

1

Mary regarda le vieux vétérinaire prendre une bouteılle de whisky dans le bar, la faire presque tomber et se verser un verre. Elle fit un pas vers Johnny et lui parla à voix basse.

« Arrêtez-le. Il va être complètement ivre.

— Et qui vous a élue Reine de la Tempérance ? demanda-t-il en levant les sourcils.

— Pauvre connard ! Est-ce que vous croyez que je ne vous ai pas vu lui donner la première bouteille ? Vous croyez que je ne vous ai pas vu ? »

Elle fit un pas en direction de Tom, mais Johnny la retint et y alla lui-même. En l'entendant pousser un petit cri de douleur, il se dit qu'il avait sans doute serré son poignet un peu plus fort que la courtoisie ne l'y autorisait. Il n'était pas habitué à ce qu'on le traite de connard. Ses œuvres lui avaient valu des récompenses. Il avait fait la couverture de *Time.* Il avait baisé avec la Fiancée de l'Amérique (à retardement, d'accord, elle n'était plus la fiancée de l'Amérique depuis 1965, mais n'empêche qu'il l'avait eue), et il n'était pas habitué à ce qu'on le traite de pauvre connard. Pourtant, Mary n'avait pas tort. Lui qui n'ignorait rien des voies et des chemins des Alcooliques Anonymes n'en avait pas moins donné à ce poivrot sa première gorgée de la soirée. Il avait pensé que ça remettrait le vieux sur pied, qu'il retrouverait ses esprits (et ils avaient *besoin* qu'il retrouve ses esprit, c'était sa ville, après tout)... mais n'avait-il pas été un peu vexé, lors de la distribution, que le vétérinaire s'attribue une arme chargée alors que le lauréat d'un prix littéraire national se retrouvait avec une 22 non chargée ?

Non, non, putain ! Le flingue n'a rien à voir avec ça. Le problème, c'était que le vieux ait assez de lucidité pour nous aider.

Enfin, peut-être. Peut-être. Ça semblait un peu tordu, mais il fallait bien s'accorder le bénéfice du doute dans certaines situations — surtout les situations aussi démentes que celle-ci. En tout cas, cela n'avait sûrement pas été une si bonne idée que ça. Il avait eu un bon nombre d'idées pas-si-bonnes-que-ça dans sa vie, et s'il y avait un seul type au monde capable d'en reconnaître une quand il la croisait, c'était probablement John Edward Marinville.

« Pourquoi est-ce qu'on ne garderait pas ça pour plus tard, Tom ? dit-il en retirant gentiment le verre de whisky des mains du vétérinaire à l'instant où il le portait à ses lèvres.

— Hé ! mugit Billingsley, qui tendit les lèvres, les yeux plus vitreux que jamais et maintenant ourlés de traits rouges qui ressemblaient à de petites coupures. Donnez-moi ça ! »

Johnny tenait le verre hors de sa portée, près de sa propre bouche. Il ressentit soudain un besoin irrépressible de régler le problème de la manière la plus rapide et la plus simple. Mais il posa le verre en haut du meuble du bar, où le vieux Tommy ne pourrait l'atteindre sans sauter. Non qu'il crût Tommy incapable de sauter pour un verre ; le vieux Tommy en était au point où il pourrait jouer l'hymne de la Marine en pétant si on lui promettait une double ration. Les autres les regardaient, Mary en frottant son poignet (qui était rouge, observa Johnny — mais juste un peu, rien de tragique).

« *Donnez !* » beugla Billingsley.

Il tendit la main vers le sommet du bar, ouvrant et refermant les doigts comme un bébé en colère qui veut qu'on lui rende sa sucette. Johnny se rappela soudain comment l'actrice — celle aux émeraudes, celle qui avait été jadis la chouchoute de l'Amérique, si adorable que le sucre ne fondait pas dans sa main — l'avait un jour poussé dans la piscine au Bel-Air, comment tout le monde avait ri, comment il avait ri, lui aussi, en ressortant trempé, sa bouteille de bière toujours à la main, trop ivre pour voir ce qui se passait, pour comprendre que le bruit de chasse d'eau qu'il entendait c'était ce qui restait de sa réputation en train de foutre le camp dans les égouts. Oui, messieurs et mesdames, c'était par une chaude journée, à Los Angeles, et il riait comme un fou dans son costume Pierre Cardin trempé, brandissant comme un trophée sa bouteille de Budweiser, et tout le monde riait avec lui, c'était tellement amusant ! On l'avait poussé dans la piscine comme dans un film, et c'était si drôle pour tous les invités, oh là, là, oui ! Bienvenue dans le monde merveilleux des types trop ivres pour comprendre ! Voyons un peu comment tu vas te sortir de ça par l'écriture, Marinville !

Il ressentit une bouffée de honte, plus pour lui que pour Tom, même s'il savait que c'était Tom qu'ils regardaient (sauf Mary, qui faisait toujours son cinéma à cause de son poignet), Tom qui n'arrêtait pas de dire « Rendez-le-moi ! » tout en ouvrant et fermant la main comme un bébé, Tom qui était déjà pété avec seulement trois verres. Johnny avait déjà vu ça. Au bout de quelques années passées à nager dans une bouteille, à boire tout ce qui vous tombe sous la main tout en restant apparemment sobre, vos branchies à gnôle semblent soudain acquérir une curieuse tendance à se fermer hermétiquement au premier verre. Incroyable mais vrai. Venez voir la stupéfiante histoire de l'alcoolique au stade ultime, les gars, entrez, entrez, vous n'en croirez pas vos yeux !

Il entoura de son bras les épaules de Tom et se pencha vers l'arôme brun du whisky Dant qui flottait autour de la tête de l'homme comme un halo odorant et murmura :

« Soyez gentil, et vous l'aurez plus tard. »

Tom le regarda de ses yeux bordés de rouge. Ses lèvres gercées et craquelées étaient humides de salive.

« C'est promis ? » murmura-t-il d'un ton de conspirateur.

« Oui. Il est possible que j'aie eu tort de vous offrir la première gorgée, mais maintenant que je l'ai fait, je vous assurerai le nécessaire. Seulement je n'en ferai pas plus. Alors gardez un peu de dignité, d'accord ? »

Billingsley le regarda. Grands yeux pleins de larmes. Paupières rouges. Lèvres luisantes.

« Je peux pas », murmura-t-il.

Johnny soupira et ferma les yeux un moment. Quand il les rouvrit, Billingsley regardait Audrey Wyler à l'autre bout de la scène.

« Pourquoi faut-il qu'elle porte une robe aussi courte ? » murmura-t-il.

L'odeur de son haleine était assez forte pour suggérer à Johnny qu'il avait peut-être plus de trois verres dans le nez. Le vieux soiffard s'en était envoyé deux ou trois de plus entre-temps.

« Je n'en sais rien », dit-il.

Il eut un sourire de présentateur de télévision et ramena Billingsley vers les autres, en lui faisant tourner le dos au bar et au verre posé tout en haut.

« Vous vous en plaignez ?

— Non, répondit Billingsley. Non, je... Simplement... »

Il leva naïvement vers Johnny ses yeux d'ivrogne.

« De quoi est-ce que je parlais ?

— C'est sans importance. »

Cette fois, c'était la voix qui évoquait le présentateur de télévision : forte, enjouée, aussi sincère que la promesse d'un producteur de vous téléphoner la semaine prochaine.

« Dites-moi donc un peu : pourquoi est-ce qu'ils appellent ce trou dans le sol le Puits Chinois ? Ça fait un moment que je me le demande.

— Je pense que Mlle Wyler en sait plus que moi sur le sujet », répondit Billingsley.

Mais Audrey n'était plus sur la scène ; tandis que David et son père les avaient rejoints, l'air inquiet, Audrey était sortie par la droite, peut-être à la recherche de quelque chose d'autre à manger.

« Voyons ! » dit Ralph, soudain plus volubile.

Johnny le regarda et se rendit compte qu'en dépit de tous ses problèmes, Ralph Carver avait très bien compris l'ampleur de ceux du vieux Tommy.

« Je parie que vous avez oublié plus d'histoires locales que cette jeune dame n'en a jamais appris. Et c'est de l'histoire locale, non ?

— Eh bien... oui. Histoire et géologie.

— Allez, Tom, dit Mary. Racontez-nous une histoire, ça fera passer le temps.

— D'accord. Mais c'est pas joli-joli, comme on dit. »

Steve et Cynthia s'approchèrent. Steve tenait la jeune fille par la taille, et elle le tenait aussi par la taille, ses doigts accrochés à un passant de la ceinture de Steve.

« Racontez-nous ! dit doucement Cynthia. Allez-y. »

Il le fit donc.

2

« Bien avant que quiconque songe même à exploiter le cuivre, ici, on extrayait l'or et l'argent », dit Billingsley.

Il se laissa tomber dans le fauteuil à bascule et secoua la tête quand David lui proposa un verre d'eau.

« C'était bien avant qu'on pense à faire des mines à ciel ouvert. En 1858, une entreprise appelée Diablo ouvrit Serpent à Sonnette Numéro Un à l'emplacement actuel du Puits Chinois. Il y avait de l'or, et même pas mal. C'était une mine souterraine — elles l'étaient toutes à l'époque — et on a suivi les veines de plus en plus profondément, alors que la compagnie minière savait à quel point c'était dangereux. Le sol là-bas, au sud du puits actuel, n'est pas mauvais — c'est de la pierre à chaux, du skarn et une sorte de marbre du Nevada. On trouve souvent de la wollastonite dedans. Ça vaut rien, mais c'est joli. Au nord du puits actuel, c'est là qu'ils ont creusé Rattlesnake n° 1, le puits du Serpent à Sonnette. Là-bas, le sol est mauvais. Mauvais pour creuser, mauvais pour cultiver, mauvais pour tout. Les Shoshones appelaient ça de la terre aigre. Les mineurs avaient un mot aussi, un bon mot, mais je ne m'en souviens plus. Tout ça c'est des restes ignés, vous savez, cette matière qui a été injectée dans la croûte terrestre par les éruptions volcaniques qui n'ont pas réussi à percer la surface. Il y a un mot aussi pour ce genre de déchets, mais je l'ai aussi oublié.

— Du porphyre, dit Audrey qui entrait sur la scène avec un paquet de bretzels. Quelqu'un en veut ? Ils ont une drôle d'odeur, mais ils ont bon goût.

— Non merci, dit Mary pour tous les autres, qui secouaient la tête.

— Oui, du porphyre, c'est ça, approuva Billingsley. C'est plein de trucs de valeur, comme le grenat et l'uranium, mais c'est très instable. L'endroit où ils ont creusé le Serpent à Sonnette Numéro Un recelait un beau filon d'or, mais c'était surtout du schiste argileux cuit. Le schiste est une roche sédimentaire assez meuble. On peut casser les cailloux entre ses mains. Quand le puits est arrivé à vingt-cinq mètres, les hommes entendaient les parois craquer autour d'eux. Alors ils ont décidé que c'en était trop et ils sont partis. Ce n'était pas une grève pour une meilleure paye, c'était juste qu'ils ne voulaient pas mourir. Alors les propriétaires ont engagé des Chinois. Ils les ont fait venir sur des wagons plats depuis Frisco, enchaînés comme des prisonniers. Soixante-dix hommes et vingt femmes, tous vêtus de pyjamas molletonnés, avec des calottes sur la tête. Les propriétaires ont dû regretter de ne pas avoir pensé à les utiliser plus tôt, parce qu'ils présentaient toutes sortes d'avantages par rapport aux Blancs. Ils ne se soûlaient pas et ne faisaient pas de grabuge en ville, ils ne vendaient pas d'alcool aux Shoshones ni aux Paiutes, ils ne voulaient pas de putains. Ils ne crachaient même pas de jus de tabac sur les trottoirs. Mais c'était secondaire. Le principal, c'était qu'ils descendaient aussi profond qu'on le leur disait, et qu'ils se moquaient du bruit du schiste qui s'effritait tout autour d'eux. Les tunnels étaient creusés plus vite, parce qu'ils n'avaient plus besoin d'être très larges — les Chinois étaient bien plus menus que les mineurs blancs et on pouvait les faire travailler à genoux. En plus, tout mineur chinois pris avec de la roche aurifère sur lui pouvait être abattu sur place. Il y en a eu quelques-uns.

— Seigneur ! dit Johnny.

— Pas grand-chose à voir avec les vieux films à la John Wayne, admit Billingsley. En tout cas, ils étaient à cinquante mètres de profondeur — presque deux fois plus profond que lorsque les mineurs blancs avaient déposé leur pioche — quand l'éboulement s'est produit. On raconte toutes sortes d'histoires à ce sujet. Par exemple qu'ils avaient déterré un *waisin,* une sorte d'ancien esprit de la terre, et qu'il avait détruit la mine. Ou encore qu'ils avaient rendu les tommyknockers furieux.

— Qu'est-ce que c'est, des tommyknockers ? demanda David.

— Des emmerdeurs, dit Johnny. La version souterraine des gremlins.

— Trois choses, dit Audrey qui, assise à droite de la scène, grignotait un bretzel. Premièrement, on appelle ce genre de mine une galerie chassante, pas un puits. Deuxièmement, on perce une galerie, on ne la creuse pas. Troisièmement, c'était un effondrement pur et simple. Ni tommyknockers ni esprits de la terre.

— Le rationalisme parle, dit Johnny. L'esprit du siècle. Hourra !

— On ne descendrait pas à trois mètres dans ce genre de sol, dit Audrey. Aucune personne saine d'esprit ne le ferait, et ils étaient à cinquante mètres de profondeur, quarante mineurs, deux cadres et au moins cinq chevaux, tous en train de taper, de cogner, de crier — à part la dynamite, ils ont tout fait pour que ça s'écroule. Ce qui m'étonne, moi, c'est le temps incroyable pendant lequel les tommyknockers les ont *protégés* de leur propre idiotie !

— Quand l'effondrement s'est finalement produit, reprit Billingsley, c'était dans un lieu qui aurait dû être idéal, à une vingtaine de mètres de la fendue. C'est comme ça qu'on appelle ce genre d'entrée de mine, mon garçon, dit-il à l'intention de David. Les mineurs sont remontés jusque-là et ils ont été arrêtés par sept mètres de schiste du dévonien, de skarn, tous ces restes ignés. On a sonné l'alerte et les gens de la ville sont montés sur la colline pour voir ce qui était arrivé. Même les putes et les joueurs sont montés. On entendait les Chinois qui criaient à l'intérieur, qui suppliaient qu'on les dégage avant que le reste du plafond s'effondre. On aurait dit qu'ils se battaient entre eux, ont raconté certains. Mais personne n'a voulu creuser. Le bruit infernal que fait le schiste quand le sol est instable était plus fort que jamais, et le toit était enfoncé en deux endroits entre la fendue et l'éboulement.

— On n'aurait pas pu étayer ? demanda Steve.

— Bien sûr que si, mais personne n'a voulu prendre la responsabilité de le faire. Deux jours plus tard, le président et le vice-président de Diablo sont arrivés de Reno avec deux ingénieurs des mines. Ils ont déjeuné dehors, près de la fendue, en discutant de ce qu'ils devaient faire, à ce que mon père m'a dit. Ils ont pique-niqué sur leur nappe blanche pendant que dans le tunnel — excusez-moi, la *galerie* —, à trente mètres de là, quarante êtres humains hurlaient dans le noir. Il y avait eu d'autres effondrements plus loin, on entendait comme des énormes pets ou des rots au fond de la terre, mais les Chinois étaient toujours là, en vie, derrière le premier effondrement, suppliant qu'on les délivre. Au bout de deux jours, je pense qu'ils avaient déjà tué les chevaux pour les manger, et ils n'avaient eu ni eau ni lumière. Les ingénieurs sont entrés — ils ont passé la tête à l'intérieur, tout au plus — et déclaré qu'il était trop dangereux d'entreprendre quelque type d'opération de secours que ce soit.

— Alors, qu'ont-ils fait ? demanda Mary.

— Ils ont posé des charges de dynamite devant la fendue et

l'ont fait sauter aussi, dit-il avec un haussement d'épaules. Ils l'ont condamnée.

— Est-ce que vous voulez dire qu'ils ont délibérément enterré vivants quarante hommes ? demanda Cynthia.

— Quarante-deux, en comptant le technicien et le contremaître. Le contremaître était blanc, mais c'était un ivrogne bien connu pour le langage ordurier qu'il utilisait même avec les dames. Personne n'a tenté de parler en son nom. Mais personne non plus n'a pris la défense du technicien.

— Comment est-ce possible ?

— La plupart étaient chinois, madame, alors c'était facile. »

Il y eut une rafale de vent. Le bâtiment trembla sous sa rude caresse comme s'il était vivant. Johnny entendit cogner la fenêtre des toilettes pour dames. Il tendait toujours l'oreille pour repérer le moment où elle s'ouvrirait suffisamment pour renverser les canettes disposées devant par Billingsley.

« Mais l'histoire n'est pas tout à fait terminée. Vous savez comment ce genre de chose croît et embellit dans l'esprit des gens au fil des années. »

Il joignit les mains et agita ses doigts noueux. Sur l'écran, un oiseau gigantesque, un cerf-volant de la mort, sembla prendre son essor.

« Ces histoires grandissent comme des ombres.

— Alors, ça finit comment ? demanda Johnny, toujours avide, au bout de tant d'années, d'une bonne histoire, et celle-ci n'était pas mauvaise.

— Trois jours plus tard, deux jeunes Chinois sont arrivés au Lady Day, un saloon qui se trouvait à l'actuel emplacement du Tambour Crevé. Ils ont tiré sur sept hommes avant qu'on arrive à les maîtriser. Ils en ont tué deux. L'un d'eux était l'ingénieur des mines venu de Reno pour recommander qu'on condamne le tunnel.

— La galerie, corrigea Audrey.

— Chut ! ordonna Johnny en faisant signe à Billingsley de continuer.

— Un des “ coolies ”, comme on les appelait, a été tué aussi dans la bataille. D'un coup de couteau dans le dos, probablement, même si les gens préfèrent en général raconter qu'un joueur professionnel, Harold Brophy, aurait lancé depuis son siège une carte qui serait venue trancher la gorge du gamin. L'autre a reçu cinq ou six balles, ce qui ne les a pas empêchés de le pendre le lendemain, après un simulacre de procès devant un tribunal fantoche. Je pense qu'ils ont dû être déçus, parce que, à ce qu'on dit, il avait trop perdu la tête pour comprendre ce qui lui arrivait. Il était enchaîné aux chevilles et aux poignets, blessé de partout, et il se débattait encore comme un lion, rugissant sans arrêt dans sa langue. »

Billingsley se pencha un peu en avant comme pour s'adresser tout particulièrement à David. L'enfant le regardait avec des yeux ronds, fasciné.

« Il n'a parlé que dans cette langue impie, mais tout le monde a cru comprendre que *son ami et lui étaient sortis de la mine* et qu'ils étaient venus se venger de ceux qui d'abord les avaient fait descendre et ensuite les avaient abandonnés. »

Billingsley haussa les épaules.

« Le plus probable est que les deux jeunes gens venaient de ce qu'on appelait le Camp Chinois, au sud d'Ely, et qu'ils n'étaient pas aussi passifs ni aussi résignés que les autres. Au bout de trois jours, l'histoire de l'effondrement s'était répandue, et les gens du Camp avaient dû en entendre parler. Il est probable que certains avaient des parents à Désolation. Et il ne faut pas oublier que celui qui avait survécu à la fusillade ne connaissait, en matière d'anglais, que quelques jurons. On n'a pu que tenter de comprendre ses gestes, et vous savez comme les gens aiment le dernier coup de couteau à la fin d'une histoire. Moins d'un an plus tard, on racontait que les mineurs chinois étaient *toujours* vivants à l'intérieur, et qu'on les entendait parler et rire mais aussi supplier qu'on les fasse sortir, gémir et jurer de se venger.

— Aurait-il été possible pour deux jeunes gens de sortir ? demanda Steve.

— Non », répondit Audrey depuis la porte.

Billingsley regarda de son côté puis posa ses yeux gonflés et rougis sur Steve.

« C'est pas impossible. Les deux garçons ont pu rebrousser chemin vers le fond du tunnel pendant que les autres s'agglutinaient derrière l'éboulement. Il est possible qu'ils se soient souvenus d'un puits d'aérage ou d'une cheminée.

— Foutaises, dit Audrey.

— Pas du tout, rétorqua Billingsley, et vous le savez. C'est un vieux terrain volcanique. Il y a même du porphyre extrusif à l'est de la ville — on dirait du verre noir avec des éclats de rubis dedans : ce sont des grenats. Et quand on a de la roche volcanique, on a toujours des tunnels et des cheminées.

— Les chances pour que deux hommes aient...

— C'est juste une hypothèse, dit Mary d'un ton conciliateur.

— Une hypothèse de merde, grogna Audrey en attaquant un autre bretzel douteux.

— En tout cas, voilà l'histoire, dit Billingsley. Des mineurs enterrés vivants, deux sortent, tous deux ayant perdu l'esprit, et ils essaient de se venger. Plus tard, des fantômes dans le sol. C'est une histoire idéale pour une nuit de tempête, non ? dit-il en tournant vers Audrey son visage au sourire d'ivrogne. Vous avez creusé là-bas, mademoiselle. Vous et votre équipe, vous n'êtes pas tombés sur des ossements, par hasard ?

— Vous êtes ivre, monsieur Billingsley, dit-elle froidement.

— Non. Je préférerais, mais je ne le suis pas. Excusez-moi, mesdames et messieurs. Les longues histoires, ça me donne toujours envie de pisser. Ça rate jamais. »

Il traversa la scène, tête baissée, épaules affaissées, titubant légèrement. L'ombre qui le suivit était grotesque — gigantesque et difforme. Ses talons claquaient.

Ils le regardaient partir quand ils sursautèrent tous en entendant un bruit mat. Cynthia eut un petit sourire coupable et souleva sa chaussure.

« Désolée, dit-elle. Une araignée. J'ai cru que c'était une de ces têtes-de-violon.

— *Dos*-de-violon », corrigea Steve.

Johnny se pencha pour regarder, les mains sur les genoux.

« Non.

— Non quoi ? demanda Steve. Pas un dos-de-violon ?

— Pas un, mais deux. Une paire, dit Johnny en se redressant sans vraiment sourire. Peut-être des dos-de-violon *chinois.* »

3

Tak ! Can ah wan me. Ah lah.

Les yeux du couguar s'ouvrirent. Il se leva. Sa queue commença à battre. Le moment était presque venu. Les oreilles dressées, il écouta quelqu'un qui pénétrait dans la pièce derrière la vitre. Il leva les yeux, toute son attention mobilisée. Il faudrait que son saut soit parfait pour traverser, et la perfection était exactement ce qu'exigeait la voix dans sa tête.

Il attendit, le petit grondement terrifiant montant une fois de plus de sa gorge, sortant cette fois non plus seulement de ses narines, mais aussi de sa gueule, car il avait retroussé les babines, découvrant ses dents. Peu à peu, il se ramassa sur ses pattes arrière.

Presque le moment.

Presque.

Tak ah ten.

4

Billingsley passa d'abord la tête dans les toilettes pour dames et éclaira la fenêtre avec sa torche. Les bouteilles étaient toujours en place. Il avait craint qu'un violent coup de vent n'ait réussi à ouvrir suffisamment la fenêtre pour les faire tomber, créant une fausse alerte, mais cela ne s'était pas produit, et il y avait maintenant peu de chances pour que cela se produise. Le vent faiblissait. La tempête, une tornade d'été comme il n'en avait jamais vu, perdait de sa force.

En attendant, il avait ce problème. Cette soif à étancher.

Sauf que, ces cinq dernières années environ, c'était devenu moins une soif qu'une *démangeaison,* comme s'il avait contracté une curieuse forme d'urticaire — un urticaire qui affecterait le cerveau et non la peau. Enfin, c'était sans importance, non ? Il savait comment régler le problème, et c'était l'essentiel. Et puis ça lui faisait oublier le reste. La folie du reste. S'il s'était seulement agi d'un danger banal, d'un individu incontrôlé brandissant une arme, il aurait pu, croyait-il, y faire face, vieux ou pas, ivre ou pas. Mais ce n'était rien de tel. La géologue continuait à prétendre que si, qu'il ne s'agissait que d'Entragian, mais Billingsley savait que non. Parce que Entragian était différent, maintenant. Il l'avait dit aux autres, et Ellen Carver l'avait traité de fou. Mais...

Mais *en quoi* Entragian était-il différent ? Et pourquoi sentait-il, lui, Billingsley, que le changement intervenu chez le policier était majeur, sans doute vital, tout à fait crucial pour eux tous ? Il n'en savait rien. Il *aurait dû* le savoir. Ç'aurait dû être aussi clair que le nez au milieu de la figure, mais ces derniers temps, quand il buvait, tout se mettait à flotter, comme s'il devenait sénile. Il n'arrivait même plus à se souvenir du nom du cheval de la géologue, de cette jument à la patte foulée...

« Si, je le peux, murmura-t-il. Si, je le peux. C'était... »

C'était quoi, *vieux poivrot ? T'en sais rien, hein ?*

« Si ! C'était Sally ! » s'écria-t-il, triomphant.

Il dépassa la porte de secours condamnée et pénétra dans les toilettes des hommes. Il explora rapidement les lieux avec sa torche.

« Sally, c'était ça, son nom ! »

Il orienta le faisceau lumineux vers le mur et le cheval aux naseaux fumants qui y galopait. Il ne se souvenait pas de l'avoir dessiné — il était dans le cirage, sans doute — mais c'était son œuvre, et pas la moins réussie. Il aimait la façon dont le cheval avait l'air à la fois fou et libre, comme s'il venait d'un autre monde où les déesses montaient encore à cru, parcourant des lieues entières dans leur course folle.

Ses souvenirs se clarifièrent soudain un peu, comme si l'image au mur lui avait ouvert l'esprit. Sally, oui. Un an plus tôt, en gros. Les rumeurs de réouverture de la mine commençaient juste à se concrétiser. Voitures et camions remplissaient les zones de stationnement autour du baraquement qui servait de quartier général à la mine, des avions commençaient à se poser sur le terrain au sud du village, et on lui avait dit un soir — ici même, dans l'Ouest américain, en fait, entre deux verres avec les copains — qu'il y avait une géologue qui vivait dans l'ancienne maison de Rieper. Jeune. Célibataire. Jolie.

Billingsley avait besoin de pisser, il n'avait pas menti à ce propos, mais ce n'était pas son besoin le plus pressant pour l'instant. Il y avait dans un des lavabos un chiffon bleu si sale que jamais on n'aurait osé le manipuler sans pincettes — sauf en cas de nécessité absolue. Le vieux vétérinaire le souleva, révélant une bouteille de Satin Smooth, un tord-boyaux imbuvable, mais portant l'étiquette « whisky »... Dans la tempête, n'importe quel port...

Il dévissa le bouchon puis, tenant la bouteille à deux mains (parce qu'elles tremblaient trop), avala une longue gorgée. Du napalm glissa dans sa gorge et explosa dans son ventre. Il le brûla, pour sûr, mais que disait cette chanson de Patty Loveless qui passait tout le temps à la radio ? *Fais-moi mal, chérie, délicieusement mal.*

Il fit descendre la première gorgée avec une petite deuxième (il tenait plus facilement la bouteille, maintenant ; il ne tremblait plus), puis reboucha la bouteille, qu'il remit dans le lavabo.

« Elle m'a appelé », murmura-t-il.

A l'extérieur de la fenêtre, les oreilles du couguar tournèrent au son de sa voix. Il se ramassa encore un peu plus sur ses pattes arrière, attendant que l'homme se rapproche de la fenêtre, se rapproche de l'endroit où l'amènerait son saut.

« La dame m'a appelé au téléphone. Elle a dit qu'elle avait une jument de trois ans qui s'appelait Sally. Oui, monsieur. »

Il recouvrit sans y penser la bouteille de son chiffon, la cachant par habitude, tout à l'évocation de cette journée de l'été précédent. Il s'était rendu chez Rieper, une jolie maison d'adobe dans les collines, et un type de la mine — ce Noir qui allait devenir réceptionniste au bureau — l'avait conduit au cheval. Il avait dit qu'Audrey venait de recevoir un appel urgent et qu'elle devait partir en avion pour le quartier général de la compagnie, à Phoenix. Et puis, tandis qu'ils se rendaient à l'écurie, le Noir avait regardé par-dessus son épaule et il avait dit...

« Il a dit : “ La voilà qui part. ” »

Billingsley dirigea à nouveau sa torche vers le cheval qui galopait sur les carreaux de céramique et il le regarda, les yeux écarquillés, perdu dans ses souvenirs, sa vessie temporairement oubliée.

« Et il l'a appelée. »

Oui, monsieur. *Hé, ho !* avait-il crié en agitant le bras. Elle lui avait répondu de la main. Billingsley avait fait un signe lui aussi en se disant que les rumeurs étaient justes : elle était jeune, et elle était jolie. Pas une star de cinéma qui vous met sur le cul, mais vraiment bien pour un endroit sur cette terre où *aucune* célibataire ne payait jamais ses consommations au bar si elle ne le voulait pas. Il s'était occupé de son cheval, avait donné au Noir un peu de liniment pour continuer les soins, et plus tard la jeune femme était revenue en personne en acheter davantage. Marsha le lui avait dit. Il était parti près de Washoe pour des moutons malades. Depuis, il l'avait souvent vue en ville. Il ne lui avait pas parlé, non monsieur, pas question, ils ne fréquentaient pas les mêmes gens, mais il l'avait vue dîner à la pension Antlers ou au Hibou, et une fois à la Prison, à Ely. Il l'avait vue prendre un verre à la Chope ou au Tambour avec d'autres gens de la mine, jouer l'addition aux dés, faire ses courses chez Worrell et acheter de l'essence au garage Conoco. Une fois, même, il l'avait croisée à la quincaillerie où elle achetait une boîte de peinture et un pinceau. Oui, monsieur, il l'avait vue souvent. Dans un village aussi petit et aussi isolé, on voyait *tout le monde* souvent.

Pourquoi est-ce que tu te repasses tout ça dans ta tête d'imbécile ? se demanda-t-il en s'approchant enfin de la cuvette.

Ses bottes crissaient sur la poussière, le sable et le mastic qui était tombé des carreaux. Il s'arrêta un peu en deçà du point où il pouvait viser et tirer, et dirigea le rayon de sa lampe vers le bas pour ouvrir sa braguette. Quel était le rapport entre Audrey Wyler et Collie ? Qu'est-ce qu'elle pouvait bien avoir à faire avec Collie ? Il ne se souvenait pas de les avoir jamais vus ensemble, ni d'avoir entendu dire qu'ils se fréquentaient. Ce n'était pas ça. Alors quoi ? Et pourquoi son esprit continuait-il à lui suggérer que ça avait un rapport avec le jour où il était allé voir la jument ? Il ne l'avait même pas vue ce jour-là. Enfin... juste une minute... de loin...

Il se plaça face à la cuvette et sortit son engin. Bon sang, il était temps. Tu bois un demi-litre, tu pisses un litre — c'est ce qu'on dit, non ?

Elle faisait signe de la main... elle se dépêchait de monter en voiture... elle partait pour le terrain d'aviation... elle allait à Phoenix. Elle portait un tailleur strict, bien sûr, parce qu'elle n'allait pas au baraquement dans le désert, elle allait quelque part où il y avait des tapis par terre et où on montait plus de trois étages. Elle allait voir les gros bonnets. Elle avait de jolies jambes... Je baisse, mais je ne suis pas trop vieux pour apprécier un beau genou... jolie, oui, monsieur, mais...

Et soudain, tout fut clair dans son esprit, ce ne fut pas un simple déclic mais une illumination — comme si la foudre venait de frapper — et pendant un instant, avant que le couguar fasse entendre son grognement rauque, il pensa que le bruit de verre brisé était seulement dans son esprit, que c'était le bruit de l'inspiration.

Puis le grognement commença, montant très vite au niveau d'un hurlement qui le fit uriner de peur. Pendant un moment, il lui fut impossible d'associer ce bruit avec quoi que ce soit ayant jamais vécu sur terre. Il pivota sur lui-même, arrosant tout en arc de cercle, et vit une forme sombre aux yeux verts se détacher sur le carrelage. Des morceaux de verre brisé luisaient sur la fourrure de son dos. Il comprit immédiatement de quoi il s'agissait, son esprit associant rapidement la forme au son, en dépit de la surprise et de la terreur.

Le couguar — la torche électrique révéla qu'il s'agissait d'une très grande femelle — leva la tête et feula dans sa direction, découvrant deux rangs de longues dents blanches. Et le 30-06 était resté sur la scène, posé contre l'écran.

« Oh, Seigneur, *non* ! » murmura Billingsley en jetant la torche électrique au-dessus de l'épaule droite du couguar, le ratant intentionnellement. Quand l'animal furieux tourna la tête pour voir ce qu'on avait jeté, Billingsley fila vers la porte.

Il courut tête baissée sans refermer sa braguette. Le couguar laissa échapper un autre de ses cris de rage — le cri d'une femme qu'on brûle ou qu'on frappe, assourdissant dans les toilettes fermées —, puis il bondit sur Billingsley, pattes avant écartées, toutes griffes dehors. Elles s'enfoncèrent dans son dos alors qu'il tentait d'attraper la poignée de la porte, tranchant ses maigres muscles, le marquant de lignes sanglantes en forme de V. Les grosses pattes s'accrochèrent dans la ceinture de son pantalon et y restèrent un moment, tirant le vieil homme — qui hurlait aussi, maintenant — vers le milieu de la pièce. La ceinture céda et il tituba en arrière, retombant sur le dos du couguar. Il roula sur lui-même, atterrit sur le sol jonché d'éclats de verre, mit un genou en terre, et le fauve fut à nouveau sur lui. Il le fit tomber sur le dos et chercha sa gorge. Billingsley leva une main et la bête en arracha un morceau. Le sang formait sur ses moustaches des gouttes semblables à des grenats. Billingsley cria et projeta son autre main sous le menton du fauve pour le repousser et le faire lâcher. Il sentit sur sa joue l'haleine forte qui poussait comme des doigts chauds. Au-delà de son agresseur il vit le cheval sur le mur, *son* cheval, qui courait, sauvage et libre. Il se jeta en avant, secouant son bras, sa main prisonnière des mâchoires, et il n'y eut plus que la douleur Elle remplit le monde.

5

Cynthia se versait un verre d'eau quand le couguar poussa son premier cri. Le bruit détendit tous ses nerfs et ses muscles. La bouteille en plastique glissa de ses doigts mous, heurta le sol entre ses chaussures et explosa comme une bombe à eau. Elle reconnut immédiatement le son — le rugissement d'un grand fauve — même si elle ne l'avait jamais entendu ailleurs qu'au cinéma... d'ailleurs, n'était-elle pas dans un cinéma ?

Puis il y eut le cri d'un homme. Tom Billingsley criait.

Elle se retourna, vit Steve regarder Marinville, vit Marinville détourner les yeux, les joues plombées, les lèvres serrées mais tremblant tout de même. A cet instant, l'écrivain lui parut vulnérable, égaré et curieusement féminin avec ses longs cheveux gris, comme une vieille femme qui a perdu conscience non seulement de l'endroit où elle se trouve mais de qui elle est.

Néanmoins, c'est du mépris que Cynthia ressentit pour Johnny Marinville à cet instant.

Steve regarda Ralph qui hocha la tête, prit son arme et courut vers la porte à gauche de la scène. Steve le rattrapa et ils disparurent côte à côte. Le vieil homme cria de nouveau, mais cette fois son cri avait une qualité abominablement liquide, comme s'il se gargarisait furieusement, et cela ne dura pas longtemps. Le couguar gronda encore.

Mary s'approcha du patron de Steve et lui tendit le fusil que jusque-là elle n'avait presque jamais lâché.

« Prenez ça et allez les aider ! »

Il la regarda en se mordant les lèvres.

« Écoute, petite, je n'y vois rien dans le noir. Je sais que ça peut paraître... »

Le chat sauvage miaula ; le son était si puissant qu'il perça les oreilles de Cynthia. Un frisson lui remonta le long du dos.

« Oui, ça paraît assez clair, effectivement, dit Mary en se détournant : vous n'êtes qu'un trouillard prétentieux. »

Marinville se mit en mouvement, mais lentement, comme quelqu'un qu'on vient de réveiller d'un profond sommeil. Cynthia vit le fusil de Billingsley contre l'écran et ne l'attendit pas. Elle prit l'arme et courut à travers la scène, tenant le fusil au-dessus de sa tête comme un combattant de la liberté brandissant une banderole — non pas par romantisme, mais parce qu'elle ne voulait pas que l'arme, heurtant un obstacle, parte toute seule. Elle risquait de blesser quelqu'un.

Elle dépassa deux chaises poussiéreuses devant ce qui semblait être le tableau de contrôle des éclairages, puis emprunta l'étroit couloir qu'ils avaient pris pour gagner la scène au début. Des briques d'un côté, du bois de l'autre. Une odeur de vieux mecs qui ont du temps à perdre. Et trop de jus, à en juger par les cassettes vidéo.

Il y eut un autre miaulement de l'animal — encore plus fort — mais rien venant du vieil homme. Ce n'était pas bon signe. Une porte s'ouvrit pas très loin devant, avec un son creux, le son que fait une porte de toilettes publiques quand elle heurte le carrelage du mur. *Alors, toilettes des hommes ou toilettes des femmes ? Sûrement les toilettes des hommes, parce que c'est là que se trouvent les chiottes chimiques.*

« Attention ! cria presque la voix de Ralph. *Seigneur, Steve...* »

Le grand félin émit une sorte de feulement rugissant. Il y eut un choc. Steve cria, mais elle n'aurait su dire si c'était de douleur ou de surprise. Puis il y eut deux explosions assourdissantes. Les éclairs de poudre illuminèrent le mur en face des toilettes des hommes, révélant un instant les extincteurs d'incendie sur lesquels un plaisantin avait accroché un vieux sombrero. Instinctivement, elle se baissa, puis entra dans la pièce. Ralph Carver tenait la porte ouverte avec son corps. La pièce n'était éclairée que par la torche du vieil homme, qui avait roulé dans un coin. Sa lentille pointée vers le mur carrelé renvoyait juste assez de clarté pour qu'on y voie un peu. Cette faible lueur et les volutes de fumée du fusil que Ralph venait de décharger donnaient à la scène un aspect hallucinatoire qui lui rappela sa demi-douzaine d'expérience du peyotl ou de la mescaline.

Billingsley rampait, presque inconscient, vers les urinoirs, la tête tellement baissée qu'elle traînait sur le carrelage. Sa chemise et son maillot de corps avaient été déchirés dans le dos, et du sang s'écoulait de la blessure. On aurait dit qu'il avait été fouetté par un maniaque.

Au milieu de la pièce se dansait une valse bizarre. Le couguar était dressé sur ses pattes arrière, les pattes avant sur les épaules de Steve Ames. Du sang lui coulait sur les flancs, mais il ne semblait pas avoir été gravement touché. Un des coups de feu de Ralph avait dû le rater. Cynthia vit que la moitié du cheval au mur avait été emportée en mille morceaux. Steve avait les bras croisés devant sa poitrine, avant-bras appuyés contre la poitrine du couguar.

« *Tirez !* cria-t-il. *Pour l'amour du ciel, tirez encore !* »

Ralph, le visage figé en un masque d'ombres dans la faible lumière, leva son fusil, visa, puis le rabaissa avec une expression d'angoisse. Cynthia comprit pourquoi : il avait peur de toucher Steve.

Le félin miaula et projeta sa tête triangulaire en avant. Steve recula la sienne. Ils évoluèrent ainsi, comme deux hommes ivres, les griffes du félin s'enfonçant plus profondément dans les épaules de Steve au point que Cynthia pouvait maintenant voir le sang imprégner la combinaison autour de chaque griffe. La bête battait de la queue comme si c'était un fouet.

Ils décrivirent un dernier demi-tour avant que Steve se heurte aux toilettes au milieu de la pièce. Il eut du mal à rétablir son équilibre, retenant désespérément le couguar de ses bras croisés. Billingsley avait atteint le coin le plus éloigné de la pièce et pourtant il continuait à essayer de ramper, comme si l'attaque du félin l'avait transformé en une sorte de jouet mécanique condamné à bouger jusqu'à ce que la clé ait fini de tourner.

« *Abattez cette bon Dieu de bête !* » hurla Steve.

Il réussit sans tomber à insérer un pied entre la partie basse du cadre des toilettes et le sac de toile, mais il n'avait plus aucun moyen de reculer et le couguar ne tarderait pas à le renverser.

« *Tirez, Ralph,* TIREZ *!* »

Ralph leva à nouveau son fusil, les yeux grands ouverts, se mordant la lèvre inférieure, et c'est alors que Cynthia fut violemment poussée de côté. Elle fut projetée à travers la pièce et se raccrocha au deuxième des trois lavabos juste avant que son visage n'aille heurter le miroir. Elle se retourna et vit Marinville entrer dans la pièce, serrant sous son bras droit la crosse de l'arme de Mary. Ses cheveux gris sale volaient sur ses épaules. Cynthia se dit que jamais elle n'avait vu de sa vie une expression aussi terrifiée, mais maintenant qu'il était en mouvement, Marinville n'hésita pas : il posa le double canon du Rossi contre la tête de l'animal.

« *Pousse !* » hurla-t-il.

Steve poussa. La tête du fauve s'écarta de lui en se soulevant. Ses yeux verts semblaient allumés de l'intérieur, comme si ce n'était pas un être vivant mais une sorte de lanterne. L'écrivain fit une grimace, détourna un peu la tête et pressa les deux détentes. Il y eut un rugissement assourdissant qui étouffa même les coups de fusil. Une violente lumière sortit des canons, et Cynthia sentit une odeur de poils brûlés. Le couguar tomba sur le flanc, la tête presque arrachée, sa fourrure fumant sur sa nuque.

Steve décrivit des moulinets avec ses bras pour retrouver l'équilibre. Marinville, sonné, ne fit qu'un faible effort pour le retenir et Steve — son gentil nouvel ami — s'effondra par terre.

« Oh, Seigneur, je crois que mes boyaux ont lâché, dit Marinville presque sur le ton de la conversation. Non, je crois que c'était juste le vent — dans les saules. Steve, ça va ? »

Cynthia était à genoux près de lui. Il s'assit et regarda autour de lui d'un air hébété, puis grimaça quand elle posa le doigt sur une des taches de sang à l'épaule.

« Je crois, dit-il en tentant de se lever. Merci, patron. »

Cynthia lui entoura la taille de son bras, prit une grande inspiration et le souleva.

« Je n'arrive pas à y croire », dit Marinville.

Pour la première fois depuis qu'elle l'avait rencontré, Cynthia eut le sentiment d'avoir affaire à un individu vivant sa vie et non pas à un acteur jouant un rôle.

« Je n'arrive pas à croire que je l'ai fait. Cette femme m'a humilié, alors je l'ai fait. Steven, est-ce que ça va ?

— Il a des plaies aux épaules, dit Cynthia mais ça peut attendre. Il faut qu'on aide le vieux véto. »

Mary entra en brandissant l'arme de Marinville — la carabine Mossberg qui n'était pas chargée. Elle serrait le canon à deux mains.

Cynthia lui trouva un visage étrangement posé. Elle contempla le spectacle — que la fumée rendait encore plus irréel —, puis se précipita vers Billingsley qui tentait toujours désespérément de s'enfoncer dans le mur. Il finit par s'affaisser complètement. Sa tête heurta le carrelage en dernier et glissa de haut en bas.

Ralph tendit la main vers l'épaule de Steve, vit le sang et se contenta de lui prendre le biceps.

« Je n'ai pas pu, dit-il, je voulais le faire, mais je ne pouvais pas. Après les deux premiers coups, j'ai eu peur de vous toucher au lieu de lui. Quand vous avez finalement pivoté — de façon à ce que je puisse tirer de côté, Marinville est arrivé.

— C'est bon, dit Steve. Tout est bien qui finit bien.

— Je lui devais bien ça, dit l'écrivain avec un entrain de footballeur vainqueur que Cynthia trouva plutôt déplacé. C'est à cause de moi qu'il est...

— Venez par là ! dit Mary d'une voix bouleversée. Seigneur Jésus, oh, merde, il saigne *tellement* ! »

Tous quatre se rassemblèrent autour de Mary et Billingsley. Elle l'avait retourné sur le dos, et Cynthia grimaça quand elle vit la main du vieux bonhomme presque entièrement dévorée — tous les doigts sauf le petit étaient déchiquetés jusqu'à la paume ; mais ce n'était pas le pire. Le bas de son cou et son épaule avaient été ouverts. Du sang coulait de la plaie. Pourtant, il était conscient, les yeux brillants.

« La jupe, murmura-t-il d'une voix rauque. *La jupe.*

— N'essayez pas de parler, mon vieux », dit Marinville.

Il se pencha, ramassa la torche électrique et la dirigea vers Billingsley. Ce n'était pas beau à voir. Il y avait une telle flaque de sang près de la tête du vieux monsieur que Cynthia n'arrivait pas à comprendre comme il pouvait être encore en vie.

« Il nous faut des compresses, dit Mary. Ne restez pas là sans rien faire, *aidez-moi,* il va mourir si on n'arrête pas *immédiatement* l'hémorragie ! »

Trop tard, ma vieille, songea Cynthia sans le dire.

Steve défit son haut de combinaison et retira son T-shirt, révélant trois beaux trous dans une épaule et quatre dans l'autre. On aurait dit des godets remplis de sang. Il plia deux fois le T-shirt et le tendit à Mary. Elle hocha la tête, le replia une fois de plus et le pressa sur le cou de Billingsley.

« Viens, dit Cynthia en prenant Steve par le bras. On retourne sur la scène. Faute de mieux, je peux au moins te nettoyer ça avec de l'eau minérale. Il y a plein de bouteilles sur l'étag...

— Non, murmura le vieil homme. Restez ! Il faut... que vous entendiez ça.

— Vous ne pouvez pas parler, dit Mary en pressant plus fort la carotide avec la compresse improvisée qui rougissait déjà. L'hémorragie ne cessera jamais si vous parlez.

— Trop tard... pour jouer au docteur, dit-il d'une voix rocailleuse en roulant les yeux vers Mary. Meurs.

— Mais non, c'est ridicule.

— *Meurs* », répéta-t-il en s'agitant sous ses mains.

Son dos déchiré produisait contre le carrelage un son qui donna la nausée à Cynthia.

« Penchez-vous... tous, près... et écoutez-moi. »

Steve regarda Cynthia. Elle haussa les épaules et tous deux s'agenouillèrent près des jambes du vieil homme, l'épaule de Cynthia contre celle de Mary Jackson, Marinville et Carver se penchant vers lui de l'autre côté.

« Il ne devrait pas parler ! dit Mary, moins sûre d'elle.

— Laissez-le dire ce qu'il a à dire, décida Marinville. Qu'est-ce qu'il y a, Tom ?

— Trop courte pour le travail », murmura Billingsley.

Il les regardait, ses yeux les suppliant de comprendre. Steve secoua la tête.

« Je ne comprends pas. »

Billingsley humecta ses lèvres.

« Je l'ai vue une seule fois en robe avant. C'est pour ça que j'ai mis trop longtemps à comprendre... ce qui n'allait pas. »

Une expression stupéfaite apparut sur le visage de Mary.

« Oui, elle a dit qu'elle avait un rendez-vous avec le contrôleur. Il vient de Phoenix pour qu'elle lui fasse un rapport sur quelque chose d'important, quelque chose qui coûte beaucoup d'argent, et elle met une robe si courte qu'elle va lui montrer sa petite culotte chaque fois qu'elle croise les jambes ? Je ne crois pas... »

Des perles de sueur coulaient sur ses joues pâles.

« Je me sens si idiot ! » murmura Billingsley.

« C'est pas tout de ma faute, pourtant. Non. Je la connaissais pas vraiment. J'étais pas là la seule fois où elle est venue au bureau demander du liniment. Je l'ai toujours vue que de loin, et par ici, presque toutes les femmes portent des jeans. Mais j'avais trouvé. Oui. J'avais trouvé et je me suis mis à boire, et j'ai perdu le fil à nouveau. La robe... elle était bien quand elle l'a mise... Vous comprenez ? Vous comprenez ?

— De quoi parle-t-il ? demanda Ralph. Comment pouvait-elle lui aller quand elle l'a mise et être trop courte plus tard ?

— Plus grande, murmura le vieil homme.

— Quoi ? demanda Johnny à Steve. On dirait qu'il a dit...

— *Plus grande* », répéta soigneusement Billingsley avant de se mettre à tousser.

Le T-shirt plié que Mary tenait contre son cou et son épaule était maintenant imprégné de sang. Ses yeux roulaient de l'un à l'autre. Il tourna la tête de côté, cracha du sang et la toux s'apaisa.

« Seigneur Dieu, dit Ralph, elle est comme *Entragian* ? Est-ce bien ce que vous dites, *elle est comme le flic* ?

— Oui... non... je n'en suis pas sûr. Je... je l'aurais vu tout de suite... mais...

— Monsieur Billingsley, pensez-vous qu'elle puisse être affectée du même mal que le flic ? » demanda Mary.

Il lui adressa un regard reconnaissant et lui serra la main.

« En tout cas elle ne saigne pas comme lui, dit Marinville.

— Pas de façon telle que nous puissions le voir, dit Ralph. Pas encore, en tout cas.

— Où... où... ? » articula Billingsley en regardant vers la porte. Il se remit à tousser et fut incapable de terminer, mais c'était inutile. Ils s'échangèrent un regard stupéfait et Cynthia se retourna. Audrey n'était pas là.

David Carver non plus.

Chapitre 4

1

La chose qui avait été Ellen Carver, plus grande encore, portant toujours le badge mais non le ceinturon Sam Browne, se tenait sur le perron de l'hôtel de ville, le regard fixant au nord la rue où volait le sable, par-delà le feu clignotant qui dansait au bout de son câble. Elle ne pouvait voir le cinéma, mais elle savait qu'il était là. Qui plus est, elle savait ce qui se passait *à l'intérieur* du cinéma. Pas tout, mais assez pour être en colère. Le couguar n'avait pas réussi à clouer le bec à l'ivrogne, mais au moins il avait attiré les autres loin du gamin. Tout aurait été parfait si le gamin n'avait pas échappé aussi à son autre émissaire, du moins pour le moment.

Où était-il allé ? La chose ne le savait pas, ne pouvait le voir, et cela faisait monter en elle la colère et la peur. C'était *lui,* la source. David Carver. Ce putain de merdeux de cul-bénit. La chose aurait dû le tuer quand elle était dans le flic et qu'elle en avait eu l'occasion — elle aurait dû le flinguer sur les marches de son putain de camping-car et l'abandonner aux busards. Mais elle ne l'avait pas fait, et elle ne savait pas *pourquoi.* Il y avait un vide autour de Maître Carver, une sorte de protection. C'était ce qui avait sauvé le petit cul-bénit.

La chose serra les poings. Le vent soufflait, soulevant comme un drapeau les courts cheveux roux doré d'Ellen Carver. *Pourquoi est-il là, pourquoi quelqu'un comme lui ? Est-ce un accident ? A-t-il été envoyé ?*

Pourquoi es-tu *là ? Es*-tu *un accident ? As*-tu *été envoyé ?*

Ce genre de questions ne rimait à rien. La chose savait, *tak ah lah,* et cela suffisait. Elle ferma ses yeux d'Ellen, regarda à l'intérieur, mais une seconde seulement — c'était désagréable. Son corps avait déjà commencé à lâcher. Ce n'était pas tant une question de décomposition que de baisse d'*intensité ;* la force à l'intérieur — *can de lach,* cœur de l'informe — se défaisait un peu plus à chaque battement... et ses remplaçants s'étaient échappés du garde-manger.

A cause de Cul-bénit.

Saloperie de Cul-bénit.

La chose regarda à l'extérieur parce qu'elle ne voulait pas penser au sang qui coulait entre les cuisses de ce corps, ni à la façon dont sa gorge avait commencé à battre, ni au fait que lorsqu'elle grattait la tête d'Ellen, de grosses touffes des cheveux roux d'Ellen lui restaient entre les ongles.

Elle envoya plutôt son regard dans le cinéma.

Elle percevait les choses par images imbriquées, parfois contradictoires, toujours fragmentaires. C'était comme regarder de multiples écrans de télévision reflétés dans un tas de verre brisé. C'était essentiellement à travers les yeux des araignées que la chose regardait, mais il y avait aussi les mouches, les blattes, les rats à l'affût dans les creux des murs, et les chauves-souris qui pendaient du haut plafond de la salle. Ces dernières projetaient d'étranges images froides qui étaient en fait des échos.

La chose vit l'homme du camion, celui qui était entré en ville de lui-même, et sa copine maigrichonne, qui entraînait les autres vers la scène. Le père appelait le garçon, mais le garçon ne répondait pas. L'écrivain s'approcha du bord de la scène, mit ses mains en porte-voix et cria le nom d'Audrey. Et Audrey, où était-elle ? Aucun moyen de le savoir. La chose ne pouvait pas voir à travers ses yeux comme à travers les yeux des créatures inférieures. Audrey était sûrement partie chercher l'enfant. Ou bien l'avait-elle déjà trouvé ? La chose se dit que non. Pas encore, en tout cas, parce qu'elle l'aurait senti.

D'angoisse et de frustration, elle donna un coup de poing contre la cuisse d'Ellen, provoquant immédiatement un bleu semblable à une talure sur une pomme, puis elle changea de centre d'intérêt. Non, ils n'étaient pas *tous* sur la scène. Elle avait été trompée par ce prisme à travers lequel elle voyait.

Mary n'avait pas quitté le vieux Tom. Si Ellen pouvait arriver jusqu'à elle pendant que les autres s'occupaient d'Audrey et de David, ça pourrait résoudre toutes sortes de problèmes à l'avenir. La chose n'avait pas besoin d'elle tout de suite ; ce corps pouvait encore servir un temps, mais il valait mieux éviter qu'il flanche à un moment crucial. Ce serait mieux, plus sûr, si...

L'image qui lui vint fut celle d'une toile d'araignée contenant de nombreuses mouches prises au piège. Des mouches sonnées mais pas mortes.

« Des rations de secours, murmura l'ancien par la voix d'Ellen Carver, dans la langue d'Ellen Carver. Un bon gros nonos pour le chien. »

Et la disparition de Mary démoraliserait les autres, leur enlèverait la confiance qu'ils avaient acquise en s'évadant, en trouvant un abri et en tuant le couguar. La chose avait certes envisagé qu'ils puissent réussir à tuer le couguar : ils étaient armés, après tout, et le couguar était un être physique — *sarx, soma* et *pneuma* —, pas une émanation de déchets métaphysiques. Mais qui aurait pu imaginer que ce serait ce vieux prétentiard soufflé qui le ferait ?

Il a appelé l'autre au téléphone. Tu n'avais pas pensé non plus qu'il en avait un. Tu ne l'as su qu'à l'arrivée du camion jaune.

Oui, et ne pas avoir pensé au téléphone était une faute, parce qu'il était resté au premier plan dans l'esprit de Marinville et que la chose aurait dû le voir facilement, mais elle ne s'en voulait pas. A ce stade, son but principal avait été d'enfermer le vieux con et de remplacer le corps d'Entragian avant qu'il ne se désagrège complètement. Et elle avait été désolée aussi de perdre Entragian. Entragian était *fort.*

Si la chose voulait prendre Mary, jamais il n'y aurait de meilleur moment que maintenant. Et peut-être que pendant qu'elle le ferait, Audrey trouverait le gamin et le tuerait. Ce serait merveilleux. Plus de soucis. Plus besoin de ruser. Elle remplacerait Ellen par Mary et cueillerait les autres quand bon lui semblerait.

Et plus tard ? Quand sa réserve actuelle (et limitée) de corps serait épuisée ? Il faudrait capturer d'autres gens sur la nationale, peut-être. Et quand des curieux viendraient en ville pour voir ce qui se passait à Désolation ? La créature traverserait le pont sur la rivière ; elle avait peu de souvenirs et moins encore d'intérêt pour l'avenir. Pour le moment, emmener Mary au Puits Chinois suffirait.

Tak descendit les marches de l'hôtel de ville, regarda la voiture de police, puis traversa la rue. Pas de voiture, pas pour cette virée-là. Une fois sur le trottoir d'en face, il allongea le pas jusqu'à courir, le sable giclant de sous les chaussures de sport qui s'étaient déchirées sur le côté pour que des pieds trop grands puissent prendre leurs aises.

2

Sur la scène, Audrey les entendait crier le nom de David... et le sien. Ils ne tarderaient pas à se disperser pour entamer des recherches. Ils avaient des armes, ce qui les rendait dangereux. L'idée d'être tuée ne l'inquiétait pas — pas tant qu'au début, en tout cas — mais l'idée que cela arrive avant qu'elle ait pu tuer le gamin, si. Sur le couguar, la voix de la chose de la terre avait agi comme un hameçon ; sur l'esprit d'Audrey Wyler, c'était comme un serpent couvert d'acide qui s'insinuait en elle et parvenait à dissoudre la personnalité de la femme qu'elle avait été avant même qu'il l'étouffe. Cette sensation de dissolution était très agréable, comme manger un mets sucré et onctueux. Au début, ce n'était pas le cas ; au début, ç'avait été consternant, comme une fièvre qui s'empare de vous, mais au fur et à mesure qu'elle emmagasinait plus de *can tahs* (comme un enfant participant à une chasse au trésor), cette sensation s'était dissipée. Maintenant, tout ce qui comptait pour elle était de trouver l'enfant. Tak, l'informe, n'osait s'en approcher. Elle devait donc le faire à la place de Tak.

En haut des marches, la femme qui mesurait un mètre soixante le jour où Tom Billingsley l'avait vue pour la première fois s'arrêta et regarda autour d'elle. Elle n'aurait rien dû voir : il n'y avait qu'une fenêtre, et la seule lumière qui traversait ses panneaux crasseux provenait du feu clignotant au croisement et d'un réverbère faiblard devant la Chope. Mais sa vision s'était bien améliorée avec chaque *can tah* qu'elle avait trouvé ou qu'on lui avait donné. Maintenant, elle voyait presque aussi bien qu'un chat, et le foyer encombré lui dévoilait tous ses mystères.

Les gens qui avaient fréquenté cette partie du bâtiment s'étaient montrés beaucoup moins soigneux que Billingsley et sa bande. Ils avaient cassé leurs bouteilles dans les coins au lieu de les rassembler, et au lieu d'un poisson imaginaire ou d'un cheval aux naseaux fumants, les murs s'ornaient de larges dessins au feutre magique. L'un d'eux, aussi primitif qu'une peinture de l'âge des cavernes, montrait un enfant cornu et difforme suspendu à un sein gigantesque. En dessous on avait griffonné une ritournelle : HORRIBLE PETIT BÉBÉ QUI MORDS, JE T'AI VU MORDRE TA MÈRE À MORT. Détritus, emballages de repas, papiers de bonbons, sachets de chips, paquets de cigarettes vides, boîtes de préservatifs jonchaient le sol du foyer, vaguement regroupés le long des murs. Un préservatif usagé était accroché à la poignée de la porte marquée DIRECTEUR, collé par du sperme séché et pendant là comme une limace.

La porte du directeur était à la droite d'Audrey. En face, une autre indiquait ENTRETIEN. Plus loin sur la gauche se trouvait une porte, sans indication cette fois, puis une ouverture en forme d'arche sur laquelle il y avait quelque chose d'inscrit en lettres noires à moitié effacées. Même ses yeux de chat ne réussirent pas à le lire, du moins à cette distance, mais il lui suffit d'un pas de plus pour que ce fût clair : BALCON. L'ouverture avait été condamnée par des planches, mais à un endroit on les avait écartées. Du plafond pendait une poupée gonflable presque dégonflée à perruque blonde, avec un gros trou rouge pour la bouche et un vagin rudimentaire et glabre. La corde à son cou était noircie par l'âge. A son cou également, contre sa poitrine flasque en plastique, une pancarte qui semblait avoir été écrite par un gosse de maternelle s'ornait de crânes aux orbites rouges et de tibias croisés au-dessus de l'inscription : INTERDI DE PASSÉ — SA VA TOMBÉ — JE PLÉSENTE PAS. En face du balcon, une alcôve avait probablement accueilli un stand de friandises. Au bout du couloir, d'autres marches montaient dans l'obscurité. Vers la cabine du projectionniste, devina Audrey.

Elle s'approcha de la porte du directeur, mit la main sur la poignée et posa son front contre le bois. Dehors, le vent gémissait comme un mourant.

« David ? appela-t-elle doucement. David, tu m'entends ?... C'est Audrey, David... Audrey Wyler. Je veux t'aider. »

Pas de réponse. Elle ouvrit la porte sur une pièce vide, avec une affiche de *Bonnie and Clyde* au mur et un vieux matelas par terre. Toujours au feutre magique, quelqu'un avait écrit sous l'affiche : C'EST MOI L'OISEAU DE NUIT QUI DORT TOUT LE JOUR, OUI !

Elle essaya ensuite le local de nettoyage, guère plus grand qu'un placard, et complètement vide. Une porte sans indication menait dans une ancienne réserve, sans doute. Son nez (plus subtil à présent, comme sa vision) reconnut l'odeur du pop-corn. Mais maintenant, il n'y avait plus rien d'autre que des mouches mortes et de nombreuses crottes de souris.

Elle gagna l'ouverture en forme d'arche donnant sur le balcon, écarta du bras les planches disjointes et regarda de l'autre côté. De là, elle ne pouvait voir la scène, mais uniquement le haut de l'écran. La maigrichonne appelait toujours David, mais les autres étaient silencieux. Cela ne voulait peut-être rien dire, mais elle n'aimait pas ignorer où ils se trouvaient.

Audrey décida que la pancarte pendue au cou de la poupée gonflable disait probablement la vérité. On avait retiré les sièges, dévoilant un plancher inégal et incliné, qui lui fit penser à un poème qu'elle avait lu dans son adolescence, quelque chose à propos d'un bateau peint sur un océan peint. Si la petite peste n'était pas au balcon, elle était ailleurs. Et pas loin. Il n'avait pu aller loin. Et il n'était *pas* au balcon : les sièges enlevés, il ne restait aucun endroit où se dissimuler, pas même un rideau au mur.

Audrey laissa retomber le bras qui tenait de côté la poupée à demi dégonflée. Elle se balança un moment, la corde à son cou grinçant sur le plastique. Elle regardait Audrey de ses yeux vides. Le trou de sa bouche, une bouche conçue à un seul usage, semblait se moquer d'elle.

Regarde-toi un peu, semblait dire Nique ta Mère. *Tu étais sur le point de devenir la géologue la mieux payée du pays, tu aurais dirigé ta propre entreprise à trente-cinq ans, tu aurais sans doute remporté le prix Nobel à la cinquantaine... Est-ce que ce n'était pas ça, tes rêves ? La grande spécialiste du dévonien, la brillante étudiante dont la thèse sur les plaques tectoniques avait obtenu les félicitations du jury et avait été publiée dans la* Geology Review *est en train de pourchasser un petit garçon dans un vieux cinéma en ruine. Et pas n'importe quel petit garçon. Un enfant spécial, comme tu as toujours considéré que* tu *l'étais aussi. Et si tu le trouves, qu'est-ce que tu feras ? Il est fort.*

Elle saisit le nœud coulant de la poupée et tira, cassant la vieille corde, qui entraîna une bonne poignée de cheveux synthétiques. La poupée atterrit à plat ventre devant Audrey, qui l'envoya sur le balcon d'un coup de pied. Elle s'envola presque et retomba.

Pas plus fort que Tak, se dit-elle. *Je me moque de ce qu'il est, il n'est pas plus fort que Tak. Pas plus fort que les* can tahs *non plus. C'est* notre *ville, maintenant. Peu importe le passé et les rêves du passé ; c'est le présent, et c'est bon. Bon de tuer, de prendre, de posséder. C'est bon de régner, même dans le désert. Le gamin n'est qu'un gamin. Les autres ne sont que de la nourriture. Tak est là, maintenant, et il parle avec la voix des temps anciens, avec la voix de l'informe.*

Elle regarda vers l'escalier au bout du couloir et hocha la tête ; sa main droite glissait dans sa poche de robe pour toucher les choses qui s'y trouvaient, pour les presser contre sa cuisse. Il était dans la cabine de projection. Un gros cadenas fermait la porte menant à la cave, alors où pouvait-il être, sinon ?

« Him en tow », murmura-t-elle.

Elle avança, les yeux écarquillés, les doigts de sa main droite bougeant sans cesse dans la poche de sa robe. Il y eut de petits bruits, comme des cailloux qui se heurtent.

3

Les gosses qui s'amusaient à l'étage de l'Ouest américain jusqu'à ce que l'escalier de secours s'effondre étaient des souillons, mais ils s'étaient à peu près cantonnés au foyer et au bureau du directeur pour leurs folles nuits. Les autres pièces étaient sans doute peu utilisées et le domaine du projectionniste — la cabine, le petit bureau et les toilettes de la taille d'un placard — était presque exactement dans le même état qu'en ce jour de 1979 où cinq employés de la compagnie Nevada Sunlite Entertainment étaient arrivés, cigarette au bec, pour démonter les projecteurs à charbon et les emporter à Reno, où ils attendaient toujours dans un entrepôt rempli d'équipements similaires, comme des idoles déchues.

David était à genoux, tête baissée, les yeux clos, les mains serrées devant le menton. Le lino poussiéreux sous lui était plus clair que le reste du sol. Droit devant lui, un autre rectangle plus clair. C'était là que trônaient jadis les vieux projecteurs munis d'arcs à charbon, monstres bruyants et brûlants qui faisaient monter la température de la pièce à près de cinquante degrés certaines nuits d'été. A sa gauche se découpaient les lucarnes à travers lesquelles ils avaient fait passer leurs épées de lumière et projeté leurs ombres plus grandes que nature — Gregory Peck et Kirk Douglas, Sophia Loren et Jayne Mansfield, un jeune Paul Newman arnaqueur au billard et une vieille Bette Davis toujours assez vaillante pour torturer sa sœur clouée dans un fauteuil roulant.

Des bobines de films poussiéreux gisaient au sol, abandonnées çà et là comme des serpents morts. Il y avait au mur de vieilles photos et de vieilles affiches. Une des plus récentes montrait Marilyn Monroe sur sa grille de métro en train de retenir sa jupe qui s'envolait. Sous une flèche qu'on avait pointée vers sa petite culotte, un grand humoriste avait écrit en lettres d'imprimerie : *Bien enfoncer la fiche A dans la prise B en s'assurant qu'elle y est fermement insérée et ne peut ressortir.* Il flottait une curieuse odeur de moisissure, pas vraiment de pourriture ni de bois en décomposition. Plutôt comme si quelque chose avait brusquement tourné, caillé, puis séché.

David n'avait pas plus remarqué l'odeur qu'il n'entendit Audrey appeler doucement son nom dans le foyer à l'arrière du balcon. Il était venu ici quand les autres étaient accourus auprès de Billingsley (même Audrey était tout d'abord allée jusqu'à la porte de la scène, peut-être pour s'assurer qu'ils partaient tous dans le couloir) parce qu'il avait été soudain submergé par le besoin de prier. Il avait dans l'idée que, cette fois, il lui suffirait d'aller dans un endroit tranquille et d'ouvrir la porte. Cette fois, Dieu voulait lui parler, et pas l'inverse. Et ce lieu s'y prêtait. Priez dans votre placard et non dans la rue, disait la Bible, et David pensait que c'était là un excellent conseil. Maintenant qu'il avait fermé la porte entre lui et les autres, il pouvait ouvrir la porte à l'intérieur de lui.

Il n'avait pas peur que des araignées, des serpents ou des rats l'observent : si Dieu voulait que ce soit une rencontre privée, ce serait une rencontre privée. La femme que Steve et Cynthia avaient trouvée lui posait un vrai problème. Il ne savait pourquoi, mais elle le rendait nerveux, et il avait l'impression que c'était réciproque. Il avait voulu s'éloigner d'elle, si bien qu'il était descendu de la scène et qu'il avait remonté en courant l'allée centrale de la salle. Il était arrivé sous le balcon à demi effondré et dans l'entrée du cinéma avant qu'Audrey se retourne à la porte gauche de la scène pour le chercher des yeux. De l'entrée, il était monté à l'étage, et puis il avait fait confiance à sa boussole intérieure — à moins que ce n'ait été la « petite voix silencieuse » du pasteur Martin — et il était arrivé là.

Il avait traversé la pièce, remarquant à peine les vieilles bobines de films et les affiches, sentant à peine l'odeur rance, écœurante. Il s'était arrêté sur cet espace de linoléum après avoir regardé un moment les gros trous au coin de ce rectangle plus clair, où on avait jadis boulonné les projecteurs pour les maintenir fermement en place. Cela lui rappela

(je vois des trous comme des yeux)

quelque chose, quelque chose qui papillonna brièvement dans son esprit et partit. Faux souvenir, vrai souvenir, intuition ? Tout à la fois ? Rien de tout cela ? Il l'ignorait et ne s'en inquiétait pas. Il devait en priorité entrer en contact avec Dieu, s'il le pouvait. Jamais il n'en avait eu plus besoin qu'à cet instant.

Oui, dit calmement le pasteur Martin dans sa tête. *Et c'est là que ton travail doit payer. Tu restes en contact avec Dieu quand le placard est plein pour pouvoir faire appel à lui quand il est vide. Combien de fois t'ai-je dit cela l'hiver et le printemps derniers ?*

De nombreuses fois. Il espérait seulement que Martin, qui buvait plus que de raison, et à qui on ne pouvait peut-être pas faire totalement confiance, lui avait dit la vérité et ne s'était pas contenté de lui débiter les leçons de ce que son père appelait l'« esprit maison ». Il l'espérait de toute son âme et de tout son cœur.

Parce qu'il y avait d'autres dieux à Désolation.

Il en était sûr.

Il commença sa prière comme il le faisait toujours, pas à haute voix, mais dans sa tête, envoyant les mots et les pensées en pulsations nettes et régulières : *Vois en moi, Seigneur. Sois en moi. Et parle-moi, si tu le veux, si c'est ta volonté.*

Comme toujours quand il ressentait un véritable besoin de Dieu, les couches supérieures de son esprit étaient sereines, mais dans les profondeurs, où la foi combattait constamment le doute, couvait la peur terrible qu'il n'y ait pas de réponse. Le problème était assez simple : maintenant encore, après toutes ses lectures, toutes ses prières, tout ce qu'il avait appris, même après ce qui était arrivé à son ami, il doutait de l'existence de Dieu. Dieu l'avait-il utilisé, lui, David Carver, pour sauver la vie de Brian Ross ? Pourquoi Dieu aurait-il fait une chose aussi insensée ? N'était-il pas plus probable que ce que le Dr Waslewski avait appelé un miracle clinique, et ce que lui, David, avait considéré comme une réponse à ses prières, n'ait rien été d'autre qu'une coïncidence ? Les gens pouvaient faire des ombres qui ressemblaient à des animaux, mais ce n'étaient jamais que des ombres — le résultat d'un jeu avec la lumière. Dieu serait-il de la même nature ? Rien qu'une ombre, une illusion parmi d'autres ?

David serra plus fort les paupières, se concentrant sur sa formule comme sur un mantra, pour s'éclaircir l'esprit.

Vois en moi. Sois en moi. Parle-moi si c'est ta volonté.

Une sorte d'obscurité l'envahit. C'était différent de tout ce qu'il avait jamais connu ou vécu. Il s'effondra de côté contre le mur, entre les deux lucarnes de projection, les yeux blancs, les mains reposant sur ses genoux. Un son sourd, guttural sortit de sa gorge. Puis vinrent des paroles que peut-être seule sa mère aurait pu comprendre.

« Merde, murmura-t-il, la momie nous court après. »

Puis il redevint silencieux, toujours appuyé au mur, une traînée argentée de salive, presque aussi fine qu'un fil d'araignée, sortant de ce qui n'était encore qu'une bouche d'enfant. De l'autre côté de la porte qu'il avait fermée afin d'être seul avec son Dieu (elle avait jadis été condamnée par un cadenas, mais il avait disparu depuis longtemps), on entendait maintenant des bruits de pas. Ils s'arrêtèrent derrière la porte. Il y eut un long moment d'attente, puis la poignée tourna. La porte s'ouvrit. Audrey Wyler était là ; ses yeux s'élargirent quand ils tombèrent sur l'enfant inconscient.

Elle entra dans la petite pièce à l'air confiné, referma la porte derrière elle et chercha quelque chose, n'importe quoi, à coincer sous la poignée. Une planche, une chaise. Cela ne les retarderait pas longtemps, s'ils montaient, mais une toute petite marge supplémentaire pouvait faire la différence entre le succès et l'échec, à ce stade. Il n'y avait rien.

« Merde ! » murmura-t-elle. Elle regarda l'enfant et se rendit compte sans grande surprise qu'elle avait peur de lui. Elle avait même peur de l'approcher.

Tak ah wan ! La voix dans sa tête.

« *Tak ah wan !* » Cette fois de sa bouche.

Consentement. A la fois impuissant et sincère.

Elle descendit les deux marches menant dans la cabine et s'avança, grimaçant à chacun de ses pas crissants, jusqu'à l'endroit où David, à genoux, s'appuyait au mur percé de lucarnes. Elle s'attendait à tout instant à ce qu'il ouvre les yeux — des yeux qui seraient pleins d'un courant électrique bleu. Sa main droite dans sa poche serra les *can tahs* une fois de plus, y puisant de la force, puis — à contrecœur — les lâcha.

Elle tomba à genoux, elle aussi, devant David. Comme il était laid ! L'odeur qui émanait de lui la dégoûtait pourtant encore plus que son aspect. Pas étonnant qu'elle se soit tenue à distance de lui ! Il avait l'air d'une gorgone et puait comme un ragoût de viande avariée dans du lait tourné.

« Cul-bénit, dit-elle. Affreux petit cul-bénit. »

Sa voix s'était transformée en une chose ni mâle ni femelle. Des formes noires avaient commencé à bouger vaguement sous la peau de ses joues et de son front, comme si c'étaient les ailes membraneuses de petits insectes.

« Voilà ce que j'aurais dû faire la première fois que j'ai vu ta face de crapaud. »

Les mains d'Audrey, fortes et brunes, marquées çà et là de cicatrices dues à son travail, se posèrent autour de la gorge de David Carver. Les paupières de l'enfant s'ouvrirent quand ces mains bloquèrent sa trachée, l'empêchant de respirer, mais une fois seulement.

Une fois seulement.

4

« Pourquoi tu t'es arrêtée ? » demanda Steve.

Il était debout au centre de l'improbable salon installé sur la scène, près de l'élégant vieux bar du Circle Ranch. Son vœu le plus cher à cet instant aurait été d'avoir une chemise propre. Toute la journée, il avait cuit (qualifier de primitif le système de climatisation d'air du van était un euphémisme), mais maintenant il gelait. L'eau que Cynthia appliquait sur les blessures de ses épaules lui coulait dans le dos en filets glacés. Enfin ! il avait au moins réussi à la dissuader d'utiliser le whisky de Billingsley pour désinfecter les plaies !

« J'ai cru voir quelque chose, dit Cynthia à voix basse.

— Et qu'esséssé t'as vu ?

— Très drôle. David ? *Daviiiiiid !* » cria-t-elle.

Ils étaient seuls sur la scène. Steve avait voulu aider Marinville et Carver à chercher l'enfant, mais Cynthia avait insisté pour nettoyer d'abord ce qu'elle appelait ses « trous dans le cuir ». Les deux hommes avaient disparu dans le hall d'entrée du cinéma. Marinville avait soudain une démarche plus juvénile, et la façon dont il tenait son arme rappelait certains vieux films : ceux où un chasseur blanc ronchon mais héroïque affronte mille périls dans la jungle pour finalement réussir à arracher une émeraude grosse comme un bouton de porte au front d'une idole veillant sur une cité perdue.

« Quoi ? Qu'est-ce que tu as vu ?

— Je ne sais pas vraiment. C'était bizarre. Là-haut, au balcon. Pendant une minute, j'ai cru que c'était — tu vas rire — un corps qui flottait. »

Soudain, quelque chose changea en lui. Ce n'était pas comme si on avait allumé une lampe, mais plutôt comme si on en avait éteint une. Il oublia les douloureuses plaies de ses épaules, mais tout à coup son dos fut plus froid que jamais. Parcouru de frissons. Pour la seconde fois ce jour-là, il se revit adolescent à Lubbock, un de ces jours où le monde sombrait dans un calme mortel avant qu'arrive de la plaine l'orage, avec son cortège parfois mortel de grêle et de vent.

« Je ne ris pas. Montons voir.

— C'était probablement juste une ombre.

— Je ne crois pas.

— Steve ? Ça va ?

— Non. J'ai la même impression que quand on est entrés dans le village.

— D'accord, dit-elle, l'air inquiet. Mais on n'a pas d'armes...

— Rien à foutre ! dit-il en lui prenant le bras, les yeux agrandis, la bouche serrée. Ce coup-là, bon sang ! il y a *vraiment un problème.* Tu ne le sens pas ?

— Je... il est possible que je sente quelque chose. Est-ce que je vais chercher Mary ? Elle est là-bas avec Billingsley.

— Pas le temps. Viens ou reste là, comme tu veux. »

Il sauta de la scène, trébucha, se rattrapa à un siège du premier rang, puis courut dans l'allée centrale. Quand il arriva au bout, Cynthia était juste derrière lui, même pas essoufflée. Elle avait du ressort, la poulette, il fallait lui accorder ça.

Le patron sortait juste de la caisse, Ralph Carver sur ses talons.

« On a regardé dans la rue, dit Johnny. La tempête est définitivement... Steve ? Qu'est-ce qui ne va pas ? »

Sans répondre, Steve regarda autour — de lui, repéra l'escalier et monta. Il s'étonnait encore, tout au fond de son cœur, de la vitesse à laquelle ce sentiment d'urgence s'était emparé de lui. Mais en surface, il avait seulement peur.

« *David !* David, réponds-moi si tu m'entends ! »

Rien. Un sinistre foyer jonché de détritus donnait sur ce qui devait être l'ancien balcon et une alcôve pour la vente des friandises. Un étroit escalier montait plus haut, tout au fond. Personne. Pourtant, il avait la sensation très claire qu'il y *avait eu* quelqu'un, et peu de temps auparavant.

« *David !*

— Steve ? Monsieur Ames ? appela Carver d'une voix terrorisée. Qu'est-ce qui ne va pas ? Quelque chose est-il arrivé à mon fils ?

— J'en sais rien. »

Cynthia passa sous le bras de Steve et traversa en courant le foyer jusqu'au balcon. Steve la suivit. Un bout de corde cassée pendait de l'arche. Elle oscillait encore un peu.

« Regarde ! » dit Cynthia en tendant le doigt.

Au début, Steve crut que la forme allongée était un cadavre, puis il identifia les cheveux comme étant en matière synthétique. Une poupée. Avec un nœud coulant autour du cou.

« C'est ce que tu as vu ? lui demanda-t-il.

— Oui. Quelqu'un l'a décrochée et l'a envoyée en l'air. »

Elle tourna vers lui un visage tendu, aux traits tirés. D'une voix presque trop basse pour qu'il l'entende, elle murmura :

« Oh, Steve, je n'aime pas ça ! »

Steve recula d'un pas, regarda à gauche (le patron et le père de David l'observaient avec anxiété, serrant leurs armes contre leur poitrine), puis il regarda à droite. *Là,* murmura son cœur... ou peut-être son nez captant quelque effluve résiduel d'*Opium. Là-haut. Ce doit être la cabine de projection.*

Il courut, Cynthia une fois de plus sur ses talons. Il monta l'étroit escalier et il allait saisir la poignée dans l'ombre quand elle le retint par le bas de son pantalon.

« Le gosse avait un pistolet. Si elle est là-dedans avec lui, elle a pu le lui prendre. Fais attention, Steve.

— *David !* beugla Carver. *David, est-ce que ça va ?* »

Steve envisagea de dire à Cynthia qu'ils n'avaient plus le temps d'être prudents, qu'il fallait y penser avant, quand ils avaient lâché David des yeux... mais il n'avait pas non plus le temps de parler.

Il tourna le bouton et poussa la porte d'un coup d'épaule, s'attendant à ce qu'elle résiste. Mais ce ne fut pas le cas. Elle s'ouvrit brutalement et il fut précipité dans la pièce avec elle.

En face de lui, contre le mur percé des lucarnes de projection, se trouvaient David et Audrey. Les yeux de David, entrouverts, étaient blancs. Son visage avait une horrible couleur cadavérique, toujours verdâtre à cause du savon, mais surtout gris. Des taches mauves s'agrandissaient sous ses yeux et sur le haut de ses pommettes. Ses mains, agitées de spasmes, frappaient les cuisses de son jean. Il émettait un faible son. La main droite d'Audrey lui serrait la gorge, le pouce profondément enfoncé dans la chair douce sous la mâchoire, à droite, les doigts serrant à gauche. Une expression de haine et de rage inhumaines déformait ce visage autrefois plutôt joli. On aurait dit que sa peau était plus sombre. Dans sa main gauche, elle tenait le revolver calibre 45 avec lequel David avait tué le coyote. Elle tira trois fois, puis il y eut un déclic. Le revolver était vide.

Les deux marches descendant à la cabine de projection épargnèrent presque certainement à Steve un trou supplémentaire dans son cuir déjà perforé, et lui sauvèrent même sans doute la vie. Il tomba en avant comme tout homme qui a raté une marche, et les trois balles lui passèrent au-dessus de la tête. Une alla se ficher dans le chambranle de la porte, à droite de Cynthia, et l'éclaboussa d'une pluie d'esquilles de bois qui vinrent se loger dans sa chevelure exotique.

Audrey poussa un hululement de frustration. Elle jeta l'arme vide à la tête de Steve, qui simultanément s'écarta et leva une main pour détourner le projectile. Puis elle se retourna vers l'enfant évanoui et continua à l'étrangler, des deux mains cette fois, le secouant vigoureusement comme une poupée. Les bras de David cessèrent d'un coup leurs battements et reposèrent sur son jean, inertes comme des poissons morts.

5

« Peur », croassa Billingsley.

De l'avis de Mary, ce fut le dernier véritable mot qu'il réussit à articuler. Ses yeux se levèrent vers elle, affolés et flous à la fois. Il tenta de dire quelque chose d'autre et n'émit qu'un faible gargouillis.

« N'ayez pas peur, Tom, je suis là.

— Ah. Ah. »

Ses yeux balayèrent l'espace, et quand ils revinrent sur Mary, ils semblèrent se figer. Il inspira profondément, souffla, inspira encore un peu d'air, souffla... Ensuite, il n'inspira plus.

« Tom ? »

Rien d'autre qu'une rafale de vent et du sable qui crépitait.

« Tom ! »

Elle le secoua. La tête de Tom roula sans que rien semble la retenir, mais ses yeux restèrent fixés sur ceux de Mary d'une façon qui la fit frissonner. A la manière dont, sur certains portraits, les yeux semblent vous suivre de quelque côté que vous regardiez le tableau. Quelque part, très loin dans le bâtiment, elle entendit la voix forte de Marinville appeler David. La petite hippie criait aussi.

Mary se dit qu'elle devait aller les rejoindre, les aider à chercher David et Audrey s'ils avaient vraiment disparu, mais elle hésitait à quitter Tom avant d'être sûre de sa mort. Elle en était *presque sûre,* certes, mais ce n'était pas comme à la télévision, quand on *savait...*

« A l'aide ? »

La voix, interrogative et presque trop faible pour qu'on l'entende par-dessus le vent, fit pourtant sursauter Mary qui posa une main sur sa bouche pour étouffer un cri.

« A l'aide ! Il y a quelqu'un ? Je vous en prie, aidez-moi. J'ai mal. »

Une voix de femme. La voix d'Ellen Carver ? Seigneur, était-ce possible ? Bien qu'elle ne se soit trouvée en compagnie de la mère de David que très peu de temps, Mary fut immédiatement certaine de ne pas se tromper. Elle se leva, accorda un dernier regard au visage déformé et aux yeux fixes de Tom Billingsley et s'appuya au mur pour conserver son équilibre tant ses jambes s'étaient engourdies sous elle.

« Je vous en prie », gémissait la voix dehors.

C'était dans l'allée qui longeait l'arrière du cinéma.

« Ellen ? » demanda-t-elle, souhaitant soudain être capable de projeter sa voix au loin comme un ventriloque. Il lui semblait qu'elle ne pouvait plus faire confiance à personne, pas même à une femme blessée et effrayée.

« Ellen, c'est vous ?

— Mary ! Oui, c'est moi, Ellen. Vous êtes bien Mary ? »

Mary ouvrit la bouche, puis la referma. C'était Ellen Carver, dehors, elle le *savait,* mais...

« Est-ce que David va bien ? demanda la femme dans l'obscurité en ravalant un sanglot. Je vous en supplie, dites-moi qu'il va bien.

— Pour autant que je le sache, oui. »

Mary s'approcha de la fenêtre brisée en contournant la flaque de sang du couguar et regarda dehors. C'était bien Ellen Carver, et elle n'avait pas l'air en bon état, recroquevillée sur son bras gauche, qu'elle tenait contre sa poitrine de sa main droite. Ce que Mary distinguait de son visage était blanc comme la craie. Du sang coulait de sa lèvre inférieure et d'une narine. Elle leva vers Mary des yeux si noirs de désespoir qu'ils paraissaient à peine humains.

« Comment avez-vous échappé à Entragian ?

— Je ne lui ai pas échappé. Il est... mort. Il s'est vidé de son sang, et il est mort. J'étais dans sa voiture — il voulait m'emmener à la mine, je crois — quand c'est arrivé. La voiture est sortie de la route et s'est retournée. Une des portes arrière s'est ouverte. Heureusement pour moi, sinon je serais toujours à l'intérieur, coincée comme une mouche dans une bouteille. J'ai... je suis revenue à pied.

— Qu'est-il arrivé à votre bras ?

— Il est cassé. »

Ellen se pencha un peu plus en avant. Il y avait un je-ne-sais-quoi de laid dans sa silhouette. Ellen Carver ressemblait à un troll protégeant de son corps un sac d'or volé.

« Pouvez-vous m'aider à entrer ? Je voudrais voir mon mari, et je voudrais voir David. »

A cette idée, une sonnette d'alarme retentit dans l'esprit de Mary : quelque chose ne collait pas. Mais quand Ellen leva son bras valide et que Mary vit la saleté et le sang qui le maculaient, et la façon dont il tremblait d'épuisement, son cœur fondamentalement bon écarta la prudence instinctive qui siégeait à l'arrière de son cerveau. Cette femme avait perdu sa petite fille à cause d'un fou, elle avait eu un accident de voiture en compagnie de son bourreau qui la conduisait à la mort, elle avait le bras cassé, elle avait traversé à pied dans la tempête un village rempli de cadavres — et la première personne qu'elle rencontrait cédait à la frousse et refusait de la laisser entrer ?

Non, se dit Mary. *Pas question.* Et, stupidement, sans doute : *Ce n'est pas ainsi que j'ai été élevée.*

« Vous ne pourrez pas entrer par cette fenêtre. Il y a plein de verre cassé. Quelque chose... un animal est passé à travers. Continuez un peu plus loin le long de ce mur. Vous arriverez aux toilettes pour dames. Ce sera mieux. Il y a même des caisses pour escalader. Je vous aiderai. D'accord ?

— Oui. Merci, Mary. Dieu merci, je vous ai trouvée ! »

Ellen lui adressa un horrible sourire grimaçant, plein de gratitude, d'humilité flagorneuse et de terreur mêlées. Puis elle continua son chemin en traînant les pieds, tête baissée, dos courbé. Douze heures plus tôt, elle était Madame l'Épouse Modèle, en route vers un joli site de vacances pour petits-bourgeois sur le lac Tahoe — où elle prévoyait sans doute d'étrenner ses nouvelles tenues de loisirs de chez Talbot portées sur des sous-vêtements de chez Victoria's Secret. Journées au soleil avec les gosses, nuits au lit avec le mari, cartes postales aux amis — on s'amuse bien, l'air est pur, on aimerait tant que vous soyez là. Et voilà qu'elle se comportait comme une réfugiée de guerre sans âge fuyant quelque atroce bain de sang dans le désert.

Et Mary Jackson, cette gentille petite princesse — qui votait démocrate, donnait son sang tous les deux mois, écrivait des poèmes —, avait sérieusement envisagé de la laisser gémir dehors dans le noir le temps de consulter les hommes. Qu'est-ce que cela voulait dire ? Qu'elle avait survécu à la même guerre, se dit Mary. C'était probablement ainsi qu'on se comportait quand cela vous arrivait. Mais pas elle. Jamais de la vie.

Mary traversa le couloir, écouta si d'autres cris lui parvenaient de la salle. Aucun. Mais à l'instant où elle ouvrait la porte des toilettes pour dames, trois coups de feu retentirent. Ils étaient étouffés par les murs et la distance, mais leur réalité ne faisait aucun doute. Des sons lointains suivirent — paroles et cris mêlés. Mary se figea sur place, tiraillée entre deux forces égales. Ce qui la décida fut le bruit de sanglots derrière la fenêtre des toilettes.

« Ellen ? Qu'est-ce qu'il y a ? Qu'est-ce qui ne va pas ?

— Je suis idiote, c'est tout. *Idiote !* J'ai cogné mon bras cassé en posant deux caisses l'une sur l'autre. »

La femme devant la fenêtre — ce n'était qu'une ombre floue derrière la vitre cathédrale — se mit à sangloter plus fort.

« Tenez bon, je vous fais entrer tout de suite. »

Mary traversa la pièce en courant, écarta les canettes de bière que Billingsley avait disposées sur le rebord de la fenêtre et elle ouvrait le panneau en réfléchissant à la meilleure façon d'aider Ellen à entrer sans lui faire plus mal encore, quand elle se souvint de ce que Billingsley avait dit du flic : qu'il était plus grand.

Oh, mon Dieu ! avait dit le père de David comme si, frappé par la foudre, il avait tout compris. *Elle est comme Entragian ? Comme le flic ?*

Peut-être a-t-elle le bras cassé, se dit froidement Mary, *peut-être est-ce vrai. En revanche...*

En revanche, se tenir voûtée comme ça était un très bon moyen de dissimuler sa véritable taille, non ?

La sonnette d'alarme qui se trouvait à l'arrière de son cerveau retentit à nouveau. Mary décida de faire marche arrière, de prendre une ou deux secondes pour réfléchir... mais, avant qu'elle puisse le faire, une main puissante et chaude se saisit de son bras. Une autre ouvrit la fenêtre toute grande et la force de Mary s'écoula d'elle comme de l'eau tandis qu'un visage grimaçant se levait vers elle. C'était le visage d'Ellen, mais le badge épinglé en dessous

(je vois que tu es donneur d'organes)

appartenait à Entragian.

C'*était* Entragian. Collie Entragian dans le corps d'Ellen Carver.

« *Non !* hurla-t-elle en reculant, sans se soucier de la douleur que lui infligeaient les ongles d'Ellen enfoncés dans son bras jusqu'au sang. *Non, lâchez-moi !*

— Pas avant de t'entendre chanter " Partir en Jet ", salope », dit la chose-Ellen.

Elle tira brutalement Mary à travers la fenêtre, du sang giclant de ses deux narines. De son œil gauche giclèrent aussi des larmes comme de la gelée de fruits rouges.

« Oh, l'aube point. C'est presque le ma... »

Mary eut la curieuse sensation de voler vers la clôture de bois qui limitait l'allée.

« Le chauffeur de taxi klaxonne... »

Elle réussit à lever un bras pour se protéger, mais ce ne fut pas suffisant pour lui éviter de heurter la clôture du front. Elle tomba à genoux, des cloches plein la tête, et sentit une chaleur envahir ses lèvres et son menton. *Tu viens d'adhérer au club des saigneurs de nez, ma fille,* se dit-elle en tentant de se remettre debout.

« Je suis déjà si seule que j'ai envie de pleurrrrer... »

Mary fit deux grandes enjambées titubantes, puis le flic (elle n'arrivait pas à voir ça autrement que comme le flic portant une perruque et des faux seins) la saisit par une épaule, déchirant presque une manche de son chemisier pour la faire se retourner.

« Lâch... », commença Mary.

Et la chose-Ellen lui assena un coup de poing sur la pointe du menton, un coup précis qui éteignit les lumières. Tak prit Mary sous les bras, et quand il sentit le souffle de Mary sur la peau d'Ellen, la légère anxiété qu'on avait pu déceler sur le visage d'Ellen s'estompa.

« Putain, j'adore cette chanson. Elle me retourne à l'intérieur. *Tak !* »

La chose-Ellen lança Mary sur son épaule comme un sac de grain et disparut au coin du bâtiment avec son fardeau. Cinq minutes plus tard, la Caprice poussiéreuse de Collie Entragian prenait une fois de plus la route du Puits Chinois, ses phares fendant les tourbillons de sable soulevés par le vent mourant. Tandis qu'elle dépassait le petit garage de Harvey et la Bodega, un fin croissant bleuté de lune apparut dans le ciel.

Chapitre 5

1

Même à l'époque des cuites et des trips, Johnny Marinville n'avait jamais perdu la mémoire. En 1986, alors qu'il se trouvait sur le siège arrière de la voiture dite « Partymobile » de Sean Hutter (Sean faisait le tour des bars le vendredi soir à East Hampton avec Johnny et quatre autres gars dans sa grosse vieille Cadillac de 65), il avait eu un grave accident. Sean, qui était même trop ivre pour marcher, sans parler de conduire, avait fait faire deux tonneaux à la Partymobile alors qu'il tentait de prendre sans ralentir le tournant d'Eggamoggin Lane vers la route B. La fille qui était assise à côté de lui avait été tuée. Sean avait eu la colonne vertébrale pulvérisée. La seule Partymobile qu'il conduisait maintenant était un fauteuil roulant motorisé, de ceux qu'on manœuvre du menton. Les autres avaient été blessés moins gravement et Johnny s'était considéré comme chanceux de s'en tirer avec juste la rate malmenée et un pied cassé. Mais l'important, c'était qu'*il était le seul à se souvenir de ce qui était arrivé.* Johnny avait trouvé cela si curieux qu'il avait interrogé méticuleusement tous les survivants, même Sean, qui n'arrêtait pas de pleurer et de lui dire de le laisser tranquille (Johnny n'avait cédé que lorsqu'il avait obtenu ce qu'il voulait ; rien à foutre, se disait-il, Sean lui *devait* bien ça). Patti Nickerson se souvenait vaguement de Sean disant *Accrochez-vous, ça va tanguer,* au dernier moment, mais c'était tout. Les souvenirs des autres s'arrêtaient juste avant l'accident et reprenaient plus tard, comme si leur mémoire avait été en partie neutralisée. Sean, quant à lui, prétendait qu'il ne se rappelait rien après le moment où il était sorti de sa douche cet après-midi-là et où il avait essuyé la buée du miroir pour pouvoir se raser. Après ça, tout était noir jusqu'à ce qu'il se réveille à l'hôpital. Il était possible qu'il mente, mais Johnny ne le pensait pas. Et pourtant, lui-même se souvenait de tout. Sean n'avait pas dit *Accrochez-vous, ça va tanguer*, il avait dit *Accrochez-vous, ça va en jeter*. Et il riait. Il avait continué à rire même quand la Partymobile s'était renversée. Johnny se souvenait de Patti criant *Mes cheveux ! Oh, merde, ma coiffure !* et de la façon dont elle s'était retrouvée catapultée sur sa braguette à lui — un choc à vous paralyser les boules — quand la voiture avait rebondi sur ses roues. Il se souvenait de Bruno Gartner qui hurlait. Et du bruit qu'avait fait le toit de la Partymobile en enfonçant la tête de Rachel Timorov dans ses épaules, après l'avoir ouverte comme une fleur. Ç'avait été un léger bruit de broyage comme celui qu'on entend quand on croque un cube de glace. Il se souvenait du moindre détail. Il se disait que ça faisait partie du métier d'écrivain, mais il ne savait pas si c'était naturel ou culturel, une cause ou une conséquence. Cela n'avait sans doute pas d'importance. Le problème, c'était qu'il se souvenait de la moindre connerie, y compris les trente dernières secondes d'un feu d'artifice. Les événements quasi simultanés semblaient se séparer automatiquement et se classer au moment même où ils se déroulaient, comme de la limaille de fer sous l'effet d'un aimant. Jusqu'au soir où Sean Hutter avait envoyé la Partymobile dans le décor, Johnny n'avait jamais souhaité qu'il en aille différemment. Et il ne l'avait jamais souhaité depuis... jusqu'à aujourd'hui. Maintenant, il se disait qu'un peu d'encre renversée sur les vieilles cellules de sa mémoire serait la bienvenue.

Quand Audrey fit feu, il vit les éclats de bois s'arracher au chambranle de la porte de la cabine de projection et se ficher dans les cheveux de Cynthia. Il sentit le bourdonnement d'une balle près de son oreille droite. Il vit Steve, à genoux mais apparemment indemne, qui écartait le revolver quand la femme l'eut jeté dans sa direction. Il la vit, elle, relever la lèvre supérieure comme un chien acculé, puis se retourner et serrer à nouveau la gorge de l'enfant.

Vas-y ! se cria Johnny. *Vas-y, va l'aider ! Comme tu l'as déjà fait quand tu as tiré sur le fauve !*

Mais il ne pouvait pas. Il voyait tout, mais il ne pouvait pas bouger.

Les choses commencèrent à s'embrouiller, mais son esprit insistait pour les ordonner, les ranger, leur conférer une forme cohérente, comme dans un récit. Il vit Steve bondir sur Audrey en lui disant de lâcher, de laisser l'enfant tranquille. Il lui serrait la gorge d'une main et les poignets de l'autre. A cet instant précis, Johnny fut projeté dans la pièce, par-delà la maigrichonne, avec la force d'un cascadeur lancé par un canon. C'était Ralph, bien sûr, qui l'avait heurté dans le dos en hurlant le nom de son fils de toute la force de ses poumons.

Johnny vola presque par-dessus les deux marches, genoux pliés, persuadé qu'il allait récolter au moins des fractures multiples, persuadé que le cerveau d'Audrey Wyler avait craqué sous la tension et qu'elle prenait David Carver pour le flic, ou un flic en réduction... et pendant toute la durée de sa chute, comme au ralenti, ses yeux captèrent et son cerveau enregistra puis archiva les images. Il vit que les jambes musclées d'Audrey étaient écartées, il vit le tissu de sa jupe tendu entre ses cuisses. Il vit aussi qu'il allait retomber près d'elle.

Il atterrit sur un pied, comme un patineur qui aurait oublié ses patins. Son genou plia. Il le laissa le projeter en avant sur la femme, les mains prêtes à la saisir par les cheveux. Elle recula la tête, échappant à ses doigts. Au même instant (sauf que l'esprit de Johnny s'obstinait à affirmer que c'était *juste* après, encore désireux de réduire cette folie à quelque chose de cohérent, à un récit qui coulerait en séquences successives), Steve arracha les mains meurtrières de la gorge de l'enfant, où Johnny vit les marques blanches laissées par les paumes et les doigts virer au rouge. Sa chute n'était toujours pas terminée. Audrey faillit le mordre, et le rata, ce fut la bonne nouvelle. Mais il ne réussit pas à agripper ses cheveux, et ce fut la mauvaise nouvelle.

Elle émit un cri guttural quand il entra en collision avec le mur et que son bras gauche passa à travers une des lucarnes de projection, jusqu'à l'épaule. Pendant un moment horrible, il crut que tout son corps allait suivre — coucou, au revoir. C'était impossible. L'ouverture n'aurait jamais été assez grande pour ça, mais il le pensa quand même.

A cet instant (son esprit insistait une fois de plus pour que ce soit *juste* après, l'élément *suivant,* la *suite*), Ralph Carver hurla :

« Bas les pattes, lâche mon fils, espèce de salope ! »

Johnny récupéra son bras et se retourna, dos au mur. Il vit Steve et Ralph arracher la femme hurlante à David. Il vit l'enfant s'effondrer contre le mur et glisser lentement par terre, les marques sur sa gorge ressortant maintenant comme des coups de soleil. Il vit Cynthia descendre les marches pour essayer de regarder partout à la fois dans la cabine.

« Prends le gosse, patron ! » cria Steve.

Il luttait contre Audrey, une main lui enserrant toujours les poignets, l'autre autour de sa taille. Elle ruait contre lui comme un mustang.

« Prends le gosse et sors-le d'i... »

Audrey cria et se libéra. Quand Ralph tenta maladroitement de lui entourer le cou de ses bras pour l'immobiliser, elle le repoussa brutalement d'un coup de paume sous le menton. Elle fit un pas en arrière, vit David et retroussa à nouveau les babines en grognant. Quand elle esquissa un geste dans sa direction, Ralph dit :

« Touchez-le et je vous tue. »

Qu'est-ce que t'attends ! pensa Johnny en soulevant l'enfant. Il était chaud, mou et lourd dans ses bras. Le dos de Johnny, déjà maltraité par la traversée de presque un continent à moto, envoya un petit signal de mécontentement.

Audrey regarda Ralph comme si elle le mettait au défi d'exécuter sa menace, puis banda ses muscles pour sauter sur Johnny. Avant qu'elle n'y parvienne, Steve fut une fois de plus sur elle. Il la saisit à nouveau par la taille puis pivota sur ses talons. Ils étaient face à face et elle émettait un long cri aigu qui faisait mal aux dents plombées de Johnny.

Au milieu de sa seconde rotation, Steve la lâcha. Audrey partit en arrière comme une pierre jaillissant d'une fronde, ses pieds trébuchèrent sur le sol, sans qu'elle interrompe son hululement. Cynthia, qui était derrière elle, tomba à quatre pattes avec l'instinct d'une survivante des cours de récréation. Audrey la heurta à la hauteur des genoux et tomba à la renverse sur un des rectangles clairs marquant l'ancien emplacement d'un projecteur. Elle les regarda à travers ses cheveux en désordre, momentanément sonnée.

« Sors-le d'ici, patron ! dit Steve en montrant les marches

menant hors de la cabine de projection. Il y a quelque chose qui ne va pas chez elle. Elle est comme les animaux ! »

Qu'est-ce que tu entends par comme *?* pensa Johnny. *C'en est un tout simplement.* Il avait entendu ce que Steve lui disait, mais il ne s'approchait pas de la porte. Une fois de plus, il semblait incapable de tout mouvement.

Audrey réussit à se relever en s'appuyant à l'angle de la pièce. La lèvre supérieure continuait à se retrousser, elle grognait toujours ; ses yeux passèrent de Johnny à l'enfant inconscient dans ses bras, puis à Ralph, à Cynthia, qui s'était relevée et avait rejoint Steve. Johnny pensa brièvement et avec regret au Rossi et au Ruger, tous deux dans le hall d'entrée, contre la caisse. Depuis la caisse, on voyait bien la rue, mais il avait été plus simple de laisser les fusils devant, car l'espace y était très restreint. Ni Ralph ni lui n'avaient pensé à les reprendre pour monter. Il se dit qu'une des leçons les plus effrayantes à tirer de ce cauchemar, c'était qu'aucun d'eux n'était préparé à survivre face à un danger mortel. Pourtant ils *avaient* survécu. Certains d'entre eux, en tout cas. Jusque-là.

« Tak ah lah ! »

La femme avait parlé d'une voix à la fois puissante et effrayante, sans comparaison avec son ancienne voix de conteuse, douce et souvent hésitante. Aux oreilles de Johnny, celle-là sonnait plutôt comme un aboiement de chien. Et pourquoi est-ce qu'elle *riait* ? Une partie d'elle au moins riait. Et de quelle nature était donc cette étrange ombre noire qui flottait sous sa peau ? Est-ce qu'il la voyait vraiment ?

« Min ! Min ! Min en tow ! »

Cynthia jeta un regard stupéfait à Steve.

« Qu'est-ce qu'elle dit ? »

Steve secoua la tête. Elle interrogea Johnny du regard.

« C'est le langage du flic », dit-il.

Cela rappelait à sa mémoire particulièrement performante le moment où le flic avait, semblait-il, ordonné à un busard de l'attaquer.

« Timoh ! dit-il à Audrey Wyler. *Candy latch ! »*

Ce n'était sans doute pas vraiment ça, mais ça devait être assez proche car Audrey recula. Pendant un instant passa sur son visage une surprise très humaine. Puis sa lèvre se souleva à nouveau et le sourire de folle reparut dans ses yeux.

« Qu'est-ce que vous lui avez dit ? demanda Cynthia à Johnny.

— Pas la moindre idée.

— Patron, il faut que tu sortes le gosse d'ici. Tout de suite ! »

Johnny fit un pas en arrière, bien décidé à obéir. Audrey plongea alors la main dans la poche de sa robe et la ressortit fermée sur une poignée de quelque chose. Elle le regarda — lui *seul,* maintenant, John Edward Marinville, Romancier Distingué et Penseur Extraordinaire — de ses yeux de bête furieuse. Elle leva la main.

« Can tah ! cria-t-elle comme dans une sorte de rire. *Can tah, can tak, mi tow !* Prends ça ! *So tah !* »

Quand elle ouvrit la main et lui montra son offrande, le climat émotionnel changea tout à coup dans la tête de Johnny... et pourtant il continuait à tout voir et à tout classer, comme il l'avait fait pendant que la foutue Partymobile de Sean Hutter faisait ses tonneaux. Il avait continué à tout enregistrer à l'époque, alors qu'il était certain de mourir, et il continuait à tout enregistrer maintenant, alors que l'envahissait soudain une pulsion de haine envers l'enfant dans ses bras, une envie d'enfoncer quelque chose — sa clé de moto par exemple — dans la gorge de ce petit emmerdeur de cul-bénit et de l'ouvrir comme une canette de bière.

Il crut d'abord voir trois espèces de porte-bonheur sur la paume ouverte d'Audrey, le genre de pendeloque que les filles accrochent parfois à un bracelet. Mais ils étaient trop gros, trop lourds. Ce n'étaient pas des porte-bonheur mais des statuettes, en pierre, de cinq centimètres environ. L'une d'elles représentait un serpent, une autre un busard avec une aile cassée qui le regardait avec des yeux exorbités sous son front chauve ; la troisième était un rat dressé sur ses pattes arrière. Elles avaient l'air anciennes et usées.

« Can tah ! hurla-t-elle. *Can tah, can tah,* tue l'enfant, tue-le maintenant, tue-le ! »

Steve s'avança. Comme Audrey concentrait son attention sur Johnny, elle ne le vit qu'au dernier moment. D'une claque, il fit tomber de sa paume les pierres, qui roulèrent dans un coin de la pièce. L'une d'elles — le serpent — se cassa en deux. Audrey hurla d'horreur et de frustration.

La folie meurtrière qui avait envahi Johnny se dissipa mais ne disparut pas complètement. Il sentait ses yeux attirés vers le coin où gisaient les pierres. Les statuettes l'attendaient. Il n'avait plus qu'à les ramasser.

« *Putain ! Sors-le d'ici !* » hurla Steve.

Audrey se précipita sur les pierres, mais Steve la saisit par le bras et la fit reculer. Sa peau s'assombrissait et s'amollissait. Johnny se dit que le processus qui l'avait transformée tentait maintenant de s'inverser... sans grand succès... Elle... quoi ? Elle rétrécissait ? Elle s'étiolait ? Il ne connaissait pas le terme exact, mais...

« SORS-LE ! » hurla de nouveau Steve.

Il donna à Johnny une grande tape sur l'épaule. Cela le réveilla. Il se tournait vers les marches quand Ralph lui arracha David des bras avant même qu'il se rende compte de ce qui se passait. Ralph fonça vers l'escalier, maladroit mais puissant, et il sortit de la cabine de projection sans se retourner.

Audrey le vit partir. Elle hurla — de désespoir, Johnny le reconnut dans sa voix — et voulut à nouveau récupérer les pierres. Steve l'en empêcha. Il y eut un affreux bruit de déchirure quand le bras droit d'Audrey se détacha de son épaule. Steve se retrouva le bras dans la main comme s'il tenait le pilon d'un poulet trop cuit.

2

Audrey ne semblait pas consciente de ce qui lui était arrivé. Un bras en moins, le côté droit de sa robe maintenant rouge de sang, elle se dirigeait vers les statuettes sans cesser de crier dans cette langue étrange. Steve, figé sur place, regardait son trophée — un bras de femme avec quelques taches de rousseur et une montre Casio au poignet. Le patron était tout aussi paralysé. Steve se dit plus tard que, sans Cynthia, Audrey aurait récupéré les pierres. Dieu seul savait ce qui se serait passé alors : même quand elle n'avait orienté le pouvoir des pierres que sur le patron, Steve en avait ressenti l'influence. Rien de sexuel, cette fois. Une pulsion de meurtre, et rien d'autre.

Avant qu'Audrey ne tombe à genoux pour reprendre ses jouets, Cynthia, d'un adroit coup de pied, les avait envoyés plus loin, le long du mur où s'empilaient les rouleaux de pellicule. Audrey hurla de nouveau, et cette fois un jet de sang sortit de sa bouche. Elle tourna la tête vers eux, et Steve recula d'un pas mal assuré, une main levée comme pour s'épargner une telle vision.

Le joli visage d'Audrey semblait maintenant se décoller de son crâne en rides transpirantes. Ses yeux figés se perdaient dans des orbites qui s'élargissaient. Sa peau fonçait et se fendait. Pourtant, ce n'était pas le pire. Le pire arriva quand Steve laissa tomber la chose d'une chaleur répugnante qu'il tenait — son bras — et qu'Audrey bondit sur ses pieds.

« Je suis désolée, dit-elle avec la voix étranglée d'une vraie femme et non de cette monstruosité en décomposition. Je n'ai jamais voulu faire de mal à quiconque. Ne touchez pas les *can tahs.* Quoi que vous fassiez, ne touchez jamais les *can tahs* ! »

Steve regarda Cynthia. Elle lui rendit son regard et il put lire dans ses grands yeux ce qu'elle pensait : *J'en ai touché un. Deux fois. Quelle chance j'ai eue !*

Beaucoup de chance, répondit Steve des yeux. *Je crois que tu as eu beaucoup de chance.*

Audrey tituba vers eux, s'éloignant des pierres grises tachées. Steve sentit une forte odeur de sang et de pourriture. Il tendit la main mais ne put se résoudre à la poser sur l'épaule d'Audrey, alors qu'elle prenait la direction de l'escalier et du foyer... qu'elle se dirigeait vers l'endroit où Ralph avait emporté son fils. Il ne put s'y résoudre parce qu'il savait que ses doigts s'enfonceraient dans la chair.

Il entendait le clapotement que faisaient les morceaux de son corps en liquéfaction qui tombaient en une sorte de bouillie sanglante. Elle monta les deux marches et franchit la porte. Cynthia regarda Steve un moment, le visage tendu et blanc. Il lui entoura la taille de son bras et suivit Johnny qui s'était déjà engagé dans l'escalier.

Audrey réussit à descendre la moitié du petit escalier très raide qui menait au foyer, puis elle tomba. Le bruit de son corps dans sa robe imprégnée de sang fut horrible — comme un coup de pied dans une flaque. Et pourtant, elle était toujours en vie. Elle se mit à ramper, ses cheveux poisseux dissimulant par bonheur son visage flasque. A l'autre bout du foyer, en haut de l'escalier descendant vers le hall, Ralph, son fils dans les bras, regardait approcher la créature.

« Abattez-la ! rugit Johnny. Pour l'amour de Dieu, que quelqu'un tire !

— Impossible, dit Steve. On n'a ici que l'arme du gosse et elle est vide.

— Ralph, descendez avec David. Descendez avant que... »

Mais la chose qui avait été Audrey Wyler ne semblait plus s'intéresser à David. Elle arriva à l'arche marquant l'entrée du balcon et la traversa. Presque immédiatement, les poutres de soutènement, desséchées par le climat du désert et rongées par des générations de termites, se mirent à craquer. Steve, enlaçant Cynthia, suivit Johnny de l'autre côté du foyer, où Ralph courut les rejoindre. Ils se retrouvèrent juste à temps pour voir la chose ramper sur la poupée dégonflée, la maculant d'une large traînée de sang et d'autres fluides moins identifiables. La bouche arrondie de la poupée sembla exprimer sa surprise offusquée.

Ce qui restait d'Audrey Wyler se tenait à la rambarde, et tentait de se soulever assez haut pour plonger par-dessus, quand la charpente soutenant le balcon se détacha du mur dans un énorme rugissement poussiéreux. Au début, le balcon glissa d'un bloc vers l'avant en restant horizontal, comme un plateau ou une plateforme flottante ; les poutres le long du foyer cédèrent, forçant Steve et les autres à reculer quand le vieux tapis se déchira comme s'ouvre une faille lors d'un tremblement de terre. Des lattes claquèrent ; des clous divorcèrent en grinçant des planches auxquelles ils avaient été mariés. Puis, enfin, le balcon s'inclina. Audrey bascula pardessus la rambarde. Pendant une seconde, Steve vit ses pieds qui émergeaient du nuage de poussière, et elle disparut. Un instant plus tard, le balcon disparut à son tour. Il tomba comme une pierre et heurta les sièges du parterre dans un craquement terrible. La poussière remonta comme un champignon atomique en miniature.

« David ! cria Steve. Et David ? Est-ce qu'il est en vie ?

— Je n'en sais rien, dit Ralph en les regardant, les yeux pleins de larmes. Je suis sûr qu'il l'était quand je l'ai sorti de la cabine de projection, mais maintenant, je n'en sais rien. Je ne le sens plus respirer. »

3

Le souffle avait ouvert toutes les portes de la salle, et le hall d'entrée était envahi par la poussière du balcon effondré. Ils emportèrent David jusqu'à une des portes donnant sur la rue, où un filet d'air du dehors chassait la poussière.

« Posez-le », dit Cynthia.

Elle essayait de penser à ce qu'il fallait faire — bon sang, que fallait-il faire en *premier* ? — mais ses pensées ne cessaient de lui échapper.

« Allongez-le bien à plat. Il faut qu'on lui libère les poumons. »

Ralph la regarda, plein d'espoir, et Steve et lui allongèrent David sur le tapis usé jusqu'à la corde.

« Vous vous y connaissez... en... ?

— J'ai pris des cours de secourisme — y compris de respiration artificielle — quand j'étais au foyer des Filles et Sœurs, oui. Mais si vous voulez savoir si je m'y connais en dames qui se transforment en meurtriers maniaques et puis pourrissent, non.

— Il est tout ce qui me reste, mademoiselle, dit Ralph. Tout ce qui reste de ma famille. »

Cynthia ferma les yeux et se pencha vers David. Ce qu'elle sentit la soulagea énormément : un léger mais indubitable souffle sur sa joue.

« Il est vivant, je sens sa respiration, dit-elle en adressant un sourire à Ralph. Ça ne m'étonne pas que vous n'ayez rien senti, avec un visage aussi gonflé.

— Oui. C'est peut-être pour ça. Mais c'est surtout que j'avais si peur... »

Il tenta de sourire, mais n'y parvint pas. Il poussa un profond soupir et s'adossa à l'ancien comptoir à friandises.

« Je vais l'aider, maintenant », dit Cynthia.

Elle regarda le visage émacié et les yeux clos de l'enfant.

« Je vais juste t'aider, David, accélérer les choses. Laisse-moi faire, tu veux bien ? »

Elle souleva doucement la tête de l'enfant et grimaça à la vue des marques de doigts sur son cou. Dans la salle, un morceau du balcon resté suspendu rendit l'âme et tomba à grand bruit. Les autres se tournèrent dans cette direction, mais Cynthia resta concentrée sur David. De sa main gauche elle lui ouvrit la bouche, se pencha et lui pinça doucement le nez de sa main droite. Puis elle posa sa bouche contre la sienne et souffla. La petite poitrine se souleva un peu plus haut, mais retomba quand elle lui lâcha le nez. Elle se pencha à nouveau et lui dit dans l'oreille à voix basse :

« Reviens-nous, David. On a besoin de toi. Et tu as besoin de nous. »

Elle souffla à nouveau dans sa bouche et répéta : « Reviens-nous, David », quand il exhala un mélange de son propre air et de celui que lui avait insufflé Cynthia. Elle le regarda. Maintenant, sa respiration naturelle était un peu plus profonde, semblait-il, et elle voyait les globes oculaires de l'enfant bouger sous ses paupières bleutées, mais il ne montrait aucun signe indiquant qu'il avait repris conscience.

« Reviens-nous, David. Reviens. »

Johnny regarda autour de lui, plissant les yeux comme quelqu'un qui émerge à peine des profondeurs de ses pensées.

« Où est Mary ? Vous ne pensez pas que ce foutu balcon ait pu lui tomber dessus, quand même ?

— Il n'y a pas de raison, dit Steve. Elle était avec le vieux.

— Et tu crois qu'elle est *toujours* avec le vieux ? Après tous ces cris ? Après que ce foutu balcon est tombé de ce foutu mur ?

— T'as pas tort, admit Steve.

— Tu vois ! J'en étais sûr. Viens, je crois qu'on ferait mieux de partir à sa recherche. »

Cynthia ne réagit pas. Elle était toujours agenouillée au-dessus de David, à le scruter, l'air grave.

« Je ne sais pas où tu es, gamin, mais ramène-toi par ici. Il est temps de seller ta monture et de sortir. »

Johnny prit le Rossi et le Ruger. Il tendit ce dernier à Ralph.

« Restez ici avec votre fils et la jeune dame. On revient.

— Et si vous ne revenez pas ? »

Johnny le regarda un moment, indécis, puis lui adressa son plus beau sourire.

« Brûlez les documents, sabotez la radio et avalez votre dose de cyanure.

— Hein ?

— Qu'est-ce que vous voulez que je vous dise ? Faites au mieux. Je peux vous assurer que dès qu'on aura retrouvé Mme Jackson, on reviendra. En route, Steve. On prend l'aile gauche, à moins que tu n'aies une envie irrésistible d'escalader le mont Balcon. »

Ralph les regarda disparaître, puis se retourna vers son fils et Cynthia.

« Qu'est-ce qu'il a ? Vous le savez ? Est-ce que cette salope a réussi à le plonger dans le coma ? Un de ses amis a été dans le coma, à l'automne. Il en est ressorti. Ç'a été un miracle, tout le monde l'a dit. Mais je ne souhaite pas ça à mon pire ennemi. Est-ce que c'est ce qu'il a, vous croyez ?

— Je ne crois pas qu'il soit inconscient, et en tout cas pas dans le coma. Vous voyez comme ses paupières bougent ? Il est plutôt endormi, et il rêve... ou alors il est dans une sorte de transe. »

Elle leva les yeux vers lui. Il la regarda un moment, puis s'agenouilla en face d'elle. Il écarta les cheveux du front de son fils et l'embrassa doucement entre les yeux, là où un petit froncement des sourcils plissait la peau.

« Reviens, David, dit-il. Je t'en supplie, reviens. »

David respirait calmement par ses lèvres entrouvertes. Derrière ses paupières tuméfiées, ses yeux bougeaient sans cesse.

4

Dans les toilettes des hommes, ils trouvèrent un couguar mort, la tête presque arrachée, et un vétérinaire mort les yeux ouverts. Dans les toilettes des dames, ils ne trouvèrent rien... du moins Steve.

« Éclaire par là », lui demanda Johnny.

Quand Steve ramena le faisceau de lumière vers la fenêtre, Johnny le reprit :

« Non, pas la fenêtre. Le sol en dessous. »

Steve fit descendre le faisceau et le promena sur une demi-douzaine de canettes posées contre le mur à droite de la fenêtre.

« Le piège du véto, dit Johnny. Pas cassé mais soigneusement rangé de côté. Intéressant.

— Je n'avais même pas remarqué qu'elles n'étaient plus sur le rebord de la fenêtre. Un bon point pour toi, patron.

— Viens par ici ! demanda Johnny qui gagna la fenêtre, l'ouvrit, regarda dehors, puis se poussa suffisamment pour que Steve puisse regarder avec lui. Rappelle-toi le moment merveilleux de ton arrivée dans ce palais des rêves bucoliques, Steven. Quelle est la dernière chose que tu aies faite avant de passer par cette fenêtre ? Tu t'en souviens ?

— Bien sûr. On avait empilé deux caisses l'une sur l'autre pour qu'il soit plus facile de grimper. J'ai renversé celle du dessus, parce que je me suis dit que si le flic venait par là et repérait cet escabeau improvisé, ce serait comme une flèche pointant dans notre direction.

— Très juste. Et que vois-tu maintenant ? »

Steve utilisa sa torche, même s'il n'en avait pas vraiment besoin : le vent était presque retombé et il n'y avait plus qu'une légère poussière qui volait. On distinguait même un croissant de lune.

« Elles sont à nouveau empilées, dit-il en se retournant vers Johnny d'un air inquiet. Oh merde ! Entragian est venu pendant qu'on s'occupait de David. Il est venu et... »

Il voulait dire et l'*a prise,* mais il vit que le patron secouait la tête et se tut.

« Ce n'est pas l'impression que ça donne, dit Johnny en prenant la torche pour montrer à nouveau les canettes. Pas cassées ; posées bien soigneusement de côté, en rang. Qui a fait ça ? Audrey ? Non, elle est partie dans l'autre direction, à la poursuite de David. Billingsley ? Impossible étant donné l'état dans lequel il était avant de mourir. Reste Mary, mais aurait-elle fait ça pour le flic ?

— J'en doute.

— Moi aussi. Je pense que si le flic s'était montré, elle nous aurait rejoints au galop en hurlant. Et pourquoi les caisses seraient-elles empilées ? J'ai connu personnellement Collie Entragian : il faisait dans les deux mètres, sans doute plus. Il n'aurait pas eu besoin de marches pour accéder à la fenêtre. Pour moi, ces caisses laissent supposer soit la présence de quelqu'un de petit, soit une ruse pour pouvoir attraper Mary, soit les deux. Il est possible que j'aille trop loin, mais...

— Il pourrait donc y en avoir d'autres. D'autres comme Audrey.

— Peut-être. Mais je ne crois pas qu'on puisse le conclure de ce que nous voyons ici. Je suis seulement certain qu'elle n'aurait pas écarté les canettes de bière pour un étranger. Pas même pour un gosse en larmes. Je crois qu'elle serait venue nous chercher. »

Steve reprit la torche et la dirigea vers le poisson de Billingsley sur les carreaux, image joyeuse et insouciante dans l'obscurité. Il ne fut pas surpris de découvrir qu'il ne l'aimait plus beaucoup, maintenant ; c'était comme un rire dans une maison hantée, un clown devant une salle déserte. Il éteignit.

« Qu'est-ce que tu penses, patron ?

— Arrête de m'appeler patron, Steve. Je n'ai jamais aimé ça, même avant.

— D'accord. Qu'est-ce que tu penses, Johnny ? »

Johnny regarda autour de lui pour s'assurer qu'ils étaient toujours seuls. Son visage, avec cet énorme nez enflé et tordu, exprimait la tension et la fatigue. Il sortit encore trois comprimés d'aspirine et les avala. Steve se rendit alors compte d'une chose stupéfiante : Marinville avait l'air plus jeune. En dépit de tout ce qu'il avait traversé, il avait rajeuni. Johnny avala plusieurs fois sa salive, l'amertume des comprimés le faisant grimacer, et dit :

« La mère de David.

— *Quoi ?*

— C'est une possibilité. Réfléchis un peu, et tu verras comme c'est horriblement bien ficelé. »

Steve réfléchit. Il comprit que cela expliquait en effet totalement la situation. Il ne savait pas à quel moment l'histoire d'Audrey Wyler s'était éloignée de la vérité, mais il *savait* qu'à un certain point elle avait été... transformée par les pierres qu'elle avait appelées les *can tahs.* Transformée ? Affligée d'une sorte d'abominable rage dégénératrice. Ce qui lui était arrivé avait pu arriver aussi à Ellen Carver.

Steve se prit soudain à espérer que Mary Jackson soit morte. C'était terrible, mais en pareil cas, la mort valait mieux, non ? Mieux que de se retrouver sous l'emprise des *can tahs.*

« Qu'est-ce qu'on fait, maintenant ? demanda-t-il.

— On sort de ce village. Par n'importe quel moyen.

— D'accord. Si David est toujours inconscient, on le portera. Allons-y. »

Ils revinrent vers le hall d'entrée.

5

David Carver marchait sur Anderson Avenue, devant le collège de West Wentworth. Sur le pignon du bâtiment on avait écrit à la bombe de peinture jaune : DE CES SILENCES QUELQUE CHOSE PEUT S'ÉLEVER. Puis il tourna dans Bear Street. C'était plutôt drôle, dans la mesure où Bear Street et les bois de Bear Street étaient à une dizaine de pâtés de maisons du collège, mais c'est ainsi que les choses se passent dans les rêves. Bientôt il se réveillerait dans sa chambre et tout s'évanouirait, de toute façon. Devant lui, trois bicyclettes au milieu de la rue. Elles avaient été renversées sur leur selle, et leurs roues tournaient dans le vent. Quelqu'un dit : « Et Pharaon dit à Joseph : " J'ai eu un songe, et j'ai appris que tu expliques un songe après l'avoir entendu. " »

David regarda de l'autre côté de la rue et vit le pasteur Martin. Il était ivre et mal rasé. D'une main, il tenait une bouteille de whisky J.W. Dant. Entre ses pieds, une flaque jaune de vomi. David eut du mal à supporter sa vue. Il avait les yeux vides et morts.

« Joseph répondit à Pharaon : " Ce n'est pas moi ! c'est Dieu qui donnera une réponse favorable à Pharaon ", dit le pasteur Martin en levant la bouteille comme pour un toast avant de boire au goulot. Vas-y, continua-t-il, c'est comme ça que tu découvriras si tu sais où était Moïse quand les lumières se sont éteintes. »

David continua son chemin. Il songeait à se retourner quand lui vint une idée étrange : s'il se retournait, il verrait la momie qui lui courait après dans un nuage de vieilles bandelettes et d'onguents.

Il accéléra le pas.

Alors qu'il dépassait les bicyclettes, il remarqua qu'une des roues émettait à chaque révolution un son perçant et désagréable : *Riiik-riik-riik.* Cela lui rappela la girouette sur le toit de la Chope, le nain et son tonneau d'or sous le bras. Celui de...

Désolation ! Je suis à Désolation, et c'est un rêve ! Je me suis endormi en essayant de prier. Je suis en haut, dans le vieux cinéma !

« Il se lèvera parmi vous un prophète, et un rêveur de songes », dit quelqu'un.

David regarda de l'autre côté de la rue et vit un félin mort — un couguar — pendu à un panneau de limitation de vitesse. Le couguar avait une tête humaine. La tête d'Audrey Wyler. Ses yeux roulèrent, épuisés, vers lui, et il se dit qu'elle essayait de sourire.

« Mais s'il vous dit :" Cherchons d'autres dieux ", vous ne devez pas l'écouter. »

David détourna les yeux en grimaçant et là, dans Bear Street, la douce petite Puce se tenait sur le porche de son ami Brian (jamais auparavant la maison de Brian ne s'était trouvée dans Bear Street, mais les règles avaient apparemment changé). Elle tenait Melissa Chérie dans ses bras.

« C'était bien le Grand Croque-Mitaine, finalement, dit-elle. Maintenant, tu le sais, hein ?

— Oui, je sais, la Puce.

— Marche un peu plus vite, David, le Grand Croque-Mitaine te court après. »

L'odeur de bandelettes et d'onguents du désert devenait plus forte et David marcha plus vite. Plus loin, il vit l'interruption des buissons qui marquait le début de la piste Hô Chi Minh. Jamais il n'y avait rien eu là auparavant, sauf parfois une marelle ou quelque chose comme KATHY AIME RUSSELL inscrit à la craie sur le trottoir, mais aujourd'hui l'entrée du sentier était gardée par une statue de pierre ancienne, bien trop grande pour être un *can tah,* un petit dieu ; celle-ci était un *can tak,* un grand dieu. Il s'agissait d'un chacal ; il avait la tête penchée de côté, une gueule ouverte aux babines retroussées et des yeux protubérants pleins de fureur. Une de ses oreilles avait été soit cassée, soit rongée par le temps. La langue dans sa bouche n'était pas une langue mais une tête humaine — la tête de Collie Entragian, avec son chapeau, et tout.

« Crains-moi et ne pénètre pas sur ce sentier, dit le flic dans la gueule du chacal alors que David approchait. *Mi tow, can de lach :* crains l'informe. Il y a d'autres dieux que le tien — *can tah, can tak.* Tu sais que je dis la vérité.

— Oui, mais mon Dieu est fort », dit David sur le ton de la conversation.

Il plongea la main dans la gueule ouverte du chacal et saisit sa langue. Il entendit Entragian crier — il le *sentit* crier, un cri qui vibra contre sa paume comme un godemiché. Un instant plus tard, la tête entière du chacal explosa en un éclair de lumière insonore et sans étincelles. Il ne resta qu'un corps de pierre s'arrêtant aux épaules.

David s'engagea sur le sentier, conscient d'y voir des plantes qui n'avaient jamais poussé en Ohio — cactus en forme de cierges ou de coussins, aconit, thé indien, amarante russe que le vent, dans les films, fait rouler dans le désert et les villes fantômes. Sa mère sortit des buissons bordant le sentier. Elle avait le visage noir et ridé comme une vieille boule de pâte à pain, les yeux tombants. La voir ainsi l'emplit de tristesse et d'horreur.

« Oui, oui, ton Dieu est fort, dit-elle. Je ne le nie pas. Mais regarde ce qu'il m'a fait. Sa force vaut-elle qu'on l'admire ? Peut-on se réjouir d'avoir un tel dieu ? demanda-t-elle en lui tendant les mains, dévoilant ses paumes pourrissantes.

— Ce n'est pas *Dieu* qui a fait ça, dit David en pleurant. C'est le policier !

— Mais Dieu l'a *laissé* faire, rétorqua-t-elle tandis qu'un de ses globes oculaires était éjecté de son orbite. Le même Dieu qui a laissé Entragian pousser Kirsten dans l'escalier et pendre ensuite son corps à une patère pour que tu la trouves. Quel est ce Dieu ? Détourne-toi de lui et viens vers le mien. Lui, au moins, est honnête dans sa cruauté. »

Mais toute cette conversation — non seulement les arguments mais le ton hautain et menaçant — était si étrangère au souvenir que David gardait de sa mère qu'il se remit en marche. Il *fallait* qu'il avance. La momie lui courait après ; la momie était lente, oui, mais il avait dans l'idée que c'était ainsi que la momie rattrapait ses victimes : en utilisant sa vieille magie égyptienne pour dresser des obstacles sur leur chemin.

« Reste loin de moi ! cria la chose-mère pourrissante. Reste loin de moi, sinon je te transformerai en pierre dans la bouche d'un dieu ! Tu seras *can tah* dans *can tak* !

— Tu ne peux pas faire ça, répondit David avec une infinie patience. Tu n'es pas ma mère. Ma mère est avec ma sœur, au ciel, avec Dieu.

— Quelle blague ! s'indigna la chose pourrissante d'une voix qui gargouillait comme celle du flic, puisqu'elle aussi crachait du sang et des dents en parlant. Le ciel est une *blague.* Le genre de chose dont ton pasteur Martin te baratinerait pendant des heures si tu lui fournissais assez de carburant liquide — ce n'est pas plus réel que les poissons et les chevaux de Tom Billingsley ! Tu ne vas pas me dire que tu as gobé tout ça ? Un garçon aussi intelligent que toi ? Tu l'as *gobé* ? Oh David ! Je ne sais pas si je dois rire ou pleurer ! dit-elle avec un sourire furieux. Il n'y a pas de ciel, pas de vie après la mort non plus... pas pour les gens comme nous. Seuls les dieux — *can taks, can tahs, can...* »

Il comprit soudain à quoi tendait ce sermon confus : le retenir ici. Le retenir pour que la momie le rattrape et l'étouffe à mort. Il s'avança, prit la tête délirante et la pressa entre ses mains. Il se surprit à rire en même temps, car c'était exactement le genre de choses que faisaient les prédicateurs illuminés sur le câble : ils attrapaient leurs victimes par la tête et hurlaient des trucs comme « MALADIE, SOOOORS ! TUMEUR, SOOOORS ! RHUMATISMES, SOOORTEZ ! AU NOM DE JÉSUUUUS ! » Il y eut un autre de ces éclairs silencieux, et cette fois il ne resta même plus de corps. Il était à nouveau seul sur le sentier.

Il poursuivit son chemin, la peine rongeant son cœur et son esprit, pensant à ce que la chose-mère avait dit. *Pas de ciel, pas de vie après la mort, pas pour les gens comme nous.* C'était peut-être vrai. Peut-être pas. Il n'avait aucun moyen de le savoir. Mais la chose avait dit aussi que Dieu avait permis que sa mère et sa sœur soient tuées, et *ça,* c'était vrai... non ?

Eh bien, peut-être. Qu'est-ce qu'un gosse est censé savoir de ces mystères ? Mais il y a une chose que je sais (c'était sa position de repli), *c'est ce qui s'est passé quand elle a vu qu'elle ne pourrait pas me convaincre que Dieu avait agi en personne... qu'il avait juste pointé son doigt à travers un nuage et les avait frappées à mort.*

Il arrivait au vieux chêne portant le Poste de guet vietcong. A la base de l'arbre se trouvait un morceau de papier rouge et argent — un emballage de barre chocolatée Trois Mousquetaires. David se pencha, le ramassa et le mit dans sa bouche, suçant, les yeux clos, les miettes de chocolat qui y étaient restées collées. *Prends, mange,* entendit-il de la voix du pasteur Martin — c'était un souvenir, pas une voix, ce qui le soulagea. *Voici mon corps, brisé pour toi et pour beaucoup d'autres.* Il rouvrit les yeux, craignant de revoir quand même le visage d'ivrogne du pasteur Martin et ses yeux morts, mais le pasteur Martin n'était pas là.

David recracha l'emballage et grimpa au Poste de guet vietcong, avec sur la langue le goût sucré du chocolat. Il entendait du rock and roll.

Quelqu'un était assis jambes croisées sur la plate-forme et regardait les bois de Bear Street. Sa posture était si semblable à celle qu'aimait prendre Brian — jambes croisées, menton dans la paume des mains — que, pendant un moment, il fut convaincu que c'était son ami, mais devenu adulte. David pensa qu'il pourrait supporter cette vision. Ce ne serait pas plus étrange que l'effigie pourrissante de sa mère ou le couguar avec la tête d'Audrey Wyler, et encore bien d'autres horreurs.

Le jeune homme avait un poste de radio en bandoulière. Ni un walkman ni une grosse radiocassette. L'appareil semblait plus ancien, avec deux autocollants ronds sur son étui en cuir, un jaune avec le sourire de Mr Smiley, l'autre avec le symbole de la paix. La musique sortait d'un petit haut-parleur extérieur. Le son était bas, mais c'était bien — bonne batterie, basses meurtrières : *« Let me in, baby, I don't know what you got. But you better take it easy, this place is hot. And I'm so glad we made it... »*

« Brian ? demanda David en saisissant d'une main le bas de la plate-forme pour se hisser dessus. C'est toi ? »

L'homme se retourna. Il était mince, il avait des cheveux noirs sous une casquette de base-ball de l'équipe des Yankees, un T-shirt gris et de grosses lunettes de soleil réfléchissantes dans lesquelles David se voyait. C'était la première personne que David rencontrait dans ce... là où il se trouvait. Il ne savait pas où.

« Brian n'est pas ici, David, dit-il.

— Alors, qui êtes-vous ? »

Si ce type avec ses lunettes de soleil réfléchissantes commençait à pourrir ou à se vider de son sang comme Entragian, David allait filer de cet arbre en un éclair, et tant pis pour la momie qui risquait de le guetter en dessous dans les bois.

« C'est notre endroit, à Brian et à moi.

— Brian ne peut *pas* être là, dit l'homme aux cheveux noirs avec un sourire. Brian est en vie, tu comprends ?

— Non. » Mais il avait bien peur de comprendre.

« Qu'est-ce que tu as dit à Marinville quand il a essayé de parler aux coyotes ? »

Il fallut un moment à David pour s'en souvenir, et ce n'était pas étonnant, parce que ce qu'il avait dit n'avait pas semblé venir *de* lui, mais *à travers* lui.

« Je lui ai dit de ne pas leur parler la langue des morts. Sauf que ce n'était pas vraiment moi qui... »

L'homme aux lunettes de soleil fit un geste pour écarter cet argument.

« La façon dont Marinville a essayé de parler aux coyotes est un peu la façon dont nous parlons maintenant : *si em, tow en can de lach.* Tu saisis ?

— Oui. " Nous parlons la langue de l'informe. " La langue des morts, dit David en frissonnant. Alors, je suis mort, *moi aussi.* Hein ? Je suis mort aussi.

— Non. Faux. Tu perds un tour », dit l'homme qui monta le volume de la radio — *Wait a minute, baby, let it happen to you !* — et sourit. « Le Spencer Davis Group. C'est Steve Winwood qui chante. Cool ?

— Oui », dit David, sincèrement.

Il aurait pu écouter cette chanson toute la journée. Ça le faisait penser à la plage, aux jolies filles en bikini.

L'homme à la casquette des Yankees écouta un moment encore puis éteignit la radio. Ce geste dévoila à David une cicatrice irrégulière sous son poignet droit, comme s'il avait essayé un jour de se tuer. D'ailleurs cet homme avait pu faire plus qu'essayer : n'était-ce pas ici la place des morts ?

Il réprima un frisson.

L'homme retira sa casquette des Yankees, et s'en essuya la nuque, puis il la remit et regarda gravement David.

« Nous sommes au pays des morts, mais tu es une exception. Tu es spécial. *Très* spécial.

— Qui êtes-vous ?

— Ça n'a pas d'importance. Rien qu'un membre parmi d'autres du fan-club du Spencer Davis Group, si tu veux, dit l'homme, qui regarda autour de lui, soupira et sourit légèrement. Mais je vais te dire une chose, jeune homme : cela ne me surprend pas du tout que le pays des morts se trouve finalement dans la banlieue de Columbus, Ohio. Je crois qu'il est temps que nous en venions aux choses sérieuses, dit-il en reposant les yeux sur David sans plus sourire. Le temps nous est compté. Tu auras un peu mal à la gorge en te réveillant, au fait, et il se peut que tu sois un peu désorienté : ils sont en train de te transporter à l'arrière du camion de Steve Ames. Ils ressentent un urgent besoin de quitter l'Ouest américain — comprends ça comme tu voudras — et je ne peux pas dire que ça m'étonne.

— Pourquoi êtes-vous ici ? » *Et est-ce que je vous connais ? Je vous connais, non ?*

« Pour m'assurer que tu sais pourquoi *toi* tu es là, David... Pour commencer, en tout cas. Alors, dis-moi : pourquoi es-tu ici ?

— Je ne sais pas ce que vous...

— Allons, David, dit l'homme à la radio dont les lunettes réfléchissaient le soleil. Si tu ne le sais pas, tu es dans la merde jusqu'au cou. Pourquoi es-tu sur terre ? Pourquoi Dieu t'a-t-il fait ? »

David le regarda, consterné.

« Allons, allons ! dit l'homme avec impatience. Ce sont des questions faciles. Pourquoi Dieu t'a-t-il fait ? Pourquoi Dieu m'a-t-il fait ? Pourquoi Dieu a-t-il fait n'importe qui ?

— Pour l'aimer et le servir, dit lentement David.

— D'accord, bien. C'est un début. Et qu'est-ce que Dieu ? Quelle est ton expérience de la nature de Dieu ?

— Je ne veux pas le dire. »

David baissa les yeux vers ses mains, puis les releva vers l'homme grave et tendu — cet homme étrangement *familier* — avec ses lunettes de soleil.

« J'ai peur de me mettre dans le pétrin. »

Il hésita, puis se força à énoncer ce qu'il craignait vraiment :

« J'ai peur que ce soit *vous,* Dieu. »

L'homme émit un petit rire lugubre.

« Il fut un temps où j'aurais dit que tu as raison. Que sais-tu de la nature de Dieu, David ? Quelle est ton expérience ? »

Avec la plus grande des réticences, David déclara :

« Dieu est cruel. »

Il baissa de nouveau les yeux sur ses mains et compta jusqu'à cinq. Quand il constata qu'il n'avait pas été frappé par la foudre, il releva les yeux. L'homme en jean et T-shirt était toujours aussi grave et tendu, mais David ne lut aucune colère sur ses traits.

« C'est juste, Dieu est cruel. On ralentit, la momie finit toujours par nous rattraper, et Dieu est cruel. Pourquoi Dieu est-il cruel, David ? »

Pendant un moment, il ne répondit pas, puis quelque chose que le pasteur Martin lui avait dit lui revint en mémoire — ce jour-là, dans son coin, la télévision diffusait sans le son un entraînement de base-ball.

« La cruauté de Dieu nous épure, dit-il.

— On est la mine et Dieu le mineur ?

— Eh bien...

— Et toute cruauté est bonne ? Dieu est bon et la cruauté est bonne ?

— Non, elle n'est pas bonne ! » dit David.

Pendant une horrible seconde, il vit la Puce pendue à la patère au mur, la Puce qui faisait un détour sur le trottoir parce qu'elle ne voulait pas faire de mal aux fourmis en leur marchant dessus.

« Qu'est-ce que la cruauté infligée pour le mal ?

— De la méchanceté. Qui êtes-vous, monsieur ?

— Peu importe. Et qui est le père de la méchanceté ?

— Le diable... ou peut-être ces autres dieux dont ma mère parlait.

— Peu importent les *can tahs* et les *can taks,* pour le moment du moins. C'est du menu fretin. Alors écoute attentivement. Qu'est-ce que la foi ? »

Ça, c'était facile.

« La substance des choses qu'on espère, la preuve des choses qu'on ne voit pas.

— Ouais. Et quel est l'état spirituel du croyant ?

— Euh... Amour et acceptation, je crois.

— Et quel est l'inverse de la foi ? »

C'était plus dur. Un vrai sac de nœuds, en fait. Comme un de ces foutus tests de compréhension. Choisir entre les réponses a,b,c,d. Sauf que là, on n'avait même pas de choix.

« L'incrédulité ? tenta-t-il.

— Non, pas l'incrédulité mais l'incroyance. La première est naturelle, la seconde volontaire. Et quand quelqu'un est en état d'incroyance, David, quel est son état spirituel ? »

Il réfléchit, puis secoua la tête.

« Je ne sais pas.

— Si, tu sais. »

Il réfléchit et se rendit compte que c'était vrai.

« L'état spirituel de l'incroyance est le désespoir.

— Oui. Regarde en bas, David ! »

Il le fit et reçut un choc : le Poste de guet vietcong n'était plus dans l'arbre. Il flottait comme un tapis magique en bois au-dessus d'un paysage dévasté. Il distinguait des bâtiments çà et là, au milieu de plantes grises et avachies. Il y avait le baraquement de la mine qu'il avait vu en entrant dans le village ; et puis une caravane avec un autocollant proclamant que le propriétaire était un fils de pute qui crachait sur Clinton ; l'hôtel de ville, aussi, et la Chope. Le nain souriant avec son tonneau d'or sous le bras dominait une jungle morte et étouffée.

« C'est le champ empoisonné, dit l'homme aux lunettes réfléchissantes. A côté de ce qui se passe ici, l'agent orange, c'est du sucre d'orge. Il n'y aura aucun moyen de faire revivre cette terre. Elle doit être éradiquée — ensemencée de sel et labourée. Tu sais pourquoi ?

— Parce que ça va s'étendre ?

— Non. Impossible. Le diable est à la fois fragile et stupide, il meurt peu après l'écosystème qu'il a empoisonné.

— Alors, pourquoi...

— Parce que c'est un affront envers Dieu. Fin de l'histoire. Il n'y a pas d'autre raison. Rien de caché ni de dissimulé, pas de petits caractères au dos du contrat. Le champ empoisonné est une perversité et un affront envers Dieu. Regarde à nouveau. »

Les bâtiments avaient glissé derrière eux. Maintenant le Poste de guet vietcong flottait au-dessus d'une vaste excavation. D'où ils se trouvaient, on aurait dit un hématome qui aurait pourri la peau de la terre et se serait enfoncé dans sa chair. Les parois formaient comme un escalier. D'une certaine façon, regarder cet endroit, c'était comme regarder dans

(marche un peu plus vite)

une pyramide renversée. Il y avait des pins sur les collines au sud du puits, et de la végétation en bordure du trou, mais le puits lui-même était stérile — il n'y poussait pas même un genévrier. Au plus près d'eux — ce devait être la face nord, se dit David, si le champ empoisonné était le village de Désolation — les beaux gradins avaient été brisés près du fond. A la place, une longue pente caillouteuse. Entre le glissement de terrain et la large route de terre sortant du puits, David découvrit un trou noir qui le mit profondément mal à l'aise. C'était comme si un monstre enterré dans le désert avait ouvert un œil sans âme. Le glissement de terrain qui l'entourait le troublait aussi. Parce qu'il avait l'air... en quelque sorte... eh bien... *prémédité*..

A la base du puits, juste sous le trou, une aire de stationnement accueillait bon nombre de véhicules — chariots à minerai, pelleteuses, bulldozers, camions montés sur chenilles ressemblant à des tanks de la Seconde Guerre mondiale. En bordure, sur la porte d'un baraquement au toit de tôle ondulée rouillé d'où sortait un tuyau de poêle, on pouvait lire :

BIENVENUE AU SERPENT À SONNETTE NUMÉRO DEUX,
FOURNISSEUR D'EMPLOIS ET PAYEUR D'IMPÔTS
DANS LE NEVADA DEPUIS 1951.

A gauche du bâtiment métallique, un cube en béton indiquait plus brièvement :

DÉPÔT D'EXPLOSIFS
ENTRÉE INTERDITE SAUF AU PERSONNEL AUTORISÉ.

La Caprice poussiéreuse de Collie Entragian était garée entre les deux bâtiments, portière du conducteur ouverte ; le plafonnier allumé éclairait l'intérieur, qui n'avait rien à envier à un abattoir. Sur le tableau de bord, un ours en plastique à la tête dodelinante était fixé par une ventouse près de la boussole.

Mais tout cela glissait derrière eux.

« Tu connais cet endroit, n'est-ce pas, David ?

— C'est le Puits Chinois ? Non ?

— Oui. »

Ils s'approchèrent et David vit que le puits était, à sa façon, plus désolé encore que le jardin empoisonné. Il n'y avait ni pierre entière ni aucune trace de végétation, du moins qu'il pût voir ; tout avait été réduit à un horrible fatras jaune. Derrière l'aire de stationnement et les bâtiments, des roches plus concassées encore s'élevaient en tas sur du plastique noir.

« C'est le dépotoir, expliqua son guide. Ce qui est empilé sur le plastique, c'est la gangue — inutile. Mais la compagnie n'est pas prête à la jeter, même maintenant. Il y a encore des choses dedans, tu comprends... or, argent, molybdène, platine. Et du cuivre, bien sûr. Surtout du cuivre. Les dépôts sont si diffus qu'on dirait qu'ils ont été insufflés dans la roche comme de la fumée. L'extraire coûtait trop cher, mais comme les principaux dépôts de minerais et de métaux du monde se tarissent, ce qui revenait trop cher devient rentable. Les feuilles de plastique noir en dessous recueillent ce qui les intéresse — le métal précipite dessus et il ne leur reste qu'à le gratter. C'est un procédé de lixiviation. Ils vont gratter le sol jusqu'à ce que tout ça, cette montagne qui s'élevait à deux mille cinq cents mètres, ne soit plus que de la poussière soufflée par le vent.

— Qu'est-ce que c'est que ces grandes marches qui descendent dans le puits ?

— Des gradins. Ils servent de route pour l'équipement lourd autour du puits, mais leur but principal est de stabiliser la terre pour qu'il n'y ait pas de glissements.

— On dirait que ça n'a pas été très efficace par là, dit David en retournant son pouce sur son épaule. Et ici non plus. »

Ils approchaient d'une autre zone où des roches effondrées effaçaient les grandes marches descendant dans les profondeurs de la terre.

« C'est une erreur de pente. »

Le Poste de guet vietcong survola la zone d'éboulis. Au-delà, David vit des réseaux noirs qui à première vue ressemblaient à des filets. En approchant, il reconnut des tuyaux en PVC.

« Il y a peu, on est passé des arroseurs aux asperseurs », récita son guide.

David eut une impression de déjà-vu et il comprit pourquoi : l'homme répétait ce qu'Audrey Wyler avait déjà expliqué.

« Quelques aigles sont morts, dit son guide.

— Quelques aigles ? demanda David pour que M. Billingsley ait voix au chapitre.

— D'accord, une quarantaine. Rien de dramatique pour l'espèce. On ne manque pas d'aigles au Nevada. Tu vois par quoi ils ont remplacé les arroseurs, David ? Les gros tuyaux sont des têtes d'aspersion — des *can taks,* disons.

— Des grands dieux.

— Oui ! Et ces raccordements vides qui passent de l'un à l'autre comme un filet sont les asperseurs. Des *can tahs.* Ils diffusent de l'acide sulfurique dilué. Ça libère le minerai... et pourrit la terre. Accroche-toi, David, ça va en jeter. »

Le Poste de guet vietcong s'inclina — comme un tapis volant — et David s'agrippa au bord des planches pour ne pas tomber. Il ne voulait pas tomber sur ce terrible sol troué où rien ne poussait et qu'irriguaient des ruisseaux de fluides empoisonnés aboutissant aux feuilles de plastique noir.

Ils replongèrent vers le puits et repassèrent au-dessus du baraquement rouillé avec son tuyau de poêle sortant du toit, au-dessus du dépôt d'explosifs, au-dessus des machines au bout de la route. Sur la pente, par-delà le trou béant, une zone était percée d'autres trous, beaucoup plus petits. Il devait y en avoir au moins cinquante, sans doute plus. De chacun émergeait un bâton à pointe jaune.

« On dirait une ville de terriers, dit David.

— C'est un front d'explosions, et ce sont des trous de mine, lui expliqua son guide. L'extraction minière progresse exactement à cet endroit. Chacun de ces trous mesure un mètre de diamètre et environ dix mètres de profondeur. Quand le moment de l'explosion est venu, on descend un bâton de dynamite avec une amorce jusqu'au fond de chaque trou. C'est le détonateur. Ensuite on verse deux brouettes d'Anfo — c'est un mélange de nitrate d'ammonium et de fioul. Les cons qui ont fait sauter l'immeuble gouvernemental d'Oklahoma City ont utilisé de l'Anfo. C'est généralement conditionné en pastilles blanches. »

L'homme à la casquette de base-ball montra du doigt le dépôt d'explosifs.

« Il y a beaucoup d'Anfo, là-dedans. Plus de dynamite — ils ont terminé le stock le jour où tout a commencé — mais beaucoup d'Anfo.

— Je ne comprends pas pourquoi vous me dites tout ça.

— Peu importe. Contente-toi d'écouter. Tu vois ces trous de mine ?

— Oui, on dirait des yeux.

— Très juste. Des trous comme des yeux. Ils sont enfoncés dans du porphyre, qui est cristallin. Quand l'Anfo est mis à feu, ça secoue la roche. Et ce qui est secoué contient le minerai, tu comprends ?

— Je crois.

— La roche est emportée en camion jusqu'aux feuilles de plastique de lixiviation, les têtes d'aspersion et les asperseurs — *can tah, can tak* — sont disposés dessus, et le processus de lavage commence. Voilà ! Tu sais tout. L'exploitation minière par lixiviation de A à Z. Mais regarde ce que la dernière explosion a mis au jour, David ! »

Il montra le gros trou, et David ressentit une fraîcheur désagréable et débilitante qui s'insinuait en lui. Le trou semblait le regarder, l'appeler.

« Qu'est-ce que c'est ? murmura-t-il tout en ayant la sensation qu'il le savait.

— Rattlesnake, le Serpent à Sonnette Numéro Un. Connu aussi sous le nom de Mine Chinoise, de Puits Chinois ou de galerie des Chinois. La dernière série d'explosions l'a rouvert. Dire que l'équipe a été surprise est un euphémisme, parce que personne dans les compagnies minières du Nevada n'a jamais vraiment cru à cette vieille histoire. Au début du siècle, la compagnie Diablo prétendait que le Numéro Un avait tout simplement été fermé quand la veine s'était épuisée. Mais tout ce qu'on raconte a bien eu lieu, David. Et maintenant...

— C'est hanté ? demanda David en frissonnant. C'est ça ?

— Oh, oui ! dit l'homme à la casquette des Yankees en tournant ses faux yeux argentés vers David. Tout à fait exact.

— Je ne sais pas pourquoi vous m'avez amené là, mais je ne veux pas le savoir ! s'écria David. Je veux que vous me rameniez ! Je veux retrouver mon père ! Je déteste tout ça ! Je déteste être au pays des... »

Il s'interrompit quand une pensée horrible lui vint. Le « pays des morts », c'était ce que l'homme avait dit. Il avait qualifié David d'exception. Mais ça voulait dire...

« Le pasteur Martin... Je l'ai vu en venant dans le bois. Est-ce qu'il est... »

L'homme regarda brièvement son vieux poste de radio, puis leva à nouveau les yeux et hocha la tête.

« Deux jours après ton départ, David.

— Est-ce qu'il était ivre ?

— Vers la fin, il était toujours ivre. Comme Billingsley.

— Est-ce qu'il s'est suicidé ?

— Non. »

L'homme à la casquette des Yankees posa doucement la main sur la nuque de David. Elle était chaude, pas comme la main d'un mort.

« Pas un suicide *conscient,* en tout cas. Son épouse et lui sont allés à la plage. Ils ont pique-niqué. Il s'est baigné trop tôt après le déjeuner, et il a nagé trop loin.

— Ramenez-moi, murmura David. Je suis fatigué de toute cette mort.

— Le champ empoisonné est un affront envers Dieu, dit l'homme. Je sais que c'est une sale expérience, David, mais...

— Alors laissez Dieu le nettoyer ! s'écria David. Ce n'est pas juste qu'il s'adresse à moi après avoir tué ma mère et ma sœur.

— Il n'a pas...

— Je m'en moque ! Je m'en moque ! Même si c'est pas lui, il est resté sans rien faire quand c'est arrivé !

— Ce n'est pas vrai non plus. »

David ferma les yeux et pressa les mains sur ses oreilles. Il ne voulait pas en entendre davantage. Il *refusait* d'en entendre davantage. Pourtant la voix de l'homme réussit à passer. Elle était infatigable. Il n'aurait pu y échapper, pas plus que Jonas n'avait pu échapper à Dieu. Dieu était aussi infatigable qu'un limier sur une piste fraîche. Et Dieu était cruel.

« Pourquoi es-tu sur terre ? demandait la voix qui semblait venir maintenant de l'*intérieur* de sa tête.

— Je ne vous entends pas ! Je ne vous entends pas !

— Nous sommes sur terre pour aimer Dieu...

— Non !

— ... et le servir. »

— Non ! Qu'il aille se faire foutre ! Et son amour et son *service* avec !

— Dieu ne peut pas te forcer à faire quelque chose que tu ne veux pas faire...

— Arrêtez ! Je n'écouterai pas, je ne déciderai pas ! Vous entendez ? Vous...

— Chut... écoute ! »

Pas vraiment contre sa volonté, David écouta.

QUATRIÈME PARTIE

Le Puits Chinois :
Dieu est cruel

Chapitre 1

1

Comme Johnny allait suggérer qu'ils démarrent — Cynthia pouvait tenir la tête de l'enfant sur ses genoux et la protéger des secousses —, David leva ses mains et les pressa contre ses tempes. Il inspira plus profondément. Un instant plus tard, ses yeux s'ouvrirent et il les regarda : Johnny, Steve, Cynthia, son père. Les visages des deux hommes les plus âgés étaient gonflés et décolorés comme ceux de boxeurs à la petite semaine après un mauvais combat dans un trou perdu ; ils avaient tous l'air fatigué et effrayé, ils sursautaient au moindre bruit comme des chevaux dopés. Les tristes restes de l'Association des Survivants de Collie Entragian.

« Salut, David, dit Johnny. Nous sommes contents de ton retour parmi nous. Tu es dans...

— Dans le camion de Steve. Garé près du cinéma. Vous l'avez sorti du garage Conoco », dit David.

Il s'assit avec difficulté, avala sa salive, grimaça.

« Elle a dû me secouer comme un dé !

— Bonne image, dit Steve en regardant David d'un air soupçonneux. Tu te souviens d'Audrey faisant ça ?

— Non, mais on me l'a dit. »

Johnny jeta un coup d'œil à Ralph, qui haussa légèrement les épaules — *Ne me posez pas de questions auxquelles je ne sais pas répondre.*

« Est-ce qu'il y a de l'eau ? J'ai la gorge en feu.

— On est sortis du cinéma en catastrophe et on n'a emporté que les armes, dit Cynthia, mais il y a ça. »

Elle montrait une caisse de Jolt Cola dont plusieurs bouteilles étaient déjà vides.

« Steve en a toujours une réserve pour M. Marinville.

— J'en suis fou depuis que j'ai arrêté l'alcool, expliqua Johnny. Il faut que ce soit du Jolt, Dieu sait pourquoi. Il est tiède, mais... »

David en prit un et but à longues gorgées ; la morsure de la boisson gazeuse dans sa gorge le fit grimacer, mais il continua. La bouteille aux trois quarts vide, il reposa la tête contre le flanc du camion, ferma les yeux et rota sans complexe.

« Champion ! » s'exclama Johnny.

David ouvrit les yeux et sourit. Johnny montra le tube d'aspirine qu'il avait subtilisé au club du Hibou.

« Tu en veux ? Elle est vieille, mais elle semble efficace. »

David réfléchit, puis prit un comprimé qu'il avala avec ce qui restait de Jolt.

« On s'en va, dit Johnny. On va d'abord essayer par le nord — il y a des caravanes en travers de la route, mais Steve dit qu'il pense pouvoir les contourner du côté du terrain de camping. Si on n'y arrive pas, il faudra remonter à la mine et prendre la route de service qui va du puits à la nationale 50. Toi et moi on va s'asseoir devant avec...

— Non.

— Pardon ?

— Il faut qu'on aille à la mine, oui, mais pas qu'on quitte le village, dit David d'une voix rauque comme s'il avait pleuré. Il faut qu'on descende dans le puits. »

Johnny regarda Steve, qui haussa les épaules et demanda au gamin :

« De quoi parles-tu, David ? Ta mère ? Parce qu'il vaudrait probablement mieux pour elle, sans parler de nous autres, qu'on...

— Non, ce n'est pas pour ça. Papa ? appela l'enfant en tendant la main pour prendre celle de son père en un geste de réconfort curieusement adulte. Papa, maman est morte

— Eh bien, dit Ralph en baissant la tête, on n'en est pas sûrs, David, et on ne doit pas abandonner tout espoir, mais c'est probable.

— Moi je le *sais.* J'en ai la certitude. »

Le visage de David était hagard à la lumière des torches qu'on promenait dans le camion. C'est Johnny qu'il regarda en dernier.

« Il y a des choses qu'on doit faire. Vous le savez, n'est-ce pas ? C'est pour ça que vous avez attendu que je me réveille.

— Non, David. Pas du tout. Nous avons seulement voulu éviter de te bouger avant d'être certains que tu allais bien. »

Johnny sentait pourtant qu'il mentait. Une vague nervosité s'insinuait en lui. C'était l'état dans lequel il se retrouvait les quelques jours précédant le début d'un nouveau livre, quand il comprenait que l'inévitable ne pouvait être remis plus longtemps, qu'il serait à nouveau sur la brèche, serrant son balancier à deux mains pour éviter que son ridicule petit monocycle tombe de la corde raide.

Mais cette fois c'était pire. Bien pire. Il éprouvait l'envie de frapper d'un coup de crosse de son Rossi la tête du gamin avant qu'il puisse dire quoi que ce soit d'autre. *Nous fous pas dans la merde, mon garçon. Pas au moment où on entrevoit un filet de lumière au bout du tunnel.*

David regarda de nouveau son père, dont il tenait toujours la main.

« Elle est morte, mais pas en paix. Elle ne peut pas l'être tant que Tak habite son corps.

— Qui est Tak, David ? demanda Cynthia.

— Un des écureuils jumeaux, répondit Johnny d'une voix de dessin animé. L'autre, c'est Tik. »

David posa sur lui un long regard calme et Johnny baissa les yeux. Il s'en voulait de se conduire ainsi, mais il ne pouvait s'en empêcher.

« Tak est un dieu, dit David. Ou un démon. Ou peut-être rien du tout, juste un nom, une syllabe sans signification — mais c'est un rien *dangereux*, comme une voix dans le vent. Peu importe. Ce qui compte, c'est que ma mère repose en paix. Alors elle pourra rejoindre ma sœur au... enfin, là où on va après la mort.

— Mon garçon, ce qui importe, *c'est qu'on parte d'ici* », dit Johnny.

Il réussissait encore à conférer quelque douceur à sa voix, mais il sentait frémir un courant sous-jacent d'impatience et de peur.

« Une fois arrivés à Ely, on se mettra en contact avec la police de l'État — qu'est-ce que je dis ! avec le FBI. Il y aura cent flics sur place et une douzaine d'hélicoptères en l'air dès midi, je te le promets. Mais pour le moment...

— Ma mère est morte, mais pas Mary, dit David. Elle est encore en vie. Elle est dans le puits.

— Mais..., interrompit Cynthia, stupéfaite. Comment sais-tu qu'elle est partie ?

— Eh bien, d'abord, répondit David avec un faible sourire, je ne la vois pas. Et puis, je le sais de la même manière que je sais que c'est Audrey qui m'a étranglé. On me l'a dit.

— Qui te l'a dit, David ? demanda Ralph.

— Je n'en sais rien, répondit l'enfant, curieusement pensif. Je ne sais même pas si c'est important. L'important, c'est ce qu'on m'a dit. Les choses *vraies* qu'on m'a dites. Je sais qu'elles étaient vraies.

— L'heure des histoires est terminée, mon petit », dit Johnny.

Il y avait de l'irritation dans sa voix. Il l'entendit mais ne put la réprimer. Était-ce surprenant ? On n'était pas en plein débat télévisé sur le réalisme magique, tout de même ! L'heure des histoires était terminée ; il fallait éteindre la lumière. Il n'avait absolument aucune envie d'écouter le récit de la folle quête onirique de ce petit Jésus scout qui lui donnait la chair de poule.

Le petit Jésus scout est sorti de sa cellule, il a tué le coyote qu'Entragian avait posté pour vous garder et il a sauvé ta misérable vie, martela Terry dans sa tête. *Peut-être que tu devrais l'écouter, Johnny.*

C'était la raison pour laquelle il avait divorcé de Terry. Une raison parmi d'autres. Elle était divine au lit, mais elle n'avait jamais su quand il fallait la boucler.

Pourtant le mal était fait. Il était maintenant trop tard pour faire dérailler ce train de pensées. Il ne put s'empêcher de réentendre ce que Billingsley avait dit à propos de l'évasion de David. *Pas même Robert Houdin* — c'était ça ? La façon dont il avait renvoyé les coyotes. Et cette histoire de sardines et de crackers. L'idée qui lui avait traversé l'esprit avait un rapport avec les *miracles discrets,* non ?

Il fallait qu'il arrête de réfléchir dans cette direction. Parce que les Jésus scouts faisaient tuer des gens. Regarde un peu saint Jean-Baptiste, ou ces religieuses en Amérique du Sud, ou...

Pas même Robert Houdin.

A cause de la tête.

Johnny se rendit compte qu'il était inutile d'en rajouter, ou de faire des claquettes mentales, ou — c'était le plus vieux truc de tous — d'utiliser différentes voix pour débattre de la question jusqu'à l'incohérence. La réalité était simple : il n'avait plus seulement peur du flic ou des autres forces qui risquaient de se déchaîner dans ce village.

Il avait aussi peur de David Carver.

« Ce n'est pas *vraiment* le flic qui a tué ma mère, ma sœur et l'époux de Mary », dit David.

Il posa sur Johnny un regard qui lui rappela étrangement Terry. Ce regard l'amenait jadis à la frontière indécise de la folie. *Tu sais de quoi je parle,* disait ce regard. *Tu le sais* exactement, *alors ne me fais pas perdre mon temps en te montrant délibérément obtus.*

« Quelle que soit la personne à qui j'ai parlé pendant que j'étais inconscient, en fait, c'était Dieu. Seul Dieu ne peut aller vers les autres tel qu'il est ; il les ferait mourir de peur et n'arriverait à rien. Il se montre sous un autre aspect. Oiseaux, colonnes de feu, buissons ardents, bourrasques de vent...

— Ou une personne, dit Cynthia. C'est sûr, Dieu est le grand maître des déguisements. »

La patience de Johnny s'épuisa définitivement quand il entendit le ton approbateur de la maigrichonne.

« C'est complètement fou ! hurla-t-il. Il faut qu'on *parte,* est-ce que vous ne le voyez pas ? On est garés au beau milieu de cette foutue Main Street, enfermés ici sans une fenêtre à travers laquelle regarder, il pourrait être n'importe où — derrière nos bon Dieu de pneus, pourquoi pas ! Lui ou bien... je ne sais pas... des coyotes... des busards...

— Il est parti, dit David d'une voix tranquille en se penchant pour prendre une autre bouteille de Jolt dans la caisse.

— Qui ? demanda Johnny. Entragian ?

— Le *can tak.* Peu importe dans qui il est — Entragian ou ma mère ou celui dans lequel il a commencé — c'est toujours le même. Toujours le *can tak,* le grand dieu, le gardien. Parti. Vous ne le sentez pas

— Je ne sens rien. »

Ne joue pas les crétins, dit Terry dans sa tête.

« Ne joue pas les crétins, dit David en le regardant droit dans les yeux, la bouteille de Jolt entre les mains.

— Est-ce que tu lis dans mes pensées ? demanda Johnny presque en riant. Parce que, dans ce cas, je te serais reconnaissant de foutre le camp de ma tête, mon garçon.

— *Tout ce que j'essaie de faire, c'est de vous forcer à m'écouter !* Les autres m'écouteront si vous m'écoutez ! Il n'aura pas besoin d'envoyer ses *can tahs* ni ses *can taks* contre nous si nous sommes en désaccord. Il lui suffira d'une fenêtre brisée et il entrera pour nous mettre en pièces !

— Allons, dit Johnny, ne me fais pas le coup de la culpabilité. Rien de tout ça n'est de ma faute.

— Je n'ai pas dit que c'était de votre faute. Écoutez-moi, d'accord ? dit l'enfant d'une voix presque suppliante. Vous pouvez m'écouter, on a le temps, parce qu'*il est parti.* Les caravanes qu'il avait mises en travers de la route sont parties aussi. Est-ce que vous comprenez ? *Il veut qu'on parte.*

— Génial ! Donnons-lui ce qu'il veut !

— Écoutons ce que David a à dire, dit Steve.

— Je crois que tu oublies qui te paie, Steve ! »

Il se méprisa pour ces paroles dès qu'elles furent sorties de sa bouche, mais il ne fit aucun effort pour les retirer. Son désir de partir, de bondir au volant du Ryder et de parcourir des kilomètres — dans n'importe quelle direction sauf le sud — était maintenant si puissant qu'il frôlait la panique.

« Tu m'as demandé d'arrêter de t'appeler patron. Je m'y tiens.

— Et Mary ? demanda Cynthia. David dit qu'elle est en vie ! »

Johnny ne se tourna pas seulement vers elle, il *fondit* sur elle.

« Si vous voulez boucler votre valise et voyager sur Air Paradis avec David, je crois que je vais vous laisser ma place.

— On va l'écouter », dit Ralph d'une voix grave.

Johnny le regarda, stupéfait. La dernière personne qu'il aurait cru devoir combattre était bien le père de David. *Il est tout ce que j'ai,* avait dit Ralph dans le hall de l'Ouest américain. *Tout ce qui me reste de ma famille.*

Johnny regarda les autres, et il fut stupéfait de constater qu'ils étaient d'accord. Il était seul dans le camp adverse. Et Steve avait les clés du camion dans sa poche. Pourtant c'était surtout lui que l'enfant regardait. Lui. Comme c'était surtout lui, John Edward Marinville, que les gens avaient regardé depuis qu'il avait publié son premier roman à l'âge exceptionnellement précoce de vingt-deux ans. Il pensait s'y être habitué, et peut-être était-ce le cas, mais cette fois, c'était différent. Il avait dans l'idée qu'aucun des autres — professeurs, lecteurs, critiques, éditeurs, compagnons de beuveries, femmes — n'avait jamais attendu de lui ce que cet enfant lui demandait — et ce n'était pas seulement d'écouter. Écouter, Johnny en avait bien peur, ne serait que le début.

Les yeux ne se contentaient pas de le regarder. Ils le suppliaient.

Compte pas sur moi, mon garçon, quand on laisse les gens comme toi piloter, l'avion finit toujours par s'écraser.

Si David n'avait pas été là, je crois que ton avion personnel se serait déjà écrasé, dit Terry dans sa tête, parlant depuis le Bunker de la Salope. *Je crois que tu serais mort et suspendu à un crochet quelque part. Écoute-le, Johnny. Pour l'amour du ciel, écoute !*

D'une voix plus grave, Johnny demanda :

« Entragian est parti, tu en es sûr ?

— Oui. Les animaux aussi. Les coyotes et les loups — il a dû en falloir des centaines — ont écarté les roulottes de la route. Ils les ont fait basculer sur le caliche. Maintenant, la plupart se sont éloignés dans le *mi him,* le cercle du guetteur. »

Il but une gorgée de Jolt. La main qui tenait la bouteille tremblait légèrement. Il les regarda chacun à leur tour, mais c'est sur Johnny que revinrent ses yeux. Toujours Johnny.

« Il veut la même chose que vous, qu'on parte.

— Alors pourquoi nous a-t-il amenés ici ?

— Il ne l'a pas fait.

— *Quoi ?*

— Il croit qu'il l'a fait, mais c'est pas vrai.

— Je n'ai pas la moindre idée de ce que tu...

— Dieu nous a amenés, dit David. Pour l'arrêter. »

2

Dans le silence qui suivit, Steve se rendit compte qu'il tendait l'oreille vers l'extérieur. Il n'y avait plus de vent. Il crut entendre un avion au loin — des gens sains en route vers quelque destination saine, en train de dormir, de manger ou de lire *US News and World Report* — mais c'était tout.

C'est Johnny qui brisa le silence, bien sûr, et bien que sa voix fût aussi confiante qu'à l'ordinaire, il y avait dans ses yeux quelque chose de... *fuyant,* que Steve n'aima pas beaucoup. Il se dit qu'il préférait son regard affolé : les grands yeux et la grimace terrifiée à la Clyde Barrow quand il avait pointé son arme sur l'oreille du couguar et lui avait fait sauter la cervelle. Steve savait très bien qu'il y avait en Johnny une sorte de joyeux hors-la-loi — il en avait décelé la trace dès le début de la tournée, et il savait que c'était au hors-la-loi que Bill Harris pensait quand il avait énoncé les Cinq Commandements dans le bureau de Jack Appleton — mais Clyde Barrow semblait s'être retiré pour laisser toute la place à l'autre Marinville, celui qui débitait une rhétorique creuse à la William Buckley en soulevant un sourcil sarcastique.

« Tu fais comme si nous avions tous le même Dieu, David, dit-il. Je ne veux pas avoir l'air de te faire la leçon, mais je doute fort que ce soit le cas.

— Mais *si,* répondit calmement David. Face à Tak, vous auriez le même Dieu qu'un roi cannibale. Vous avez vu les *can tahs,* je sais que vous les avez vus, et je sais que vous avez senti ce qu'ils peuvent faire. »

La bouche de Johnny se tordit. Steve pensa que cela signifiait que le gosse avait marqué un point mais que Johnny ne voulait pas l'admettre.

« C'est peut-être vrai, dit-il, mais la personne qui m'a amené ici, *moi,* était très loin de Dieu. C'était un grand policier blond avec des problèmes de peau. Il a planqué un sac d'herbe dans mes sacoches, et ensuite il m'a roué de coups.

— Oui, je sais. La drogue venait de la voiture de Mary. Et il avait disposé des sortes de clous sur la route pour nous avoir. C'est drôle, quand on y pense — je veux dire bizarre. Il est passé dans Désolation comme une tornade : il a tiré sur les gens, il leur a donné des coups de couteau, il les a battus à mort, il les a défenestrés, il les a écrasés avec sa voiture ; mais il n'a pas été capable de venir vers nous, vers *aucun* de nous, et de nous menacer simplement de son arme en disant : " Suivez-moi ! " Il a chaque fois trouvé un... je ne connais pas le mot, dit-il en regardant Johnny.

— Un prétexte, proposa l'ancien patron de Steve.

— Oui, c'est ça, un prétexte. C'est comme dans les vieux films d'horreur, le vampire ne vient pas de lui-même, il faut qu'il soit invité.

— Pourquoi ? demanda Cynthia.

— Peut-être parce que Entragian — le *véritable* Entragian — était toujours dans sa tête. Comme une ombre. Ou comme une personne qui est enfermée chez elle mais peut toujours regarder par les fenêtres et cogner sur les portes. Maintenant, Tak est dans ma mère — ce qu'il en reste — et il nous tuerait s'il le pouvait... mais il pourrait probablement aussi faire la meilleure tarte au citron du monde. S'il le voulait. »

David baissa les yeux un moment, les lèvres tremblantes, puis il les regarda à nouveau.

« Le fait qu'il ait eu besoin d'un prétexte pour nous emmener n'est pas vraiment important. Souvent, ce qu'il fait ou ce qu'il dit n'a pas d'importance — c'est inepte, ou c'est instinctif. Mais il y a des indices. Il y a toujours des indices. Il se trahit, il révèle sa vraie nature, comme quelqu'un qui dit ce qu'il voit dans des taches d'encre.

— Si ça n'a pas d'importance, demanda Steve, qu'est-ce qui en a ?

— *Le fait qu'il nous a pris, nous, et qu'il a laissé d'autres gens libres.* Il croit qu'il nous a pris au hasard, comme un gosse, au supermarché, attrape les boîtes qui attirent son regard sur les présentoirs et les met dans le chariot de sa mère, mais ce n'est pas ce qui s'est passé.

— Il est comme l'Ange de la Mort en Égypte, c'est ça ? dit Cynthia d'une voix curieusement plate. Sauf que c'est l'inverse. Nous avions une marque sur nous qui disait à *notre* Ange de la Mort — cet Entragian — de nous arrêter et de se saisir de nous au lieu de nous laisser passer.

— Oui, approuva David. Il ne le savait pas à l'époque, mais il le sait maintenant — *mi him en tow,* comme il le dirait — notre Dieu est fort, notre Dieu est avec nous.

— Si c'est ce qui se passe quand Dieu est avec nous, j'espère que je n'attirerai jamais son attention quand il choisira d'être contre nous, dit Johnny.

— Maintenant, Tak veut qu'on parte, dit David, et il sait qu'on *peut* partir. A cause de la clause de libre arbitre. C'est comme ça que l'appelait toujours le pasteur Martin. Il... il...

— David ? demanda Ralph. Qu'est-ce qu'il y a ? Qu'est-ce qui ne va pas ?

— Rien. C'est sans importance. L'important est que jamais Dieu ne nous *force* à faire ce qu'il veut qu'on fasse. Il nous le dit, c'est tout, et puis il s'efface et il regarde ce qui se passe. Un jour la femme du pasteur Martin est venue écouter pendant qu'il me parlait de la clause de libre arbitre. Elle a dit que sa mère avait un dicton à ce sujet : " Dieu dit : prenez ce que vous voulez, et payez-le. " Tak a ouvert la porte qui mène à la nationale 50... mais ce n'est pas là que nous sommes censés nous rendre. Si nous y allons, si nous quittons Désolation sans faire ce que Dieu nous a envoyés faire ici, nous en paierons le prix. »

Il regarda le cercle de visages autour de lui et une fois de plus s'arrêta sur celui de Johnny Marinville.

« Moi, je vais rester, quoi qu'il se passe, mais pour que ça marche, il faut qu'on reste *tous.* Il faut qu'on abandonne notre libre arbitre au profit de la volonté de Dieu, et il faut qu'on soit prêts à mourir. Parce que c'est ce qui risque d'arriver.

— Tu es fou, mon garçon, dit Johnny. D'ordinaire, c'est quelque chose qui me plaît chez les gens, mais tu vas un peu trop loin, même pour moi. Je n'ai pas survécu jusqu'ici pour me faire abattre d'un coup de feu — ou becqueter par des busards. Quant à Dieu, en ce qui me concerne, il est mort au Vietnam en 1969. Jimi Hendrix jouait " Purple Haze " sur la radio des forces armées, à ce moment-là.

— Écoutez la suite, d'accord ? Est-ce que vous voulez bien faire au moins ça ?

— Et pourquoi le devrais-je ?

— Parce qu'il y a une histoire, dit David avant de boire encore une gorgée de Jolt en grimaçant. Une bonne histoire. Vous voulez l'entendre ?

— Je t'ai dit que l'heure des histoires était passée. »

David ne répondit pas.

Il y eut un silence à l'arrière du camion. Steve surveillait Johnny de près. S'il faisait le moindre mouvement en direction de la porte donnant sur la cabine du Ryder et voulait démarrer, Steve avait bien l'intention de s'y opposer physiquement. Il ne le souhaitait pas. Il avait passé bien des années dans le monde sévèrement hiérarchisé des coulisses du rock, et il savait qu'agir ainsi lui donnerait l'impression d'être Christian Fletcher s'opposant au capitaine Bligh-Marinville. Mais il le ferait s'il n'avait pas le choix.

Il fut donc soulagé quand Johnny haussa les épaules, sourit et s'installa près de l'enfant avec une bouteille de Jolt.

« D'accord, encore une histoire. Mais ce soir seulement. »

Il ébouriffa les cheveux de David d'un geste très étudié, mais néanmoins charmant.

« Les histoires sont mon talon d'Achille pratiquement depuis le berceau. Mais je dois te préciser que j'aimerais assez que celle-ci se termine par : " Et ils vécurent très heureux. "

— Comme nous tous, dit Cynthia.

— Je crois que le type que j'ai rencontré m'a tout dit, commença David, mais il y a encore des choses que je ne sais pas. Des passages flous, ou même noirs. Peut-être parce que je ne pouvais pas comprendre, ou parce que je ne voulais pas comprendre.

— Fais de ton mieux, dit Ralph. Ça suffira. »

David plongea son regard dans les ombres environnantes, réfléchit — il se *concentrait,* se dit Cynthia — et commença.

3

« M. Billingsley a raconté une légende, et comme le plus souvent dans les légendes, presque tout était faux. Pour commencer, ce n'est pas un effondrement qui a bloqué la galerie des Chinois. La mine a été bloquée délibérément. Et ce n'est pas en 1858 que ça s'est passé, bien que ce soit à cette date qu'on ait amené les premiers mineurs chinois, mais en septembre 1859. Il n'y avait pas quarante Chinois au fond quand c'est arrivé, mais cinquante-sept, et pas deux Blancs, mais quatre. Soixante et une personnes en tout. Et ils n'étaient pas à cinquante mètres de profondeur, comme on l'a dit, mais à soixante-dix. Vous imaginez un peu ? A soixante-dix mètres dans un sol meuble qui pouvait s'effondrer sur eux n'importe quand ! »

David ferma les yeux. Il avait l'air incroyablement fragile, comme un enfant qui se remet d'une terrible maladie et risque de rechuter à tout moment. C'était peut-être dû en partie à la pellicule verte de savon qui adhérait encore à sa peau, mais pas seulement, se disait Cynthia. Elle ne doutait pas du pouvoir de David, et ne se demandait même pas s'il avait vraiment été touché par Dieu. Elle avait été élevée dans un presbytère, et elle avait déjà vu des gens comme ça... mais jamais à ce point.

« A treize heures dix, le 21 septembre, les mineurs du front de taille ont débouché brutalement dans ce qu'ils ont d'abord pris pour une grotte. Dans la salle se trouvait une pile de ces choses en pierre. Des milliers. Des statues de certains animaux, des animaux *inférieurs,* les *timoh sen cahs :* loups, coyotes, serpents, araignées, rats, chauves-souris. Les mineurs, stupéfaits, ont fait la chose la plus naturelle du monde : ils se sont penchés et les ont ramassées.

— Mauvaise idée, murmura Cynthia.

— Oui. Certains sont devenus fous tout de suite. Ils ont attaqué leurs amis — qu'est-ce que je dis, ils ont même attaqué des membres de leur famille — pour leur trancher la gorge. D'autres, pas seulement ceux qui étaient plus loin dans la galerie et qui n'ont pas vraiment manipulé les *can tahs,* mais certains de ceux qui les avaient touchés, n'ont pas semblé réagir, du moins pas tout de suite. Deux d'entre eux étaient des frères originaires de Tsingtao — Wang Lushan et Wang Sunkai. Tous deux ont regardé par l'ouverture dans la grotte, qui était en fait comme une salle souterraine. Ronde comme le fond d'un puits. Les murs étaient faits de têtes, ces têtes d'animaux en pierre, les têtes de *can taks,* je crois, mais je n'en suis pas certain. Il y avait un petit édifice sur un côté, le *pirin moh* — je ne sais pas ce que ça veut dire, je suis désolé —, et au milieu un trou rond de quatre mètres de diamètre. Comme un œil gigantesque. Ou un autre puits. Un puits dans un puits. Comme les statues, qui sont pour la plupart des animaux avec d'autres animaux dans la bouche à la place de la langue. *Can tak* dans *can tah, can tah* dans *can tak.*

« Ou *camera en camera »,* dit Marinville.

Il avait dit cela en levant un sourcil, signe qu'il plaisantait, mais David le prit au sérieux. Il hocha la tête et frissonna.

« C'est la place de Tak, dit-il. L'*ini,* le puits des mondes.

— Je ne comprends pas », dit doucement Steve.

David l'ignora. Il semblait surtout s'adresser à Marinville.

« La force du mal de l'*ini* s'insinue dans les *can tahs* de la même façon que le minerai remplit le sol — elle est insufflée dans la moindre particule, comme de la fumée. Et c'est ainsi qu'elle a rempli la salle dont je parle. Ce n'est pas de la fumée, mais la fumée est la meilleure image pour s'en faire une idée, sans doute. Les mineurs en ont été affectés à différents niveaux, comme lors d'une épidémie. Ceux qui sont devenus fous tout de suite se sont attaqués aux autres. Le corps de certains s'est transformé comme celui d'Audrey à la fin. C'était le cas de ceux qui avaient touché les *can tahs*. Ils en avaient parfois pris plusieurs poignées à la fois avant de les poser pour pouvoir... vous savez... attaquer les autres. Certains avaient entrepris d'élargir le trou entre la galerie et la salle. D'autres s'y glissaient à plat ventre. Certains avaient l'air ivres. D'autres semblaient souffrir de convulsions. Certains couraient vers le puits et se jetaient dedans en riant. Les frères Wang virent un homme et une femme en train de baiser — j'utilise ce mot parce qu'ils ne faisaient pas l'amour au sens où on l'entend — avec une de ces statues entre eux. Entre leurs dents. »

Cynthia échangea un regard stupéfait avec Steve.

« Dans la galerie, les mineurs se frappaient à coups de pierre ou se marchaient les uns sur les autres pour tenter d'arriver au trou en premier. J'ai vu cette scène, dit-il en regardant les autres d'un air sombre. C'était drôle, comme les Dalton à la télévision. Et ça rendait les choses encore pires, que ce soit drôle. Vous comprenez ?

— Oui, je comprends très bien, David, dit Marinville. Continue.

— Les deux frères l'ont senti autour d'eux, ce qui émanait de la salle, mais pas comme quelque chose qui aurait été en eux, pas à ce moment-là. Un des *can tahs* était tombé aux pieds de Lushan. Il s'est baissé pour le ramasser, et Sunkai l'a écarté. A ce moment, ils étaient probablement les seuls encore sains d'esprit. La plupart de ceux qui avaient été contaminés tout de suite étaient morts, et il y avait une chose — comme un serpent de fumée — qui sortait du trou. Ça produisait un bruit grinçant, et les frères se sont enfuis. Un contremaître blanc descendait la galerie en courant, et il avait une arme à la main. “ Qu'est-ce que c'est que tout ce raffut, les chinetoques ? ” a-t-il demandé. »

Cynthia eut un frisson. Elle tendit la main vers Steve et fut soulagée quand il referma ses doigts sur les siens. L'enfant n'avait pas seulement imité la voix grossière d'un petit chef. En fait, il avait parlé avec la voix de quelqu'un d'autre.

« " Allez, les bridés, retourner travail maintenant si vous pas vouloir balle dans bide. " Mais c'est lui qui a pris une balle. Lushan l'a saisi par le cou et Sunkai lui a arraché son arme. Il lui a posé le canon ici..., dit David en pointant son index sous sa mâchoire. Et il a fait sauter la cervelle du type.

— David, est-ce que tu sais ce qu'ils pensaient en faisant ça ? demanda Marinville. Est-ce que ton ami du rêve a pu t'emmener aussi loin ?

— J'ai surtout vu.

— Ces *can tahs* avaient dû quand même les contaminer, dit Ralph. Sinon, ils n'auraient jamais tué un Blanc, même s'il se passait des choses graves, même s'ils voulaient à tout prix s'échapper.

— Peut-être, dit David. Mais Dieu était en eux aussi, je crois, de la même façon qu'il est en nous maintenant. Dieu pouvait les amener à faire son œuvre, qu'ils soient *mi en taks* ou non, parce que — *mi him en tow* — notre Dieu est fort. Vous comprenez ?

— Je crois que oui, dit Cynthia. Qu'est-il arrivé ensuite, David ?

— Les frères sont remontés, menaçant de l'arme du contremaître tous ceux qui tentaient de les retenir ou même de les ralentir. Il n'y en eut pas beaucoup : même les autres Blancs ne leur accordèrent qu'un rapide coup d'œil quand ils les virent s'enfuir. Ils voulaient tous voir ce qui se passait, ce que les mineurs avaient trouvé. Ça les attirait, vous voyez. Vous comprenez vraiment, n'est-ce pas ? »

Les autres hochèrent la tête.

« A une vingtaine de mètres de l'entrée de la fendue, les frères Wang se sont arrêtés et se sont mis au travail sur le mur suspendu. Ils n'en ont même pas discuté ; ils ont vu des piolets et des pelles et ils se sont mis au travail.

— Qu'est-ce que c'est qu'un mur suspendu ? demanda Steve.

— Le toit d'une galerie et la terre qui le recouvre, dit Ralph.

— Ils ont travaillé comme des fous, continua David. La terre était si meuble qu'elle s'est mise à tomber tout de suite du plafond, mais le plafond lui-même ne s'est pas effondré. Les cris, les hurlements et les rires venant d'en bas... Je connais les mots pour qualifier les bruits que j'ai entendus, mais je ne peux décrire à quel point ils étaient horribles. Certains, d'abord humains, se transformaient en autre chose. J'ai vu un film un jour, à propos d'un médecin qui transformait les animaux en hommes, sur une île tropicale...

— *L'île du Dr Moreau,* dit Marinville.

— Les bruits que j'ai entendus au fond de cette mine — ceux que j'ai entendus avec les oreilles des frères Wang — ressemblaient à ceux de ce film, mais inversés. Comme si les hommes se transformaient en animaux. Je crois que c'était le cas. Je crois que c'est un peu ce que font les *can tahs.* C'est à ça qu'ils servent. Les frères... Je les vois, deux Chinois qui se ressemblent assez pour être jumeaux, avec leur natte retombant sur leur dos couvert de sueur, je les vois qui tapent sur le mur suspendu qui aurait dû s'effondrer au bout d'une demi-douzaine de coups, mais qui ne s'effondre pas, je les vois regarder derrière eux dans la galerie tous les deux ou trois coups pour voir qui vient. Pour voir ce qui vient. Des morceaux de toit tombent devant eux en gros fragments. Parfois, ils tombent *sur* eux aussi, et bientôt ils ont les épaules en sang, et la tête... Le sang coule sur leur visage, sur leur cou, sur leur poitrine. D'autres sons montent du puits. Des choses qui grondent. Des choses qui s'écrasent. Et le plafond ne veut toujours pas tomber. C'est alors qu'ils voient des lumières en bas — des bougies, peut-être, ou des lampes à pétrole comme en avaient les chefs d'équipe. On les attache au front avec une lanière de cuir. On plie aussi un bout d'étoffe qu'on met entre la boîte et le front pour ne pas se brûler la peau. Quelqu'un est sorti de l'obscurité en courant, quelqu'un qu'ils connaissaient. Il s'appelait Ti Yuan. C'était un drôle de type, je crois : il fabriquait des animaux avec des bouts de tissu, et après il faisait des spectacles pour les gosses. Ti Yuan était devenu fou, mais ce n'était pas tout. Il était *plus grand,* si grand qu'il devait presque marcher à quatre pattes pour passer dans la galerie. Il leur jetait des pierres en leur criant des insultes en cantonais, maudissant leurs ancêtres, leur ordonnant d'arrêter ce qu'ils faisaient. Sunkai a tiré sur lui avec l'arme du contremaître. Il a fallu qu'il tire plusieurs fois avant que Ti Yuan tombe et soit mort. Mais d'autres arrivaient, hurlant : " A mort ! " Tak savait ce qu'ils faisaient, vous comprenez. »

David les regarda, ou plutôt les considéra avec des yeux flous, comme s'il était en transe, mais Cynthia n'avait pas l'impression que l'enfant avait cessé de les voir. D'une certaine façon, c'était l'aspect le plus terrible de ce qui se passait ici. David les voyait très bien... et les forces en lui aussi, celles qu'elle entendait parfois quand elles venaient clarifier des passages de l'histoire que David n'avait peut-être pas compris.

« Sunkai et Lushan ont repris leur travail sur le mur suspendu, frappant de leurs piolets comme des fous — ce qu'ils n'allaient pas tarder à devenir. Une partie du plafond sur lequel ils travaillaient formait comme un dôme au-dessus de leurs têtes, dit David en décrivant un demi-cercle de ses mains, que Cynthia vit trembler Ils n'arrivaient plus bien à l'atteindre de leurs piolets. Alors Sunkai, le plus âgé, est monté sur les épaules de son jeune frère et a continué à taper. La terre tombait en pluie et formait un tas qui montait presque aux genoux de Lushan, et le plafond ne voulait toujours pas tomber.

— Étaient-ils possédés de Dieu, David ? demanda Marinville sans plus aucun sarcasme dans la voix. Possédés *par* Dieu ? Que crois-tu ?

— Je ne crois pas. Je ne crois pas que Dieu ait besoin de posséder, c'est ce qui fait de lui un Dieu. Je crois qu'ils voulaient ce que Dieu voulait : que Tak ne sorte pas de la terre ; faire s'effondrer le plafond entre eux et les autres, s'ils le pouvaient. Enfin, ils voyaient les lampes qui venaient du fond de la mine. Ils entendaient les gens crier. Toute une meute de gens. Sunkai a abandonné le mur suspendu pour s'attaquer à une des poutres transversales, en la frappant du manche de son piolet. Les mineurs qui remontaient leur jetaient des pierres, dont plusieurs heurtèrent Lushan, mais il ne flancha pas et continua à soutenir son frère sur ses épaules. Quand les étais sont finalement tombés, ils ont entraîné le plafond. Sunkai a sauté du bon côté et il a réussi à sortir son frère à demi enterré sous l'éboulement. Lushan était salement amoché, mais il n'avait rien de cassé. Comme ils en avaient réchappé, le reste n'a pas dû leur sembler important. Ils entendaient les mineurs — leurs amis, leurs cousins, et pour Wang Lushan sa future épouse — crier qu'on les fasse sortir. Lushan commençait d'ailleurs à dégager les pierres quand Sunkai l'arrêta et le raisonna. Parce qu'ils pouvaient encore raisonner, vous comprenez. Et puis, comme si les gens piégés du côté de Tak avaient compris ce qui était arrivé, les appels à l'aide se sont transformés en cris et en hurlements. Des cris de... enfin, d'hommes qui n'étaient plus vraiment des êtres humains. Lushan et Sunkai sont partis en courant. Ils ont croisé des gens — des Blancs et des Chinois — qui entraient pendant qu'ils sortaient. On ne leur a posé que des questions évidentes du genre “ Qu'est-il arrivé ? ”, et comme la réponse était tout aussi évidente, ils n'ont même pas eu à répondre. Il y avait eu un effondrement, des hommes étaient piégés et personne ne se préoccupait de deux jeunes Chinois effrayés qui avaient eu la chance de s'en sortir. »

David avala la fin de son soda et posa la bouteille vide à côté de lui.

« Tout ce que nous a dit M. Billingsley est comme ça, dit-il. Vérité et erreurs, mais aussi mensonges, le tout mélangé.

— Le terme technique est “ fabrication de légende ”, dit Marinville avec un faible sourire fatigué.

— Les mineurs et les gens de la ville ont entendu les Chinois qui criaient derrière le plafond effondré, mais ils ne sont pas restés à ne rien faire : ils ont essayé de les sortir de là, et ils ont étayé sur les vingt premiers mètres. Mais il y a eu un autre éboulement, moins important, et deux autres étais ont cédé. Si bien qu'ils ont reculé et attendu l'arrivée des experts de Reno. Il n'y a pas eu de pique-nique à l'entrée de la fendue — c'est un mensonge pur et simple. Au moment où les ingénieurs des mines descendaient de voiture à Désolation, il y a eu deux effondrements — de *vrais* effondrements, des gros — dans la mine. Le premier plus près encore de la sortie que l'endroit où les frères Wang avaient fait s'écrouler le mur suspendu. Il a bloqué les vingt mètres de galerie comme un bouchon ferme une bouteille. Et le choc qu'ont produit en tombant les tonnes de skarn et de schiste a entraîné un autre éboulement, plus loin dans la galerie. Il a mis fin aux cris, au moins aux cris suffisamment proches de la surface pour que les gens les entendent. Tout était terminé avant que les ingénieurs arrivent du village dans un chariot à minerai. Ils ont regardé, ils ont enfoncé quelques barres pour sonder, ils ont écouté les récits, et quand on leur a parlé du second effondrement, qui d'après les gens avait secoué le sol comme un tremblement de terre et fait cabrer les chevaux, ils ont hoché la tête et ils ont dit qu'il n'y avait probablement plus personne à sauver. Même s'il y avait eu quelqu'un, ils auraient dû risquer plus de vies qu'ils ne pouvaient espérer en sauver en tentant de descendre.

— Et puis ce n'étaient que des Chinois, dit Steve.

— Très juste. Des petits chinetoques. M. Billingsley avait raison sur ce point. Pendant ce temps, les deux jeunes Chinois qui s'étaient échappés étaient partis dans le désert, près de Rose Rock, et ils devenaient fous. Ç'avait fini par les atteindre, vous voyez, par les rattraper. Il s'est écoulé presque deux semaines avant qu'ils reviennent à Désolation, pas trois jours. En revanche c'est bien au Lady Day qu'ils sont entrés — vous voyez comme la vérité s'est mélangée aux mensonges ? — mais ils n'y ont tué personne. Sunkai a brandi l'arme du contremaître, qui était vide, et ça a suffi. Une bande de mineurs et de cow-boys s'est emparée d'eux. Ils n'avaient plus de vêtements, à part le tissu qui leur servait de slip. Ils étaient couverts de sang. Les hommes du Lady Day ont pensé que c'était le sang de tous les gens qu'ils avaient assassinés, mais c'était faux. Ils étaient allés dans le désert, appelant à eux les animaux... comme Tak a appelé le couguar que vous avez abattu, monsieur Marinville. Sauf que les frères Wang ne voulaient rien leur demander de semblable. Ils voulaient seulement manger. Et ils ont mangé tout ce qui venait : chauves-souris, busards, araignées, serpents à sonnette. »

David leva une main tremblante jusqu'à son visage et s'essuya d'abord l'œil gauche, puis le droit.

« J'ai beaucoup de peine pour les frères Wang. J'ai un peu l'impression de les connaître. De savoir ce qu'ils ont ressenti. Quel soulagement ils ont dû éprouver quand la folie s'est finalement emparée d'eux et qu'ils n'ont plus eu à penser ! Ils auraient pu rester toute leur vie au pied des monts Desatoya, je crois, mais ils étaient tout ce dont disposait Tak, et Tak a toujours faim. Tak les a envoyés en ville, parce qu'il ne pouvait rien faire d'autre. L'un d'eux, Sunkai, a été tué très vite au Lady Day. Lushan a été pendu deux jours plus tard, presque à l'endroit où ces trois bicyclettes étaient retournées dans la rue... vous vous rappelez ? Il a hurlé dans la langue de Tak, la langue de l'informe, jusqu'à la fin. Il a arraché la cagoule de sa tête, si bien qu'on l'a pendu tête nue.

— Eh bien, ton Dieu, tu parles d'une affaire ! s'exclama Marinville d'un ton rigolard. Il sait vous récompenser, hein, David ?

— Dieu est cruel, dit David d'une voix presque inaudible.

— Quoi ? demanda Marinville. Qu'as-tu dit ?

— Vous le savez. Mais la vie, ça ne consiste pas à contourner les chagrins. C'est une chose que vous saviez, avant, monsieur Marinville, non ? »

Marinville tourna les yeux vers le coin sombre du camion et ne dit rien.

4

La première chose dont Mary prit conscience fut l'odeur — douceâtre, rance, nauséeuse. *Oh, Peter, c'est pas vrai !* songea-t-elle dans une demi-conscience. *C'est ce putain de congélateur, tout est perdu !*

Sauf que ce n'était pas ça. Le congélateur était tombé en panne pendant leur voyage à Majorque, il y avait longtemps, avant la fausse couche. Beaucoup de choses étaient arrivées depuis. Beaucoup de choses étaient arrivées très récemment, en fait. Presque toutes mauvaises. Mais quoi ?

Le centre du Nevada est plein de gens intenses.

Qui avait dit ça ? Marielle ? Dans sa tête, c'était bien la voix de Marielle.

Ça n'a pas d'importance, si c'est vrai. Et c'est vrai, non ?

Elle ne savait pas. Elle ne voulait pas savoir. Ce qu'elle voulait surtout, c'était retourner dans l'obscurité dont une partie d'elle-même cherchait à sortir. Parce qu'il y avait des voix

(c'est une bande de pleutres)

et des bruits

(riiik-riiik-riiik)

qu'elle ne voulait pas entendre. Il valait mieux rester allongée là et...

Quelque chose courut sur son visage. Une chose à la fois légère et poilue. Mary s'assit et se frotta vigoureusement les joues. Un violent éclair de douleur lui traversa la tête, des points lumineux passèrent dans son champ de vision au rythme des battements de son cœur qui s'accéléraient, et soudain les souvenirs affluèrent, un autre flash lumineux que même Johnny Marinville aurait admiré.

J'ai cogné mon bras cassé en posant les deux caisses l'une sur l'autre. Tenez bon, je vous fais entrer tout de suite.

Et puis on s'était saisi d'elle. Ellen s'était saisie d'elle. Non : la chose

(Tak)

qui *était à l'intérieur du corps* d'Ellen. Cette chose l'avait frappée et puis *bang ! bang !* les lumières s'étaient éteintes.

Elles l'étaient toujours, au sens littéral du terme. Elle dut ciller plusieurs fois pour s'assurer qu'elle avait les yeux ouverts.

Oh, ils sont bien ouverts ! Peut-être fait-il sombre dans cet endroit... à moins que tu ne sois aveugle. C'est pas une pensée agréable, ça, Mary ? Peut-être qu'elle t'a frappée assez fort pour te rendre av...

Il y avait quelque chose sur le dos de sa main, qui courut jusqu'au milieu et s'arrêta, vibrant sur sa peau. Mary émit un râle de dégoût, la langue collée au palais, et agita frénétiquement la main, comme si elle faisait signe à un importun de s'en aller. La vibration disparut. La chose était partie. Mary se leva, provoquant un autre coup de cymbales douloureux dans sa tête. Elle le remarqua à peine. Il y avait des *choses* ici, et elle n'avait pas de temps à perdre pour un simple mal de tête.

Elle se retourna lentement, inspirant à petites bouffées cette odeur douceâtre si semblable à la puanteur qui les avait accueillis, Peter et elle, à leur retour des vacances en Espagne. Les parents de Pete leur avaient offert ce voyage comme cadeau de Noël l'année qui avait suivi leur mariage, et ç'avait été formidable... jusqu'à leur retour, valises à la main, quand cette puanteur les avait agressés comme un coup de poing. Ils avaient tout perdu : deux poulets, les côtelettes et les rôtis qu'ils avaient eus à bon prix chez un boucher en gros de Brooklyn, les steaks de chevreuil que Don, un ami de Peter, leur avait offerts, les sacs de fraises qu'ils avaient cueillies l'été précédent dans les monts Mohonk. Cette odeur... si proche...

Quelque chose de la taille d'une noix lui tomba dans les cheveux.

Elle cria et se frappa la tête du plat de la main. Cela ne servit à rien, si bien qu'elle porta les doigts à ses cheveux et saisit cette chose, qui se tortilla puis éclata entre ses doigts. Un fluide épais lui coula dans la paume. Elle décolla la chose de ses cheveux et secoua la main pour s'en débarrasser. Elle l'entendit heurter une surface dure... *splat !* Sa paume chaude la démangeait comme si elle avait touché des orties. Elle la frotta contre son jean.

Seigneur, je t'en supplie, fais que je ne sois pas la prochaine, pria-t-elle. *Quoi qu'il arrive, ne me fais pas finir comme le flic. Ou comme Ellen.*

Elle lutta contre l'envie de se précipiter dans l'obscurité qui l'entourait. Un mouvement brutal pourrait lui ouvrir la tête, l'éventrer, l'empaler — comme un personnage de second plan dans un film d'horreur — sur quelque grotesque engin d'exploitation minière. Mais ce n'était pas le pire. Le pire était qu'il risquait d'y avoir ici, avec elle, une présence pire que ces choses grouillantes. Quelque chose qui n'attendait que de la voir paniquer et se mettre à courir.

Qui attendait les bras tendus.

Elle avait maintenant la sensation — peut-être n'était-ce que son imagination, mais elle ne le pensait pas — de mouvements furtifs autour d'elle. Un bruit de frottement à gauche, de glissement à droite. Il y eut soudain un choc sourd derrière elle, dont l'écho se tut avant qu'elle crie.

Ce dernier bruit ne provenait pas de quelque chose de vivant, se dit-elle. *Je ne crois pas. Je crois que c'était un buisson d'amarante frottant contre du métal. Je crois que je suis dans un petit bâtiment quelque part. Elle m'a enfermée dans un petit bâtiment, et le frigo ne marche pas plus que la lumière, alors tout ce qu'il contenait a pourri.*

Mais si Ellen était Entragian dans un nouveau corps, pourquoi ne l'avait-il/elle pas simplement ramenée dans la cellule où il l'avait mise au début ? Parce qu'il/elle avait peur que les autres ne l'y retrouvent et ne la fassent évader à nouveau ? C'était une raison aussi plausible qu'une autre, et elle recelait au moins une lueur d'espoir. Mary s'y raccrocha et avança lentement en traînant les pieds, les mains tendues devant elle.

Il lui sembla marcher ainsi très longtemps — des années. Elle ne cessait de s'attendre à ce que quelque chose d'autre la touche, ou au moins se manifeste. Ça courut sur sa chaussure. Mary se figea. Finalement la chose s'en alla. Mais ce qui vint ensuite était pire : un faible crépitement sec dans l'obscurité, sur sa gauche. Pour autant qu'elle sache, il n'y avait qu'une seule chose susceptible de produire ce son de crécelle. Le bruit ne s'arrêta pas complètement, mais sembla s'estomper, comme le crissement d'une cigale par une chaude après-midi d'août. Le frottement sourd recommença. Cette fois, elle en fut certaine : c'était un buisson frottant contre du métal. Elle était dans un des bâtiments de la mine, peut-être le baraquement dans lequel Steve et la fille aux cheveux tricolores, Cynthia, avaient vu la petite statue de pierre qui les avait tant effrayés.

Continue d'avancer.

Je ne peux pas. Il y a un serpent à sonnette. Peut-être plus d'un. Sûrement *plus d'un.*

Ce n'est pas tout ce qu'il y a ici. Tu ferais mieux de bouger, Mary.

Sa paume battait furieusement à l'endroit où la chose prise dans ses cheveux avait éclaté. Son cœur résonnait dans ses oreilles. Elle reprit sa progression, aussi lentement qu'elle le pouvait, mains tendues devant elle. Des idées et des images terribles lui traversèrent l'esprit. Elle vit des serpents gros comme des câbles à haute tension pendant d'une charpente au-dessus de sa tête, leurs mâchoires munies de crochets grandes ouvertes, leur langue fourchue frémissante. Elle foncerait droit dessus et ne le saurait pas avant qu'ils la mordent au visage, lui injectant leur venin droit dans les yeux. Elle vit le démon du placard de son enfance, un monstre qu'elle avait appelé Jack la Pomme, elle ne savait pourquoi, installé dans un coin, son visage sombre et difforme comme aspiré de l'intérieur, grimaçant, attendant qu'elle se jette dans ses bras meurtriers ; sa dernière sensation serait l'odeur aigre de son corps, pour l'instant masquée par la puanteur de la pourriture, tandis qu'il l'étoufferait contre lui en lui couvrant le visage de baisers mouillés et avides d'adulte pervers. Elle vit accroupi dans un coin un couguar, comme celui qui avait tué le pauvre vieux Tom Billingsley. Elle vit Ellen, qui tenait un crochet à la main et arborait un petit sourire patient et venimeux, attendant simplement que Mary soit assez proche pour la harponner.

Mais elle vit surtout des serpents.

Des serpents à sonnette.

Ses doigts sentirent quelque chose. Elle retint sa respiration et faillit reculer, mais c'était seulement par nervosité : la chose était dure et sans vie. Un bord rectiligne à hauteur de son torse. Une table ? Couverte d'une toile cirée ? Probablement. Elle fit glisser ses doigts dessus et se força à s'arrêter quand une des choses grouillantes la toucha. Elle passa sur le dos de sa main et monta vers le poignet — sûrement une araignée — puis partit. Mary continua son inspection, et une autre de ces choses prit le relais — un peu dans le genre de ce qu'Audrey appelait les « spécimens de la vie sauvage ». Pas une araignée. Cette chose avait des pinces et une surface dure.

Mary se força à rester immobile mais ne put retenir un gémissement sourd, désespéré. La sueur envahissait son front et ses joues. Elle lui piquait les yeux. Puis la chose sur sa main lui infligea un petit pincement et partit. Elle l'entendit cliqueter sur la table. Elle continua à déplacer ses mains sur la surface, résistant à la clameur de son esprit qui exigeait qu'elle les retire. Si elle les retirait, que faire d'autre ? Rester debout tremblante dans le noir jusqu'à ce que les bruits indéfinissables autour d'elle la rendent folle et qu'elle se mette à tourner en rond au point de perdre à nouveau conscience ?

Il y avait une assiette — non, un bol — avec quelque chose dedans. De la soupe solidifiée ? Ses doigts tâtèrent à l'intérieur et sentirent une cuiller. Oui, de la soupe. Elle continua, toucha ce qui aurait pu être une salière — ou une poivrière — puis arriva à quelque chose de doux et de mou. Elle se souvint soudain d'un jeu auquel elle jouait avec ses amies quand elle était petite, à Mamaroneck, un jeu pour jouer dans le noir. On faisait passer une assiette de spaghettis et on disait *Ce sont les boyaux du mort,* on faisait passer de la gelée de fruits et on disait *C'est la cervelle du mort.*

Sa main heurta un objet dur et cylindrique, qui tomba avec un bruit qu'elle reconnut aussitôt... ou qu'elle espéra reconnaître : des piles qui s'entrechoquent dans le manche d'une lampe torche.

Seigneur, par pitié, se dit-elle en recherchant à tâtons la torche, *je t'en supplie, fais que ce soit bien ce que je crois.*

Le bruit à l'extérieur retentit à nouveau mais elle l'entendit à peine. Sa main toucha un morceau de viande froide

(C'est la tête du mort)

mais elle le sentit à peine. Son cœur cognait dans sa poitrine, sa gorge, ses sinus.

Là ! Là !

Du métal froid et lisse. Il tenta d'échapper à son emprise, mais elle le serra fort. Oui, une torche ; elle sentait le bouton contre la peau entre son pouce et son index.

Pourvu qu'elle marche, Seigneur. Pourvu qu'elle marche !

Elle pressa le bouton. La lumière jaillit en un cône brillant, et les battements de son cœur s'arrêtèrent net dans ses oreilles pendant un moment. *Tout* s'arrêta net.

La table était longue, couverte de matériel de laboratoire et d'échantillons de roche d'un côté et d'une nappe à carreaux de l'autre. Cette extrémité de la table avait été dressée pour un repas, avec un bol de soupe, une assiette, des couverts et un verre d'eau. Une grosse araignée noire était tombée dans le verre d'eau et agitait ses pattes en vain. Le sablier rouge sur son ventre apparaissait parfois. D'autres araignées, presque toutes des veuves noires, grouillaient sur la table. Parmi elles, des scorpions qui avançaient et reculaient comme à la parade, l'aiguillon replié sur leur dos. Au bout de la table était assis un grand homme chauve vêtu d'un T-shirt de la compagnie minière Diablo. Il avait été abattu d'un coup de feu dans la gorge, à bout portant. Le contenu du bol dans lequel elle avait plongé les doigts n'était pas de la soupe mais le sang coagulé de cet homme.

Le cœur de Mary redémarra, lui envoyant dans la tête son propre sang en jets, comme un piston, et tout à coup le cône jaune de lumière rougit et faiblit. Elle entendit un chant aigu et doux dans ses oreilles.

Ne t'évanouis pas, pas question...

Le rayon de lumière pivota à droite. Dans le coin, sous une affiche où on lisait ALLEZ-Y, INTERDISEZ LA MINE, QUE CES SALAUDS GÈLENT DANS LE NOIR ! il y avait un nid de serpents à sonnette. Elle fit glisser le rayon le long du mur métallique, par-delà des colonies d'araignées (certaines veuves noires étaient grosses comme sa main), et atteignit un autre coin plein de serpents. La torpeur du jour les avait quittés et ils s'enroulaient les uns autour des autres, glissant dans les interstices, formant des nœuds dont émergeaient les losanges de leurs écailles, agitant parfois la queue.

Ne t'évanouis pas, ne t'évanouis pas, ne t'évanouis pas...

Elle se retourna avec la lumière et, quand elle se trouva face à trois autres corps, elle comprit plusieurs choses d'un seul coup. Le fait qu'elle ait découvert la source de la puanteur n'était qu'un détail.

Les corps au pied du mur étaient dans un état de décomposition avancé, grouillant d'asticots, mais ils n'avaient pas simplement été jetés là. Ils étaient alignés... peut-être même soigneusement disposés. Leurs mains gonflées et noires avaient été attachées ensemble sur leur poitrine. L'homme au milieu était *vraiment* noir, se dit-elle, même s'il était impossible d'en avoir la certitude. Elle ne le connaissait pas, ni celui qui était à sa droite, mais celui de gauche, oui. Elle l'avait reconnu en dépit des asticots à l'œuvre et de la décomposition. Dans son esprit elle l'entendit insérer quatre mots : *Je vais vous tuer* dans l'énoncé de leurs droits.

Tandis qu'elle le regardait, une araignée sortit de la bouche de Collie Entragian.

Le rayon de lumière se mit à trembler et elle le dirigea à nouveau sur les cadavres. Trois hommes. Trois hommes *grands* — pas un ne mesurait moins de deux mètres.

Je sais pourquoi je suis ici et non en prison, se dit-elle. *Je sais pourquoi on ne m'a pas tuée. Je suis la prochaine. Quand* ça *en aura terminé avec Ellen... ce sera mon tour.*

Mary se mit à crier.

5

La salle de l'*an tak* rayonnait d'une faible lueur rouge qui semblait émaner de l'air lui-même. Quelque chose qui ressemblait encore un peu à Ellen Carver la traversa, accompagnée d'une cohorte de scorpions et d'araignées. Au-dessus, autour, les visages de pierre des *can taks* regardaient. De l'autre côté se trouvait le *pirin moh,* façade avancée qui ressemblait un peu à celle d'une hacienda mexicaine. Devant s'ouvrait le trou — l'*ini,* le puits des mondes. La lumière aurait pu provenir de là, mais il était impossible de l'affirmer. Autour de l'ouverture de l'*ini,* des coyotes et des busards formaient un cercle. De temps à autre, un des oiseaux agitait ses plumes ou un des coyotes penchait une oreille. A part ces mouvements infimes, ils auraient pu être de pierre, eux aussi.

Le corps d'Ellen avançait lentement. La tête d'Ellen s'affaissait. La douleur lui tordait le ventre. Du sang coulait sur ses jambes en un ruissellement continu. Le T-shirt de coton roulé dans la culotte d'Ellen avait un temps ralenti l'écoulement, mais maintenant le T-shirt était imbibé. Tak avait joué de malchance, et pas qu'une fois. Le premier avait un cancer de la prostate — non diagnostiqué — et la décomposition avait commencé là, s'étendant à tout le corps à une vitesse si inattendue que Tak avait eu de la chance de prendre Josephson à temps. Josephson avait duré un peu plus longtemps. Entragian — un spécimen presque parfait — plus longtemps encore. Et Ellen ? Ellen souffrait de candidose. Juste une candidose, rien d'extraordinaire, mais cela avait suffi pour faire tomber les dominos en chaîne, et maintenant...

Maintenant, il y avait Mary. Tak n'osait pas encore la prendre, pas avant de savoir ce que les autres allaient faire. Si l'écrivain gagnait la partie et les ramenait sur la nationale, il sauterait sur Mary, prendrait un des véhicules tout-terrain (chargé d'autant de *can tahs* qu'il en contiendrait) et partirait dans les collines. Il savait déjà où aller : à Alphaville, une communauté de végétariens dans les monts Desatoya.

Ils ne seraient pas végétariens bien longtemps après l'arrivée de Tak.

Si le sale petit cul-bénit gagnait et qu'ils prenaient au sud, Mary pourrait servir d'appât. Ou d'otage. Mais elle ne servirait à rien du tout si le cul-bénit sentait qu'elle n'était plus humaine.

Tak s'assit au bord de l'*ini* et regarda au fond. L'*ini* avait la forme d'un entonnoir, ses parois grossières s'inclinaient en se rapprochant jusqu'à ce que, huit ou dix mètres plus bas, l'ouverture de quatre mètres de diamètre se trouve réduite à un trou de deux centimètres. De puissantes lumières écarlates, presque trop brillantes, éblouissantes, sortaient de ce trou en pulsations régulières. Ce trou était comme un œil.

Un des busards tenta de poser la tête sur les genoux puant le sang d'Ellen, qui repoussa l'oiseau. Tak avait espéré que plonger son regard dans l'*ini* l'apaiserait, que ça l'aiderait à décider quoi faire (car l'*ini* était l'endroit où il vivait vraiment — Ellen Carver n'était qu'un avant-poste), mais l'*ini* ne faisait qu'augmenter sa nervosité.

Les choses étaient sur le point de tourner très mal. A y repenser, Tak vit clairement que certaines autres forces avaient sans doute agi contre son dessein dès le début.

Tak avait peur du gamin, surtout dans son état de faiblesse actuel. Par-dessus tout, il craignait d'être à nouveau complètement enfermé en deçà de l'étroite bouche de l'*ini,* comme un génie dans une bouteille. Mais ce ne serait pas forcément le cas. Les autres seraient affaiblis par leurs doutes, l'enfant serait affaibli par ses préoccupations humaines — surtout par le souci qu'il se ferait pour sa mère — et si l'enfant mourait, Tak pourrait à nouveau fermer la porte donnant sur l'extérieur, la claquer brutalement, puis prendre les autres. L'écrivain et le père de l'enfant devraient mourir, mais les deux plus jeunes, il tenterait de les calmer et de les sauver. Plus tard, il pourrait avoir envie d'utiliser leur corps.

Tak se pencha en avant, oubliant le sang qui s'écoulait entre les cuisses d'Ellen, comme il avait oublié les dents qui tombaient de la bouche d'Ellen ou les trois phalanges qui avaient explosé comme des pommes de pin dans une cheminée quand il avait frappé Mary au menton. Il regarda dans l'entonnoir du puits, dans le petit œil rouge au fond.

L'œil de Tak.

L'enfant *pouvait* mourir.

Après tout, il n'était qu'un enfant... pas un démon, ni un dieu, ni un sauveur.

Tak se pencha plus encore par-dessus l'entonnoir aux parois rugueuses, où brillait cette lumière rougeâtre. Maintenant, il entendait un son, très lointain — une sorte de bourdonnement profond, atonal. C'était un son inepte... mais aussi merveilleux et attirant. Tak ferma ses yeux volés et inspira profondément, pompant toute la force qui l'entourait, tentant d'en emmagasiner le maximum, désireux de ralentir — au moins temporairement — la dégénérescence de ce corps. Tak aurait besoin d'Ellen encore quelque temps. Et puis maintenant, il sentait la paix de l'*ini.* Enfin.

« *Tak,* murmura la créature dans l'obscurité. *Tak en tow ini, tak ah lah, tak ah wan.* »

Tak redevint silencieux. D'en bas, tout au fond du silence rouge et bourdonnant de l'*ini,* monta le son mouillé de quelque chose qui glissait, glissait...

Chapitre 2

1

« L'homme qui m'a montré ces choses — l'homme qui m'a guidé — m'a chargé de vous dire que tout cela n'a rien à voir avec le destin. »

David était assis les bras autour des genoux, la tête baissée. On aurait dit qu'il parlait à ses baskets.

« D'une certaine façon, c'est le plus effrayant. La Puce est morte, et M. Billingsley, et tous les autres, à Désolation, parce qu'un homme haïssait le service de sécurité et de santé des mines, le MSHA, et qu'un autre était trop curieux et détestait son travail de bureau. C'est tout.

— Et c'est Dieu qui t'a dit ça ? » demanda Johnny.

David hocha la tête sans lever les yeux.

« On est vraiment en plein feuilleton télévisé ! s'exclama Johnny. Premier épisode : “ Les Frères Wang ”. Deuxième épisode : “ Josephson, le réceptionniste fugueur ”. Ils vont adorer ça, chez ABC.

— Et si vous la fermiez ? dit doucement Cynthia.

— Des nouvelles d'ailleurs ! s'exclama Johnny. Cette jeune fille, ce spectaculaire ange de la route, cette femme flamboyante dont l'engagement fut un acte de révolte et de courage, va maintenant nous expliquer, avec images et enregistrements à l'appui, et pour fond sonore le célèbre ensemble de rock Pearl Jam...

— Ta gueule ! » dit Steve.

Johnny le regarda, tellement choqué qu'il en resta coi. Steve haussa les épaules, embarrassé mais décidé à ne pas revenir en arrière.

« On n'a plus l'âge de traverser les cimetières en sifflotant. Épargnez-nous votre baratin. »

Il reporta son regard sur David.

« Je connais cet épisode, dit David, plus que je ne le voudrais, en fait. J'y ai pénétré. J'ai pénétré dans sa tête... Ripton. C'était son nom. Il était le premier. »

Et les yeux toujours sur ses chaussures, par-delà ses genoux repliés, David raconta.

2

L'homme qui déteste le MSHA est Cary Ripton, contremaître de la nouvelle opération Serpent à Sonnette. Il a quarante-huit ans, les yeux enfoncés, le regard cynique, il perd ses cheveux et il souffre beaucoup ces derniers temps. Il aurait voulu être ingénieur des mines, mais à son grand désespoir il n'avait pas le niveau en maths et il s'est retrouvé chef d'un chantier à ciel ouvert, bourrant des trous d'Anfo en essayant de ne pas étrangler le petit pédé arrogant du MSHA quand il vient le mardi après-midi.

Quand Kirk Turner arrive au bureau cet après-midi-là, le visage rayonnant d'excitation, pour lui dire que la dernière série d'explosions a mis au jour une ancienne taille chassante et qu'il y a des ossements à l'intérieur, qu'on peut les voir, le premier réflexe de Ripton est de lui dire d'organiser un groupe de volontaires pour y descendre. Toutes sortes de possibilités dansent dans sa tête. Il est trop vieux pour tous ces enfantillages, ces histoires de mines d'or perdues et autres trésors indiens, bien trop vieux mais, Turner reparti, il ne peut s'empêcher d'y penser, oh que oui !

Au pied de la paroi toute nouvelle, le groupe de mineurs qui regardent le trou que le dernier dynamitage a révélé n'est pas très important : sept hommes en tout, y compris Turner, le chef d'équipe. Pour l'instant, moins de quatre-vingt-dix hommes travaillent pour la compagnie minière de Désolation. L'an prochain, avec de la chance

— si le rendement en cuivre et les prix restent élevés — il pourrait y en avoir quatre fois plus.

Ripton et Turner s'approchent du bord du trou. Il en émane une curieuse odeur d'humidité, une odeur que Cary Ripton associe au gaz de houille qu'il a connu dans les mines du Kentucky et de Virginie de l'Ouest. Et il y a bien des ossements. Ils sont dispersés çà et là sur la pente qui s'enfonce dans l'obscurité d'une vieille galerie chassante, et s'il est impossible de tous les identifier, on distingue au premier plan une cage thoracique presque certainement humaine. Plus loin, à une distance accessible mais au-delà pourtant du rayon d'une torche électrique puissante, une forme se dessine qui pourrait bien être un crâne.

« Qu'est-ce que c'est ? lui demande Turner. Une idée ? »

Bien sûr qu'il a une idée : c'est le Serpent à Sonnette Numéro Un, le vieux Puits Chinois. Il ouvre la bouche pour le dire, puis la referme. Ce n'est pas une affaire qui regarde un simple dynamiteur comme Kirk Turner, et encore moins son équipe, des gamins qui passent leurs fins de semaine à jouer dans les tripots d'Ely, à fréquenter les putes, à boire... et à parler, bien sûr. A parler de tout et de n'importe quoi. Il ne peut pas non plus les emmener à l'intérieur. Il pense qu'ils y descendraient, que leur curiosité les pousserait à y aller en dépit des risques évidents (une taille chassante d'une telle vétusté dans un si mauvais sol pourrait s'effondrer au premier éclat de voix), mais leurs bavardages viendraient aux oreilles du petit pédé prétentieux du MSHA en un rien de temps, et à partir de là, perdre son travail serait le moindre des soucis de Ripton. Le pédé du MSHA (le chapeau sans le bétail, comme Frank Geller, l'ingénieur en chef de la mine, résume le personnage) n'aime pas plus Ripton que Ripton ne l'aime, et le contremaître qui conduirait une expédition dans le vieux Puits Chinois effondré pourrait se retrouver en moins de quinze jours au tribunal, passible d'une amende de cinquante mille dollars, voire de cinq ans de prison. Il y a au moins neuf consignes en lettres rouges interdisant expressément l'entrée dans ces « structures dangereuses et sans aménagement ».

Pourtant, ces ossements et ces vieux rêves le harcèlent comme des voix inquiètes de son enfance, comme le spectre des ambitions successives qu'il a nourries puis abandonnées, et il sait dès cet instant qu'il ne va pas sagement abandonner le Puits Chinois à la compagnie et à ces cons de fonctionnaires sans y avoir jeté au moins un œil en personne.

Il ordonne à Turner, amèrement déçu mais sans arguments à lui opposer (il connaît le MSHA aussi bien que Ripton... peut-être mieux encore, étant donné son travail avec les explosifs), d'entourer l'orifice de rubans de plastique jaune pour en interdire l'accès, puis il se tourne vers l'équipe et leur rappelle que le puits qu'ils viennent de rouvrir, et qui pourrait bien s'avérer être un trésor historique et archéologique, est la propriété de la compagnie.

« Je ne vous demande pas de garder le secret à tout jamais, leur dit-il, mais je souhaiterais que vous n'en parliez pas pendant quelques jours. Même à vos épouses. Il faut que j'informe les huiles. Ça ne devrait pas prendre trop longtemps : Symes, le contrôleur, arrive de Phoenix la semaine prochaine. Est-ce que je peux compter sur vous ? »

Ils disent que oui. La plupart ne parviendront pas à tenir leur promesse ne serait-ce que vingt-quatre heures, bien sûr — certains hommes ne savent pas garder un secret —, mais il pense leur inspirer assez de respect pour s'assurer au moins douze heures — et quatre lui suffiront probablement. Quatre heures après la fin de la journée de travail. Quatre heures ici tout seul, avec une lampe torche, un appareil photo et un chariot électrique pour emporter tous les souvenirs qu'il voudra. Quatre heures avec tous ces rêves d'enfant qu'il est trop vieux pour rappeler à sa mémoire. Et si la voûte choisissait ce moment pour céder, après quelque cent quarante ans et un nombre incalculable de secousses et d'explosions tout autour ? Qu'elle cède. Il est célibataire, sans enfants, sans parents, avec seulement deux frères qui ont oublié son existence. Il soupçonne vaguement que de toute façon il ne perdrait pas tellement d'années... Il se sent bizarre depuis presque six mois maintenant, et dernièrement il s'est mis à pisser du sang. Pas beaucoup, mais c'est déjà trop.

Si j'en sors, *se dit-il,* peut-être que j'irai voir un médecin. Considère que c'est un signe et va chez ce foutu médecin. Qu'est-ce que t'en penses ?

Sa journée finie, Turner veut prendre des photos du puits. Ripton le laisse faire. Ça lui semble le moyen le plus rapide de se débarrasser de lui.

« Jusqu'où tu crois qu'on a creusé ? » demande Turner.

Il se tient à cinquante centimètres au-delà du ruban de plastique jaune et prend des photos avec son Nikon — des photos qui, faute d'éclairage adéquat, ne montreront rien de plus qu'un trou noir et quelques os dispersés qui pourraient aussi bien être ceux d'un animal.

« Impossible à dire », répond Ripton qui est en train de faire l'inventaire de l'équipement dont il aura besoin.

« Tu vas pas faire de bêtises après mon départ, hein ? demande Turner.

— Mais non. Je respecte trop la sécurité pour penser une seconde à faire une bêtise.

— Oui, c'est vrai. »

Turner éclate de rire, et dans la nuit, vers deux heures du matin, une version beaucoup plus imposante de Cary Ripton pénétrera dans la chambre des Turner et abattra le contremaître dans son sommeil. Son épouse aussi. Tak !

C'est une nuit bien remplie pour Cary Ripton. Une nuit de tuerie (pas un seul membre de l'équipe de tir de Turner ne verra le soleil se lever) et une nuit de placement des can tahs ; *il en a pris un plein sac de toile en quittant le puits, plus de cent. Certains se sont cassés, mais il sait que même les fragments gardent une partie de leur curieux et imprévisible pouvoir. Il passe presque toute la nuit à placer ces reliques, les laissant dans les coins les plus saugrenus — boîtes aux lettres, boîtes à gants de voiture, poches de pantalons ! Oui, presque personne ne ferme sa maison à clé dans ce coin, presque personne ne veille tard. Et Cary Ripton ne se contente pas des maisons de l'équipe de Turner.*

Il rentre au puits aussi épuisé que le Père Noël de retour au pôle Nord après la grande nuit... Sauf que le travail du Père Noël se termine une fois les cadeaux distribués. Celui de Ripton ne fait que commencer. Il est cinq heures moins le quart. Il lui reste deux heures avant qu'arrivent les premiers membres de la petite équipe du samedi dirigée par Pascal Martinez. Ça devrait suffire, mais Tak n'a pas de temps à perdre. Le corps de Cary Ripton saigne tellement qu'il doit bourrer ses sous-vêtements de papier hygiénique pour absorber le flot, et deux fois en chemin il doit s'arrêter pour cracher de pleines gorgées de sang par la fenêtre de son camion. La portière en est couverte. Dans les premiers rayons hésitants et quelque peu sinistres du jour, le sang séché ressemble à du jus de tabac.

Malgré la nécessité de se presser, il s'arrête net devant ce que ses phares lui dévoilent quand il arrive au fond du puits. Il reste derrière le volant du vieux camion, les yeux écarquillés.

Il y a assez d'animaux du désert sur la pente nord du Puits Chinois pour remplir une arche : loups et coyotes efflanqués, busards godiches et chauves, hiboux agitant leurs ailes et dont les yeux ressemblent à de grosses alliances en or, couguars et chats sauvages et même quelques chats domestiques hirsutes. Il y a des chiens sauvages dont on peut compter les côtes sous la peau tendue — beaucoup ont fui la communauté de cinglés végétariens dans les collines, il le sait — et entre leurs pattes circulent sans danger des hordes d'araignées et des pelotons de rats aux yeux noirs.

Chaque animal sortant du Puits Chinois emporte un can tah dans sa gueule. Ils sautent, claquent des ailes et rampent sur le gradin le plus profond comme un flot de curieux réfugiés s'échappant d'un monde souterrain. En dessous d'eux, assis patiemment comme des clients dans un magasin de vente au rabais deux jours avant Noël — prenez un numéro et attendez —, d'autres animaux. Ils attendent leur tour d'entrer dans l'obscurité.

Tak se met à rire avec les cordes vocales de Cary Ripton. Puis il va jusqu'au bureau du chantier, ouvre la porte avec la clé de Ripton et tue Joe Prudum, le veilleur de nuit. Le vieux Joe n'est pas un très bon veilleur de nuit : il est arrivé à la nuit tombée, il n'a rien remarqué de ce qui se passait dans le puits et il ne trouve rien d'étrange à la venue de Cary Ripton aux premières heures du jour. Il a fait une petite lessive dans l'évier, il s'est assis à la table pour casser la croûte et tout s'est passé le mieux du monde jusqu'au moment où Ripton lui a logé une balle dans la gorge.

Cela fait, Ripton appelle le bar du Hibou, en ville. Le Hibou est ouvert vingt-quatre heures sur vingt-quatre (bien que, comme un vampire, il ne soit jamais très vivant*). C'est là que Brad Josephson, celui qui a cette splendide peau chocolat et ce ventre plat, prend son petit déjeuner six jours par semaine... et toujours à cette heure scandaleusement matinale. C'est bien pratique, en l'occurrence. Ripton veut avoir Brad sous la main, et vite, avant que le Noir ne soit pollué par les* can tahs. *Les* can tahs *rendent bien des services, mais ils gâchent les gens pour le grand œuvre de Tak. Ripton sait qu'il peut prendre quelqu'un dans l'équipe de Martinez, en cas de besoin, et peut-être même Pascal en personne, mais il veut (enfin,* Tak *veut) Brad. Brad sera utile d'autres façons encore.*

Combien de temps durent les corps s'ils sont en bonne santé ? *se demande Tak alors que le corps de Ripton s'approche du téléphone.* Combien de temps si celui qu'on fait tourner à plein régime ne cache pas un cancer à un stade avancé ?

Il n'en sait rien, mais il ne tardera probablement pas à trouver l'occasion de le savoir.

« Le Hibou ! dit dans l'oreille de Ripton une voix de femme qui, avant même le lever du soleil, semble déjà fatiguée.

— Salut, Denise ! Comment ça va ?

— Qui c'est ? dit-elle, méfiante.

— Cary Ripton, chérie. Tu reconnais pas ma voix ?

— Tu dois avoir une belle gueule de bois, mon chou, à moins que ce soit un rhume ?

— Oui, je crois. »

Il sourit et essuie sur sa lèvre inférieure le sang qui s'écoule entre ses dents. Il a l'impression que ses boyaux, plus bas, nagent dans une mer de sang.

« Dis-moi, chérie, Brad est là ?

— Juste là dans le coin où il se met toujours. Il se refuse rien et bouffe comme un porc : quatre œufs, des frites et une demi-livre de bacon. J'espère que quand il se mettra à péter il sera loin d'ici. Et qu'est-ce que tu lui veux à Brad, à cette heure, un samedi matin ?

— C'est pour le boulot.

— Bouche cousue et j'irai au paradis. Soigne ce rhume, Ripton, t'as vraiment la voix prise.

— Juste par l'amour que j'ai pour toi.

— Ben voyons ! dit-elle avant de poser le combiné. Brad ! Téléphone ! Pour toi ! M. Merveilleux !... Trouve toi-même », dit-elle après que Josephson lui a probablement demandé de qui elle parlait.

Un moment plus tard, Brad Josephson répond. Il dit « allô » comme un homme qui sait parfaitement que les grandes maisons d'édition n'appellent pas à cinq heures du matin pour vous annoncer que vous avez gagné un prix.

« Brad, c'est Cary Ripton. »

Il sait exactement comment attirer Brad où il veut. C'est le regretté Kirk Turner qui lui en a donné l'idée.

« Est-ce que tu as ton matériel photographique dans ta voiture ? »

Bien sûr qu'il l'a. Entre autres choses, Brad adore observer les oiseaux. Il se prend un peu pour un ornithologue amateur, en fait. Mais Cary Ripton peut lui proposer mieux que des oiseaux, ce matin, beaucoup mieux.

« Oui, bien sûr, qu'est-ce qu'il y a ? »

Ripton s'adosse à l'affiche collée au mur, celle qui montre un mineur crasseux qui tend le doigt comme Oncle Sam et dit : ALLEZ-Y, INTERDISEZ LA MINE, QUE CES SALAUDS GÈLENT DANS LE NOIR *!*

« Si tu sautes dans ta voiture et que tu arrives ici tout de suite, je te montrerai. Et si tu arrives avant Pascal Martinez et ses gars, je te donnerai l'occasion de prendre les photos les plus stupéfiantes de ta vie.

— De quoi tu parles ? demande Josephson d'une voix excitée.

— Les ossements de quarante ou cinquante Chinois, pour commencer.

— Qu'...

— On a débouché dans le vieux Puits Chinois hier après-midi. A moins de dix mètres à l'intérieur tu auras la plus stupéfiante...

— J'arrive. Bouge pas. Bouge pas d'un poil ! »

Il y a un déclic dans le téléphone et Ripton sourit de ses lèvres rouges.

« Je ne bouge pas, dit-il. Ne t'en fais pas pour ça. Can de lach ! Ah ten ! Tak ! »

Dix minutes plus tard, Ripton — qui saigne maintenant du nombril en plus du rectum et du pénis — s'enfonce sur la pente caillouteuse du Puits Chinois. Il écarte les bras comme un évangéliste et parle aux animaux dans le langage de l'informe. Tous s'enfuient ou se replient dans la mine. Il vaut mieux que Brad Josephson ne les voie pas. Non, ça n'irait pas du tout.

Cinq minutes plus tard, Josephson descend les gradins jusqu'au puits dans sa vieille Buick. Sur son pare-brise, un autocollant dit : LES MINEURS S'ENFONCENT PLUS LOIN ET RESTENT PLUS LONGTEMPS. *Ripton le regarde depuis la porte du bureau de chantier. Il vaut mieux que Brad ne le voie pas trop bien non plus, pas avant qu'il soit plus près.*

Pas de problème. Brad s'arrête dans un crissement de pneus, sort de sa voiture, prend trois appareils photo différents et part au trot vers le bureau, ne s'arrêtant qu'un instant pour regarder dans le trou à moins de dix mètres de lui.

« Putain, c'est bien le Chinois ! Ça peut rien être d'autre. Viens, Cary ! Grouille ! Martinez sera là d'une minute à l'autre !

— Non, ils commencent un peu plus tard le samedi, dit-il avec un sourire. Calme-toi.

— Et le vieux Joe ? Il pourrait poser des pro...

— Du calme, j'ai dit ! Joe est à Reno. Sa petite-fille a pondu un môme.

— Bien ! Génial ! Tu veux un cigare ? demande Brad avec un rire un peu idiot.

— Entre, j'ai quelque chose à te montrer.

— Quelque chose que tu as sorti de là ?

— C'est ça. »

D'une certaine façon, c'est vrai : il veut montrer à Brad quelque chose qu'il a sorti de là. Josephson est tout occupé au démêlage des courroies de ses divers appareils quand Ripton se saisit de lui et le lance au fond de la pièce. Josephson couine d'indignation. Plus tard, il aura peur, et plus tard encore, il sera terrifié, mais pour l'instant, il n'a pas remarqué le corps de Joe Prudum et il est seulement indigné.

« Pour la dernière fois, du calme ! dit Ripton en sortant et en refermant la porte derrière lui. Merde ! Relax ! »

En riant, il monte dans le camion. Comme beaucoup d'hommes de l'Ouest, Cary Ripton croit passionnément au droit de tout Américain de porter une arme. Il a un fusil derrière le siège et un méchant petit revolver — un Ruger Speed-Six — dans la boîte à gants. Il charge le fusil et le pose sur ses genoux. Le Ruger est déjà chargé. Il le pose sur le siège près de lui. Il avait d'abord pensé le glisser dans sa ceinture, mais il nage dans le sang, à ce niveau-là (Ripton, tu es un idiot, se dit-il, tu ne sais pas que les hommes de ton âge sont censés se faire examiner la prostate tous les ans ?), *et tremper le revolver dans le sang pourrait ne pas être une bonne idée.*

Quand le martèlement de Josephson sur la porte du bureau commence à l'agacer, il allume la radio, pousse le volume et chante avec Johnny Paycheck qui dit à qui veut l'entendre qu'il est le seul enfer que sa mère ait jamais connu.

Pascal Martinez ne tarde pas à se montrer pour quelques-unes de ces bonnes heures du samedi matin payées plus cher. Il est accompagné de Miguel Rivera, son amigo. *Ripton les salue de la main. Pascal lui répond. Il se gare de l'autre côté du bureau et quand Miguel et lui s'approchent pour voir ce que Ripton fait là un samedi matin à cette heure si peu chrétienne, Ripton sort le canon du fusil par la fenêtre et, sans cesser de sourire, les abat tous les deux. C'est facile. Aucun des deux n'a essayé de fuir. Ils meurent en arborant une mine stupéfaite. Ripton les regarde en pensant à son grand-papa qui lui parlait des pigeons voyageurs, des oiseaux si bêtes qu'on pouvait leur taper dessus sans qu'ils s'envolent. Tous les hommes par ici sont armés, mais bien peu pensent, tout au fond d'eux, qu'ils auront jamais besoin d'utiliser leur arme. C'est juste pour la frime. Le chapeau sans le bétail, si vous préférez.*

Le reste de l'équipe arrive au compte-gouttes — pas besoin de s'en faire pour la pointeuse, le samedi. Ripton les abat dans l'ordre d'arrivée, et traîne leurs corps à l'arrière du bureau, où ils forment bientôt une bonne pile sous le tuyau d'évacuation du séchoir à linge. Quand il n'a plus de cartouches pour son fusil (il a plein de munitions pour le Ruger, mais le revolver est inutile pour le premier coup, pas assez précis au-delà d'un mètre cinquante), il trouve les clés de Martinez, ouvre l'arrière de sa Cherokee et découvre un splendide (et tout à fait illégal) Iver Johnson automatique sous une couverture. A côté, deux douzaines de chargeurs de trente coups dans une boîte à chaussures Nike. Les mineurs qui arrivent entendent les coups de feu pendant qu'ils montent le long du flanc nord du puits, mais ils pensent que certains tirent sur des cibles, une manière habituelle de commencer le samedi au Puits Chinois.

A huit heures moins le quart, Ripton a tué tous les membres de l'équipe A de Pascal Martinez. En prime, il s'offre l'unijambiste de la Chope venu remplir la machine à café. Vingt-cinq corps derrière le bureau de chantier.

Les animaux recommencent à sortir et entrer aux abords du Puits Chinois, puis ils s'écoulent vers le village, emportant des can tahs *dans leur gueule. Bientôt, ils abandonneront pour la journée, attendant la protection de la nuit pour recommencer.*

D'ici là, le puits est à lui... et il est temps de faire le saut. Tak veut sortir de ce corps en décomposition, et s'il n'opère pas le changement bientôt, il ne le fera jamais.

Quand Ripton ouvre la porte, Brad Josephson se précipite sur lui. Il a entendu les coups de feu, il a entendu les cris quand le premier coup de Ripton n'a pas tué proprement sa victime, et il sait que l'attaque est sa seule chance. Il s'attend à être abattu, mais bien sûr Cary ne peut pas faire ça. Il rassemble ses dernière forces et saisit Josephson par les bras pour lancer le Noir contre le mur, si fort que tout le baraquement en préfabriqué en tremble. Ce n'est plus seulement Ripton, bien sûr ; c'est la force de Tak. Comme pour le confirmer, Josephson lui demande comment, nom de Dieu, il est devenu aussi grand.

« Les céréales ! Tak !

— Qu'est-ce que tu fais ? demande Josephson qui essaie de s'échapper quand le visage de Ripton se penche sur le sien et que Ripton ouvre la bouche. Qu'est-ce que...

— Embrasse-moi, ma jolie ! » dit Ripton.

Et il plaque sa bouche sur celle de Josephson, le sang scellant l'orifice, et il expire. Josephson se contracte dans les bras de Ripton et commence à trembler comme un fou. Ripton souffle, souffle, se vide, se sent se vider, sent le transfert. Pendant un moment terrible, l'essence de Tak est nue, prise entre Ripton qui s'effondre et Josephson qui a commencé à gonfler comme un ballon le matin de la parade de Thanksgiving. Et puis, au lieu de voir par les yeux de Ripton, l'essence de Tak regarde par ceux de Josephson.

Elle ressent une merveilleuse, une grisante impression de renaissance. Elle est pleine non seulement de la force et du dessein de Tak, mais de l'énergie d'un homme qui mange quatre œufs et une demi-livre de bacon au petit déjeuner. Elle sent... elle sent...

« Je me sens en pleine FOOOOORME ! » s'exclame Brad Josephson de la voix tonitruante de Tony le Tigre. Il entend le craquement ténébreux de sa colonne vertébrale qui s'allonge, le chuintement soie-sur-satin de ses muscles qui gonflent, le crissement de glace qui fond de son crâne qui s'élargit. Il pète à plusieurs reprises, comme le pistolet d'un départ de course.

Le corps de Ripton s'effondre. Il est aussi léger qu'une graine. Le corps de Josephson gagne la porte en écoutant la chemise kaki de Josephson se déchirer sous la pression des épaules qui s'élargissent et des bras qui s'allongent. Ses pieds ne grandissent pas beaucoup, mais assez pour faire craquer les lacets de ses tennis.

Arrivé dehors, Tak sourit. Jamais il ne s'est senti aussi bien. Tout est dans son œil. Le monde gronde comme une chute d'eau. Une érection digne du Livre des records, *de quoi faire éclater un pantalon, a transformé le devant de son jean en tente.*

Tak est là, libéré du puits des mondes. Tak est grand. Tak va se nourrir et Tak va régner comme il a toujours régné, dans le désert désolé, où les plantes migrent et où le sol est magnétique.

Tak monte dans la Buick. La couture à l'arrière du jean de Brad Josephson craque jusqu'à la ceinture. Souriant à la pensée de l'autocollant à l'avant de la voiture — LES MINEURS S'ENFONCENT PLUS LOIN ET RESTENT PLUS LONGTEMPS — il fait demi-tour et repart vers Désolation, soulevant un nuage de poussière derrière la voiture lancée à pleine vitesse.

3

David s'arrêta. Il était toujours assis le dos contre la carrosserie du Ryder, les yeux sur ses chaussures. Sa voix était devenue rauque à force de parler. Les autres formaient un demi-cercle autour de lui, un peu comme Johnny imaginait que les vieux grands sorciers avaient entouré l'enfant Jésus tandis qu'il leur donnait le dernier scoop, leur racontait le dernier sale tour, les informait du dernier coup de fil, leur repassait les bons tuyaux. Le regard plus lucide de Johnny était posé sur la poulette punk que Steve Ames avait ramassée, et elle exprimait assez bien sur son visage les sentiments qu'il éprouvait lui-même : fascination, stupéfaction, mais pas d'incrédulité. Et c'était là, bien sûr, l'origine de son trouble. Il allait sortir de ce patelin, rien ne l'arrêterait, mais ce serait beaucoup plus facile pour sa vieille conscience s'il pouvait simplement se dire que le gamin mentait, qu'il avait débité une histoire sortie de sa propre imagination. Mais il ne pensait pas que ce fût le cas.

Tu sais que ce n'est pas le cas, dit Terry depuis son nid douillet dans le Bunker de la Salope.

Johnny se pencha pour prendre une bouteille de Jolt sans se rendre compte que son portefeuille (croco véritable, de chez Barney's, trois cent cinquante dollars), qui avait remonté dans sa poche arrière, glissait complètement et tombait par terre. Il tapota la main de David du goulot de la bouteille. L'enfant leva les yeux, sourit, et Johnny eut un choc en voyant à quel point il semblait fatigué. Il pensa à l'explication de David concernant Tak — piégé dans la terre comme un ogre de conte de fées, utilisant les êtres humains comme des gobelets en carton parce qu'il épuisait si vite leurs corps... — et se demanda si le Dieu de David était tellement différent.

« Enfin, c'est comme ça qu'il fait, dit David de sa voix enrouée. Il passe de l'un à l'autre avec le souffle, comme une graine dans une rafale de vent.

— Le baiser de la mort au lieu du baiser de la vie », dit Ralph.

David hocha la tête.

« Mais qu'est-ce qui a embrassé Ripton ? demanda Cynthia.

Quand il est descendu dans la mine la veille au soir, *qu'est-ce qui l'a embrassé* ?

— Je n'en sais rien. Soit on ne me l'a pas montré, soit je n'ai pas compris. Tout ce que je sais, c'est que c'est arrivé au puits dont je vous ai parlé. Il est entré dans la salle... la chambre... les *can tahs* l'ont attiré, mais il n'a pas été autorisé à les toucher, aucun.

— Parce que les *can tahs* gâchent les gens qui doivent servir d'enveloppe à Tak, dit Steve d'un ton vaguement interrogateur.

— Oui.

— Mais Tak a un corps physique ? Je veux dire, il — *ça* — ... il ne s'agit pas seulement d'une idée, si ? Ou d'un esprit ?

— Non, Tak est réel, c'est un être. Pas exactement un corps, mais un *être.* Il fallait que *ça* attire Ripton dans la mine parce que *ça* ne peut pas sortir de l'*ini* — le puits. L'orifice du puits est trop petit pour son corps physique. Il faut donc que *ça* attrape des gens, que *ça* les habite, que *ça* les transforme en *can taks.* Et que *ça* en change quand ils sont usés.

— Qu'est-il arrivé à Josephson, David ? » demanda Ralph.

Il avait une voix plus tranquille, presque épuisée. Johnny trouvait de plus en plus difficile de regarder Carver regarder son fils.

« Il avait un problème de valve cardiaque. Ce n'était pas grand-chose. Il aurait pu continuer à vivre sans aucun problème pendant des années, mais Tak s'est emparé de lui et il a... Il l'a juste épuisé, dit David avec un haussement d'épaules. En deux jours et demi. Et puis Tak est passé à Entragian. Entragian était fort, il a duré presque une semaine entière... mais il avait la peau très claire. Les gens se moquaient de lui parce qu'il devait utiliser plein de crèmes pour se protéger du soleil.

— C'est ton guide qui t'a raconté tout cela, dit Johnny.

— Oui. Je crois qu'on peut lui donner ce nom.

— Mais tu ne sais pas *qui* il était.

— Je le sais presque. J'ai l'impression que je *devrais* le savoir.

— Est-ce que tu es sûr qu'il ne venait pas de ce Tak ? Parce que, comme on dit : " Le diable peut porter de beaux atours. "

— Il n'était pas de Tak, Johnny.

— Laisse-le parler, dit Steve, d'accord ? »

Johnny haussa les épaules et se réinstalla. Une de ses mains toucha presque son portefeuille. Presque. Pas tout à fait.

« A l'arrière de la quincaillerie, reprit David, il y a un rayon de vêtements. Surtout des vêtements de travail : jeans, tenues kaki, bottes de chantier, des trucs comme ça. Ils passent des commandes spéciales pour un type, Curt Yeoman, qui travaille — travaillait — pour la compagnie du téléphone. Il mesure deux mètres dix. C'est le plus grand type de Désolation. C'est pour ça que les vêtements d'Entragian n'étaient pas déchirés quand il nous a emmenés, papa. Le samedi soir, Josephson a fait irruption dans la boutique et a pris des vêtements kaki de la taille de Curt Yeoman. Des chaussures aussi. Il les a emportés dans le bâtiment municipal et les a rangés dans le casier de Collie Entragian. Tak savait déjà qui il allait utiliser ensuite, vous comprenez.

— C'est à ce moment-là qu'il a tué le chef de la police ? demanda Ralph.

— M. Reed ? Non. Il n'a été tué que dimanche soir. M. Reed, à ce moment-là, ne posait pas vraiment de problème, de toute façon. Ripton lui avait laissé un des *can tahs,* vous voyez, et ça l'avait atteint. *Méchamment.* Les *can tahs* agissent différemment selon les gens. Quand M. Josephson l'a tué, M. Reed était assis à son bureau et... »

Détournant le regard, visiblement embarrassé, David fit un tube de sa main droite et la bougea en l'air rapidement, de haut en bas.

« D'accord, dit Steve. On a compris. Et Entragian ? Où était-il pendant ces deux jours ?

— Il n'était pas en ville. Comme Audrey. Les flics de Désolation ont — *avaient* — un contrat avec le comté. Ils devaient faire respecter la loi dans la région, et ça entraînait beaucoup de déplacements. Le vendredi soir, la nuit où Ripton a tué l'équipe de tir, Entragian était à Austin. Le samedi soir, il a dormi au ranch des Davis. Le dimanche soir — la dernière nuit où il était vraiment Collie Entragian — il l'a passé chez les Shoshones. Il connaissait quelqu'un sur leur territoire. Une femme, je crois. »

Johnny se leva, gagna l'arrière du camion puis se retourna.

« Qu'est-ce qu'il a fait, David ? Qu'est-ce que *ça* a fait ? Comment en sommes-nous arrivés là où nous en sommes maintenant ? Comment cela a-t-il pu se produire sans que personne le découvre ? Comment est-ce *possible* ?... Encore une question : que veut Tak ? Sortir de ce trou dans la terre et se dégourdir les jambes ? Manger un steak ? Sniffer de la cocaïne et boire une tequila ? Baiser une pom-pom girl de l'équipe de football ? Demander à Bob Dylan ce que signifient les paroles de " Gates of Eden " ? Régner sur la terre ? Quoi ?

— C'est sans importance, dit calmement David.

— *Hein ?*

— Ce qui compte, c'est ce que Dieu veut. Et il veut que nous retournions au Puits Chinois. Tout le reste, c'est juste... des histoires. »

Johnny sourit. Un sourire contraint et un peu douloureux, trop petit pour sa bouche.

« Je vais te dire une chose, mon gars : ce que veut ton Dieu m'est complètement égal. »

Il fit à nouveau face à la porte arrière du Ryder et l'ouvrit. Dehors, l'air semblait presque immobile et curieusement chaud après la tempête. Le feu clignotait au croisement. Des vagues ridant le sable traversaient la rue à intervalles étrangement réguliers. A la lueur de la lune et du feu jaune clignotant, Désolation ressemblait à un poste avancé dans un film de science-fiction.

« Je ne peux pas vous en empêcher si vous voulez partir, dit David. Peut-être que Steve et mon père pourraient y arriver, mais cela ne servirait à rien. A cause de la clause de libre arbitre.

— Très juste, dit Johnny. Le bon vieux libre arbitre. »

Il sauta dans la rue, grimaçant quand son dos se rappela à lui. Son nez aussi le faisait souffrir à nouveau. Un long moment, il regarda autour de lui pour vérifier qu'il n'y avait ni coyotes, ni busards ni serpents et ne vit rien. Pas même un insecte.

« Franchement, David, je fais autant confiance à Dieu qu'à moi-même pour accorder un piano, dit-il en souriant à l'enfant. Tu peux t'en remettre à lui tant que tu veux. Je pense que c'est un luxe à ta portée. Ta sœur est morte, ta mère s'est transformée en Dieu sait quoi, et il reste ton père avant que Tak s'attaque à toi personnellement. »

David sursauta. Sa bouche se mit à trembler. Son visage se fripa et il fondit en larmes.

« *Salaud !* cria Cynthia. *Espèce de sale con !* »

Elle se précipita à l'arrière du camion et lui lança un coup de pied. Johnny recula et le petit pied de Cynthia rata son menton de quelques centimètres. Il sentit l'air qu'il avait déplacé. Cynthia, à la porte, essayait de garder son équilibre en agitant les bras. Elle serait probablement tombée dans la rue si Steve ne l'avait pas prise par les épaules pour la retenir.

« Je n'ai jamais prétendu être un saint », dit Johnny.

La phrase avait sonné comme il le voulait : aisée, ironique, amusée. Mais à l'intérieur, il était horrifié. La façon dont le visage de l'enfant s'était fripé... comme s'il avait été trahi par quelqu'un qu'il considérait comme un ami. Et on ne l'avait jamais traité de salaud de toute sa vie. De con non plus, d'ailleurs.

« Foutez le camp ! » cria Cynthia.

Derrière elle, Ralph était à genoux, son fils maladroitement serré contre sa poitrine, et regardait Johnny avec une sorte d'incrédulité stupéfaite.

« On n'a pas besoin de vous. On y arrivera sans vous !

— Mais pourquoi le faire ? demanda Johnny qui prenait garde de rester hors d'atteinte du pied de Cynthia. C'est ce que je veux dire. Pour Dieu ? Qu'a-t-il jamais fait pour vous, Cynthia, pour que vous passiez votre vie à attendre qu'il sonne à votre interphone ou qu'il vous envoie un fax ? Est-ce que Dieu vous a protégée de ce type qui voulait vous bouffer l'oreille et vous a cassé le nez ?

— Je suis là, non ? rétorqua-t-elle avec vigueur.

— Désolé, ça ne me suffit pas. Je ne veux pas servir de bon mot dans une comédie pour le club de théâtre de Dieu. Pas si je peux l'éviter. Et je ne crois pas qu'aucun de vous envisage sérieusement d'aller là-bas. C'est de la folie pure.

— Et Mary ? demanda Steve. Tu veux la laisser ? Est-ce que tu *peux* la laisser ?

— Pourquoi pas ? »

Johnny eut un petit rire comme un aboiement... mais pas sans amusement, et il vit Steve grimacer et se détourner, dégoûté. Johnny chercha à nouveau des animaux des yeux, mais la voie était libre. Le gosse avait peut-être raison : Tak voulait qu'ils partent, il leur avait ouvert la porte.

« Je ne la connais pas plus que les bouseux qu'il — que *ça*, si vous préférez — a tués dans ce patelin. Presque tous étaient probablement déjà si abrutis qu'ils n'ont même pas su qu'ils mouraient. Mais vous ne voyez donc pas à quel point tout cela est *inutile* ? Si tu réussis, Steve, quelle sera ta récompense ? Une carte de membre à vie du club du Hibou ?

— Qu'est-ce qui t'est arrivé ? demanda Steve. C'est toi qui t'es avancé vers ce couguar énorme et lui as fait sauter la cervelle. Tu étais comme un tigre toi-même ! Alors je sais que tu as des tripes. Tu en *avais,* en tout cas. Qui te les a volées ?

— Tu ne comprends rien. C'était sur le coup. Tu sais quel est mon problème ? Si tu me donnes une occasion de réfléchir, je la saisis. »

Il fit un autre pas en arrière. Aucun Dieu ne l'arrêta.

« Bonne chance, les gars. David, je ne sais pas ce que tu en feras, mais tu es un petit jeune homme extraordinaire.

— Si vous partez, c'est fini ! dit David, toujours contre la poitrine de son père, de telle façon que ses paroles étaient étouffées, mais pourtant audibles. Vous brisez la chaîne. Tak gagne.

— Oui, mais si on se fait la belle, ce sera nous, les gagnants. »

Johnny rit à nouveau. Le son de ce rire lui rappela les cocktails mondains où les mêmes rires ineptes saluaient des traits d'humour ineptes, tandis qu'en fond sonore un groupe de jazz inepte interprétait de façon inepte des vieux airs ineptes comme « Connaissez-vous la route de San José » et « Papa aime le Mambo ». C'était le rire qu'il avait fait entendre en sortant de la piscine au Bel-Air, sa bière toujours à la main. Et alors ? Il pouvait rire comme il voulait. Après tout, il avait reçu un prix littéraire national, un jour.

« Je vais prendre une voiture près du bureau de la mine. Je vais foncer jusqu'à Austin, et là je passerai un coup de fil anonyme à la police pour leur dire que c'est la merde à Désolation. Ensuite, je prendrai des chambres au motel Best Western du coin et j'attendrai plein d'espoir que vous veniez les occuper. Dans ce cas, ce sera ma tournée. D'une façon ou d'une autre, je quitte mes frères ce soir. Je crois que Désolation m'a guéri à jamais de la sobriété. »

Il sourit à Steve et Cynthia qui se tenaient côte à côte à l'arrière du camion, enlacés.

« Vous êtes fous, tous les deux, de ne pas venir avec moi, vous savez. Ailleurs, vous pourriez être bien ensemble. Je le vois. Ici, vous ne serez jamais que des *can tahs* pour le dieu cannibale de David. »

Il se détourna et s'éloigna, la tête baissée, le cœur battant. Il s'attendait à être poursuivi par des cris de colère, des invectives, peut-être des supplications. Il était prêt pour les unes comme pour les autres, et peut-être que la seule chose qui aurait pu l'arrêter était exactement ce que Steve Ames dit, d'une voix basse, presque sans timbre, la voix d'un homme qui énonce simplement un fait.

« Je n'éprouve plus aucun respect pour toi. »

Johnny se retourna, plus blessé par cette simple déclaration qu'il ne l'aurait cru possible.

« Pauvre de moi, dit-il, voilà que j'ai perdu le respect d'un homme qui a jadis assumé la responsabilité de porter les bagages de Steven Tyler ! Putain de merde.

— Je n'ai lu aucun de tes livres, mais j'ai lu cette nouvelle que tu m'as donnée, et j'ai lu ce livre sur toi, dit Steve, celui du professeur dans l'Oklahoma. Je crois que tu as été un sacré fouteur de merde, un poison pour tes femmes, mais tu es allé au Vietnam sans armes, pour l'amour de Dieu... et cette nuit... le couguar... que reste-t-il de tout ça ?

— C'est parti comme la pisse le long d'une jambe d'ivrogne, dit Johnny. Je suppose que tu ne crois pas que cela puisse arriver, mais si. Dans mon cas, la dernière goutte est tombée dans une piscine. C'est pas absurde ? »

David rejoignit Steve et Cynthia à l'arrière du camion. Il était toujours aussi pâle et aussi épuisé, mais il semblait calme.

« Sa marque est sur vous, dit-il. Il vous laissera partir, mais vous regretterez de ne pas être resté quand vous commencerez à le sentir sur votre peau. »

Johnny considéra l'enfant un long moment, luttant contre l'envie de revenir vers le camion — luttant de toute la force de sa volonté.

« Alors je m'aspergerai de lotion après-rasage, dit-il. Salut, jeunes gens. Vivez bien. »

Il s'éloigna aussi vite qu'il put. Plus vite, il aurait couru.

4

Le silence tomba dans le camion. Ils regardèrent Johnny jusqu'à ce qu'il disparaisse, et personne ne dit rien. David, dans les bras de son père, ne s'était jamais senti aussi creux, aussi vide, aussi vaincu. C'était terminé. Ils avaient perdu. Il donna un coup de pied dans une des bouteilles de Jolt vides et la regarda rouler jusqu'à la paroi du camion, où elle rebondit et revint s'arrêter contre...

« Regardez, dit David en s'avançant, le portefeuille de Johnny. Il a dû tomber de sa poche.

— Pauvre chéri, dit Cynthia sans aucune compassion.

— Ça m'étonne qu'il ne l'ait pas perdu plus tôt, dit Steve du ton monocorde de celui dont les pensées sont tout à fait ailleurs. Je lui ai dit cent fois qu'un motard devrait attacher son portefeuille avec une chaîne. Obtenir une chambre de motel à Austin risque de ne pas être aussi facile qu'il croit, ajouta-t-il avec un vague sourire.

— J'espère qu'il sera obligé de dormir sur le parking, dit Ralph, ou au bord de la route. »

David les entendait à peine. Il ressentait la même chose que ce fameux jour, dans les bois de Bear Street — pas quand Dieu lui parlait, mais quand il avait pris conscience que Dieu allait lui parler. Il se pencha et ramassa le portefeuille. Quand il le toucha, une sorte de décharge électrique explosa dans son cerveau. Un petit grognement lui échappa et il tomba contre la paroi du camion, serrant le portefeuille dans sa main.

« David ? » s'inquiéta Ralph.

David l'entendit, mais de loin, sa voix retentissant à des milliers de kilomètres de distance. Il ne répondit pas et ouvrit le portefeuille. Il y avait des billets dans une poche et, dans une autre, une liasse de papiers — notes, cartes de visite, etc. Il ne s'y intéressa pas et ouvrit un bouton-pression sur le côté gauche, libérant un accordéon de photos sous plastique. Il avait à peine conscience de la présence des autres autour de lui tandis qu'il regardait les photos, remontant les années du doigt : ici un Johnny barbu et une belle dame aux cheveux noirs, aux pommettes hautes et à la poitrine conquérante, là un Johnny à la moustache grise appuyé à la rambarde d'un bateau, là encore un Johnny avec une queue de cheval et un *jabbho* teint à la main à côté d'un acteur qui ressemblait à Paul Newman avant que Newman pense à vendre de la sauce piquante et de l'assaisonnement pour salades. Tous ces Johnny étaient un peu plus jeunes, les cheveux et le poil plus sombres, les traits du visage moins marqués, jusqu'à...

« Là, murmura David. Oh, Seigneur, là ! »

Il tenta de sortir une photo de son plastique mais n'y réussit pas tant ses mains tremblaient. Steve lui prit le portefeuille des mains et retira la photo, qu'il lui tendit. David la tint devant ses yeux, bouleversé comme un astronome qui vient de découvrir une nouvelle planète.

« Quoi ? demanda Cynthia en s'approchant.

— C'est le patron, dit Steve. Il était là-bas — “ en campagne ”, comme il dit — pendant presque un an. Il faisait des recherches pour un livre. Il a aussi écrit quelques articles sur la guerre pour des magazines, je crois. David, est-ce que tu savais que cette photo était là ?

— Je savais que *quelque chose* était là, murmura faiblement David. Dès que j'ai vu son portefeuille par terre. Mais... c'était lui... C'était *lui.*

— Qui était qui ? » demanda Ralph.

Émerveillé, David ne répondit pas. Il ne quittait pas la photo des yeux. Elle montrait trois hommes devant un baraquement de fortune — un bar à en juger par la publicité pour Budweiser à la fenêtre. Le trottoir grouillait d'Asiatiques. Dans la rue, à gauche de l'objectif, figée à jamais sur l'image un peu floue de ce vieux cliché, une jeune fille passait à scooter.

Les hommes à gauche et à droite du trio portaient polo et pantalon long. L'un était très grand et tenait un calepin. L'autre était bardé d'appareils photo. L'homme du milieu portait un jean et un T-shirt gris. Une casquette de base-ball des Yankees était repoussée sur l'arrière de son crâne. Une sangle lui barrait la poitrine. Quelque chose de gros pendait sur sa hanche.

« Sa radio, murmura David en touchant l'objet.

— Non, dit Steve après avoir regardé. C'est un magnétophone comme il y en avait en 1968.

— Quand je l'ai rencontré au pays des morts, c'était une radio. »

David ne parvenait pas à arracher ses yeux de la photo. Il avait la bouche sèche. Sa langue lui paraissait rêche et noueuse. L'homme au centre souriait. Il tenait ses lunettes réfléchissantes dans une main et on ne pouvait douter de son identité.

Au-dessus de sa tête, sur le linteau de la porte du bar dont apparemment ils venaient de sortir, une pancarte peinte à la main indiquait le nom du lieu : LE POSTE DE GUET VIETCONG.

5

Mary ne s'évanouit pas vraiment, mais elle cria jusqu'à ce que quelque chose dans sa tête cède et que toute force quitte ses muscles. Elle tituba en avant, s'accrochant à contrecœur à la table où grouillaient veuves noires et scorpions, sans parler du cadavre et du délicieux bol de sang devant lui, mais elle redoutait plus encore de tomber par terre la tête la première.

Le sol était le domaine des serpents.

Elle fit un compromis et tomba à genoux, se cramponnant au rebord de la table de la main qui ne tenait pas la torche. Il y avait quelque chose d'étrangement confortable dans cette position. D'apaisement. Après s'être interrogée un instant, elle sut pourquoi : David, bien sûr. Être à genoux lui rappelait la façon simple et confiante dont l'enfant s'était agenouillé dans la cellule qu'il partageait avec Billingsley. Dans sa tête, elle l'entendit murmurer d'un ton un peu gêné : *Je me demandais si ça vous ennuierait de vous retourner... il faut que je retire mon pantalon.* Elle sourit, et l'idée qu'elle souriait dans cet endroit cauchemardesque — l'idée qu'elle puisse sourire dans cet endroit cauchemardesque — la calma plus encore. Sans réfléchir, elle glissa vers la prière elle aussi, pour la première fois depuis qu'elle avait onze ans. C'était en colonie de vacances, sur son stupide petit lit de camp, dans un stupide bungalow infesté de moustiques, avec un groupe de filles stupides qui deviendraient probablement méchantes et agressives. Elle avait été submergée par la nostalgie de son foyer, et elle avait prié Dieu qu'il envoie sa mère la chercher pour la ramener chez elle. Dieu n'avait pas écouté et, par la suite, Mary avait considéré qu'elle ne pouvait pas compter sur lui.

« Seigneur, dit-elle, aide-moi. Je suis dans une pièce avec des bêtes qui grouillent et qui rampent, presque toutes venimeuses, et j'ai horriblement peur. Si tu existes, j'apprécierai tout ce que tu pourras faire. A... »

Amen, voulait-elle dire, mais elle s'interrompit avant de pouvoir terminer, les yeux écarquillés. Une voix claire parlait dans sa tête — et ce n'était pas sa propre voix, elle en était certaine. C'était comme si quelqu'un avait attendu, et sans beaucoup de patience, qu'elle parle la première.

Rien de ce qui est ici ne peut te faire de mal, pas encore.

De l'autre côté de la pièce, le rayon de sa lampe illumina un ensemble de vieilles machines à laver et sécher Maytag. Au-dessus, une pancarte disait : PAS DE LESSIVE PERSONNELLE ! ÇA VAUT AUSSI POUR VOUS ! Des araignées arpentaient la pancarte sur leurs longues pattes sèches. Il y en avait d'autres sur la machine à laver. Tout près, sur la table, un petit scorpion semblait s'intéresser aux restes écrasés de l'araignée qu'elle avait retirée de ses cheveux. Sa main brûlait encore ; cette chose devait être *pleine* de poison, assez de poison pour la tuer s'il lui avait été injecté au lieu de simplement l'asperger. Non, elle ne savait pas à qui appartenait cette voix, mais si c'était ainsi que Dieu répondait aux prières, elle ne s'étonnait plus que le monde fût un tel chaos. Parce qu'il y avait beaucoup de choses ici qui pouvaient lui faire du mal, *beaucoup.*

Non, dit patiemment la voix, alors que la torche passait sur les corps en décomposition alignés sur le sol et découvrait un autre nid de serpents bien réveillés. *Non, ces bêtes ne peuvent pas te faire de mal. Et tu sais pourquoi.*

« Je ne sais *rien du tout* », gémit-elle en dirigeant la lumière sur sa main. Rouge et douloureuse, mais pas enflée. Parce qu'elle n'avait *pas* été piquée.

Humm. C'était *très* intéressant.

Mary revint aux corps, passant du premier à Josephson, puis à Entragian. Le virus qui avait hanté ces corps était maintenant en Ellen. Et elle, Mary Jackson, était censée devenir son prochain foyer. Les bêtes qui lui tenaient compagnie ne *pouvaient* pas lui faire de mal parce qu'il ne fallait pas gâcher la marchandise.

« L'araignée aurait dû me mordre, murmura-t-elle, mais elle ne l'a pas fait. Elle m'a laissée la tuer. *Rien* ici ne peut me faire de mal, affirma-t-elle avec un rire aigu, hystérique. On est copains ! »

Il faut que tu sortes d'ici, lui dit la voix. *Avant que ça revienne. Et ça ne va pas tarder, maintenant.*

« Protège-moi ! dit Mary en se levant. Tu vas me protéger, hein ? Si tu es Dieu, ou si tu viens de Dieu, tu me protégeras. »

Pas de réponse de la voix. Son propriétaire ne voulait peut-être pas la protéger. Ou peut-être ne le pouvait-il pas.

Tremblante, Mary tendit la main vers la table. Les veuves noires et les araignées violons, plus petites, s'éloignèrent d'elle dans toutes les directions. Les scorpions en firent autant, l'un d'eux tomba même de la table. Panique à bord.

Bon. Très bien. Mais pas suffisant. Il fallait qu'elle *sorte* de là.

Marie fouilla l'obscurité avec sa torche jusqu'à trouver la porte. Elle s'en approcha sur des jambes gourdes et hésitantes, attentive à ne pas marcher sur les araignées qui couraient partout. La poignée tourna, mais la porte ne bougea que d'un centimètre ou deux sur ses gonds. Elle la secoua violemment et sentit la résistance d'un verrou à l'extérieur. Elle n'en fut pas vraiment surprise.

Elle parcourut de nouveau la pièce avec le rayon lumineux : l'affiche — QUE CES SALAUDS GÈLENT DANS LE NOIR — , l'évier couvert de rouille, le comptoir avec la machine à café et un petit four à micro-ondes, la machine à laver et le séchoir. Puis le coin de l'administration avec un bureau, quelques vieux classeurs et une horloge au mur, un panneau de fiches de présence, un poêle ventru, un établi avec des outils, quelques pioches et quelques pelles en vrac, un calendrier avec une blonde en bikini. Elle était revenue à la porte. Pas de fenêtre, pas la moindre. Elle orienta la lumière vers le sol, envisageant un instant d'utiliser les pelles, mais le plancher était solidement relié aux murs métalliques, et elle doutait que la chose qui habitait le corps d'Ellen Carver lui laisse le temps de creuser un trou vers l'extérieur.

Essaie le séchoir, Mary.

C'était elle-même forcément, mais ça ne ressemblait pas du tout à sa voix... et ça n'avait pas vraiment l'air d'une pensée non plus.

Ce n'était pas le moment de s'en inquiéter. Elle se précipita vers le sèche-linge, s'inquiétant moins de savoir où elle posait les pieds cette fois, si bien qu'elle marcha sur plusieurs araignées. L'odeur de décomposition lui sembla plus forte par là, plus *mûre* — étrange, puisque les corps étaient de l'autre côté de la pièce, mais...

Un serpent à écailles en forme de losanges émergea du séchoir. Sa tête oscillait d'avant en arrière tandis qu'il la fixait solennellement de ses yeux noirs de prédicateur. Mary fit un pas en arrière, puis se força à avancer à nouveau. Bien sûr, elle pouvait se tromper à propos des araignées et des serpents, elle le savait. Mais si ce grand spécimen la mordait, est-ce que mourir d'une morsure de serpent serait pire que finir comme Entragian, en massacrant tout ce qu'elle trouverait sur son chemin jusqu'à ce que son corps explose comme une bombe ?

Le serpent ouvrit la gueule, découvrant des crocs incurvés comme des fanons de baleine, et siffla.

« Va te faire foutre ! » lui dit Mary.

Elle l'attrapa, le sortit du séchoir — il mesurait largement plus d'un mètre — et le balança à l'autre bout de la pièce. Puis elle claqua la trappe de chargement, décidée à ignorer ce qu'il pouvait y avoir d'autre à l'intérieur, et écarta le séchoir du mur. Il y eut un bruit sec quand le tuyau d'évacuation en plastique se désolidarisa du mur. Des dizaines d'araignées sortirent de sous la machine et se dispersèrent dans toutes les directions.

Mary se pencha et regarda par le trou. Il faisait dans les quarante centimètres de diamètre, trop petit pour passer, mais les bords en étaient très rouillés et elle se dit...

Elle retraversa la pièce, écrasa un des scorpions — *crrunch* — et lança un coup de pied impatient à un rat caché derrière les corps... et qui probablement s'en gavait. Elle s'empara d'une des pioches et retourna vers le trou d'aération, écartant encore un peu la machine pour se donner de la place. L'odeur de putréfaction était de plus en plus puissante, mais elle le remarqua à peine. Elle introduisit l'extrémité pointue de la pioche dans le trou, tira vers le haut et poussa un soupir de soulagement quand l'outil déchira la tôle rouillée et pourrie sur une trentaine de centimètres.

Dépêche-toi, Mary, dépêche-toi !

Elle essuya la sueur de son front, inséra la pioche au bout de l'entaille et souleva à nouveau son outil. L'entaille s'agrandit et l'outil sortit du trou si soudainement qu'il lui échappa des mains et qu'elle tomba à la renverse. Elle sentit son dos écraser quelques araignées de plus ; le rat qu'elle avait chassé — ou un de ses cousins — lui passa sur le cou en couinant et ses moustaches lui chatouillèrent le menton.

« Saloperie ! » cria-t-elle en se débattant.

Elle se leva, reprit la torche sur le séchoir, la coinça sous son bras gauche puis se pencha et replia les deux côtés de l'entaille comme des ailes. Le trou était assez grand. Tout juste.

« Seigneur, merci, dit-elle. Reste avec moi un peu plus longtemps, s'il te plaît. Si tu me sors de là, je te promets de rester en relation avec toi. »

Elle se mit à genoux et regarda par le trou. La puanteur était si forte qu'elle eut un haut-le-cœur. Elle éclaira l'extérieur.

« Seigneur ! hurla-t-elle d'une voix aiguë et sans force. Oh, mon Dieu, NON ! »

Figée d'horreur, elle crut voir des centaines de corps empilés derrière le bâtiment où elle se trouvait — comme si le monde entier était plein de visages décolorés, d'yeux fixes et de chairs déchiquetées. Un busard, qui se repaissait de la poitrine d'un homme, arracha un morceau de la joue d'un autre avant de s'envoler, et ses ailes claquèrent comme des draps sur un fil à linge.

Il n'y en a pas tant que ça, se dit-elle. *Il n'y en a pas tant que ça, ma vieille, et même s'il y en avait un millier, ça ne changerait rien à ta situation.*

Pendant un moment, pourtant, elle ne réussit pas à avancer. Le trou était assez large pour qu'elle s'y glisse, elle en était sûre, mais elle allait...

« Je vais devoir marcher dessus », murmura-t-elle.

Dans sa main, la torche tremblait, incontrôlable, passant d'une joue à un sourcil, d'une oreille à une main, et elle pensa à cette scène, à la fin de *Psychose,* où l'ampoule nue et sale du sous-sol se balance et éclaire au passage le visage momifié et ridé du cadavre de la mère de Norman.

Il faut y aller, Mary, lui dit patiemment la voix. *Il faut y aller tout de suite, sinon il sera trop tard.*

D'accord... elle n'était pas obligée de *voir* où elle atterrirait. Pas du tout. Pas si elle ne le voulait pas. Elle éteignit la torche et la lança par le trou. Elle entendit un bruit de choc très amorti quand elle tomba sur... enfin, sur quelque chose. Elle prit une profonde inspiration, ferma les yeux et se faufila à l'extérieur. Le bord inégal et rouillé du métal fit sortir son chemisier de son jean et lui égratigna le ventre. Elle bascula en avant, les yeux toujours fermés, les bras tendus devant elle. Une de ses mains atterrit sur un visage — elle sentit la masse froide du nez dans sa paume et les sourcils (broussailleux) sous ses doigts. L'autre main se retrouva dans une espèce de gelée gluante.

Elle serra les lèvres, scellant à l'intérieur tout ce qui aurait voulu sortir — cri, sanglot ou hoquet de répulsion. Si elle criait, il faudrait qu'elle respire. Si elle respirait, il faudrait qu'elle sente ces cadavres empilés là sous le soleil d'été depuis Dieu seul savait combien de temps. Elle se retrouva sur des choses qui glissaient sous elle et exhalaient des souffles morts. Elle s'exhorta à ne pas paniquer, à tenir bon, et elle roula loin d'eux, frottant déjà sur son pantalon la main qui avait glissé dans la gelée.

Il y avait du sable sous elle, maintenant, et les pointes coupantes de petits cailloux cassés. Elle roula une fois de plus sur le ventre, se mit à genoux et plongea les deux mains dans ce sable caillouteux dont elle les frotta, les nettoyant du mieux qu'elle put. Elle ouvrit enfin les yeux et repéra la torche électrique près d'une main tendue. Elle leva les yeux. Elle avait envie — besoin — de la propreté et du calme du ciel. Un blanc croissant de lune brillait assez bas sur l'horizon, comme empalé sur l'éperon rocheux qui se dressait au sud du Puits Chinois.

Je suis sortie, se dit-elle en prenant la torche. *C'est toujours ça. Loué soit le Seigneur !*

Elle s'écarta à genoux de la pile de cadavres, la torche une fois de plus coincée entre son bras et sa poitrine, frottant ses mains sur le sol pour achever de les nettoyer.

Il y avait une lumière à sa gauche. Elle regarda dans cette direction et une bouffée de terreur l'envahit quand elle reconnut la voiture d'Entragian. *Voulez-vous sortir de la voiture, je vous prie, monsieur Jackson ?* avait-il dit, et c'était alors que c'était arrivé, songea-t-elle : tout ce en quoi elle avait jamais eu confiance s'était envolé comme le sable dans le vent.

Elle est vide. La voiture est vide. Tu le vois bien !

Oui, elle le voyait, mais la terreur ne céda pas complètement. Il lui resta un goût dans la bouche, comme si elle avait sucé des pièces de monnaie en cuivre.

La voiture — couverte de poussière, la barre lumineuse sur le toit incrustée de sable, reste de la tempête — attendait près d'un petit bâtiment en béton qui ressemblait à un blockhaus. La portière du conducteur était ouverte (elle voyait le hideux petit ours en plastique près de la boussole sur le tableau de bord), et c'était pour cette raison que le plafonnier était allumé. Ellen l'avait amenée ici dans cette voiture, puis elle était partie ailleurs. Ellen avait d'autres chats à fouetter, d'autres pièges à poser, d'autres joints à rouler. Si seulement elle avait laissé les clés...

Mary se leva et courut vers la voiture, pliée en deux comme un soldat qui traverse un espace à découvert. La voiture puait le sang et la pisse, la douleur et la peur. Le tableau de bord, le volant et le siège avant étaient tout sanguinolents. Les instruments étaient illisibles. Devant le siège du passager reposait une petite araignée de pierre. Une vieille chose tout usée, mais rien qu'à la regarder, Mary se sentit frigorifiée et faible.

Mais le pire était ailleurs : elle ne vit pas la clé de contact.

« Merde ! murmura férocement Mary. Merde, merde, merde ! »

Elle se retourna et dirigea sa lampe d'abord vers un ensemble d'équipements d'extraction minière et ensuite sur le départ de la route menant à la pente nord du puits. Une route de terre recouverte de gravier, à quatre voies pour que circulent à l'aise les gros véhicules de chantier qu'elle venait de voir, probablement moins cahoteuse que la route nationale où Peter et elle roulaient quand ce foutu flic les avait arrêtés... et elle ne pouvait l'emprunter avec la voiture de police parce qu'elle n'avait pas les clés !

Si je ne peux pas, je dois m'assurer qu'il ne puisse pas non plus. Ou elle. Ou je ne sais pas quoi.

Elle se pencha dans la voiture. La puanteur la fit grimacer. Elle gardait un œil sur la vilaine statuette par terre comme si elle risquait de prendre vie et de lui sauter dessus. Elle tira la manette pour débloquer le capot puis gagna le devant de la voiture. Elle glissa la main sur la grille du radiateur pour trouver le loquet et ouvrit le capot. Le moteur était énorme, mais elle n'eut aucun mal à repérer le filtre à air. Elle se pencha, saisit l'écrou à oreilles au centre et tenta de le desserrer. Rien ne se passa.

Énervée, elle poussa un soupir sifflant et essuya la sueur de ses yeux. Ça la brûlait. Un peu plus d'un an plus tôt, elle avait lu des poèmes lors d'une manifestation culturelle intitulée « Célébration de leurs sens et de leur sexualité par les femmes poètes ». Elle portait pour l'occasion un tailleur de Donna Karan et un chemisier en soie. Elle s'était fait coiffer avec une frange légère sur le front. Son long poème, « Mon vase », avait été le clou de la soirée. Bien sûr, tout cela s'était déroulé avant sa visite au merveilleux et historique Puits Chinois, site de l'unique et fascinant Serpent à Sonnette Numéro Deux. Elle doutait qu'aucune des personnes qui l'avaient entendue lire « Mon vase »...

côtés
lisses
parfum des tiges
bordé d'ombres
incurvé comme la
ligne d'une épaule
la ligne d'une cuisse

... lors de cet événement puissent la reconnaître maintenant. Elle ne se reconnaissait plus elle-même.

Sa main droite, qu'elle utilisait pour le filtre à air, la démangeait et la brûlait. Ses doigts glissaient. Un ongle se cassa dans la chair et elle faillit crier.

« Seigneur, je t'en supplie, aide-moi, je ne saurais pas reconnaître le Delco de l'arbre à cames, alors ça, c'est forcément le carburateur. Je t'en prie, rends-moi assez forte pour... »

Cette fois, quand elle appuya, l'écrou à oreilles tourna.

« Merci, dit-elle dans un souffle. Oh, oui, merci beaucoup ! Reste près de moi. Et prends soin de David et des autres, tu veux bien ? Ne les laisse pas quitter ce trou de merde sans moi. »

Elle dévissa l'écrou à oreilles et le laissa tomber au fond du moteur. Elle retira le filtre à air, découvrant un carburateur presque aussi gros que... enfin, presque aussi gros qu'un vase. Riant, Mary s'accroupit, prit une poignée de terre du Puits Chinois, abaissa un bidule, une sorte de clapet métallique ouvrant le carburateur, et y versa le sable et les cailloux. Elle en rajouta deux poignées, jusqu'au goulot du carburateur et recula.

« On verra bien si tu peux conduire *ça,* salope ! »

Dépêche-toi, Mary, il faut que tu te dépêches.

Elle orienta sa torche vers les engins garés là. Il y avait deux camions à ridelles parmi les plus gros. Elle s'en approcha et éclaira les cabines. Pas de clés non plus. Mais il y avait une hachette dans tout le fatras entassé à l'arrière du Ford R-150, et elle l'utilisa pour crever deux pneus sur chacun des camions. Elle allait se débarrasser de la hachette quand elle se ravisa. Elle regarda une fois de plus autour d'elle. C'est alors qu'elle vit le trou carré à une vingtaine de mètres du fond du puits.

C'est là. C'est ça la source de tous ces ennuis.

Elle ne savait pas comment elle le savait, si c'était la voix de

Dieu ou juste une intuition, et elle s'en moquait. Pour l'instant, une seule chose comptait : foutre le camp d'ici.

Elle éteignit la torche — la lune lui donnerait toute la lumière dont elle avait besoin, du moins pendant un temps — et elle s'éloigna sur la route qui menait hors du Puits Chinois.

Chapitre 3

1

Le lion littéraire se tenait près de la batterie d'ordinateurs au bout de la longue table ; il regardait par-delà le laboratoire le mur le plus éloigné, où une douzaine de personnes étaient pendues à des crochets comme des sujets d'expérience dans un camp nazi. C'était assez proche de ce que Steve et Cynthia avaient décrit, à l'exception d'une chose : la femme pendue sous la pancarte PORT DU CASQUE OBLIGATOIRE, celle dont la tête était tellement inclinée à droite que sa joue reposait sur son épaule, ressemblait étrangement à Terry.

Tu sais que c'est l'effet de ton imagination, n'est-ce pas ?

Le *savait*-il ? Enfin, peut-être. Mais, Seigneur !... les mêmes cheveux blonds... le front haut et le nez un peu dévié...

« Rien à foutre de son nez, dit-il. Toi aussi tu as un nez tordu, dont il faut te préoccuper. Alors fous le camp d'ici, d'accord ? »

Mais d'abord il ne put bouger. Il savait ce qu'il avait à faire : traverser la pièce et fouiller leurs poches pour trouver les clés de voitures. Mais de là à le faire. Les approcher, sentir la peau morte de leurs jambes dont seule la fine étoffe des poches le séparerait... prendre leurs affaires, pas seulement les clés de voitures, mais les couteaux de poche, les pinces à ongles, voire les tubes de baume pour les lèvres.

Tout ce que les gens mettent dans leurs poches est désigné par des mots composés, se dit-il. *Comme c'est fascinant.*

Portefeuille, pince à billets, porte-monnaie...

« Arrête, murmura-t-il. Contente-toi d'agir. »

La radio cracha soudain une rafale de parasites. Il sursauta. Pas de musique. Il était plus de minuit et les culs-terreux du coin avaient raccroché le micro. Ils reviendraient à l'aube avec un autre chargement de Travis Tritt et Tanya Tucker, mais avec un peu de chance, John Edward Marinville, l'homme que *Harper's* avait qualifié un jour de seul écrivain blanc américain qui *comptait,* serait parti.

Si vous partez, tout est fini.

Il passa la main sur son visage comme si cette pensée était une mouche agaçante, et il traversa la pièce. Il se dit qu'il désertait, en effet, si on pouvait s'exprimer ainsi, mais enfin, ils avaient les moyens de partir, eux aussi, s'ils le voulaient. Quant à lui, il revenait à une vie où les gens n'éructaient pas en une langue inepte et ne pourrissaient pas sous vos yeux. Une vie où on pouvait être sûr que les gens avaient fini de grandir quand ils atteignaient leur majorité. Ses hautes jambières de cuir frottèrent l'une contre l'autre tandis qu'il s'approchait des cadavres. Oui, d'accord, pendant un moment, il se fit moins l'effet d'un lion littéraire que d'un pillard, comme il en avait vu à Quang Tri, à la recherche de médailles religieuses en or au cou des cadavres, écartant même parfois les fesses des morts dans l'espoir de trouver un diamant ou une perle, mais ce n'était qu'une comparaison spécieuse... et ce ne serait qu'un sentiment transitoire, il en était sûr. Il n'était pas là pour piller des cadavres. Il voulait des *clés.* Un trousseau pour une des voitures sur le parking. Rien de plus. Et puis...

Et puis la fille morte sous PORT DU CASQUE OBLIGATOIRE ressemblait vraiment à Terry. Une blonde au teint rose dont une balle avait troué la blouse de laboratoire. Bien sûr, Terry n'était plus une blonde au teint rose depuis longtemps. Elle avait les cheveux gris, maintenant, mais...

Vous regretterez de ne pas être resté quand vous commencerez à sentir Tak sur votre peau.

« Oh, par pitié ! » dit-il.

Il regarda à sa gauche, pour éviter le spectacle de cette blonde morte qui ressemblait tellement à Terry — Terry au temps où elle pouvait le rendre fou rien qu'en croisant les jambes ou en lui donnant un coup de hanche — et ce qu'il vit fit naître sur ses lèvres un sourire d'espoir. Il y avait un véhicule tout-terrain là-bas, à l'intérieur, devant une porte de garage, et il se dit qu'il y avait toutes les chances pour que les clés soient dessus. Dans ce cas, il se verrait épargner l'indignité d'avoir à fouiller les poches des victimes d'Entragian — à moins que ce ne soient celles de Josephson. Peu importait, d'ailleurs. Il n'aurait qu'à décrocher le chariot à minerai, ouvrir la porte du garage et partir.

... quand vous commencerez à le sentir sur votre peau.

Peut-être aurait-il cette sensation au départ, oui, mais ça ne durerait pas longtemps. David Carver était peut-être un prophète, mais il était un *jeune* prophète, et il y avait quelques petites choses dont il ne semblait pas conscient, qu'il soit ou non en contact direct avec Dieu. A commencer par le fait qu'une odeur, ça partait au lavage. Pas de doute. C'était une des petites choses dans la vie dont Johnny était tout à fait certain.

Dieu soit loué, la clé du véhicule était sur le tableau de bord !

Il se pencha à l'intérieur de la cabine, tourna la clé et constata que le réservoir était aux trois quarts plein.

« Tout baigne ! dit-il en riant. Y a plus qu'à rouler. »

Il passa à l'arrière du petit véhicule ressemblant à une Jeep et examina l'attache de la remorque. Pas de problème non plus ici. Juste une goupille. Il allait trouver un marteau... et la faire sauter...

Même Robert Houdin n'y serait pas arrivé, Marinville. C'était la voix du vieux véto, cette fois. *A cause de la tête. Et le téléphone ? Et les sardines ?*

« Et alors ? Il y avait dans le sac quelques boîtes de plus qu'on ne croyait, c'est tout. »

Mais il transpirait. Il transpirait comme au Vietnam, autrefois. Ce n'était pourtant pas la chaleur, même s'il avait chaud, et ce n'était pas la peur, même s'il avait peur jusque dans son sommeil. C'était cette sueur aigre qui sourd quand on sait qu'on est au mauvais endroit au mauvais moment avec des gens fondamentalement valables qui se gâchent, peut-être définitivement, en faisant le mauvais choix.

Miracles discrets, dit le vieux véto. Bon sang, il était plus bavard mort que vivant ! *Sans le gamin, vous seriez encore dans cette cellule, non ? Ou mort. Ou pire. Et vous l'avez abandonné.*

« Si je n'avais pas distrait le coyote avec mon blouson, *David* serait mort, maintenant, dit Johnny. Foutez-moi la paix, vieux cinglé ! »

Il repéra un marteau sur un établi contre le mur et se dirigea vers lui.

« Dis-moi un peu, Johnny, dit Terry d'une voix qui le cloua sur place. A quel moment précis as-tu décidé de soigner ta peur de mourir en renonçant complètement à la vraie vie ? »

Cette voix-*là* n'était pas dans sa tête. Il en était certain. Putain, il en était *certain.* C'était Terry, pendue au mur. Pas un sosie, pas un mirage, pas une hallucination, la vraie Terry. S'il se retournait, il la verrait, la tête redressée, la joue loin de l'épaule, qui le regarderait comme elle le regardait toujours quand il foirait — patiente parce que c'était une conduite habituelle chez Johnny Marinville que de foirer, déçue parce qu'elle était la seule à continuer d'attendre mieux de lui. Ce qui était aussi idiot que de parier que les Tampa Bay Bucks allaient gagner le Superbowl. Sauf que parfois, avec elle — *pour* elle —, il avait effectivement fait mieux, il s'était élevé au-dessus de ce qu'il en était venu à considérer comme sa nature. Mais dans ces cas-là, quand il excellait, quand il *cassait la baraque,* est-ce qu'elle lui disait quelque chose ? Oh, peut-être « Change de chaîne, on va voir ce qu'il y a sur PBS », mais c'était à peu près tout.

« Tu n'as même pas renoncé à la vie au bénéfice de l'écriture, dit-elle. Ça, au moins, on aurait pu le comprendre, même si ç'eût été méprisable. Tu as renoncé à la vie pour *parler* de l'écriture. Enfin, Johnny ! »

Il s'approcha de la table sur ses jambes tremblantes, prêt à lancer le marteau sur cette salope pour la faire taire. Et c'est à cet instant qu'il entendit un grognement sourd à sa gauche.

Il tourna la tête dans cette direction et, dans l'embrasure de la porte menant aux bureaux, vit un loup — très probablement celui qui s'était approché de Steve et Cynthia avec le *can tah* dans sa gueule. Il posait sur lui le reflet vert de ses yeux. Pendant un moment, il hésita, et Johnny s'autorisa un petit espoir — peut-être avait-il peur, peut-être allait-il reculer. Mais l'animal se jeta sur lui, ses babines frémissantes découvrant ses dents.

2

La chose qui avait été Ellen s'était concentrée sur le loup — le loup qui permettrait d'en finir avec l'écrivain — de manière si intense qu'elle était dans un état proche de l'hypnose. Mais soudain, quelque chose vint distraire le cours attendu des événements et interrompit la concentration de Tak. Tak retint un moment le loup où il était pour se tourner vers le camion Ryder avec ce qui lui restait de curiosité terrible et de regard sombre. Quelque chose s'était produit dans le camion, quelque chose d'imprévu, mais quant à savoir quoi... C'était une sensation de désorientation, comme de marcher dans une pièce où tous les meubles auraient été déplacés de façon subtile.

Peut-être que si Tak n'essayait pas d'être à deux endroits en même temps...

« *Mi him, en tow !* » grogna Tak, qui lança le loup sur l'écrivain.

Le sort de celui qui se voulait un autre Steinbeck était réglé. La bête à quatre pattes était rapide et forte, la bête à deux jambes lente et faible. Tak abandonna le loup, sa vision de Johnny Marinville faiblit d'abord, puis s'effaça tandis que l'écrivain se retournait pour prendre quelque chose sur l'établi et arrondissait soudain les yeux de peur.

Tak tourna son esprit vers le camion et les autres — bien que le seul des autres qui comptât, le seul qui eût *jamais* compté (si seulement Tak l'avait compris plus tôt !), était ce petit merdeux de cul-bénit.

Le camion de location d'un jaune éclatant était toujours garé dans la rue. Par les yeux complémentaires des araignées et la vision sensible aux infrarouges des serpents, Tak le voyait clairement de l'extérieur, au ras du sol. Mais quand Tak tenta d'entrer, il en fut incapable. Aucun œil là-dedans ? Pas même une minuscule araignée ? Non ? Ou bien était-ce Cul-bénit, à nouveau, qui obstruait sa vision ?

Broutilles. Tak n'avait pas le temps de s'en soucier. Ils étaient dedans, tous, forcément, et Tak devrait s'en contenter, parce qu'il y avait quelque chose d'autre qui n'allait pas. Quelque chose qui se passait plus près de chez lui.

Il s'agissait de Mary.

Sous l'effet d'une force étrange et inconfortable, Tak se sentit *écarté* du camion, qui disparut, et il se concentra sur le bureau de la mine, qu'il regarda par les yeux fuyants et gênés des créatures qui y grouillaient. *Ça* enregistra d'abord le déplacement du séchoir, puis le fait que Mary était partie. Elle avait réussi à sortir.

« *Salope !* » cria la bouche d'Ellen, d'où jaillit une averse de gouttes de sang. Ce terme n'exprimait pas totalement ses sentiments, si bien que Tak revint au langage ancien pour cracher des invectives en se levant... Ellen veilla à son équilibre au bord de l'*ini*. La faiblesse de son corps s'était accrue d'une manière plus qu'alarmante. Le pire était qu'il n'y avait pas d'autre corps où se réfugier immédiatement si nécessaire. Pour le moment, Tak était coincé dans celui-là. Il eut une brève pensée pour les animaux, mais aucun ici ne serait capable de le servir de cette manière. Sa présence détruisait même le plus solide des vaisseaux humains en quelques jours. Un serpent, un coyote, un rat ou un busard exploserait dès son entrée ou quelques instants après, comme une boîte de conserve dans laquelle on aurait glissé un bâton de dynamite. Le loup pourrait servir une heure ou deux, mais il était le seul de son espèce dans ces contrées, et se trouvait à cinq kilomètres de là, occupé avec l'écrivain — qui lui servait probablement déjà de pâture.

C'était forcément cette femme.

C'était forcément Mary.

La chose qui ressemblait à Ellen se faufila dans la fente du mur de l'*an tak* et boitilla vers le carré mauve qui signalait l'endroit où l'ancienne galerie s'ouvrait sur le monde extérieur. Des rats couinaient autour des pieds d'Ellen, excités par l'odeur du sang qui s'écoulait de son stupide con malade. Tak leur donna des coups de pied en les injuriant dans le vieux langage.

À l'entrée du Puits Chinois, Tak s'arrêta, les yeux baissés. La lune était passée derrière l'éperon rocheux qui se dressait du côté opposé du puits, mais elle fournissait encore un peu de lumière et, avec le plafonnier de la voiture de police, c'était assez pour que les yeux d'Ellen voient que le capot de la voiture était ouvert et pour que la créature qui occupait le cerveau d'Ellen comprenne que la sournoise *os pa* avait bousillé le moteur. Comment avait-elle pu sortir du bureau de chantier ? Comment avait-elle osé ? Comment avait-elle *osé* ?

Pour la première fois, Tak eut peur.

Il regarda à gauche et vit que les deux camions avaient les pneus à plat. Comme le camping-car des Carver, sauf que cette fois c'était lui la victime, ce qui ne lui plaisait pas du tout. Il ne restait donc que les engins lourds, et bien que Tak sût où se trouvaient les clés — déposées dans un des classeurs du bureau de chantier — elles ne lui serviraient à rien : Tak ne pouvait conduire aucun de ces engins. Cary Ripton savait comment les faire marcher, mais Tak avait perdu les capacités physiques de Ripton au moment où il l'avait quitté pour Josephson. En tant qu'Ellen Carver, Tak gardait quelques souvenirs de Ripton, de Josephson et d'Entragian (même s'ils s'estompaient comme des photos surexposées), mais aucune de leurs capacités.

Oh, la salope ! *Os pa ! Can fin !*

Serrant et desserrant les poings d'Ellen, conscient de sa culotte souillée et du chemisier trempé lui aussi, conscient que les cuisses d'Ellen étaient barbouillées de sang, Tak ferma les yeux d'Ellen et chercha Mary.

« *Mi him, en tow ! En tow ! En* TOW *!* »

Au début il n'y eut rien, juste l'obscurité et cette sensation de crampes tout au fond du ventre d'Ellen. Et la terreur. Terreur devant le fait que la salope d'*os pa* était partie. Puis Tak vit ce qu'il cherchait, non avec les yeux d'Ellen, mais avec les oreilles dans les oreilles d'Ellen : un soudain écho sonore qui *dessinait* la forme d'une femme.

C'était une chauve-souris en vol qui avait vu Mary remonter péniblement la route vers le haut du puits. Mary n'était pas bien fraîche, le souffle court, elle se retournait tous les dix ou douze pas pour vérifier si on ne la poursuivait pas. La chauve-souris « vit » très clairement les odeurs provenant d'elle, qui furent très encourageantes pour Tak. C'était surtout une odeur de peur. Le genre de peur qui peut virer à la panique au moindre coup de pouce.

Pourtant, Mary n'était qu'à quatre cents mètres du sommet, après quoi il n'y aurait plus qu'à descendre. De surcroît, si Mary était fatiguée et hors d'haleine, la chauve-souris ne sentait pas l'odeur amère et métallique de l'épuisement dans la sueur qui l'entourait. Pas encore, du moins. Et puis Mary ne saignait pas comme un cochon égorgé. Le corps presque inutile d'Ellen Carver, *si.* L'hémorragie n'était pas incontrôlable — pas encore — mais cela ne tarderait pas. Prendre le temps de se ressaisir, de se reposer dans la lueur réconfortante de l'*ini* avait peut-être été une erreur, mais qui aurait pu imaginer un pareil retournement de situation ?

Pourquoi ne pas envoyer les *can toi* l'arrêter ? Ceux qui n'étaient pas dans le périmètre, partie intégrante du *mi him* ?

Ce serait *possible,* mais à quoi cela servirait-il ? Serpents et araignées, chats sauvages feulants et coyotes ricanants entoureraient Mary, mais cette salope continuerait son chemin, elle fendrait la masse des *can toi* comme Moïse les eaux de la mer Rouge, à ce qu'on dit. Elle devait savoir qu'« Ellen » ne pouvait abîmer son corps, pas avec les *can toi,* ni avec aucune autre arme. Si elle ne le savait *pas,* elle serait toujours dans le bureau de chantier, recroquevillée dans un coin, paralysée de peur, aphone à force de hurler.

Comment avait-elle su ? Était-ce le cul-bénit ? Ou bien le Dieu du cul-bénit, le *can tak* de David Carver, avait-il envoyé un message ? Peu importait. Le fait que le corps d'Ellen commençât à lâcher et que Mary eût huit cents mètres d'avance ne comptait pas non plus.

« J'arrive, chérie », murmura Tak en s'engageant sur le premier gradin pour s'éloigner de l'entrée de la mine et gagner la route.

Oui. Tak arrivait, et même s'il fallait détruire ce corps pour rattraper l'*os pa,* Tak la rattraperait.

Ellen tourna la tête, cracha du sang, sourit. Elle n'avait plus rien de la femme qui avait envisagé de se présenter au conseil d'école, la femme qui aimait déjeuner avec ses amies au Bonheur de Chine, la femme dont le fantasme sexuel le plus inavouable consistait à vouloir faire l'amour avec le beau mec des publicités pour le Coca Light.

« Dépêche-toi autant que tu veux, *os pa,* tu ne t'échapperas pas. »

3

La forme noire plongea de nouveau sur elle, et Mary l'écarta d'un geste.

« Fous le camp ! » ordonna-t-elle d'une voix sans souffle.

La chauve-souris vira en couinant, mais n'alla pas loin. Elle tournoya au-dessus de Mary comme un avion de reconnaissance, et Mary eut le sentiment déplaisant qu'elle jouait exactement ce rôle. Elle leva les yeux et vit le bord du puits au-dessus d'elle. Plus proche, maintenant — à deux cents mètres, peut-être — mais toujours à une distance effrayante. Elle avait l'impression d'arracher chaque inspiration à l'air environnant, et l'air lui faisait mal en entrant dans ses poumons. Son cœur battait fort. Elle souffrait d'un point de côté. La forme restait pourtant assez bonne pour une femme de trente ans et des poussières, comme si utiliser le Nordic Track et le Stairmaster trois fois par semaine à la salle de gym pouvait vous préparer à une telle aventure.

Soudain le gravier se déroba sous ses chaussures et ses jambes tremblantes furent incapables de rétablir son équilibre à temps. En avançant un genou, elle évita de tomber à plat ventre tête la première, mais son jean se déchira et elle sentit les arêtes des graviers entailler sa peau, puis le sang couler sur son tibia.

La chauve-souris fut immédiatement sur elle, couinant et agitant ses ailes dans ses cheveux.

« Fous le camp, saloperie ! » cria-t-elle en frappant l'animal à coups de poing.

Elle visa juste. Elle sentit la surface fine d'une aile céder sous le choc et la chauve-souris tomba sur la route, déséquilibrée ; elle ouvrait et refermait la bouche, ses petits yeux inutiles fixés sur Mary, qui se leva et abattit un pied sur elle avec un cri aigu de satisfaction, presque un piaulement d'oiseau, quand elle sentit les os craquer sous sa chaussure.

Mary allait repartir quand elle se retourna et vit en contrebas une ombre qui évoluait entre les ombres.

« Mary ? »

C'était la voix d'Ellen Carver qui flottait jusqu'à elle, mais en même temps, ce n'était pas elle. C'était une voix gargouillante, encombrée. Si elle n'avait pas traversé l'enfer de ces six ou huit dernières heures, elle aurait cru que c'était Ellen avec un mauvais rhume.

« Attends, Mary ! Je veux venir avec toi ! Je veux voir David ! On va aller le voir ensemble !

— Va au diable ! » murmura Mary.

Elle se remit en marche, respirant péniblement et massant le point douloureux sur son flanc gauche. Si elle avait pu, elle aurait couru.

« Mary, Mary, tu me contraries ! cria la voix d'un ton presque rieur. Tu ne peux pas t'échapper, chérie, tu le sais bien. »

Le haut du puits lui semblait si loin que Mary se força à cesser de le regarder. Elle baissa la tête et fixa ses chaussures. Quand la voix appela à nouveau son nom, elle lui sembla plus proche. Mary accéléra un peu. Elle tomba deux fois avant d'arriver au sommet, la seconde assez durement, elle en eut le souffle coupé et perdit de très, très précieuses secondes d'abord à s'agenouiller, puis à se relever, la tête baissée, les mains sur les cuisses. Elle aurait voulu qu'Ellen l'appelle à nouveau, mais elle ne le fit pas. Maintenant, Mary ne voulait plus se retourner. Elle avait trop peur de ce qu'elle risquait de voir.

Elle le fit pourtant à cinq mètres du sommet. Ellen était à moins de vingt mètres plus bas, soufflant sans bruit par une bouche si grande ouverte qu'on aurait dit un trou d'aération. Du sang sortait en bruine à chaque expiration. Son chemisier en était imbibé. Elle vit que Mary la regardait, fit un sourire grimaçant et tendit ses mains avides, tout en essayant d'accélérer le mouvement de ses pieds pour la saisir. Elle n'y parvint pas.

Cependant, Mary découvrait qu'*elle* pouvait courir. Surtout à cause de ce qu'elle avait vu dans les yeux d'Ellen : rien d'humain. Rien du tout.

Quand elle parvint au sommet du puits, sa gorge ne laissait plus passer l'air qu'en minces filets. La route, plate pendant une trentaine de mètres en haut du puits, redescendait ensuite vers l'extérieur. Dans l'obscurité du désert à ses pieds, elle aperçut une petite étincelle jaune qui clignotait : le feu au croisement de Main Street, au centre du village.

Mary le fixa des yeux et courut un peu plus vite.

4

« Qu'est-ce que tu fais, David ? » demanda Ralph.

Après une courte période de concentration, une prière silencieuse, probablement, David s'était dirigé vers la porte arrière du Ryder. Ralph s'était placé instinctivement entre son fils et la poignée qui ouvrait la porte. Steve le vit et compatit avec le père, mais il ne pensait pas que cela servirait à quoi que ce fût. Si David décidait de partir, David partirait.

« Je lui rapporte ça, dit l'enfant en montrant le portefeuille.

— Pas question, dit Ralph. Je refuse. Pour l'amour de Dieu, David, tu ne sais même pas où est cet homme ! Il doit avoir quitté le village, maintenant. Et bon débarras !

— Je sais où il est, dit calmement David. Je peux le trouver. Il est tout près... Je suis *censé* le trouver, ajouta-t-il après une hésitation.

— David ? demanda Steve d'une voix hésitante qui sonnait curieusement jeune à ses propres oreilles. Tu as dit que la chaîne était brisée.

— C'était avant que je voie la photo dans son portefeuille. Il faut que je le rejoigne. Il faut que je parte tout de suite. C'est notre seule chance.

— Je ne comprends pas, dit Ralph en s'écartant pourtant de la porte. Que *signifie* cette photo ?

— Pas le temps, papa. Et je ne suis pas sûr que je pourrais l'expliquer même si j'avais le temps.

— Est-ce qu'on vient avec toi ? demanda Cynthia. Non, hein ?

— Non. Je reviendrai si je peux. Avec Johnny, si je peux.

— C'est de la folie, dit son père d'une voix creuse et sans force. Si tu pars tout seul dans la nuit, tu te feras dévorer vivant.

— Pas plus que le coyote ne m'a dévoré vivant quand je suis sorti de la cellule. Le danger n'est pas que je parte, il est que nous restions tous ici. »

Il regarda Steve, puis la porte arrière du Ryder. Steve hocha la tête et ouvrit. La nuit du désert se glissa à l'intérieur et caressa son visage comme un baiser froid.

David s'approcha de son père et se serra contre lui. Tandis que Ralph refermait les bras sur lui, David sentit cette force énorme l'envahir à nouveau. Elle le traversa de part en part. Il sursauta dans les bras de son père, comme pris d'une convulsion, et fit un pas involontaire en arrière. Ses mains agitées de tremblements se tendirent devant lui.

« David ! s'écria Ralph. David, qu'est... »

Tout était terminé. D'un coup. La force l'avait quitté. Mais il voyait encore le Puits Chinois tel qu'il l'avait vu pendant un instant dans le cercle des bras de son père : ç'avait été comme de regarder en bas d'un avion volant à basse altitude. Dans les derniers rayons de lune, un trou d'albâtre maudit. Il entendait le frémissement du vent et une voix

(mi him, en tow ! mi him, en tow !)

qui appelait. Une voix qui n'était pas humaine.

Il fit un effort pour s'éclaircir l'esprit et les regarda — le peu qui restaient maintenant de l'Association des Survivants de Collie Entragian. Steve et Cynthia côte à côte, son père penché sur lui. Derrière eux, la nuit baignant dans la clarté de la lune.

« Qu'est-ce qu'il y a ? demanda Ralph d'une voix incertaine. Dieu tout-puissant, quoi encore ? »

David remarqua qu'il avait laissé tomber le portefeuille et se baissa pour le ramasser. Il ne faudrait pas qu'il le laisse ici, sûrement pas ! Il voulait le glisser dans sa propre poche arrière de pantalon, mais il se rappela comment il était tombé de celle de Johnny et il le glissa plutôt dans l'encolure de son T-shirt.

« Tu dois aller au puits, papa. Steve, Cynthia et toi devez aller au Puits Chinois tout de suite. Mary a besoin d'aide. Est-ce que vous comprenez ? *Mary a besoin d'aide !*

— De quoi parl...

— Elle s'est échappée, elle court sur la route vers le village et Tak la poursuit. Il faut y aller tout de suite. *Tout de suite !* »

Ralph tenta de l'attraper, mais cette fois sans conviction ni force. David esquiva facilement sa main, passa sous son bras et sauta du Ryder dans la rue.

« David ! appela Cynthia. Nous séparer comme ça... es-tu sûr que c'est une bonne chose ?

— *Non !* »

Il était désespéré, bouleversé et abasourdi.

« Je sais que ça vous semble mal, ça me semble mal aussi, mais il n'y a rien d'autre à faire ! Je vous le jure ! Il n'y a pas d'autre solution !

— *Reviens ici immédiatement !* » beugla Ralph.

David se retourna et ses yeux sombres croisèrent le regard affolé de son père.

« Vas-y, papa. Allez-y tous les trois. Maintenant. Il le faut. Aidez-la ! Pour l'amour de Dieu, *aidez Mary* ! »

Avant que quiconque ait eu le temps d'ouvrir la bouche, David Carver s'était retourné et partait dans la nuit. Un bras se balançait au rythme de ses pas. L'autre était replié sur sa poitrine, sa main serrant le portefeuille en croco véritable de John Edward Marinville, trois cents cinquante dollars chez Barney's, à New York.

5

Ralph tenta de sauter du camion pour courir après son fils. Steve le saisit par les épaules et Cynthia par la taille.

« *Laissez-moi y aller !* cria Ralph en se débattant, mais sans conviction. *Laissez-moi rattraper mon fils !*

— Non, dit Cynthia. Nous devons croire qu'il sait ce qu'il fait, Ralph.

— Je ne peux pas le perdre aussi, murmura Ralph, je ne *peux pas.* »

Mais il se détendit et ils purent le lâcher.

« Peut-être que la meilleure façon de nous assurer que cela n'arrivera pas est de faire ce qu'il veut », dit Cynthia.

Ralph inspira profondément et souffla lentement.

« Mon fils est parti chercher ce con ! dit-il comme s'il se parlait à lui-même, comme s'il *s'expliquait* la situation à lui-même. Il est parti retrouver ce pauvre con *pour lui rendre son portefeuille,* et si on lui demandait pourquoi, il dirait que c'est la volonté de Dieu, j'ai pas raison ?

— Oui, probablement », dit Cynthia.

Elle tendit une main et la posa sur l'épaule de Ralph. Il ouvrit les yeux et elle lui sourit.

« Et vous savez le pire ? demanda-t-elle. C'est probablement la vérité.

— Vous ne l'abandonneriez pas, n'est-ce pas ? demanda Ralph à Steve. Vous ne seriez pas capable de prendre la route de service pour revenir sur la nationale après avoir retrouvé Mary et de laisser mon fils ici ? »

Steve secoua la tête.

Ralph enfouit son visage dans ses mains, inspira profondément, laissa retomber ses mains et les regarda. Son visage, le visage de quelqu'un qui a pris une décision et brûlé tous les ponts derrière lui, avait soudain l'aspect de la pierre. Steve eut une curieuse idée : pour la première fois depuis qu'il avait rencontré les Carver, il retrouvait le fils dans le père.

« D'accord, dit Ralph. On va laisser à Dieu la charge de protéger mon gosse jusqu'à notre retour. Il faudra bien que ce soit Dieu, parce que s'il faut compter sur ce salaud de Marinville... »

Il regarda d'un œil torve la route qui s'enfonçait dans la nuit.

Chapitre 4

1

Ce à quoi pensa Johnny quand le loup fonça sur lui, ce fut à l'enfant disant que la créature aux commandes de ce grand spectacle voulait qu'ils partent, qu'elle serait heureuse de les laisser partir. Peut-être était-ce un petit dérapage dans le don de divination du gamin... ou peut-être Tak avait-il vu là une chance de prendre l'un d'entre eux et la saisissait. On ne doit jamais cracher sur un cadeau.

Quoi qu'il en soit, se dit-il, *je suis baisé dans les grandes largeurs.*

Tu le mérites, chéri, dit Terry derrière lui — oui c'était bien Terry, bienveillante jusqu'au bout.

Il brandit le marteau pour accueillir le loup et cria : « *Fous le camp d'ici !* » d'une voix suraiguë qu'il reconnut à peine.

Le loup obliqua à gauche et décrivit un cercle en grondant, les pattes arrière pliées, la queue sous le ventre. Alors qu'il terminait son petit cercle, il heurta de l'épaule un classeur sur lequel une tasse à thé était posée en équilibre précaire. Elle tomba et se fracassa par terre. La radio toussa un long braiment de parasites.

Johnny fit un pas vers la porte, visualisant la façon dont il pourrait s'en aller par le couloir et rejoindre le parking — au diable le tout-terrain du garage, il trouverait bien un autre moyen de transport ailleurs —, mais le loup était à nouveau sur son chemin, tête baissée, furieux, les yeux brillants, horriblement intelligents, horriblement *conscients.* Johnny recula, le marteau levé devant lui comme un chevalier qui salue son roi de son épée. Il sentait ses paumes transpirer contre le manche de caoutchouc perforé. Le loup lui semblait énorme, de la taille au moins d'un grand berger allemand. En comparaison, le marteau lui parut ridiculement petit, du genre de ceux qu'on utilise dans un appartement pour réparer une étagère ou accrocher un tableau.

« Seigneur, aide-moi », dit Johnny.

Mais il ne sentit aucune présence. Dieu, c'était seulement un mot qu'on disait, un mot qu'on utilisait quand il y avait une tuile qui vous tombait sur le coin de la tête. Pas de Dieu, pas de Dieu, il n'était pas un gosse élevé dans une banlieue bourgeoise de l'Ohio et à trois ans de se servir de son premier rasoir. La prière n'était que la manifestation de ce que les psychologues appellent la « pensée magique », et il n'y avait pas de Dieu.

Et puis même s'il y en avait un, pourquoi viendrait-il s'occuper de moi ? Pourquoi viendrait-il s'occuper de moi après que j'ai laissé les autres dans le camion ?

Le loup aboya soudain dans sa direction. C'était un son presque risible, haut perché, le genre d'aboiement que Johnny imaginait sortant de la gueule d'un caniche nain ou d'un petit épagneul. Mais les dents, elles, n'avaient rien de risible. D'épaisses gouttes de salive en coulaient à chaque glapissement.

« Fous le camp ! cria Johnny de sa voix perçante. Fous le camp tout de suite ! »

Au lieu de partir, le loup abaissa son arrière-train vers le sol. Pendant un moment, Johnny crut qu'il allait chier, qu'il avait aussi peur que lui, et qu'il allait chier sur le carrelage du laboratoire. Mais une fraction de seconde avant que cela n'arrive, il se rendit compte que le loup se préparait non pas à chier, mais à sauter. Sur lui.

« Non, Seigneur, non, par pitié ! » cria-t-il.

Il se retourna pour courir, courir vers le véhicule et les corps pendus à leurs crochets.

Dans sa tête, il le fit. Mais son corps bougea dans la direction opposée, *en avant,* comme dirigé par des mains qu'il ne pouvait voir. Il n'avait pas le sentiment d'être possédé, mais une certitude soudaine de *ne plus être seul.* Sa terreur retomba. Sa première tentation instinctive — faire demi-tour et courir — retomba aussi. Il fit un pas en avant. Il leva le marteau par-dessus son épaule droite et le lança en avant à l'instant où le loup lui sautait dessus.

Il crut que le marteau allait tournoyer et passer au-dessus de la tête de l'animal — il avait été lanceur au collège de Lincoln Park il y avait environ un millier d'années de cela, et il connaissait la sensation après un jet beaucoup trop haut. Mais ce ne fut pas le cas. Il n'avait pas lancé Excalibur, il n'avait lancé qu'un bon vieux marteau d'artisan avec un manche de caoutchouc perforé pour faciliter la prise, mais le marteau n'avait pas tournoyé, il n'était pas parti trop haut.

Il était venu frapper le loup au bon endroit : entre les deux yeux.

Cela fit le bruit d'une brique tombant sur une planche de chêne. La lueur verte s'éteignit dans les yeux du loup qui ne ressemblaient plus qu'à deux vieilles billes quand le sang commença à couler du crâne fendu de l'animal. Le loup s'effondra sur la poitrine de Johnny, le repoussant violemment contre la table. Pendant un moment, Johnny sentit l'odeur du loup — une odeur sèche, un peu comme de la cannelle, comme les épices que les Égyptiens utilisaient pour conserver les morts. Pendant ce moment, la tête sanglante de l'animal resta levée vers lui ; les mâchoires qui auraient dû lui déchirer la gorge étaient serrées, impuissantes. Johnny vit la langue et une vieille cicatrice en forme de croissant sur le museau. Puis l'animal s'écroula à ses pieds comme un corps mou et lourd enveloppé d'un vieux prélart.

Johnny s'en écarta en titubant, reprenant son souffle avec difficulté. Il se pencha et ramassa le marteau, puis se retourna si gauchement qu'il faillit tomber, certain que le loup allait se relever et se ruer à nouveau sur lui. Il n'y avait aucune chance qu'il ait pu l'avoir comme ça avec ce marteau, absolument *aucune* chance. Cet outil était parti trop *haut.* Ses muscles se souvenaient de la sensation quand on venait de faire un mauvais lancer, beaucoup trop loin, ils s'en souvenaient très bien.

Mais le loup gisait là où il était tombé.

N'est-il pas temps d'envisager l'existence du Dieu de David Carver ? demanda doucement Terry. Une Terry en stéréo, maintenant : à sa place dans sa tête et aussi à sa place au mur, sous la mention PORT DU CASQUE OBLIGATOIRE.

« Non, dit-il, c'est un coup de chance, c'est tout. Comme la chance sur mille que vous avez de gagner pour votre petite amie le gros panda en peluche à la foire. »

Je croyais que tu avais dit que c'était parti trop haut

« Eh bien, j'avais tort, voilà. Comme tu me le disais dix à douze fois par jour, grande salope. »

Il fut frappé par le son rauque et presque sanglotant de sa voix.

« Est-ce que ce n'était pas ton refrain tout au long de notre charmante union ? Tu as tort, Johnny ; tu as tort, Johnny ; tu as totalement tort, Johnny ? »

Tu les as laissés, dit la voix de Terry.

Ce qui le retint ne fut pas le mépris qu'il reconnut dans cette voix (qui n'était après tout que sa propre voix, son propre esprit exécutant un vieux tour de ventriloque) mais le désespoir.

Tu les as laissés se faire tuer. Pis, tu continues à nier Dieu même après avoir fait appel à lui... et alors qu'il a répondu. Quelle sorte d'homme es-tu ?

« Un homme qui connaît la différence entre Dieu et un tir bien ajusté, répondit-il à la femme aux cheveux blonds avec sa blouse trouée d'une balle. Un homme qui sait se débrouiller. »

Il attendit que Terry réponde. Terry ne répondit pas. Il reconsidéra ce qui venait de se dérouler, y appliquant sa mémoire presque parfaite, et ne trouva rien d'autre que l'action de son propre bras — qui apparemment n'avait pas oublié tout ce qu'il avait appris sur le lancer d'une balle de base-ball — et un marteau d'artisan très ordinaire. Pas de projecteur. Pas d'effets spéciaux à la Cecil B. De Mille. Pas de Philharmonic de Londres lui rendant hommage à l'arrière-plan avec cent violons. La terreur, le vide et le désespoir qu'il ressentait étaient des émotions transitoires. Elles passeraient. Maintenant, il allait séparer le véhicule tout-terrain du chariot à minerai, et le marteau lui servirait à retirer la goupille qui les tenait attachés. Ensuite, il démarrerait et il foutrait le camp de cet endroit horr...

« Joli coup ! » dit une voix à la porte.

Johnny se retourna. L'enfant était là. David. Il regardait le loup. Puis il leva vers Johnny son visage impassible.

« Un coup de chance, dit Johnny.

— Vous croyez ?

— Ton père sait-il que tu es sorti, David ?

— Il le sait.

— Si tu es venu ici pour essayer de me persuader de rester, aucune chance. »

Johnny se pencha sur l'attache de la remorque et donna un

grand coup de marteau. Il rata la goupille et sa main vint heurter douloureusement un angle de métal. Il cria et enfourna ses phalanges blessées dans sa bouche. Lui qui avait tué le loup d'un seul coup entre les yeux, lui...

Johnny sortit la main de sa bouche, serra plus fort le manche de caoutchouc du marteau et se pencha de nouveau sur l'attache. Cette fois, il frappa assez juste, pas dans le mille, mais assez près pour éjecter la goupille et l'envoyer rouler par terre. Elle s'arrêta sous les pieds oscillants de la femme qui ressemblait à Terry.

Et je ne vais pas non plus voir là-dedans une signification quelconque.

« Si tu es venu parler théologie, c'est tout aussi inutile. Mais si tu veux m'accompagner à Austin... »

Il s'arrêta. L'enfant tenait dans sa main quelque chose qu'il lui tendait. Entre eux, le loup mort gisait sur le carrelage du labo.

« Qu'est-ce que c'est ? » demanda Johnny.

Mais il savait. Ses yeux n'étaient pas mauvais à ce point. Soudain sa bouche fut très sèche. *Pourquoi me pourchasses-tu ?* pensa-t-il soudain. Il ne savait pas précisément à qui il s'adressait, mais il savait que ce n'était pas à l'enfant. *Pourquoi ne peux-tu pas perdre ma trace ? Me laisser tranquille ?*

« Votre portefeuille, dit David en le regardant avec calme. Il est tombé de votre poche dans le camion. Je vous l'ai rapporté. Il contient tous vos papiers, au cas où vous oublieriez qui vous êtes.

— Très drôle.

— Je ne plaisantais pas.

— Alors que veux-tu ? demanda Johnny d'une voix dure. Une récompense ? D'accord. Écris-moi ton adresse, et je t'enverrai soit vingt dollars, soit un livre avec un autographe. Si tu préfères une carte de base-ball signée par Albert Belle, je peux t'en avoir une aussi. Ce que tu veux. Tout ce qui te passe par la tête. »

David contempla le loup un moment.

« Bon tir pour un homme qui n'arrive même pas à frapper une goupille immobile à dix centimètres.

— Écrase, petit malin. Apporte-moi le portefeuille si tu viens. Lance-le si tu ne viens pas. Tu peux aussi le garder, pour ce que j'en ai à foutre !

— Il y a une photo dedans. De vous avec deux autres types

devant un endroit appelé le Poste de guet vietcong. Un bar, je crois.

— Ouais, un bar. »

Il serra nerveusement la main sur le manche du marteau, sentant à peine la douleur passer sur ses articulations blessées.

« Le grand type sur cette photo est David Halberstam, un très célèbre écrivain. Historien. Fan de base-ball.

— C'est le gars de taille moyenne au milieu qui m'intéresse. »

Tout à coup, tout au fond de lui, Johnny sut où l'enfant voulait en venir, ce qu'il allait dire, et tout au fond de lui, il gémit.

« Le type en T-shirt gris et casquette des Yankees, continua David. Le type qui m'a montré le Puits Chinois de *mon* Poste de guet vietcong. Ce type, c'était vous.

— Foutaises ! Le même genre de connerie que tu débites depuis... »

Doucement, sans fausse note, tendant toujours le portefeuille d'une main, David Carver chanta :

« *Well I feel so good, everybody's gettin' high...* »

Ce fut comme si Johnny avait reçu un coup en pleine poitrine. Le marteau lui tomba des mains.

« Arrête, murmura-t-il.

— ... *Better take it easy, cause the place is on fire...*

— *Arrête !* » cria Johnny.

La radio cracha une autre rafale de parasites. Il sentait quelque chose qui commençait à bouger à l'intérieur de lui. Quelque chose de terrible. Qui glissait. Comme une avalanche. Pourquoi avait-il fallu que ce gamin vienne ? Parce qu'il avait été envoyé, bien sûr. Ce n'était pas la faute de David. La véritable question était de savoir pourquoi le terrible maître de l'enfant ne voulait pas qu'il parte.

« Le Spencer Davis Group, dit David. C'est Steve Winwood qui chante. Vraiment chouette. C'est cette chanson qu'on jouait quand vous êtes mort, hein, Johnny ? »

Des images commencèrent à glisser dans son esprit : tandis que Steve Winwood chantait *Wait a minute, baby, let it happen to you,* des soldats vietnamiens, souvent pas plus vieux que des écoliers américains de quatrième, écartaient des fesses mortes à la recherche de trésors cachés, une sale chasse de charognards dans une sale guerre, *can tah* dans *can tak* ; il revenait vers Terry avec une dose dans sa braguette et un singe sur le dos, tellement en manque qu'il en était presque fou, il la giflait dans un hall d'aéroport quand elle faisait une remarque insidieuse sur la guerre (« ta guerre », avait-elle dit, comme s'il avait inventé ce merdier), la frappait si fort qu'elle saignait de la bouche et du nez, et même si le mariage avait continué cahin-caha pendant environ un an, il s'était vraiment terminé là, dans le hall B du terminal d'United Airlines, à l'aéroport La Guardia, avec cette gifle ; Entragian le frappait alors qu'il se tordait sur la nationale 50, il ne donnait pas de coups de pied à un lion de l'édition ni à un gagnant de prix national ni au seul écrivain blanc qui *comptait* en Amérique, mais juste à un vieux ventripotent portant un blouson de motard hors de prix, un type qui devait une mort à Dieu comme n'importe qui d'autre ; Entragian disait que le titre envisagé par Johnny pour son livre le rendait furieux, malade de rage.

« Je n'y retournerai pas, dit Johnny d'une voix sourde. Ni pour toi, ni pour Steve, ni pour ton père, ni pour Mary, ni pour rien au monde. Je ne le ferai pas, dit-il en reprenant le marteau pour ponctuer son refus d'un coup sur la remorque. Tu m'entends, David ? Tu perds ton temps. Je n'y retournerai *pas. Non, non et non !*

— Au début, je n'ai pas compris comment ça avait bien pu être vous, dit David comme s'il n'avait rien entendu. C'était le pays de la mort — vous-même l'avez dit, Johnny. Mais vous êtes en vie. C'est ce que je croyais, en tout cas. Même quand j'ai vu la cicatrice, dit-il en montrant le poignet de Johnny. Quand êtes-vous... mort ? 1966 ? 1968 ? Je pense que ça n'a pas d'importance. Quand une personne arrête de changer, arrête de *sentir,* elle meurt. Les fois où vous avez essayé de vous tuer depuis, vous vouliez juste vous rattraper, c'est ça ? »

L'enfant lui sourit avec une sympathie indescriptible tant elle était innocente, gentille, sans jugement.

« Johnny, Dieu peut ressusciter les morts.

— Oh, Seigneur, ne me dis pas ça. Je ne veux pas être ressuscité. »

Mais sa voix lui semblait lointaine, curieusement *doublée,* comme s'il se séparait en deux de quelque manière étrange mais fondamentale. Comme du schiste qui se délite.

« C'est trop tard, dit David. C'est déjà fait.

— Va te faire foutre, petit héros ! Je vais à Austin, tu m'entends ? *Je vais à AUSTIN !*

— Tak y arrivera avant vous. »

David lui tendait toujours son portefeuille, qui contenait la photo de Johnny avec David Halberstam et Duffy Pinette devant ce minable petit bar, le Poste de guet vietcong. Un bouge, mais avec le meilleur juke-box du pays. Un Wurlitzer. Dans sa tête, Johnny sentait le goût de la bière Kirin, il entendait le Spencer Davis Group, le martèlement de la batterie, le clavier comme une dague, la chaleur, la verdure et la chaleur, le soleil violent comme le tonnerre, la terre qui sentait la chatte chaque fois qu'il pleuvait, et cette chanson qui semblait sortir de partout, de chaque bar, de chaque radio, de chaque juke-box paumé ; d'une certaine façon, cette chanson *était* le Vietnam : *Wait a minute, baby, let it happen to you.*

C'est cette chanson qu'on jouait quand vous êtes mort, hein, Johnny ?

« Austin », murmura-t-il d'une voix faible, défaillante.

Et il avait toujours cette sensation de se dédoubler, ce sentiment de *dualité.*

« Si vous partez maintenant, Tak vous attendra partout où vous irez ! dit David, son implacable geôlier, qui lui tendait toujours son portefeuille où était enterrée cette détestable photo. Pas seulement à Austin. Dans des chambres d'hôtel. Dans des salles de conférences. Aux déjeuners élégants où les gens parlent de livres et d'autres choses. Quand vous serez avec une femme, ce sera vous qui la déshabillerez et Tak qui aura des relations avec elle. Et le pire c'est que vous pourrez vivre longtemps ainsi. *Can de lach,* c'est ce que vous serez, cœur de l'informe. *Mi him can ini,* le puits vide de l'œil. »

Non ! voulut-il crier à nouveau, mais cette fois sa voix ne sortit pas, et quand il frappa de nouveau la remorque, le marteau lui échappa des doigts. Toute force quitta sa main. Ses cuisses se liquéfièrent et ses genoux se déboîtèrent. Il glissa sur lui-même avec un cri d'homme qui se noie. Cette impression de se dédoubler, de devenir deux jumeaux, était encore plus forte qu'avant, et il comprit, stupéfait et résigné à la fois, que c'était ce qui lui arrivait. Il se divisait littéralement en deux. Il y avait John Edward Marinville qui ne croyait pas en Dieu et ne voulait pas que Dieu croie en lui, qui voulait partir et se rendait compte qu'Austin ne serait que le premier arrêt. Et il y avait Johnny, qui voulait rester. Plus encore : qui voulait se battre. Qui avait progressé assez loin dans cette folie surnaturelle pour vouloir mourir dans le Dieu de David, pour que son cerveau s'y consume et ressorte comme une mite par la cheminée d'une lampe à kérosène.

Suicide ! criait son cœur. *Suicide, suicide !*

Des soldats vietnamiens, les optimistes aux yeux morts de la guerre, qui cherchent des diamants dans des trous du cul. Un ivrogne, une bouteille de bière à la main et ses cheveux mouillés dans les yeux, qui sort d'une piscine d'hôtel, riant devant les flashes des journalistes. Le nez de Terry qui saigne sous ses yeux blessés et incrédules tandis qu'une voix venue du ciel annonce que l'embarquement du vol 507 d'United Airlines pour Jacksonville a commencé porte B-7. Le flic qui lui donne des coups de pied pendant qu'il se tord de douleur sur la ligne médiane d'une route en plein désert. *Ça me rend furieux,* avait dit le flic. *Ça me rend malade de rage.*

Johnny se sentit quitter son propre corps, se sentit saisi par des mains qui n'étaient pas les siennes et qui le retournaient comme un gant. Debout comme un fantôme près de l'homme à genoux, il le vit tendre les mains.

« Je vais le prendre, dit en pleurant l'homme à genoux. Je vais prendre mon portefeuille. Rends-le-moi. »

Il vit l'enfant s'approcher de l'homme à genoux et s'agenouiller près de lui. Il vit l'homme à genoux prendre le portefeuille et le glisser dans la poche avant de son jean pour pouvoir joindre les mains, comme le faisait David.

« Qu'est-ce que je dis ? demanda en pleurant l'homme à genoux. Oh, David, par où commencer, que dire ?

— Ce que vous dicte votre cœur », dit l'enfant à genoux.

Et c'est à cet instant que le fantôme renonça et rejoignit l'homme. Le monde s'illumina — l'illumina — comme avec du napalm, et il entendit Steve Winwood chanter *Now I'm gonna relax, baby, everybody should.*

« Aide-moi, Seigneur, dit Johnny en levant les mains à la hauteur de ses yeux si bien qu'il les voyait. Oh, Seigneur, je t'en prie, aide-moi. Aide-moi à faire ce qu'on m'a envoyé faire, aide-moi à être entier, aide-moi à vivre. Seigneur, aide-moi à revivre. »

2

Je vais t'attraper, salope !

Tak triomphait. Au début, ses chances étaient maigres. Il s'était approché à vingt mètres de l'*os pa* avant d'arriver au sommet du puits, mais cette salope, dans un sursaut d'énergie, avait franchi le sommet la première. Une fois de l'autre côté, Mary avait pu augmenter rapidement son avance, de vingt à soixante mètres, puis cent cinquante. Comme *elle* pouvait respirer librement, *elle* pouvait donner à son corps le surplus d'oxygène dont il avait besoin. Le corps d'Ellen Carver, en revanche, perdait rapidement toutes ses capacités. Son saignement vaginal avait tourné à l'hémorragie, le corps d'Ellen serait vidé de son sang en une vingtaine de minutes... mais si Tak pouvait rattraper Mary, peu importerait la quantité de sang perdue par le corps d'Ellen Carver : Tak aurait un autre corps où se réfugier. Quand il arriva au sommet du puits, le corps d'Ellen avait souffert aussi de la rupture d'un vaisseau dans son poumon gauche. Maintenant, chaque fois qu'il expirait, ce n'était plus une fine brume rouge qui sortait de sa bouche, mais des jets de sang et de tissus mêlés. Impossible de capter assez d'oxygène frais pour continuer la poursuite. Pas avec un seul poumon en état.

Puis il y eut un miracle. Alors qu'elle courait trop vite pour la pente et qu'elle tentait en même temps de regarder par-dessus son épaule, la salope se fit un croche-pied, qui provoqua une chute spectaculaire. Elle heurta le gravier de la route en une sorte de plongeon de cygne et laboura le sol sur plus de trois mètres avant de s'immobiliser, laissant derrière elle une trace sombre. Elle resta à plat ventre, les bras étendus, tremblant de tout son corps. A la lumière des étoiles, ses mains écartées ressemblaient à de pâles créatures repêchées dans une flaque quand la mer s'est retirée. Tak la vit essayer de remonter un genou sous elle. Elle y arriva en partie, puis se détendit et reprit sa position initiale.

Maintenant ! Maintenant ! Tak ah wan !

Tak poussa le corps d'Ellen, lui imposant un semblant de course, pariant sur l'énergie résiduelle de ce corps, pariant sur sa propre agilité pour éviter de trébucher et de tomber comme la salope. Le mouvement de va-et-vient de sa respiration, comme celui d'un piston dans de la graisse trop épaisse, était devenu une sorte de râle humide dans la gorge d'Ellen. Sur le point de s'éteindre, l'équipement sensoriel d'Ellen s'obscurcissait à la périphérie. Mais elle tiendrait encore un peu. Juste un peu. Et il ne lui en fallait pas plus.

Cent quarante mètres.

Cent vingt mètres.

Tak courait vers la femme allongée sur la route, criant sans bruit son triomphe tandis que l'espace se réduisait.

3

Mary entendait quelque chose qui arrivait, quelque chose qui criait des mots absurdes d'une voix épaisse et gargouillante. Elle entendait le choc des chaussures sur le gravier. Qui se rapprochait. Mais tout cela lui semblait sans importance. Comme des sons entendus en rêve. Car c'était forcément un rêve... non ?

Lève-toi, Mary ! Il faut que tu te lèves !

Elle regarda derrière elle et vit une créature horrible, cauchemardesque, qui fonçait sur elle comme une harpie échappée d'un vieux livre de contes et légendes. Ses cheveux volaient derrière elle. Un de ses yeux avait éclaté. Du sang jaillissait de sa bouche à chaque respiration. Et sur son visage on lisait l'expression d'un animal affamé qui renonce à toute prudence et mise tout sur une dernière charge.

LÈVE-TOI, MARY ! LÈVE-TOI !

Je ne peux pas. Je suis en sang et de toute façon il est trop tard, répondit-elle à la voix dans un gémissement, mais tout en gémissant elle luttait pour ramener à nouveau son genou sous elle. Cette fois, elle y parvint, se redressa en prenant appui sur cette jambe pliée, et se hissa une dernière fois hors du puits de la pesanteur.

La chose-Ellen était lancée à pleine vitesse. Elle semblait exploser hors de ses vêtements. Et elle criait — c'était un hurlement caverneux de rage et de faim chargé de sang.

Mary hurla elle aussi, se mit sur ses pieds et, tandis que la chose fondait sur elle, bras tendus, les doigts prêts à l'agripper, elle se lança dans une course folle le long de la pente, les yeux écarquillés, la bouche ouverte en un cri silencieux.

Une main moite, écœurante s'abattit entre ses omoplates et tenta d'agripper le col de son chemisier. Mary plongea en avant et faillit tomber quand son buste s'inclina au-delà du point d'équilibre. Mais la main avait glissé sans assurer sa prise.

« *Salope !* » dit un grognement guttural, inhumain, juste derrière elle.

Cette fois, la main se referma sur ses cheveux. Elle aurait pu s'y agripper si les cheveux avaient été secs, mais ils étaient humides, presque glissants de sueur. Pendant un instant Mary sentit les doigts de la chose sur sa nuque, puis elle ne les sentit plus. Elle continua sa course le long de la pente, ses bonds étaients de plus en plus longs, une sorte de folle exaltation se mêlait maintenant à sa peur.

Il y eut un choc derrière elle. Elle risqua un coup d'œil et vit que la chose-Ellen était tombée. Elle se recroquevillait sur elle-même comme un escargot écrasé. Ses mains s'ouvraient et se refermaient sur l'air, cherchant encore la femme qui avait de justesse réussi à leur échapper.

Mary se retourna et fixa le feu clignotant. Il se rapprochait... et il y avait d'autres lumières aussi, elle en était sûre. Des phares qui venaient vers elle. Elle se concentra sur eux et courut à leur rencontre.

Mary ne remarqua même pas la grande forme qui passait silencieusement au-dessus d'elle.

4

Terminé.

C'était passé tout près — touchant même les cheveux de la salope, mais au dernier instant, Mary s'était échappée. Et pendant que Mary s'éloignait à nouveau, les pieds d'Ellen trébuchèrent et son corps s'effondra. Tak écouta les bruits de rupture dans le corps d'Ellen tandis qu'il s'effondrait sur le côté, aspirant l'air comme s'il pouvait s'y accrocher.

Le corps d'Ellen roula sur le dos. Le regard vers le ciel plein d'étoiles, Tak gémit de douleur et de haine. Être passé si près !

C'est alors qu'il vit la forme noire, là-haut, qui cachait les étoiles comme une sorte de crucifix volant, et une nouvelle bouffée d'espoir s'éleva dans ce corps finissant comme une flamme dans une chambre sombre.

Tak avait pensé au loup, puis avait écarté cette idée parce que le loup était trop loin, mais il avait eu tort de croire que le loup était le seul vaisseau *can toi* qui puisse l'accueillir un petit moment.

Il y avait ça.

« *Mi him,* murmura Tak d'une voix rauque, épaissie par le sang. *Can de lach, mi him, min en tow. Tak !* »

Viens à moi.

Viens à Tak, viens à l'ancien, viens au cœur de l'informe.

Viens à moi, vaisseau.

Il leva les bras mourants d'Ellen et l'aigle doré s'y insinua, regardant le visage mourant de ses yeux de rapace.

5

« Ne regarde pas les corps, dit Johnny en écartant, avec l'aide de David, la remorque du véhicule.

— Oh, je ne regarde pas, dit David. J'ai vu assez de cadavres pour toute ma vie.

— Je crois que ça suffit. »

Johnny s'approcha de la portière du conducteur et glissa sur quelque chose. David le rattrapa par le bras.

« Attention, papy !

— Tu as un sacré toupet, mon garçon ! » gronda Johnny, qui ne serait de toute façon pas tombé.

Il avait glissé sur le marteau. Il le ramassa, se retourna pour le lancer sur l'établi puis réfléchit et engagea le manche recouvert de caoutchouc dans la ceinture de ses jambières en cuir. Elles avaient reçu assez de sang et de poussière pour qu'on puisse croire qu'un véritable cow-boy les avait portées, et le marteau s'harmonisa avec l'ensemble.

Il y avait un boîtier de commande à droite de la porte métallique. Johnny poussa le bouton bleu qui devait relever la porte, prêt dans sa tête à affronter d'autres problèmes, mais la porte frémit et s'éleva doucement sur ses vérins. L'air qui entra sentait vaguement le rhinanthe et la sauge. Il était frais et doux — comme le paradis. David gonfla la poitrine, se tourna vers Johnny et sourit.

« C'est bon.

— Oui. Allez, saute dans cette merveille ! Je t'emmène en balade. »

Le véhicule ressemblait à une énorme voiture de golf haute sur pattes. David s'installa sur le siège du passager. Johnny tourna la clé et le moteur toussa une fois. Alors qu'il franchissait la porte ouverte, il se dit que rien de tout cela n'arrivait vraiment. C'était juste un début de roman qu'il venait d'imaginer. Un conte fantastique, peut-être même un véritable roman d'horreur. Un beau départ pour John Edward Marinville, quoi qu'il en soit. Pas le genre de thème avec lequel on fait de la littérature sérieuse, et alors ? Il vieillissait, et s'il voulait se prendre un peu moins au sérieux, il en avait bien le droit. Il n'était pas indispensable de charger chaque livre sur son épaule comme un sac plein de cailloux puis de le porter au pas de course jusqu'en haut d'une montagne. C'était bon pour les gosses, pour les nouvelles recrues, mais ce temps était loin derrière lui Vas-y mollo, mon gars, c'est ce que tout le monde devrait faire

Pas vrai. Rien de tout ça. Non. Impossible. Dans la réalité, il était juste sorti faire une balade dans sa vieille décapotable, une balade avec son fils, l'enfant de l'âge mûr. Ils allaient chez Friendly's. Ils se gareraient près du marchand de glaces et lècheraient leurs cornets. Peut-être raconterait-il au gosse quelques histoires de guerre, ou des épisodes de sa propre enfance, juste un peu, pour ne pas l'ennuyer. Les gosses n'ont qu'une tolérance limitée pour les histoires qui commencent par « Quand j'étais petit », il le savait, et tous les pères qui n'avaient pas la tête trop loin du cul le savaient aussi, alors il se limiterait à une ou deux histoires sur la façon désinvolte dont il avait abordé le base-ball, et voilà-t-il pas que l'entraîneur... »

« Johnny, ça va ? »

Il se rendit compte qu'il avait reculé jusqu'au bord de la route et qu'il était là, le levier de vitesse dans la main, tandis que le moteur tournait pour rien.

« Hein ? Oui. Très bien.

— A quoi pensiez-vous ?

— Aux gosses. Tu es le premier que je fréquente depuis... Seigneur ! Depuis que mon plus jeune fils est parti en pension. T'es un bon garçon, David. Un peu obsédé par Dieu, mais sinon tout à fait bien.

— Merci », dit David avec un sourire.

Johnny recula encore un peu, puis vira et passa la première. Tandis que les phares haut placés de l'engin balayaient Main Street, il vit deux choses : la girouette en forme de nain qui surmontait la Chope gisait maintenant dans la rue, et le camion de Steve était parti.

« S'ils ont fait ce que tu voulais, je pense qu'ils sont en route vers le puits, dit Johnny.

— Quand ils auront trouvé Mary, ils nous attendront.

— Est-ce qu'ils vont la trouver ?

— J'en suis certain. Et je crois qu'elle va bien, mais elle l'a échappé belle ! »

Il regarda Johnny et cette fois lui adressa un vrai sourire. Un merveilleux sourire.

« Je crois que vous allez vous en sortir aussi, dit-il. Peut-être que vous écrirez quelque chose sur tout ça.

— En règle générale, j'écris sur des choses qui m'arrivent. Je les arrange un peu, et ça fait l'affaire. Mais ça... je ne sais pas. »

Ils passaient devant l'Ouest américain. Johnny pensa à Audrey Wyler qui gisait là-dedans sous le balcon effondré. Ce qui restait d'Audrey.

« David, quelle part de l'histoire d'Audrey était vraie ? Tu le sais ?

— Presque tout », répondit David.

Il regardait aussi le cinéma, et se tordit le cou pour le voir aussi longtemps que possible après qu'ils l'eurent dépassé. Puis il se retourna vers Johnny. Il était songeur. Johnny le trouva même triste.

« Elle n'était pas méchante, vous savez. Ce qui lui est arrivé, c'est comme d'être pris dans un glissement de terrain, ou un raz de marée, quelque chose comme ça.

— Un acte de Dieu.

— Oui.

— *Notre* Dieu. Le tien et le mien.

— Oui.

— Et Dieu est cruel.

— Oui.

— Tu as des idées très arrêtées, pour un gosse, tu sais ? »

Ils passaient devant le bâtiment municipal. L'endroit où la sœur de l'enfant avait été tuée et d'où sa mère avait été arrachée et emportée vers quelque obscurité finale. David le regarda avec une expression que Johnny ne put déchiffrer, puis il leva les mains pour s'en frotter le visage. Le geste d'un gamin de son âge et Johnny eut un choc en se rappelant à quel point il était jeune.

« Plus que j'aurais voulu, dit David. Vous savez ce que Dieu a fini par dire à Job quand il s'est lassé de l'écouter se plaindre ?

— Je crois qu'il lui a plus ou moins dit d'aller se faire voir ailleurs, non ?

— Oui. Vous voulez entendre quelque chose de vraiment horrible ?

— J'en meurs d'impatience. »

Le véhicule passait en cahotant sur des bosses de sable. Johnny distinguait déjà la sortie du village. Il était tenté d'accélérer mais il lui semblait imprudent de passer en troisième, étant donné la faible portée des phares. Ils étaient peut-être entre les mains de Dieu, mais Dieu avait la réputation d'aider surtout ceux qui s'aidaient eux-mêmes. C'était sans doute pourquoi il avait gardé le marteau.

« J'ai un ami. Il s'appelle Brian Ross. C'est mon *meilleur* ami. Une fois, on a fabriqué un Parthénon tout en bouchons de bouteilles.

— C'est vrai ?

— Oui. Le père de Brian nous a un peu aidés, mais on l'a fait presque tout seuls. Le samedi soir, on se couche tard pour voir les vieux films d'horreur. Ceux en noir et blanc, vous savez ? Boris Karloff est notre monstre préféré. On a bien aimé *Frankenstein,* mais on préfère encore *La Momie.* On se dit tout le temps des trucs comme : “ Oh, merde, la momie nous court après, on ferait bien de marcher un peu plus vite. ” C'est idiot, mais ça nous fait rire. Vous savez ? »

Johnny sourit et hocha la tête.

« Enfin, bon. Brian a eu un accident. Un ivrogne l'a fait tomber de vélo sur le chemin du collège. Vous vous rendez compte, il était huit heures moins le quart du matin et ce type était ivre mort au volant !

— Eh oui ! »

David le considéra un moment puis hocha la tête et continua.

« Brian s'est cogné la tête. Vraiment cogné. Il a eu une fracture du crâne et son cerveau a été touché. Il était dans le coma et il n'aurait pas dû survivre. Mais...

— Laisse-moi deviner la suite. Tu as prié Dieu de rendre la santé à ton copain, et deux jours plus tard, bingo, le gamin s'est levé et il a parlé — gloire à Jésus mon Sauveur !

— Vous ne le croyez pas ?

— En fait, si, dit Johnny en riant. Après ce qui m'est arrivé ces dernières heures, ça me semble tout à fait normal et raisonnable.

— Je suis allé prier dans un lieu à nous, à Brian et à moi. C'était une plate-forme qu'on avait construite dans un arbre. On l'avait appelée le Poste de guet vietcong.

— Tu ne blagues pas, là ? demanda gravement Johnny.

— Non. Je ne me souviens pas de qui a eu l'idée, pas vraiment, mais c'est le nom qu'on lui a donné. On a cru que ça nous était venu à cause d'un vieux film, mais dans ce cas, je ne me souviens plus duquel. On a fait une plaque, et tout. C'était chez nous, c'est là que je suis allé, et c'est là que j'ai dit... J'ai dit, continua-t-il après avoir fermé les yeux pour réfléchir : “ Seigneur guéris-le. Si tu le fais, je ferai quelque chose pour toi, je le promets. ” Il a guéri presque tout de suite, conclut David en rouvrant les yeux.

— Et maintenant, tu dois payer ta dette. C'est le revers de la médaille, hein ?

— Non ! Ça m'est égal de rembourser. L'année dernière, j'ai parié cinq dollars avec mon père que les Pacers allaient gagner le championnat NBA, et quand ils ont perdu, il n'a pas voulu de mon argent parce qu'il a dit que je n'étais qu'un enfant, que j'avais parié avec mon cœur au lieu de ma tête. Il avait peut-être raison...

— Il avait sûrement raison.

— Mais je l'ai payé quand même. Parce que c'est normal de payer ce qu'on doit, et c'est normal de faire ce qu'on a promis. Le pire, dit David en se penchant vers Johnny et en baissant la voix comme s'il avait peur que Dieu l'entende, le pire c'est que Dieu savait que je viendrais là, et il savait déjà ce qu'il voudrait que je fasse. Et il savait qu'il faudrait que je le *sache* pour le faire. Mes parents ne sont pas pratiquants — ils se contentent de fêter Noël et Pâques — et jusqu'à l'accident de Brian, je ne l'étais pas non plus. Je ne connaissais de la Bible que Jean, III, 16, parce que c'est toujours la pancarte que les zélis brandissent au stade : " Car Dieu a tant aimé le monde. " »

Ils passaient devant la Bodega dont l'enseigne était tombée. Les bonbonnes de gaz avaient éventré le pignon et s'éparpillaient dans le désert à soixante ou soixante-dix mètres de là. Le Puits Chinois se dressait au loin. A la lumière des étoiles, on aurait dit un sépulcre blanc.

« Qui sont les zélis ?

— Les zélotes des putes. C'est comme ça que les appelle mon ami le pasteur Martin. Je crois qu'il est... Je crois qu'il lui est arrivé quelque chose. »

David se tut un moment, les yeux sur la route. La tempête en avait effacé les bords et il y avait du sable sur la chaussée. Le véhicule tout-terrain progressait pourtant sans difficulté.

« Enfin, avant l'accident de Brian, je ne savais rien d'Esaü, ni du manteau multicolore de Jacob, ni de la femme de Putiphar. A l'époque, ce qui m'intéressait surtout (de l'avis de Johnny, il parlait comme un ancien combattant nonagénaire décrivant de vieilles batailles et des campagnes oubliées) c'était de savoir si Albert Bell allait ou non gagner le MVP de l'American League. »

Il se tourna vers Johnny, le visage grave.

« L'ennuyeux, ce n'est pas que Dieu m'ait mis en position de lui devoir une faveur, mais qu'il ait blessé Brian pour y parvenir.

— Dieu est cruel. »

David hocha la tête, et Johnny vit que l'enfant était au bord des larmes.

« Oui, il l'est. Meilleur que Tak, peut-être, mais méchant quand même.

— Mais la cruauté de Dieu nous purifie... c'est ce qu'on dit, en tout cas, non ?

— Enfin... peut-être.

— En tout cas, il est en vie, ton ami.

— Oui...

— Et peut-être que ce n'était pas seulement toi. Peut-être qu'un jour ton copain va trouver le moyen de guérir les gens du sida ou du cancer. Peut-être qu'il va gagner soixante matches d'affilée.

— Peut-être.

— David, cette chose qui est là — Tak —, qu'est-ce que c'est ? As-tu la moindre idée ? Un esprit indien ? Quelque chose comme un manitou, ou un wendigo ?

— Je ne crois pas. Je crois que c'est une maladie plutôt qu'un esprit ou un démon. Les Indiens ignoraient peut-être même qu'il était là, et il était là avant eux. Bien avant. Tak est l'ancien, le cœur informe. Et l'endroit où il se trouve vraiment, de l'autre côté du goulot au fond du puits... je ne suis pas sûr que cet endroit soit sur terre, ni même dans l'espace normal. Tak est un étranger complet, tellement différent de nous que nous ne pouvons même pas y appliquer notre esprit. »

L'enfant frissonnait un peu, et son visage semblait plus pâle. Peut-être était-ce juste la lumière des étoiles, mais Johnny n'aima pas ça.

« On n'est pas obligés de continuer à en parler, si tu ne le veux pas, d'accord ? »

David hocha la tête, puis pointa le doigt devant eux.

« Regardez, voilà le Ryder. Il est arrêté. Ils ont dû trouver Mary. C'est pas formidable ?

— Oh que oui ! »

Les phares du camion, à huit cents mètres environ, éclairaient comme des éventails lumineux le bas-côté de la route. Ils s'en approchèrent presque en silence, chacun plongé dans ses pensées. Pour sa part, Johnny s'interrogeait surtout sur les problèmes d'identité : il ne savait plus avec certitude qui il était. Il se tourna vers David avec l'idée de lui demander s'il savait où il pourrait bien y avoir quelques sardines — affamé comme il l'était, même une boîte d'anchois l'aurait ravi — quand sa tête se transforma soudain en une bombe insonore et brillante dont le souffle le plaqua sur son siège. Ses épaules se tordirent. Un cri étranglé lui échappa. Sa bouche était tellement étirée vers le bas aux commissures qu'on aurait dit un masque de clown. Le véhicule obliqua vers le côté gauche de la route.

David se pencha, saisit le volant et corrigea la trajectoire juste avant que le véhicule ne pique du nez dans le sable mou et ne se retourne. Johnny avait rouvert les yeux. Il freina instinctivement, et l'enfant fut projeté en avant. Le véhicule s'arrêta au milieu de la route à moins de soixante-dix mètres des feux arrière du Ryder. Ils virent des silhouettes teintées de rouge qui les regardaient.

« Putain de merde ! souffla David. Pendant une seconde ou deux il... »

Johnny le regarda, sonné et stupéfait comme s'il le voyait pour la première fois de sa vie. Puis ses yeux s'éclaircirent et il eut un rire nerveux.

« " Putain de merde ", oui, dit-il d'une voix presque sans force, avec la voix d'un homme qui vient de recevoir un choc phénoménal. Merci, David.

— Est-ce que c'était une bombe de Dieu ?

— *Quoi ?*

— Une grosse. Comme Saül sur la route de Damas, quand la cataracte ou je ne sais quoi sortit de ses yeux et qu'il put voir à nouveau. Le pasteur Martin appelle ça des bombes de Dieu. Vous venez d'en recevoir une, non ? »

Tout à coup, il ne voulut plus regarder David, il eut peur de ce que David pourrait voir dans ses yeux. Il préféra fixer les feux arrière du Ryder.

Steve n'avait pas utilisé la largeur extraordinaire de la route pour faire demi-tour, remarqua Johnny : le camion de location était toujours dirigé vers le sud, vers le bas-côté. Bien sûr. Steve Ames était un vieux gamin rusé du Texas, et il avait dû soupçonner que ce n'était pas terminé. Il avait raison. David avait raison aussi — il fallait qu'ils montent au Puits Chinois — mais l'enfant avait d'autres idées, peut-être moins pertinentes.

Fixe tes yeux, Johnny, dit Terry. *Fixe tes yeux pour pouvoir le regarder sans le moindre cillement. Tu sais comment t'y prendre, non ?*

Oui, il le savait. Il se souvint de ce que lui avait dit un de ses vieux professeurs de littérature, à l'époque où les dinosaures arpentaient encore la terre et où Ralph Houk dirigeait les Yankees de New York. Toute fiction est mensonge, avait proclamé ce vieux reptile fossilisé avec un sourire sec et cynique, tout art est fiction, donc tout art est un mensonge.

Et maintenant, mesdames et messieurs, vous allez observer les effets de l'art sur ce jeune prophète innocent.

Il se tourna vers David et répondit à son regard inquiet par un petit sourire apaisant.

« Pas de bombe de Dieu, David. Désolé de te décevoir.

— Alors c'était quoi ?

— J'ai eu une crise. Ça m'est tombé dessus d'un seul coup et j'ai eu une crise. Jeune homme, j'en avais tous les trois ou quatre mois. C'est le “ petit mal ”. J'ai pris des médicaments, et ça s'est arrêté. Quand j'ai commencé à beaucoup boire, vers quarante ans — enfin, trente-cinq, et il n'y avait pas que l'alcool, je crois —, elles sont revenues. Et on ne pouvait plus guère les qualifier de *petit* mal. Ces crises sont la raison principale qui me pousse à essayer de rester sobre. Ce que tu viens de voir était la première en presque... onze mois, dit-il après avoir fait semblant de compter. Ni alcool ni cocaïne en cause, cette fois. Juste ce bon vieux stress. »

Il remit le camion en route. Il ne voulut pas regarder à sa droite, cette fois. Il se demandait si David l'avait cru, et l'enfant risquait de lire cette question dans ses yeux. Cela pouvait sembler fou, paranoïaque, mais Johnny savait que non. L'enfant était stupéfiant, un peu effrayant même... comme un prophète de l'Ancien Testament qui sortirait d'un désert biblique, la peau brûlée par le soleil, l'esprit brûlé par les interventions de Dieu.

Mieux valait garder son regard ailleurs, le garder pour lui, au moins pour le moment.

Du coin de l'œil droit, il voyait que David l'observait d'un air dubitatif.

« C'est la vérité vraie, Johnny ? finit-il par demander. Pas des blagues ?

— La vérité vraie, dit Johnny toujours sans le regarder directement. Je ne blague pas. »

David ne posa pas d'autre question... mais il continua de le regarder. Johnny eut une drôle de sensation : ce regard, c'était comme des doigts doux et habiles qui glisseraient le long d'une fenêtre pour en trouver le loquet.

Chapitre 5

1

Tak était perché tout en haut sur le flanc nord du puits, les serres enfoncées dans le tronc pourri d'un arbre déraciné. Son regard d'aigle lui permettait sans peine de voir les véhicules en contrebas. Il voyait même les deux personnes dans le tout-terrain : l'écrivain au volant, et près de lui, l'enfant.

Ce petit merdeux de cul-bénit.

Ici, enfin.

Tous les deux étaient enfin là.

Tak avait brièvement rencontré l'enfant dans la vision qu'il avait eue et il avait tenté de le distraire, de l'effrayer, de l'envoyer au loin avant qu'il puisse trouver celui qui l'avait appelé. Il en avait été incapable. *My an tak* remplit et apaisa le cerveau primitif de l'oiseau puis sauta à l'entrée du tunnel. Il y avait une petite niche à gauche. L'aigle s'y insinua puis ne bougea plus. Les ailes bien repliées, il attendit.

Il les attendait tous, mais surtout Cul-bénit. Il déchirerait la gorge de Cul-bénit d'une seule de ses serres puissantes, lui crèverait les yeux de l'autre. Cul-bénit serait mort avant qu'aucun des autres comprenne ce qui était arrivé. Avant que l'*os dam* lui-même sache ce qui arrivait ou même qu'il mourait aveugle.

2

Steve avait emporte une couverture — un vieux plaid délavé — pour couvrir la moto du patron, au cas où il faudrait la transporter jusqu'à la côte Ouest à l'arrière du camion. Quand Johnny et David arrivèrent dans leur tout-terrain, Mary Jackson avait cette couverture autour des épaules comme un châle écossais. Le hayon à l'arrière du camion était ouvert et elle était assise, les pieds sur le pare-chocs, tenant la couverture serrée devant elle d'une main et une des dernières bouteilles de Jolt de l'autre. Elle se disait que jamais elle n'avait rien bu de plus agréable de toute sa vie. Ses cheveux étaient collés sur sa tête en un casque humide de sueur. Elle avait des yeux énormes. En dépit de la couverture, elle frissonnait. Elle avait l'impression d'être une réfugiée comme on en voyait à la télévision, après un incendie ou un tremblement de terre. Elle regarda Ralph serrer fougueusement son fils contre lui, son autre main étant occupée par le Ruger 44. Il souleva l'enfant du sol et le reposa.

Mary glissa sur la route et fit un pas incertain. Les muscles de ses jambes tremblaient encore de sa course. *J'ai couru par instinct de survie,* se dit-elle, *et c'est une chose que je ne pourrai jamais expliquer — par des mots, ni en parlant ni même dans un poème — ce que c'est de courir non pas pour manger, ni pour une médaille, ni pour un prix, ni pour attraper un train, mais pour sauver sa putain de vie.*

Cynthia lui posa une main sur le bras.

« Ça va ?

— Ça va aller. Donnez-moi cinq ans et je serai en pleine forme.

— Pas trace d'elle », dit Steve en les rejoignant.

Il voulait parler d'Ellen, se dit Mary. Puis il s'approcha de David et de Marinville.

« David ? Ça va ?

— Oui, et Johnny aussi. »

Steve regarda avec un visage impassible l'homme qu'il était censé chaperonner.

« Vraiment ?

— Je crois. J'ai eu..., dit Marinville en jetant un coup d'œil à David. Dis-lui, vermine. Tout est de ta faute.

— Son cœur a parlé, expliqua David avec un sourire. Et si c'est ma mère que vous cherchiez... la chose qui était dans ma mère... vous pouvez arrêter. Elle est morte.

— Tu en es sûr ?

— On trouvera son corps à mi-pente, dit David en pointant le doigt et d'une voix qu'il aurait voulue objective. Je ne veux pas la voir. Quand vous l'écarterez de la route, je veux dire. Papa, je crois que tu ne devrais pas regarder non plus. »

Mary s'approcha d'eux, en se frottant l'arrière des cuisses, là où elle avait le plus mal.

« Le corps d'Ellen s'est épuisé, et *ça* n'a pas réussi à m'attraper. Alors *c*'est à nouveau coincé dans son trou, non ?

— Ou-i... »

Mary n'aima pas le son dubitatif de la voix de David. C'était une conjecture plus qu'une certitude.

« Est-ce que *ça* n'avait personne d'autre dans quoi se mettre ? demanda Steve. Y a-t-il quelqu'un d'autre là-haut ? Un ermite ? Un vieux prospecteur ?

— Non, affirma David.

— *C*'est tombé et *ça* ne peut plus se relever, dit Cynthia en levant le poing vers le ciel parsemé d'étoiles. *Ouais !*

— David ? s'inquiéta Mary. On n'en a pas fini, c'est ça ? Même si *c*'est vraiment coincé là-dedans, il faut qu'on bouche la galerie.

— D'abord l'*an tak,* approuva David, puis la galerie, oui. Il faut la fermer comme avant. »

Il regarda son père. Ralph lui entoura les épaules de son bras libre.

« Si tu le dis, David.

— Je suis prêt, dit Steve. Je suis impatient de voir où ce type retire ses chaussures et se détend devant un bon feu.

— Je n'ai jamais été pressée de rentrer à Bakersfield, de toute façon », dit Cynthia.

David regarda Mary.

« Bien sûr. C'est Dieu qui m'a montré le moyen de m'échapper, tu sais. Et il faut que je pense à Peter. Cette chose a tué mon mari. Je crois que je dois bien ça à Peter. »

David regarda Johnny.

« Deux questions, dit Johnny. Premièrement, que se passera-t-il quand tout sera terminé ? Que se passera-t-il ici ? Si la compagnie minière de Désolation revient et recommence à travailler dans le Puits Chinois, il y a toutes les chances qu'ils rouvrent à nouveau cette galerie, non ? Alors à quoi ça sert ? »

David sourit. Mary lui trouva un air soulagé.

« Ce n'est pas notre problème — c'est le problème de *Dieu.* Notre problème est de fermer l'*an tak* et le tunnel d'ici vers l'extérieur. Ensuite, on partira sans se retourner. Quelle est votre deuxième question ?

— Est-ce que je pourrai t'offrir une glace quand ce sera terminé ? Est-ce que je pourrai te raconter quelques vieux souvenirs de jeunesse ?

— Bien sûr. A condition que je puisse vous dire d'arrêter quand... vous savez, quand ça deviendra barbant.

— Mon répertoire ne comporte aucune histoire barbante ! »

L'enfant s'approcha du camion avec Mary, glissant son bras autour de la taille de la jeune femme et posant sa tête sur son bras comme si elle était sa mère. Mary se dit qu'elle jouerait ce rôle un moment, s'il en avait besoin. Steve et Cynthia montèrent dans la cabine ; Ralph et Johnny Marinville s'assirent par terre à l'arrière en face de Mary et David.

Quand le camion s'arrêta à mi-pente, Mary sentit David serrer un peu plus sa taille et elle lui mit un bras autour des épaules. Ils étaient arrivés à l'endroit où sa mère — son enveloppe, en tout cas — s'était arrêtée. Il le savait aussi bien qu'elle. Il respirait superficiellement et rapidement, par la bouche, comme s'il avait fait des pompes ou des abdominaux. Mary posa une main sur le côté de sa tête et l'attira sans bruit. Il se laissa faire et posa son visage contre sa poitrine. La respiration légère et rapide continua, puis Mary sentit les premières larmes mouiller son chemisier. En face d'elle, le père de David avait remonté ses genoux contre sa poitrine et caché son visage dans ses mains.

« C'est bien, David, murmura-t-elle en lui caressant les cheveux. C'est bien. »

Des portes claquèrent. Des pieds écrasèrent le gravier. Puis ils entendirent vaguement la voix horrifiée de Cynthia Smith : « Oh, Seigneur, regarde-la ! »

Steve : « Tais-toi idiote, ils vont t'entendre. »

Cynthia : « Oh, merde ! Désolée. »

Steve : « Viens m'aider. »

Ralph retira ses mains de son visage, passa une manche sur ses yeux puis vint du côté de Mary et enlaça David. L'enfant chercha la main de son père et la serra. Les yeux douloureux et pleins de larmes de Ralph croisèrent ceux de Mary et elle se mit à pleurer aussi.

Du dehors, elle entendait maintenant les pas pesants de Steve et Cynthia qui emportaient Ellen à l'écart de la route. Il y eut une pause, un petit soupir de la jeune fille après l'effort, puis les pas revinrent vers le camion. Mary fut soudain certaine que Steve allait venir à l'arrière et raconter à l'enfant et à son père quelque scandaleux mensonge — des conneries sur Ellen qui avait l'air si paisible, comme si elle faisait juste la sieste, ici, en plein désert. Elle tenta de lui envoyer un message : *Ne le fais pas, ne viens pas raconter de pieux mensonges, tu ne ferais qu'aggraver les choses. Ils étaient à Désolation, ils ont vu ce qui s'y passait, n'essaie pas de les leurrer sur ce qu'il y a dehors.*

Les pas s'arrêtèrent. Cynthia murmura. Steve lui répondit. Puis ils se rassirent à leur place, les portières claquèrent, le moteur rugit et ils repartirent. David garda le visage pressé contre elle un moment encore, puis il se redressa.

« Merci. »

Elle sourit, mais le hayon du camion était ouvert, et elle se dit qu'il devait entrer assez de lumière pour que David voie qu'elle avait pleuré, elle aussi.

« Quand tu voudras, dit-elle en lui déposant un baiser sur la joue. Vraiment. »

Elle serra les bras autour de ses genoux et regarda par l'arrière du camion la poussière qu'ils soulevaient. Elle voyait encore le feu clignotant, étincelle jaune dans l'étendue sombre, mais maintenant, il allait dans la mauvaise direction, il s'éloignait d'eux. Le monde — celui qu'elle avait toujours pris pour le *seul* monde — semblait aussi s'éloigner d'elle. Galeries marchandes, restaurants, MTV, salle de gym, sexe torride dans l'après-midi, tout s'éloignait.

Et c'est tellement facile, se dit-elle. *Aussi facile qu'une pièce s'échappant de ta poche par un trou.*

« David ? demanda Johnny. Est-ce que tu sais comment Tak est entré dans Ripton ? »

David secoua la tête.

Johnny opina du chef comme si c'était ce à quoi il s'attendait et reposa son dos contre le côté du camion. Mary se rendit compte que, si exaspérant que Marinville puisse être, elle l'aimait bien. Pas seulement parce qu'il était revenu avec David. Elle l'aimait bien depuis... eh bien, depuis qu'ils avaient cherché les armes, probablement. Elle lui avait fait peur, mais il avait rebondi. Elle se disait que ce devait être le genre de type qui avait démarré une seconde carrière après être tombé au plus bas. Et puis il ne faisait pas tout ce qu'il pouvait pour être un con, il savait aussi avoir de l'humour.

Le 30-06 était près de lui. Johnny le chercha de la main sans tourner la tête, le prit et le posa en travers de ses genoux.

« Je crains bien de devoir me faire porter pâle pour une conférence demain soir, dit-il au plafond. J'aurais dû disserter sur " Punks et post-littérature : l'écriture américaine au XXIe siècle. " Il faudra que je rembourse l'avance. " Triste, triste, triste, George et Martha. " c'est de...

— *Qui a peur de Virginia Woolf ?*, dit Mary. Edward Albee. On n'est pas *tous* des ignares dans ce carrosse.

— Désolé, dit Johnny d'une voix étonnée.

— Veillez bien à insérer vos excuses dans votre journal », dit-elle sans la moindre idée de ce dont elle parlait.

Il baissa la tête pour la regarder, fronça un moment les sourcils, puis se mit à rire. Peu après, Mary se joignit à lui. Puis David rit aussi, et Ralph. Le rire de Ralph était très aigu pour un homme adulte, un *hi-hi-hi* de bande dessinée, et quand elle y songea, Mary s'esclaffa plus fort encore. Cela lui fit mal à l'estomac, mais pas assez pour l'arrêter.

Steve frappa à la cloison. Il fut impossible de dire si sa voix étouffée était amusée ou inquiète.

« Qu'est-ce qui se passe ? »

De sa plus belle voix léonine, Johnny rugit :

« Tais-toi, taureau du Texas ! On parle *littérature* ici ! »

Mary hurla de rire, serrant d'une main la base de sa gorge et pressant l'autre contre son ventre douloureux. Elle ne put s'arrêter avant que le camion atteigne le sommet de la pente, franchisse le rebord du puits et amorce la descente. Alors, tout humour la quitta d'un coup. Les autres s'arrêtèrent presque en même temps.

« Est-ce que tu le sens ? demanda David à son père.

— Je sens *quelque chose.* »

Mary frissonna. Ils sentaient quelque chose, oui, elle n'avait aucun doute là-dessus. Mais ils auraient senti encore davantage s'ils avaient été là plus tôt, s'ils avaient dû monter la même route pour éviter que la chose sanglante ne...

Enlève-toi ça de la tête, Mary. Fais sortir ça de ta tête et referme la porte.

« Mary ? » interrogea David.

Elle le regarda.

« Il n'y en a plus pour longtemps.

— Bien. »

Cinq minutes plus tard — de très longues minutes — le camion s'immobilisa et les portières de la cabine s'ouvrirent. Steve et Cynthia vinrent à l'arrière.

« Tout le monde dehors, dit Steve. Terminus. »

Mary sortit péniblement du camion, grimaçant à chaque mouvement. Elle avait mal partout, mais ses jambes battaient les records. Si elle était restée assise à l'arrière du camion plus longtemps, elle n'aurait probablement plus été capable de marcher du tout.

« Johnny, est-ce qu'il vous reste de l'aspirine ? »

Il lui tendit le tube et elle avala trois comprimés, qu'elle fit descendre avec son reste de Jolt. Puis elle rejoignit les autres à l'avant du camion.

Ils étaient au fond du Puits Chinois, les autres pour la première fois, elle pour la seconde. Le bureau de chantier était tout proche. En le regardant, en se rappelant ce qu'il y avait à l'intérieur et à quel point elle avait été près d'y finir son existence, elle eut envie de crier. Puis ses yeux se posèrent sur la voiture de police, la portière du conducteur toujours ouverte, le capot toujours levé, le filtre à air toujours par terre devant le pneu avant gauche.

« Soutenez-moi », dit-elle à Johnny.

Il le fit, l'interrogeant du regard.

« Maintenant, emmenez-moi jusqu'à la voiture.

— Pourquoi ?

— Il faut que je fasse quelque chose.

— Mary, plus tôt on commence, plus tôt on finit, dit David.

— Je n'en ai que pour une seconde. Allez, Shakespeare, on y va. »

Il l'entraîna jusqu'à la voiture, un bras autour de sa taille, le 30-06 dans sa main libre. Mary se dit qu'il devait la sentir trembler, mais c'était sans importance. Elle se reprit, et se mordit la lèvre inférieure en se remémorant son trajet à l'arrière de cette voiture, quand elle était arrivée au village. Peter et elle étaient ensemble derrière le filet. Elle avait senti l'Old Spice du flic et l'odeur métallique de sa propre peur. Pas de poignées de porte. Pas de moyen d'ouvrir les vitres. Rien d'autre à regarder que la nuque rougie par le soleil d'Entragian et le stupide petit ours aux yeux fixes sur le tableau de bord.

Elle se pencha dans la puanteur d'Entragian — sauf que c'était en fait la puanteur de Tak, elle le savait, maintenant — et arracha l'ours de sa ventouse. Les petits yeux regardaient droit dans les siens, comme pour lui demander à quoi pouvait bien rimer toute cette folie, quel bien cela pouvait accomplir, quel mal cela pouvait corriger.

Elle jeta l'ours sur la rude surface du puits et l'écrasa du pied. Fort. Elle le sentit craquer sous sa chaussure. Ce fut le moment le plus satisfaisant de tout ce lamentable cauchemar.

« Ça y est, c'est fini pour toi, saloperie, et ce n'est que la première étape.

— Ne me dites pas, dit Johnny, qu'il s'agit là d'une nouvelle variante des thérapies qu'on pratique dans les milieux universitaires Une affirmation symbolique conçue tout spécialement pour les moments angoissants de la vie, une sorte de " je vais bien, et toi tu es réduit en bouillie ", ou...

— Fermez-la, dit-elle sans aménité. Et vous pouvez me lâcher, maintenant.

— Le faut-il vraiment ? demanda-t-il en lui caressant la taille. Je commençais juste à me familiariser avec la géographie des lieux.

— Dommage, je ne suis pas une carte. »

Johnny la lâcha et ils rejoignirent les autres.

« David, demanda Steve, est-ce bien ici ? »

Il montrait un endroit, par-delà le parc des engins de chantier, à gauche du baraquement rouillé avec son tuyau de poêle. A une vingtaine de mètres sur la pente s'ouvrait le trou carré que Mary avait déjà vu Elle ne s'y était pas attardée — elle avait d'autres chats à fouetter, à commencer par trouver le moyen de rester en vie — mais maintenant, cette vision la troubla. Elle eut la sensation que ses jambes avaient du mal à la porter. *Enfin, bon, j'ai au moins éliminé l'ours. Plus jamais il ne regardera personne d'autre piégé à l'arrière de cette voiture de police. C'est toujours ça.*

« Oui, c'est là, dit David. La galerie des Chinois.

— *Can tak* dans *can tah,* dit son père comme en rêve.

— Oui.

— Et il faut qu'on la fasse sauter ? demanda Steve. Comment est-ce qu'on procède ? »

David montra le cube de béton près du bureau de chantier.

« D'abord, il faut qu'on entre là-dedans. »

Ils s'approchèrent du dépôt d'explosifs. Ralph secoua le verrou de la porte, comme pour le soupeser, puis arma son Ruger. Le *clac-clac* métallique leur sembla très sonore dans le silence du puits.

« Écartez-vous, dit-il. Ça marche toujours très bien dans les films, mais dans la vie réelle, je n'en sais rien.

— Attendez une seconde, attendez ! » dit Johnny en revenant en courant vers le Ryder. Ils l'entendirent fouiller dans les cartons de matériel derrière la cabine, puis : « Ah, te voilà, horrible chose ! »

Il revint avec un casque intégral noir de motard et le tendit à Ralph.

« Protège-cerveau de luxe. Je ne le porte presque jamais. Dès que je le mets, je souffre de claustrophobie. Mais dans votre cas... »

Ralph mit le casque, qui lui donna un air de soudeur futuriste. Johnny s'écarta de lui avec les autres. Mary tenait David par les épaules.

« Vous devriez vous retourner », dit Ralph d'une voix étouffée par le casque.

Mary s'attendait à ce que David proteste, inquiet pour son père — une inquiétude bien compréhensible si l'on songeait qu'il avait déjà perdu deux membres de sa famille ces douze dernières heures — mais David ne dit rien. La tache pâle de son visage avait des contours flous dans le noir : impossible de lire dans ses pensées, mais elle ne le sentit pas agité. Les épaules sous ses mains étaient plutôt calmes, pour le moment.

Peut-être sait-il que tout ira bien. Dans cette vision qu'il a eue... ou bien...

Elle ne voulut pas terminer sa pensée, qui pourtant s'imposa d'elle-même.

... peut-être qu'il sait qu'il n'y a pas d'autre choix.

Il y eut un long silence — *très* long, sembla-t-il à Mary — puis comme un coup de fouet aigu quand le fusil tira. Pas d'écho, curieusement. Le bruit, puis plus rien. Les flancs, les gradins du puits l'avaient absorbé. Retentit alors un cri stupéfait d'oiseau — *Ouowwwk !* — puis plus rien. Mary se demanda pourquoi Tak n'avait pas envoyé ses animaux contre eux comme il les avait envoyés contre bien des gens en ville. Parce que tous les six formaient un groupe spécial ? Peut-être. Dans ce cas, c'était David qui le *rendait* spécial, comme un grand joueur peut à lui seul transformer toute une équipe.

Ils se retournèrent et virent Ralph penché sur le cadenas (Mary lui trouva l'air d'un voyeur qui regarde par le trou d'une serrure), occupé à examiner le résultat à travers la visière de son casque. Le cadenas était tordu et portait un gros trou noir en son centre, mais quand Ralph le secoua, il ne céda pas.

« Encore un coup », dit-il en leur faisant signe du doigt de se retourner à nouveau.

Ils le firent et il y eut un autre coup de fouet. Pas de cri d'oiseau, cette fois. Mary se dit que ce qui avait crié devait être loin, maintenant, bien qu'elle n'eût entendu aucun claquement d'ailes. Normal, sans doute, avec deux coups de feu lui résonnant aux oreilles.

Cette fois, quand Ralph secoua la porte, le cadenas céda. Ralph le jeta et retira le casque de Johnny. Il souriait. David courut vers lui et le prit dans ses bras.

« Beau travail, papa !

— Bon sang ! s'exclama Steve en ouvrant la porte. Il fait drôlement sombre là-dedans !

— Il y a sûrement un interrupteur, dit Cynthia, puisqu'il n'y a pas de fenêtre. »

Il tâta le mur près de la porte, d'abord à droite, puis à gauche.

« Attention aux araignées, dit nerveusement Mary. Il risque d'y avoir des araignées.

— Ça y est, je l'ai », dit Steve.

Ils entendirent *clic-clic, clic-clic,* mais aucune lumière ne s'alluma.

« Est-ce que quelqu'un a encore une torche électrique ? demanda Cynthia. J'ai dû oublier la mienne dans ce foutu cinéma. Je ne l'ai plus, en tout cas. »

Pas de réponse. Mary avait eu une torche, elle aussi — celle qu'elle avait trouvée dans le bureau de chantier — et elle se rappela qu'elle l'avait glissée dans la ceinture de son jean après avoir saboté les camions. Dans ce cas, elle n'y était plus. Ni la hachette. Elle avait dû perdre les deux dans sa fuite.

« Merde, dit Johnny. On ne fait pas de bons scouts.

— Il y en a une dans le camion, derrière le siège, dit Steve. Sous les cartes.

— Pourquoi ne vas-tu pas la chercher ? » demanda Johnny.

Pendant une ou deux secondes, Steve ne bougea pas. Il regardait Johnny avec une curieuse expression, une expression que Mary ne put déchiffrer. Johnny le vit aussi.

« Quoi ? Un problème ?

— Non. Pas de problème, patron.

— Alors magne-toi. »

3

Steve Ames nota le moment exact où le contrôle de leur petite force expéditionnaire passa de David à Johnny, le moment où le patron redevint le patron. *Pourquoi ne vas-tu pas la chercher ?* avait-il dit, une question qui n'en était pas une, le premier ordre véritable que Marinville lui ait donné depuis qu'ils avaient quitté le Connecticut, Johnny sur sa moto, Steve se prélassant derrière dans le camion, cigare au bec. Jusqu'à ce que Johnny lui dise d'arrêter, il l'avait appelé patron, parce que c'était la tradition dans le monde du spectacle : au théâtre, les machinistes appellent le directeur de plateau patron ; au cinéma, les assistants appellent le metteur en scène patron ; en tournée, les accompagnateurs appellent l'organisateur ou les membres du groupe patron. Il avait tout simplement transféré cet aspect de son ancienne vie dans son nouveau travail, mais il n'avait pas *considéré* Johnny comme le patron, en dépit de sa voix tonitruante et de son attitude, menton en avant, style « je-sais-ce-que-je-fais ». Jusqu'à maintenant. Et cette fois, quand Steve l'avait appelé patron, Johnny n'avait pas protesté.

Pourquoi ne vas-tu pas la chercher ?

Une question, sept mots, et tout avait changé.

Qu'est-ce qui a changé ? Quoi, exactement ?

« Je n'en sais rien, murmura-t-il en ouvrant la portière du Ryder pour fouiller derrière son siège. A quoi ça rime, je n'en sais vraiment rien. »

La torche électrique — un long engin à six piles — se trouvait sous une masse de cartes froissées avec la mallette de premiers secours et une boîte en carton contenant quelques ampoules de phares. Il essaya la torche, vit qu'elle éclairait et revint vers les autres au pas de gymnastique.

« Fais d'abord attention aux araignées, dit Cynthia d'une voix juste un peu trop tendue pour un ton de conversation normal. Aux araignées et aux serpents. Seigneur, ce que je les déteste ! »

Steve entra dans le dépôt d'explosifs et en fit le tour avec sa torche, d'abord au niveau du sol, puis plus haut sur les murs de parpaings, enfin au plafond.

« Ni araignées ni serpents, annonça-t-il.

— David, reste devant la porte, dit Johnny. Inutile que nous entrions tous ensemble dans un si petit espace. Si tu vois quelqu'un, ou quelque chose...

— Je crie, termina David. Ne vous en faites pas. »

Steve stabilisa le rayon de sa lampe sur une pancarte au milieu du sol — posée sur un trépied, comme celles qui, dans les restaurants, disent : NOUS VOUS PRIONS D'ATTENDRE QUE L'HÔTESSE VOUS PLACE. Sauf que celle-ci disait en grosses lettres rouges :

ATTENTION ATTENTION ATTENTION
LES MATIÈRES EXPLOSIVES ET LES DÉTONATEURS
DOIVENT ÊTRE ENTREPOSÉS SÉPARÉMENT !
LA LOI L'IMPOSE
AUCUNE NÉGLIGENCE CONCERNANT LES EXPLOSIFS
NE SERA TOLÉRÉE !

Le mur du fond était hérissé de pointes enfoncées dans les parpaings, où étaient suspendus des rouleaux ressemblant à du fil électrique et à des grosses cordes blanches. Des mèches, se dit Steve. Contre les murs à droite et à gauche, face à face comme des serre-livres sans livres, deux grosses caisses en bois : l'une, marquée DYNAMITE et AMORCES, avec la mention MANIER AVEC PRÉCAUTION, était ouverte, son couvercle levé comme celui d'un coffre à jouets.

L'autre, simplement marquée PRODUITS EXPLOSIFS en lettres noires sur fond orange, était fermée par un cadenas.

« C'est l'Anfo, dit Johnny en montrant la caisse fermée. Ça veut dire nitrate d'ammonium et fioul.

— Comment le savez-vous ? demanda Mary.

— J'ai vu ça quelque part, dit-il d'un air absent. Quelque part.

— Bon, si vous croyez que je vais faire sauter ce cadenas comme l'autre, vous êtes fous, dit Ralph. Est-ce que vous auriez une idée qui nous éviterait d'avoir à tirer dessus ?

— Pas pour l'instant », dit Johnny d'un ton détaché.

Steve s'approcha du coffre à dynamite.

« Plus de dynamite », dit Johnny d'un ton toujours étrangement serein.

Il avait raison, mais le coffre n'était pourtant pas vide, loin de là : le corps d'un homme en jean et T-shirt des Hoyas de Georgetown y était recroquevillé. Il avait reçu une balle dans la tête. Ses yeux vitreux regardaient Steve sous ce qui avait été jadis une chevelure, peut-être blonde. C'était difficile à dire.

Se raidissant pour supporter l'odeur, Steve se pencha sur le corps et s'attaqua au trousseau de clés à sa ceinture.

« Qu'est-ce que c'est ? » demanda Cynthia en le regardant.

Un cafard sortit de la bouche ouverte du cadavre et lui passa sur le menton. Steve perçut un léger frottement. D'autres insectes sous ce macchabée. Ou peut-être un de ses nouveaux amis à sonnette.

« Rien, dit-il. Reste où tu es. »

Le mousqueton était têtu. Après des efforts inutiles pour le désolidariser du passant du pantalon, Steve arracha le tout. Il referma le couvercle et traversa la pièce avec le trousseau. Johnny se tenait à trois pas de la porte, le regard fixé sur son casque de moto.

« Hélas, pauvre Urine, dit-il, je le connaissais bien.

— Johnny ? Ça va ?

— Très bien. »

Johnny coinça le casque sous son bras et adressa à Steve un sourire triomphant... mais ses yeux semblaient hantés.

Steve tendit les clés à Ralph.

« Une d'entre elles, peut-être ? »

Il ne fallut pas longtemps. La troisième clé qu'essaya Ralph s'inséra dans le cadenas du coffre marqué PRODUITS EXPLOSIFS. Un instant plus tard, ils regardaient tous les cinq à l'intérieur. Le coffre avait été divisé en trois compartiments. Ceux des extrémités étaient vides. Celui du milieu était plein de ce qui ressemblait à de longs sacs de toile à beurre avec, entre eux, éparpillées, quelques particules blanches et rondes, comme de la grenaille, qui s'en étaient échappées. Les sacs étaient fermés par des cordonnets. Il en sortit un. On aurait dit un gros saucisson, et il jugea qu'il pesait dans les cinq kilos. Sur le côté, en noir, était écrit ANFO. En dessous, en rouge : ATTENTION : INFLAMMABLE, EXPLOSIF.

« D'accord, dit Steve, mais comment est-ce qu'on va le faire sauter sans détonateur ? Tu avais raison, patron : ni dynamite ni amorces. Juste un type avec une coupe au 30-30. Le contremaître de l'équipe des démolisseurs, je suppose. »

Johnny regarda Steve, puis les autres.

« Est-ce que vous pourriez sortir rejoindre David un moment ? dit-il, j'aimerais parler à Steve seul à seul.

— Pourquoi ? demanda immédiatement Cynthia.

— Parce que j'en ai besoin, dit Johnny d'une voix curieusement gentille. Juste un petit problème à régler, c'est tout. Mille excuses. Je ne suis pas doué pour les excuses, en général, mais là, avec tout ce public, je suis encore moins sûr d'y arriver.

— Je doute que ce soit le moment... », dit Mary.

Le patron lui faisait signe — de manière urgente — avec ses yeux.

« C'est bon, dit Steve. Il n'y en a pas pour longtemps.

— Et ne partez pas les mains vides, dit Johnny. Que chacun de vous prenne un sac de ces feux d'artifices instantanés.

— A ce que je sais, sans détonateur, ce serait plutôt un feu de camp instantané, dit Ralph.

— J'aimerais savoir ce qui se passe, dit Cynthia d'un ton inquiet.

— Rien, lui dit Johnny d'une voix apaisante. Sincèrement.

— Tu parles ! » répliqua Cynthia.

Elle était morose, mais elle partit avec les autres, chacun emportant son sac d'Anfo.

Avant que Johnny ait pu dire quoi que ce soit, David entra. Il restait des traces de savon séché sur ses joues, et ses paupières étaient teintées de violet. Une fois, Steve était sorti avec une fille qui se maquillait les yeux de cette couleur. Sauf que dans le cas de

David, c'était moins un signe d'élégance que le résultat de l'épuisement.

« Est-ce que tout va bien ? demanda l'enfant avec un bref regard à Steve mais en s'adressant à Johnny.

— Oui. Steve, donne un sac d'Anfo à David. »

David resta un moment le sac dans les bras, perdu dans ses pensées. Puis il releva la tête et demanda à Johnny :

« Retournez vos poches. Toutes.

— Qu'... », commença Steve.

Johnny lui fit signe de se taire. Il avait un curieux petit sourire, comme s'il venait de mordre dans un fruit à la fois amer et irrésistible.

« David sait ce qu'il fait. »

Il ouvrit l'attache de ses jambières en cuir et retourna les poches avant de son jean, remettant à Steve tout ce qu'il en sortait — le fameux portefeuille, ses clés, le marteau qu'il avait glissé dans sa ceinture. Il se pencha pour que David puisse regarder dans les poches de sa chemise. Puis il ouvrit son pantalon et le baissa. Il portait un petit slip bleu en dessous, son ventre assez imposant débordant sur l'élastique. Steve lui trouva l'allure d'un de ces vieux richards qu'on voit marcher parfois le long des plages. On sait qu'ils sont riches non seulement grâce à la Rolex qu'ils portent au poignet et aux lunettes de soleil Oakley, mais parce qu'ils osent se promener avec ces petits cache-couilles en Spandex, comme si, dès que les revenus dépassent un certain seuil, les bijoux de famille faisaient partie des richesses à étaler.

Au moins, le patron ne portait pas de Spandex, juste du bon vieux coton.

Il tourna sur lui-même, les bras légèrement levés, pour offrir à David une vue de ses bleus sous tous les angles, puis remonta son jean et reboucla sa ceinture. « Satisfait ? Sinon je retire aussi mes bottes.

— Non, dit David tout en glissant les mains dans les poches arrière du jean avant de reculer, le visage perplexe mais pas vraiment inquiet. Allez-y, ayez votre petite conversation. Mais dépêchez-vous. »

Il partit. Steve et Johnny se retrouvèrent seuls.

Le patron gagna le fond de la pièce, le plus loin possible de la porte. Steve le suivit. L'odeur du cadavre, dans le coffre à dynamite, lui parut plus forte maintenant que les relents de fioul qui emplissaient la pièce, et il ne souhaitait pas s'attarder ici.

« Il voulait s'assurer que tu n'avais pas quelques *can tahs* sur toi, c'est ça ? Comme Audrey.

— Oui. C'est un enfant très avisé.

— Je le crois, dit Steve en dansant d'un pied sur l'autre... Écoute, tu n'as pas à t'excuser d'être parti. L'important c'est que tu sois revenu. Pourquoi est-ce qu'on...

— Je dois énormément d'excuses. »

Johnny reprit ses affaires des mains de Steve, pour les remettre dans ses poches. Il prit le marteau en dernier et le glissa à nouveau dans sa ceinture.

« On a du mal à croire combien de conneries une seule personne est capable de faire au cours de sa vie. Mais tu es en fait le cadet de mes soucis dans le contexte actuel, Steve, surtout maintenant. Alors tais-toi et écoute, d'accord ?

— D'accord.

— Et il faut vraiment qu'on se dépêche. David soupçonne déjà que j'ai quelque chose en tête, et c'est une raison supplémentaire pour m'avoir fait retourner mes poches. Viendra un moment — très proche — où tu devras immobiliser David. Quand tu le feras, assure-toi que tu le tiens bien, parce qu'il va se débattre comme un fou. Et il ne faudra pas le lâcher.

— Pourquoi ?

— Est-ce que ta copine à la coiffure si créative t'aidera si tu le lui demandes ?

— Probablement, mais...

— Steve, il faut que tu me fasses confiance.

— Et pour quelle raison ?

— Parce que j'ai eu un instant de révélation en montant ici. Sauf que c'est un mot un peu trop abstrait ; j'aime assez l'expression de David : il m'a demandé si j'avais reçu une bombe de Dieu. Je lui ai dit que non, mais ce n'était qu'un mensonge de plus. Est-ce que tu crois que c'est pour ça que Dieu m'a choisi ? Parce que je suis un menteur accompli ? Ce serait plutôt drôle, mais assez désespérant, non ?

— Que va-t-il arriver ? Est-ce que tu le sais ?

— Non, pas vraiment. »

Johnny prit le 30-06 dans une main et le casque noir dans l'autre et les regarda alternativement comme pour comparer leur valeur respective.

« Je ne peux pas faire ce que tu demandes, dit froidement Steve. Je ne te fais pas assez *confiance* pour ça.

— Tu le dois, dit Johnny en lui tendant le fusil. Je suis tout ce qui vous reste.

— Mais... »

Johnny approcha d'un pas. Aux yeux de Steve il n'était plus l'homme qui était monté sur sa Harley-Davidson dans le Connecticut avec son absurde blouson neuf qui couinait, montrant toutes ses dents aux photographes de *Life*, de *People* et du *Daily News* qui tournaient autour de lui avec leurs appareils. Le changement tenait à bien autre chose qu'à quelques ecchymoses et un nez cassé. Il avait l'air plus jeune, plus fort. Il ne restait aucune trace de vanité dans son visage, ni cette nervosité qui le caractérisait alors. Ce n'est qu'à cet instant, en constatant la disparition de cette expression, que Steve se rendit compte qu'elle avait été là presque tout le temps — comme si, quoi qu'il dise ou fasse, presque toute l'attention de Marinville était occupée par quelque chose qui n'existait pas.

« David pense que Dieu veut qu'il meure afin de renfermer Tak dans ce trou. Le sacrifice final, pourrait-on dire. Mais David a tort. »

La voix de Johnny s'était brisée sur le dernier mot, et Steve fut stupéfait de voir que le patron pleurait presque.

« Ce ne sera pas aussi facile pour lui.

— Qu'est-c... »

Johnny lui saisit le bras. Sa poigne était si puissante qu'elle en était douloureuse.

« Tais-toi, Steve. Contente-toi de le tenir quand le moment sera venu. A toi de choisir. Viens, maintenant. »

Il se pencha vers le coffre, prit un sac d'Anfo par le cordon, le lança à Steve et en prit un autre pour lui.

« Tu sais comment faire exploser cette merde sans dynamite ni amorces ? demanda Steve. Tu crois savoir, hein ? Qu'est-ce qui va arriver ? Est-ce que Dieu va envoyer un éclair ?

— Ça, c'est ce que pense David, et après les sardines et les crackers, ça ne me surprend pas. Mais je ne crois pourtant pas qu'il ira jusque-là. Viens. Il se fait tard. »

Ils sortirent dans ce qui restait de la nuit et rejoignirent les autres.

4

Au bas de la pente, vingt mètres en dessous de l'ouverture carrée de la galerie des Chinois, Johnny les fit s'arrêter et leur dit d'attacher les sacs deux à deux par les cordelettes. Il s'en passa une paire autour du cou, les sacs pendant de chaque côté de sa poitrine comme les contrepoids d'un coucou. Steve se munit d'une deuxième paire et Johnny ne protesta pas quand David prit la troisième à Ralph et passa les cordes assemblées autour de son propre cou. Ralph, troublé, regarda Johnny. Johnny regarda David, vit que l'enfant était déjà tourné vers l'ouverture de la galerie, puis reporta les yeux sur le père en secouant la tête. Il posa un index contre ses lèvres. Silence, papa. Ralph eut l'air hésitant mais ne dit rien.

« Tout le monde est prêt ? demanda Johnny.

— Que va-t-il arriver ? demanda Mary. Je veux dire... quel est le plan ?

— On fait ce que Dieu nous dit de faire, affirma David. C'est ça, le plan. Allons-y. »

David à sa tête, la petite troupe montait la pente de biais pour éviter de tomber. Il n'y avait plus de large route gravillonnée ici, pas même un sentier, et le sol était traître. Johnny le sentait qui s'effritait sous ses bottes à chaque pas. Son cœur ne tarda pas à battre très fort et son nez à l'élancer. Il avait été sage, ces derniers mois, mais nombre de poulets (sans parler des canards rôtis et de quelques cailles farcies au foie gras) revenaient se venger.

Malgré tout, il se sentait bien. Tout était simple, maintenant. C'était assez merveilleux.

David grimpait le premier, son père derrière lui. Steve et Cynthia les suivaient. Johnny et Mary Jackson fermaient la marche.

« Pourquoi avez-vous emporté ce casque de moto ? » demanda-t-elle.

Il sourit. Elle lui rappelait Terry, curieusement. Terry comme elle était au bon vieux temps. Il leva le casque sur son poing comme une marionnette.

« Ne demande pas pour qui sonne le glas, dit-il. Il sonne pour toi...

— Vous êtes cinglé », dit-elle avec un petit rire essoufflé.

S'il avait fallu monter quarante mètres au lieu de vingt, Johnny doutait qu'il y serait arrivé. Déjà, le martèlement de son cœur était devenu si rapide qu'on aurait dit un grondement continu dans sa poitrine quand David atteignit l'entrée du tunnel. Quant à ses cuisses, il ne les sentait plus.

Ne faiblis pas maintenant. Tu es dans la dernière ligne droite, se dit-il.

Il se força à accélérer, craignant soudain que David ne pénètre dans la galerie avant son arrivée. C'était possible, il le savait.

Steve se disait que le patron savait ce qui se passait, mais en fait le patron ne savait pas grand-chose. On lui avait donné une page du scénario avant les autres, c'était tout.

Mais David attendit, et bientôt ils furent tous rassemblés sur la pente devant l'ouverture inégale d'où émanait une odeur de moisissure à la fois froide et lourde. Il en sortait aussi un bruit que Johnny associait aux cages d'ascenseur : une sorte de léger murmure d'air en mouvement.

« On devrait prier », dit David d'une voix timide.

Il tendit les mains de chaque côté. Son père prit l'une. Steve posa son 30-06 et prit l'autre. Mary prit celle de Ralph, Cynthia celle de Steve. Johnny s'avança entre les deux femmes, laissa tomber le casque entre ses bottes, et le cercle fut complet.

Ils se tenaient dans l'obscurité du Puits Chinois, dans l'odeur de pourriture qu'exhalait la terre, écoutant le lointain ronronnement, regardant David Carver qui les avait amenés là.

« Le père de qui ? leur demanda David.

— Notre Père, dit Johnny qui parut se souvenir sans difficulté de la vieille prière comme s'il ne s'en était jamais éloigné. Qui es aux cieux. Que ton nom soit sanctifié. Que ton règne arrive... »

Les autres se joignirent à lui, d'abord Cynthia, la fille de pasteur, et Mary en dernier.

« ...Que ta volonté soit faite sur la terre comme au ciel. Donne-nous aujourd'hui notre pain de chaque jour et pardonne-nous nos offenses comme nous pardonnons à ceux qui nous ont offensés. Garde-nous de la tentation, et délivre-nous du mal. Amen. »

Cynthia continua :

« A toi seul la victoire. Le règne qui n'a pas de fin. La puissance et la gloire, dit-elle avant de lever des yeux où scintillait cette petit flamme que Johnny appréciait de plus en plus. C'est comme ça que je l'ai appris — une sorte de fourre-tout protestant, vous savez ? »

David regardait Johnny, maintenant.

« Aide-moi à faire de mon mieux, dit Johnny. Si tu es là, Seigneur — et j'ai maintenant des raisons de croire que c'est le cas —, aide-moi à faire de mon mieux et à ne plus faiblir. Je voudrais que tu prennes cette requête très au sérieux, parce que j'ai un long passé de faiblesse. David ? Tu as quelque chose à dire ? »

David haussa les épaules et secoua la tête.

« Je l'ai déjà dit. »

Il lâcha les mains qui le tenaient et le cercle se brisa.

« D'accord, on le fait, dit Johnny.

— On fait *quoi* ? demanda Mary. Est-ce que quelqu'un pourrait me le dire ?

— Je suis censé entrer, dit David. Seul. »

Johnny secoua la tête.

« Non. Et ne commence pas avec ton Dieu-m'a-dit, parce que, à cet instant, il ne te dit *rien du tout.* Ton écran de télé affiche DANS QUELQUES INSTANTS LA SUITE DE NOTRE PROGRAMME, est-ce que je n'ai pas raison ? »

David lui jeta un regard hésitant et s'humecta les lèvres.

Johnny leva une main vers l'obscurité de la galerie qui les attendait et, du ton d'un homme qui accorde une grande faveur :

« Tu peux pourtant entrer le premier. Ça te va ?

— Mon père...

— Juste derrière toi. Il te rattrapera si tu tombes.

— Non, s'écria soudain David d'un air terrifié. Je ne veux pas. Je ne veux pas qu'il entre du tout. Le toit risque de s'effondrer, ou...

— David ! Ce que tu veux n'a pas d'importance. »

Cynthia saisit le bras de Johnny. Elle lui aurait enfoncé les ongles dans la chair s'ils n'avaient pas été complètement rongés.

« Laissez-le tranquille ! Pour l'amour du ciel, il a sauvé votre putain de vie ! Est-ce que vous ne pouvez pas arrêter de le harceler ?

— Je ne le harcèle pas. Pour le moment, c'est lui qui se harcèle tout seul. Il suffit qu'il se rappelle qui commande... »

Johnny regarda David, qui murmura quelque chose beaucoup trop bas pour qu'on entende. Mais Johnny n'avait pas besoin d'entendre pour savoir ce qu'il avait dit.

« Très juste, il est cruel. Mais tu le savais. Et tu n'as aucun pouvoir sur la nature de Dieu. Aucun de nous. Alors pourquoi ne te détends-tu pas ? »

David ne répondit pas. Il avait la tête baissée, mais pas pour prier, cette fois. Johnny prit cela pour de la résignation. D'une certaine façon, l'enfant savait ce qui allait arriver, et c'était le pire. Le moment le plus *cruel,* si vous voulez. *Ce ne sera pas aussi facile pour lui,* avait-il dit à Steve dans la réserve d'explosifs, mais là-bas, il n'avait pas vraiment compris à quel point ce serait dur. D'abord sa sœur, puis sa mère, et maintenant...

« Bien, dit-il d'une voix qui sonna aussi sèche que le sol sur lequel ils se tenaient. D'abord David, puis Ralph, puis toi, Steve. Je te suivrai. Ce soir — désolé, ce matin — c'est les dames en dernier.

— S'il faut qu'on entre, je veux entrer avec Steve, dit Cynthia.

— D'accord, très bien, acquiesça Johnny comme s'il s'y attendait. On peut échanger nos places.

— Qui vous a nommé chef ? » demanda Mary.

Johnny se tourna vers elle comme un serpent, au point que la surprise lui fit faire un dangereux pas en arrière.

« Vous voulez prendre ma place ? Parce que si c'est le cas, je serais ravi de vous la laisser. Je ne l'ai pas plus réclamée que David. Alors ? Qu'en pensez-vous ? Vous voulez coiffer le chapeau de Grand Chef ? »

Elle secoua la tête, gênée.

« Du calme, patron, murmura Steve.

— Je suis calme » mentit Johnny.

Il regarda David et son père, côte à côte, têtes baissées, mains entrelacées, et ce ne fut pas facile. Il avait du mal à croire à l'énormité de ce qu'il permettait. Du mal ? Il n'arrivait pas du tout à le croire. Comment pourrait-il continuer sans une incompréhension bénie dressée devant lui comme un bouclier ? Comment quiconque y arriverait ?

« Vous voulez que je prenne ces sacs, Johnny ? demanda timidement Cynthia. Vous n'avez pas encore bien récupéré de la montee et vous avez l'air crevé. J'espère que je ne vous vexe pas...

— Ça ira. Ce n'est plus très loin, maintenant, hein, David ?

— Non », dit David d'une petite voix tremblante.

Maintenant, il ne se contentait pas de tenir la main de son père, il la caressait dans un vrai geste d'amour. Il posa sur Johnny des yeux désespérés et suppliants. Les yeux de quelqu'un qui sait *presque.*

Johnny détourna les yeux, malade, brûlant et glacé à la fois. Il croisa le regard affolé et inquiet de Steve et tenta de lui envoyer un autre message : *Contente-toi de le tenir. Quand le moment sera venu.* Et à haute voix :

« Donne la torche électrique à David, Steve. »

Pendant quelques secondes il crut que Steve ne le ferait pas. Puis il sortit la torche de sa poche arrière et la tendit à l'enfant.

Johnny leva à nouveau la main vers l'obscurité de la galerie d'où montait une odeur froide de feu mort et un lointain bourdonnement, tout au fond, au centre de la montagne assassinée. Il tendit l'oreille pour entendre quelques mots de réconfort de Terry, mais Terry avait quitté les lieux. Peut-être cela valait-il mieux.

« David ? appela-t-il d'une voix tremblante. Est-ce que tu veux bien éclairer notre chemin ?

— Je ne veux pas », murmura David.

Puis, inspirant profondément, il leva les yeux vers le ciel où les étoiles commençaient à pâlir et cria :

« *Je ne veux pas ! Est-ce que je n'en ai pas déjà fait assez ? Ce n'est pas juste !* CE N'EST PAS JUSTE ET JE NE VEUX PAS ! »

Les quatre derniers mots étaient sortis en un cri désespéré qui lui arracha la gorge. Mary voulut s'approcher. Johnny lui saisit le bras.

« Bas les pattes ! dit-elle en avançant à nouveau.

— Restez tranquille ! » ordonna-t-il.

Il la tira en arrière. Elle céda.

Johnny regarda David et, silencieusement, leva à nouveau la main vers la galerie.

David regarda son père, les joues ruisselant de larmes.

« Va-t'en, papa. Retourne au camion.

— Si tu y vas, j'y vais, dit Ralph en secouant la tête.

— Non. Je te le demande. Ce ne sera pas bon pour toi. »

Ralph ne bougea pas. Il regardait patiemment son fils.

David leva les yeux vers lui, puis vers la main tendue de Johnny (une main qui ne se contentait plus d'inciter, une main qui exigeait). Il se retourna et entra dans la galerie. Dès les premiers pas, il alluma la torche et Johnny vit des grains de poussière danser dans le rayon... des grains de poussière ou autre chose. Une chose qui aurait fait battre plus vite le cœur d'un vieux prospecteur. Un reflet d'or, ici, et puis plus rien.

Ralph suivit David. Steve passa ensuite. La lumière bougeait dans la main de l'enfant, elle passa d'abord sur le mur de pierre, puis sur une ancienne poutre où étaient gravés des caractères chinois — peut-être le nom d'un mineur mort depuis longtemps, ou celui de sa petite amie, laissée loin derrière dans les huttes de Po Yang, au bord des marais —, puis sur le sol, où elle révéla une couche d'ossements : crânes fissurés et cages thoraciques incurvées comme un sourire horrible de chat du Cheshire. Le rayon remonta vers la gauche. Le reflet doré reparut, plus brillant et plus précis cette fois.

« Hé, attention ! s'écria Cynthia. On n'est pas seuls ! »

Il y eut une explosion de battements d'ailes dans le noir, un son que Johnny associait avec son enfance dans le Connecticut, quand les faisans jaillissaient hors des buissons pour s'envoler au moment où la nuit remplaçait le crépuscule. Pendant un instant, l'odeur de la mine fut plus forte, tandis que des ailes invisibles projetaient un courant d'air vicié contre son visage.

Mary poussa un cri. Le faisceau de la torche tressauta et, une seconde, révéla une apparition cauchemardesque dans l'air, quelque chose d'ailé avec des yeux dorés perçants et des serres tendues. Les yeux étaient rivés sur David. C'était David qu'ils voulaient.

« *Attention !* » cria Ralph.

Il se jeta sur le dos de son fils, le couchant sur le sol de la galerie jonché d'ossements.

L'enfant lâcha la torche, qui tomba de telle façon qu'elle n'éclaira plus que des formes mal définies, mouvantes : David sous son père et l'ombre de l'aigle qui ondulait et grandissait au-dessus d'eux.

« *Tire !* cria Cynthia. *Steve, tue-le ! Il va lui arracher la tête !* »

Johnny saisit le canon du 30-06 au moment où Steve le levait.

« Non. Un coup de feu ferait tout écrouler sur nous. »

L'aigle cria, ses ailes frappant la tête de Carver, qui tenta de le repousser de sa main gauche. L'oiseau saisit un de ses doigts dans son bec et l'arracha. Puis ses serres plongèrent dans le visage de Ralph Carver comme des doigts puissants dans de la pâte fraîche.

« PAPA, NON ! » hurla David.

Steve se précipita vers l'enchevêtrement d'ombres, et quand il heurta du pied la torche par terre, Johnny eut une vision plus nette qu'il ne l'aurait souhaité de l'oiseau tenant la tête de Ralph dans ses serres. Ses ailes soulevaient de furieux tourbillons de poussière arrachée au sol et aux murs de la vieille galerie. La tête de Ralph oscillait de tous côtés, mais il couvrait presque entièrement David de son corps.

Steve recula le fusil dans le dessein de s'en servir comme d'une matraque. La crosse heurta le mur. Il n'y avait pas assez de place. Il le jeta donc en avant, comme une lance. L'aigle tourna alors son regard terrifiant vers lui, et changea la position de ses serres sur la tête de Ralph. Les ailes faisaient un bruit de tonnerre lointain dans l'espace clos. Johnny vit le doigt de Ralph pendre sur le côté du bec comme un monstrueux cigare. Steve lança une nouvelle fois le fusil et atteignit l'aigle, qui laissa tomber le doigt de son bec. Sa tête vint frapper le mur, les serres se refermèrent. L'une s'enfonça plus profondément dans le visage de Ralph. L'autre se leva et plongea dans sa nuque, qu'elle déchira. L'oiseau cria, peut-être de rage, peut-être de triomphe, et Mary lui fit écho.

« SEIGNEUR, NON ! hurla David d'une voix enrouée. *OH, SEIGNEUR, JE T'EN PRIE, FAIS QUE* ÇA *ARRÊTE DE FAIRE DU MAL À MON PAPA !* »

C'est l'enfer, se dit calmement Johnny, qui s'avança et s'agenouilla. Il saisit la serre enfoncée dans la gorge de Ralph. C'était comme saisir un affreux bibelot exotique gainé de crocodile. Il la tordit aussi fort qu'il put et entendit un bruit sec de cassure. Au-dessus de lui, Steve s'acharnait avec la crosse de son fusil, cognant la tête de l'aigle contre la paroi rocheuse de la galerie. Il y eut un craquement.

Une aile frappa la tête de Johnny. C'était comme si le busard était revenu. *Retour vers le futur,* songea-t-il. Il lâcha la serre pour saisir l'aile et tira. L'oiseau vint vers lui en poussant son affreux cri assourdissant et Ralph le suivit, soulevé par la serre encore enfoncée dans sa joue, sa tempe, l'orbite de l'œil gauche. Johnny se dit que Ralph devait être soit inconscient, soit déjà mort. Il *espérait* qu'il était déjà mort.

David se dégagea de sous son père, le visage ahuri, le T-shirt imbibé du sang de son père. S'ils n'étaient pas plus rapides que lui, il saisirait la torche et s'enfoncerait plus loin dans la mine.

« Steve ! » cria Johnny.

Il lança un bras en aveugle par-dessus sa tête et encercla le dos de l'aigle, qui se creusa et se tordit sous son emprise comme l'échine d'un étalon sauvage.

« Steve, achève-le ! *Achève-le !* »

Steve enfonça la crosse du fusil dans le gosier de l'oiseau, redressant sa tête sombre vers le plafond. A cet instant, Mary se précipita, saisit le cou de l'aigle et le tordit avec une redoutable efficacité. Il y eut un craquement étouffé, et soudain la serre enfoncée dans le visage de Ralph se détendit. Le père de David tomba sur le sol de la mine, et son front vint heurter une cage thoracique qu'il réduisit en poudre.

David se retourna, vit son père immobile, à plat ventre. Ses yeux s'éclaircirent. Il hocha même la tête comme pour dire *C'est à peu près ce à quoi je m'attendais,* puis il se pencha pour ramasser la torche. C'est seulement quand Johnny le saisit par la taille qu'il perdit son calme et commença à se débattre.

« *Lâchez-moi !* cria-t-il. *C'est mon travail ! LE MIEN !*

— Non, David, dit Johnny en se cramponnant à lui. C'est faux. »

Il le serra plus fort de son bras gauche, grimaça quand les talons de David réveillèrent les blessures de ses tibias, et laissa sa main droite glisser vers la fesse de l'enfant. Dès lors, il agit comme le meilleur des voleurs à la tire : Johnny prit à David ce qu'on lui avait dit de prendre.

« Il ne peut pas tous les prendre et ensuite ne pas me laisser terminer ! Il ne peut pas faire ça ! Il ne peut pas ! »

Johnny grimaça quand un pied de David rencontra sa rotule gauche.

« Steve ! »

Steve regardait avec une fascination horrifiée l'aigle qui se tordait encore et lentement soulevait une aile comme un éventail. Ses pattes étaient entièrement rouges.

« *Steve, nom de Dieu !* »

Steve leva les yeux, comme sortant d'un rêve. Cynthia, agenouillée près de Ralph, tenait son poignet entre ses doigts pour chercher le pouls. Elle pleurait comme une enfant.

« *Steve, arrive ici !* hurla Johnny. *Aide-moi !* »

Steve le rejoignit et saisit David, qui se débattit plus fort encore.

« *Non !* hurlait-il en tournant comme un fou la tête d'un côté et de l'autre. *Non, c'est mon travail ! C'est pour moi ! Il ne peut pas tous les prendre et me laisser ! Vous entendez ? IL NE PEUT PAS TOUS LES PRENDRE ET...*

— *David ! Arrête !* »

David cessa de lutter et s'abandonna dans les bras de Steve comme une marionnette dont on vient de couper les fils. Il avait les yeux rouges et les paupières irritées. Johnny n'avait jamais vu un visage exprimer une telle désolation, un tel sentiment de perte.

Le casque de moto gisait là où il l'avait laissé tomber quand l'aigle avait attaqué. Johnny se pencha, le ramassa et regarda l'enfant dans les bras de Steve. Steve exprimait exactement ce que Johnny ressentait : il semblait perdu, abasourdi, malade.

« David...

— Dieu est-il en vous ? demanda David. Pouvez-vous le sentir en vous, Johnny ? Comme une main ? Ou un feu ?

— Oui.

— Alors vous ne prendrez pas ça mal. »

David lui cracha au visage. Sur la peau fine et tuméfiée de Johnny, sous ses yeux, ce fut chaud comme des larmes.

Johnny n'esquissa pas un geste pour s'essuyer.

« Écoute-moi, David. Je vais te dire quelque chose que tu n'as appris ni de ton pasteur ni dans ta Bible. A ce que je crois, c'est un message de Dieu en personne. Est-ce que tu m'écoutes ? »

David se contenta de le regarder, sans un mot.

« Tu as dit “ Dieu est cruel ”de la même façon qu'une personne qui a vécu toute sa vie à Tahiti pourrait dire “ la neige est froide ”. Tu savais, mais tu ne comprenais pas, dit-il en s'approchant pour placer ses paumes sur les joues froides de l'enfant. Sais-tu à quel point Dieu peut être cruel, David ? D'une cruauté fanatique ? »

David attendit sans rien dire. Peut-être écoutait-il, peut-être pas. Johnny n'aurait su le dire.

« Parfois il nous laisse vivre. »

Johnny se détourna, ramassa la torche électrique et s'engagea dans la galerie avant de se retourner une fois encore :

« Va rejoindre ton ami Brian, David. Va le rejoindre, et qu'il devienne ton frère. Et puis commence à te dire qu'il y a eu un accident sur la route, un accident grave, un ivrogne sans cervelle a traversé la ligne blanche, le camion dans lequel vous étiez s'est renversé et toi seul as survécu. Ça arrive tout le temps. Tu n'as qu'à lire le journal.

— Mais ce n'est pas la *vérité* !

— Pourquoi pas ? Et quand tu rentreras dans l'Ohio, ou dans l'Indiana, ou je ne sais où, prie Dieu pour qu'il t'aide à t'en remettre. A aller bien à nouveau. Mais pour l'instant, tu as une permission.

— Plus jamais je ne dirai une autre... quoi ? Qu'est-ce que vous avez dit ?

— J'ai dit que tu avais une permission, dit Johnny en le fixant du regard. Tu as une autorisation de sortie... Sors-le d'ici, Steven. Sors-les tous d'ici.

— Patron, qu'est-ce...

— La visite est terminée. Mets-les dans le camion et prenez la route. Si vous voulez vous en sortir, je vais me mettre au travail tout de suite. »

Johnny se retourna et s'éloigna dans la galerie au pas de gymnastique, la lumière tressautant devant lui dans l'obscurité. Bientôt, ils ne virent même plus la lumière.

5

Il trébucha sur quelque chose, malgré la torche, et faillit s'étaler de tout son long. Il ralentit et se contenta de marcher. Les mineurs chinois avaient laissé tomber tout ce qu'ils possédaient dans leur course éperdue, dans leurs vains efforts pour s'échapper, et à la fin, ils étaient tombés eux-mêmes. Il traversa un paysage jonché d'ossements, réduisant en poudre ceux sur lesquels il marchait, faisant osciller la lumière en un triangle régulier — de gauche à droite, vers le sol, à gauche à nouveau — pour avoir une vision claire des lieux. Il vit beaucoup de caractères chinois sur les murs, comme si les survivants de l'effondrement avaient succombé à une sorte de frénésie d'écriture en voyant approcher la mort.

En plus des ossements, il trouva des gobelets en métal, d'anciennes pioches au fer rongé et au manche très court, des petites boîtes rouillées fixées sur des lanières (les lampes à pétrole décrites par David, pensa-t-il), des vêtements en décomposition, des mocassins en daim (si petits qu'on les aurait crus destinés à des enfants), et au moins trois paires de chaussures à semelle de bois. L'une d'elles portait les restes d'une bougie qu'on avait allumée alors qu'Abraham Lincoln était encore un obscur avocat de l'Illinois.

Et partout, *partout,* disséminés parmi les restes, des *can tahs* : coyotes aux langues d'araignées, araignées avec de curieux rats albinos sortant d'entre leurs mandibules, chauves-souris aux ailes écartées avec dans la bouche d'horribles têtes de bébés gnomes souriants. Certains représentaient des créatures cauchemardesques qui n'avaient jamais existé sur terre, des monstres doubles qui blessaient les yeux de Johnny. Il sentait les *can tahs* l'appeler, l'attirer comme la lune attire les marées. Il lui était arrivé d'être attiré de cette façon dans sa vie d'autrefois : par un verre d'alcool, un dessert onctueux, le contour velouté d'une bouche de femme. Les *can tahs* avaient de douces voix raisonnables qui proposaient des actes inavouables. Mais les *can tahs* n'auraient aucun pouvoir sur lui à moins qu'il se penche et les touche. S'il pouvait l'éviter — éviter le désespoir qui guette sous couvert de curiosité —, il savait que tout irait bien.

Steve était-il déjà sorti ? Il fallait l'espérer, et espérer aussi qu'il aurait réussi à entraîner tous les autres à distance suffisante dans son fidèle camion quand viendrait la fin. Il fallait s'attendre à une sacrée explosion. Il n'avait que deux sacs d'Anfo autour du cou, attachés par leurs cordons, mais ce serait amplement suffisant. Il n'avait jamais cru avoir besoin de plus, mais il lui avait semblé plus sage de ne pas le dire aux autres. Plus sûr.

Il entendait maintenant le doux grondement dont David avait parlé : le craquement et le déplacement du schiste, comme si la terre parlait. Comme si elle protestait contre son intrusion. Et il distinguait aussi un faible rayon rouge zigzaguant un peu plus loin. Difficile de dire à quelle distance, dans le noir. L'odeur était plus forte aussi et plus facile à identifier : des cendres froides. À sa gauche, un squelette — probablement pas chinois, à en juger par sa taille —, agenouillé contre un mur comme s'il était mort en prière, tourna brutalement la tête et gratifia Johnny Marinville de l'éclat de son sourire dans un crâne sans chair.

Sors tant que tu le peux encore. Tak ah wan. Tak ah lah.

Johnny lui donna un coup de pied comme si le crâne était un ballon de foot. Il se désintégra (se pulvérisa presque) en fragments d'os, et Johnny se dépêcha d'approcher de la lumière rouge qui sortait d'une fissure du mur. Le trou lui sembla juste assez grand pour qu'il s'y glisse.

Il s'arrêta devant, regarda la lumière mais ne put voir grand-chose. Il entendait la voix de David dans sa tête, un peu comme un sujet en transe entend la voix de l'hypnotiseur : *A treize heures dix le 21 septembre, les types du front de taille débouchèrent dans ce qu'ils prirent d'abord pour une grotte..*

Johnny jeta la torche — il n'en aurait plus besoin — et se faufila à travers la fente. Alors qu'il passait dans l'*an tak,* le bruit de cage d'ascenseur qu'il avait entendu à l'entrée de la galerie sembla remplir sa tête. Un brouhaha de voix... séduisantes, enjôleuses, menaçantes. Tout autour de lui, transformant la salle de l'*an tak* en fantastique colonne creuse éclairée de rouge, se trouvaient des têtes en pierre sculptée : loups et coyotes, faucons et aigles, rats et scorpions. De chaque gueule sortait non pas un autre animal mais une forme reptilienne mal définie que Johnny redoutait de regarder... et que de toute façon il ne pouvait pas vraiment *voir.* Était-ce Tak ? Le Tak au fond de l'*ini* ?

Comment est-ce que *c*'était entré dans Ripton ?

Si *c*'était coincé au fond, comment est-ce que *ça* avait bien pu entrer dans Ripton ?

Soudain, il se rendit compte qu'il était en train de traverser l'*an tak,* qu'il s'approchait de l'*ini.* Il tenta d'arrêter ses jambes et découvrit qu'il ne le pouvait pas. Il imagina sans peine Cary Ripton faisant la même découverte...

Les longs sacs d'Anfo oscillaient sur sa poitrine. Des images dansaient la sarabande dans son esprit : Terry le saisissant par ses passants de ceinture et le serrant contre son ventre alors qu'il commençait à jouir, le plus bel orgasme de sa vie et tout était parti dans son pantalon — racontez un peu ça à Ernest Hemingway ! Lui sortant de la piscine du Bel-Air, riant, les cheveux collés au front, brandissant la bouteille de bière devant les flashes des photographes. Bill Harris lui disant que traverser le pays sur sa moto risquait de changer sa vie et toute sa carrière... s'il en était capable, bien sûr. Enfin, il vit les yeux gris vides du flic qui le regardaient dans le rétroviseur, le flic qui lui disait qu'il ne tarderait pas à en savoir beaucoup plus qu'avant sur *pneuma, soma* et *sarx.*

Sur ce point, il avait eu raison.

« Seigneur, protège-moi assez longtemps pour que je termine ma tâche », dit-il.

Et il se laissa attirer vers l'*ini.* Pouvait-il s'arrêter même s'il le voulait ? Il valait peut-être mieux ne pas se poser la question.

Il y avait des animaux morts qui pourrissaient autour du trou dans le sol — le puits des mondes de David Carver. Des coyotes et des busards, surtout, mais aussi des araignées et quelques scorpions. Il se dit que ces derniers protecteurs étaient morts quand l'aigle était mort. Une force s'était retirée d'eux et avait emporté leur vie comme sa vie avait été enlevée à Audrey Wyler presque aussitôt après que Steve eut fait tomber les *can tahs* de sa main.

De la fumée commença à s'élever de l'*ini*... sauf que ce n'était pas de la fumée, pas vraiment. C'était une sorte de matière brune et grasse, et quand elle ondula vers lui, Johnny vit qu'elle était vivante. On aurait dit des mains à trois doigts préhensiles au bout de bras décharnés. Ces bras n'étaient pas des ectoplasmes, mais ils n'étaient pas strictement physiques non plus. De même que le spectacle des formes sculptées tout autour de lui, celui de ces « bras » fut douloureux pour Johnny. Il avait mal à la tête comme un enfant qui s'éjecte en titubant d'un tourniquet au square. C'était ça qui avait rendu les mineurs fous, bien sûr. C'était cette matière qui avait transformé Ripton. De l'autre côté de la salle, les fenêtres du *pirin moh* le narguaient, lui disant... quoi, précisément ? Il les entendait presque...

(cay de mun)

Ouvre la bouche.

Et oui, sa bouche était ouverte, *grande* ouverte, comme chez le dentiste. S'il vous plaît, ouvrez grand, monsieur Marinville, bien grand, espèce de soi-disant écrivain, vous me rendez *furieux*, vous me rendez *malade de rage*, mais continuons, ouvrez grand, *cay de mun*, putain d'enculé grisonnant prétentieux, on va vous arranger, on va vous remettre à neuf, *mieux* que neuf, ouvrez grand ouvrez grand *cay de mun* OUVREZ GRAND...

La fumée, la gadoue. Ce truc dégoûtant. Ce n'étaient plus des mains au bout des bras, mais des tubes. Non... pas des tubes...

Des trous.

Oui, c'était ça. Des trous comme des yeux. Trois. Peut-être plus, mais il en voyait clairement trois. Un triangle de trous, comme des trous de mines, deux en haut, un en bas, des trous comme des yeux qui murmureraient...

C'est juste, dit David. *C'est juste, Johnny. Pour pénétrer en vous comme* ça *a pénétré en Cary Ripton, le seul moyen pour Tak de sortir de ce trou, tout au fond, dont l'orifice est trop petit pour autre chose que son essence, sa semence, c'est de s'insuffler en vous ; deux trous pour le nez et un pour la bouche.*

La matière répugnante brun foncé se tortilla vers lui, à la fois horrible et attirante, des trous qui étaient des bouches, des bouches qui étaient des yeux, des yeux qui murmuraient. Qui promettaient. Il se rendit compte qu'il avait une érection. Ce n'était pas vraiment le meilleur moment, mais depuis quand est-ce que pareil détail le troublait ?

Maintenant... *ça* aspirait... il les sentait qui aspiraient l'air de sa bouche... de sa gorge...

Il ferma la bouche d'un coup et enfonça son casque de moto sur sa tête. Il était temps. Une seconde plus tard, les rubans brunâtres rencontraient la visière en Plexiglas et s'y étalaient en produisant un répugnant bruit de succion. Pendant un moment il vit ces pompes qui l'embrassaient comme des lèvres, puis elles se retirèrent, parmi des traînées sales de matière brune.

Johnny tendit les mains, saisit la chose brune qui flottait devant lui et la tordit comme un linge. Il ressentit un picotement sur ses paumes et ses doigts, et sa chair devint insensible... mais la chose brune s'écarta, une partie se replia vers l'*ini*, le reste s'écoula sur le sol de la salle.

Il arriva au bord du trou et s'arrêta entre un tas de plumes qui avait été un busard et un coyote qui gisait sur le côté. Il regarda en bas tout en tâtant les sacs d'Anfo pendus à son cou, les caressant de ses mains mi-picotantes, mi-engourdies.

Tu sais comment faire exploser cette merde sans dynamite ni amorces ? avait demandé Steve. *Tu sais, n'est-ce pas ? Ou tu crois savoir.*

« J'*espère* savoir, dit Johnny, dont la voix se heurta à l'intérieur froid du casque. J'*espère* que...

— ALORS VAS-Y ! » cria une voix furieuse en dessous de lui. Johnny se recroquevilla de terreur et de surprise. C'était la voix du flic. De Collie Entragian. *« VAS-Y ! TAK AH LAH, PIRIN MOH ! VAS-Y, POURRI D'ENCULÉ ! MONTRE UN PEU COMME TU ES COURAGEUX ! TAK ! »*

Il tenta de reculer d'un pas, pour réfléchir, peut-être, mais des filaments de gadoue s'enroulèrent autour de ses chevilles comme des mains et secouèrent ses pieds. Il plongea dans le puits en une chute sans grâce, pieds en avant, et l'arrière de sa tête heurta le bord. S'il n'avait pas porté le casque, il se serait sûrement fracturé le crâne. Il serra les sacs d'Anfo contre sa poitrine comme s'ils pouvaient le protéger.

La douleur arriva, d'abord mordante, puis insidieuse, puis elle sembla le dévorer vivant. L'*ini* était en forme d'entonnoir, mais le cône qui s'enfonçait était bordé d'excroissances, des cristaux de quartz et de schiste fendu. Johnny glissait dessus comme sur un toboggan recouvert d'éclats de verre. Ses jambes étaient un peu protégées par les jambières en cuir, et sa tête par son casque de moto, mais son dos et ses fesses n'offrirent aucune résistance. Il écarta ses avant-bras afin de freiner sa glissade. Les aiguilles de pierre les déchirèrent. Ses manches de chemise partirent en rubans qui se teintèrent de rouge.

« TU AIMES ÇA ? railla la voix au fond de l'*ini* — empruntée cette fois à Ellen Carver. *TAK AH LAH,* SALAUD DE PERTURBATEUR ! *EN TOW! TEN AH LAK !* »

Elle fulminait et l'injuriait dans les deux langues.

Folle, doublement folle, se dit Johnny, qui rit malgré la douleur. Il plongea en avant, cherchant à se retourner, même si cela devait entraîner sa mort. *Il est temps d'attendrir l'autre côté,* se dit-il en riant plus fort encore. Il sentait le sang couler dans son pantalon comme de l'eau chaude.

La vapeur brune l'entourait complètement et plaquait ses bouches murmurantes sur la visière du casque. Elles apparaissaient, disparaissaient, revenaient, leur frottement produisant ce petit bruit humide très suggestif. Il ne parvint pas à soulager son dos, il ne parvint pas à se retourner. L'angle de chute était trop raide. Il se retrouva sur le côté, s'accrochant aux cristaux qui le déchiraient, qui tailladaient ses mains sans qu'il s'en soucie, parce qu'il fallait qu'il s'arrête avant d'être transformé en charpie.

Soudain, ce fut terminé.

Il se retrouva recroquevillé au fond de l'entonnoir, saignant de partout, hagard, comme si ses nerfs sectionnés tentaient d'extirper de lui toute pensée rationnelle. Il leva les yeux et vit une large traînée de sang marquant son itinéraire sur la paroi. Des lambeaux de tissu et de cuir — sa chemise, son Levi's, ses jambières — pendaient, accrochés aux cristaux les plus proéminents.

De la fumée sortant du fond de l'entonnoir s'insinua entre ses jambes et tenta de le saisir à la braguette.

« Lâche, dit-il, Dieu l'ordonne ! »

La fumée brune retomba, s'enroulant autour de ses cuisses en banderoles sales.

« Je peux te laisser vivre », dit une voix.

Pas étonnant, se dit Johnny, que Tak soit prisonnier de l'autre côté de l'orifice : le trou du fond était très étroit, guère plus de deux centimètres de diamètre. A l'intérieur, la lumière rouge clignait comme un œil.

« Je peux te soigner, te guérir, te laisser vivre.

— Ah oui ? Mais est-ce que tu peux m'obtenir ce foutu prix Nobel de littérature ? »

Johnny décrocha les sacs d'Anfo de son cou puis retira le marteau de sa ceinture. Il lui faudrait travailler vite. Il avait l'impression d'être tailladé en un milliard d'endroits, et son esprit embrumé lui confirmait qu'il avait perdu trop de sang. Il repensa au Connecticut, et à la façon dont les grenouilles entraient dans les maisons à la nuit tombée au cours des dernières semaines de mars et des premières semaines d'avril. Les anciens du coin appelaient ça le printemps des fraises, allez savoir pourquoi.

« Oui ! Oui, je peux t'obtenir ce que tu voudras ! dit la voix impatiente et effrayée au fond de la gorge rouge. *N'importe quoi !* Succès... argent... femmes... et je peux te soigner, n'oublie pas ça. Je peux te guérir !

— Est-ce que tu peux ramener le père de David ? »

Silence dans l'*ini.* Puis la substance brune sortant du trou atteignit les entailles qui zébraient son dos et ses jambes, et soudain il eut l'impression d'être attaqué par des anguilles électriques, voire des piranhas. Il cria.

« Je peux faire cesser la douleur ! dit Tak du fond de son petit trou. Tu n'as qu'à demander — et t'arrêter, bien sûr. »

La sueur lui brûlant les yeux, Johnny se servit de l'arrache-clou du marteau pour déchirer un des sacs d'Anfo. Il inclina la fente vers le petit orifice, écarta le tissu et versa dedans une poignée de graines blanchâtres. La lumière rouge s'éteignit immédiatement, comme si la chose au fond craignait d'allumer la charge elle-même par inadvertance.

« Tu ne peux pas ! cria la voix plus lointaine que Johnny entendit pourtant clairement dans sa tête. *Tu ne peux pas faire ça ! Maudit sois-tu !* An lah ! An lah ! Os dam ! *Espèce de salaud ! »*

An lah *toi-même,* pensa Johnny. *Et un bon gros* can de lach *en prime.*

Le premier sac était vide. Johnny distingua du blanc dans le trou où régnaient jusque-là le noir et le rouge. Le goulot qui conduisait au monde de Tak... à son niveau... à sa dimension... n'était donc pas si long. Pas en termes physiques de mesure. Et est-ce que la douleur dans son dos et ses bras n'avait pas diminué ?

Peut-être ne suis-je qu'engourdi, se dit-il. *Ce n'est pas très nouveau pour moi.*

Il prit le second sac d'Anfo et constata qu'un côté entier était imbibé de son sang. La faiblesse s'ajoutait maintenant au brouillard dans sa tête. Il fallait faire vite. Il fallait filer comme le vent.

Il déchira le second sac avec l'arrache-clou du marteau, ne prêtant plus aucune attention aux cris dans sa tête : Tak était passé à l'autre langage.

Il retourna le sac sur le trou et regarda se déverser les granules d'Anfo. La blancheur devint plus éclatante au fur et à mesure que se remplissait le goulot. Quand le sac fut vide, la couche supérieure d'Anfo n'était qu'à sept ou huit centimètres en dessous de Johnny. *Juste la place qu'il me faut,* se dit-il.

Il prit conscience du silence qui s'était abattu sur le puits, et dans l'*an tak* au-dessus. Ne demeurait qu'un faible murmure, sans doute l'appel lointain des fantômes coincés ici depuis le 21 septembre 1859.

Il fouilla dans la poche de ses jambières en cuir pendant un temps qui lui parut infini, luttant contre la torpeur qui lui brouillait les idées, luttant contre sa faiblesse croissante. Finalement, ses doigts touchèrent un objet, le laissèrent échapper, le retrouvèrent, le saisirent et le sortirent.

Une grosse cartouche verte.

Johnny la glissa dans l'œil au fond de l'*ini,* et il ne fut pas surpris qu'elle s'y insère parfaitement, son sommet circulaire reposant sur les pastilles d'Anfo.

« T'es fait, mon salaud », croassa-t-il.

Non, murmura une voix dans sa tête. *Non, tu n'oseras pas !*

Johnny regarda la capsule de cuivre bouchant le fond de l'*ini.* Il saisit le manche du marteau malgré sa force dangereusement défaillante, et pensa à ce que le flic lui avait dit juste avant de le mettre à l'arrière de sa voiture : *Vous êtes un piètre spécimen d'écrivain. En tant qu'homme, vous ne valez pas mieux.*

Johnny se servit de sa main libre pour retirer son casque d'un coup de paume. Il rit à nouveau en levant le marteau très haut, au-dessus de sa tête, et il rit encore en l'abattant droit sur la base de la cartouche.

« *SEIGNEUR, PARDONNE-MOI, JE* HAIS *LES CRITIQUES !* »

Il eut une fraction de seconde pour se demander s'il avait réussi, puis la réponse vint : une explosion de blancheur brillante et silencieuse, comme une rose qui s'ouvre.

Johnny Marinville se laissa tomber et ses dernières pensées furent pour David — David était-il sorti, David était-il parti assez loin, était-il en sécurité maintenant, irait-il bien plus tard ?

Autorisation de sortie, songea Johnny, et cette pensée aussi s'effaça.

CINQUIÈME PARTIE

Nationale 50 : autorisation de sortie

1

Il y avait des animaux morts disposés en un cercle inégal autour du camion, surtout des busards et des coyotes, mais Steve les remarqua à peine. Le besoin de sortir de là le dévorait vivant. La forte pente du Puits Chinois semblait le dominer comme les flancs d'une tombe ouverte. Il atteignit le camion un peu avant les autres (Cynthia et Mary entouraient David, lui tenant chacune un bras, bien qu'il ne semblât pas tituber) et ouvrit toute grande la portière côté passager.

« Steve, qu'est-ce..., commença Cynthia.

— Entre ! Plus tard, les questions, dit-il en lui poussant les fesses sur le siège. Tasse-toi ! Il faut faire de la place pour les autres ! »

Elle se serra contre le siège du conducteur. Steve se tourna vers David.

« Tu ne vas pas nous faire des difficultés ? »

David secoua la tête. Il avait les yeux ternes et léthargiques, mais cela ne convainquit pas vraiment Steve. Le gamin ne manquait pas de ressources. Il l'avait prouvé avant même que Cynthia et lui le rencontrent.

Il souleva David jusqu'au siège et regarda Mary.

« Montez aussi. Il va falloir se tasser un peu, mais si on n'est pas amis, après tout ça... »

Elle grimpa dans la cabine et Steve claqua la porte sur elle avant de faire le tour du camion en courant, non sans écraser un busard en chemin — il eut l'impression de marcher sur un coussin garni d'os.

Depuis combien de temps le patron les avait-il quittés ? Une minute ? Deux ? Il n'en avait aucune idée. Toute notion de temps l'avait déserté. Il bondit au volant et se demanda une seconde ce qu'ils feraient si le moteur refusait de démarrer. La réponse — rien — vint tout de suite. Il hocha la tête et tourna la clé. Le moteur ronronna. Une seconde plus tard, ils roulaient.

Il fit faire demi-tour au Ryder en décrivant un cercle autour des engins de chantier, du dépôt d'explosifs et du bureau. Entre les deux bâtiments attendait la voiture de police, porte du conducteur ouverte, siège avant maculé du sang de Collie Entragian. La regarder, regarder à l'*intérieur,* donna froid dans le dos à Steve, la tête lui tourna même un peu, comme lorsqu'on regarde en bas du haut d'un gratte-ciel.

« Va te faire foutre, dit doucement Mary en se retournant pour regarder la voiture. Va te faire foutre. Et j'espère que tu m'entends. »

Ils passèrent sur une bosse et le camion subit une violente secousse. Steve décolla si haut de son siège que ses cuisses heurtèrent le bas du volant, et sa tête le plafond. Il entendit des objets qui s'entrechoquaient à l'arrière. Les affaires du patron, essentiellement.

« Hé, dit nerveusement Cynthia, est-ce que tu ne crois pas que ton pied est un peu trop près du plancher pour une piste de gravier, mon vieux ?

— Non. »

Il jeta un coup d'œil dans le rétroviseur extérieur quand ils commencèrent à monter la route qui conduisait en haut du puits. Il aurait voulu apercevoir l'ouverture de la galerie, mais il n'y parvint pas : elle était de l'autre côté du camion.

A mi-pente, ils roulèrent sur une autre bosse, plus grosse encore, et ils eurent l'impression que le camion restait suspendu en l'air plusieurs secondes. Les phares décrivirent des spirales puis n'éclairèrent plus que quelques centimètres quand le camion rebondit sur ses ressorts. Mary et Cynthia poussèrent un cri. Pas David. Il était recroquevillé entre elles comme une poupée, à moitié sur le siège, à moitié sur les genoux de Mary.

« Ralentissez ! hurla Mary. Si on sort de la route, on retombera jusqu'au fond du puits ! RALENTISSEZ, CRÉTIN !

— Non. »

Il ne crut pas utile d'ajouter que sortir de cette route-là, aussi large qu'une autoroute californienne, était le cadet de ses soucis. Il voyait le haut du puits devant eux. Le ciel n'était plus noir, mais d'un violet sombre qui s'éclaircissait.

Il regarda par la vitre du passager, cherchant la bouche noire du tunnel dans le cône noir du Puits Chinois, *can tak* dans *can tah,* mais il n'eut pas à s'en inquiéter longtemps. Un carré de lumière blanche, éblouissante, insoutenable, illumina soudain le fond du puits. Elle jaillit de la galerie des Chinois comme un poing de feu et remplit la cabine du camion d'un éclat brutal.

« Seigneur ! Qu'est-ce que c'est ? cria Mary en se protégeant les yeux d'une main.

— Le patron », dit doucement Steve.

L'onde de choc sembla passer directement sous eux, avec une sorte de roulement sourd. Le camion se mit à frémir comme un chien effrayé. Steve entendit les roches brisées et le gravier qui commençaient à glisser. Il regarda par sa fenêtre et vit, dans la lueur finissante de l'explosion, le réseau noir de tuyaux en PVC — asperseurs et têtes de distribution — qui glissait vers le fond du puits. Le porphyre était en mouvement. Le Puits Chinois implosait.

« Oh, Seigneur, on va être enterrés vivants, gémit Cynthia.

— C'est ce qu'on va voir, dit Steve. Accrochez-vous. »

Il écrasa l'accélérateur jusqu'au plancher — il n'eut pas loin à aller — et le moteur répondit par un rugissement. *C'est presque ça, mon vieux,* lui dit-il mentalement. *C'est presque ça, vas-y, aide-moi, mon joli, ne me lâche pas...*

Le grondement sous eux s'éternisait, il semblait s'atténuer par instants, puis revenait en vagues successives. Quand ils approchèrent du haut du puits, Steve vit un rocher de la taille d'un réservoir de gaz qui dégringolait la pente sur leur droite. Plus impressionnant encore était le bruit sous le camion : un murmure de plus en plus puissant, juste sous leurs roues. Steve savait que c'était la surface de la route, le gravier. Dans quelques instants, elle s'effondrerait dans le puits comme un tapis d'escalier qu'on décroche.

Vas-y, mon vieux, je t'en supplie, encore un peu, allez...

« Avance, saloperie ! hurla-t-il soudain en frappant le volant de son poing gauche. Fonce, allez, fais ça pour moi ! »

Le nez jaune du Ryder, gros dinosaure poussif, franchit enfin le sommet du puits. Pendant un instant, leur sort fut suspendu à la terre qui filait sous les roues arrière, et le camion commença à glisser en crabe, puis à reculons.

« Avance ! cria Cynthia, qui se pencha en avant pour se cramponner au tableau de bord. Oh, je t'en supplie ! Pour l'amour de Dieu, sors-nous de l... »

Elle fut rejetée contre son dossier quand les roues mordirent à nouveau la route. Juste assez. Pendant un instant les phares montèrent caresser le ciel qui s'éclaircissait, puis ils plongèrent à l'extérieur du puits, en direction du nord. Derrière eux un nuage de poussière s'éleva du puits, comme si la tempête recommençait, mais très localisée cette fois. Le nuage sans fin s'éleva vers le ciel, telle la fumée d'un bûcher funéraire.

2

La descente sur la pente extérieure nord du puits fut moins aventureuse. Quand ils en furent à parcourir les trois kilomètres de désert entre le puits et le village, le ciel à l'est était d'un rose saumon intense. Et quand ils passèrent devant la Bodega avec son enseigne tombée par terre, l'arc supérieur du soleil creva l'horizon.

Steve freina juste après, à l'extrémité sud de la rue principale de Désolation.

« Putain ! murmura Cynthia d'une voix sourde.

— Quelle horreur ! » dit Mary en posant une main sur son front comme si sa tête la faisait souffrir.

Steve ne put rien dire du tout.

Jusque-là, Cynthia et lui n'avaient vu Désolation que dans le noir, ou à travers le voile d'une tempête de sable. Ils n'avaient enregistré que des images décousues, leur perception étant faussée par une obsession très simple : survivre. Quand on essaie de rester en vie, on ne voit que ce qu'il faut voir. Le reste est évacué. Maintenant, en revanche, ils voyaient tout.

La large rue vide, à part quelques buissons d'amarante qui roulaient paresseusement. Les trottoirs couverts de sable, parfois complètement enfouis. Çà et là scintillait du verre cassé. Des ordures avaient été dispersées par le vent, des pancartes renversées, des lignes électriques jetées sur le sol avec leurs pylônes. La marquise de l'Ouest américain gisait dans la rue comme un vieux bateau échoué. La seule lettre qui restait — un grand R noir — avait fini par tomber aussi.

Et, partout, des animaux morts comme s'il y avait eu une guerre chimique. Des meutes de coyotes dans la rue ; sortant de la Chope, dessinant une sorte de virgule, une colonie de rats à demi couverts de sable ; des scorpions étaient venus mourir sur la girouette en forme de nain et on aurait dit des survivants d'un naufrage morts sur une île déserte. Des busards pendaient des toits comme de grosses traînées de suie.

« Tu fixeras au peuple des limites tout à l'entour, dit David d'une voix morte et sans expression, et tu diras : “ Gardez-vous de monter sur la montagne. ” »

Steve regarda dans son rétroviseur et vit le bord du Puits Chinois qui se dressait dans le ciel plus clair, il vit la poussière qui sortait encore de son creuset stérile et frissonna.

« Gardez-vous de monter sur la montagne, ou d'en toucher le bord. Quiconque touchera la montagne sera puni de mort. On ne mettra pas la main sur lui, mais on le lapidera, ou on le percera de flèches : animal ou homme, il ne vivra point. »

L'enfant leva le visage vers Mary, et ses lèvres tremblèrent, ses yeux s'emplirent de larmes.

« David..., commença-t-elle.

— Je suis seul. Vous comprenez ? On est venus sur la montagne et Dieu les a tous massacrés. Maintenant, je suis seul. »

Elle l'enlaça et pressa le petit visage contre sa poitrine.

« Dis donc, grand chef, dit Cynthia en posant la main sur le bras de Steve, si on foutait le camp de ce trou maudit et qu'on se trouvait une bière ? »

3

Nationale 50 à nouveau.

« Par là, dit Mary, on est tout près. »

Ils avaient dépassé le camping-car des Carver. David avait à nouveau tourné son visage contre la poitrine de Mary et elle lui avait entouré la tête de ses bras. Pendant presque cinq minutes, il n'avait pas bougé, on ne l'entendait même plus respirer. Seules ses larmes, lentes et chaudes, qui mouillaient son chemisier, assuraient Mary qu'il était encore en vie. D'une certaine façon, ces larmes la rassuraient.

La tempête avait aussi touché la nationale. Mary remarqua que le sable la recouvrait complètement par endroits, et que Steve devait passer en première pour franchir les plus grosses coulées.

« Est-ce qu'il se pourrait qu'ils l'aient fermée ? demanda Cynthia à Steve. Les flics ? Le service d'entretien des routes du Nevada, ou je ne sais quoi ?

— Probablement pas. Mais je parierais qu'il ne devait pas y avoir grand monde la nuit dernière. Les camionneurs ont dû attendre la fin de la tempête à Ely ou Austin.

— La voilà ! » s'écria Mary, désignant au loin un reflet de soleil sur un pare-brise.

Trois minutes plus tard, ils s'arrêtaient près de l'Acura de Deirdre.

« Tu veux venir avec moi dans la voiture, David ? demanda-t-elle. Si ce foutu véhicule accepte de démarrer. »

David haussa les épaules.

« Le flic vous a laissé les clés ? demanda Cynthia.

— Non, mais avec un peu de chance... »

Elle sauta du camion, atterrit en douceur sur du sable et gagna la voiture. La revoir fit surgir soudain l'image de Peter, Peter si fier — quelle absurdité ! — de sa monographie sur James Dickey, Peter qui n'aurait jamais deviné qu'il ne connaîtrait pas les suites de la publication.

La voiture se dédoubla, puis se fractura comme à travers un prisme.

La poitrine contractée, elle se passa un bras sur les yeux puis s'agenouilla et tâta sous le pare-chocs avant. Mais elle ne parvint pas à trouver ce qu'elle cherchait et une soudaine vague de désespoir la submergea. Et pourquoi voulait-elle donc suivre le camion jusqu'à Austin dans cette voiture, de toute façon ? Entourée de souvenirs, des souvenirs de Peter ?

Elle posa la joue contre le pare-chocs — bientôt il serait trop chaud pour qu'on le touche, mais il conservait encore la fraîcheur de la nuit — et laissa couler ses larmes.

Elle sentit une main frôler la sienne, timidement, et leva les yeux. David était là, son petit visage trop grave au-dessus d'une poitrine menue de gamin en T-shirt de base-ball. Il la regardait solennellement. Il ne lui tenait pas vraiment la main, mais lui touchait les doigts comme s'il eût bien aimé la tenir.

« Qu'est-ce qui ne va pas, Mary ?

— Je n'arrive pas à trouver la petite boîte, dit-elle en reniflant. La petite boîte aimantée qui contient la clé de secours. Elle était sous le pare-chocs avant, mais elle a dû tomber. Ou bien les gosses qui nous ont pris nos plaques d'immatriculation l'ont prise aussi. »

Sa bouche se tordit et elle se remit à pleurer.

David s'agenouilla près d'elle. Mary, à travers ses larmes, vit tout de même les marques sur sa gorge, où Audrey avait essayé de l'étrangler — de vilaines taches d'un rouge noirâtre comme des nuages d'orage.

« Chut, Mary », dit-il.

Il tâta l'intérieur du pare-chocs. Elle entendait ses doigts pianoter dans l'obscurité et soudain elle voulut crier : *Attention ! Il risque d'y avoir des araignées ! Des araignées !*

David montra une petite boîte grise au creux de sa main.

« Allez essayer, vous voulez bien ? Si elle ne démarre pas... »

Il haussa les épaules pour signifier que cela n'aurait pas grande importance : il restait le camion.

Oui, le camion. Sauf que Peter n'était jamais monté dans le camion, et que... peut-être *voulait*-elle respirer sa présence un peu plus longtemps. L'entendre. Le sentir. *Belle paire de pastèques, madame,* avait-il dit avant de lui toucher les seins...

Le souvenir de son odeur, de sa main, de sa voix. Les lunettes qu'il portait pour conduire. Tout cela lui ferait mal, mais...

« Oui, je viendrai avec vous, dit David toujours agenouillé face à elle devant la voiture de Deirdre Finney. Si la voiture démarre, je veux dire. Et si vous voulez bien.

— Oui. Je veux bien. »

4

Steve et Cynthia les rejoignirent et les aidèrent à se relever.

« J'ai l'impression d'avoir cent huit ans, dit Mary.

— Ne vous en faites pas, vous n'en paraissez pas plus de quatre-vingt-neuf, lui répondit Steve, et il sourit quand elle fit mine de lui donner un coup de poing. Vous voulez vraiment essayer d'arriver jusqu'à Austin dans cette petite voiture ? Et si elle s'enlise dans le sable ?

— Un problème à la fois. On ne sait même pas si elle va démarrer, n'est-ce pas, David ?

— Non », soupira l'enfant.

Il s'éloignait d'elle à nouveau, Mary le sentait, mais elle ne savait comment réagir. Il se tenait tête baissée et regardait la grille du radiateur de l'Acura comme si tous les secrets de la vie et de la mort y étaient cachés ; toute émotion s'effaçait à nouveau de son visage, il apparaissait distant et pensif, la main refermée sur le cube aimanté de métal gris qui contenait la clé de secours.

« Si elle démarre, dit Mary, on se suivra. Moi derrière vous. Si je m'enlise, on remontera dans le camion. Mais je ne pense pas que ce sera utile. Ce n'est pas une si mauvaise voiture, en fait. Si seulement ma foutue belle-sœur ne l'avait pas utilisée comme réserve de came... »

Sa voix s'altéra et elle serra les lèvres.

« Je ne crois pas que nous aurons à aller loin pour trouver une route dégagée, dit David sans lever les yeux de la calandre. Cinquante kilomètres ? Soixante ? Et puis la route sera libre.

— J'espère que tu as raison, lui dit Mary en lui souriant.

— Il y a une question un peu plus délicate, dit Cynthia. Qu'allons-nous raconter à la police ? A la *vraie* police, je veux dire ? »

Personne ne fit de suggestion pendant un moment. Puis David, le regard toujours fixé sur la calandre, déclara :

« Le début de l'histoire. Ils n'auront qu'à découvrir le reste tout seuls.

— Je ne comprends pas », dit Mary.

En fait, elle croyait comprendre, mais elle voulait qu'il continue à parler, elle voulait qu'il soit là, avec eux tous, mentalement aussi bien que physiquement.

« Je leur raconterai l'histoire des pneus crevés et du mauvais flic qui nous a emmenés en ville. Comment il nous a convaincus en prétendant qu'il y avait dans le désert un type qui nous attendait avec un fusil. Mary, vous direz comment il vous a arrêtés, Peter et vous. Steve, vous raconterez que vous cherchiez Johnny et que Johnny vous a téléphoné. Je raconterai comment on s'est échappés pendant qu'il emmenait ma mère. Comment on s'est réfugiés au cinéma. Comment on vous a appelé, Steve. Et puis vous pourrez dire que vous êtes venu nous rejoindre au cinéma et qu'on y a passé la nuit.

— Nous ne sommes jamais allés au puits », dit Steve. David hocha la tête. Les marques sur sa gorge s'accentuaient dans la lumière croissante du jour. La chaleur arrivait.

« C'est ça, dit David.

— Et — désolé, David, il le faut — ton père ? Qu'est-ce qu'on dit pour lui ?

— Il est parti à la recherche de ma mère et il m'a ordonné de rester avec vous dans le cinéma, ce que j'ai fait.

— On n'a jamais rien vu, dit Cynthia.

— Non, pas vraiment. »

David ouvrit le cube aimanté et en sortit la clé qu'il tendit à Mary :

« Pourquoi n'essaieriez-vous pas de démarrer ?

— Une seconde. Qu'est-ce que les autorités vont penser de ce qu'elles vont trouver ? De tous les morts, humains et animaux ? Et que diront-elles ? Que révéleront-elles ?

— Il y a des gens, dit Steve, qui croient qu'une soucoupe volante s'est écrasée près d'ici, dans les années quarante, le saviez-vous ? »

Elle secoua la tête.

« A Roswell, au Nouveau-Mexique. A les en croire, il y a même eu des survivants. Des spationautes d'un autre monde. Je ne sais pas ce qu'il y a de vrai, mais après tout... On sait à coup sûr que *quelque chose* d'assez épouvantable s'est produit à Roswell. Le gouvernement a tout dissimulé. Il dissimulera de la même manière ce qui s'est passé ici.

— Plutôt pessimiste, mon chou, dit Cynthia en lui pinçant le bras.

— Quant à ce qu'ils *penseront*..., continua Steve après avoir haussé les épaules. A un gaz mortel, peut-être. A quelque truc bizarre sorti d'une poche enfouie sous la terre et qui a rendu les gens fous. Et ce n'est pas si loin de la vérité, non ?

— Non, dit Mary. Je crois que le plus important est que nous racontions tous la même histoire, telle que David l'a résumée. »

Cynthia haussa les épaules, l'air de dire « qu'est-ce-que-j'en-ai-à-foutre ». Autant dire qu'elle redevenait elle-même.

« Si on craquait et qu'on leur révélait ce qui est *vraiment* arrivé, vous pensez peut-être qu'ils nous croiraient ?

— Peut-être que non, dit Steve, mais si ça ne te fait rien, j'aimerais autant ne pas passer les six prochaines semaines à subir des tests de QI et à regarder des taches d'encre alors que je pourrais les passer à contempler ton visage exotique et mystérieux. »

Elle lui pinça à nouveau le bras, un peu plus fort, cette fois, et surprit David qui observait cette petite scène.

« Est-ce que tu trouves que j'ai un visage mystérieux et exotique ? » lui demanda-t-elle.

David se détourna et regarda les montagnes au nord.

Mary gagna la portière du conducteur de l'Acura, l'ouvrit et se souvint qu'elle devrait avancer le siège si elle voulait conduire : Peter faisait trente centimètres de plus qu'elle. La boîte à gants était ouverte depuis qu'elle avait fouillé dedans pour trouver les papiers de la voiture, mais la petite ampoule qui l'éclairait ne pouvait pas vider une batterie, quand même ! Enfin, ce n'était pas vraiment une question de vie ou de mort, de toute f...

« Oh, mon Dieu ! dit Steve d'une voix douce. Oh, Seigneur, *regardez* ! »

Elle se retourna. A l'horizon, paraissant moins haute à cette distance, se dressait la paroi nord du Puits Chinois. Au-dessus s'élevait un nuage gigantesque de poussière gris foncé. Il restait suspendu dans le ciel, relié au puits par un ombilic nébuleux de poussière et de terre. Le nuage dessinait la forme d'un loup, sa queue pointée vers le soleil levant, son museau allongé de façon grotesque pointé vers l'ouest où s'attardaient encore les derniers lambeaux d'obscurité.

Il avait la gueule ouverte et il en sortait une forme étrange, indéfinissable mais plutôt reptilienne, avec quelque chose d'un scorpion, d'un lézard aussi.

Can tak. Can tah.

Mary cria dans ses mains. Elle fixait la forme dans le ciel de ses yeux écarquillés au-dessus de ses doigts sales et secouait la tête en un geste de dénégation inutile.

« Arrêtez, dit David en lui entourant la taille de son bras. Arrêtez, Mary. Ça ne peut pas nous faire de mal. Ça s'en va déjà, vous voyez ? »

C'était vrai. La fourrure du loup céleste se déchirait par endroits, semblait fondre à d'autres, tandis que le soleil y plantait ses épées de lumière : c'était le genre de vision improbable qu'on attend à la fin d'un péplum biblique.

« Je crois que nous devrions partir, dit enfin Steve.

— Je crois que nous n'aurions jamais dû venir », répondit Mary d'une voix faible.

Elle monta dans la voiture, où l'accueillit une odeur douce et familière : la lotion après-rasage de son époux mort.

5

David la regarda avancer son siège et insérer la clé de contact. Il se sentait flotter dans un espace situé entre une étoile sombre et une étoile brillante, à distance de lui-même. Il se vit assis à la table de la cuisine, chez lui, en train de jouer aux petits chevaux avec la Puce. Il se dit qu'il enverrait bien Steve, Mary et Cynthia, si gentils qu'ils soient, en enfer, juste pour pouvoir jouer aux petits chevaux dans la cuisine avec la Puce — elle boirait un verre de jus de pomme, lui un Pepsi, tous deux riraient comme des idiots. Il s'enverrait lui-même en enfer aussi, d'ailleurs. Ce ne devait pas être bien loin de Désolation, de toute façon.

Mary tourna la clé de contact. Le moteur toussa violemment et démarra presque tout de suite. Elle sourit et claqua des mains.

« David ? Prêt à partir ?

— Bien sûr. Je crois.

— Hé ? appela Cynthia en posant une main sur sa nuque. Tu vas bien, bonhomme ? »

Il hocha la tête sans lever les yeux.

Cynthia se pencha et l'embrassa sur la joue.

« Il faut que tu te battes, lui murmura-t-elle dans l'oreille. Il faut que tu te *battes,* tu sais ?

— J'essaierai », dit-il.

Mais les jours, et les semaines, et les mois à venir lui semblaient d'avance insupportables. *Va vers ton ami Brian,* avait dit Johnny. *Va vers ton ami et fais de lui ton frère.* Il faudrait sans doute commencer par là, oui, mais après ?

Il y avait en lui des zones de souffrance pure, des trous qui ne se refermeraient jamais. Un pour sa mère, un pour son père, un pour sa sœur. Des trous comme des yeux.

Dans le ciel, le loup s'était dissipé, à l'exception d'une patte et de ce qui était — peut-être — le bout de la queue. Il n'y avait plus trace de la chose reptilienne dans sa gueule.

« On t'a vaincu, murmura David en gagnant la portière. On t'a vaincu, saleté, et c'est déjà ça. »

Tak, murmura une voix souriante et patiente tout au fond de lui. *Tak ah lah. Tak ah wan.*

Il fit l'effort d'en détourner son esprit et son cœur.

Va vers ton ami et fais de lui ton frère.

Peut-être. Mais d'abord Austin. Avec Mary, Steve et Cynthia. Il avait l'intention de rester avec eux aussi longtemps que possible. Eux, au moins, pouvaient comprendre... et d'une certaine façon, personne d'autre ne le pourrait jamais. Ils avaient été dans le puits ensemble.

En arrivant à sa portière il glissa distraitement la petite boîte en métal dans sa poche. Soudain, il se figea, la main vide prête à saisir la poignée.

Quelque chose avait disparu : la cartouche.

Autre chose avait pris sa place : un morceau de papier épais.

« David ? appela Steve de la fenêtre du camion. Quelque chose ne va pas ? »

Il secoua la tête et ouvrit la porte de la voiture d'une main, tandis que de l'autre il sortait le papier plié de sa poche. Un papier bleu. Et il lui sembla familier, bien qu'il ne pût se souvenir d'avoir eu un papier comme ça dans sa poche la veille. Il était déchiré, percé d'un trou comme s'il avait été cloué quelque part. Comme si...

Laisse ton autorisation.

C'était la dernière chose que la voix lui avait dite ce dernier jour d'automne quand il avait prié Dieu de guérir Brian. Il n'avait pas compris, mais il avait obéi, et accroché le papier bleu à une tête de clou. Quand il était retourné au Poste de guet vietcong — une semaine plus tard ? deux ? —, il n'y était plus. Pris par un gamin qui voulait noter le numéro de téléphone d'une fille, sans doute, ou emporté par le vent. Sauf que... il venait de réapparaître.

Wait a minute, baby, let it happen to you.

Steve Winwood chantait. Y avait pas plus cool.

Non, se dit-il. *C'est impossible.*

« David ? demanda Mary de très loin. David, qu'est-ce qu'il y a ? »

Impossible, se dit-il à nouveau, mais quand il le déplia, les mots imprimés en haut lui étaient plus que familiers :

COLLÈGE DE WEST WENTWORTH
100 Viland Avenue.

Puis en gros caractères d'imprimerie à l'encre noire :

AUTORISATION DE SORTIE.

Enfin :

Le responsable de l'élève autorisé à sortir
doit signer cette fiche.
La fiche doit être rapportée au surveillant général.

Mais maintenant, il y avait autre chose. Un bref message griffonné sous la dernière ligne imprimée.

Quelque chose bougea en lui. Quelque chose d'énorme. Sa gorge se verrouilla, puis s'ouvrit pour laisser sortir un long cri de souffrance. Il perdit l'équilibre et se raccrocha au toit de l'Acura, posa son front sur son bras et se mit à sangloter. Au loin, il entendit les portes du camion s'ouvrir, il entendit Steve et Cynthia qui couraient vers lui. Il pleurait. Il pensait à la Puce, serrant sa poupée sur son cœur, et qui lui souriait. Il pensait à sa mère dansant au son de la radio dans la buanderie, son fer à repasser à la main, riant comme une gamine. Il pensait à son père, assis sous le porche, les pieds sur la rambarde, un livre dans une main et une bière dans l'autre, l'accueillant à son retour de chez Brian, sa bicyclette à la main, à la nuit tombée. Il pensait combien il les avait aimés, combien il les aimerait toujours.

Et Johnny. Johnny à l'entrée sombre de la galerie des Chinois, lui disant : *Parfois il nous laisse vivre.*

David pleurait, tête baissée, la fiche d'autorisation de sortie froissée dans son poing serré. Cette énorme chose bougeait toujours en lui, un peu comme un glissement de terrain... mais en moins dangereux peut-être.

Oui, en moins dangereux, finalement.

« David ? appela Steve en le secouant. *David !*

— Je vais bien, dit-il en levant la tête pour s'essuyer les yeux d'une main tremblante.

— Qu'est-il arrivé ?

— Rien. Ça va. Allez-y. On vous suit.

— Tu es sûr ? » demanda Cynthia d'un air dubitatif.

Il hocha la tête.

Ils repartirent, non sans se retourner pour le regarder. David réussit à leur faire un signe de la main, puis il entra dans l'Acura et ferma la porte.

« Qu'est-ce que c'était ? demanda Mary. Qu'as-tu trouvé ? »

Elle tendit la main vers le papier bleu froissé, mais David ne le lâcha pas.

« Vous vous souvenez quand le flic vous a jetée dans la cellule ? On était déjà là. Vous avez essayé de tirer avec l'arme sur le bureau.

— Jamais je n'oublierai.

— Pendant que vous vous battiez contre lui, une cartouche est tombée du bureau et a roulé jusqu'à moi. J'ai saisi l'occasion de la ramasser. Johnny a dû la prendre dans ma poche quand il me retenait. Dans la galerie. Quand mon père a été tué. C'est avec cette cartouche que Johnny a fait sauter l'Anfo. Et quand il l'a prise de ma poche, il a mis ça à la place.

— Quoi ? Qu'est-ce que c'est ?

— C'est une autorisation de sortie de mon collège, dans l'Ohio. L'automne dernier, je l'ai accrochée à un clou dans un arbre, et je l'y ai laissée.

— Dans un arbre. En Ohio. L'automne dernier..., dit-elle en le regardant d'un air pensif. En *automne* !

— Oui. Alors je ne sais pas d'où il la tient... et je ne sais pas où il la gardait. Quand il était dans le dépôt d'explosifs, je lui ai fait vider toutes ses poches. J'avais peur qu'il ait ramassé un de ces *can tahs*. Et il ne l'avait pas, alors. Il a tout enlevé à part son slip, et il ne l'avait pas.

— Oh, David... »

Il hocha la tête et lui tendit le papier bleu.

« Steve pourra nous dire si c'est son écriture, dit-il. Je vous parie un million de dollars que oui. »

Elle lut le message griffonné en bougeant les lèvres.

DAVID —

GARDE TON AVANCE SUR LA MOMIE

I, JEAN 4,8 RAPPELLE-TOI !

« Je parierais un million de dollars moi aussi que c'est son écriture — si j'avais un million de dollars, dit-elle. Est-ce que tu sais ce que veulent dire les chiffres, David ?

— Bien sûr, répondit-il en reprenant le papier bleu. Première épître de Jean, chapitre 4, verset 8. “ Dieu est amour. ”

— L'est-il, David ? demanda-t-elle après l'avoir longuement regardé. Est-il amour ?

— Oh, oui, répondit David en repliant soigneusement le papier. Je crois qu'il est un peu... tout. »

Cynthia leur fit un signe de la main. Mary lui répondit et leva les pouces. Steve démarra et Mary le suivit ; les roues de l'Acura se détachèrent avec peine du sable qui les entourait, puis prirent de la vitesse.

David posa la tête contre le dossier, ferma les yeux et se mit à prier.

Bangor, Maine
1er novembre 1994 — 5 décembre 1995

Remerciements

Ils s'imposent pour quatre personnes en particulier : Rich Hasler, de Magma Mining Corporation, William Winston, pasteur épiscopalien, Chuck Verrill, qui m'édite depuis longtemps (et me supporte depuis aussi longtemps, pourrait-il ajouter), Tabitha King, mon épouse et ma critique la plus attentive. Depuis le temps, lecteur fidèle, vous connaissez la suite, alors, tous en chœur : pour tout ce qui est bien, je leur suis redevable, pour tout ce qui est mal, c'est moi seul qu'il faut blâmer.

S. K.

Achevé d'imprimer en juin 1997
sur presse Cameron
par ***Bussière Camedan Imprimeries***
à Saint-Amand-Montrond (Cher)
pour le compte de France Loisirs
123, boulevard de Grenelle, Paris

Cet ouvrage a été imprimé
sur du papier sans bois et sans acide

N° d'édition : 28313. N° d'impression : 4/618.
Dépôt légal : juillet 1997.
Imprimé en France